U0942612

Yilin Classics

Sir Arthur Conan Doyle

经／典／译／林

Sherlock Holmes

福尔摩斯探案集

[英国] 柯南·道尔 著

周克希 周克言 译

译林出版社

图书在版编目（CIP）数据

福尔摩斯探案集 /（英）柯南·道尔著；周克希，周克言译. —南京：译林出版社，2019.1（2024.6重印）
（经典译林）
ISBN 978-7-5447-7537-3

Ⅰ.①福… Ⅱ.①柯… ②周… ③周… Ⅲ.①侦探小说－小说集－英国－现代 Ⅳ.①I561.45

中国版本图书馆 CIP 数据核字（2018）第 231610 号

福尔摩斯探案集 ［英国］柯南·道尔／著 周克希 周克言／译

责任编辑 赵 奕 鲍迎迎
特约编辑 孙 峰
装帧设计 胡 苨
校　　对 张 萍
责任印制 颜 亮

出版发行 译林出版社
地　　址 南京市湖南路 1 号 A 楼
邮　　箱 yilin@yilin.com
网　　址 www.yilin.com
市场热线 025-86633278
排　　版 南京展望文化发展有限公司
印　　刷 南京新世纪联盟印务有限公司
开　　本 880 毫米 ×1240 毫米 1/32
印　　张 15.75
插　　页 4
版　　次 2019 年 1 月第 1 版
印　　次 2024 年 6 月第 19 次印刷
书　　号 ISBN 978-7-5447-7537-3
定　　价 58.00 元

译　序

柯南·道尔（1859—1930）出生在苏格兰。他到过伦敦，但在那里住的时间并不长，然而日后的伦敦却以他为荣。他在小说中把歇洛克·福尔摩斯的寓所安排在贝克街221号B座。事实上，当时的伦敦有贝克街，贝克街上却并没有这个门牌号码。伦敦政府为了纪念这位神探，一九三〇年决定增设贝克街221B的门牌，并把这座房子划归福尔摩斯博物馆专用。

福尔摩斯能成为风靡全球的小说人物，柯南·道尔自然功不可没。他从苏格兰的爱丁堡大学医学院毕业后，在一个小镇开业行医。平时病人不多，他在闲暇时间阅读大量文学作品，并萌生了写作的念头。他后来回忆这段时日时，这样写道：

> 我想到了我在医学院的老师乔·贝尔（Joe Bell），想起了他棱角分明的脸和令人难忘的鹰钩鼻，想起了他与众不同、有时显得颇为怪异的行事方式，也想起了他善于从一些被人忽略的细节推理出令人惊讶的结论的本领。如果他当侦探，他肯定会使富有魅力却又缺乏系统性的刑侦方法成为一门近乎精确的科学。……我们平时会说，某人非常聪明，但是读者想要看到的是实例——就像贝尔每天在医学院病房里为我们提供的那些实例。这个想法使我感到兴

奋。我要先为这个酝酿中的人物取个名字。我不喜欢太容易引起联想的名字，诸如Sharp（锋利的刀刃）、Ferret（侦察者）之类的，我觉得那会引起读者的反感。起先我用了Sheringford Holmes（歇林福德·福尔摩斯），后来才定为Sherlock Holmes（歇洛克·福尔摩斯）。在小说中，总不能让他自己来叙述他的业绩吧，那么他就需要有一个伙伴，一个既能参与他的办案过程，又能详细记录破案过程中每个细节的伙伴，一个资质平平却忠诚老实的朋友。这个人物作为福尔摩斯的陪衬，不能太起眼，他应该有个低调的名字，不如就叫Watson（华生）吧。我心中有了这两个角色，就着手写《血字的研究》了。

《血字的研究》完稿后，起先出版并不顺利，然而小说一经出版，便引起了强烈的反响。《利平科特》杂志的编辑部在伦敦的兰厄姆酒店宴请两位作家，一位是奥斯卡·王尔德，另一位就是柯南·道尔。编辑部约请他们为杂志"写点东西"。不久以后，王尔德为他们提供了《道林·格雷的画像》，柯南·道尔则为他们写了另一部福尔摩斯探案小说《四签名》。

《四签名》很快获得了预期中的成功。从此以后，柯南·道尔创作的侦探小说一发而不可收，福尔摩斯和华生不断地出现在《巴斯克维尔猎犬》和《恐怖谷》这两部中篇小说，以及《波西米亚丑闻》《红发会》《蓝宝石案》等几十部短篇小说中。柯南·道尔的写作虽有起伏，但几乎一直延续到了他去世之时。从一八八七到一九二九年，柯南·道尔一共创作了以福尔摩斯为主角的探案小说六十部，其中四部是中篇小说，五十六部是短篇小说。

我们从中选译了两个中篇、九个短篇。虽是复译，但我们希望能译出一些新意，尽可能地传达出"柯南·道尔探案小说的阅读快感"（阿加莎·克里斯蒂语）来。克希翻译的篇目是《血字的研究》《波西米亚丑闻》《蓝宝石案》《银焰马》《海军协定》和《跳舞的小人》，克言则翻译了《巴斯克维尔猎犬》《红发会》《马斯格雷夫礼典》《希腊译员》和《第二块血迹》。

周克希、周克言

二〇一八年四月

CONTENTS · 目录

血字的研究

第一部　录自前陆军军医署医生约翰·H. 华生回忆录

第一章　歇洛克·福尔摩斯先生

一八七八年我在伦敦大学取得了医学博士学位，又去奈特利进修军医必修课程。学业结束后，我被派往诺森伯兰郡第五燧发枪团任助理军医。该团当时驻扎在印度，还没等我赶到那儿，第二次阿富汗战争爆发了。我在孟买上岸后，得知我所属的部队已经越过边境，深入敌国腹地，可我还是跟许多处境相仿的军官一起，前去追赶部队，并安全抵达阿富汗境内的坎大哈，在那儿找到该团，立即报到履任。

这次战争给许多人带来了荣誉和晋升，而我从中得到的只是不幸和灾难。我奉调前往伯克郡旅，随该旅参加了迈旺德决战。战场上，一颗阿富汗长滑膛枪的枪子儿击中我的肩膀，打碎了肩胛骨，擦伤了锁骨下动脉。要不是我那忠心耿耿的勤务兵默里奋不顾身，抱起我撂在一匹驮马上，把我安全地带到英军防地，我早就落在那帮专杀异教徒的穆斯林手里了。

伤痛使我元气大损，长途的鞍马劳顿更折磨得我虚弱不堪，但好歹我总算和一大批伤病员一起，转移到了巴基斯坦境内的白沙瓦后方医院。我在医院里休养，渐渐地已经能够下床在病室间走动，甚至可以到回廊上去晒晒太阳了，却不料就在这当口，我们在印度属地的那个祸根——伤寒让我重又倒在了病床上。一连好几个月，我的生命岌岌可危。临末了我总算从死神手里挣脱出来，病情有了好转，可我极其虚弱，面容枯瘦，医生会诊后决定将我遣送回国，一刻也耽搁不得。于是，我搭乘"奥龙特斯"号运输舰返回英格兰，一个月后在朴茨茅斯码头上了岸。当时我的健康状况真是糟透了，不过承蒙当局恩准，我可以有九个月时间的假期来养好身子。

我在英格兰既无亲戚，又无朋友，所以就像空气一样无拘无束——或者说，一个每天收入十一先令[1]六便士的人能怎么无拘无束，我就怎么无拘无束来着。既然如此，我自然免不得要去伦敦喽，这座城市可真是个巨大的污水池，帝国里凡是无所事事、游手好闲的人，没一个不进这池子的。到了伦敦，我在斯特兰德大街的一家内部旅馆里住了一阵，日子过得既不舒适，又很乏味。我钱一到手就花掉，手头松得根本想不到量入为出，所以，经济情况告窘之时，我马上意识到，要么我离开这个大都市，到乡下去找个栖身之地，要么我就得完全改变眼下的生活方式。我选了后一个方案，决意要离开那家旅馆，找一个不那么讲排场、租费比较便宜的住处。

就在我拿定这个主意的当天，我正站在克赖蒂里恩酒吧门前，冷不防有人在我肩上拍了一下。回过头去，我认出那人是小斯坦福德，他以前在伦敦圣巴托罗缪医院做过我的助手。在伦敦这冷冰冰的茫茫人海里见到一张亲切的脸，对一个孤独的游子来说，真是件高兴的事儿。当年我跟斯坦福德谈不上是特别亲密的朋友，不过这会儿我满心欢喜地跟他打招呼，而他呢，看上去也挺高兴见到我。欣喜之余，我邀请他去霍本区共进午餐，说着我们俩就跳上一辆马车出发了。

"这一阵你都在干些什么呢，华生？"他问这话时，马车正行进在熙

1　先令：英国1971年以前的货币单位，一英镑等于20先令。

熙攘攘的伦敦街道上，他脸上明显流露出诧异的神情，“你看上去骨瘦如柴，脸色又黄又黑。”

我把自己的遭遇简略地讲了一遍，快讲完的当口，车子到了目的地。

“可怜的伙计，”他听完我的不幸遭遇以后，表示同情地说，“那你现在打算怎么办？”

“找个住的地方，”我答道，“看看有没有办法觅个价钱公道、住着舒服的寓所。”

“真是怪事，”他接口说，“今天你是跟我说这话的第二个人了。”

“谁是那第一个呢？”我问。

“那人在医院的化学实验室里工作。今儿早上他还在说可惜呢，因为他找到了个挺好的寓所，却找不到人跟他合住，要一个人住吧他又嫌太贵。”

“啊！”我喊出声来，“要是他当真想找个人跟他合住，两人分摊房租，我可再合适不过了。我觉着一个人太孤单，正想找个伴呢。”

小斯坦福德没放下手里的酒杯，神情有些诡谲地望着我。“你还不了解歇洛克·福尔摩斯，”他说，“要不，没准你不会喜欢跟他常住在一块儿呢。”

“怎么啦，他这人有什么问题吗？”

“噢，我不是说他这人有什么问题。他就是想法有点怪——对有些学科过于着迷。就我所知，他是个很正派的人。”

“我看，他大概是个学医的大学生？”我说。

“不是——我压根儿不知道他要干哪一行。我相信他对解剖学很在行，而且是个一流的化学家；不过，据我所知，他从没系统地听过医学院的课。他的研究很杂乱，而且方向很偏，但是他积累了大量一般人所不熟悉的知识，他的那些教授知道了准会大吃一惊。”

“难道你就没问过他打算从事什么职业吗？”我问。

“没问过。他这人，平时要引他开口可不容易，不过有时候他会满脑子尽想着一个念头，那会儿话就多了。”

“我挺想见见他的，”我说，“我要跟人合租一个寓所的话，宁可对方是个勤学好静的人。我身体还很弱，经不起喧闹和刺激。这两样东西，我在阿富汗早已受够了，这辈子不想再领教。我在哪儿能见到你这位朋友呢？”

“他一准在实验室里，”小斯坦福德回答说，“他要么一连几个星期不上那儿去，要么从早到晚在里面忙个不停。你愿意的话，我们吃好饭就一起去吧。”

“好呀。”我回答说，随后话题就转到别的事情上去了。

从霍本区前往医院的路上，斯坦福德又给我提供了一些细节，好让我对可能要跟我合住寓所的这位先生有进一步的了解。

“要是你跟他合不来，那可不能怪我啊，”他说，“我和他也只是在实验室有时见见面，知道些情况，此外我对他就一无所知了。跟他合住，是你提出来的，所以这个干系不该由我担待喔。”

“要是我俩处不好，再分手也不难，”我说完这句，又盯住他的眼睛说，“我看得出，斯坦福德，你这么怕担干系，准是事出有因。莫非这家伙脾气坏得吓人，还是怎么的？别跟我这么转弯抹角的。”

“有些事说不清楚，所以就难说喽。”他笑着答道，“福尔摩斯这人，依我看来，对科学未免有点太执著——都到了近乎冷血的地步。我记得有一回，他拿了一小撮植物碱，硬要一个朋友尝尝。你要知道，他这样做没有任何恶意，而仅仅是出于一种求知欲，凡事都要对结果有个确切的了解才肯罢休。说句公道话，我相信他自己也会一口把它吞下去的。他似乎对确凿无疑的知识有一种特殊的兴趣。”

“可这很对嘛。”

“没错，可是不能做得太绝呀。事情到了在解剖室里用棍子抽打尸体的地步，总太离谱了吧？”

“抽打尸体？”

“对，就为弄清楚人死以后还能添加多少伤痕。我亲眼见过他这么做。”

“可你还说他不是医科学生？”

“对。天晓得他学的是什么科。得，我们到了，他到底是怎么个人，你可得自己琢磨了。”他正说着，我们已经拐进一条窄巷，穿过一扇小小的边门，进了那座大医院的侧楼。这地方我很熟悉，所以不用别人引路，我们就径自走上那冷冰冰的石头楼梯，沿着一条长长的走廊往前，走廊两旁是刷成白色的墙壁，以及一扇扇深褐色的房门。快到走廊尽头的地方，有一个低矮的拱形岔道，通向化学实验室。

这是一个天花板很高的房间，凌乱地排着许许多多瓶子。几张又宽又矮的桌子横七竖八地放着，上面堆满了曲颈瓶、试管和小型的本生灯[1]，灯上闪烁着蓝色的火苗。实验室里只有一个人，他俯身在稍远的一张桌子上，全神贯注地做着实验。听见我们的脚步声，他回头瞥了一眼，随即一跃而起，欣喜地对斯坦福德喊道：“我找到了！我找到了！”边喊边拿着一个试管朝我们跑来。“我找到了一种试剂，只有碰到血红蛋白时才会产生淀析反应，别的东西都不起作用。”瞧他那喜形于色的神情，恐怕即使他发现了一座金矿，也不会比这更高兴了。

“华生医生，歇洛克 · 福尔摩斯先生。”斯坦福德给我们彼此做了介绍。

“您好。”福尔摩斯热情地握住我的手说，他的手劲这么大，很有点出乎我的意料，“我想，您在阿富汗待过。”

“您怎么知道的？”我惊奇地问。

“这没什么，”他轻轻一笑说，“现在的问题是血红蛋白。您想必一定了解，我的这一发现具有极为重要的意义。”

“当然，从化学理论的角度看，这是很有意思的，”我说，“不过在实

---

1 本生灯：以德国化学家罗伯特 · 威廉 · 本生（1811—1899）的名字命名的一种实验室用煤气灯。

用上……”

“嗨，老兄，这是近年来最实用的法医学发现哩。难道您没看出来，它为我们提供了一种万无一失的血迹检验手段吗？跟我来！”他情急之下，一把抓住我的衣袖，将我拖到刚才做实验的那张桌子跟前。

“让咱们弄一点鲜血。”他说着，用一把细长的锥子在手指上扎了一下，再用一根移液管把渗出的血吸进去，“现在，我把这一丁点儿血加进一公升水里。您瞧见了，这样混合的溶液看上去跟纯水没什么两样。血在溶液里的比例不会超过百万分之一，但我可以肯定，我们照样能看到那种特征很明显的反应。”

他一边这么说，一边往广口玻璃瓶里放进几粒白色的晶体，然后又将一种透明的液体滴了几滴进去。溶液立时变成了很深的红褐色，而且有些许棕褐色的微粒沉淀在玻璃瓶的瓶底。

“哈哈！”他拍着手嚷道，那股高兴劲儿，就像孩子得到了一件新玩具，“您觉得怎么样？”

“看来这是个很灵敏的检验方法。”我回答说。

“棒极了！棒极了！旧的愈疮木树脂检验法既笨拙又不可靠。显微镜检测血球的办法也不怎么样，只要血迹干了几个小时就不管用了。现在，这个办法看来不管血迹是新是旧都能用。要是这个检验方法早点发明出来，有成百上千个至今还逍遥法外的罪犯，早就会被绳之以法了。”

“可不是！”我轻声说道。

“刑事案件往往就取决于这一点。一个疑犯，很可能在他作案几星期后才被发现。检查他的内衣或外衣，找到了褐色渍迹。它们是血迹呢，还是泥浆的污渍，或者沾上的锈迹、果汁和别的什么痕迹呢？这个问题，曾经使许多专家伤透脑筋，为什么呢？因为没有确凿可靠的检验方法。现在我们有了歇洛克·福尔摩斯检验法，一切问题就都迎刃而解了。”

他说这话的时候，两眼简直在闪闪发光。他一手按在胸前，鞠了一躬，仿佛是在对他想象中热烈鼓掌的观众致意。

看到他这么兴奋，我感到很吃惊。我对他说："的确应该祝贺您。"

"去年法兰克福有桩案子牵涉到冯·比绍夫。要是当时就有这个检验法，他早就该被绞死了。后来又有布拉德福德的梅森、臭名昭著的缪勒、蒙彼利埃的勒费弗尔，还有新奥尔良的萨姆森。我可以举出二十个案子，这种检验法在其中都会起关键的作用。"

"你就像部历年案件的活词典，"斯坦福德笑着说，"你可以根据这些材料写本书，名字就叫《警事旧闻录》。"

"而且可以写得很有趣。"歇洛克·福尔摩斯应声说，一边把一小块橡皮膏贴在手指的针孔上。"我必须小心一些，"他回过头来朝我笑了笑说，"因为我经常接触有毒的物品。"

说着，他伸手给我看，上面果然东一块、西一块的贴满了橡皮膏，皮肤也给强酸腐蚀得变了色。

"我们是有事来找你的。"斯坦福德说着，一屁股坐在一张三条腿的高凳上，同时用脚把另一张凳子踢给我，"我的这位朋友要找个住处；你不是抱怨没人跟你合租公寓吗？我想把你俩撮合在一起倒正好。"

歇洛克·福尔摩斯看上去对跟我合租寓所的提议很感兴趣。"我看中了贝克街的一套寓所，"他说，"对我俩来说，那真是再合适不过了。我想，您不会介意较凶的烟草味儿吧？"

"我自己常抽'船'牌。"我回答说。

"那就好了。我经常要摆弄化学药品，有时候还要做实验。那会妨碍您吗？"

"一点不会。"

"让我想想——我还有些什么缺点呢？我有时会变得很沉闷，一连几天不开口说话。碰到这种时候，您可千万别以为我在生气。您不用管我，我很快就会好的。您这会儿有什么缺点要说吗？两个人要住在一起以前，最好彼此先了解一下对方主要有哪些缺点。"

我看他这么自己讲完又来盘问我，不由得笑了起来。"我养了一只小公狗，”我说，“我的神经受过刺激，很怕吵闹的声音，还有，我起身压根儿就没个准时辰，而且我这人特懒。以前身体好的时候，我还有不少别的毛病，可眼下主要就这么些了。”

“您说的吵闹声，把拉小提琴也算进去吗？”他焦急地问。

“那得看拉的人了，”我回答说，“拉得好的话，听琴是一种享受，可要是拉得蹩脚……”

“噢，没问题，”他高声说道，开心地笑了笑，“我想我们可以认为这就都谈妥了——当然，如果您对房子满意的话。”

“我们什么时候去看房子？”

“请明天中午上我这儿来，我们一起去把这事给办了。”他回答说。

“行——准定明天中午。”我说完，就跟他握手告别。

我和斯坦福德让他留在实验室里摆弄那些化学试剂，我们自己徒步回我的住所。

“哎，”我突然想起一件事，停住脚步，转过脸去问斯坦福德，“他究竟是怎么知道我去过阿富汗的呢？”

我的同伴笑得神秘兮兮的。“这就是他有点怪的地方了，”他说，“有好多人都想知道他为什么会料事如神哪。”

“哦！这里面有奥秘？”我搓着手大声说，“这太有趣了。非常感谢你让我认识了他。有道是‘研究人类要从识人起’嘛。”

“那你想必是要研究他喽，”斯坦福德跟我分手时说，“不过，你会发现他是个难啃的果子。我敢说，他对你的了解，肯定会比你对他的了解多得多。再见。”

“再见。”我应声说道，信步朝住所走去，心头对新结识的朋友充满了好奇。

第二章　推理方法

第二天我们如约见了面，一起去看头天见面讲起过的贝克街221号

B座的房子。那个套间有两间舒适的卧室，一个宽敞而通风的客厅，家具陈设都挺不错，两扇大窗户采光极佳。这套房子各方面都很合我们的心意，何况房租平摊以后看上去并不算贵，所以当场就拍板成交，这套房子马上归我俩租用了。当天晚上我就把行李从旅馆搬了过去，第二天早上，歇洛克·福尔摩斯也带着几只大箱子和手提箱，来跟我会合了。接下去的一两天，我俩都忙于拾掇行李，尽可能把东西安排得妥当一些。这事做完以后，我们就开始安顿下来，慢慢熟悉新的环境。

福尔摩斯确实是个不难相处的人。他总的来说很沉静，生活习惯也有条不紊。他难得在晚上十点以后还没上床，一早又总在我起身前就吃好早餐出门去了。他有时去化学实验室，有时去解剖室，偶尔还会徒步走得很远，去的好像是这座城里的“旮旮旯旯”。他工作上了兴头的当口，那股劲儿我可真是见所未见；不过他有时也会显出委顿的样子，一连几天就那么躺在客厅里的沙发上，从早到晚几乎不说话也不动弹。每逢这时，我总发觉他的眼神里有一种落寞的表情。要不是我对他的节制有度、特爱干净的脾性已经有所了解的话，我准会以为他服用某种麻醉剂上了瘾。

几个星期过去了，我对他这个人的兴趣，以及对他究竟从事什么工作的好奇心，变得愈来愈强烈，可以说是有增无减。就凭他的外貌模样，再漫不经心的人也忍不住会多看上几眼。他身高六英尺有余，人又长得精瘦，所以显得个子特别高。他的眼光敏锐而犀利——除了我上面提到的那些神情木然的时候；薄削的鹰钩鼻，给他的脸添上了一种机警、果决的表情。方正而凸出的下巴，显示此人很有决断力。他那双手沾满墨水和化学药品的渍迹，但动作却异常灵敏，在他操作那些精巧的仪器的当口，我经常有机会从旁观察到这一点。

读者看到我这么直言不讳，说这个人如何激起我的好奇心，我如何一心想撬开他的嘴，改变他闭口不谈自己的积习，大概会以为我是个无可救药的好管闲事之徒了吧。不过，在做出这样的判断之前，请您别忘了，那时我的生活实在是无所事事，能引起我注意的事情也真是少得可怜。由于健康的原因，除非天气特别好，我一般不能外出活动，再说又没有朋友来看我，陪我排遣这单调的生活。在这样的情况下，我自然要抓住同伴身上这个小小的谜团，把大部分时间都花在这上面，急切地想揭开谜底。

他不是学医的。在回答我的一个问题时，他亲口证实了斯坦福德的这个看法。他看来也不像在研修哪一门课程，准备拿一个理科的学位，或者取得一个人们公认的资格，可以登堂入室，在学术界占有一席之地。然而他对某些研究的热忱，真是异乎寻常，而且就一些颇为怪僻的学科而言，他的知识堪称博大精深、洞察秋毫，简直到了令我吃惊的地步。显然，一个人要不是胸怀某个既定的目标，是不可能工作如此勤奋，更无法达到如此造诣的。漫无目的读书的人，是不大可能以学识精湛著称的。一个人要没有某个非常充分的理由，也决不会用那么些细枝末节来烦扰自己的心智。

他的无知也像他的博学一样惊人。对当代的文学、哲学和政治，他差不多一无所知。我引用托马斯·卡莱尔[1]文章里的句子时，他竟神情天真地问我，卡莱尔是谁，他是干什么的。而有一次当我很偶然地发现，他居然对哥白尼学说和太阳系构成都浑然不知的时候，我简直惊异得无以复加了。当今十九世纪的一个文明人，竟然不知道地球是绕着太阳转动的，这在我看来实在太出格，太让人不可思议了。

“您看上去挺吃惊，”他看见我惊奇的表情，笑着说，“即使我知道这回事，我也要尽力把它忘掉。”

“把它忘掉！”

“您听我说，”他解释道，“我认为一个人的大脑，原来就像一个空着的小储藏室，你往里面装东西时，非得有所选择不可。一个蠢人会把随

1　托马斯·卡莱尔（1795—1881）：苏格兰散文作家和历史学家，其代表作《法国革命》和《论英雄、英雄崇拜和历史上的英雄事迹》相当著名。

手捞到的破烂东西，一股脑儿地往里塞，结果就把那些可能对他有用的知识给挤了出去，或者至少跟其他东西乱堆在了一起，要取的时候就难了。而一个训练有素的人，往这个大脑储藏室装东西的时候，确实是要非常仔细的。他往里装的都是能帮助他工作的工具，这些工具要品种齐全，而且要放得有条不紊、整整齐齐。有人以为这个小房间的墙壁有弹性，是可以任意扩展的，这是一种误解。既然如此，总有那么一天，你往里面添加一点知识，就会忘掉一些以前知道的东西。所以，别让没用的东西挤掉有用的东西，这才是至关重要的。"

"可这是太阳系学说呀！"我声辩说。

"它到底跟我有什么相干？"他不耐烦地打断我说，"您说我们是绕着太阳转的。可要是我们绕着月亮转，那对我，对我的工作来说也毫无两样。"

我正想开口问他，这到底是怎样的工作，可是一看他那神气，我知道此刻提这个问题是不合时宜的。不过事后我又仔细回想了一遍这次简短的谈话，一心想从中推断出一个结论来。他说他不会去学那些跟他的目标无关的知识。由此可见，他掌握的知识想必全都是对他有用的。我先是在心里一一列举我所了解的有关情况，然后干脆拿支铅笔把它们逐一写在纸上。写完一看，我不禁哑然失笑。纸上这么写着：

歇洛克·福尔摩斯的知识面：

1. 文学知识：零。

2. 哲学知识：零。

3. 天文学知识：零。

4. 政治学知识：很有限。

5. 植物学知识：因对象而异。在阿托品、鸦片及毒品方面知识丰富。对园艺方面一无所知。

6. 地质学知识：实用，但有局限性。看上一眼，就能分辨不同土质。曾在散步回来时让我看他裤腿上的泥渍，并根据这些泥渍的颜色和黏稠度，一一说出它们是在伦敦的什么地方溅上的。

7. 化学知识：渊博。

8. 解剖学知识：准确，但缺乏系统。

9. 要案文献知识：极其丰富。他似乎对本世纪发生的每一桩恐怖案件的每一个细节都了如指掌。

10. 小提琴拉得不错。

11. 是个出色的单棍行家、拳击好手和击剑高手。

12. 在英国法律方面有相当充分的实用知识。

逐条写完以后，我失望地把这张纸扔进壁炉。“我只不过也就是弄弄明白，这位老兄把所有这些本事集于一身，再找到一个让它们全都用得上的行当，究竟所为何来，”我暗自思忖，“那还不如干脆就此歇手算了。”

上面我提到了他的小提琴技巧。他的演奏技巧堪称上乘，但是也像其他本领一样，有些另有一功。他能拉好些曲子，包括一些难度挺高的曲子，这一点我很清楚，因为他曾应我之请，为我演奏过几首门德尔松的《无词歌》，以及我喜欢的其他一些曲子。但他独自拉琴的时候，我却难得听见优美的旋律，而且根本听不出他拉的是什么曲调。黄昏时分，他会靠在椅背上，闭拢双眼，小提琴搁在腿上，随手拨着弦。有时候，拨出的和弦响亮而使人感到忧郁。偶尔，拨弦声也会变得奇特而欢快。有一点很清楚，它们反映的是支配他的思想，然而究竟是拨弦有助于这种思考呢，还是他只是一时兴起，信手拨拨而已，那就不是我所能断言的了。这种独奏令人恼火，要不是通常他总紧接着演奏好几首我爱听的曲子，作为考验我耐心的小小补偿，我大概早就提抗议了。

起初一个多星期，没什么人来看我们，我还就此以为这位同伴也像我一样，连个朋友都没有。不过，随后我就发现他认识的人挺多，而且三教九流，各式人等都有。有一个脸有土色、相貌委琐、黑眼睛的小个子，福尔摩斯给我介绍说是莱斯特雷德先生，此人一个星期要来三四次。有天早上，一位衣着入时的女郎来访，待了一个半小时还不止。当天下午来的是一个头发灰白、脏兮兮的男子，看上去像个卖毒品的犹太小贩，我觉得他神情很激动；接踵而至的是一个上了年纪的邋遢女人。有一次，我的同伴接待了一位满头银发的老先生；另一次，来访的客人是个身穿平绒制服的车站搬运工。这些形形色色的来客，只要一上门，歇洛克·福尔摩斯就会请求我让他使用那间客厅，我只好待在卧室里。他常常为给我这样添麻烦而道歉。"我只能把这个房子当作办公室了，"他说，"这些人都是我的顾客。"这又是一次直截了当向他提问的机会，而我过于识趣的个性，又一次让我没去强人所难，要人家向我吐露自己的秘密。当时我心想，他不跟我提起这桩秘密，准是有什么重要的原因，但没过多久，他就主动接了这个茬，打消了我原先的想法。

那是在三月四日，日子肯定错不了，我比平时起得早了些，只见福尔摩斯还没吃好早餐。房东太太一向知道我起得晚，所以餐具还没给我放好，咖啡也没给我准备。我一时不知怎么就莫名其妙地发起脾气来了，当即按铃把房东太太唤来，语气峻急地告诉她我这就要用餐。然后，见我那位同伴一声不吭地大嚼其烤面包片，我就随手从桌子上拿起一本杂志，想打发这段时间。有一篇文章，标题上有铅笔记号，我自然就先从这儿看起了。

文章的标题有点大而无当，叫什么《生活要略》，作者想要说明，对一个善于观察的人来说，假如他对自己碰到的每桩事情都做一番精确而系统的观察，他的收获会有多大。这篇文章，以其精辟和荒诞令人惊异的掺和，引起了我的注意。它的论证缜密而严谨，但是整个推理在我看来，显得牵强附会、夸大其词。作者声称，他可以根据一个稍纵即逝的表情、一丝肌肉的痉挛、一道闪过的目光，洞悉一个人内心深处的思想。照他的说法，对一个在观察、分析方面训练有素的人而言，欺骗是全无用处的。他的结论，就像众多的欧几里德几何命题那样言之凿凿。这些结论很容易把那些不谙此道的人一下子给镇住，他们在看完他导致这些结论的推理过程之前，是很可能把他当作一个巫师的。

"由一滴水，"作者说，"一个逻辑学家可以想见一个大西洋或者一座尼亚拉瓜大瀑布的存在，即使他既没看见，也没听说过它们。所以，生活就是一个巨大的链条，只要看见其中的一个环节，我们就能了解它的本质。推理和分析的方法，就像其他的技能一样，只有通过长期、耐心的钻研才能学到手，而要把它发挥到出神入化的地步，每个人毕其一生都未必能做到。我们先不谈那些特别棘手的事情，不去考虑其中所包含的道德和心理上的因素，调查应该从解决一些更基本的问题着手。比如说遇到一个人，要做到看上一眼就能说出此人的经历，判断他是干哪一行的。这种练习也许看上去有些幼稚，但它能使一个人的观察力变得敏锐起来，而且能教会他从哪些方面去观察，以及应该观察哪些东西。一个人的指甲，他的上衣袖口，他的靴子、裤子的膝盖、食指和拇指的茧皮，他的表情，他的衬衫袖口——所有这些细节，都再清楚不过地透露了这个人在从事什么职业。要是所有这些细节加在一起，还硬是不能叫一个称职的观察者开窍，那才是怪事呢。"

"简直是胡说八道！"我啪的一声把杂志放在桌上，大声说道，"我有生以来从没见过这么通篇废话的文章。"

"什么文章？"歇洛克·福尔摩斯问。

"还不就是这一篇。"我说着，用手里的蛋匙指了指那篇文章（这会儿我已经坐在餐桌旁用早餐了）。"我注意到您已经看过了，因为您用铅笔画了记号。我不否认文章写得很聪明，但是它让我觉得很不舒服。这明摆着是哪个吃饱了没事干的家伙，整天待在书房的旮旯里胡思乱想，炮制出来的似是而非的谬论。它根本就不实用。我巴不得他让人一把推进地铁的三等车厢，叫他一一说出那些乘客都是干什么行当的。我愿意下一千赔一的赌注，赌他必输。”

“那您的钱就全赔了。”福尔摩斯平静地说，“至于那篇文章，作者就是在下。”

“您！”

“没错；我在观察和推理两方面都有天赋。我在文章中所阐述的，看来您认为很荒唐的那些理论，其实是极为实用的——实用到我可以靠它们谋生的地步。”

“这怎么可能？”我脱口而出地问道。

“哦，我有我自己的行当。干这行当的，恐怕是独此一家，再无别人了。我是个咨询侦探，但愿您能明白这是什么意思。在伦敦这儿，有许多官方侦探，还有许多私人侦探。这些老兄摸不着方向的时候，就会来找我，我帮他们找出线索，给他们指个方向。他们把所有的证据全摆在我面前，而我凭着自己熟悉历年来所发生案件的这门学问，帮助他们理清思路。犯罪行径往往有许多惊人的相似之处，你一旦掌握了一千桩案子的来龙去脉，就不愁解决不了第一千零一桩。莱斯特雷德是位有名的侦探。这一阵他让一桩伪造文件的案子弄得晕头转向，就上这儿找我来了。”

“其他那些人呢？”

“他们大多是私人侦探所介绍过来的。这些人遇上了各种各样的麻烦事，想让人给指点一下迷津。我听他们说明事情的原委，他们听我分析其中的过节，然后我就收进咨询费。”

“敢情您是说，”我说，“人家亲眼看见事情的每个细节，却解不开的谜团，您身子也不挪一下，待在屋里就能给解开了？”

“正是这样。我在这方面有一种直觉。有时候，一桩案子的案情稍微复杂一些，这时我就得忙乎一阵，亲自到现场去察看。您刚才看见了，我有许多专门的知识，用于办案，往往能使问题迎刃而解。这篇文章里被您嗤之以鼻的那些推理法则，对我从事实际工作来说，是非常宝贵的。注重观察是我的第二天性。我俩刚见面时，我对您说您从阿富汗回来，您好像显得很惊讶。”

“当然是有人告诉您的。”

“没这回事。我是凭推理，知道您是从阿富汗回来的。出于长期的习惯，我脑子里的念头来得飞一样快，往往还没来得及等我意识到中间有哪些步骤，结论就已经出来了。不过，这些步骤还是存在的。推理过程是这样的：‘这位先生看上去像个医生，但又有几分军人气质。那就显然是个军医了。他刚从热带地区回来，因为他脸色黧黑，而这又不是他的天然肤色，因为他的腕部很白。他吃过苦，生过病，这从他憔悴的脸色可以看得很清楚。他的左臂受过伤。他这条胳臂的动作有些僵硬，不很自然。一个英国军医，在哪个热带地区会历尽磨难，手臂受伤呢？显然是在阿富汗。’整个思考过程，总共不到一秒钟。我然后就说，您从阿富汗回来，您当时很惊讶。”

“经您这么一解释，事情真是够简单的，”我笑着说，“您让我想到了埃德加·爱伦·坡[1]笔下的杜班。我没想到，这样的人物居然在生活中真的存在。”

歇洛克·福尔摩斯立起身来，点燃烟斗。“您把我比作杜班，无疑是觉得在恭维我，”他说，“不过，在我看来，杜班是个起码角色。他喜欢先沉默上一刻钟，再冷不丁打断朋友的思路，抛出句一针见血的话来，这种做派实在既肤浅又卖弄。当然，他分析问题有几分天赋；可他并不是爱伦·坡想象中的那么个奇才。”

“您读过加博里约[2]的作品吗？”我问，“勒考克算得上您心目中的侦探吗？”

---

1 埃德加·爱伦·坡（1809—1849）：美国小说家，现代侦探小说的创始人，主要作品有恐怖小说《莉盖亚》、侦探小说《莫格街凶杀案》等。

2 加博里约（1832—1873）：法国作家，被誉为法国侦探小说之父，主要作品有《勒鲁日案件》《勒考克先生》等。

歇洛克·福尔摩斯嘲讽地翕开鼻孔吸了口气。“勒考克是个笨手笨脚的可怜虫，”他悻悻然地说，“他只有一点可取之处，那就是精力很充沛。那本书真叫我倒胃口。所有的问题，就在于怎样去指认一个不知姓名的刑事被告。这事我用二十四小时就能搞定，勒考克却花了六个多月。有这些时间，都可以写一本侦探教科书，教教他们什么事怎么做不就得了。”

这两个我所崇拜的人物，居然遭到如此轻蔑的对待，我不由得感到愤慨起来。我走到窗前，站在那儿望着下面熙熙攘攘的街道。“这家伙也许是很聪明，”我暗自思忖，“可他实在太自负了。”

“这么些天来，既没有案件，也没有罪犯，”他发牢骚说，“干我们这一行的，空长着个好脑袋瓜又有什么用？可我知道，我凭这个脑袋瓜就能名扬远近。古往今来，没有一个人像我这样对案件的侦破做过如此大量的研究，也没有一个人有我这种与生俱来的才华。可是结果怎么样呢？没有案件可以侦破，或者说，至多只有几个小蠡贼在犯事，作案动机一清二楚，就连苏格兰场[1]的警官也看得挺明白。”

我对他这种自以为是的谈话口吻仍然心存芥蒂。我想，最好还是换个话题。

“我正琢磨，那个人在找什么呢？”我指着街上一个体格健壮、衣着平平的汉子问道，此人在街对面慢慢走着，神情焦急地望着一个个门牌号码。他手里拿着一个蓝色大信封，显然他是在送信。

“您是说那个退役的海军陆战队中士吧？”歇洛克·福尔摩斯说。

“又在吹大牛了！”我心想，“他知道我没法验证他猜对还是猜错的。”

我脑子里刚转过这个念头，只见我们瞧着的这个汉子看见了我们的门牌号码，疾步穿过马路而来。下面传来一阵很响的敲门声、一个低沉

1　苏格兰场：即伦敦警察厅。

浑厚的嗓音和上楼梯沉重的脚步声。

“给歇洛克·福尔摩斯先生的信。”他说着，一步踏进房间，把信交给我的朋友。

这可是个揭穿他吹牛的好机会。他信口开河的当口，压根儿就想不到这一层。“劳驾，朋友，”我用最和蔼的语气说道，“请问您是干什么工作的？”

“信差呗，先生，”他粗声回答，“制服送去织补了。”

“那以前呢？”我一边问，一边有点幸灾乐祸地瞟了一眼福尔摩斯。

“海军陆战队中士，先生，皇家轻步兵团的，先生。没有回信？好的，先生。”

他两腿一并，举手敬了个礼，转身走了出去。

第三章　劳里斯顿苑命案

我承认，福尔摩斯那套理论的实用性居然立时得到验证，确实使我大吃一惊。我对他的分析能力，顿时变得非常钦佩。不过我心里还是隐隐约约有些疑虑，生怕这整个儿就是精心安排的一出戏，专门用来迷惑我的，至于他这么蒙我究竟有什么目的，那就不是我所能理解的了。我朝他望去，只见他看完了信，眼光黯淡而茫然，一副出了神的样子。

“您究竟是怎么推断出来的？”我问。

“推断出来什么？”他没好气地说。

“他是退役的海军陆战队中士呗。”

“我没时间说这些鸡毛蒜皮的事情。”他粗声粗气地回答，随即笑了笑，“请原谅我的粗鲁。您打断了我的思路；不过也许这样也好。怎么，您当真看不出那人是个海军陆战队中士？”

“确实看不出。”

“了解这一点并不难，可要解释我是怎么了解这一点的，就不那么容易了。如果有人要您证明二加二等于四，您想必会觉得挺为难，可您对这个事实还是确信无疑的。即便隔着一条街，我还是看到了那人的手背上刺了挺大的一个蓝锚。这就让人想到海员了。而他站立时保持一种军人的姿势，两颊又留着合乎行伍规定的髯须。这样我就推断出海军陆战队了。这个人身上，有一种自视颇高的味道，看上去是惯于发命令的。您一定也注意到他那副昂着头挥动手杖的模样了。从他的脸上，也可以看出这是个沉着、正派的中年人——所有这些事实让我相信，他曾经是个中士。”

“太妙了！”我情不自禁地喊道。

“小事一桩。”福尔摩斯说，不过我从他的表情看得出，我这样由衷地惊奇和赞美，还是让他很得意的。“我刚才还在说无案可办呢。看来我是说错了——看看这个！”他把那个信差捎来的信扔给我。

“喔，”我匆匆看了一遍，出声喊道，“这太可怕了！”

“这事看上去是有点不同寻常，”他平静地说，“劳驾给我再念一遍好吗？”

下面就是我念给他听的那封信：

福尔摩斯先生：

昨晚在通往布里克斯顿街的劳里斯顿苑3号发生了一桩案子。凌晨两点左右，巡警在巡逻时看到屋里有灯光，这屋子平时都是空关的，所以他就疑心事情有些不妙。他发现大门开着，前面的那个房间里四壁光秃秃的，地上躺着一具男人的尸体。此人衣着讲究，口袋里的名片上印着‘伊诺克·J.德雷伯，美国俄亥俄州克利夫兰’的字样。现场没有抢劫的痕迹，也没有可以说明此人死因的任何迹象。房间里有几处血迹，但死者身上并无伤痕。我们弄不明白死者是如何进入这座空屋的；说实话，整个案件颇使我们困惑不解。倘若您能在十二点以前的任何时候来现场，我将在此恭候。听候示下之际，现场自当保持原状。若阁下无法前来，我亦当提供详尽案情，并望不吝见教为感。

托比亚斯·格雷格森谨上

“格雷格森是苏格兰场的佼佼者，”我的朋友说，“他和莱斯特雷德都是那群矮子里拔出来的高个子。他俩身手敏捷，精力充沛，但是因循守旧——糟就糟在这儿。两个人暗地里还都恨不得往对方身上捅刀子，就像交际场上的一对角儿那样彼此嫉妒。要是他俩都经手这桩案子，那可就有好戏看了。”

他这种悠闲、安详的态度使我感到惊异。“现在可是分秒必争哪，”我大声说道，“我去给您叫辆马车吧？”

“我去不去还没定呢。我是这个世界上最不可救药的懒虫——当然，这是说懒劲上来的时候，因为我有时候也会劲头十足的。”

“嗨，这可是您心心念念要等的机会哪。”

“老兄，这事跟我有什么相干呢？就算我破了案，格雷格森、莱斯特雷德这批人也一准会把功劳占为己有。原因就是我并非官方侦探。”

“可他在请求您帮忙。”

“没错。他知道我比他强，在我面前也承认这一点；可是当着第三个人的面，哪怕割了他的舌头，他也不肯这么说的。不过，咱们不妨还是去看看吧。我要独力解决这案子。即使我得不到什么好处，至少也能拿他们当个笑料。走咧！”

他急急忙忙穿上大衣，那种匆促的样子，表明他已经处于一种亢奋的精神状态，漠然冷淡的神情荡然无存。

“戴上您的帽子。”他说。

“您要我一起去？”

“对，要是您走得开的话。”

一转眼工夫，我俩已经坐上了一辆双座马车，心急火燎地往布里克斯顿街而去。

这是一个多雾、阴沉的早晨，屋宇顶上只见灰蒙蒙的一片，仿佛是地面泥泞街道的映象。我的伙伴兴致很高，大谈其克雷莫纳[1]小提琴以及怎样区分一把斯特拉迪瓦里小提琴和一把阿马蒂小提琴。至于我嘛，则一声不响，因为这阴沉的天气，加上我们即将面对的惨案，都让我没法舒展心颜。

我终于打断福尔摩斯有关音乐的宏论，开口说道："眼前这桩案子，您好像没怎么放在心上。"

"现在对情况还一无所知呢，"他回答说，"在你掌握全部证据之前就进行推理，是个致命的错误。这样会使判断发生偏差。"

"您马上就能知道情况了。"我说着，伸手指了指前方，"要是我没看错的话，这儿已经是布里克斯顿街，那座屋子就是案发现场。"

"没错。停车，车夫，停车！"我们离那座屋子还有一百码光景，他却坚持要下车，于是我俩徒步走完了这段路程。

劳里斯顿苑3号看上去阴森森的，似乎有种不祥之兆。它和另外三幢屋子并排矗立在街边，离街道稍有一些距离，其中两幢住了人，两幢空关着。空屋临街是上下三排冷幽凄清的窗户，空荡荡的，显得分外阴郁，窗上东一张西一张地贴着"招租"的纸条，活像积满灰尘的窗玻璃上长着白内障。每幢屋子前面有座小花园，零零星星长着些丛生的草木，把屋子和街道隔开。一条小径穿过花园，泥土微微发黄，看上去像是黏土掺了沙砾铺成的。下了一夜雨，到处都是湿漉漉的。花园周围砌了一堵三英尺高的砖墙，墙头竖着木栅栏，一个身材魁梧的警察背靠在墙上，旁边围着几个爱看热闹的闲人，伸长脖子拼命朝里面张望，想看一眼究竟出了什么事，但是什么也看不见。

我原以为歇洛克·福尔摩斯会马上冲进屋子，迫不及待地开始破

1 克雷莫纳：意大利北部城市。有好些著名的弦乐器制作大师，如斯特拉迪瓦里、瓜尔内里和阿马蒂都曾在这儿生活和工作过。

案，可是他看上去一点也不着急，那副漫不经心的样子，这会儿在我看来像是故意装出来似的。他在人行道上慢悠悠踱着步，面无表情地凝望着地面、天空以及对面的屋子和那排围栏。这么看了一通过后，他缓缓走上花园的小径，确切地说是沿着小径一侧的草丛往前走，眼睛始终盯着地面。他两次停住脚步，有一次我看见他在笑，还听见他得意地喊了一声。潮湿的泥地上有许多脚印；但由于警方人员在上面来来回回走过，我实在想不出我这位同伴还能指望有什么发现。不过，对于他那敏锐的洞察力，我毕竟已经打心眼儿里信服了，所以我并不怀疑他一定能看出许多我看不出的迹象。

在屋子的门口，我们遇见一个脸色白净、淡黄头发的高个子男人，他手里拿着一本记事本，急急忙忙地走上前来，热情地握住福尔摩斯的手说："您能来真是太好了。我关照他们了，一样东西都别动。"

"除了那儿！"我的同伴指着那条小径回答说，"即便有群野牛刚踩过，也不会比这更糟。不过，格雷格森，想必您是心里已经有了底，才允许手下人这么干的吧？"

"我在屋子里面都忙不过来呢，"这个侦探含糊其辞地说道，"我的同事莱斯特雷德先生在这儿。外面的事儿归他管。"

福尔摩斯朝我瞥了一眼，讥讽地耸了耸眉毛说："有您和莱斯特雷德二位在这儿，旁人再插手也未必会另有发现喽。"

格雷格森志满意得地搓着双手说："我想，凡是能做的事情，我们都已经做了。不过，案情挺离奇的，我知道您对这类案子很有兴趣。"

"您不是坐马车来的吧？"歇洛克·福尔摩斯问。

"没坐，先生。"

"莱斯特雷德呢？"

"也没坐，先生。"

"那咱们就去瞧瞧那个房间吧。"他突然没头没脑地接了这么一句，说完就大步走进屋子；格雷格森跟在后面，满脸惊诧之色。

一条没铺地毯、脏兮兮的短短的过道，通往厨房、配菜间和杂物间。过道左右两侧各有一扇门。其中一扇显然有好几个星期没开了。另一扇开进去就是餐厅，这起神秘的案子就发生在那儿。福尔摩斯走进房间，我跟在他后面进去时，凶杀现场的气氛使我感到心头很压抑。

餐厅是个正方形的大房间，由于没有一样家具，看上去更显得空荡荡的。墙上贴着俗艳的壁纸，上面有大片大片的霉迹，好些地方的壁纸还整条整条地剥落下来，露出黄色的粉底。一座式样浮华的壁炉正对着门，壁炉上方是白色人造大理石搁架。搁架一头有半截点剩的红蜡烛。孤零零的一扇窗户肮脏不堪，透进来的光线变得朦胧而飘忽，给室内的每样东西都抹上一层灰暗的调子，厚厚的积尘更使整个餐厅显得非常阴郁。

这些细节，我都是过后才注意到的。当时，我只顾看地板上的尸体了。那具可怕的尸体一动不动地躺在地上，死者空洞无神的眼睛，仿佛在凝望褪色的天花板。此人四十三四岁年纪，中等身材，宽肩膀，黑色鬈发，须茬短硬。他身穿绒面呢的双排扣礼服、背心、浅色长裤，领口和袖口一尘不染。身旁的地板上，放着一顶刷得很干净、装饰很整饬的礼帽。他紧握双拳，两臂摊开，两条腿却交叉在一起，仿佛临死前有过极其痛苦的挣扎。那张僵硬的脸上有一种恐怖的表情，而且，我觉得从中透出的仇恨，是我从未在任何一张脸上见过的。极度扭曲、充满恶意的脸，加上低陷的额角、粗短的鼻子和外凸的下巴，使这个死者看上去就像个猴子或猿人，他那极不自然的扭曲的姿势，更让人加深了这一印象。我一生中见过各种各样的死人，但在伦敦郊区一条大街边上的这座阴暗、肮脏的寓所里，我所见到的这个死人是模样最可怕的。

莱斯特雷德仍是一副精瘦而干练的样子，此刻他正站在门口，在跟福尔摩斯和我打招呼。

“这个案子会引起轰动的，先生，”他说，“我经手过的案子跟这相比，都是小巫见大巫了，而我也算是见过点世面的呢。”

“没有什么线索吗？”格雷格森问。

“一点也没有。”莱斯特雷德应声说。

歇洛克·福尔摩斯走近尸体，跪下身子仔细查看。“你们能肯定没有伤痕吗？”他一边问，一边用手指着四周一滴滴、一丝丝的血渍。

“绝对肯定。”两个侦探大声答道。

“那么，这些血迹当然就是另外一个人的——如果真是一起凶杀案的话，那人也就是凶手了。这让我想起一八三四年乌德勒支那个叫范·扬森的人被杀的案例。您还记得那桩案子吗，格雷格森？”

“不记得了，先生。”

“再去读一遍——是该这么着。太阳底下本来就没有什么新鲜事儿。都是以前玩过的把戏。”

他说这话的同时，十个灵巧的手指飞快地摸摸这儿，按按那儿，一会儿解开衣纽，一会儿仔细察看，此时他的眼睛里又有了那种我曾经见过的恍惚出神的表情。这番检查迅速至极，旁人简直连猜都猜不到它居然会那么缜密。最后，他凑在死人的嘴唇上嗅了嗅，又看了一眼漆皮靴的靴底。

“没人动过他吧？”他问。

“只是在做例行检查时动过一下。”

“现在可以把他送到停尸房去了，”他说，“没什么好查的了。”

格雷格森带来一副担架和四个抬担架的人。他一声招呼，那些人便跑进餐厅，把死者抬上担架。把死者往上抬的当口，一枚戒指掉了下来，沿着地板滚了几圈。莱斯特雷德赶紧捡起戒指，睁大眼睛盯着它。

“这儿来过一个女人，”他大声说道，“这是一枚女人的结婚戒指。”

说着，他把戒指托在手心上伸过来。我们大家围住他，目不转睛地看着这枚戒指。毫无疑问，这枚足金戒指曾经是一位新娘的婚戒。

“这一来，案情更复杂了，”格雷格森说，“天哪，原先已经够复杂的了。”

“您怎么知道它不会使事情变得明朗起来呢？”福尔摩斯反问道，“光盯住它，是看不出东西来的。你们在他的衣袋里找到些什么？”

“全都在这儿。”格雷格森说着，指了指楼梯下端踏级上一堆凌乱的物件。“一只金表，伦敦巴罗德公司出品，编号97153。艾尔伯特金链，又粗又重。金戒指，刻有共济会的标记。一枚饰徽，样子是个哈巴狗的脑袋，两只眼睛镶了红宝石。俄罗斯皮质名片夹，名片上印着‘伊诺克·J.德雷伯，克利夫兰’的字样，跟内衣上的E.J.D.记号一致。没有钱包，只有七镑十三先令零钱。袖珍本的薄伽丘《十日谈》，扉页上写有约瑟夫·斯坦格森的名字。两封信——一封写给E.J.德雷伯，还有一封是给约瑟夫·斯坦格森的。”

“地址怎么写的？”

“斯特兰德大街美国交易所——留局待取。两封信都是盖恩轮船公司发出的，内容是告知轮船从利物浦启航的时间。很显然，这个倒霉蛋打算回纽约去。”

“对这个斯坦格森，您有没有作过调查？”

“我是马上就做的，先生，”格雷格森说，“我在所有的报纸上登了启事，还派了一个手下人去美国交易所，但他还没回来。”

“您跟克利夫兰警方联系了吗？”

“我们今天早上发了一封电报。”

“问了哪些内容？”

“我们就是把案情讲了一下，然后说如蒙提供有关信息，我们不胜感激。”

“那些在您看来很要紧的具体问题，您一个也没提吗？”

“我问了斯坦格森的情况。”

“别的就没有了？难道整个案子里就没有一个关键所在？您不打算再发个电报了？”

“该说的话我都已经说了。”格雷格森说，口气有些不自在。

歇洛克·福尔摩斯暗暗一笑，看来正要开口说什么，只见莱斯特雷德走了过来，刚才我们在过道上谈话时，他一直在前面的餐厅里。他搓着双手，一副踌躇满志的模样。

“格雷格森先生，”他说，“我刚刚有一个极为重要的发现，要不是我仔细查看整个墙面的话，这个线索就会给漏掉了。”

这位小个子侦探这么说着，眼睛闪闪发亮，这一下占了同事的上风，他显然是强压住满心的喜悦，才免得失态。

“请到这儿来。”他说着，快步回到餐厅，由于那具可怖的尸体已经搬走，餐厅里的空气清新了许多。

他在靴底上擦着一根火柴，举到墙壁跟前。

“看这儿！”他得意地说。

我前面说过，好些地方的壁纸已经剥落。在这个角上，一大片壁纸挂了下来，露出黄渣渣一方粗粝的灰泥层。在这面光光的墙壁上，潦草地写着几个血红的字母：

RACHE

“你们看这怎么样？”这个侦探大声说道，那副神气就像演出主持人在炫耀自己的节目。“这给漏掉了，是因为它在这个房间最暗的角落里，没人想到要瞧一瞧这儿。凶手是用他或她自己的血写下这几个字母的。瞧这血迹，血是沿着墙壁淌下来的！这至少排除了死者自杀的推测。为什么要挑这个角落来写血字呢？让我来告诉各位。请看壁炉搁架上的那支蜡烛。当时它是点亮的，而蜡烛亮着的时候，这个角落就不是最暗的地方，而是最亮的墙面了。”

“您找到了这几个字母，那又怎么样呢？”格雷格森口气轻慢地问。

“怎么样？嗨，这表明写血字的人正要写雷切尔这个女人的名字，但他或她还没来得及写完最后一个字母，就被打断了。各位请记住我的话，当这个案子水落石出的时候，你们会看到有个叫雷切尔的女人牵涉在内。歇洛克·福尔摩斯先生，您要笑就只管笑吧。您也许很精明，也很聪明，不过话说到底，猎狗还是老手管用。"

"真是对不起！"我的同伴说，他刚才的一阵大笑，惹火了这个小个子侦探。"您这一发现，当然在我们当中立了头功，而且正如您所说，种种迹象都表明，这是昨夜案发时在场的另一个人写的。我还没来得及检查这个房间，如果各位允许的话，我这就开始。"

他话音未落，就迅即从衣袋里掏出一把卷尺和一个又大又圆的放大镜。他拿着这两样东西，脚步轻快地在餐厅里走来走去，有时停住，有时跪下，有一回甚至把脸贴在地板上。他工作得那么全神贯注，似乎忘掉了有我们在场，一直都在念念有词地自言自语，而且始终处于一种亢奋的状态，一会儿低声惊叹，一会儿哼哼唧唧，一会儿吹吹口哨，一会儿轻轻发出几声充满信心和希望的叫声。我注视着他，不由得联想起一条训练有素的纯种猎犬，眼前仿佛是它在树丛中来回小跑，热切地发出呜呜的叫声，非要找到猎物的踪迹才肯罢休。他持续工作了二十多分钟，极其精确地测量了那些我根本看不见的印记之间的距离，有时还用同样让我莫名其妙的方式拿卷尺在墙上比比画画。有一个地方，他小心翼翼地从地板上拣起一小撮灰色粉末，装在一个信封里。临了，他用放大镜检查墙上的血字，极其仔细地看了每个字母。看完以后，他似乎感到满足了，因为他把卷尺和放大镜放回了衣袋。

"人家都说，天才就是吃尽千辛万苦不回头，"他笑着说，"这是个很蹩脚的定义，不过对侦探这一行倒挺适用。"

格雷格森和莱斯特雷德刚才一直在瞧着这位业余同行忙乎，神情既显得非常好奇，又带有几分轻视。我已经开始了解一个事实，就是歇洛克·福尔摩斯哪怕最细微的举动，也总是跟某个明确而实用的目标直接相关的，而对这一点，这两个侦探显然是认识不到的。

"您有何高见，先生？"他俩同时问道。

“我要是贸然出手相助，岂不是抢了二位的破案功劳？”我的朋友说道，“你们干得这么好，别人要插手也插不进呀。”他这么说的时候，话里一股子嘲讽的味儿。“不过，如果你们把案情侦破情况随时相告，”他接着说，“那我还是乐意尽力相助的。另外，我想跟那个发现尸体的巡警谈一谈。请问能把他的姓名和住址告诉我吗？”

莱斯特雷德看了一下记事本，回答说：“约翰·兰斯。他已经下班了。您可以上肯宁顿园门街奥德利坊46号去找他。”

福尔摩斯记下了这个地址。

“来吧，医生，”他说，“咱们去找他。”说完他又转过脸去对两个侦探说：“我想告诉二位一件事，到时候说不定会对你们有用的。这确实是一起谋杀案，凶手是个男人。他身高超过六英尺，正当壮年，跟身高相比脚显得小了些，穿方头粗皮靴，抽特里其雪茄烟[1]。他跟被害者同乘一辆四轮马车来到这儿，拉车的那匹马右边前掌的蹄铁是新换的，其他三块蹄铁都是旧的。凶手很可能是个脸色红润的人，右手指甲留得很长。这只不过是些迹象而已，但也许对你们会有用。”

莱斯特雷德和格雷格森对望一眼，露出怀疑的笑容。

“如果说这个人是被谋杀的，那么他的死因是什么呢？”莱斯特雷德问。

“服毒。”歇洛克·福尔摩斯直截了当地回答说，然后大步往外走去。到门口，他转过身来说道：“还有件事，莱斯特雷德，‘Rache’是德语，意思是‘复仇’；所以请不要再耗费时间去找雷切尔小姐了。”

他说完这句临别赠言，就扬长而去，留下那两个竞争对手张口结舌地站在那儿发呆。

第四章　约翰·兰斯的陈述

我们离开劳里斯顿苑3号，已经是下午一点钟了。歇洛克·福尔摩

1　特里其雪茄烟：一种两端开口的印度雪茄烟。

斯带我去最近的一家电报局，发出一封挺长的电报。然后他唤了一辆马车，吩咐去莱斯特雷德给我们的那个地址。

“原始证据是最要紧的东西，”他说，“其实，我心里对这桩案子已经有了底，不过我还是要把每个该了解的细节都了解清楚。”

“您真让我吃惊，福尔摩斯。”我说，“想必您对您刚才说的那些细节，并不真的像您装的那样确信无疑吧？”

“每个细节都错不了。”他答道，“我一到那儿，就注意到有辆马车贴着街沿石行驶时留下的两道车辙。昨夜下雨以前，整个一星期都没下过雨，所以留下这么深的车辙的马车一定是昨天夜里去那儿的。另外还有马蹄的印痕，其中一只蹄印比其他三只清晰得多，表明这块蹄铁是新换的。既然这辆马车是下雨以后去的，而整个早上都没有马车去过——这一点格雷格森已经告诉过我，那么这辆马车夜里势必停在那儿，因此，那两个人就是乘这辆车去那幢屋子的。”

“这好像挺简单，”我说，“那么另一个男人的身高呢？”

“噢，一个人的高度，在绝大多数情况下，可以从他的步长推算出来。计算并不复杂，可我还是别用数字来烦您吧。从屋外的泥地和室内的尘土上，我都测得了这家伙的步长。我另外还有一个办法来验证我的计算。一个人在墙上写字的时候，会本能地写在跟视线齐平的高度。而现在他正好写在离地六英尺的地方。事情简单得如同儿戏。”

“那他的年纪呢？”我问。

“要是一个人毫不费劲一跳就是四英尺半，他当然不会是个老头儿。花园小路上的水潭就这么宽，而他显然是一下子跳过去的。漆皮靴是绕过去的，方头靴却是跳过去的。这里面没有一点奥妙之处，我只不过是把我在那篇专论里提倡的观察和推理原则，拿几条用于日常生活罢了。还有什么事情让您感到迷惑吗？”

“指甲和特里其雪茄。”我说。

“墙上的字母，是一个人用食指蘸了血写的。我用放大镜看出，灰泥层被刮了一点下来，要是这个男人的指甲剪短的话，就不会这样。我还从地板上收集到一些撒落的烟灰，颜色很深，看上去一层一层的——只有特里其雪茄的烟灰是这样的。我对雪茄烟灰做过专门研究——事实上，我就这个题目写过一篇专论。我自信只要看一眼烟灰，就可以说出它是哪种品牌雪茄烟或香烟的烟灰。这种细微之处，正是一个熟练的侦探有别于格雷格森和莱斯特雷德之流的地方。”

“还有脸色红润呢？”我问。

“哦，这是一个较为大胆的推断，但我相信不会错。在目前的案情进展阶段，您不能要求我对此做出解释。”

我用手按住额头说：“我的脑子里乱成一片。越是琢磨这桩案子，越是觉得神秘莫测。这两个人——如果说真有两个人的话——是怎么走进一座空关着的屋子的？驾车送他们来的那个车夫后来怎么样了？一个人怎么能够强迫另一个人服下毒药呢？这些血是从哪儿来的？既然没有抢劫的迹象，那么凶手作案出于什么目的呢？那枚女人的戒指又怎么会在那儿呢？最离奇的是，那另一个男人在逃离现场时，为什么还要写下RACHE这个德文词儿呢？说实话，这些情况简直像一团乱麻，我看我是没法理出个头绪来了。”

我的同伴赞许地笑了起来。

“您扼要地归纳了案情的难点，归纳得不错。”他说，“虽然我对一些主要的事实已经心中有数，但是还有好些地方没弄清楚。至于那位可怜的莱斯特雷德，他的发现只是凶手掩人耳目的幌子而已，凶手想造成案子跟社会党或秘密社团有关联的印象，借此转移警方的视线。这字不是德国人写的。您注意看的话，会发现那个A是按老式德文印刷体写的，而一个真正的德国人，现在总是用拉丁字母来写印刷体的，所以我可以很有把握地说，这不是一个德国人，而是一个事情做得过了头的拙劣的模仿者写的。这全然是一种企图把查案引入歧途的伎俩。有关这案子我不想再对您说得更多了，医生。您知道，魔术师一旦把自己的把戏揭穿以后，就得不到人家的掌声了；而要是我把自己破案的方法对您讲得太多的话，到头来您就会觉得，我其实也就是个普普通通的人罢了。”

“我决不会这么想的，”我回答说，“您让侦探方法得到了它在这个世界上应有的地位，使它近乎成为一门真正精确的科学。”

我的同伴听到我说的这番话，看到我说这话时诚恳的态度，兴奋得脸红了起来。我已经注意到，只要人家称赞他本领高超，他就会变得非常敏感，就像姑娘听到人家夸她美貌一样。

“我再告诉您一件事，”他说，“漆皮靴和方头靴是同坐一辆马车来的，他俩非常友好，十有八九是手挽手一起走在那条小径上的。进屋以后，他们在餐厅里来回走动——确切地说漆皮靴站着没动，而方头靴走来走去。这些情形，我可以从积尘上看得很清楚；我还可以看出，他越走越激动，步子越跨越大就表明了这一点。他边走边说，显然说着说着肝火就旺了起来，然后悲剧就发生了。我把自己知道的情况全都告诉您了，剩下的就只是一些推测和猜想了。不过，我们已经有了开始工作的很好的基础。我们得抓紧时间，因为我下午还想去听诺曼·聂鲁达的音乐会呢。”

我俩这么交谈的当口，马车正穿行在一条又一条肮脏、阴暗的偏僻小路上。到了一条最肮脏、最阴暗的小路，车夫突然把车子停住了。“那里面就是奥德利坊，”他指着一排深色砖墙中间的一条窄巷说，“我在这儿等你们。”

奥德利坊确实有点其貌不扬。窄巷尽头是个四四方方的院子，铺着石板地面，周围是些邋遢的住宅。我俩在一群脏兮兮的小孩中间取道而行，穿过晾在外面的一排排旧内衣，终于来到46号，只见门口有块小小的铜牌，上面刻有兰斯的名字。叩门问讯，才知道这警察在睡觉，我们被让进一间前屋，在那儿等他。

他很快就出来了，这么让人从床上叫起来，他似乎有些不高兴。“我在局里都报告过了。”他说。

福尔摩斯从衣袋里掏出一枚半镑金币，若有所思地拿在手里拨弄着。“我们觉得，还是想听您亲口讲一遍。”他说。

“凡是我知道的情况，我都非常乐意奉告。”巡警眼睛盯住这枚金币说。

“只要把您看到和听到的事情原原本本告诉我们就行。”

兰斯坐在用马鬃填塞的沙发上，皱起眉头，像是决意要一点不漏全都说清楚似的。

“我给你们从头说起。”他说，“我当班的时间是晚上十点到早上六点。十一点钟的时候，白鹿街上有人打架；除此以外，我的巡逻路线上一切都挺平静。到了一点钟，开始下雨了，我碰到了哈里·默切——他的巡逻路线是荷兰林苑那一带，我俩站在亨里埃塔街的拐角上聊了一会儿。没过多久——大约两点或稍过一点儿——我想到得去兜一圈，瞧瞧布里克斯顿街上是不是一切正常。那地方又脏又偏僻。我沿着街道往前走，连个人影儿也看不见，只有那么一辆两辆马车什么的，打我跟前经过。我一边往前走，一边心里在想，要是能喝上一杯热乎乎的杜松子酒，那该有多好。正这么想着，我突然瞥见那幢屋子的窗口有亮光。这不，我明知道劳里斯顿苑的这两幢屋子是空关着的，因为它们的房主人硬是不肯修排水沟，哪怕其中一幢房子的最后那个房客生伤寒死了，他还是不肯。所以，一看见窗口的亮光，我脑子里嗡地一下，心想这下出事了。我走到门口……”

“您停住脚步，然后回头走到花园门口。”我的同伴打断他说，“您为什么要这么做？”

兰斯猛地跳起身来，惊愕至极地瞧着福尔摩斯的脸。

“嗨，真是这样哪，先生。”他说，“可您是怎么知道的，那只有老天才晓得了。这不，我走到屋子门口那会儿，四周冷清得有些怕人，我心想要有个人一起才好。我倒不是害怕哪个活人，我是想，这没准是生伤寒死掉的那家伙回来了，在查看让他送命的那条排水沟吧。这个念头吓得我掉转头来，走到花园门口，想瞧瞧能不能看到默切的提灯，可是别说他了，连半个人影也不见。”

“街上一个人也没有？”

“别说没有一个活人，就连一条狗也看不见。得，我就壮起胆子走回去，推开屋子的大门。里面没有一点动静，我就走进有亮光的那个房间。壁炉架上有根蜡烛，烛光在晃晃悠悠——是根红蜡烛，在烛光下，我瞧见……”

“行了，您瞧见些什么我都知道了。您在房间里转了好儿圈，您跪在尸体旁边，然后您走过去开了开厨房的门，然后……”

约翰·兰斯噌地一下立起身来，脸色惊慌，眼睛里满是惶惑的神情。“您是躲在哪儿瞅见的？”他大声喊道，“我觉着您连有些不该您管的事也知道了。”

福尔摩斯笑了起来，隔着桌子把名片扔给这个警察。“可别把我当凶犯抓起来哟，”他说，“我是猎狗，而不是狼；格雷格森先生，或者莱斯特雷德先生，都可以为此作证。得，还是说下去吧。您接着又做了些什么？”

兰斯重新坐下，但脸上仍是一副大惑不解的表情。“我回到花园门口，吹响警笛，默切和另外两个巡警闻声赶来。”

“这时候街上没人走过吗？”

“没有，至少没有够得上像嫌疑犯的人。”

“这话是什么意思？”

这个巡警咧嘴笑着说：“我平时见过的醉鬼算见得多了，可像这样大声嚷嚷的醉汉，我还真是从没见过。我出去的那会儿，他正在花园门口，背靠着栏杆，扯开嗓子高唱科伦芭茵[1]《新式旗》之类的曲子。没人扶他，他都站不住了。”

1 科伦芭茵：意大利传统喜剧中的程式化角色，通常是活泼伶俐的年轻女仆，而且是丑角哈勒昆的情人。

"这是怎样的一个人？"歇洛克·福尔摩斯问。

约翰·兰斯好像对这样的打岔有点不高兴。"他是个与众不同的醉鬼，"他说，"要不是我们忙得腾不出手来，他准得给带进局里。"

"他的脸——他的衣着，这些您都没注意吗？"福尔摩斯不耐烦地打断他说。

"我想我倒是注意到的，因为是我在扶他——我和默切一边一个扶他来着。他个子挺高，脸膛红红的，下巴上……"

"够了。"福尔摩斯大声说道，"他后来怎么样了？"

"我们忙得根本没工夫去管他。"这巡警悻悻然地说，"我敢担保，他认得回家的路。"

"他穿什么衣服？"

"一件咖啡色的外衣。"

"手上有没有拿马鞭？"

"马鞭——没有。"

"他准是把它放在车上了。"我的同伴低声说，"后来您有没有凑巧看见或听见一辆马车经过？"

"没有。"

"这半镑金币给您了。"我的同伴说着，起身拿好帽子，"兰斯，恐怕您这辈子甭想晋升了。您这脑袋瓜子不光是长着看的，还该好好用用才行。昨晚您本来是有机会升个军士军衔的。您抓住的那个人，正是我们在找的这案子的关键人物。现在再说这些已经没用了；我只是告诉您而已。走吧，医生。"

我俩一起出门回去找马车，留下那警察满腹狐疑地待在屋里，不过显然他心里也觉着不是味儿了。

"这个笨蛋！"我们乘车回寓所的路上，福尔摩斯愤愤然地说道，"你想想，好不容易有这么一个绝好的机会，他居然会白白错过。"

"我还是弄不明白。没错，兰斯说的完全符合您的想法，这桩案子里确实还有另外一个人。可是，这个人离开屋子以后，干吗还要回去呢？作案的人通常都不会这么做的呀。”

“戒指，伙计，戒指，他回去找的就是这个。如果我们没别的办法逮住他，我们不妨拿这枚戒指当诱饵。我会逮住他的，医生——我敢押一赔二跟您赌一把，他肯定会上钩。这事我还真得谢谢您。要不是您，我说不定还不会去呢，那样一来，我就要错过这次平生最有意思的研究：血字研究，呃？为什么不能用有点色彩的词儿呢？这条谋杀的红线，贯穿在生活灰暗的雾团之中，我们的职责就是找到它，把它剥离出来，纤毫毕露地展现在人们眼前。现在去吃午饭吧，然后是诺曼·聂鲁达的音乐会。她的起音和弓法都妙不可言。肖邦的那个小曲子，她真是拉得棒极了：特拉——拉——拉——里拉——里拉——来。”

这位不受雇于官方的侦探，背靠在车座上，像只云雀似的一路唱着，而我则在默默地想，人类的大脑可真是无所不能啊。

第五章　启事引来一个访客

早上的奔波，真让我虚弱的身体受不了，到了下午我实在累极了。福尔摩斯去听音乐会以后，我就躺在沙发上，尽量想睡上两个钟头，可怎么也睡不着。我满脑子都是些稀奇古怪的念头和揣测，处于非常兴奋的状态。只要一闭上眼睛，眼前就会浮现遇害的男子那张扭曲的、狒狒似的面容。这张脸上的表情凶恶至极，我不由得生出一种感觉，觉得把长着这么张脸的家伙从世界上除掉的那个人，我对他除了感激很难有别的任何感情可言。如果说有哪张脸真能表明此人就是个十恶不赦的坏蛋的话，那它肯定就是克利夫兰的伊诺克·J.德雷伯的这张脸。但我毕竟还是清楚地意识到，正义必须得到伸张，从法律的角度看，遇害人是个恶棍，并不能作为宽恕凶手的理由。

我愈想愈觉得福尔摩斯关于那人是被毒死的假设令人惊奇。我记得他是怎样去嗅死者的嘴唇的，毫无疑问，他一定是查到了某些线索，才产生这个念头的。再说，既然那人身上没有伤痕，也没有绳索勒过的痕迹，假如不是毒药，那又是什么东西致他死亡的呢？但是另一方面，地上那稠厚的血迹又是怎么回事呢？既没有搏斗的迹象，遇害人身上也没有任何凶器可以弄伤对手。只要这些问题没有得到解答，我就觉得入睡绝非易事。福尔摩斯那平静、自信的态度，使我相信他已经形成了一个完整的想法，能把这一切事情都解释清楚，尽管那是什么想法我一时还没法猜到。

他回来得很晚——我知道他听完音乐会以后，一定还去了别的地方，否则不会这么晚。他进屋时，晚餐已经在餐桌上摆好了。

"音乐会太棒了。"他在餐桌旁坐下，开口说道，"您还记得达尔文关于音乐是怎么说的吗？他声称人类在具有语言能力之前，早就有了创造和欣赏音乐的能力。或许就是这个缘故，我们的灵魂深处还依稀留存着这世界处于孩提时代时那些朦胧岁月的回忆。"

"这种观念好像有点不着边际。"我说。

"一个人的观念，要是想用来解释大自然的话，就得像大自然那样无边无际。"他回答说，"怎么啦？您看上去有些不对劲。布里克斯顿街的这桩案子搅得您心烦意乱了吧？"

"说实话，是这样。"我说，"按说有了在阿富汗的经历，我应该心肠挺硬了。我在迈旺德战役里眼看着同伴被劈成几段，也没吓掉过魂。"

"我能理解。这件事情里有种神秘的东西刺激着想象；没有想象，就没有恐怖。您看过晚报了吗？"

"没有。"

"晚报上对这桩案子报道得相当详尽，不过里面没提到把那个男人抬起来时，有一枚女人的结婚戒指掉在了地板上。不提也好。"

"为什么？"

"您看一下这则启事。"他说，"上午去过案发现场以后，我马上给每家报馆都送去了这样一份启事。"

他把报纸隔着餐桌扔给我，我朝他指过的部位看去。那是招领栏的第一则启事，全文如下："今晨在布里克斯顿街位于白鹿街和荷兰林苑间路段拾到足金结婚戒指一枚。请于今晚八至九时前往贝克街221号B座向华生医生认领。"

"对不起，"他说，"我用了您的名字。要是用我自己的名字，那些笨蛋当中说不定有谁会看出破绽，又想来搅和在里面了。"

"这没关系。"我回答说，"不过，要是有人来认领，我可没戒指哟。"

"哦，没事，您这不就有了？"他说着把一枚戒指递给我，"这一只足够应付了。它跟原来那枚几乎一模一样。"

"您料想谁会看了启事来认领呢？"

"噢，那个穿咖啡色外衣的男人——咱们那位穿方头靴、脸色红润的朋友。他要是自己不来，也会派同伙来的。"

"他不会觉得这样做太危险吗？"

"绝对不会。假定我对这桩案子的想法是正确的，而我有一切理由相信它是正确的，那么这个人宁愿冒再大的风险，也不肯失去这枚戒指。据我看来，他是在弯腰去看德雷伯的尸体时把戒指掉在地上的，可他当时并没觉察。离开那座宅子以后，他发现丢了戒指，于是急忙赶回去，可是看到由于自己一时粗心，没把蜡烛吹灭，已经把警察给招来了。他只好假装喝醉了酒，免得人家会对他此刻出现在大门口萌生怀疑。现在，您不妨设身处地帮他想一想。把事情前前后后想过以后，他一定会有这么一个想法，就是戒指完全可能是在离开宅子以后掉在半路上的。然后他会怎么做呢？他会急不可耐地去看晚报，指望在失物招领栏里找到它。他看到这则启事当然会眼睛发亮。他会喜出望外。他干吗要害怕会有圈套？在他眼里，根本没有理由把找戒指跟谋杀联系在一起。他应该来。他会来的。不出一小时您就能见到他了。"

"然后呢？"我问。

"哦，然后您就让我来对付他吧。您有武器吗？"

“我有一把老式的军用手枪，还有几个弹夹。”

“您最好把它擦一下，装好子弹。他是个会铤而走险的人；虽说我会趁他没防备的当口制服他，不过凡事还是多做个准备为好。”

我到卧室去，照他的话作了准备。当我拿着手枪回来时，只见餐桌已经收拾干净，福尔摩斯正在小提琴上拨弦，这是他最喜欢的消遣。

“案情复杂起来了。”我进屋时，他说道，“我发给美国的电报，刚刚来了回电。我对这桩案子的想法是正确的。”

“您的想法是……”我急切地问。

“我的提琴换一套弦线，会好得多。”他应声说，“把您的手枪放在衣袋里。那家伙来的时候，用平时的语气跟他说话。其余的事情交给我。别一个劲地盯着他，免得惊动他。”

“现在是八点钟。”我瞧了瞧表说。

“对。大概再过几分钟他就到了。请把房门开一条缝。这样就行。再把钥匙从里面插在门锁上。谢谢！这儿有一本古里古怪的旧书，是我昨天在书摊上淘到的，书名叫《论各民族之法律》，用拉丁文印刷，一六四二年在苏格兰低地的列日出版。这本棕色书皮的小书问世之时，查理一世的脑袋还好端端地长在脖子上呢。”

“印刷商是谁？”

“菲利普·德·克鲁瓦，不知道是个什么人。扉页上写着‘威廉·怀特藏书’，墨水已经褪色。我不清楚这个怀特是何许人也。我猜他是个十七世纪偏执自负的律师。他的笔迹透出一种吃法律饭的人的怪癖。我想是我们那位朋友来了。”

他这么说的当口，楼下响起一阵清脆的门铃声。歇洛克·福尔摩斯轻轻地起身，把椅子朝门口的方向挪了挪。我们听见女仆走进门厅开门时碰锁清脆的咔哒声。

“华生医生是住这儿吗？”一个清楚而又相当粗涩的声音问道。我们听不见女仆的答话声，但听到大门关上，有人上楼而来。听得出来人脚步不稳，而且是拖着脚走的。福尔摩斯竖起耳朵在听，脸上露出惊异的神色。脚步声沿过道慢慢靠近，随后房门上响起很轻的笃笃声。

“请进。”我大声说。

应声推开门的，不是我们在等的那个狠巴巴的男人，而是一个满脸皱纹的老太婆，她一瘸一拐地走进屋来。她像是突然见到强光感到眼花，行了个屈膝礼后，老眼昏花地站在我们面前眨巴着双眼，颤巍巍地把手伸进衣袋里乱摸一气。我瞥了一眼福尔摩斯，见他脸色黯然之至，就只好仍然做出很镇定的样子。

这个干瘪老太婆掏出一份晚报，指指我们登的那则启事。“我呢，两位先生，就为这事儿来的。”她说着，又行了个屈膝礼，“就是布里克斯顿街的结婚戒指呀。那是我女儿萨莉的，她还是去年这时候才结婚的呢，她男人在跑远洋的英国船上，是个海员，他可是说过的，要是他回来看见她没有了这枚戒指，那就等着瞧吧，他平时就是个火暴性子，喝醉了酒就更甭提了。我是想说，她昨天晚上去看马戏来着，手上戴着……”

“这就是她的戒指吗？”我问。

“谢天谢地！”老婆子喊道，“今儿晚上萨莉可要开心死了。就是这枚戒指。”

“您住哪儿？”我边问边拿起一支铅笔。

“豪恩兹迪奇，邓肯街13号。离这儿可有一大段路呢。”

“从哪个马戏院到豪恩兹迪奇也不会走布里克斯顿街哪。”歇洛克·福尔摩斯冷不丁说道。

老妇人转过脸去，那双又红又肿的小眼睛倏地一下盯住了他。“那位先生是问我住哪儿。”她说，“萨莉住在佩卡姆的梅菲尔德广场街3号。”

“您的名字是……”

“我的名字叫索耶，她的夫家叫丹尼斯，她男人叫汤姆·丹尼斯，在船上是个挺机灵的小伙子，做事也挺正派，要说信得过，公司里再没比他更信得过的船员了；可一上岸，又是女人又是喝酒……”

“这是您的戒指，索耶太太，”我看到福尔摩斯的眼色，就打断她的话说，“它显然是属于您女儿的，我很高兴能把它物归原主。”

这个老太婆叽叽咕咕地说了一通感恩戴德的话，把戒指放进了衣袋，然后摇摇晃晃地走下楼去。歇洛克·福尔摩斯一见她出了屋子，当即跳起身来，冲进自己的卧室。几秒钟过后从卧室出来时，他已经穿好一件粗呢长大衣，戴好一条领巾。“我去跟踪她。”他急匆匆地说，“她一定是个同伙，会把我带到他那儿。等我回来再睡。”楼下的大门刚在这位来客身后关上，福尔摩斯已经下了楼。我从窗口看见她在街对面步履蹒跚地往前走，福尔摩斯保持一段距离尾随在后。“除非他的整个想法出了毛病，”我暗自寻思，“要不然他这回就能解开谜团了。”他其实根本不用开口让我等他回来，因为我不知道他此行结果如何，是不可能睡得着的。

他出门时已经快九点了。我压根儿不知道他要多久才能回来，只好枯坐在那儿抽着烟斗，随手翻看亨利·米尔热[1]的《放纵的生活》。十点钟敲过了，我听见女仆进屋去睡觉的脚步声。十一点钟，房东太太更为庄重的脚步声从我门前经过，她也回屋去睡觉了。将近十二点时，只听得他关大门时碰锁砰地响了一下。他进屋的当口，我从他的脸上看得出他没有得手。忍俊不禁和懊恼失悔似乎在相互交锋，一争高低，最后突然间前者占了上风，他情不自禁地放声大笑起来。

“我决不能让苏格兰场的那帮人知道这事。”他高声说道，一屁股坐在椅子上，“我老是取笑他们，这回让他们抓住把柄，他们可不会放过我了。不过人家笑我，我也不怕，因为我知道往后我总会跟他们扯平的。”

“到底是怎么回事？”我问。

“哦，我把自己出乖露丑的故事讲给您听听也无妨。那家伙走了没

1 亨利·米尔热（1822—1861）：法国小说家，曾当过列夫·托尔斯泰的秘书。《放纵的生活》是他的代表作。普切尼的歌剧《波西米亚人》即取材于这部小说。

多远，就一瘸一拐地做出一副脚疼的样子。过了一会儿，她停了下来，叫住一辆路过的四轮马车。我设法靠近她，想听清她报的地名，不过我根本不用操这份心，因为她报地名的声音响得在街对面也听得清：‘到豪恩兹迪奇，邓肯街13号。’我心想，看来她真的是住在那儿了。看清她坐进马车以后，我纵身跳上车厢后背。这是每个侦探必须练就的技能。于是，马车一路疾驶而去，直到邓肯街才放慢速度。车子将近到宅门跟前时，我就跳下车来，懒洋洋地在街上往前走去。我看见马车停了下来，车夫跳下车，打开车门等在旁边，可是没人下车。我走到车夫跟前时，他正在空无一人的车厢里把手乱挥一气，嘴里不停地骂着种种我闻所未闻的咒语。他的乘客早已无影无踪，那笔车费只怕是没法收到了。我俩上13号去打听，得知这儿住的是一位正派的裱糊匠，名叫凯瑟克，他从没听说过一个叫索耶或丹尼斯的人。”

“莫非您是说，”我惊异地大声说道，“那个步履蹒跚、弱不禁风的老太婆，居然能在马车行驶的途中跳下车去，而且您和车夫都没看见她下车？”

“真是活见鬼！”歇洛克·福尔摩斯急促地说，“我俩才是老太婆呢，居然让人这么给耍了。那肯定是个年轻人，一个身手敏捷的小伙子，而且还是个技艺高超的好演员。他的化装无懈可击。他肯定是觉察到有人在跟踪，就耍了这一手把我给甩了。这表明，我们的对手不像我原来以为的那样是孤身一人，他有一帮甘愿为他去冒风险的朋友。行了，医生，您看来已经撑不住了。听我的话，进去睡觉吧。”

我确实已经筋疲力尽，所以就听他的话去睡了。只剩福尔摩斯一人坐在幽幽的炉火跟前，直到夜很深了，我还听见他那低沉的琴声如怨如诉地回旋着，知道他还在反复思考那个他执意要攻克的奇怪的难题。

第六章　托比亚斯·格雷格森一试身手

第二天，各报竞相登载“布里克斯顿奇案”——这是他们对这个案子的叫法。每家报纸都连篇累牍做了详细报道，有的报纸还配发了专评。其中提到的有些情况，是我原先不知道的。我的剪贴本里至今还保留着许多有关这件案子的剪报和摘录。以下是经过整理的部分内容：

《每日电讯报》评论说，在犯罪史上迄今还很少见到情节如此离奇的案件。遇害人用的是德国名字，案犯全无其他作案动机，以及留在墙上的可怖字样，全都说明这是政治难民和革命党人作的案。社会党在美国有好多支部，死者无疑是触犯了他们的不成文法，因此被他们跟踪到了英国。这篇文章旁征博引，谈到了秘密刑事法庭制度[1]，托法娜毒药水[2]，意大利烧炭党人，德·布兰维利耶侯爵夫人[3]，达尔文的进化论，马尔萨斯的人口论，以及雷克利弗公路谋杀案，最后的结论是告诫政府当局，提倡对在英国的外国人严加防范。

《旗帜报》指出，这种无视法律的暴行，通常总是发生在自由党执政期间。它们起因于民众心智的不健全，以及随之而来的种种职权的削弱。死者是一位美国绅士，已在伦敦逗留几个星期。他下榻于坎伯韦尔区托凯街夏庞蒂埃夫人的公寓。他的私人秘书约瑟夫·斯坦格森先生随他一起前来伦敦。两人于本月四日星期二向房东太太辞行，随即前往尤斯顿车站，并称拟乘快车去利物浦。曾有人在站台上看到他们，但此后就没人见过他俩，直至德雷伯先生的尸体，有如报道所载，在距尤斯顿数英里外布里克斯顿街的一幢空宅里被发现。他是怎样去那儿的，又是怎样在那儿遇害的，至今仍是不解之谜。斯坦格森现今下落不明。所幸的是，我们获悉苏格兰场的莱斯特雷德先生和格雷格森先生联袂负责此案，相信两位著名警探定能迅速侦破此案。

《每日新闻》认为此案无疑是一桩政治案件。大陆各国政府积极推行专制政体，对自由党的主张深恶痛绝，其后果是将一大批因有前科而

1　秘密刑事法庭制度：指十二至十六世纪中叶在威斯特伐利亚实行的秘密法庭制度。

2　托法娜毒药水：托法娜是十七世纪中叶的一个意大利女人，曾发明一种在当时极为著名的慢性毒药水。最后她供认她的毒药水毒死过六百多人。

3　德·布兰维利耶侯爵夫人：十七世纪法国年轻美貌的毒药杀人犯，最后被处斩刑。

颇难成为好公民的人驱赶到了英国境内。在这伙人中有一套很严格的帮规,但有触犯,处死不贷。眼下应尽一切努力找到死者的秘书斯坦格森,以便弄清死者生前爱好习惯的种种细节。死者曾住过的公寓地址现已查明,使案情有了一大进展,这完全要归功于苏格兰场格雷格森先生的机敏和干练。

福尔摩斯和我在用早餐时一起阅读这些文章,它们似乎让他觉得非常有趣。

“我跟您说过,无论情况怎样,莱斯特雷德和格雷格森总是赢家。”

“那也得看案子结果如何吧。”

“哼,根本没有关系。要是这家伙给逮住了,那就是他们尽心尽责,马到成功;要是让他给逃掉了,那就是尽管他们尽了全力,事情仍不顺利。反正总是他们有理。无论他们怎么做,总有人为他们捧场。‘一个傻瓜再傻,也会有个更傻的家伙崇拜他。’”

“这究竟是怎么回事?”这时我不由得喊出声来,因为只听得门厅和楼梯上传来杂沓的脚步声,中间还夹杂着房东太太的埋怨声。

“这是侦缉队的贝克街小分队。”我的同伴一本正经地说。话音未落,只见六个街头流浪儿冲进屋来,身上这么脏、衣服这么破的小混子,我还真从没见过呢。

“立正!”福尔摩斯厉声喝道,这六个街头小混子顿时站成一排,活像几尊又破又烂的泥塑。“以后你们只能让威金斯一个人进来报告,其余的人都等在街上。你们找到他了吗,威金斯?”

“没有,先生,我们还没找到他。”其中一个孩子说道。

“我没指望你们这就能找到,但你们必须继续找,直到找到为止。这是你们的工资。”他发给他们每人一个先令。“现在,你们走吧,下回带点好消息来。”

他挥了挥手,这群孩子就像一群耗子似的窜下楼去,不一会儿就从街上传来了他们的尖叫声。

“一个这样的小混子，比一打警察还派得上用场。”福尔摩斯说，“人家只要一瞧见警察模样的人，就闭上嘴不响了。而这些孩子，哪儿都去得，什么事情都打听得到，而且他们个个都是机灵鬼；他们缺的就是组织性。”

“您雇用他们帮您查布里克斯顿这桩案子吗？”

“是的；有件事我想确证一下。这只是个时间的问题。哈！我们这就要有好消息听了！格雷格森一路往这儿走来，一脸春风得意的样子。我知道，准是来找我们。得，他站住了。这就到门口了。”

果然楼下铃声大作，几秒钟过后，那位金发侦探三步并作两步地奔上楼来，闯进楼上的房间。

“老兄，”他握紧福尔摩斯反应冷漠的手喊道，“祝贺我吧！整个案子已经被我查得水落石出了。”

我仿佛觉得我这位同伴富有表情的脸上掠过一丝不安的阴影。

“您的意思是说，您找到可靠的线索了？”他问。

“可靠的线索！瞧您说的，朋友，我们已经把那家伙关押起来了。”

“他叫什么名字？”

“阿瑟·夏庞蒂埃，皇家海军中尉。”格雷格森得意扬扬地搓着两只肥胖的手，挺起胸脯大声说道。

歇洛克·福尔摩斯吁了口气，轻松地微笑起来。

“请坐，来一根雪茄吧。”他说，“我们急切地想知道您是怎么破案的。您要不要来点威士忌加水？”

“我想不妨来一点。”这位侦探回答说，“这两天我竭尽全力，真是弄得筋疲力尽。您知道，尽管体力上消耗并不大，可是心理上承受的压力很大。您对此是能够体会的，歇洛克·福尔摩斯先生，因为我们都是从事脑力劳动的。”

“您这么说我太不敢当了。”福尔摩斯一本正经地说，“让我们听听您是怎么取得这个令人高兴的收获的。”

这位侦探在扶手椅上坐定，沾沾自喜地吸了口雪茄，而后突然乐不可支地在大腿上猛地一拍。

“妙就妙在，”他大声说道，“那个傻瓜莱斯特雷德自以为聪明，可是走的压根儿就是岔道。他一心揪住那个秘书斯坦格森不放，可是那人在这桩案子里就像初生婴儿一样清白哩。我敢肯定，他这会儿已经把那人抓起来了。”

格雷格森说到这儿，情不自禁地放声大笑，一直笑到喘不过气来。

“那您是怎么发现线索的呢？”

“噢，我来原原本本讲给你们听吧。当然，华生医生，这事是绝对不能让旁人知道的。我们首先面临的问题，就是要查明这个美国人的来历。换了有的人，也许会坐等登出去的启事有个回音，或者知情人主动前来提供信息。这些都不是托比亚斯·格雷格森的办事风格。你们还记得死者身边的那顶帽子吗？”

“记得，”福尔摩斯说，“是在恩德乌德父子的店里买的，店址是坎伯韦尔街129号。”

格雷格森看上去挺沮丧。

“我没想到您也注意到了。”他说，“您上那儿去了？”

“没有。”

“哈！”格雷格森喊道，听上去像是松了一口气，“一个人不该忽视任何机会，即使它看上去微不足道。”

“对才智出众的人而言，不存在微不足道的事情。”福尔摩斯言简意赅地回答说。

“好，我去了恩德乌德的店里，问店主有没有卖过这种尺码、这种式样的帽子。他翻了翻售货记录，很快就找到了。这顶帽子是给德雷伯先生送去的，那位先生住在托凯街夏庞蒂埃寄膳公寓。这样我就搞到了他的住址。”

“漂亮——非常漂亮！”歇洛克·福尔摩斯轻轻地说。

“我接着就去拜访夏庞蒂埃太太。”侦探继续往下说，“我发觉她脸色发白，忧心忡忡。她女儿也在房间里——那姑娘长得非常漂亮；她看上去眼圈发红，我跟她讲话时她嘴唇直哆嗦。这些都逃不过我的眼睛。我琢磨这下有戏了。这种觉着侦缉对了路的感觉，福尔摩斯先生，您是了解的——仿佛浑身的神经都绷紧了似的。‘你们先前的房客，来自克利夫兰的伊诺克·J.德雷伯先生死于非命的消息，你们听说了吗？’我问。

“母亲点了点头。她看上去连话都说不出来了。女儿却一下子哭了起来。我更确信这两个女人对这桩案子一准是知情的。

“‘德雷伯先生是几点钟离开你们这儿去火车站的？’我问。

“‘八点。’她说，喉头发哽地强压住内心的激动，‘他的秘书斯坦格森先生说有两班火车，一班是九点十五分开，一班是十一点开。他打算去乘前面一班。’

“‘这就是你俩最后一次见到他吗？’

“我问这话的时候，那个女人脸色大变，一下子完全变成了铁青色。过了好一会儿，她才好不容易说出‘是的’两个字来——而且嗓音沙哑，声调极不自然。

“一阵沉默过后，那女儿以平静、清晰的声音开口说道：‘说谎是不会有好处的，妈妈。我们还是对这位先生说实话吧。我们后来确实又见过德雷伯先生。’

“‘愿上帝宽恕你吧！’夏庞蒂埃太太举起双手，瘫坐在扶手椅里喊道，‘你这是在害你哥哥呀。’

“‘阿瑟也会宁愿我们说真话的。’姑娘态度坚决地回答说。

“‘现在您最好把事情全都说出来，’我说，‘说一半藏一半，那还不如不说。何况，您根本不知道我们已经掌握了多少情况。’

“‘都是你惹的事，艾丽丝！’母亲喊道；然后，她转过身来对我说：‘我会把一切都告诉您的，先生。请别以为我这么为儿子感到不安，是因为怕他跟这桩可怕的案子有什么牵连。他在这上面是完全清白的。我只是怕在您的眼里或在别人的眼里，他好像脱不了干系。可这是不可能的。凭他高尚的人品，他的职业，他的经历，他都是绝对不会那样做的。’

“‘您最好的办法就是把事情和盘托出。’我回答她说，‘请相信我，如果您儿子是清白的，我们决不会冤枉他。’

“‘艾丽丝，也许最好还是让我单独跟这位先生谈吧。’听她这么说，她女儿就退了出去。‘好吧，先生，’她接着说，‘我本来是不打算把这一切都告诉您的，但既然我可怜的女儿已经把事情捅了出来，我也就别无选择了。一旦决定告诉您，我就会毫无保留地全告诉您。’

“‘这是您最明智的做法。’我说。

“‘德雷伯先生在我们这儿住了差不多三个星期。他和他的秘书斯坦格森先生是来欧洲旅行的。我注意到他们的箱子上都贴有哥本哈根的旅行标签，知道他们刚从那儿来伦敦。斯坦格森是个安静、矜持的人，可是他的东家，恕我直言，跟他全然不同。这个人生性放浪，举止粗俗。刚到的那个晚上他就喝得烂醉，直到第二天中午过后还没能完全清醒。他对女仆的态度随便到了放肆的地步。更糟的是，他很快就对我女儿艾丽丝也是这副德性，不止一次地对她说些不堪入耳的浑话，幸亏天真的艾丽丝还不懂它们的意思。有一回，他居然抓住她的手，把她抱住——他这么胡作非为，连他自己的秘书都骂他不是东西。’

“‘那您干吗容他这么做呢？’我问。‘我想，只要您愿意，您随时可以回掉您的房客。’

“我这一问正中要害，夏庞蒂埃太太不由得脸红起来。‘要是我在他来的当天回掉他，那就好了。’她说，‘可是，这真是个说来叫人难堪的诱惑。他们每人每天付一镑——一星期就是十四镑，再说这又是租房的淡季。我是个寡妇，孩子在海军服役又得花我不少钱。我不愿少掉这笔收入。所以我就尽量忍着。可他最后那样做实在太过分了，所以我回掉

了他。这就是他离去的原因。’

“‘后来呢？’

“‘看见他乘车走了，我暗暗松了口气。我儿子正好休假在家，可是这事儿我对他只字没提，因为他性子很暴躁，而且对妹妹感情很深。看到他们走了，我关上房门，只觉得心头有块石头落了地。唉，谁想还不到一个钟头，门铃响了，那个德雷伯先生又回来了。他兴奋异常，显然又是喝醉了。我的女儿正坐在屋里，他硬是闯了进来，语无伦次地说什么火车误了点。然后他转向艾丽丝，居然当着我的面要她跟他一起私奔。“你不是小孩了，”他说，“没有任何法律拦得住你。我有的是钱，足够你花的。甭管这个老婆子，这就跟我一块儿走吧。你会生活得像个公主一样。”可怜的艾丽丝吓得直往后缩，可是他抓住她的手腕，一个劲地把她往门口拽。我惊叫起来，正在这时，我儿子阿瑟进来了。接下去发生了什么事情，我不知道。我只听见咒骂声和乱哄哄的扭打声。我当时吓得没敢抬起头来。等我抬起头来的时候，只见阿瑟站在门口大笑，手里拿着一根木棒。“我料这小子再也不敢来找我们麻烦了，”他说，“我跟出去看看他还能怎么着。”说完，他拿起帽子就下楼去了。第二天早上，我们就听到了德雷伯先生死于非命的消息。’

“这些话都是夏庞蒂埃太太亲口说的，不过她当时说说停停，不时还要喘口气儿。有时候她的声音低得我差点儿听不出来。不过，她说的每句话，我都速记了下来，所以绝对没有弄错的可能。”

“非常精彩。”歇洛克·福尔摩斯说着，打了个呵欠。“后来怎么样呢？”

“夏庞蒂埃太太讲完以后，”这位侦探继续说，“我看出整个案子的关键所在了。我用眼光盯住她，这种眼光我发现在女人身上往往很奏效，然后我问她，她儿子是几点钟回来的。

“‘我不知道。’她回答说。

“‘不知道？’

“‘是的，他有大门钥匙，不用我们等他。’

"'那他是在您上床以后回来的?'

"'是的。'

"'您是什么时候上床的?'

"'大约十一点。'

"'这么说,您儿子至少出去了两个小时?'

"'是的。'

"'也许有四五个小时?'

"'是的。'

"'他在这段时间里都做了些什么?'

"'我不知道。'她这么回答时,嘴唇已经没有一点血色。

"问话问到这儿,自然就没什么再好问的了。我设法找到了夏庞蒂埃中尉的下落,带了两个警探前去逮捕他。当我抓住他的肩膀,警告他乖乖地跟我们走的当口,他竟唐突放肆地对我说:'我想你们逮捕我,是因为怀疑我跟那个恶棍德雷伯的死有牵连吧?'这茬儿我们还没跟他提起呢,他倒自己先说了,这就非常可疑。"

"确实如此。"福尔摩斯说道。

"他身边还带着那根沉甸甸的木棒,他母亲说过他就是提着这根木棒去追德雷伯的。这是根挺粗的橡木棒。"

"那么,您的结论如何呢?"

"哦,我的结论是这样的:他跟在德雷伯后面,一直跟到了布里克斯顿街。到了那儿,两人又争吵起来,争吵过程中德雷伯挨了一棒,这一棒可能是打在他的腹部,所以虽然把他打死了,却没留下痕迹。那天夜里雨下得很大,四周没有行人,于是夏庞蒂埃就把遇害者的尸体拖进那座空宅里。至于蜡烛啊,地上的血迹啊,墙上的血字啊,还有什么戒指啊,看来都是他布下的迷阵,目的是想把警方的侦破工作引入歧途。"

"说得好!"福尔摩斯用赞许的语气说,"真的,格雷格森,您大有进展。您已经成功在望了。"

“我得说，这件事我干得相当麻利。”这位侦探得意地回答说，“那个年轻人自愿写了个陈述，上面说跟踪德雷伯一段时间以后，德雷伯发现了他，就乘上一辆马车把他给甩了。他回家的路上，碰到一个在军舰上共过事的熟人，跟那人一起走了很长一段路。可是问到他那个熟人住在哪儿，他又没法自圆其说了。我认为整个案子的各个细节现在都能吻合了。我感到好笑的是因为想到了莱斯特雷德，他从一开始就走上了一条岔道。恐怕他就不见得会有多少收获喽。嘿，他这倒来了！”

来人确实是莱斯特雷德，他是在我们刚才谈话的当口上的楼，此刻他走了进来。他平时在举止和衣着上表现出来的自信和风度，这会儿全都不见了。他神色慌乱，心神不宁，而且衣冠不整，乱糟糟的。他想必是想来向歇洛克·福尔摩斯讨教的，因为一见同事在场，他顿时显得很尴尬，有些不知所措。他站在房间中央，神经质地捏弄着手里的帽子，拿不定主意做什么好。“这桩案子真是扑朔迷离，”最后他终于开口说，“实在叫人没法理解。”

“哈，您这么想吗，莱斯特雷德先生！”格雷格森得意扬扬地喊道，“我料到您会得出这个结论的。您设法找到那个秘书约瑟夫·斯坦格森先生了吗？”

“那个秘书约瑟夫·斯坦格森先生，”莱斯特雷德表情严肃地说，“今天早晨六点钟左右在哈利迪私家旅馆被人杀死了。”

第七章　黑暗中的亮光

莱斯特雷德带来的这个消息实在太重要，也太出乎意料，我们简直都惊呆了。格雷格森从扶手椅上跳起来，杯子里剩下的威士忌泼了出来。我默默地凝视着歇洛克·福尔摩斯，只见他双唇紧闭，眉头低锁。

“斯坦格森也死了！”他低声说，“案情愈来愈复杂了。”

“本来就够复杂了。”莱斯特雷德一边嘟哝着说，一边拉过一张椅子，“我就像一头闯进了哪个军事会议，一点头绪也没有。”

“您这——您这消息可靠吗？”格雷格森讷讷地问。

“我刚从他的房间来。”莱斯特雷德说，“是我第一个发现他出事的。”

“我们刚才正在聆听格雷格森关于这件案子的高见呢。”福尔摩斯说，“您能费心把您看到什么和做了什么都告诉我们吗？”

“当然愿意从命。”莱斯特雷德一边回答，一边在椅子上坐定，“我坦率地承认，我始终认为斯坦格森是跟德雷伯的死有牵连的。案情的这一新进展，证明我的判断全然错了。当初我认定那个想法以后，就着手寻找那个秘书的下落。三号晚上八点半左右，有人在尤斯顿车站见过他们。德雷伯的尸体是凌晨两点在布里克斯顿街发现的。摆在我面前的问题，就是查明八点半到案发这段时间里斯坦格森在做什么，还有后来他又情况如何。我给利物浦警方发了电报，描述了他的体貌特征，并通知他们密切注意驶往美国的船只。然后我就开始一家一家地查访尤斯顿附近的旅馆和出租公寓。您知道，我是这么推理的：如果德雷伯和他的同伴当时是分了手的，那么斯坦格森自然就要在车站附近找个地方过夜，然后在第二天早晨再去车站。”

“他们很可能事先约定了碰头地点。”福尔摩斯说。

“情况的确如此。我昨天找了整整一个晚上，毫无结果。今天我起得很早，八点钟就到了小乔治街上的哈利迪私家旅馆。我问旅馆里的人有没有一位斯坦格森先生住在那儿，他们马上回答说有的。

“‘您肯定就是他在等的那位先生了。’他们说，‘他一直在等一位先生，都等了两天了。’

“‘他此刻在哪儿？’我问。

“‘在楼上睡觉。他要我们九点钟叫醒他。’

“‘我这就上楼去见他。’我说。

“我当时以为，我突然出现在他面前，会使他惊惶失措，在没有心理防备的情况下说出真情。那个杂役主动为我引路：那个房间在三楼，有条小小的甬道直通那儿。那杂役把那个房门指给我看以后，返身准备下楼，正在这时，突然一幅令人作呕的景象映入我的眼帘，尽管我干这一行都有二十年了，但还是觉得恶心得很。只见一条细细的血流，弯弯曲曲地从房门底下往外淌，已经穿过走廊，沿着对面的踢脚板聚成一小汪血泊。我喊了起来，那杂役闻声回了过来。他见到这么多血，差点儿晕过去。房门是从里面锁上的，我们用肩头撞了开来。房间的窗子开着，窗子旁边躺着一个穿睡衣的男子，全身蜷缩成了一团。这是个死人，而且死了有一段时间，因为他的四肢都已经僵硬冰凉了。我们把他翻过身来，那杂役立即认出他就是以约瑟夫·斯坦格森的名字租房间的那位先生。死亡原因是身体左侧插了一把匕首，想必是刺到了心脏。还有一个细节，是这桩事情里最奇怪的。你们猜那死者的脸上有什么东西？”

我只觉得浑身毛骨悚然，还没等歇洛克·福尔摩斯开口，就已经预感到了恐怖的降临。

“用血字写的RACHE。”福尔摩斯说。

“正是。”莱斯特雷德怯生生地说。我们大家都静默了一阵子。

这个不知其名的凶手的行事，有一种有条不紊而又让人难以捉摸的意味，这就使凶杀案平添了一层可怖的色彩。我在战场上称得上镇定自若，可这会儿一想起可怖的血案，却不由得浑身打起哆嗦来了。

“有人见到过凶手。”莱斯特雷德接着往下说，“有个送牛奶的男孩在去牛奶棚的路上，正好走过那家旅馆后院马厩的小巷。他看到往日一直躺着的一架梯子，这会儿竖了起来，搁在三楼的一扇打开的窗子上。走过以后，这男孩又回头瞧了瞧，只见有个男人从梯子上爬下来。这个人不吱一声，大模大样的，男孩以为他是哪个在旅馆里干活儿的木匠呢。他没怎么多注意这个男人，只是心想这会儿就干活好像早了点儿。他回忆说，这个男人长得很高，脸膛红红的，穿一件咖啡色的长外套。此人在作案以后，一定还在房间里稍待了一会儿，因为我们发现脸盆里的水被血染红，想必是他在里面洗过手，另外床单上也有他故意擦过刀的痕迹。”

听到关于凶手的描述跟福尔摩斯的判断如此吻合，我不由得看了一眼这位同伴。但是，在他脸上看不见一丝兴奋或得意的神色。

“在房间里没有找到任何有关凶手的线索吗？”他问。

“没有。斯坦格森衣袋里有德雷伯的钱包，不过这好像是正常情况，因为平时都是由他付账的。钱包里有八十几英镑，没有人动过。这几桩案子都很不寻常，但肯定都不是谋财害命。遇害人的衣袋里没有证件或记事本，只有一封电报，是一个月前从克利夫兰发出的，上面写着‘J.H.正在欧洲’，但没署名。”

“没有别的东西了？”福尔摩斯问。

“没什么重要的东西了。死者在临睡前看的小说搁在床上，他的烟斗在他身旁的一张椅子上。桌子上放着一杯水，窗台上有一个木质的小药盒，里面有两颗药丸。”

歇洛克·福尔摩斯高兴地喊了一声，整个人从椅子上弹了起来。

“这是最后一个环节。”他兴奋异常地高声说道，“我的推理完全证实了。”

两位侦探惊愕地望着他。

“这团乱麻的线头，”我的同伴自信地说，“都已经掌握在我的手里了。当然，有些细节还有待充实，但我相信所有主要的事实，从德雷伯跟斯坦格森在车站分手，直到发现斯坦格森的尸体，整个案情的来龙去脉，我就像亲眼看见的一样。我来给你们验证一下我的结论。那两颗药丸您带来了吗？”

“带来了。”莱斯特雷德拿出一个白色的小盒子说，“药丸、钱包和电报我都带来了，因为我想把它们放在警署里妥为保管。这两颗药丸我只是顺手那么一拿，说实在的，我没觉着它们有什么重要性。”

“请把它们放在这儿。”福尔摩斯说，“好，医生，”他转向我说，“这是两颗普通的药丸吗？”

这肯定不是普通的药丸。它们呈珍珠色，又小又圆，对着光几乎是透明的。“从它们这么轻、这么透明来判断，它们应该是能溶于水的。”我说。

“一点不错。”福尔摩斯应声道，“现在劳驾您下楼去把那条狗抱上来，那可怜的畜生病了好久，房东太太昨天不是还在求您别让它再受这份罪了吗？”

我下楼去，把那条狗抱上楼来。它呼吸困难，目光呆滞，这都表明它离死期不远了。说真的，从它雪白的鼻吻就可以看出，它早已过了犬类通常的大限之年。我把它放在炉边地毯上搁着的一个靠垫上。

“我现在把其中的一颗药丸切开来，”福尔摩斯一边说，一边用小刀把药丸切成两半，“半颗我放回盒子里，留在以后派用场。另外半颗我就放进这个酒杯里，里面有一茶匙的水。你们都瞧见了，我的朋友华生医生说得没错，它真的溶化在水里了。”

“这事也许是挺有趣。”莱斯特雷德忿忿然地说，一个人疑心自己让人当作笑柄的时候，往往会用这种口气说话。“不过，我可看不出这跟约瑟夫·斯坦格森先生的死有什么关系。”

“别急，我的朋友，别急！到时候您会看到它跟那事大有关系的。我现在再往里面加点牛奶，味道就可口了，瞧着吧，这条狗马上就会舔个精光。”

说着，他把酒杯里的溶液倒进碟子，放在那条狗的跟前，它果然很快就把它舔光了。眼看福尔摩斯每一步都做得这么一丝不苟，没人再怀疑他不是认真的了；我们都静静地坐在那儿，目不转睛地望着那条狗，期待着某种令人大吃一惊的效果。但是，没有发生这样的事情。那条狗还是趴在靠垫上，吃力地喘着气，但是看得出它喝了掺牛奶的药水以后，既没好些，也没坏些。

福尔摩斯掏出怀表，时间一分钟一分钟地过去，仍然毫无动静，他的脸上显露出了一种极度懊丧失望的表情。他咬着下嘴唇，手指在桌子上下意识地敲击，还表现出其他种种极不耐烦的样子。看他情绪这么激动，我打心里为他感到难过，而那两位侦探却脸带讥讽地笑着，对他的尴尬处境感到幸灾乐祸。

“这不可能是个巧合。”福尔摩斯大声说道，临了他猛地站起身来，发狂般地在房间里踱来踱去，“这决不可能仅仅是巧合。德雷伯出事，我就已经疑心是用药丸作的案，斯坦格森死了以后果真找到了药丸。可是药丸竟然不起作用。这究竟是怎么回事？我整个推理的每个环节，肯定都不会有错。根本不可能有错！可是这条该死的狗却一点没有动静。啊，我知道了！我知道了！”他欣喜地尖叫一声，疾步走到木盒跟前，把另外那颗药丸切成两半，溶化以后，加进牛奶，再拿去给那条狗吃。可怜的畜生舌头还没来得及舔一下，就四肢痉挛抽搐，像遭了雷劈似的当即僵死在那儿。

歇洛克·福尔摩斯长长地吁出一口气，拭去额头的汗珠。“我应该坚信不疑才对呵。”他说，“到现在我应该知道，如果有个事实看上去跟整个一系列推理不相符合，那就表明它必定会有另外一种解释。盒子里的两颗药丸，一颗是剧毒的，另一颗却是没毒的。其实我本来在见到这只盒子以前就应该料到这一点了。”

最后那句话让我听得瞠目结舌，我不禁要怀疑他神志是否清醒了。然而，那条死狗躺在那儿，在证明他的猜测是正确的。我似乎觉得自己心里的迷雾渐渐在消散，对此案的真相开始有了个影影绰绰的了解。

“这一切在你们看来很不同寻常，”福尔摩斯接着往下说，“因为你们从办案一开始，就没能抓住你们面前那条真正的线索。我有幸把握住了它，于是此后发生的每一件事都可以用来证实我最初的假设，而且，说实在的，都是它合乎逻辑的结果。因此，那些困惑你们、使案情变得扑朔迷离的事情，都使我看得愈来愈清楚，对自己的结论更有信心。把不同寻常和神秘莫测混为一谈是不对的。最平常的案子，往往是最神秘的，因为其中没有可以作为推理依据的新鲜或者特殊之处。眼前这桩案子，假如遇害人的尸体只不过是在路边发现的，而且没有那么些非同一般、引人注目的细节使它变得特别显眼的话，案子的侦破就远远要困难得多。这些不同寻常的细节，绝对没有使破案变得更困难，它们的实际效果是使破案变得更容易。”

一直耐足了性子在听这番宏论的格雷格森先生，这会儿再也按捺不住了。“您且听我说，歇洛克·福尔摩斯先生，”他说，“我们都乐于承认您是个精明能干的人，而且有您个人的办案方式。但是，我们所需要的并不仅仅是理论和说教。现在的问题是要抓住凶手。我有过自己的论点，现在看来我是错了。夏庞蒂埃中尉不可能跟第二起凶杀案有关。莱斯特雷德一直在追踪斯坦格森，现在看来他也错了。您这儿露点口风，那儿露点口风，看来您对案情要比我们了解得多些，可是既然时间这么紧迫，我认为我们有权利直截了当地问一句：对这桩案子您到底掌握多少线索，您能说出作案人的姓名吗？”

“我得说，先生，我也认为格雷格森是对的。”莱斯特雷德说，“我们两个都作了努力，而都失败了。打从我走进这个房间以来，您不止一次地提到过，您已经掌握了您所需要的所有证据。想必您不会再瞒着不告诉我们了吧？”

“得把凶手抓住才是，”我说，“再拖延下去，他又会趁机再次作案了。”

给我们这么一逼，福尔摩斯显得有些犹豫了。他不停地在屋里踱来踱去，头垂得低低的，眉头紧锁，这是他陷入沉思时的习惯姿势。

“他不会再作案了。”临了他终于猛地停住脚步，面对我们开口说道，“对此你们可以不必再担心。你们问我是否知道凶手的名字。我知道。但是，仅仅知道他的名字还不够，更重要的是要能够抓获他。这事我看也快了。我很希望能亲自动手来做成这件事；而这就必须非常谨慎从事，因为我们要对付的是一个既机敏灵活，又会铤而走险的人，而且据我的切身体验，他还有一个跟他一样聪明的帮手。只要他还没有觉察已经有人掌握了线索，就有机会抓住他；而一旦他稍起疑心，他就会改名换姓，立时消失在这座大城市的四百万居民之中。我绝无刺伤二位自尊心的意思，但我不得不说，我以为警方不是他们的对手，我之所以没请你们协助，原因也在于此。万一我失败了，一切责任当然都由我来承担；不过我是作好了必胜准备的。眼下我只能向你们保证，一旦向二位相告绝无影响我全盘计划之虞，我一定如实相告。”

格雷格森和莱斯特雷德看来对他的这一保证，或者说对他小看警探的这一暗示，感到极为不满。格雷格森满脸涨得通红，一直红到脖子根上，莱斯特雷德那双小眼睛里，闪着好奇而又愤然的目光。可是还没等他俩来得及开口，就听见有人在敲门，来人是那个街头小混混的头儿，微不足道、浑身异味的威金斯。

“先生，请，”他举手碰了下前额说，“马车已经叫好，等在楼下。”

“好孩子。”福尔摩斯和蔼地说，一边从抽屉里拿出一副钢手铐来。“你们苏格兰场干吗不用这种新的式样呢？瞧这弹簧多灵巧，一碰就卡紧了。”

“只要能找到该戴这家伙的人，”莱斯特雷德说，“就用旧的也够好了。”

“是够好了，够好了。”福尔摩斯笑吟吟地说，“倒可以叫车夫来帮我提一下箱子。威金斯，去叫他上来吧。”

听到这位同伴这么说，像是他就要出门似的，我不由得感到很吃惊，因为他从没跟我提起过这回事。房间里有只小旅行箱，福尔摩斯把它拖出来，动手扎紧上面的皮带。车夫走进屋里的当口，他正在这么忙乎着。

“来帮我扣上这个皮带扣，车夫。”他单膝跪在地上，头也不回地说。

那车夫绷着个脸，老大不情愿地走上前，伸出手去帮他。就在这一刹那，只听得咔哒一下金属清脆的碰击声，歇洛克·福尔摩斯随即跳起身来。

“各位，”他眼睛发光地大声说道，“请让我介绍杰弗逊·霍普先生，谋杀伊诺克·德雷伯和约瑟夫·斯坦格森的凶手。”

整个事情都是在一瞬间发生的——快得我简直来不及弄明白是怎么回事，但是这一瞬间，福尔摩斯那得意的表情，他那明亮的声音，还有那车夫望着被施了魔法似的铐住他双腕的亮铮铮的手铐时那副惊愕、狂暴的面容，我至今历历在目。有那么一两秒钟，我们大概就像几尊塑像那样呆在那儿。然后，只听得那车夫狂吼一声，猛地挣脱福尔摩斯抓住他的双手，一头往窗户撞去。窗玻璃给他撞碎了，木头窗框也撞断了；但是就在他纵身往外蹿的当口，格雷格森、莱斯特雷德和福尔摩斯就像三条猎犬似的朝他扑了上去。他被拽了进来，接着就是一场你死我活的搏斗。他力大无比，凶猛异常，我们四个人一次又一次地被他甩开。他似乎有一种癫痫病人发作时的蛮劲儿。他的脸和手在跳窗时划破得很厉害，但尽管鲜血在流，他反抗的势头并不稍减。最后亏得莱斯特雷德用手卡住了他的脖子，卡得他差点儿透不过气来，他这才意识到再拼命也是徒劳了；但即使这样，我们还是得把他的双脚也铐起来，才感到放心。铐好以后，我们一个个气喘吁吁，上气不接下气地立起身来。

"他的马车就在下面，"歇洛克·福尔摩斯说，"可以用来把他送到苏格兰场去。现在，各位，"他满心欢喜地笑了笑，接着往下说，"我们这桩小小的奇案已经接近尾声了。各位但有见教，在下无任欢迎，如蒙赐问，定当一一作答。"

第二部　圣徒之国

第一章　在北美大荒原上

在北美洲大陆的中部，有一片干旱的荒漠，多少年来一直是抵御文明进入的屏障。这片从内华达山脉延伸到内布拉斯加，北起黄石河、南到科罗拉多的沙漠，是个荒凉的死寂之地。但大自然有时也在这片森严可畏的地貌上变换一下模样。这儿有白雪覆盖的峻岭，也有阴沉黑暗的深谷；有水流湍急的河流在地势起伏的大峡谷里奔突，也有广袤的荒原一望无际，冬天是白茫茫的雪原，夏天却是灰蒙蒙的盐碱地。这些景色共同的特点，是荒芜、冷寂和凄凉。

在这片令人绝望的土地上，没有一家住户。偶尔会有波尼人或黑脚族人[1]结队而过，前往别的狩猎地区，但即便这些硬汉中最勇敢的人，也受不了眼前凄凉的景象，巴不得早日穿越这可怕的荒野，重见他们熟悉的大草原。荒野上的狼在低矮的灌木丛中出没，秃鹰缓缓地在空中飞翔，笨拙的灰熊蹒跚地越过阴暗的沟壑，在岩石间寻觅可以果腹的食物。荒漠，就是它们的家。

世界上再也不会有比布兰卡山脉北麓更瘆人的景象了。极目望去，空旷的平野上布满盐碱的斑渍，以及一簇簇不起眼的灌木丛。地平线的最远处，是绵延的山峰，高低起伏的峰顶上覆盖着残雪。在这片广袤的土地上，没有生命的迹象，没有任何与生命有关的东西。铁青色的天空没有鸟儿飞过，灰蒙蒙的大地没有一点动静——死一样的寂静，充斥在天地之间。侧耳谛听，你听不到辽阔的原野有一丝声音传来；一切都归于寂静——令人绝望的死寂。

我们刚才说，在荒原上没有任何与生命有关的东西。其实并非完全如此。从布兰卡山朝下望去，可以看见一条小道蜿蜒穿过荒漠，消失在远方。这条小道，是由大车的车轮碾压出来，由许多冒险者的脚踩踏而成的。沿途散布着一堆一堆白色的东西，映衬着盐碱的斑渍，在阳光下闪着寒光。走近细细一看，原来那都是些白骨：有的粗大而毛糙，有的细小而精致。粗大的是牛骨，小巧的是人骨。穿越荒漠的车队驶经的小道，绵延一千五百英里，倒毙的旅人的残骸，就是这些车队在艰难的旅途留下的印记。

1　黑脚族人：原文为Blackfoot，指北美印第安人中一个氏族的成员，因惯穿黑色软鞋得名。

话说一八四七年五月四日，一个孤单的旅人从山上望着这片肃杀的景象。从他的容貌看，你会觉得他若不是这片荒原的精灵，便是这儿的魔鬼。但很难判断他究竟是四十岁不到，还是已经六十岁开外。他的脸瘦削而憔悴，枯黄的皮肤裹着瘦骨嶙峋的身躯；棕色的蓬发和长须上蒙着白渍；眼窝深陷，眼睛里射出瘆人的光亮；握住来复枪的那只手，瘦得皮包骨头。他站立时，得依靠手中的武器支撑身子，然而从他高大的身形和粗壮的骨架，可以想见他原先健硕壮实的体形。从他憔悴的脸容，从那空空荡荡挂在干瘪的身体上的衣服，可以想见他何以会显得如此衰老。这个男人快要死了——因饥饿和干渴而死。

他刚才艰难地下到谷底，再攀上这座小山，抱着最后一线希望想找到些许水源的踪影。眼前广漠寥廓的盐碱地，远方不见草木影子的群山，都断了他寻找水源的念想。在这片广袤的土地上，所剩的唯有绝望。他狂野的目光投向北面、东面和西面，终于明白他的漂泊已经到了尽头，在这个光秃秃的峭壁上，他的生命也到了它的尽头。“这儿不也挺好，何必要再等上二十年，才去死在一张舒服的床上呢？”他喃喃自语说，在一块巨石的阴影里坐下。

坐下之前，他先把已没用的来复枪和右肩上的包袱都放在地上，这个用灰色披巾裹着的大包袱，他一路上一直背在右肩上。对他现在的体力来说，包袱似乎太重了些，所以他放下的时候，着地的动作稍猛了一些。顿时，从灰色包袱里传出一声略带哭腔的喊声，伸出一张受惊的小脸蛋和两只小拳头，脸上一双棕色的眼睛非常明亮，手上有好些浅窝。

“你摔疼我了！”一个稚嫩的声音嗔怪地说。

“哟，是吗？”男人抱歉地回答说，“我不是故意的。”说着，他打开灰披巾，抱出一个五岁模样的可爱的小女孩，一双精致的小鞋子，粉红色的连衣裙，还罩着亚麻布的小围裙，处处显示着母亲对她的关爱。小女孩苍白的脸上没有一丝血色，但她健康的手臂和小腿让人看出，她没像背她的男人一样受苦。

“现在怎么样了？”他急切地问，因为他瞧见小女孩还在揉着后脑勺上蓬乱的金黄色鬈发。

“你来亲一下，就好了，”她一本正经地说，指了指碰痛的地方。“妈妈都是这么做的。妈妈呢？”

“妈妈走了。我想，你不久就会见到她了。”

“走了，哎！”小女孩说。“真奇怪，她没跟我说再见就走了；她去姨妈家喝茶都跟我说了再见才走呢，这回她走了都有三天啦。哦，这儿干得真让人难受，是吗？我们没水喝，也没东西吃了吗？”

“是的，什么都没有了，宝贝。你只要再忍一会儿，就一切都会好了。把头靠在我身上，就像这样，你会觉得好些。嘴唇都干得像块皮了，说话是够累的，可我想，我还是得把实情告诉你。你手里拿的是什么东西？”

“漂亮的东西！好玩的东西！”小女孩举起两片闪亮的云母，高兴地说，“回到家里我就送给鲍勃弟弟。”

“你很快就会看到比这更漂亮的东西了，”男人语气很肯定地说。“等一下，听我好好给你说——还记得我们离开那条河的情形吗？”

“哦，记得。”

“好，我们原以为很快就会再遇上另一条河的，你明白吗？可是不知有什么地方出了毛病，指南针，或者地图，或者别的什么东西，怎么也找不到那条河。水用尽了。只剩下一点给你们孩子喝的。后来……后来……”

“你就不能洗脸了。”小女孩望着他沾满污垢的脸，语气严肃地说。

“不能洗脸，也不能喝水。本德先生第一个走了，接下去是印第安皮特，后来是麦格雷戈太太，再后来是约翰尼·霍恩斯，再后来，宝贝，就是你妈妈。”

“哦，妈妈也死了。”小女孩喊了一声，用围裙捂住脸伤心地哭了起来。

“是的，他们都走了，只剩下你和我。我以为沿这个方向走，还能有机会找到水，所以我背着你一路走了过来。看来情况并没好些。现在已经甭想有什么指望了！”

“你是说我们就要死了？”小女孩止住抽泣，抬起泪眼婆娑的脸问道。

“我想十有八九是这样。”

“那你干吗不早说呀？”她欣喜地笑着说。“你把我吓了一大跳。现在多好啊，我们死了，就又可以和妈妈在一起了。”

“没错，你可以，宝贝。”

“你也可以。我会告诉妈妈，你对我有多好。我相信她一定会捧着一大罐水，在天堂门口迎接我们，还有好多好多荞麦饼，那些饼呀，热乎乎的，两面烤得脆脆的，鲍勃和我可喜欢了。那么，我们还要等多久呢？”

“我不知道……不会很久了。”男人说话时，凝望着北方的远处。在蓝色的天穹上，有三个小黑点正愈变愈大，速度很快地接近过来。一转眼工夫，已经能看清它们是三只褐色的大鸟了。它们在两个孤独的旅人头上转了几圈，而后栖落在高处一块可以俯视他们的岩石上。这是三只秃鹰，也就是西部荒漠里的兀鹫，它们的出现是死亡的预兆。

“公鸡和母鸡，”小女孩指着三只带来凶兆的大鸟，开心地喊道，拍着小手想让它们飞起来，“哎，这地方是上帝造的吗？”

“当然是他造的。”男人答道，这个突如其来的问题让他感到很惊讶。

“他造了伊利诺伊，他造了密苏里，”小女孩接着说，“我还以为这地方是别人造的呢。这儿可造得不怎么样，造的时候把水和树给忘了。”

“你来做祷告好吗？”男人有些踌躇地问。

“还没到晚上呢。”她回答说。

“没关系。时间是早了些，不过你放心吧，上帝不会在意的。我们坐大篷车穿过荒原的那会儿，你不是每天晚上都祷告的吗，这会儿你就照那样子祷告好了。”

“为什么你不祷告？”小女孩感到奇怪地看着他，问道。

“我不记得了，”他回答说，“我还只有这支枪一半高的那会儿，就不祷告了。不过我想，现在再开始也不晚。你把祷告词念出来，我在旁边一边听，一边跟着你念。”

“那好吧，你得先跪下，我也跪下，”她说着，把披巾铺在地上，“你再把手像这样举着，就会觉得好受些了。”

这是一幕奇特的景象，虽然只有秃鹰在看着。窄窄的披巾上，跪着两个漂泊的旅人，一个是天真无邪地祈祷的小女孩，一个是饱经沧桑、神色坚毅的粗汉。女孩胖乎乎的脸蛋和男子憔悴干瘦的脸，抬起朝着没有一丝云彩的天空，两个不同的嗓音——一个稚嫩而清脆，一个深沉而沙哑——在向此刻正和他们面对面的、令人敬畏的神灵虔诚地祈祷，齐声祈求得到怜悯和宽恕。祷告完毕，两人重又坐在巨石的阴影里，不一会儿，女孩就把小脑袋靠在她的保护人宽宽的胸膛上，依偎着他睡着了。他注视着入睡的小女孩，但过不了多久，他也抵御不住大自然的威力了。他已经有三天三夜不曾合眼休息了。眼皮渐渐耷拉下来，盖住了困乏的眼睛，脑袋渐渐往下沉去，垂到了胸前，灰色的胡须和女孩金色的发绺混在一起，两人双双睡了过去，都睡得很沉。

要是这个汉子晚睡半个小时，他就能看到一幅奇异的景象。在这片荒原的尽头，腾起一股小小的烟尘，先是很小的一点，远远望去几乎看不清楚，然后渐渐变得又高又宽，最终形成一团实实在在的浓厚的云雾。这团云雾还在继续变大，现在很清楚了，只有行进中的大队人马，才会扬起这样的烟尘。倘若是在一个土地肥沃的地区，一个观察者也许会得出结论，判断那是一大群在草原上迁徙的野牛正靠近过来。但在这片荒漠的原野上，这显然是不可能的事。烟尘滚滚而来，离两个孤苦旅人所在的悬崖愈来愈近；大车的帆布篷顶和武装骑马人的身影，在四处弥漫的扬尘中间显露出来，让人看清了一支西行的大篷车队。那是怎样一支浩浩荡荡的车队啊！前导已经到了山脚跟前，殿后的人马却还在远方的地平线上望不见尽头。广漠的荒原上，横穿着一条绵绵不绝的大篷车和各色各样马车的行列，男人有骑在马上的，也有徒步行走的。不计其数的女人，背负大包小包费力地前行，孩子在大车旁蹒跚而行，或从白色的篷布下面探出脑袋来。这显然不是一般的部族迁徙，而是一群为生计所迫，寻觅可以安身的异乡的流浪者。清新的空气中，传来大队人马的车轮碾压声、撞击声、吱嘎声和马匹嘶鸣的叫声。但声响再大，也没能惊醒悬崖上那两个疲惫的旅人。

行进在队列最前面的，是二十多个神情严肃而坚毅的骑马人，身穿深色家纺粗布衣服，挎着来复枪。他们来到山脚下，勒住马，聚拢商量一会儿。

“弟兄们，井应该在右边，”其中一人说道。他表情刚毅，胡子刮得很干净，头发已经有些花白。

“在布兰卡山右面——咱们要去格兰德河。”另一个人说。

“别怕找不到水，”第三个人大声说。“能从岩石中引水而出的神，现在决不会丢下他的选民不顾。”

“阿门！阿门！”众人齐声应道。

他们正要重新上路，忽然年纪最轻、眼睛最尖的那个小伙子猛地喊了一声，举手指着上方巉峻的悬崖。崖顶上有个很小的东西在飘动，鲜艳的粉红色映衬在灰色的山岩上，分外明亮夺目。见到此情此景，众人都勒住马，取枪握在手中，后面的人也纷纷拍马赶来增援。只听得“红番！红番！”一片啰唣。

“这儿不可能有印第安人，”年长的那个人说，他看上去是他们的头儿。“我们已经过了波尼人的地界，在翻越前面的山岭之前，不会再碰到别的部族了。”

“我上去看一下好吗，斯坦格森兄弟？”其中一人问道。

“我也去。”“我也去。”十来个声音喊道。

“你们把马留下，我们在这儿等你们。”长者回答说。

即刻，那几个年轻人翻身下马，拴好缰绳，沿陡峭的山坡迎着激起他们好奇心的那样东西攀爬上去。他们有着训练有素的斥候的自信和灵巧，动作迅速而又悄无声息。在下面平地上看着他们的同伴，眼见他们的身影轻快地掠过一块又一块岩石，直至映在蓝天的背景上。最先发出那下喊声的年轻人，走在最前面。突然，跟在后面的人看见他猛地一挥手，仿佛是被什么东西惊着了似的，而等他们赶到他跟前时，他们同样也被映入眼帘的景象给镇住了。

只见光秃秃的悬崖顶处，一小块空地上竖立着一块巨大的岩石，巨石阴影下躺着一个胡子很长的男人，他身材高大，神情严峻，但瘦得不成样子。从他平和的神情和均匀的呼吸声，可以知道他睡得很熟。一个小女孩躺在他身边，又白又胖的手臂搂住他又黑又瘦的脖颈，满头金发的小脑袋偎在他平绒短上衣的胸前。她嫩红的嘴唇微微张着，露出洁白整齐的牙齿，微微的笑意使充满稚气的脸上平添了几分调皮的意味。圆滚滚的小腿，白袜子，搭扣闪闪发亮的小皮鞋，和旁边那个男子瘦骨嶙峋的容貌形成了很奇特的对比。在这奇怪的一老一少头顶上方，有三只目光阴鸷的秃鹰站立在凸岩边缘上。看见有人上来，它们发出沙哑的尖叫声，悻悻然地振翅飞走了。

不祥之鸟凄厉的叫声惊醒了两个熟睡的旅人，他们迷惑地往身边看了看。男子艰难地站起身来，朝悬崖下面望去，刚才睡意袭来那会儿还是空荡荡一片的荒原，此刻行进着大队的人马。他凝神望着前方，脸上显出疑惑的表情，抬起瘦骨嶙峋的手遮在眼前。“敢情这就是神志昏迷吧。”他低声自语道。小女孩抓住他的衣角，站在他旁边，一声不响，充满稚气、困惑疑虑的目光朝四下里望着。

攀崖上来的这些人，很快就让他俩明白了眼前所见的是实实在在的事情。其中一人举起小女孩放在肩上，另外两人扶住虚弱的男子，一同往车队走去。

"我叫约翰·费里尔，"男子对他们说，"我们原先有二十一个人，现在就剩我和这个小家伙了。其余的人，都在南边不是渴死，就是饿死了。"

"她是你的孩子吗？"有人问。

"现在应该是了，"男子倔强地抬起头，大声说道，"她是我的孩子，因为是我救了她。谁也别想把她从我身边夺走。从今儿起，她就是露茜·费里尔了。那么，你们是什么人呢？"他问道，好奇的目光注视着面前这些强壮的、晒得黑黑的救援者，"你们看上去人很多啊。"

"有八九千吧，"一个小伙子说，"我们是受人迫害的上帝的孩子——是摩罗尼天使的选民。"

"我从没听说过这个天使，"男子说，"看来他选了好大一帮子人呢。"

"别拿神圣的事情开玩笑，"小伙子严肃地说，"我们信奉用埃及文字写在金箔上的圣典经文，那是由天使摩罗尼在帕尔迈拉亲手交给圣徒约瑟夫·史密斯[1]的。我们来自伊利诺伊州的瑙沃城，那儿有我们建造的圣殿。现在我们要寻找一个地方，避开那些迫害我们的人，避开那些不敬神的人，即使这个地方是在荒漠深处，我们也无所畏惧。"

一听到瑙沃城，显然约翰·费里尔就想起来了。"我明白了，"他说，"你们是摩门教徒[2]。"

"我们是摩门教徒。"众人异口同声地说。

"你们这是去哪儿？"

"我们也不知道。上帝假先知之手指引我们。你得去见见这位先知。他会指示我们该怎么处置你。"

这时他们已经来到山脚跟前，周围是大群的摩门教徒——脸色苍白、模样温顺的妇女；活泼嬉笑的儿童；还有神情焦虑、目光恳切的男

1 约瑟夫·史密斯：出身新英格兰农家。1827年他声称天使摩罗尼将镌有经文的金箔交付给他，并率领信众迁徙美国，在1830年创立摩门教，瑙沃是摩门教徒在伊利诺伊州建立的一个新城。

2 摩门教徒：摩门教的主要组织称为耶稣基督后期圣徒教会，约有360万信徒。这一部的标题中，"圣徒"既指后期圣徒，亦指圣徒教会的教徒，即摩门教徒。

子。他们看到两个陌生人，一个那么幼小，一个还那么憔悴，不禁发出一阵阵惊叫和叹息声。不过护送他们的人没有停留，在人群中开出一条路，径直往一辆大篷车走去，人群跟在他们后面。那辆大车在车队中格外显眼，车身特别高大，华丽而气派。这辆车套着六匹辕马，而别的车只有两匹或至多四匹辕马。在驾车人旁边，坐着一个男子，他最多不过三十岁，但长得肥头大耳，一脸杀伐决断的表情，看上去是个首脑人物。他正在读一本褐色封面的书，当那群人走到他跟前时，他放下书，仔细听他们叙述事情的原委，而后转脸向着那两个漂泊的旅人。

"要让我们收留你俩，"他神色严厉地说，"你们必须信奉我们的教义。我们绝不能让狼混进我们的羊圈。与其日后发现你们是使整个果子烂掉的斑点，不如今天就听任你们葬身这片白骨累累的荒原。你愿意接受这个条件跟我们走吗？"

"只要能跟你们走，我什么条件都接受，"费里尔说，一本正经的语气，引得那几位平时一直很严肃的长老[1]也忍俊不禁。唯独那个首领依然正襟危坐、不苟言笑。

"你带他走，斯坦格森兄弟，"他说，"给他吃东西、喝水，那小孩也一样。你还要负责给他俩讲解教义。我们已经耽搁很久了。出发！前进，向永恒的乐园前进！"

"前进，向永恒的乐园前进！"摩门教众齐声高喊，声浪此起彼伏，掠过绵延的车队，直到渐渐消失在远方。马鞭声声，车轮滚滚，队伍向前进发；不一会儿，浩浩荡荡的车队便又蜿蜒行进在茫茫的荒原上。负责照料那两个漂泊旅人的大司祭，把他们带到自己的大车上，那里已经给他俩准备了吃的东西。

"你们就待在这辆车上，"他说。"不出几天，你们就会恢复过来。从现在起，你们要记住，你们今生今世永远是教里的人。这是布里格

1　长老：原文为Elder，指摩门教会中的高级司祭（或称大司祭）。

姆·扬格[1]说的，他的声音就是约瑟夫·史密斯的声音，也就是上帝的声音。”

第二章 犹他之花

作者无意在此详述摩门教众备尝艰辛寻找定居之地的经过。从密西西比河畔来到落基山脉西麓，他们一路上所表现出的坚韧不拔的精神，在人类历史上几乎是没有先例的。蛮荒的部族，凶猛的野兽，饥饿，干渴，疾病——大自然能在他们行进的道路上设置的每一种艰难险阻——都被他们凭着盎格鲁-撒克逊后裔的坚强意志一一战胜了。但即便最坚强的心，毕竟也会被长途的跋涉和日积月累的恐惧所撼动。所以当他们看到脚下开阔的犹他谷地沐浴在阳光之中，听到首领告诉他们这就是期盼中的家园，这片充满希望的处女地将永远属于他们的那一刻，没有一个人不匍匐在地虔诚地向上天祈祷。

扬格很快就显示出他的才干，证明他不仅是一个果敢的领头人，而且是一个干练的管理者。总体布局图和区域规划图，勾画出了未来城市的面貌。城市周围的所有耕地，都依照每个教民的地位高低，按比例予以分配。商人照旧经商，工匠依然做工。城市里，街道和广场有如雨后春笋般出现在人们眼前。农村中，家家户户开沟渠、筑树篱、拓荒地、种作物，到了第二年夏天，弥望的已是大片金黄的麦田。整个新拓居地上，一派欣欣向荣的气象。而最让人引为自豪的是，市中心在建的大教堂正节节升高，规模日渐扩大。从晨光初现到余晖收尽，咚咚锵锵的锤击声、叽叽嘎嘎的锯木声不绝于耳。这座教堂，是新移民为纪念上帝指引他们安然渡过千难万险而建造的。

约翰·费里尔正式收养了小女孩，两人相依为命，和摩门教众一起来到大迁徙的终点。小露茜·费里尔被安顿在斯坦格森的篷车里，一

1 布里格姆·扬格：1844年史密斯去世。经过内部权力斗争后，布里格姆·扬格接任摩门教首领，1847年率领教众到犹他州定居，并建立新城盐湖城。

路上和这位摩门教大司祭的家人相处得很融洽，其中有他的三个妻子，还有他十二岁的儿子，一个任性、早熟的男孩。露茜凭着儿童活泼的天性，很快从失去母亲的悲痛阴影中走了出来，受到那三个女人的宠爱，在长途迁徙中适应了大篷车这种居无定所的新生活。而费里尔恢复体力之后，显示出他的得力向导和一流猎手的本色，很快便得到了新伙伴的赏识和尊重，当迁徙到达终点之后，大家一致同意，他应当和大伙儿一样，分到一大块肥沃的土地。这是除了扬格本人以及斯坦格森、坎伯尔、约翰斯顿和德雷伯四位高级司祭以外，新移民的标准待遇。

约翰·费里尔在分得的土地上造了一座结实的圆木小屋。木屋经常翻修，几年后扩建成了一座宽敞的别墅。他生来是个务实的人，做事说干就干，手也很灵巧。他凭着强壮的身子骨，可以在地里不知疲倦地从早忙到晚。就这样，他的农场和其他产业变得一天比一天兴旺发达。不出三年，他的家产便超过了周围的邻居。六年过后，他过上了小康生活。九年以后，他成了富人。十二年以后，整个盐湖城可以和他平起平坐的，就剩五六个人了。从大盐湖直至偏远的沃萨奇山脉，再没有比约翰·费里尔更响亮的名头了。

但有一件事——也只有一件事——他伤了教友兄弟的感情。任凭大家怎么劝他甚至和他争论，他就是不肯像同伴们那样娶妻成家。他从来不曾说明拒绝的理由，但每回人家说到这事，他总是固执到底，没有半点商量的余地。于是有人指责他对教义教规过于冷漠，有人指责他过于吝啬，不舍得花钱。还有人猜测他有过一段伤心的浪漫史，说什么在东海岸有个金发姑娘曾为他憔悴而死。但不管出于什么原因，费里尔始终坚守独身。而在其他一切方面，他都堪称执行新拓居地规章制度的典范，是个大家公认的虔诚、正直的教徒。

露茜·费里尔在木屋里渐渐长大，帮助养父照料里里外外的家务事。小女孩没有奶妈、母亲的疼爱，伴随她成长的是凛冽的山风和松林的清香气味。岁月一年年地过去，她出落成一个身材高挑、体格健美的大姑娘，脸颊越发红润，步态也越发轻盈了。路过费里尔农场旁大路的行人，只要看见过这个少女曼妙的身影穿过麦田，或者遇到过她英姿飒爽地骑在父亲的悍马上，身手矫健有如真正的西部牛仔，大多会在脑海中留下经久难忘的记忆。就这样，蓓蕾绽放成了鲜艳的花朵；见证了她父亲成长为那一带农场主的首富的岁月，把她造就成了整个西海岸难得一见的完美无瑕的美国少女。

然而，最先发现小女孩已长成亭亭玉立的少女的，却并不是她的父亲。在这种事情上，情况往往如此。这种微妙的变化，是缓慢地、令人难以察觉地完成的，天天看到的人反而是看不出的。少女本人也对此一无所知，直到有一天她听到某人的嗓音，或是触碰到某人的手时，心头怦然而动时，她才怀着既骄傲又害怕的心情，意识到一种新奇的、更为奔放的天性在她内心深处觉醒了。这种特殊的日子，这种预示着新生活的到来的小事，是每个少女都记在心里，不会忘怀的。而在露茜·费里尔，那本身就是一件生死攸关的事情，而且，它还影响了她和好些旁人未来的命运。

那是六月一个温煦的上午，摩门教众有如蜂群那般忙个不停（蜂巢正是他们教会的标志）。田里，街上，到处都是忙忙碌碌的人群。驮着重载的驴群排成一条长龙，行进在尘土飞扬的大路上。它们都往西而去，因为，当时在加利福尼亚兴起一股淘金热，而横贯北美大陆的通道正好穿过这座上帝选民之城。大路上还有大群来自边远牧场的羊群和牛群，以及一队队疲惫不堪的移民，漫长的路途折磨得他们人困马乏。在混杂的人群、畜群之间，露茜·费里尔凭着一个骑手熟练的骑术，一路策马小跑，她美丽的脸庞泛出红晕，金黄色的长发在脑后飘扬。父亲差她进城去办事，她仗着年轻人无畏的劲头，像先前好几次一样急着赶路，一心只想着早点进城把事儿办了，顾不上仔细观察四周情况。风尘仆仆地做着淘金梦的旅人，望着她疾驰而过的背影，纷纷露出惊讶的神色，就连通常很少有表情的那些运送毛皮的印第安人，也一改平时冷漠的习惯，对这位脸色白皙的美丽少女投去惊艳的目光。

她来到市郊，只见路上拥挤不堪，五六个容貌粗野的牧人从大草原赶来的牛群把路都堵死了。她没有耐心干等，瞅准一个看似缺口的空隙，纵马往前冲去。但她刚冲进牛群，身后的牛就挤拢过来，她眼看就要身陷犍牛之阵，被一大群眼露凶光、犄角粗长的小公牛裹挟着往前涌动。她平日里常跟小公牛打交道，所以对眼下的处境倒也并不惊慌，只是瞅空子驱马前进，心想尽快开出一条路，突出重围。但不巧的是，一头公牛不知有意还是无意，犄角猛地撞到了露茜那匹马的肋部，马顿时痛得惊跳起来。它前蹄腾空而起，狂怒地喷着鼻息，左冲右突，颠簸腾挪，骑术稍逊的骑手到了此时，再也休想在马背上坐稳。情势非常危险。惊马越是蹦跳，越是被牛角戳痛，也就越是狂跳不已。这时露茜所能做的，只能是紧贴马鞍，稍一闪失就有跌落马背，被粗野的奔牛践踏的危险。她从未遇到过如此凶险的突发状况，只觉得晕晕乎乎的，手里的缰绳不由得松了开来。飞扬的尘土和混乱的牛群中蒸腾而起的浊气，使她感到透不过气来，缰绳眼看就要脱手了。就在这千钧一发之际，身旁响起一个亲切的声音，使她意识到，有人来救她了。说时迟，那时快，一只强壮有力的褐色的手，一把抓住惊马的嚼环，硬是从牛群中开出一条路，很快带她突出了重围。

“您没事吧，小姐？”救她突围的人彬彬有礼地问道。

她抬头看了看他黝黑、粗犷的脸膛，放声大笑起来。“我真给吓坏了，”她天真地说，“谁想得到一群牛会把邦乔吓成这副样子？”

“谢天谢地，您总算没从马鞍上摔下来，”年轻人说这话的语气极其诚恳。他身材很高，模样有些粗野，骑着一匹黑白毛色相间的骏马，身穿猎人的粗布服装，肩上背着一支长筒来复枪。“我想您就是约翰·费里尔的女儿吧，”他说，“我看见您从他的庄园里骑马出来。您见到他，请问一下他是否还记得圣路易的杰弗逊·霍普。要是他就是那个费里尔，我父亲和他是老朋友呢。”

“您自己去问他不更好吗？”她问道，样子看上去很认真。

年轻人听到她这么说，显得很高兴，黑色的眼眸闪着喜悦的光芒。“行，我会自己去的，”他说，“我们刚在山里待了两个月，现在这样子实在不太适合前去拜访。下次他见到我们，一定会很高兴的。”

“他得好好谢谢您才是呢，我也要谢谢您，”她回答说，“他可疼我呢。要是我被牛群给踩了，他会伤心得要死的。”

“我也会。”年轻人说。

“您！嗨，我可看不出这跟您有什么关系。您还不是我们家的朋友呢。”

年轻猎人黝黑的脸上一下子挂满沮丧的神色，露茜·费里尔看了不由得放声大笑。

“噢，我不是那个意思，”她说，“您现在当然是朋友了。您一定要来看我们哦。现在我得走了，要不然父亲以后就不敢托付我办事了。再见！”

“再见。”他答道，抬起那顶宽边帽，俯首去吻她的小手。她掉转马头，举鞭一挥，沿大路飞驰而去，身后留下滚滚的尘烟。

小杰弗逊·霍普策马赶上同伴，一路上他神情忧郁、寡言少语。他们这伙人先前在内华达山脉探矿，此刻返回盐湖城，打算筹措一笔资金用于开发找到的银矿。他原先也和他们一样，非常热衷于这件事，但这次的邂逅使他的思绪岔开了。美丽的姑娘有如山间的清风那般清新宜人，吹进他的心田，却撩拨得他狂野桀骜的心难以自持。看到她的背影消失以后，他意识到自己面临人生中的一个关键时刻，开采银矿也好，别的什么事情也好，对他来说都不如这件刚发生的、使他的心神再也无法旁顾的事情来得重要。他心中萌动的爱意，已然不是一个懵懂少年说来就来、变幻不定的冲动，而是一个意志坚强、性格火暴的男子汉充满野性的狂热的激情。他的人生一帆风顺，至今为止想要做的事没有做不成的。此刻他暗暗对自己说，只要是坚持不懈的努力和坚韧不拔的毅力所能做到的事，他一定能做到，这件事他志在必得。

他当晚就去拜访了约翰·费里尔，以后就经常上门，成了农庄的常客。约翰的生活圈子就是这个峡谷，十二年来一直埋头于照管农庄，很少有机会了解外面世界的情况。而这些情况，恰恰是杰弗逊·霍普所能告诉他的，他的讲述很生动，不仅做父亲的爱听，露茜也爱听。他早年参加过加利福尼亚拓荒者的行列；在那些狂热而又给人留下美好回忆的年代，有多少人发财致富，又有多少人倾家荡产，这些充满传奇色彩的故事，他都能让父女俩听得津津有味。他还当过斥候，设过陷阱捕兽，到山里探过银矿，去牧场打过工。他生性好冒险，哪儿有搅动人心的新鲜事，哪儿就有杰弗逊·霍普的身影。没过多久，他就成了约翰·费里尔的知交，老农场主每当说起这个小伙子时，总是赞不绝口。碰到这种情况，露茜一声不响，但从她泛起红晕的脸颊和闪着幸福光芒的明亮的眼睛，可以明白无误地看到，她那颗少女的心，已经不复属于她自己了。纯朴的父亲也许没有注意到这些征象，但它们肯定逃不过赢得她芳心的年轻人的眼睛。

一个夏日的傍晚，他骑马从大路上疾驰而来，到门前勒住马。她正在门口，走下来迎接他。他把缰绳往栅栏上一扔，大步走上屋前的小径。

"我要走了，露茜，"他握住她的双手说，深情地望着她的脸，"我不要求你现在就和我一起去，但是，我下次回来时你愿意和我一起走吗？"

"什么时候？"她满脸通红地笑着问。

"至多两个月。到那时，我会来向你求婚，亲爱的。谁也不能阻拦我们。"

"你父亲同意了？"她问。

"他同意了，只要我们能把矿经营好就行。这事我一点不担心。"

"哦，行；既然你和你父亲已经都安排好了，当然也就用不着多说了。"她把脸颊贴在他宽阔的胸膛上，轻声地说。

"感谢上帝！"他声音嘶哑地说，弯下腰去吻她。"那么，事情就这么定了。我待的时间越长，就会越舍不得离开你。他们在峡谷那儿等我呢。再见，我亲爱的宝贝——再见。再过两个月我们就能在一起了。”

说着，他把她轻轻地推开，然后翻身上马，头也不回地一路狂奔而去，仿佛生怕再望一眼离别的人儿，他的决心就会动摇似的。她伫立在门前，目送他越跑越远，直至消失在远方。然后她——全犹他州最幸福的姑娘——返身走进屋里。

第三章　约翰·费里尔和先知谈话

杰弗逊·霍普他们离开盐湖城已经有三个星期了。约翰·费里尔每当想到只要那年轻人一回来，他就要失去女儿了，心里总会隐隐作痛。但她那张容光焕发的脸，却胜过千言万语，让他默许了这样的安排。他心底深处一直有个不可动摇的信念，就是说什么也不能把女儿嫁给一个摩门教徒。那种婚姻在他看来，根本不是婚姻，而是蒙羞，是耻辱。无论他对摩门教教义怎么想，在这一点[1]上他的立场是坚定不移的。但是，他对此始终三缄其口，因为，发表任何有违教规的意见，在那个时代的圣徒之国都是极其危险的事情。

是的，那是极其危险的——以至于最虔诚的教徒也噤若寒蝉，不敢哪怕压低声音谈论一下对教规的意见，唯恐祸从口出，会立刻遭到报复。当年宗教迫害的受害者，如今自己成了迫害者，而且是无所不用其极的迫害者。塞尔维亚的宗教裁判所也好，日耳曼的菲墨特殊法庭[2]也好，意大利的秘密社团也好，历史上所有这些令人谈之色变的机构组织，都不如天罗地网般笼罩在犹他州上空的宗教制裁机构那么严密高效，那么森然可怖。

这一机构是隐形的，从而又蒙上了一层神秘的外衣，也因此更让人感到恐怖。它似乎是无所不知、无所不能的，却又是谁也看不到、听不见的。有谁胆敢对教会不敬，很快就会消失不见，没人会知道他去了哪

1　这一点：指摩门教一夫多妻的教规。

2　菲墨特殊法庭：即中世纪晚期的德国威斯特伐利亚秘密刑事法庭。

儿、出了什么事。他的妻子儿女在家里等他,可是做丈夫、做父亲的却再也不能回来告诉他们,他在秘密审判者那儿惨遭了怎样的毒手。说话稍有不慎,举止稍有疏忽,就会招来杀身之祸,然而谁也不知道,这股始终在威慑他们的势力,究竟是什么势力。所以弄得人心惶惶,人人都提心吊胆,即便在荒郊旷野,也绝不敢说半句对它有所非议的悄悄话。

起先这股影影绰绰而又极其可怕的势力,其控制范围仅限于曾经信奉摩门教、后来却对教义持有异议或决然背叛的人。但很快它就扩张到了更广的范围。眼看成年女子的供应量日渐不足,而一旦没有足够的女人,一夫多妻制的教规就会变得有名无实。于是各种传言开始不胫而走——传说在不见印第安人踪迹的地区,移民被杀戮,营地遭洗劫。高级司祭的居所中,却新添了女眷——新来的女人终日以泪洗面,脸上难抑惧怕的神情。天色已晚仍在山上未归的村民不止一次遇到蒙面的武装团伙,趁着夜色悄无声息地从他们身旁一掠而过。这些传闻都说得言之凿凿,而且一再被新发现的事实所印证,直到有一天,大家终于明白这到底是一伙怎样的匪帮。时至今日,在西部荒凉的大草原上,一提起但族帮[1],也就是复仇天使,那一带的人无不闻之色变。

对这个作恶多端的组织的深入了解,非但不能缓解它在人们心中造成的恐怖的感觉,反而会使人愈来愈感到恐怖。没人知道哪些人是这个恐怖组织的成员。那一桩桩血腥的暴行,究竟是哪些人以宗教的名义干的,始终是无人得知的秘密。你把自己对先知和教会的疑虑,告诉一个你最信得过的朋友,结果说不定他正是当天晚上执着火把前来,血洗你家以示惩戒的人。因此,没人敢相信自己的邻居,没人敢把心里想的念头告诉别人。

一个晴朗的早晨,约翰·费里尔正要出门去麦田,忽然听见前院的门闩响了一下,从窗口看出去,只见有个浅褐色头发、身材矬壮的中年

1 但族帮:摩门教内的秘密恐怖帮派,自称复仇天使。

男子朝屋子走过来。他的心一下子提到了嗓门口,因为来的不是别人,而是布里格姆·扬格。费里尔战战兢兢地——他明白,这次来访只怕是凶多吉少——跑到门口迎接摩门教的这位首领。但对方对他态度很冷淡,脸色严峻地随他走进起居室。

"费里尔兄弟,"他坐下后开口说,目光从浅色的睫毛下面锐利地望着费里尔,"我们这些忠实的信徒,一直以来都把您当朋友对待。当您在荒漠里快要饿死的时候,是我们救了您,我们把自己的粮食分给您,带着您平安到达这个上帝选定的峡谷,慷慨地把田地分给您,让您在我们的保护下渐渐致富。这些都是实情吧?"

"是实情。"约翰·费里尔回答。

"作为所有这一切的回报,我们只对您提出一个条件:那就是,您应当信奉正教,遵守种种教规。您答应过这么做,但是,如果大家说的情况属实的话,您并没有这么做。"

"我怎么没这么做呀?"费里尔摊开双手争辩说,"难道我没缴公共基金吗?难道我没去教堂做礼拜吗?难道——"

"您的妻子在哪儿?"扬格问道,目光往四周扫了一下。"您把她们叫出来,让我和她们打个招呼。"

"没错,我是没有结婚,"费里尔回答说,"可是这儿女人本来就少,又有那么多男人比我更有资格娶她们。我并不是孤身一人:我有女儿照料我。"

"我要和您说的,正是您的这个女儿,"摩门教首领说,"她长大了,出落成了犹他州的一枝花,这儿好些地位很高的人都对她青睐有加。"

约翰·费里尔听了这话,心中暗暗叫苦。

"有些风言风语我是不愿相信的——他们说,她和一个非摩门教徒已经确定了关系。他们准是在瞎嚼舌头。天使交给圣徒约瑟夫·史密斯的圣典中,第十三条怎么写来着?'每个信仰虔诚的未婚女子,都应嫁给上帝的选民;她若与非摩门教徒结婚,必遭天谴。'事情明摆着,您既然发过誓要恪守教义，就不可能放任您的女儿亵渎圣典。”

约翰·费里尔没有作声，神经质地摆弄着手里的马鞭。

“凭这一点，可以检验您的信仰到底是真是假——这是四人裁判团[1]的决定。姑娘还年轻，我们不会把她嫁给一个老头，也不会全然不让她自己选择。我们这几个大司祭，都已经有许多小母牛[2]了，可是我们还有孩子呢。斯坦格森有个儿子，德雷伯也有个儿子，他们都会欢迎把您的女儿迎进家里的。让她在他俩中间选一个。他们都很年轻，很富有，而且信仰很虔诚。您看怎么样？”

费里尔紧皱眉头，低头不语。过了一会儿他终于说道：

“您得给我们点时间。我的女儿还小——她其实还没到结婚的年龄呢。”

“她有一个月的挑选时间，”扬格说着，从椅子上立起身来，“时间一到，她必须作出回答。”

走到门口，他涨红着脸，眼睛发亮地转过身来厉声喝道：“约翰·费里尔，要是早知您和您女儿竟敢固执己见，违抗神圣四人裁判团的命令，还不如当初就让你们留在布兰卡山等死呢！”

他做了个威吓的手势，转身走出房门，费里尔听得他沉重的脚步声在碎石小径上渐渐远去。

他木然坐着，肘支在膝上，暗自思忖怎样将这件事情对女儿说。正在这时，一只柔软的手搭在他的手上，只见女儿就站在他身旁。他看了一眼女儿苍白、惊恐的脸，就明白刚才那些话她都听到了。

“我没法不听见啊，”她迎着他的目光解释说，“他声音响得满屋子都听得见。哦，爸爸，爸爸，我们该怎么办呢？”

“别怕，”他把女儿搂在怀里说，粗大的手抚摩着她金黄色的头发。“总会有办法解决的。你对那个小伙子的心意，没变吧？”

1　四人裁判团：即由四个大司祭组成的最高裁判团。

2　许多小母牛：摩门教重要人物希伯·C.肯博尔在讲道时，曾以此暗喻他的一百个妻子。（原作者注）

她没有回答，只是紧握老人的手，默默地啜泣着。

“没变，当然没变。我可不想听你说已经变了。他是个好小伙子，而且他是个基督教徒，这要比这儿的人强多了，尽管那些人整天在祈祷和讲道。明天有一伙人去内华达，我会想办法让他们给他捎个话，让他知道我们现在处境很危险。如果我对这个年轻人没看走眼的话，他一定像骑着电报一样，飞也似的赶回来。”

露茜听了父亲如此描述，不由得破涕为笑。

“等他回来，他一定会给我们想个最好的办法。可我是在为你担心呢，爸爸。我听说——我听说过一些可怕的传闻，说的都是违抗先知旨意的人下场有多悲惨。”

“可是我们并没有违抗过他，”她父亲回答说，“到了要违抗的那天，还真得当心才是。我们还有整整一个月时间；到了时候，我想我们还是离开犹他为好。”

“离开犹他！”

“只能这样了。”

“农场呢？”

“能变卖的东西都变卖掉，剩下的就随它们去吧。说实话，露茜，我这已经不是第一次这么想了。我看不惯那些人对他们该死的先知俯首帖耳的样子，我在任何人面前都不会低三下四。我是个生而自由的美国人，不懂那一套。现在要学恐怕也晚了。他要是敢到这个庄园来指手画脚，就得先尝尝迎面飞来的枪弹的滋味。”

“可是他们不会放我们走的。”他女儿担心地说。

“等杰弗逊回来，我们很快就能搞定的。现在，亲爱的，你别太烦恼，别让眼睛哭肿了，要不然他见你这样，会来找我说话的。什么也别怕，不会有危险的。”

约翰·费里尔说这些安慰女儿的话时，语气非常坚定。但女儿还是注意到当晚父亲与往常不同，非常当心地插紧门闩，取下挂在卧室墙上生了锈的旧猎枪，仔细擦拭一番，装上了枪弹。

第四章 逃 亡

见过摩门教先知的第二天早晨，约翰·费里尔上盐湖城去，找到了要动身去内华达的熟人，请他捎封信给杰弗逊·霍普。他在信里告诉年轻人，他们此刻情况非常危急，他务必尽快赶回。把信交掉以后，他心放宽了些，回家路上心情轻松了许多。

走近庄园，他惊讶地看到大门两侧的桩墩上，各系着一匹马。更让他吃惊的是，一进门居然看见有两个年轻人大大咧咧地待在客厅里。其中一个是长脸，脸色苍白，他躺在摇椅里，两条腿跷在壁炉上。另一个脖子粗壮，浮肿的脸上神情粗野，双手插在裤袋里，站在窗前吹着口哨，吹的是一首通俗圣歌的曲调。费里尔进屋时，两人冲他点点头，摇椅上的那个先开了腔。

"您也许不认识我俩，"他说，"这位是大司祭德雷伯的儿子，我是约瑟夫·斯坦格森，在荒原那会儿，当上帝伸出手来，把你俩揽入神圣的羊栏时，是我俩在和您一起跋涉。"

"上帝早晚会将普天下的人都引入正途，"另一个年轻人齉声齉气地说，"一切都不用着急，他自有安排。"

约翰·费里尔冷冷地躬了躬身。他早就猜到了来人的身份。

"我们俩，"斯坦格森接着说，"奉了我们父亲之命，前来向令爱求婚，您和令爱可以在我们俩中间任选一个。不过呢，既然我还只有四个老婆，而这位德雷伯兄弟已经有七个了，所以看来我应该更有胜算才对。"

"不对，不对，斯坦格森兄弟，"另一个喊道，"问题不在于我们有几个老婆，而在于我们养得起几个老婆。我老爸刚把他的磨坊给了我，我比你有钱。"

"但我的前程比你远大，"斯坦格森回击说，"哪天上帝把家父召去，他的硝皮工场和制革厂就都归我了。到那时，我就是你们的大司祭，在教会里的地位高过你喽。”

小德雷伯望着镜子里的自己，装出笑脸接口说：“那可得看小姐怎么说了。我们就都听她的决定吧。”

他俩这么说话的时候，约翰·费里尔一直压住怒火站在门口，强忍着没用手里的马鞭去抽这两个家伙。

这会儿他终于忍无可忍，大步走到他俩跟前说：“听着，我的女儿叫你们来，你们才可以来。她不叫你们，你们就给我走远些。”

两个年轻的摩门教徒惊愕地望着他。在他俩看来，两人争着向女孩求婚，算是给她和她父亲天大的面子了。

“有两条路出这屋子，”费里尔大声说道，“这儿是门，那儿是窗。你们要走哪一条？”

他黧黑的脸看上去狠巴巴的，青筋暴起的手显得那么可怕；两个年轻人见势不妙，跳起身来夺路而逃。费里尔追到门口。

“你们商量定当了哪一个，告诉我一声。”他奚落他俩说。

“你会尝到苦头的！”斯坦格森脸色气得发白，大声嚷道。“你蔑视先知和四人裁判团。你就要死到临头了，你会后悔的。”

“上帝之手会重重地落到你身上，”小德雷伯喊道，“他能叫你生，也就能叫你死！”

“我倒要看看谁先死。”费里尔怒喝一声，冲过去要上楼取枪，露茜紧紧抓住他的手，好不容易才把他拦下。他从女儿手里挣脱出来，只听得马蹄声已经远去，知道再追也没用了。

“这两个人模狗样的混账东西！”他抹着额头的汗骂道，“孩子，要你嫁给这两个小流氓，我宁愿看着你去死。”

“父亲，我宁死不嫁，”她亢奋地回答说，“好在杰弗逊马上就要回来了。”

“对，他就要回来了。真是越快越好啊，不知道他们还会鼓捣些什么名堂呢。”

确实，这是刚毅的老人和他的养女最需要有人来给他们出主意，帮他们一把的关键时刻。在这个移民地区的历史上，还从来没有过如此无视大司祭权威的先例呢。既然一点小小的过失，都会招致严厉的惩罚，那么这种大逆不道之举，会引来怎样的杀身之祸呢？费里尔明白，他的财富和地位帮不了他。那些名望不在他之下、财富和他相当的人，不是照样神秘地失踪，家产全部归了教会吗？他是个勇敢的男子汉，可是这种始终悬在头上的影影绰绰的恐怖的氛围，却使他不寒而栗。任何看得清楚的危险，他都可以坚毅地面对，但是这种不知会来自何处的凶险，却叫他感到紧张不安。他把内心的恐惧隐瞒起来，不想让女儿知道，装出若无其事的样子，但是她，凭着对父亲的爱，一眼就看出了父亲的不安。

费里尔预料到，对他的举动，扬格一定会有所反应，会给出训示或警告，他没想错，但是那种警告方式，却是他万万没有想到的。第二天一早起来，他惊讶地看到，有一张四四方方的小纸片，用别针别在床罩上，正好就在他胸口的位置。纸片上用粗大的黑体字，歪歪斜斜地写着：

给你二十九天，让你改弦易辙，否则到时——

这个破折号，比起任何威胁来，都更惊心动魄。让约翰·费里尔百思不得其解的是，这张警告条究竟是怎么进入他卧室的，因为仆人们都住在外面的屋子里，而他卧室的门窗都是关得严严实实的。他把纸片捏成一团，什么也没对女儿说，但是出了这件事以后，他确实感到不寒而栗了。二十九天，显然是指扬格所说的一个月期限所剩的天数。一个人纵使再强壮，再勇敢，面对如此一个具有神秘力量的对手，你又能有什么办法呢？把纸片别在床罩上的那只手，完全可以把匕首插进他的心口，而且让他至死都不知道是谁杀了他。

下一天的事情更让人震惊。父女俩正坐在餐桌前用早餐，突然露茜惊叫一声，用手指着天花板。只见天花板中央赫然写着28这个数字，显然是用烧焦的木棒写的。她当然不懂其中的意思，他没有跟她说明。这天夜里他没有睡觉，拿着枪守了一个通宵。他没有看到任何异常的情况，也没听见任何异常的声音，但清晨开门一看，门上写着27，字体写得很大。

日子就这样一天天地过去；他发现藏在暗处的对手无一日不来，每天清晨必定会在某个显眼的位置看到他们留下的警示，告诉他一个月的宽限期还剩多少天。这些让他心惊肉跳的数字，有时出现在墙上，有时写在地板上，有时还会写在一块小纸板上，钉在花园的门或栏杆上。约翰·费里尔百般警惕，可就是没法知道这些日复一日的警告是什么时候留下的。看到它们，他心里就感到一种莫名的恐惧。他坐卧不安，日渐憔悴，目光中满是陷入困境的猎物的凄惶神色。现在他唯一的指望，就是那个年轻猎人快点从内华达回来。

二十天变成十五天，十五天又变成了十天，但还是没有年轻猎人的消息。天数一天天在减少，年轻猎人却依然杳无音讯。每当大路上响起马蹄的嘚嘚声，或者传来赶牲口的吆喝声时，费里尔就会急忙冲向大门口，心想援兵总算来了。最后，眼看五天变成四天，四天又变成了三天，他终于心灰意冷，对逃跑不再存指望了。他没有一个帮手，对居处周围的群山又不很熟悉，他知道自己是无力逃跑的。平日常走的那几条路，都有岗哨严加把守，没有裁判团的准许令，任何人都无法通过这些哨卡。看来他真的走投无路了，迫在眉睫的致命一击，很快就要落在他身上了。但是有个信念他始终不曾动摇，那就是只要一息尚存，他就不能让女儿受辱。

有天晚上他枯坐在屋里，苦苦思索脱离困境的办法，可是一无所获。当天早上墙上赫然写着2这个数字，第二天就是限期的最后一天。到时候会发生什么情况？他满脑子都是想象出来的种种可怕情景，影影绰绰而又光怪陆离。而女儿——他一旦走了，她会变得怎么样呢？难道真的就没法挣脱罩在他俩身上的这张无形的网了吗？想到自己这么孤苦无助，他不禁伏在桌上抽泣起来。

什么声音？他在寂静中听见一阵轻微的刮擦声——声音很轻，但是夜深人静，可以听得非常真切。声音是从屋子门口传来的。费里尔蹑手蹑脚地走过去，仔细谛听。声音停歇了一会儿，接着传来一下又一下令人不寒而栗的低沉的声音。显然是有人在轻轻地拍门。来人莫非是秘密法庭派来处决他的午夜杀手？要不就是前来标示限期最后一天的帮伙成员？约翰·费里尔感到，这种令他神经震颤、心头冰冷的惶遽惊恐，比死更难受。他纵身向前，拔出门闩把门打开。

屋外一片宁静。夜色清朗，天上的星星闪闪发光。屋前小花园的栅栏和木门宛然在目；但花园里，大路上，不见一个人影。费里尔松了口气，往左右望了一眼后，目光不经意间落在了脚下，惊愕地看见有个人手脚平摊，俯身躺在自己跟前。

这一惊非同小可，他身子往后退去，背靠在墙上，用手掐住喉咙，不让自己叫出声来。最先跃入脑海的想法是，平躺在地上的是个受伤或濒死的人，但转眼间，只见此人扭动着身子匍匐前行，像条蛇那样迅捷而不出声地爬了进来。一进屋，他跃身而起，关上屋门。惊讶的费里尔这才看清，眼前是杰弗逊·霍普充满暴戾之气、表情坚毅决绝的脸。

"天哪！"约翰·费里尔喘着粗气说。"你可把我吓坏了！你怎么会这副样子呢？"

"给我吃的，"霍普声音嘶哑地说，"我根本没有时间，两天两夜没能吃上一点东西、喝上一点水。"见桌上放着费里尔吃剩的冷肉和面包，他扑上去狼吞虎咽地吃了起来。

吃得差不多了，他问道："露茜还好吗？"

"她没事。她还不知道我们面临的危险。"费里尔回答说。

"这就好。这座屋子四周都布控了，所以我只能一路爬过来。那些家伙一准是干这一行的老手，不过要想逮住一个沃肖[1]的猎手，他们还嫩了点。”

约翰·费里尔此刻意识到，自己有了一个可信赖的同伴，顿时觉得自己像换了个人。他情不自禁地抓起年轻人粗糙有力的手，紧紧握住。“你是好样的，”他说，“能这样赶来和我们患难与共的朋友，真是太难得了。”

“你说的没错，伙计，”年轻猎人回答说，“我一向很敬重你，可要是这事只关系到你一个人，我恐怕会有些犹豫，拿不定主意要不要把脑袋伸进这个马蜂窝。现在我是为露茜而来，我不能坐视她受到伤害，我要带着你们离开犹他州。”

“我们怎么走得了呢？”

“明天是你们的最后期限，今儿晚上再不走，就来不及了。我有一头骡子和两匹马在鹰谷等着我们。你有多少钱？”

“两千金币，五千纸币。”

“行。我也有这么些，加在一起应该够了。我们得翻过几座山去卡森城。快去叫醒露茜。幸好你的雇工都不睡在这儿。”

趁费里尔去叫醒女儿准备出发的当口，杰弗逊·霍普把所有能找到的食物，一股脑儿塞进一只小包，装满一陶罐水，他凭经验知道，山上水眼稀少而且彼此相距很远。等他收拾好这些东西，费里尔已经带着女儿出来了，他们装束停当，可以上路了。恋人的相会，情意虽浓但为时短暂，时间分分秒秒都很珍贵，要做的事又那么多。

“我们必须马上出发，”杰弗逊·霍普说，声音很轻但语气非常坚决，一个人明知身临险境，却义无反顾直面危险的时候，用的就是这种语气。“前门和后门都有人把守，但我们可以悄悄地从侧窗爬出去，穿过麦田逃走。上了大路，只要再走两里路，就到鹰谷了，骡马已经等在

1　沃肖：北美印第安人部落，以狩猎为生。

那儿。天亮之前我们必须跑完一半山路。”

“遇到拦截怎么办?”费里尔问。

霍普拍了一下束腰外衣下鼓起的手枪枪柄。“要是他们人多,就只好先撂倒几个再说了。”他说这话时惨然一笑,眼神中露出几许杀机。

屋里的灯火都已熄灭,费里尔从黑幽幽的窗户悄悄往外看去,眼前的这片麦田曾经是他的土地,现在他却要和它诀别了。但他还是按捺住了心头的怅惘,想到女儿的名誉和幸福,他觉得为她而作出牺牲,即使倾家荡产,也是值得的。周围的一切,看上去都那么宁静怡人,沙沙作响的树林,开阔寂静的田野,让人难以想到这是一个杀机四伏的所在。然而年轻猎人苍白的脸和凝重的表情都表明,在他匍匐爬行到这座屋子来的一路上,他早已对处境的凶险有了亲身体验。

费里尔挎好钱包,霍普背起数量有限的食物和饮水,露茜拎的包里,装着她心爱的小物件。他们小心翼翼地打开窗子,趁一片乌云使夜色变得更为浓重的当口,相继翻窗进入小花园。三人屏息静气,猫着腰,深一脚浅一脚地穿过花园,借着树篱的遮掩,摸向通往麦田的那个罅口。刚要走到那儿,霍普一把拽住父女俩,把他们按倒在阴影里,三人一动不动地蹲伏着,大气也不敢出。

大草原的狩猎生涯,练就了杰弗逊·霍普的身手,他耳朵灵敏得像山猫。他们三人刚蹲下,就听得几步开外响起猫头鹰凄厉的叫声,紧接着不远处传来一声应答的啼鸣。与此同时,从他们刚才走近的罅口处,出现一个朦胧的人影,此人又学了一声枭叫发出信号,叫声刚落,另一个人从黑暗中现出身来。

“明天午夜,”第一个人说,他看上去是头儿,“枭叫三声就下手。”

“好,”另一个说,“我要通知德雷伯兄弟吗?”

“你通知他,让他再通知其他人。七点差九分!”

“五点差七分!”另一个应答;两人随即朝相反方向迅速离去。他俩最后说的暗语,显然就是口令。耳听得两人的脚步声渐渐远去,杰弗逊·霍普一跃而起，拉起费里尔父女通过罅口，尽全力拽着他俩快步穿越麦田，眼看露茜快支持不住了，霍普半扶半拽地拉着她往前走。

“快！快！”他大口喘着气，一再催促说。“我们已经穿过警戒线了。跑得快就有救了。快跑！”

一上大路，就跑得不那么艰难了。有一次看见前面有人，他们马上藏身麦田，躲了过去。快到小城的时候，霍普带父女俩折进一条崎岖狭窄的山道。夜色中，只见两座黑黢黢的山峰赫然耸现在前方，两座山峰中间的隘口就是鹰谷，马和骡子在那儿等着他们。杰弗逊·霍普凭着精准无误的直觉，穿行在巨石阵中，沿着干涸的河道来到一处山石叠嶂的僻静所在，三头忠实的坐骑拴在木桩上，静静地待在那儿。露茜骑上骡背，费里尔背着钱包骑一匹马，霍普骑另一匹马，沿险峻的小路在前面引路。

一个不谙大自然喜怒无常脾性的人，进了地势如此复杂的山岭，一定会晕头转向。山路的一侧是一千多英尺深的悬崖，参差不齐的山脊，犹如某个变成石头的怪物的根根肋骨，山脊上黑魆魆、阴森森地矗立着玄武岩的石梁。另一侧是横七竖八的乱石和岩屑，根本没有落脚的地方。中间这条弯弯曲曲的小道，有的地方窄到只容单人单骑通过的地步。崎岖难行的山路上，只有高明的骑手才能策马前行。然而，纵然有这些艰难险阻，三个逃亡者的心情是轻松的，因为每向前一步，就离他们逃离的专制暴政远了一步。

但是，他们很快就明白了一个严酷的现实，那就是他们仍然处于摩门教的势力范围之内。就在到达山口最险要、最荒凉的部位之时，露茜突然一声惊叫，举手指着高处。只见山道上方的巉岩上，一个黑色的人影清晰地映现在天幕上，那是一个岗哨。就在他们发现他的同时，他也看见了他们，一声“谁？”的喝问声，响彻静谧的山谷。

“过路的，去内华达。”杰弗逊·霍普回答时，伸手握住鞍旁的来复枪。

那哨兵手扣扳机，往下看着他们，一副信不过的样子。

“是谁准许的？”他问。

“四长老。”费里尔答道。以他对摩门教的了解，他知道那四个人是最高的权威。

“七点差九分。”哨兵朗声说道。

“五点差七分。”霍普立即应答，他记得在花园里听见过这个口令。

“过去吧，主和你们同在。”上面那个声音说道。

过了这道哨卡，路面变得开阔起来，坐骑可以奋蹄小跑了。

回头望去，只见孤独的守望者仍倚枪站立在高处。他们知道，他们已经过了摩门教管辖区的最后一个哨卡，自由在前方等着他们。

第五章　复仇天使

他们连夜在隘口纵横、砾石散布的崎岖山道上赶路。他们不止一次地迷路，但幸亏霍普惯于翻山越岭，每次总能重新找准方向。破晓时分，一幅荒凉而又美妙的图景展现在他们眼前。四围都是白雪覆顶的山峰，重叠隐现的山峦一直绵延到远方的地平线。他们所处的峡谷，两侧都是陡峭的山崖，崖上的松树仿佛悬垂在头上，起阵狂风就会倒下压住他们似的。这倒也并非无稽之谈，荒芜的山谷里散布着树干和巨石，它们都是在这种情形下滚落谷底的。就在他们通过山口的时候，一块巨石隆隆作响地滚落下来，寂静的峡谷里回声震荡，疲惫的马受了惊，一阵狂奔。

太阳从东方的地平线上冉冉升起，巍峨的山顶相继被照亮，宛似节庆日点燃的灯火，诸峰渐次被染成淡红色，闪耀着夺目的光泽。壮丽瑰奇的景观，使三个逃亡者精神为之一振。在一道从沟壑涌出的湍急的水流跟前，他们停下来歇口气，给骡马饮了水，自己也匆匆吃了顿早餐。露茜和父亲很想多休息一会儿，可是杰弗逊·霍普不同意。“这会儿他们正在追踪我们，”他说，“一切都取决于我们的速度。等到了卡森，我们后半辈子有的是休息时间。”

整整一天，他们都在峡谷中艰难地前行。傍晚时分算了一下路程，估计离敌人该在三十英里开外了。他们选在一座悬崖底下露宿，山岩多少能挡住些凛冽的寒风，三人挤拥着相互取暖，安安生生地睡了几个小时。但没等天亮，他们就起身赶路了。没有发现有人追赶的迹象，杰弗逊·霍普心想，他们总算已经逃离了摩门教的势力范围，那个可怕的组织容不得他们的反叛，对他们是必欲除之而后快的。他没有意识到那只铁掌可以伸得多远，更没有料到它已经离他们很近，马上就要把他们捏碎了。

第二天中午时分，那点可怜的干粮快要吃完了。霍普对此并不太担心，大山里有的是飞禽走兽。靠手中的这杆枪狩猎为生，在他是常有的事。他找了个隐蔽的凹处，拾了些枯枝，生起一堆篝火，让父女俩取暖——现在他们处于海拔将近五千英尺的高山上，寒风冷得刺骨。他拴好骡、马，吻别露茜，背上来复枪出发去寻找猎物。走出几步开外，他回头望去，看见费里尔和女儿俯身向着篝火，马和骡子一动不动地站在后面。再走远些，嶙峋的山岩就挡住了他的视线。

他翻山越岭，从一个峡谷到另一个峡谷，走了两英里多路，一无所获。不过，从树干上的抓痕和另外一些迹象来看，他判断附近有群熊出没；可是搜寻了两三个小时，仍然毫无结果。最后，他正打算空着手回去的当口，抬头往上瞧了瞧，却被眼前的景象惊住了，心头高兴得突突直跳。在上方三四百英尺的悬崖边上，站立着一头动物，看上去有点像绵羊，但是长着一对硕大的犄角。大角儿——霍普在心里这么叫它——大概是在为一群他没见到的畜群放哨；所幸的是，它冲着另一个方向，没有看见霍普。霍普把来复枪架在一块岩石上，腮帮贴住枪托，稳稳地瞄准目标后，才扣动扳机。野羊猛地蹿将起来，落地后又在悬崖边上挣扎了一会儿，然后终于跌倒滚落到了下面的斜谷里。

这只野羊太大了，要整个儿背走实在过于沉重，霍普割下一条腿和几块腰部的肉，背在背上赶紧往回走。这时将近黄昏，暮色已经渐渐变浓了。但刚走了几步，他就意识到自己陷入了困境。方才他一路寻找猎物，早已远离了他熟悉的那片沟壑，现在要想辨认原先的来路，可不是一件容易的事情。他此刻所在的山谷，沟壑纵横交错，相互都很相像，简直难分彼此。他顺着一道山沟往前走了一英里多路，发现前面那道湍急的山溪，肯定是不曾见过的。他确信自己是走岔了，于是回头换一条路，结果却还是不对。夜幕迅速降临了。即便找对了方向，走道也很不容易，因为月亮还没有升上来，两侧高耸的峭壁遮住了光亮，夜色变得又黑又浓。他背着沉重的猎物，一路走得又乏又累，脚下有些发飘，全凭一个信念支撑着自己，那就是他每往前走一步，就离露茜近一步，而且他背上的猎物，足以让他们在剩下的逃亡途中不会饿肚子。

他来到了先前跟他俩分手的峡谷隘口。即便在黑暗中，他也能辨认出两旁悬崖的轮廓。他想，他们等他一定等急了——他走了差不多有五个小时了。他兴冲冲地把双手拢在嘴边，喊了一声，心想他们听到峡谷的回声，就知道他回来了。他停住谛听应答。可是，没有任何应答，只听得刚才的喊声在沉寂的山谷里回荡，折射成无数的回声传到自己的耳畔。他又喊了一声，比刚才喊得更响些，但依然没有一丝声响从父女俩那儿传来。他隐隐感到一种莫名的恐惧，猛地撒腿往前奔去，肩上那些珍贵的野羊肉，在慌乱中掉落在地上。

越过那块突出的岩石，就可以一览无余地看清他燃起篝火的那片空地。篝火还没完全熄灭，但看得出从他离开之后，没人再照料过这堆篝火。周围同样是死一样的寂静。他担心的事，肯定已经发生了。他冲上前去。尚未燃尽的火堆旁边，没有一点生命的迹象：骡马，老人，姑娘，全都不见了。显然在他离开这儿的时候，有个可怕的灾难骤然降临——攫走了所有这一切，却没有留下一丝痕迹。

杰弗逊·霍普面对这突如其来的打击，一时不知所措，他感到头晕目眩，靠来复枪撑着才没摔倒下去。但是他毕竟是个生性顽强的人，很快就从短暂的迷惘中摆脱了出来。他从还在焖燃的火堆里捡起一根半焦的树枝，借着它的亮光察看这片小小的宿营地。地上满是马蹄印，由此可见，是一队骑马的人袭击了这儿，从蹄印来看，马队是折返盐湖城而去的。莫非他们掳走了费里尔父女俩？——正在这时，他的目光落在一样东西上，全身的神经都震颤了起来，他没法不相信，那帮人肯定掳走了父女俩。宿营地的一侧稍远处，有个矮矮的红土堆，霍普能断定那是他先前不曾见过的。毫无疑问，那是一个新堆的坟墓。他走近过去，看见土堆上竖着一根树枝，枝杈上插着一张纸。纸上写的寥寥几行字，分外醒目：

约翰·费里尔

生前住盐湖城

死于1860年8月4日

不久前刚和他分手的那个刚毅的老人，就这么走了，这几个字居然成了他的墓志铭。霍普急切地环顾四周，看有没有另一座坟墓。好像没有。这就是说，露茜被这队凶狠的骑手掳走了，她终究难逃给某个长老的儿子做妾的宿命。当年轻猎人明白她的命运无法改变、他自己对此无能为力的时候，他恨不能也和费里尔一样，长眠在这堆红土之下。

然而，不肯轻言放弃的劲头重又鼓起，把绝望派生出的呆滞神情一扫而光。纵然他已一无所有，他至少还可以豁出这条命去报仇雪恨。他生来就有从不气馁、锲而不舍的毅力，又长期生活在印第安人中间，从他们身上学到了不报仇不罢休的韧劲。他伫立在行将熄灭的篝火旁，默默转着一个念头，那就是只有亲手抓住仇人，让他们受到永世不得超生的惩罚，方能抚平他心头的悲伤。他下定决心，要把自己无比坚强的意志和用之不竭的精力，奉献给这唯一的目标。他脸色惨白，一步一步回到方才掉落野羊肉的地方，重新拨燃篝火，烤了足够吃上几天的野羊肉。他把烤肉捆包背上，不顾疲乏，在山岭中循着复仇天使[1]的来路而去。

一连五天，他在先前骑马走过的谷地跋涉前行，走得腿脚酸疼，又困又倦。夜里他栖身岩石底下，稍稍睡上几个小时；但天没破晓就又上路了。第六天，他来到了鹰谷，当初他们就是从这儿开始悲惨的逃亡之旅的。从这儿，他可以俯瞰摩门教徒们的屋宇。疲惫的他靠枪撑住身子，愤怒地向脚下这座静谧的城市挥动着干瘦的拳头。往下看去，只见几条大街上挂着彩旗，还有一些别的节庆饰物。他正在寻思这是什么意思，忽听得有马蹄声响，抬眼看见有个人骑马迎面而来。等来人驰近，霍普认出他是一个名叫考珀的摩门教徒，霍普曾经帮过他几次忙。所以等他到了跟前，霍普就开口招呼他，想从他那儿知道露茜·费里尔现在到底怎样了。

"我是杰弗逊·霍普，"他说，"你还记得我吧。"

这个摩门教徒带着毫不掩饰的惊讶神情看着他——确实，要从眼前这个衣衫破烂、脸色惨白、眼露凶光的流浪汉身上，认出昔日那个风度翩翩的年轻猎人来，还真是不容易呢。最后，当他好不容易看清对方是谁以后，他脸上的神情，从惊讶变成了惊恐。

"你到这儿来，难道是疯了吗？"他大声说。"要是有人看见我跟你说话，我的性命也保不住。为你帮助费里尔父女逃跑那档子事，四位长老对你下了搜捕令。"

"我不怕他们，也不怕他们的搜捕令。"霍普语气热切地说，"你是一定知道一些情况的，考珀。我以你心目中最珍贵的东西的名义，恳求你回答几个问题。我俩一向是朋友。看在上帝的分上，请别拒绝回答我。"

"你要问什么？"摩门教徒不安地问道。"快说。石有耳朵树有眼。"

"露茜·费里尔怎么样了？"

1　复仇天使：摩门教内的秘密恐怖帮派。参见第75页注1。

“她昨天嫁给小德雷伯了。脚别软啊，伙计，站稳喽；你怎么像掉了魂似的。”

“不用管我，”霍普虚弱地说。他跌坐在方才倚靠的大石块上面，嘴唇没有一丝血色。“你是说，她结婚了？”

“昨天结的婚——就为这，圣仪堂都悬挂了彩旗。小德雷伯和小斯坦格森还为谁娶她吵过一场呢。他俩都参加了追捕费里尔父女的那次行动，斯坦格森开枪打死了她的父亲，所以他觉得自己更有理由娶她；但是他俩当着裁判团的面争辩时，德雷伯一方占了上风，先知把她判给了他。不过，她在谁手里都长不了，我昨天看她的脸，就知道她死到临头了。她哪儿还是个女人呀，看上去就像个幽灵。你怎么，要走了？”

“是的，我要走了，”杰弗逊·霍普说，他已经从大石块上立起身来。他的脸像是大理石雕成的，表情坚毅而决绝，眼睛却露出凄厉的凶光。

“你去哪儿？”

“你别管。”霍普说着，背上来复枪，大步走下山谷，消失在野兽经常出没的大山深处。从此以后，所有那些野兽中，再也没有比他更凶猛、更危险的了。

露茜的结局，也被那个摩门教徒不幸而言中。不知是她父亲的惨死，还是她被迫接受的该诅咒的婚姻，使她终日难展心颜，越来越憔悴，不出一个月，便郁愤而死。酗酒成性的丈夫，本来就是冲着约翰·费里尔的财产娶的她，对她的死并不感到伤心；但他其他的几个妻子，还是为露茜操办了葬礼，按照摩门教的习俗，在落葬前为她彻夜守灵。次日凌晨，她们正围坐在灵柩旁边，突然门被猛地推开，一个看似饱经沧桑的男子大步走进屋来，瞧见他粗野的面容、褴褛的衣衫，她们的惊讶和恐怖简直无法形容。来人对瑟瑟发抖的女人们不加理会，连看也不看一眼，他径直走向裹着白纱的遗体，这个静静躺着的躯体中，曾经有过露茜纯洁的灵魂。他俯下身去，深情地吻了吻她冰冷的额头，然后拿起她的手，从手指上取下那枚结婚戒指。“不能让她戴着这东西下葬。”他狂怒地大声说，没等那些女人来得及喊人，他迅速下楼而去。这一幕显得那么怪异，又那么倏然而逝，就连在场的人都难以置信它真的发生过，更别说叫旁人相信了——然而那枚标志她做过新娘的金戒指，确确实实不见了，这是个无可否认的事实。

一连几个月，杰弗逊·霍普在山岭中转悠，过着野人般的生活；满腔报仇雪恨的怒火，却一刻也不曾熄灭。城里一时流言纷纭，传说有个神秘的幽灵时而在附近游荡，时而出没于人迹稀少的峡谷。有一次，一颗子弹穿过斯坦格森家的窗户，打在离他不到一英尺远的墙壁上。又有一次，德雷伯途经一座悬崖时，一块巨石訇然滚将下来，他幸亏马上扑倒在地，才算逃过一劫。这两个年轻的摩门教徒很快就明白了两次蓄意谋杀的起因，他俩多次带人进山搜寻，想要抓住或杀死这个心头之患，可是每次都无功而返。于是他俩采取严密的防范措施，绝不独自一人或在夜间出门，而且在住宅周围布置了警戒。过了一段时间，眼看那个对手没有一点动静，他俩对他的戒备渐渐放松了，心想时间也许终能消泯他的报仇之念。

其实大大不然，时间的流逝非但没能消泯，反而增强了霍普复仇的信念。他生性刚强，宁折不弯，如今满脑子想的尽是怎样报仇，此外再无别的念想。但归根结蒂，他又是个很实际的人。他很快就意识到，即便是铁打的身板，也经不住这般无休无止的折腾。日晒雨淋，四处觅食，消耗着他的体力。倘若他像条狗那样死在群山丛中，哪里还谈得上什么报仇雪恨呢，要是日复一日照样过下去，他早晚会这么死去。他觉得那才是正中了仇人的下怀，所以他尽管不情愿，还是回到了以前待过的内华达矿区，一边将养身体，一边干活攒钱，为达到目的做好准备。

他原本打算在那儿至多待一年，可是相继发生的一些不曾料到的情况，使他无法脱身，结果在矿上待了将近五年。虽然过去了这么些年头，当年的深仇大恨，他却一刻也不曾忘记，报仇雪恨的意愿，依然跟站在约翰·费里尔坟前的那个夜晚一样热切。他化了装，换了名字，又回到盐湖城。他已把生死置之度外，只求心中的正义得到伸张。但有个坏消息在那儿等着他。几个月前，摩门教派起了内讧，教派中的一些年轻成员奋起挑战长老们的权威，结果有一批教徒退出摩门教，离开犹他州，成为摩门教异教徒。德雷伯和斯坦格森也在其中；没人知道他们去了何方。有传言说德雷伯变卖大部分家产，换成了现钱，所以出走时已是富翁，而他的同伴斯坦格森，相比之下就是个穷人了。但是有关他俩的下落，始终没有丝毫线索。

许多人，尽管曾经义愤填膺，但面对如此这般的绝境，最终会把复仇的念头放下；但是杰弗逊·霍普从来不曾有过片刻的动摇。他身边的钱不多，不时靠打零工维持生计，就这样，他走遍美国的一个又一个城市，去寻找那两个仇人。一年一年过去了，黑发变得花白了，但是他仍像条猎犬那样在四处搜寻，心里只有一个目标，为了这个目标他不惜献出自己的生命。终于，他的执著有了回报。那仅仅是隔着窗子瞥见了一张脸，但这一瞥告诉他，他苦苦追踪的那两个人，眼下正在俄亥俄州的克利夫兰城。他回到寒碜的住处，把复仇的计划又细细想了一遍。不巧的是，德雷伯也隔窗认出了街上的流浪汉，从他的眼神中看到了杀机。德雷伯急忙带上斯坦格森——他现在是德雷伯的私人秘书——去找治安法官，声称他俩遭到一个昔日情敌的追杀，此人忌妒心极重，对他俩恨之入骨。当天晚上，杰弗逊·霍普被警方拘捕，因无法找保，在拘留所待了几个星期。等他终于获释时，德雷伯的住处已经人去楼空，德雷伯和斯坦格森早就去了欧洲。

复仇计划又一次落空，满腔的仇恨再次驱使他继续追踪。但由于缺钱，他有一段时间不得不先回去打工，为接下去的复仇之旅积攒路费。最后，钱终于攒够了，他动身前往欧洲，一个城市一个城市地追寻仇人，沿途不时打些零工，什么脏活苦活都干，但就是这样，还是没能发现那两个仇人的行踪。当他追到彼得堡时，他们已经去了巴黎；他赶到巴黎，却听说他们刚去哥本哈根。他追到丹麦京城，却迟了两天，那两个家伙动身去了伦敦。在伦敦，他终于追上了他们。至于接下去发生的事，我们还是再次引用华生医生在日记中的记录吧。华生医生的记录，我们前面已有所叨惠，下面摘录的内容中，则相当详细地记录了杰弗逊·霍普作为当事人的陈述。

第六章 华生医生回忆录的后续部分

杰弗逊·霍普的疯狂反抗，显然并不表示他对我们有什么恶意——一旦发现自己无力拒捕，他当即态度友好地笑了笑，说他希望刚才扭打时没有伤着我们。“我想您是要把我送到警署去，”他对歇洛克·福尔摩斯说，“我的马车就停在门口。您要是松开我的腿，我可以自己走下去。我比从前重了好多，抬起来可费劲呢。”

格雷格森和莱斯特雷德对视了一眼，看上去他俩觉得这个要求有点出格；福尔摩斯却二话不说，马上解开了绑在嫌犯脚踝上的毛巾。霍普坐起身来，伸展一下双腿，似乎想确认一下那两条腿又自由了。我记得，当时我看着他，心想我从没见过体格如此壮实的人；被太阳晒黑的脸上，有一种坚毅、刚强的表情，跟魁伟的体格一样令人心感钦佩。

“要是警署缺个头儿，我看您是合适的人选，”他用不加掩饰的赞许目光注视着我的同伴。“您跟踪我的办法真是绝了。”

“你们最好和我一起去，”福尔摩斯对两个警探说。

“我可以赶车，”莱斯特雷德说。

“好！格雷格森和我坐车里。您也可以啊，医生。您既然对这个案子很有兴趣，何不跟我们一起走一趟呢？”

我欣然接受提议，大家下楼而去。嫌犯全无要逃跑的意思，安静地坐进原来属于他的那辆马车，我们随即上车坐定。莱斯特雷德登上驭座，扬鞭策马，马车一会儿工夫就把我们带到了目的地。我们被引进一个小房间，里面的一个警官记下了嫌犯的姓名和他涉案谋杀的被害人的姓名。警官苍白的脸上漠无表情，他只是在没精打采地、机械地做他的例行公事。“此案本周就会开庭，”他说，“现在，杰弗逊·霍普先生，您有没有什么话要说？我必须警告您，您的每一句话都会记录在案，并有可能被用作不利于您的供词。”

“我有好多话要说，”嫌犯缓缓地说，“我想把所有的一切都告诉在座的各位先生。”

“出庭时再说，不是对您更好吗？”警官问。

“我恐怕不会出庭了，”他回答说，“你们不必紧张。我并不是说要自杀。您是医生吧？”他把目光凶野的深色眼睛转向我，问道。

“是的，我是医生，”我回答说。

“请您把手放在这儿，”他微微一笑说，被铐住的手往自己的胸口指了指。

我把手按在他的胸前，顿时感觉到那里面有一种异样的、杂乱的搏动。他的胸壁在震颤，仿佛有一部功率强大的机器在危房里开动，整个房子在剧烈地抖动。周围一片安静，我能听见他胸腔里发出的沉闷的嗡嗡声。

“唷，”我大声说，“您得了主动脉瘤！”

“他们是这么说来着，”他平静地说，“上星期我为这东西去看过医生，他对我说，过不了多少天，这个瘤就会迸裂。病情是一年年加重的。当初我在盐湖城的山里挨饿受冻，落下了这病根。现在我把要做的事都做了，再能活多久，我已经不在乎，但我还是希望能把有些事情说说清楚。我不想被人看作一个为杀人而杀人的谋杀犯。”

警官和两个侦探交头接耳，就是否可以允许他陈述自己案情的问题，紧急进行磋商。

“医生，您认为病情有随时发生意外的可能吗？”警官问道。

“确有可能。”我答道。

“既然如此，从有助于办案的角度着眼，我们有责任及早取得他的供词，”警官说，“先生，您有权作出陈述，但我再次提醒您，您的陈述都将被记录在案。”

“对不起，我得坐下来说，”嫌犯说着，径自坐了下来。“这个瘤让我很容易疲劳，半小时前那番搏斗，又折腾得我够呛。我已经是临死的人了，我不想对你们说谎。我说的每句话都绝对是真话，至于你们记下来派什么用场，那我就管不着了。”

说完，杰弗逊·霍普就把背靠在座椅上，开始了下面这番动人心魄的叙述。他神情安详，说得很有条理，仿佛说的这些事情都是再平常不过似的。对以下记录稿的准确性，我可以做担保，因为我能看到莱斯特雷德的卷宗，他是当场把嫌犯的供述逐字逐句记在上面的。

“我为什么恨这两个家伙，其中原因跟各位并没多少关系，”他说，“知道这一点就够了：他们害死了两个人——一个父亲和一个女儿——所以他们应该偿命，这是罪有应得。事情已经过去了那么久，我无法相信法庭一定会对他们作出有罪的判决。但我知道，他们确实是有罪的，于是我决定，我应该同时既是法官、陪审团，又是死刑的执行者。如果你们当时处于我的位置，只要你们身上还有一点男子气概，你们也会这么做的。

“我刚才说到的那个姑娘，本来是二十年前就要嫁给我的。但她被迫嫁给了那个德雷伯，心碎而死。我从她的尸体上取下婚戒，发誓一定要让德雷伯看着这枚戒指而死，要让他死个明白，知道这是对他的罪行的惩罚。我随身带着这枚戒指，跟踪德雷伯和他帮凶的足迹，跑遍了两大洲，最后终于追上了他们。他俩想把我拖垮累垮，但他们没能如愿。就算我明天死去——这是很有可能的——我也死而无憾，因为我知道，我已经做了我在这个世界上该做的事，而且做得很漂亮。他们俩都难逃一死，而且会是我亲手让他们送命。我心愿已足，别无所求了。

“他们有钱而我很穷，所以对我来说，要跟踪他们并不是很容易的事。到达伦敦时，我身上已经没有钱了，我必须先解决谋生的问题。驾车、骑马，对我来说，就像走路一样稀松平常，于是我去一家经营出租马车的车行提交了申请，很快他们就雇用了我。每周我要缴一笔份子钱，剩下的钱归我自己。剩下的钱少得可怜，但我还是慢慢积攒起了一些钱。最让我犯难的，是不认识路，我敢说，在所有路径难认的城市当中，伦敦是最像迷宫的。我身边始终带着地图，而一旦熟悉了大旅馆和主要车站的位置，情况就好多了。

“前不久，我发现了这两个家伙的住处；尽管我一直在打听、查找，可最后还是碰巧才遇上他们的。他俩住在泰晤士河对岸坎伯韦尔的一座公寓里。既然找到了他们，我知道，他们就落在我的手心里了。我留了胡子，他们已经认不出我了。我要跟踪他们，紧追不舍，等待机会的降临。我暗下决心，这次绝不让他们从我的手心里逃脱。

“话虽这么说，他们毕竟还是很容易逃脱的。所以我一点不敢掉以轻心，他们在伦敦无论走到哪儿，我都一刻不放松地跟着他们。有时我赶着马车尾随在后，有时步行盯住他们，不过还是赶着车更稳当，那样他们始终处于我的视线之中。我只有一早一晚可以揽客挣钱，要缴给老板的份子钱，也就拖欠了下来。可是我已经顾不上这些了，只要能亲手杀掉我苦苦追寻的这两个人，别的我什么都不在乎。

“这两个家伙很狡猾。他们一定是考虑到了可能我会跟踪他们，所以从不单独一人外出，也从不在夜里出门。一连两个星期，我每天驾车跟在他们后面，没有一次见到他俩分开过。德雷伯经常喝得醉醺醺的，可是斯坦格森一直没让我发现有任何疏忽之处。我天天盯着他俩，找不到下手的机会；但我没有泄气，我能感觉到，这个时刻就快到了。我唯一担心的是胸口的这个东西会迸裂，万一迸裂得太早了点儿，我可就功亏一篑了。

“终于，有天晚上我赶着马车在他们住的托凯街上转悠时，瞧见有辆出租马车驶来，停在他们屋前。马上有人把一些行李拿了出来，片刻过后，德雷伯和斯坦格森走了下来，一同登车而去。我扬鞭驱车，紧跟其后，心里不安地想，只怕他们又要换住处了。他们在尤斯顿车站下车，我唤来一个孩子替我看管马车，转身跟着那两个人来到站台。只听得他俩在打听去利物浦的火车什么时候开，站台的人回答说刚开走一列，下一列要几个小时后才开。听到这回答，斯坦格森看上去心情很烦躁，德雷伯却若无其事，甚至还挺高兴似的。尽管站台上人声嘈杂，但我站得离他们很近，他俩说的每句话，我差不多都能听得很清楚。德雷伯说他有件私事要去办一下，如果斯坦格森不介意等他一会的话，他很快就回来。斯坦格森劝他别走，提醒他说，他们说好不单独行动的。德雷伯回答说，情况有点微妙，那件事他必须单独去处理。我没听清斯坦格森说什么，但见德雷伯突然出言不逊，冲着对方说，他只不过是自己雇用的仆人，没有资格来说三道四。那个做秘书的，眼看事情到了这个地步，不再坚持，只提出一个要求，就是德雷伯万一误了最后一班火车，一定要到哈利迪私家旅馆去找他；德雷伯没好气地说，他十一点前准会回到站台，说完就走出了车站。

“我等了那么久，这个时刻终于来到了。这两个家伙再也逃不出我的手心了。他们两人在一起，还可以互为帮手，一旦落了单，就只能听我摆布了。不过，我没有鲁莽行事。我早就有过一番周密的考虑。只有让仇人有时间明白他死在谁的手里，清楚他为什么会受到惩罚，复仇才是圆满的。按照我的计划，必须让这两个曾经想置我于死地的仇人，在临死前明白，这是他们罪有应得的报应。碰巧几天前有位先生乘我的马车去布里克斯顿街，去看几处他空置的房子，把其中一处的钥匙落在了我的车上。当晚他来取了回去；但趁这工夫我已经刻了个印模，去照样配制了一把。这样一来，我在这个大都市里至少有了一个地方，可以放心地做我的事，不用怕有人干扰。现在我要解决的难题，是怎样把德雷伯弄到那个屋子里去。

“他来到街上，先后进了两家酒吧，在第二家待了差不多有半个小时。出来时，他脚步踉跄，醉得不轻。正好有一辆双座出租马车停在我前面，他招手上了车。我紧跟在这辆车后面，辕马的鼻子离坐在车后高处赶车的车夫只有一码光景。我们疾驶穿过滑铁卢桥和好几条街道，最后，让我意想不到的是，又回到了他的住处。我想不出他这么回去，是出于什么目的；但我还是驶了上去，把车停在离他的住处一百码开外的地方。他进了屋，门口的双座马车随即驶走。喔，请给我一杯水。我讲得嘴很干。”

我递给他一杯水，他一饮而尽。

“现在好些了，”他说，“就这样，我等了一刻钟，或许再久些，突然传来一阵喧闹声，好像屋里有人在打架。随后大门被猛地推开，两个人出现在门口，其中一个是德雷伯，另一个是我从没见过的年轻人。年轻人揪住德雷伯的衣领，把他拽到门外台阶上，往前一推，又跟上一脚，把他一直踹到街中央。‘你这狗杂种！’年轻人向他挥舞着木棒，高声骂道，‘竟敢欺负一个清白的姑娘，看我怎么收拾你！’这个年轻人怒不可遏，要不是德雷伯跌跌撞撞地拼命狂奔，我想他一定会赶上去，狠狠揍这个狗东西一顿。德雷伯奔到街的拐角处，瞧见了我的马车，他扬了扬手，跳上马车对我说：‘去哈利迪私家旅馆。’

“一见他钻进我的车厢，我的心充满喜悦地狂跳不止，我唯一担心的是在这最后的关键时刻，那个血管瘤会撑不住。我缓缓地驱车前行，心里盘算着最好的做法。我可以把他带到郊外，找一条没有人去的小路，在那儿跟他清算总账。我正想下决心这么做，他却帮我改变了主意。原来他酒瘾又犯了，要我把他拉到一家酒吧门口。他进了酒吧，关照我在外面等他。他在里面一直待到酒吧关门，出来时已经烂醉如泥，我明白这场较量我是稳操胜券了。

“可别以为我会一下子就结果他的性命。如果那样做，只不过是刻板地执行法律的判决而已，我是不会那样做的。我早就作了决定，倘若他还想搏一搏的话，应该让他有机会做最后的生死一搏。我在美洲过颠沛流离的生活时，干过许多营生，其中有一项是在约克学院的实验室当看门人兼清洁工。有一天教授讲有关毒药知识的课，他给学生看一种叫作生物碱的粉末，那是他从南美洲土著抹在箭头上的某种毒液中提取出来的，这种粉末毒性非常大，极其微小的剂量就能叫人当场毙命。我认准了那只盛生物碱的瓶子，趁大家都走出实验室的当口，从里面倒了一点出来。我是个相当不错的药剂师，于是我把这点生物碱做成了两颗小小的、易溶的药丸，分装两个盒子，每个盒子里再配上一颗模样相同但没有毒性的药丸。当时我就对自己说，有朝一日逮住那两个家伙，得让他们每人从不同的盒子里，取一颗药丸吞下去，剩下的那颗我来吃。这办法跟蒙上手帕开枪相比，效果一点不差，动静却要小得多了。从那天起，我一直随身带着这两盒药丸，现在终于到了它们派用场的时候了。

"已经过了午夜，就快一点钟了，阴冷的黑夜大雨滂沱。但尽管外面是凄风苦雨，我内心却充满喜悦——我真想喊出声来，尽情地倾吐心中的欢欣。在座的各位，倘若也曾有过这样的体验，心心念念想着一样东西，盼望了二十年之久，然后突然发现它就在你手边，你随时可以得到它，那么你们一定可以理解我当时的心情。我点了一支雪茄，大口大口地抽着想平稳一下情绪，但还是激动得手在颤抖，太阳穴扑扑地跳。我驾着车，眼前看见苍老的约翰·费里尔和可爱的露茜在夜空中望着我，对着我微笑，清楚得就像我在这个房间里看见你们各位一样。一路上他俩分别在辕马两边，始终在我前方伴我前行，直到马车停在布里克斯顿街的那座屋子跟前。

"街上没有一个人影，除了雨声，没有一点别的声响。我从车窗望进去，只见德雷伯蜷成一团，酒醉还没醒。我抓住他的胳膊摇醒他，'该下车啦，'我冲他说。

"'知道了，车夫。'他说。

"我想他一定是以为到了他说的那座旅馆，他不再作声，下车跟着我进了花园。看他依然有点头重脚轻的样子，我只得在旁边扶他一把。到了门口，我推开门，把他带到前屋。我可以对你们发誓，一路上费里尔父女俩始终在前面给我们引路。

“‘可真够黑的。’他说着，东一脚西一脚地往前走。

“‘马上就有亮光了，’我说着，划了一根火柴，点亮了随身带来的一支蜡烛。‘你看看，伊诺克·德雷伯，’我转身向着他，把蜡烛擎到我的脸前，问道，‘我是谁？’

“他醉眼蒙眬地对着我看了一会儿，然后我看见他的双眼突然充满恐惧，整张脸抽搐起来，我知道，他认出我是谁了。他脸色发青，脚步踉跄地往后退去，汗滴从额头滚下，抖得牙齿格格作响。见他这副模样，我背靠着门，纵情放声大笑。我一向知道复仇会有快意，但是我从没想到复仇会像现在这样，让我整个身心感到痛快淋漓、无比酣畅。

“‘你这狗东西！’我说，‘我从盐湖城一直追你到彼得堡，可每次都让你逃脱了。现在，你再也无路可逃，我们俩总有一个人，不是你，就是我，再也见不到明天升起的太阳了。’我说这话的时候，他一个劲地往后退缩，从他的神情可以看出，他以为我疯了。其实当时我是疯了。太阳穴的血管咚咚地跳，仿佛有柄大锤在敲击我的头部，我相信，要不是鼻血一下子往外涌，起了缓解的作用，我一定会发病昏厥过去。

“‘你对露茜·费里尔还有什么可说的？’我锁住房门，在他面前晃动着钥匙大声说。‘惩罚是来得迟了，但报应最终还是落到了你头上。’我看见，我说这话的时候，他怯懦的嘴唇在发抖。他明白，求我饶命是不会有用的。

“‘你要杀害我？’他结结巴巴地说。

“‘这不叫杀害，’我回答说，‘杀一条疯狗，会有人说是杀害吗？我那可怜的心上人，你把她从惨遭杀害的父亲身边拉开，把她带到你那无耻的、该受诅咒的家里去的时候，你可曾有过一丝怜悯？’

“‘她父亲不是我杀的。’他大声说。

“‘但你撕碎了她纯洁无瑕的心，’我厉声说道，把药盒伸到他面前。‘让公正的上帝来裁决吧。你挑一颗吃下去。一颗，是死，另一颗，是生。你挑剩的那颗归我。让我们看看，这世界上究竟是只凭运气呢，还

是自有公道在。'

"他浑身发抖地往后退缩，大声嚷嚷地求我饶命，可是我拔出刀抵在他喉咙上，逼他吞下一颗药丸。然后我吞下了另一颗，我们两人面对面地默默站了一两分钟，等着看谁能活着，谁将死去。当他感到第一阵剧痛袭来，知道毒药已进入自己体内时，脸上流露出的那种恐怖的表情，我难道还忘得了吗？我当场放声大笑，拿出露茜的婚戒让他看着。但这只是一转眼的工夫，生物碱的毒性发作太快了。痉挛扭曲了他的脸；他双手往前伸，摇晃了几下，然后，发出一声撕心裂肺的惨叫，重重地扑倒在地板上。我用脚把他翻过身来，伸手扪了一下他的心房。没有心跳。他死了！

"刚才那会儿，鼻血始终在流淌，可我根本没注意它。不知是怎么回事，我突然转过一个念头，想用这鼻血在墙上写几个字。也许这是一种恶作剧的心理，想把警方的侦查引向歧路吧，因为我实在太轻松太兴奋了。我记得纽约有过一个案子，死者是个德国人，凶手在墙上写了RACHE这几个字母。当时的报纸评论说，一定是黑社会作的案。我心想，能迷惑纽约警方的事情，应该也能迷惑伦敦警方，于是我就用手指蘸了鼻血，在墙上找个地方，写下了这几个字母。然后我出门看看四周，不见一个人影，夜色很浓，依然是狂风大雨。我驾车行出一段路以后，把手伸进平时放着露茜那枚戒指的衣袋，突然发现戒指不见了。这一惊非同小可，要知道，这枚戒指是她留下的唯一的纪念品哪。回想起来，很可能是我弯下腰去看德雷伯的尸体时，不小心把戒指掉了出来。我掉头回去，把马车停在旁边的一条街上，壮起胆子往那座屋子走去——我甘冒任何风险，一定要找回这枚戒指。进去时，我和一个从里面出来的警官撞了个正着，我装出一副发酒疯的样子，总算把他给糊弄了过去。

"这就是伊诺克·德雷伯得到应有下场的前后经过。接下来我要做的，是对斯坦格森也照此办理，让他偿还欠约翰·费里尔的血债。我知道他待在哈利迪旅馆，就驾车整天在那附近转悠，可他就是不出来。我猜想他是因为不见德雷伯露面，心里起了疑心。这斯坦格森是个狡猾的家伙，时时处处都在戒备。但倘若他以为闭门不出就能甩掉我，那他就大错特错了。我很快就弄清了他的房间的位置，第二天一清早，我从旅馆后面的夹弄里，搬来一架梯子，趁天色还没大亮，从窗口爬进他的房间。我把他叫醒，对他说，他多年前欠下的血债，现在是偿还的时候了。我告诉他德雷伯是怎样死的，也给了他同样的选择药丸的机会。他却并没有抓住我给他的这线生机，从床上猛地跳起，扑上来卡我脖子。我举刀自卫，一出手就刺中了他的心房。反正结果是一样的，上帝是不会容许他那只罪恶的手捡起没有毒性的那颗药丸的。

“我还有几句话要说，说完了也好，因为我也快完了。我又赶了一两天马车，想靠这挣点钱，攒够回美洲去的路费。那天我正在车行等客人来叫车，有个穿得破破烂烂的小子来问，有没有一个叫杰弗逊·霍普的车夫，还说贝克街221号B座有位先生要雇他的车。我毫无防备地跟他去了贝克街，接下来我记得的事，就是在座的这位年轻先生一下子给我戴上了手铐，他出手之快我真是见所未见。各位，这就是事情的全部经过。你们可能会认为我是个杀人凶手；但我坚信我和你们一样，也是维护法律尊严、伸张正义的使者。”

他讲述的故事惊心动魄，他的神态又是那么令人印象深刻，所以我们都静静地坐着，听得入了神。即便是那几位对形形色色的案件见多不怪的职业侦探，看来也对他的故事兴趣很浓。他讲完以后，有几分钟时间，大家依然坐着不出声，静默中只听得莱斯特雷德的铅笔在纸上沙沙作响，他在写速记稿的最后几行。

“只有一个地方，我还想再问一下，”歇洛克·福尔摩斯打破静默说，“我登了招领启事以后，你那个前来认领戒指的同伙，是什么人？”

案犯狡黠地对福尔摩斯眨了眨眼。“我自己的秘密，可以和盘托出，”他说，“但是我不会把别人牵连进来。我看见了您的启事，心想着可能是个圈套，但也可能那正是我在寻找的戒指。我的朋友自告奋勇去一探究竟。我想您会承认他干得很漂亮吧。"

"确实很漂亮,"福尔摩斯诚心诚意地说。

"各位,"警官语气庄重地说,"例行的司法程序必须执行。本周四案犯将出庭受审,届时在座各位务请到场。在这以前由我负责看押案犯事项。"说着他拉了拉铃,两名看守把杰弗逊·霍普带了下去。我和福尔摩斯走出警署,乘出租马车返回贝克街。

第七章　尾　声

警官通知我们周四出庭;但到了周四,却不用我们去作证了。一个级别更高的法庭受理了这个案子,霍普被传唤到上帝面前去接受最公正的审判了。他被捕的当晚,动脉瘤就迸裂了,第二天早晨在拘押室地上发现他的尸体时,只见他脸上带着平静的笑容,仿佛在临终前的时刻回望这一生,他感到过得很充实,做好了自己该做的事。

"格雷格森和莱斯特雷德知道他死了,准会抓狂,"第二天傍晚我俩谈起此事时,福尔摩斯说,"他们忙着大吹大擂,这下子玩完了。"

"霍普落网,我并不认为他俩在这中间做了多少事情。"我回答说。

"在这个世界上,你做了什么,是件无关紧要的事,"他有些愤愤然地说,"问题在于,你怎么能让别人相信你做了哪些事情。不过,"他顿了顿,神情变得挺轻松地接着说,"只要有案可查,我总是不想错过的。回顾历年办过的案子,此案堪称精彩。虽说案情简单,但还是有几个关键点颇为发人深省。"

"案情简单!"我禁不住喊了起来。

"可不是,也只能这么说吧,"歇洛克·福尔摩斯说,笑吟吟地瞧着我满脸惊愕的模样。"此案从根本上说相当简单,其证据就是我无须任何人帮助,只要凭借一些例常的推理,就可以在三天之内逮住这名罪犯。"

"确实如此。"我说。

"我已经对你说明过,看上去异乎寻常的事,往往非但不会堵塞你的思路，反而会给你某种启示。解决这一类问题，关键之处是要能进行逆向推理。这是一种很有效，而且不难学会的本领，可是很少有人应用它。在日常生活中，正向推理更为有用，所以逆向推理就很容易被忽视。如果有五十个人能进行综合推理的话，能进行分析推理的只有一个。"

"说实话，"我说，"我不太明白您的意思。"

"我那么说，还真没指望你能听明白。让我看看能不能把这意思说得更清楚些。大部分人是这样的，如果你把一连串的事情一一讲给他们听，他们就会告诉你，结果会是怎么样的。他们在头脑里把这些事情归拢在一起，由此论证将会出现怎样的结果。而很少有人能在你告诉他一个结果以后，凭借自身的领悟能力，推断出整个事情是怎样一步一步发展，从而造成那个结果的。我刚才说的逆向推理，或者说分析推理，指的就是这种推理能力。"

"我明白了。"我说。

"在这件案子里，结果是已知的，而其他的一切，你都必须自己去寻找，去发现。现在就让我试着把我推理的每一个步骤，给你说个清楚。还是从头说起吧。你知道，我是下了车徒步走近那座屋子的，当时我的脑子里还没有任何印象。首先自然要查勘路面，我已经对你解释过，我在路面上看见很清晰的马车印痕，询问在场的警员后，我确认这些车痕一定是头天晚上留下的，车辙的轮距比较窄，由此我推断，这是一辆出租马车，而不是私家马车。通常伦敦的出租马车轮距都要比私家马车窄一些。

"这就是我得出的第一个结论。接着，我沿花园小径缓步往前走，小径是黏土掺沙砾铺成的，特别容易留下印痕。当然，它在你眼里不过就是条泥泞不堪、被许多人踩踏过的小路，但是在我训练有素的眼睛看来，小径上的每个印痕，都自有它的含义。在刑侦学里，足迹学是个非常重要，却又最为容易被忽视的分支。所幸的是，我一向高度重视这方面的训练和应用，久而久之，辨认脚印成了我的一种本能。我认出了警察重而有力的脚印，同时还认出了在他们之前穿过花园的两个男人的脚印。他俩是在警察之前来的，这一点很容易看出来，因为他俩的有些脚印，已经被别的印痕覆盖或者擦掉了。至此我形成了推理的第二个环节，这就是夜间来客一共是两个人，其中一个长得很高大（量一下他的步幅就可以知道），另一个穿着很讲究，这是从他的靴子留下的精致鞋印推断出来的。

"进屋后，这个推断得到了证实。那个靴子考究的男子仰面躺在地上。那么，倘若这真是一起凶杀案的话，高个子就应该是凶手了。死者身上没有伤痕，但是从他脸上紧张激动的表情，我可以确定，他在临死前已经意识到自己的命运了。因心脏病发作或突发其他疾病而猝死的人，脸上不会有这种紧张激动的表情。我闻了闻死者的嘴巴，隐隐闻到一种酸味儿，由此我判断，他是被迫服下毒药而死的。推断的根据，仍然是他的表情，从那种又恨又怕的神情可以看出，他是被迫服毒的。根据排除法，得出这个结论是理所当然的，因为，其他任何假设都无法跟实际情况相吻合。请别以为这是没有先例的个案。迫使受害人服毒，在犯罪记录档案里算不得新鲜事儿。敖德萨的多尔斯基案和蒙彼利埃的勒迪里埃案，都是毒物学家耳熟能详的。

"接下来的一个重要问题，就是犯罪动机了。抢劫不是凶杀的目的，死者身上的东西一样也没少。那么，这起案件是跟政治，还是跟女人有关呢？这是摆在我面前的问题。我偏向于后一种可能性。涉及政治的凶杀案，凶手作案后唯恐逃得不快。而现在，案犯那么悠闲自在，满屋子到处是他的脚印。可见他一直都在现场。如此不慌不忙地实施复仇计划，一定是出于个人恩怨，而不是由于政治原因。发现了墙上的血字，我的判断又多了几分把握。这很明显是故布疑阵。找到那枚戒指以后，问题的答案就确定无疑了。显然凶手曾用这枚戒指让对方回忆某个已经死亡，或者当时不在场的女性。为了弄清这一点，我当时就问格雷格森，他有没有给克利夫兰发电报查询过德雷伯先生的有关经历。你想必记得，他的回答是没有。

“随后我就着手仔细查看案发现场，证实了我关于凶手身高的推想，另外还发现了一些细节，诸如受害人抽特里其雪茄、凶手指甲很长等等。有一点可以肯定，既然现场没有搏斗痕迹，地板上的血迹一定是凶手在亢奋状态下流出的鼻血。我注意到，哪儿有他的足迹，哪儿就有血迹。一个人倘若不是血色很好的话，是不大会在激动时出鼻血，而且血流不止的，因此我大胆地推测，案犯很可能身体强壮、脸色红润。后来的情况，证明我的推测是对的。

“离开屋子后，我就去做格雷格森忽略没做的事。我给克利夫兰的警察局长发了封电报，内容仅限于询问有关伊诺克·德雷伯的婚姻状况。回电内容很简要：德雷伯曾向当局指控一个名叫杰弗逊·霍普的昔日情敌，要求得到司法保护，而且这个霍普眼下正在欧洲。我知道，我已经掌握了谜团的线索，剩下要做的事情，就是逮捕凶手了。

“我心里早就认定，跟德雷伯一起进屋的人，就是驾出租马车的人。从路上的马蹄印可以看出，辕马曾经东溜西达地挪过脚，在有人看管的情况下是不可能那样的。那么，马车夫若不在屋里，还能在哪儿呢？再说，如果设想一个神智健全的人，会在一匹类似于第三者的马——它肯定会泄露他的秘密——的目光注视下，心无旁骛地实施凶杀，那岂不是太荒唐了吗？最后的一点是，假定一个人想在伦敦四处跟踪另一个人，他还有什么比当马车夫更好的办法吗？这种种考虑，使我得出一个极有诱惑力的结论，就是杰弗逊·霍普应该到伦敦的马车夫中间去找。

“而他只要当过马车夫，我就没有理由认为他现在歇手不干。从他的角度来看，任何突然的改变，都很容易引起别人的注意。所以他很可能，至少在一段时间里，继续当他的马车夫。也没有理由假定他会换一个假名。在一个谁也不知道他真名的地方，有什么必要改名呢？我于是召集那支街头小混混的侦缉队，指派他们逐个逐个地把伦敦的车行问个遍，直到找出我要找的那个人为止。他们干得有多出色，进展有多迅速，想必你还记忆犹新。斯坦格森被杀，是出乎意料的突发事件，不过这种事情，几乎是无法预先加以防范的。你知道，踏勘斯坦格森被杀现场时，我找到了那些药丸，它们的存在，我早有预料。你看，所有的事情就是一个完整的、环环相扣的逻辑链。”

“太棒了！”我大声说。“应当让舆论和公众，让全社会都了解你做了多么了不起的工作。你应该把这个案例公开发表。如果你不想写，我可以代你写。”

“你爱怎么做就怎么做呗，医生，”他回答说。“看看这个！”他把一张报纸递给我说，“瞧这儿！”

这是今天的《回声报》，他指给我看的，正是有关此案的报道。报道内容如下：

伊诺克·德雷伯和约瑟夫·斯坦格森先生凶杀案嫌犯霍普突然死亡，使公众失去了看一场好戏的机会。此案的内幕细节，我们可能就此难参其详，但据有关当局披露的消息，此案起因是一段陈年往事的宿怨，涉及情仇和摩门教事务。据悉两位受害人年轻时都是自称后期圣徒的摩门教徒，已故案犯霍普亦来自盐湖城。此案纵然未能引起更广泛的注意，却至少以一种极为吸引眼球的方式，让我们领略了警方探员的精明干练，同时警示所有外国人士引以为戒，夙仇恩怨亟应在当地解决，千万不能带入不列颠领土滋生事端。众所周知，此案进展神速，凶犯束手就擒，功劳均归于苏格兰场知名警官莱斯特雷德和格雷格森先生。据悉，案犯系在一位歇洛克·福尔摩斯先生家中被捕，这位先生本人作为一名业余侦探，也显示了一定的探案才能，假以时日，相信他的这种才能定能在两位警官的指导下有所增进。此间普遍认为，当局将给予两位警官某种褒奖，以表彰他们的杰出贡献。

“我不是一开始就对你说了吗？”歇洛克·福尔摩斯笑着大声说。“这就是我们血字的研究的全部成果：为他们赢得一份褒奖！”

“没关系，”我回答说，“我把整个案件的来龙去脉都记下来了，公众会知晓的。你呢，就以成就感来犒劳一下自己吧，这好有一比，你就像那罗马的守财奴——

笑骂由他笑骂，
财迷我自为之。”

波西米亚丑闻

一

对福尔摩斯来说，她永远都是那个女人。我几乎没听到他提起她时，用过其他称呼。在他眼里，她是出类拔萃的女性，任何别的女性和她相比，都会黯然失色。这并不是说他对艾琳·阿德勒有什么近于爱恋的情感。凡是情感（爱情就更不用说），在他冷静、精准而又平衡得那么出色的头脑中，都是没有容身之地的。不妨这么说吧，他是这个世界上所能见到的最完美的推理和观测的机器，但要论谈情说爱，他绝对是个让人不敢恭维的家伙。他自己从来不说温情脉脉的话，听人说起这种话，则不是嘲讽就是冷笑。对一个观察者来说，另一个人身上表现出的温情，自有其价值——此人的行为以及动机，往往会在其中显露无遗。但是对一个训练有素的推理者而言，容许这种情感侵袭自己灵巧的、精心校准的心理机制，无异于引入一种干扰因素，使推理的结论蒙上疑虑的阴影。即使一台灵敏的仪表掉进了尘粒，或者他的某一个高倍放大镜出现了裂缝，其后果都不会比他的这种个性受到某种情感冲动的干扰更为严重。然而，还是有一个女人，那就是已故的艾琳·阿德勒，给他留下了有些含糊、颇可争议的回忆。

近来我很少见到福尔摩斯。我婚后一直和他疏于来往。一个男人第一次拥有自己的小家庭，由此带来的无比幸福和生活乐趣，已经足以吸引我的全部注意力。而福尔摩斯，他那种波西米亚人的气质，是和任何一种社会生活方式都格格不入的；他仍然住在我俩在贝克街的那座屋子里，埋头于旧书堆中；周复一周，或因吸食可卡因而变得很倦懒，或因焕发天生的旺盛精力而变得很亢奋。他一如既往地醉心于案件研究，以卓越的才能和非凡的观察力梳理警方搁置的悬案，找出线索，解开谜团。我不时会听到一些有关他大致情况的消息：应请前去敖德萨受理特雷波夫谋杀案，侦破亭可马里[1]怪异的阿特金森兄弟惨案，以及他为荷兰王室完成得极为漂亮的一桩使命，等等。他的这些行踪，我也跟读者一样，只是从报上看到的，除此之外，我对这位当年的朋友和伙伴的情况所知甚少。

有一天晚上——那天是一八八八年的三月二十日——我出诊回来（这时我已重新开业行医），正好路过贝克街。那扇大门我记忆犹新，我的求婚，《血字的研究》中那些神秘的事件，都和它关联在一起。我心头突然涌上一股渴念，想进去看看福尔摩斯，了解他又为自己卓异的禀赋找到了哪些用武之地。几个房间都点着灯，我抬头往上看去，只见他那高挑瘦削的身影两次在窗帘上掠过。他头垂在胸前，双手背在身后，快速、急切地在屋里来回走动。我对他的性情、习惯太熟悉了，单凭他的神态、举止我就能知道他处于怎样的境况。他又在工作了。他从药品引起的梦幻状态中醒来，又在孜孜不倦地寻找某个新问题的线索了。我拉了门铃，进得屋来，到了先前曾和他合住的房间里。

他看上去并没显得很热情。感情外露的情况，在他身上向来很罕见。但我想，他看见我还是很高兴的。他没说什么话，但带着亲切的目光，挥手示意我在一把扶手椅里就座，把他的雪茄匣扔给我，又指指角落里的酒瓶架和苏打水桶。然后他站在壁炉前，带着他特有的审视的神情从上往下望着我。

1　亭可马里：斯里兰卡港口城市，以优质天然港湾著称。斯里兰卡独立前，英国曾占据该港。

“结婚对你很合适，”他开口说。“我想，华生，自从上次见你以后，你重了七磅半。”

“七磅！”我回答说。

“是吗，我可以为还要多一点呢。华生，我猜还要稍稍多一点儿。还有，我看你又开业行医了。你没告诉过我打算重操旧业啊。”

“哎，这事你是怎么知道的？”

“我看出来，推断出来的。要不我又怎么会知道你最近淋过雨，而且你们家的年轻女佣又笨又毛手毛脚呢？”

“我亲爱的福尔摩斯，”我说，“你真是太神了。你要是早生几个世纪，一定会被判火刑的。你说得没错，我星期四是到乡下去了一趟，回家时被大雨淋得够呛，可是我已经换过衣服了，我实在想不出你是怎么推理出来的。至于玛丽·珍妮，她简直是无可救药，已经被我妻子解雇了；不过，我不明白这事你又是怎么知道的。”

福尔摩斯暗自笑出声来，来回搓着两只手指修长、显得有点神经质的手。

“其实事情很简单，”他说，“我的眼睛告诉我，你左脚鞋子的内侧，刚好就在壁炉火光照得到的地方，皮面上有六道几乎平行的划痕。很明显，这些划痕是有人在清除沾在鞋帮上的泥垢时，毛手毛脚刮出来的。因此，你看，我同时作出两个推理，一个是你外出遇到了坏天气，另一个是你有一个粗心的女用人，能把主人的靴子划出这么多道道来的女用人，在伦敦还真不多见。至于你开业行医嘛，你想，要是有位体面的先生走进我的房间，身上有股碘酊的气味，右手食指上有硝酸银的黑色痕迹，礼帽的右侧微微鼓起，表明他在那儿藏过听诊器，要是就这样我还不能判断他是位业务繁忙的医生，那我就真的太愚钝了。”

听他这么一说，我发现整个推理过程原来这么简单，不禁大声笑了起来。“听你分析每一步推理的过程，”我说，“我常常会觉得事情简单得令人可笑，仿佛我自己也能很轻松地解决问题似的，可是到了下一步，我又觉得困惑不解了，非得等你把你的推理过程解释清楚了，我才恍然大悟。不过，我还是相信，我的眼睛和你的眼睛一样管用。”

“一点不错，”他点燃一支烟，重重地往扶手椅里一坐，回答说，“但你是在看，而不是在观察。两者的区别是显而易见的。比如说，从门厅通到这个房间的楼梯，你是经常看见的吧？”

“经常看见啊。”

“看见多少次了？”

“哦，总有几百次了吧。”

“那么楼梯一共有多少级？”

“多少级？我不知道。”

“一点不错！你没有观察。你只是在看。这就是问题所在。我呢，知道它一共是十七级，因为我不仅在看，而且在观察。顺便说一下，既然你对我的那些小问题感兴趣，还不惮其烦地把我微不足道的那点经验一一记录下来，你对这个东西大概会有兴趣的。”说着他拿起桌上一张厚实的粉红色便笺纸，轻轻地扔给我。“是上一次邮班送来的，”他说，“请你大声读一下。”

这张便笺上没有注明日期和地址，也没有署名。上面这样写道：

> 今晚七点三刻有位男士前往造访，旨在就一件极为紧要之事向阁下咨询。阁下最近曾为欧洲某王室效力，足以表明阁下完全值得信赖，可托付以重要事务——此类事务之重要，是无论怎样说都不为过分的。有关阁下的信息，我们系从各地搜罗而得。届时务请留在府上，来客如戴面罩则请勿见怪。

“真有点神秘兮兮的，”我说，“你看究竟是怎么回事？”

“我还没有掌握可以作为论据的事实。在弄清事实之前进行推测，是最大的错误。那样就会有意无意地曲解事实去迎合推测，而不是以事实为依据进行推测。现在只有这张便笺。你从中可以作出哪些推断？”

我仔细察看了笔迹，以及便笺的用纸。

“写这张便笺的人，看上去相当富裕，”我尽力模仿我伙伴的推理方法，说道。“这种纸起码要卖到一个半克朗一沓。纸质特别结实，特别紧致。”

“‘特别’这两个字用得好，”福尔摩斯说。“它压根儿就不是英国造的纸。你对着光照一下。”

我举起纸对光一照，发现纸上有几个水印字母：一个大写的E和一个小写的g，一个P，还有一个大写的G和一个小写的t。

“你作何想法？”

“很可能是厂商的名字，或者确切地说，是名字的缩写。”

“错。G和小写t一起，代表 Gesellschaft，这是德文中的‘公司’，这是一种惯用的缩略方式，就像我们的Co.；P，当然就是Papier——‘纸’。再来看Eg，我们来看看《大陆地名词典》是怎么说的。”他从书架上拿下一本厚重的棕色封面的词典。“Eglow，Eglonitz——噢，有了，Egria。它在一个德语国家——在波西米亚，离卡尔斯巴德[1]不远。‘华伦斯坦[2]卒于此地，以拥有众多玻璃厂、造纸厂而著称。’哈哈，老伙计，你明白是怎么回事了吗？”他双眼熠熠发光，吸一口雪茄，得意地吐出一大圈蓝色的烟雾。

“这种纸是在波西米亚生产的，”我说。

“完全正确。而且写这张便笺的人是个德国人。你注意到这种特别的句子结构了吗？——‘有关阁下的信息，我们系从各地搜罗而得。’法国人和俄国人不会这么写。只有德国人才会用词如此粗鲁。所以，接下来的事情，就是看看这个使用波西米亚造的便笺，而且要戴着面罩

1 卡尔斯巴德：波西米亚城市，1819年8月德意志各邦在此召开会议，通过奥地利外交大臣梅特涅的紧急动议，史称“卡尔斯巴德决议”。

2 华伦斯坦（1583—1634）：神圣罗马帝国军队统帅。出生在波西米亚赫尔曼尼斯，一生战功卓著，后遇刺身亡。德国诗人席勒曾以他的生平为题材，创作著名的三部曲《华伦斯坦》。

不肯让人看见他的脸的德国人，究竟想干什么了。嘀，要是我没弄错的话，他这就来为我们揭开谜底了。”

说话之间，传来清脆的马蹄声和车轮擦过界石的声音，随后响起一阵刺耳的门铃声。福尔摩斯吹了声口哨。

“听声音，是两匹马，”他说。“没错，”他往窗外瞥了一眼，接着说。“一辆小巧精致的布鲁厄姆马车，配一对漂亮的辕马。每匹马值一百五十几尼[1]。这桩案子，华生，即便没有其他收益，至少报酬会很丰厚。”

“我想我最好回避一下，福尔摩斯。”

“完全不用，华生。坐那儿别动。我要没有我的鲍斯威尔[2]，就没人给我立传喽。再说，这桩案子看来挺有意思，错过了岂不可惜。”

“可是你的委托人——”

“不用管他。我可能需要你的帮助，他也一样。现在他来了。请你坐在那张扶手椅里，华生，仔细听好我们说的每一句话。”

缓慢而沉重的脚步声，在楼梯和过道响起，到房门口戛然而止。随后是果决的敲门声，声音不响，但自有一种威严的意味。

“请进！”福尔摩斯说。

一位男士推门进来，他足足有六英尺六英寸高，胸部和四肢都有如赫拉克勒斯那般强健。他衣着华贵，这种华贵在英国不免会显得有些俗气。双排扣上衣的袖口和前襟都镶着厚实的俄国羔羊皮，搭在肩头的深蓝色披风，衬里是明亮的橘红色绸缎，用一枚饰针别在颈部，饰针上是一颗闪亮的绿宝石。齐腿肚的长筒靴，靴口上镶着华贵的棕色裘皮，更使他浑身上下给人以一种炫富的印象。他手里捏着一顶宽边帽子，脸上则戴着一个黑色面罩遮住上半张脸，这个面罩显然是刚戴上的，因为他进门时手还没从那上面拿下来。从下半张脸，可以看出他是个性格坚强

1　几尼：英国旧时货币单位，一几尼等于21先令，亦即1.05英镑。

2　鲍斯威尔（1740—1795）：苏格兰作家，曾为好友约翰逊撰写传记《约翰逊传》。后来在英语中，“鲍斯威尔”一词已引申为“为好友撰写传记或为名人详细记述言行的人”之义。

的人，往下噘的厚嘴唇，长而直的下巴，都让人想见他的果决已然到了极端固执的地步。

“我的便笺您收到了吧？”他问，声音严厉而低沉，带着浓重的德国口音。“我通知过您这次来访。”他依次看着我们两人，好像是没确准要和谁说话。

“请坐，”福尔摩斯说，“这位是我的朋友和同事华生医生，他有时会赏脸帮助我办一些案子。请问阁下怎么称呼？”

“您可以称呼我冯·克拉姆伯爵，一位波西米亚的贵族。我相信这位先生，您的朋友，是位可靠而审慎的绅士，我可以当着他的面把极为重要的事情告诉您。如若不然，我宁可和您单独谈话。”

我起身就走，但福尔摩斯抓住我的手腕，把我推回扶手椅里。“要么两人一起谈，要么谁也不谈，”他说。“您可以对我说的话，都可以当着这位先生的面说。”

伯爵耸了耸宽厚的肩膀。“那我有言在先，”他说，“你们二位必须承诺在两年之内严守秘密；两年过后，这件事情就无关紧要了。眼下，就是说它事关重大，足以影响欧洲历史的进程，也毫不为过。”

“我承诺，”福尔摩斯说。

“我也承诺。”

“这个面罩还请见谅，”陌生来客继续说，“派我来的那位重要人物，不希望你们知道他的代理人是谁，所以我这就得申明，我刚才所说的并不是我的真名。”

“这我知道，”福尔摩斯冷冷地说。

“事情非常棘手，必须采取一切防范措施，避免事态扩大，酿成重大丑闻，影响欧洲一个王室的声誉。直说了吧，这件事情涉及高贵的奥姆斯泰因家族，波西米亚世袭的王位拥有者。”

“这我也知道，”福尔摩斯轻声说，在扶手椅上往里坐实，闭上眼睛。

来客看了他一眼，目光中明显地带有惊讶的意味，眼前这个没精打采、懒懒散散地坐在扶手椅里的人，想必人家在他面前是说成全欧洲推理能力超人一等、精悍敏捷无人可比的侦探的。福尔摩斯慢慢地睁开眼睛，不耐烦地望着身材魁梧的委托人。

“陛下不妨屈尊陈述有关案情，”他说，“以便鄙人提供咨询意见。”

那人从椅子上跳了起来，激动难抑地在房间里来回走动。而后，他做了个绝望的姿势，从脸上扯下面罩，把它扔在地上。“您说得对，”他大声说：“我是国王。我何必藏藏掖掖呢？”

“是啊，何必呢？”福尔摩斯轻轻地说。“陛下还没开口，我就知道我有幸在和威廉·戈特赖希·西吉斯蒙德·冯·奥姆斯泰因，卡斯尔-菲尔斯泰因大公，世袭波西米亚国王说话。”

“那您想必能理解，”这位不寻常的来客重新坐下，摸了一下高高的、白皙的额头，“您想必能理解，我平时是不会亲自处理这种事情的。可是这件事实在太棘手，我担心一旦把它告诉了别人，就有可能被对方当作把柄。因此我才从布拉格微服出行，前来向您咨询。”

“那么，请咨询吧，”福尔摩斯说完，又闭上眼睛。

“简单地说，事情是这样的：大约五年以前，我出访华沙，逗留时间较长，当时结识了曾因她的冒险经历红极一时的艾琳·阿德勒。这个名字想必您也听说过。”

“麻烦你在那本索引里查一下，华生，”福尔摩斯轻声说，没有睁开眼睛。多年来，他系统地搜集有关人物、事件的资料，摘要整理成册。只要提到某个事件或人物，他几乎都可以立即在这本索引中查到相关的信息。这一次我同样查到了她的简历，夹在一个犹太教律法专家和一个写过关于深海鱼的专著的参谋长的资料中间。

“让我瞧瞧！”福尔摩斯说。“嗯！一八五八年生于新泽西州。女低音——嗯！斯卡拉歌剧院，嗯！华沙帝国歌剧院首席女低音——对了！从歌剧舞台隐退——哈！寓居伦敦——一点没错！据我看，陛下是和这位年轻女子有过一段交往，给她写过几封信，担心信的内容一旦公布，会对陛下不利，所以急于取回这几封信。”

“正是如此。可是，怎么……”

“有过秘密婚约吗？”

“没有。”

“没有正式文件或证书？”

“没有。”

“那我就不明白陛下在担心什么了。倘若这个年轻女子想要用这些信来达到敲诈或其他目的，她如何证明它们的真实性呢？”

“有我的笔迹。”

“哼哼！伪造的。”

“是我的私人信笺。”

“偷来的。”

“有我的印鉴。”

“仿造的。”

“有我的照片。”

“买来的。”

“照片上有我们两个人。”

“啊呀呀！这就糟了！陛下实在太轻率了。”

“我当时疯了——我犯浑。”

“陛下此举后果非常严重。”

“我当时只是王储，还很年轻。现在我才三十岁。”

“必须把照片拿回来。”

“我们试过，没成功。”

“陛下得出钱，把它买下来。”

“她不肯卖。”

“那就偷。”

“试过五次。有两次我雇用的窃贼都把她的屋子搜了个遍。有一次我们趁她旅行的机会，把她的行李挪开仔细搜查。还有两次是半路拦劫她。结果一无所获。”

“没有线索？”

“一点都没有。”

福尔摩斯笑了起来。“这件事，小菜一碟，”他说。

“可是对我来说事关重大，”国王回了一句，语气中有责备的意味。

“事关重大，没错。那么她打算用这张照片干什么呢？”

“毁掉我。”

“怎么个毁法？”

“我就要结婚了。”

“这我听说了。”

“新娘是斯堪的纳维亚国王的次女，克洛蒂尔德·洛特曼·冯·萨克斯–曼宁根公主。您也许知道，他们家规极严。她本人也遇事容不得半点苟且。只要他们对我的行止有丝毫怀疑，婚事就要告吹。”

“那么艾琳·阿德勒呢？”

“她威胁说要把照片交给他们。她会这么做的，我知道她是说得出就做得到的。你们不了解她，她个性强硬之极。她有最美的女人的脸，有最决绝的男人的心。要是我和另外一个女人结婚，她什么事情都做得出——都能做绝。”

“您能肯定她还没有把照片交出去？”

“我能肯定。”

“何以见得？”

“因为她说过，她要在我的婚约公布之日把它交出去。婚约定在下星期一公布。”

“噢，那我们还有三天时间，”福尔摩斯说着，打了个呵欠。“幸好如此，因为我眼下正有一两桩要紧的事情要处理一下。陛下这几天，当然留在伦敦喽？”

“当然。我下榻在兰厄姆旅馆，用的是冯·克拉姆伯爵的名字。”

“我会送短信告知我们的进展情况。”

“务请来信，我急切地想知道进展情况。”

“那就谈谈钱吧。”

“您说多少都行。”

“此话当真？”

“我可以告诉您，为了取回那张照片，我愿意拿王国的一个省做交换。”

“眼前的费用呢？”

国王从披风里取出一个沉甸甸的羚羊皮袋，放在桌上。

“这里是三百镑金币，七百镑纸币，”他说。

福尔摩斯从笔记本上撕下一张纸，写好一张收据交给他。

“那位小姐的地址？”他问。

“圣约翰林苑，赛彭坦大街，布里奥尼别墅。”

福尔摩斯记下地址。“还有一个问题，”他说。“照片是大尺寸的吗？”

“是的。”

“好，晚安，陛下，我相信很快就会有好消息的。”

街上响起了王家布鲁厄姆马车车轮的辚辚声，这时他对我说：“晚安，华生。劳驾明天下午三点过来一趟，这桩小事的有些细节，我想和你谈一下。”

二

三点整，我来到贝克街，不料福尔摩斯还没回来。房东太太告诉我，他早晨八点刚过就出门了。我在火炉旁坐下，决定等他回来，无论要等到几点。我对他接手的这桩案子很感兴趣，因为，虽然这桩案子跟我前面记述的那两个案子相比，没有那么惊险和离奇，但是案子的特殊性和委托人的地位之尊贵，却自有一种吸引人的意味。其实，除了这桩案子本身，我这位朋友对事态的准确判断，他精湛的推理本领，也在吸引我，我始终感到，研究他的办案过程，观察他迅速、巧妙地解开种种错综复杂的谜团的思考方法，其中有着一种乐趣。我对他的成功已经习以为常，从没想过他会有失手的时候。

快到四点了，才有个马夫模样的人推开了门。他邋里邋遢的，胡子也没刮干净，满脸通红，衣着破旧，一路走进屋来。我对福尔摩斯出神入化的化装技巧早已熟知，但我还是对此人端详了三次，才敢确认那就是他。他朝我点点头，随即进入卧室，五分钟后出来，依然又是一身粗花呢套装，一派绅士风度。他双手插在衣袋里，舒展身体，把双脚伸到火炉跟前，尽情地笑了一阵子。

“嗬，有意思！”他大声说，呛了一下，又放声大笑，一直笑到瘫倒在椅子上直不起身来。

“怎么啦？”

“实在太有趣了。我敢肯定，你一定猜不出我一个上午都在干什么，有哪些收获。”

“我猜不出。我想你是去看艾琳·阿德勒小姐的起居情况，或许还看了她的屋子。”

“一点不错；不过结果很出乎意料。好吧，你听我告诉你。今早八点一过，我就扮作一个没活儿干的马夫出门了。那些马夫爱抱成团，讲义气。入了这一行，你就想知道什么就能打听到什么。我很快找到了布里奥尼别墅。那是一座小巧精致的别墅，后面有个花园，不过前面正对着大街，一共是两层楼。门上装着保险锁。右侧是宽敞的起居室，摆设很讲究，落地长窗挺气派，但是这种英国货的长窗扣件很差，连小孩也能拨开。屋子背部，除了从马车房顶上够得到过道窗子以外，没有什么值得注意的地方。我绕别墅转了一圈，从每个角度仔细观察了一番，没看到多少让我感兴趣的东西。

“于是我沿大街往前走，不出所料，前面果然有个马厩，就在贴着花园围墙的那条车道里面。我自告奋勇帮里面的马夫擦洗马匹，活干完后，他们给了我两个便士、一杯混合酒和够装满两烟斗的粗烟丝，另外还把我想了解的有关阿德勒小姐的情况，一五一十都告诉了我，当然，我少不得还硬着头皮听他们讲了好几个邻居的闲言碎语，那是没法子的事。”

“艾琳·阿德勒是什么情况？”我问。

“哦，她的美貌令那一带的男人全都为之倾倒。天下没有比她更迷人的妞儿。在赛彭坦马厩，人人都这么说。她的生活很平静，每天五点乘马车出门，去音乐厅演唱，七点钟准时回家用晚餐。除了演唱，平时深居简出。只有一位来访者，但这位男士来得很勤。他肤色黝黑，长得挺帅，很有风度，每天起码来一次，通常是两次。此人是戈德弗雷·诺顿先生，在内殿律师学院供职。你瞧，受主人宠信的马车夫知道的事情可真不少呢。他们驾车把那位男士从赛彭坦送回他的住处，常来常往，对他的情况非常了解。我听罢他们每人的讲述，又在布里奥尼别墅周围来回走了两遍，寻思该从哪儿下手。

“那位戈德弗雷·诺顿，显然是这件事情中很重要的人物。他是律师，这一点似乎有些棘手。他和阿德勒小姐之间是什么关系，他频频来访又是出于什么目的？她是他的客户，他的朋友，还是他的情妇？如果是前一种情况，她很可能会把照片交给他保管。如果是后一种情况，她很可能不会那么做。这个问题关系到，我是应该继续在布里奥尼别墅调查案情呢，还是应该把注意力转移到那位先生在内殿学院的住所。作这个决定必须非常谨慎，它关乎我是否要扩大调查的范围。恐怕这些细节让您听得有些烦了吧，不过，倘若您想要了解事情的来龙去脉，我把这些小小的难处如实相告，还是有必要的。”

“我在仔细听呢，”我回答说。

“且说我正在心里盘算的时候，只见一辆漂亮的出租马车驶到布里奥尼别墅跟前，一位绅士跳下车来。他长得很英俊，皮肤黧黑，鹰钩鼻，留着小胡子——很显然这就是我听说的那位男士。他看上去非常匆忙，高声喊车夫留在那儿等他，女仆刚打开门，他就一个箭步冲进屋去，显而易见他对这儿是熟门熟路的。

“他在屋里待了大约半个小时，我从起居室的窗子里隐约可以看见他在来回踱步，兴奋地说着话，挥动着双臂。她的身影，我一点也看不见。不一会儿他出来了，看上去比刚才更加激动。跨上马车踏板的当口，他从怀里掏出一块金表，急匆匆地看了一眼。‘越快越好，’他喊道，‘先到摄政王街的格罗斯-汉基旅馆，然后去埃奇韦尔路的圣莫妮卡教堂。二十分钟赶到那儿，给你半个几尼！’

“他们走了，我正在犹豫要不要跟上去的时候，只见车道上驶过来一辆精致的小型马车，车夫的上衣只扣了一半纽子，领带歪在一边，车上的挽具也都没有扣紧。车还没停稳，她就从厅门疾速奔出，上了车。我在这个当口匆匆见到了她，但就凭这一瞥，我看出她是个可爱的女人，她的美貌足以让一个男人为她去死。

“‘约翰，去圣莫妮卡教堂，’她大声说，‘二十分钟赶到，给你一枚半镑金币。’

“这个机会来得这么好，再也不容我错过了，华生。我正在想，是该攀上她这辆马车的后背呢，还是该随后跟上去，正巧看见街上来了另一辆出租马车。车夫见我穿得破破烂烂的模样，打量了我两次，但我不容他分说，径直跳上了车。‘圣莫妮卡教堂，’我说，‘二十分钟赶到那儿，给你一枚半镑金币。’这时离正午还有二十五分钟，那儿将会发生什么事情，当然是显而易见的。

“马车夫使劲赶路。我想我从没乘过比这跑得更快的马车，但是那两辆马车还是比我们先到达了那儿。我们赶到时，只见那两辆马车停在教堂门前，驾车的辕马浑身冒着汗。我把金币给了车夫，快步走进教堂。教堂里空荡荡的，只有我跟踪的那两个人和一个穿白袍的神职人员面对面地站在祭坛跟前。那个神甫看上去在和他俩争辩什么。我在侧廊上慢慢往前走，就像是路过教堂进来随便逛逛似的。突然，我意想不到的事情发生了，祭坛前的三个人一齐转过脸来看着我，戈德弗雷·诺顿使足劲儿朝我奔来。

"'谢天谢地，'他大声说道。'您来得正好。快上来！快上来！'

"'上去干什么？'我问道。

"'来吧，朋友，来吧，就三分钟工夫。要不然，这事就不合教规了。'

"我就那么给拉到了祭坛前面，没等我弄清是怎么回事，就听得耳边有人在问我什么，我含含糊糊地作了回答，糊里糊涂地做了个证人，见证艾琳·阿德勒小姐和戈德弗雷·诺顿先生结为夫妻。事情几乎是在一刹那之间发生的，随后，那位先生在我一侧对我表示感谢，女士在我的另一侧，神甫则笑吟吟地面对着我。我这一生中从来没有处于如此荒诞可笑的境地，直到现在，只要一想起那情景，我就禁不住要发笑。看来是这么回事，由于没有证婚人，他俩的结合不够正式，所以刚才神甫执意不肯主持婚礼，坚持必须至少有个见证人，这时候我碰巧出现，新郎也就不用跑到教堂外面去找人来救急了。新郎给了我一枚半镑的金币，我打算系在表链上做个纪念。"

"事情在急转直下了，"我说，"下文如何？"

"我发现我的计划正面临严重威胁。看来他俩马上就要离开此地，所以我必须立即采取果断有力的措施。不过，他们在教堂门口还是分了手，他回内殿学院，她回家。'我跟平时一样，五点去公园，'临分手时她对他说。我能听到的就这么一句。两人的车向不同的方向驶去，我也去为自己稍做准备。"

"准备什么？"

"一份冷牛肉和一杯啤酒。"他一边回答，一边摇了摇铃。"刚才我实在太忙，顾不上吃东西，今晚我很可能会更忙。华生，我希望你能和我合作。"

"我很愿意。"

“你不在乎违法？”

“压根儿不在乎。”

“不怕蹲监狱？”

“只要事情干得在理。”

“喔，绝对在理！”

“那就行。”

“我就知道相信你没错。”

“你究竟作何打算呢？”

“等特纳太太把东西端上来了，我就详细告诉你。不过现在，”他一脸饿相地转向房东太太端来的简餐说，“看来我得边吃边说了，否则恐怕时间来不及。现在快五点了。两小时以后，我们必须赶到行动现场。艾琳小姐，准确地说是艾琳夫人，七点钟会乘车回家。我们必须在布里奥尼别墅候着她。”

“候着以后呢？”

“以后的事就归我了。我已经把接下去的情况都安排好了。但有一点，是我必须对你强调的。那就是无论发生什么事情，你都不要介入。你明白吗？”

“我就那么袖手旁观？”

“什么事也别做。也许会出现一些小小的混乱局面，你千万别搅和进去。事态会以我被送进屋里告终。四五分钟过后，起居室的窗子会打开。你要找一个离窗口最近的位置，事先等在那儿。”

“好的。”

“你要注意我的一举一动，我会处于你的视线之内。”

“好的。”

“当我举起手来——就像这样——的时候，你就把我让你扔的东西扔进屋里，同时大声嚷嚷，高喊着火了。你都听仔细了？”

“非常仔细。”

“事情并不复杂，”他说着，从袋里掏出一只雪茄形状的圆筒。“这是管道工在污水沟里检漏时用的喷烟器，两头都有引盖，可以自动引燃。你的任务就是把它扔进屋去。你带头高喊着火，就会有一大帮人跟着你喊。这时你趁乱走到街的那一头，我十分钟后到那里和你会合。我想，我已经把事情都说清楚了吧？”

“我先不要介入，设法靠近窗口，注意你的举动，看到你举手为号，把这个东西扔进去，然后大声喊着火了，再到街的拐角处等你。”

“一点不错。”

“你放心，我一定干好。”

“那太好了。我看，时间差不多了。我得准备一下，扮个新角色了。”

他走进卧室，几分钟后从里面出来一个和蔼可亲、天真可掬的新教牧师。黑色的宽边帽，宽松下垂的裤子，白领结，满脸堆笑，而那种牢牢盯住对方的目光，那种透着仁慈的好奇神情，恐怕只有约翰·黑尔先生那样的好演员才能学得像。福尔摩斯不光是换了一身装束。他的表情，他的神态，他的整个人，都仿佛随着他扮演一个新角色而变了。他入了这一行，我们多了一个难得的好侦探，舞台上却少了一个演技出众的演员，正如学院里少了一个聪敏过人、擅长推理的科学家。

我们是六点一刻离开贝克街的，到达赛彭坦大街时，比预定的时间还早了十分钟。已经是黄昏时分，我们在布里奥尼别墅跟前踱来踱去，等待别墅的女主人回家的时候，周围的人家都亮起了灯。这座屋子，跟福尔摩斯对我简要描述时我所想象的模样完全一样，只是所处的环境不如我预想的那么宁静。由于周围其他街道都很安静，这条不起眼的街道上居然人来人往如此嘈杂，显得颇有些不同寻常。有一群衣衫褴褛的男人在街角处抽烟嬉笑，一个磨剪刀的匠人推着装有磨轮的小车，两个禁卫军士兵在跟一个小保姆调情，几个衣着光鲜的年轻人嘴上叼着雪茄在街上闲逛。

“你看，”福尔摩斯趁我们在屋子跟前踱步的当口对我说，“刚才的婚礼使事情变得不那么复杂了。这张照片成了一把双刃剑。目前的情况是，她也不想让戈德弗雷·诺顿先生看见这张照片，正如我们的委托人唯恐它落入他那位公主的视线一样。现在的问题是，在哪儿能找到这张照片？”

“是啊，在哪儿呢？”

“她几乎没有可能随身带着它。照片是放在镜框里的那种尺寸。要藏在一个女人身上，谈何容易。她知道国王有可能派人拦截她搜身。这样的事已经有过两次了。所以我们可以推断，她不会把它藏在身上。”

“那么会藏在哪儿呢？”

“有两种可能，或者交给银行，或者交给律师保管。但我认为两种可能性都不大。女人天生喜欢有点秘密，而且喜欢自己来保守她的秘密。她有什么必要把它交给别人呢？她完全可以相信自己有能力保守这份秘密，至于某个银行家或律师，在受到来自政治方面或其他方面的影响时会作何反应，她对此恰恰是信不过的。再说，我们还记得，这张照片她是准备几天之后就要用的。它一定在一个她很方便取到的地方。照片一定就在她家里。”

“可她家里不是已经被偷过两次了吗？”

“哼！他们不懂怎么去找。”

“我们怎么去找呢？”

“我不用去找。”

“此话怎讲？”

“我要让她拿给我看。”

“她会拒绝的。”

“她没法拒绝。喔，我听见马车的声音了。是她的马车。切记要按我说的去做。”

他说这话时，马车侧灯的微光从大街的弯道上闪现了出来。一辆小巧的单排座马车，正辚辚作响地往布里奥尼别墅驶来。马车刚在别墅门前停住，在街角那儿瞎混的一个汉子冲过来，想去开车门讨个赏钱，不料另一个汉子抢上前去，用肘子把他推开，争着去开车门。两人你推我搡地吵了起来，两个禁卫军士兵加入进来，帮其中一个汉子，磨剪子的也来凑热闹，帮另一个汉子。争吵变成了斗殴，顿时，刚从马车踏脚上下来的女士，被这群脸红耳赤、拳棒挥舞乱成一团的男子围在了正中央。福尔摩斯冲入人群保护这位女士；可是他刚冲到她的跟前，就大叫一声扑倒在地，脸上顿时血流不止。见他倒地，那两个士兵慌忙夺路而逃，而那几个打群架的汉子，朝另一个方向逃窜而去。刚才在一旁观战的那伙穿着体面的年轻人，一拥而上帮助女士、照料伤者。艾琳·阿德勒（我还是愿意这样称呼她）急匆匆地走上台阶；但当她踏上最高那级台阶，优美的身影被客厅的灯光勾勒出来之时，她回头向街上看去。

“那位可怜的绅士伤得很重吗？”她问。

“他死了，”好几个声音大声说道。

“不，没有死，他还活着！”另一个声音喊道。“但恐怕来不及送医院，他就没救了。”

“他可真勇敢，”一个女人说。“要不是他冲上去，那帮家伙就把女士的钱包和表都抢走了。那是一帮粗胚。喔，现在他缓过气来了。”

“不能让他躺在街上。我们可以抬他进去吗，夫人？”

“当然。把他抬进起居室吧。那儿有张沙发可以躺下。请从这儿走！”

众人动作缓慢、郑重其事地把他抬进布里奥尼别墅的正厅，而此时，我正从窗前的位置上静观事情的进展。灯亮了，但窗帘没有拉上，所以我可以瞧见躺在长沙发上的福尔摩斯。我不知道他此刻是否在为自己扮演的角色感到良心上的不安，但我知道，在我看到我参与算计的那位女士惊人的美貌，看到她照顾伤者时优雅、亲切的态度的时候，我感到了有生以来最锥心的羞愧。可是，此时如果置福尔摩斯分派我的任务于不顾，那无异于对他的背信弃义。我硬硬心肠，从宽松的长外套里掏出那个喷雾筒。无论如何，我心想，我们毕竟并没有去伤害她。我们只是阻止她去伤害另一个人而已。

福尔摩斯从沙发上坐了起来，我看他的样子，像是想要呼吸新鲜空气似的。一个侍女赶忙去把窗子打开。就在此刻，福尔摩斯举起了一只手，我一见这行动暗号，马上把喷雾筒扔进房间，同时大喊："着火了！"话音未落，整个围观的人群，无论衣着整洁还是邋遢——绅士，马夫，女仆——全都大声嚷道："着火了！"浓重的烟雾从房间里袅袅升起，向窗外飘去。我只见眼前的人影在奔来奔去，稍后才听见响起福尔摩斯的声音，他告诉大家其实并没有着火，只是虚惊一场。我赶紧穿过大声嚷嚷的人群，快步走到街的拐角处，十分钟后欣喜地看见福尔摩斯过来，和我手挽手撤离骚乱的现场。他步子很快，我俩默默地走了几分钟，折进一条通埃奇韦尔路的安静的小街。

"你干得很漂亮，华生，"他对我说。"事情非常顺利。好极了。"

"你拿到照片了？"

"我知道它在哪儿了。"

"你怎么找到的？"

"是她给我看的，我对你说过她会这么做。"

"我仍然是一头雾水。"

"我不给你卖关子了，"他说着，笑了起来。"事情其实再简单不过了。你，想必看出街上那群人都是我的同伙了。他们是我今晚雇用的。"

"我猜也就是这么回事。"

"好，他们吵起来时，我往手掌心里抹了一点红颜料。我冲上前去，倒在地上，用手在脸上一拍，就变成那副可怜的模样。这套把戏并不新鲜了。"

"这一层我也想到了。"

"然后，他们就把我抬进屋去。她也只能让我进去。否则她有什么办法呢？我被安置在起居室，这正是我觉得最可疑的房间。照片不是藏在这个房间，就是藏在她的卧室，我要吃准究竟是在哪一间里。我被安放在沙发上。我做出要吸点新鲜空气的样子，她们只能把窗打开，这样你的机会就来了。”

“我扔东西对你有何帮助？”

“这一点至关重要。一个女人以为自己家里着火的时候，她出于本能，会立即奔过去抢救她心目中最珍贵的东西。这是一种无法控制的冲动，我不止一次利用这一点来破案，可谓屡试不爽。达林顿调包案里用过，安斯沃思城堡案里也用过。一个已婚的女人会护住她的孩子；一个未婚的女人会冲向她的首饰盒。现在很清楚，我们眼前的这位女士，对她来说这座屋子里最珍贵的东西，就是我们要找的照片。她一定会冲过去拿的。火警的效果做得很逼真。一个人的神经哪怕再坚强，面对滚滚的浓烟和慌乱的喊声，也会松弛动摇。她的反应果然不出我的所料。照片藏在右边的拉铃绳索正上方的壁龛里，前面有块滑板挡着。她在那儿停了一会儿，我瞥见她把照片抽出了一半。趁这当口，我高喊屋子没有着火，她一听就把它放回了原处。这时她瞧见了喷烟筒，扭头往外就跑，此后我就没再见过她。我站起身来，找了个借口从那座屋子里出来。我犹豫过一下，考虑是否要当场把照片拿到手；但这时马车夫闯进来了，见他警觉地瞧着我的模样，我心想还是等为上策。稍有不慎，就有可能前功尽弃。”

“现在怎么办呢？”我问。

“侦查工作已经告一段落。我明天和国王一起去拜访她，你如果愿意，你也一起去。女仆会把我们领进起居室，让我们在那儿等夫人出来；不过等她出来，也许我们和照片早就不翼而飞了。让国王陛下亲手拿回照片，对他来说称得上是如愿以偿了吧。”

“你什么时候去？”

“早晨八点。她还没起身，这样我们就有了充裕的时间。另外，我们必须动作要快，因为她的婚礼意味着她的整个生活和起居习惯可能会有彻底的改变。我得尽快通知国王。”

我们回到贝克街，在门前立定。他在衣袋里摸钥匙的当口，只听得有个过路人说道：

“晚安，歇洛克·福尔摩斯先生。”

这时人行道上有好几个行人，不过这个声音好像来自一个身穿宽松长外套、身材细长的年轻人。

“这个声音我以前听到过，”福尔摩斯凝视着灯光昏暗的街道说，“可是我想不起来那究竟是谁了。”

三

当天晚上我睡在贝克街。第二天早晨我俩正在喝咖啡吃吐司的时候，波西米亚国王推门闯了进来。

“您真的拿到了！”他抓住福尔摩斯的双肩，热切地望着他的脸大声说道。

“还没有。”

“但有希望了？”

“有希望了。”

“那就快走吧，我都等不及了。”

“我们得喊辆马车。”

“不用，我的马车在下面等着。”

“这样就方便多了。”我们下楼出门，再次往布里奥尼别墅驶去。

“艾琳·阿德勒结婚了，”福尔摩斯说。

“结婚了！什么时候？”

“昨天。”

“跟谁？”

“跟一个名叫诺顿的英国律师。”

“她是不可能爱他的。”

“我指望她能爱他。”

“您何出此言？”

“那样的话，陛下对日后可能发生种种麻烦的担忧，就都可以打消了。如果这位女士爱她的丈夫，她就不会爱陛下。如果她不爱陛下，她就不会有任何理由来干扰陛下的计划。”

“可也是。不过——唉！她要是身份和我相当就好喽！她当王后，那有多美！”他神情忧郁地停住话头，在马车驶抵赛彭坦大街前没再开过口。

布里奥尼别墅的门开着，一个老妇人站在门前的台阶上。我们下车时，她冷眼看着我们，目光中有一丝嘲笑的意味。

“您就是福尔摩斯先生吧？”她问。

“我就是福尔摩斯，”我的同伴注视着她说，探询的目光中颇有几分惊愕的意味。

“果然没错！女主人告诉我您多半会来的。她今儿早上坐五点一刻的火车，从查令十字街站出发去国外。”

“什么！”歇洛克·福尔摩斯失色喊道，懊恼和惊讶之情溢于言表。“您是说她已经离开英国了？”

“今后不会再回来了。”

“那照片呢？”国王声音嘶哑地问道。“全都完了。”

“马上就能见分晓，”福尔摩斯推开女仆，疾步走进客厅，国王和我紧随其后。只见家具乱七八糟地散放着，到处是拆散的橱架、拉开的抽屉，简直就像女主人临出门前把自家洗劫过一遍。福尔摩斯冲到拉铃绳跟前，推开小滑门，探手取出一张照片和一封信。照片是身穿晚礼服的艾琳·阿德勒的单人照，信封上写着：“留交歇洛克·福尔摩斯先生亲启”。福尔摩斯打开信纸，我们三人一起看信。信是昨天午夜写的，内容如下：

亲爱的歇洛克·福尔摩斯先生：

您确实干得很漂亮。我完全被您给骗过了。即便在您高喊着火之后，我还是没有起疑心。但后来，当我发现我暴露了自己的秘密的时候，我开始警觉了。几个月以前就有人警告我，对您要格外当心。人家对我说，国王如果雇用侦探的话，那侦探一定是您。他们把您的住址都告诉了我。可是即便如此，您还是让我自己把您要找的东西拿出来给您看了。即便在我起了疑心以后，我仍然难以相信这样一位和蔼可爱的老牧师，居然会算计我。不过，您要知道，我是个训练有素的演员。女扮男装在我算不得新鲜事。我经常身穿男装，好使行动更方便些。我让我的车夫约翰去监视您，自己上楼去换装，穿上我所谓的散步便装，我下楼时您刚好离开。

我尾随您来到您的住处门前，确认把我作为感兴趣的侦查目标的，的确就是大名鼎鼎的歇洛克·福尔摩斯先生。然后，我颇有些冒失地对您道了声晚安，才去内殿学院和我丈夫见面。

我们俩都认为，被这么厉害的对手盯上了，唯有走为上策；所以您明天见访，看到的会是一个空巢。至于那张照片，您的委托人无须顾虑。我和一个比他好得多的男人在一起，我爱他，他也爱我。国王可以放心做他想做的事情，不必担心一个曾经被他伤害过的女人会对他有所妨碍。我保存照片，仅仅是为了自卫，一旦他有意加害于我，这张照片就是我防御的武器。我留下一张照片，他若愿意要，照片可以给他。谨此向您，亲爱的歇洛克·福尔摩斯先生致意。

艾琳·阿德勒·诺顿

“多了不起的女人——哦，多了不起的女人！”我们三人一起看信时，波西米亚国王大声说道。“我不是告诉过你们她有多么机敏和果断吗？她要是当了王后，难道还不是一位万人传颂的王后吗？她的门第和我不相当，岂不是太可惜了吗？”

“以我对这位女士的了解，就相当这一点而言，陛下和她确实差得很远，”福尔摩斯冷冷地说，“我很抱歉，没能让陛下在这件事上有个完满的结局。”

“亲爱的先生，情况恰恰相反，”国王大声说道，“再没有比这更完满的结局了。我知道她是说话算数的。那张照片现在就像烧掉了一样安全。”

“我很高兴听到陛下这么说。”

“我对您真是感激不尽。请告诉我，我有什么办法可以报偿您。这个戒指——”他从手指上褪下一枚祖母绿的蛇形戒指，托在手心里递过去。

“陛下有一样东西，是我更为看重的，”福尔摩斯说。

“您尽管开口。”

“这张照片。”

国王惊讶地看着他。

“艾琳的照片！”他大声说。“只要您要，您当然可以拿去。”

“多谢陛下。这件事情现在已经告一段落。请允许我对陛下道声早安。”他躬了躬身掉头就走，对国王伸向他的手，连看也没看一眼。我陪他一同回他的寓所而去。

这就是波西米亚王国如何面临一场严重丑闻的威胁，而歇洛克·福尔摩斯先生的周密计划又如何受挫于一个女人的智慧的故事始末。他向来对女人的聪明抱嘲笑的态度，但近来我不再听他这么说了。每当他说起艾琳·阿德勒，或者提起那张照片时，他必定用敬重的语气称她为**那个女人**。

红发会

去年的一个秋日，我上门探望我朋友歇洛克·福尔摩斯，正好他在专心致志地和一位身材矮胖，面色红润，有着一头火红色头发的老先生交谈。我为打扰他们表示了歉意，正打算告辞，福尔摩斯上前一把将我拉进房间，随手关上房门。

"我亲爱的华生，你来得正是时候。"他热诚地说。

"我看你正忙着。"

"是忙着，忙得不可开交呢。"

"那我可以去隔壁房间等你。"

"完全不必。威尔逊先生，这位先生是我搭档，在我绝大多数成功案例中，他都曾助过一臂之力。我深信，在您这件事情上他同样可以帮上大忙。"

那位身材矮胖的先生在椅子上欠了欠身，点头打了个招呼，厚厚眼皮下那双小眼睛里掠过一丝怀疑的目光。

"你坐长靠椅上吧，"福尔摩斯说着，重新坐回扶手椅里，两手指尖对着指尖，这是他进入缜密思考状态时的习惯性动作。"亲爱的华生，我知道你跟我一样，对单调乏味的生活没有兴趣，而喜爱那些别出心裁、不合常规的东西。你热衷于为我整理案例记录，正是出于你对这些东西的强烈兴趣，而且，恕我直言，你把我那么多的小探案渲染得有点儿过头了。”

“你那些案例的确是我最感兴趣的，”我说。

“你应该还记得，在着手处理玛丽·萨瑟兰小姐那个很简单的案子之前，我这么说过：我们要走进生活中去，生活永远比我们的任何想象更大胆，它会为我们提供意想不到的结果和出奇制胜的手段。”

“对你这个观点，我当时就冒昧地表示了怀疑。”

“我知道，华生，但你还是必须改变想法，接受我的观点，否则我会继续不断地提供论据，直到你的理由被越来越多的论据彻底压垮，承认我是对的。今天上午承蒙杰贝兹·威尔逊先生来访，他正在给我讲的，很可能是一段时间以来我听过的最为离奇的故事。你听我说过，最离奇、最独特的事件往往与大案无关，而跟小案有关。有时候在这类小案子里，恰恰需要查一下有没有真正的罪案。目前我所听到的，还不足以让我判断这是否是罪案，但事情的经过无疑属于我听到过的最离奇的案情。威尔逊先生，还是麻烦您再从头讲起好吗，这不仅仅是因为我的朋友华生医生没有听到故事开头部分，还因为这个故事有些独特之处，使我非常希望听到尽可能多的细节。通常，当听到案发过程中某些细节时，我会从记忆中搜寻到大量类似的案例。而现在这个案子，我得承认案情看来是没有先例的。”

胖胖的委托人挺起胸脯，显出一丝得意的神态，从外套口袋里掏出一张又脏又皱的报纸，摊在膝头上，俯首匆匆扫视启事栏。我细细打量这个人，试图照着我伙伴的方法，尽力从他的穿着或外表看出点名堂来。

然而，这番观察收获不大。我们这位访客，怎么看也就是个普通的英国商人，肥胖，自负，动作迟钝。他穿着一条有点宽松的灰色格子裤，套着一件有点邋遢的黑色礼服大衣，前襟敞开着，露出里面的褐色背心，背心上露着一根沉甸甸的阿尔伯特铜表链，链子上挂着一枚中间有方孔的硬币作为装饰。在他身边的椅子上，放着一顶磨损了的礼帽和一件镶着皱巴巴立绒领子的褪了色的棕色大衣。我看来看去，除了一头火红色的头发和一脸的极度懊丧与愤愤不平，这个人没有什么特别的地方。

歇洛克·福尔摩斯一眼就看透了我的内心活动。他注意到我疑惑的目光，笑着摇了摇头。“他干过一段时间体力活，吸鼻烟，是共济会会员，曾经去过中国，最近一段时间做过大量书写工作，除了这些显而易见的情况，我推断不出别的什么。”

杰贝兹·威尔逊先生从椅子上突然惊起，食指指着报纸，眼睛却看着我的伙伴。

“我的天，这些事您怎么会知道，福尔摩斯先生？”他问道，“比方说，您怎么知道我干过体力活呢？这倒是千真万确，我早先在船上干过木工。”

“您的手，我亲爱的先生。您右手比左手大得多。用右手干活，肌肉比较发达。”

“这倒是，那么吸鼻烟和共济会呢？”

“我无意贬低您的智力水平，所以就不告诉您我是怎么看出来的了。不过，您戴着一枚指南针模样的弓形胸针，这可是违反你们的严格教规的。”

“啊，当然，我把这一点给忘了。可是书写呢？”

“这还不够明显吗？右手袖口磨得发亮的那块地方足有五英寸长，左胳膊肘那里经常蹭到桌面，所以还打了块平整的补丁。”

“对呀，那么去过中国呢？”

“紧靠着您右手腕上方的那个鱼形文身，只可能是在中国文的。我对文身略有研究，还写过这方面的专论。这种精致的粉红鱼鳞图案上色工艺是中国独有的。另外，我看见您的表链上挂着一枚中国钱币，事情就变得更加简单了。”

杰贝兹·威尔逊先生笑个不停。“哎呀，真想不到！”他说。“我还以为有多神奇呢，其实也没什么奥妙。”

“华生，我这会儿才想到，”福尔摩斯说，“刚才真不该说得这么明白。你也知道，Omne ignotum pro magnifico.[1]如果我再这么坦诚，我那点可怜的小名声也要被毁了。您还没找到那则启事吗，威尔逊先生？”

“哦，找到了，”他用又粗又红的手指指着启事栏回答，“就在这儿，事情就是它惹出来的。先生们，你们自己看吧。”

我从他手里接过报纸念道：

红发会启事

根据已故的伊齐基亚·霍普金斯（原住美国宾夕法尼亚州黎巴嫩县）的遗赠安排，现有一职位空缺提供本会会员，周薪四镑，纯属挂名工作。凡红发男性，年满二十一周岁，身心健康者，均可应聘。有意者请于星期一上午十一时亲至舰队街七号教皇公寓该会办公室邓肯·罗斯处报名申请。

“这到底是什么意思？”我把这则非常奇怪的启事又念了一遍，最后禁不住大声问道。

福尔摩斯在椅子上扭动着身体咯咯发笑，这是他心情很好时的习惯表现。“这件事有点不同寻常，是吗？”他说。“现在，威尔逊先生，请把您自己和您家庭的情况，还有这则启事对您命运产生的影响，原原本本告诉我们。华生，你先记一下报纸名称和出版日期。”

“这是1890年4月27日的《纪事晨报》，正好是两个月以前。”

“很好。威尔逊先生，请开始吧。”

“好吧，就像我刚才跟您说过的，歇洛克·福尔摩斯先生，”杰贝兹·威尔逊先生擦拭着额头说，“我在市中心附近的科堡广场开了家小

1 Omne ignotum pro magnifico：拉丁文，出自古罗马历史学家塔西佗的名著《阿格里科拉传》，意为“你不了解的事物，总会让你赞赏不已”。

典当行。生意做得不大,这几年也就勉强维持生计。我以前还能雇两个伙计,现在只雇了一个;我本来连这一个都雇不起,幸好他为了学点东西,愿意只拿一半工钱。”

“这位好学的年轻人叫什么名字?”歇洛克·福尔摩斯问。

“叫文森特·斯波尔丁,其实他也不算年轻了,可到底多大年纪我也说不准。能找到他这么机灵的伙计可真是难得呵,福尔摩斯先生;我非常清楚,他本来可以找份更好的工作,挣到的钱比我能给的多一倍。不过,既然他自己满意,我干嘛要没事找事呢?”

“可不是?看来您运气真好,能以远远低于市价的工钱雇到一个伙计。如今这年头,这么好运气的雇主可不多见。不知您的伙计是不是也像您的启事这样可圈可点。”

“喔,他这人也有缺点,”威尔逊先生说,“真没见过像他那么喜欢照相的。不学点对自己有用的东西,成天拿着相机到处抓拍,然后像兔子钻洞一样,一头钻进地下室去冲印照片。他主要就是这个毛病,但话说回来,他是个能干的伙计,也没有什么恶习。”

“他还在您那儿吧?”

“是的,先生。除了他,还有一个十四岁的女孩,负责做饭和打扫卫生——店里就这么些人。我是单身,还没成家。如果不出什么事的话,先生,我们三个人日子过得挺安生,有地方住,又不欠债。

“给我们惹来麻烦的第一件事就是那则启事。两个月前,斯波尔丁走进办公室,手里拿着这份报纸对我说:

“‘威尔逊先生,我真希望老天爷让我有一头红发。’

“‘为什么?’我问。

“‘嗨,’他说,‘红发会又有了个职位空缺。谁要是谋到这个职位,可就能发笔小财啦。听说没什么人符合条件,遗产受托人正为怎么把钱用出去而大伤脑筋呢。我头发如果可以变色,这样的好事不就落到我头上了?’

"'哦，到底是怎么回事？'我问。您瞧，福尔摩斯先生，我这人不爱出门，因为典当生意都是自己送上门来，我不需要外出兜揽，经常一连几个星期足不出户。所以我不太知道外面的事，很乐意能听到点儿消息。

"'您没听说过红发会吗？'他问我，两眼睁得老大。

"'从来没有。'

"'嗨，怪不得呢，您倒是挺有资格申请这个空缺职位的。'

"'给多少钱？'我问。

"'噢，一年也就两百镑吧，不过工作很轻松，还不耽误您同时干别的活。'

"嗬，你们不难想到，这句话让我竖起了耳朵。这几年生意一直不太好做，一年能多挣两百镑，手头就宽松多了。

"'你得好好给我讲一讲，'我说。

"'好啊，'他指着那则启事对我说，'您自己可以看看，红发会有个职位空缺，上面还有详细地址，告诉您去哪里应聘。据我了解，这红发会是一个名叫伊齐基亚·霍普金斯的美国百万富翁创办的。这个人行事非常古怪，他自己是红头发，就对所有红头发男人十分偏爱。他去世后留下大笔财产给遗产受托人，规定将遗产利息用来给头发颜色跟他一样的男人提供一份轻松差事。我听说这份工作报酬很不错，工作却非常轻松。'

"'可是，'我说，'想去应聘的红头发男人有成千上万呢。'

"'没您想的那么多，'他回答。'要知道，这个职位只招伦敦本地人，还得是成年人。这个美国人年轻时是在伦敦发迹的，他想为这个古老城市做点好事。我还听说，无论头发颜色是浅红、深红还是其他的红，只要不是真正鲜艳、炽热的火红色，去应聘都是白费劲。喏，您如果愿意去申请，威尔逊先生，您十拿九稳可以得到这份工作。不过对您来说，为区区两百镑专门跑一趟，不知会不会有点不值得。'

“嗯，他说得没错，二位，你们亲眼看到了，我的头发颜色的确是火红火红的，所以我心里想，如果在这件事上有竞争，我的胜算不比任何竞争对手小。文森特·斯波尔丁对这事好像知道得挺多，兴许他能帮上忙。我让他当天关门歇业，马上陪我跑一趟。他巴不得能够放一天假，于是我们关门打烊，照着启事上的地址出发了。

“我可不想再看到那样的景象了，福尔摩斯先生。长着各种深浅不同的红头发的人，从四面八方拥进城里来应聘。舰队街上挤满了红发人，教皇公寓看上去就像水果贩子那辆堆满橙子的手推车。我没想到这么一则启事竟然把全城这么多人都招来了。这些人的头发颜色简直是应有尽有——稻草色、柠檬色、橘红色、砖红色、爱尔兰雪达犬色、赤褐色、陶土色；可就像斯波尔丁说的，有一头真正鲜艳火红色头发的人还真不多。看到这么多人等在那里，我有点泄气，想打退堂鼓。但斯波尔丁说什么也不让。真没想到，他拽着我连推带搡地挤过人群，居然一路挤到了通往那间办公室的楼梯口。楼梯上有两股人流，一批人满怀希望往上挤，一批人垂头丧气往下走。我们尽可能往人流中间挤，没一会儿就挤进了办公室。”

“您的这段经历非常有意思，”当委托人停下来，吸上一大撮鼻烟整理思绪时，福尔摩斯说。“请继续把这个有趣的故事讲下去。”

“办公室里空荡荡的，只有一张松木桌子和两把木椅，一个小个子男人坐在桌子后面，他的头发颜色比我的还要红。他跟每个前来应聘的人聊上几句，然后想方设法从他们身上挑出点毛病，把他们打发走。看来要想得到这份空缺不是件容易事。可没想到，轮到我们时，那个小个子对我的印象远远好过其他人，我们一进去，他就关上房门，准备跟我们单独交谈。

“‘这位是杰贝兹·威尔逊先生，’我的伙计说，‘他想来红发会补个缺。’

“‘他来补这个缺再合适不过了，’那人回答说，‘他符合我们所有的要求。我还真的从没看到过这么令人满意的红头发。’他退后一步，头歪向一边，目不转睛地盯着我的头发，看得我浑身不自在。然后他猛地上前紧紧握住我的手，热烈祝贺我应聘成功。

“‘再不拿定主意就说不过去了，’他说，‘不过我敢肯定，您不会介意我采取一个有点俗套的预防措施。’话音未落，他就两手紧紧揪住我的头发使劲拉扯，直到我痛得大叫起来才作罢。‘您眼睛里有泪水，’他松开手说，‘可见事情不会有诈。我们如此谨慎也是迫不得已，因为我们已经被假发骗过两次，被上色骗过一次。我可以给您讲个用鞋蜡染色的故事，您听了就会知道人性有多么险恶。’他走到窗前，对着外面大声喊话说空缺已经有人填补了。从下面传来失望的叹息声，人群三三两两地朝不同方向散去。最后，除了我和这个主事人，看不见别的红发人了。

“‘我叫邓肯·罗斯，’他说，‘我自己就是我们高贵的施主遗赠基金的受益人。您结婚了吗，威尔逊先生？成家了吧？’

“我回答说没有。

“他的脸立刻沉了下来。

“‘哎呀！’他正色说道，‘这个问题确实非常严重！听到您这么说真是太遗憾了。这项基金自然是为红发人传宗接代，让他们的血脉得以延续下去而专用的。您居然还没成家，这实在是太不幸了。’

“一听这话，我脸都拉长了，福尔摩斯先生，我心想到头来我还是没法得到这份空缺了。没想到，他考虑了一会说即使这样也不要紧。

“‘这事要是换作别人，’他说，‘肯定不能通融，但是对您这样有着这么一头红发的人，理应破例给次机会。您什么时候可以过来上班？’

“‘哦，这事儿有点犯难，我还有生意要照管，’我说。

“‘嗨，这事儿您别去管了，威尔逊先生，’文森特·斯波尔丁说。‘我可以帮您照管。’

“‘工作时间是几点到几点？’我问。

"'上午十点到下午两点。'

"典当行的生意通常都在晚上，福尔摩斯先生，尤其是星期四和星期五晚上，那正好是在发薪日前两天。所以上午赚点外快对我来说很合适。再说我知道，我那伙计人不错，有什么事他都能办妥。

"'这对我挺合适，'我说，'薪金是多少？'

"'每星期四英镑。'

"'是什么工作？'

"'纯粹挂个名。'

"'纯粹挂名是什么意思？'

"'哦，您自始至终必须待在办公室里，或至少待在这栋房子里。一旦离开，您就永远失去这份工作。遗嘱里对这一点规定得很清楚。如果您在那段时间里离开办公室，您就不再符合条件了。'

"'一天也就待四个小时，我不离开就是了，'我说。

"'不得以任何借口离开，'邓肯·罗斯先生说，'无论是生病还是有生意要做，或是有任何其他事情，您都必须待在那里，否则您这份工作就丢了。'

"'我做些什么呢？'

"'抄写《大英百科全书》。这里有这套书的第一卷。您得自备墨水、笔和吸墨纸，桌椅由我们提供。您明天就可以来吗？'

"'当然可以，'我回答。

"'那好，再见，杰贝兹·威尔逊先生，再次祝贺您非常幸运地得到这份重要的工作。'他欠身送我出门，我和我的伙计一起回了家。交上这般好运，我高兴得简直有点不知所措了。

"嗨，我一整天都在想这件事，到了晚上情绪又低落下来，心里觉着，这整个事情不是一个大骗局就是一场恶作剧，尽管这么做是出于什么目的我说不上来。居然有人立了这么个遗嘱，还为抄写《大英百科全书》这么简单的工作支付这么高的报酬，想来实在令人难以置信。文森特·斯波尔丁想尽一切办法来宽慰我，到了睡觉时分，我说服了自己，打定主意不去想这件事。可到了第二天一大早，我还是决定不管怎样先去看一下。于是就去买了一小瓶墨水、一支鹅毛笔和七张大页书写纸，动身前往教皇公寓。

“嘿，没想到一切都很顺当，这让我又惊又喜。桌椅已经为我放置妥当，邓肯·罗斯先生在那里照看，好让我顺利开始工作。他让我先从字母A开始抄写，交代完他就走了，但他时常会来看看我这里是否一切正常。下午两点，他过来跟我告别，还称赞我抄写得真不少，然后在我出办公室后锁上了门。

“日子就这么一天天过去，福尔摩斯先生，到了星期六，邓肯·罗斯先生走进办公室，当场付给我四个沙弗林[1]作为一个星期的工钱。到了下星期依然如此，下下星期还是一样。我每天上午十点到那儿，下午两点离开。这位先生过来的次数逐渐减少到每天上午来一次，然后过了一段时间，他就再也不来了。我当然还是不敢离开房间半步，因为保不定他什么时候会来。这么好的工作，又这么适合我，我可不愿冒丢失它的风险。

“八个星期就这样过去了。我已经把Abbots、Archery、Armour、Architecture和Attica[2]这些条目都抄写完，再加把劲就可以开始抄写B打头的条目了。我又花钱购买大页书写纸，抄写好的手稿差不多可以装满一个书架。然后，突然间整个事情结束了。”

“结束了？”

“是的，先生。就在今天上午。我跟往常一样十点钟去上班，可房门关着，还上了锁，门框正中用平头钉钉着一块正方形小纸板。我带来了，你们自己看吧。”

他举起一块便条纸大小的白纸板，上面写着：

1 沙弗林：英国旧时面值一英镑的金币。

2 Abbots、Archery、Armour、Architecture和Attica：这些单词的释义分别为男修道院院长、箭术、盔甲、建筑学、阿提卡。

红发会业已解散。

1890年10月9日

歇洛克·福尔摩斯和我仔细打量着这则简短的通告和纸板后面那张表情沮丧的脸，两个人思忖半天，感觉这件事情实在滑稽至极，终于忍不住大声笑了出来。

"真搞不懂这有什么好笑的，"我们的委托人嚷了起来，脸涨得通红，一直红到头发根。"如果你们只觉得好笑，却什么事都干不了，我可以另请高明。"

"别，别，"福尔摩斯大声说，把正从椅子上站起身来的委托人推回到椅子上。"我无论如何不想错过您这件案子。它太不寻常了。不过，请容我这么说，其中某些地方确实有点好笑。请问，您发现门上的纸板以后，做了些什么？"

"当时我非常吃惊，先生。我不知道该怎么办。我找了周围几间办公室，但那些人好像对这件事也一无所知。最后我去找了房东，他是个会计，住在一楼。我问他可不可以告诉我红发会出什么事了。他说他从来没有听说过这么一个机构。于是我问他是否知道邓肯·罗斯，他回答说这个名字他还是第一回听到。

"'喔，'我说，'就是4号房间那个先生。'

"'谁，那个红头发的？'

"'对。'

"'哦，'他说，'他叫威廉·莫里斯，是个律师。他的新办公室正在装修，所以临时租用我的房间。他昨天搬走了。'

"'去哪儿可以找到他？'

"'噢，去他新办公室。他告诉过我地址。哦，对了，爱德华国王街17号，靠近圣保罗大教堂。'

"我立刻动身，福尔摩斯先生，照着地址找到那里，却发现那是一个护膝制作工场，那里没人听说过名叫威廉·莫里斯或邓肯·罗斯的人。”

“然后您怎么做呢？”福尔摩斯问。

“我回到萨克森–科堡广场的家，想听听我那伙计的建议。他也说不出个所以然，只说如果我耐心等待，应该会收到邮件。但是这种说法无法令我满意，福尔摩斯先生。我不想就这么白白丢掉一份美差。听说您经常给那些需要帮助的可怜人出主意，我就赶紧过来找您了。”

“您这么做非常明智，”福尔摩斯说，“这个案子极不寻常，我很想深入研究一下。从您刚才所说的看，我认为这件事牵连到的问题很可能比初看起来更严重。”

“足够严重啦！”杰贝兹·威尔逊先生说，“唉，我一星期就损失了四个英镑呢。”

“就您个人而言，”福尔摩斯说，“我看不出您对这个非同寻常的红发会有什么可抱怨的。按您所说的，您从那儿赚了三十英镑，更何况您还增长了不少字母A打头的学科小知识呢。您一点儿也没吃亏。”

“是没吃亏，先生。可我想弄清楚他们的来历，他们到底是些什么人，为什么要跟我开这种玩笑——如果确实是开玩笑的话。开这种玩笑代价可不小，他们花费了三十二镑呢。”

“这些问题我们会尽力替您弄清楚。不过我想先提一两个问题，威尔逊先生。您这位伙计，是他最早让您对这则启事感兴趣的——他来您这儿多久了？”

“大概有一个月。”

“他是怎么找到您的？”

“看到招聘启事自己找来的。”

“只有他一个人来应聘吗？”

“不，有十来个人呢。”

“您为什么选了他？”

“因为他人勤快，工钱也要得少。”

“确切地说，只要了一半工钱。”

“没错。”

“这个文森特·斯波尔丁，是个怎么样的人？”

“小个子，体格健壮，身手敏捷，三十多岁，没蓄胡子，额头上有一块硫酸烧伤的白色疤痕。”

福尔摩斯十分兴奋地在椅子上挺直身子。“果然不出我所料，”他说。“您有没有注意到他耳朵上穿了耳洞？”

“有啊，先生。他跟我说起过，小时候有个吉卜赛人给他穿的耳洞。”

“唔，”福尔摩斯又陷入了沉思。“他还在您那儿吗？”

“噢，在的，先生。他现在就在铺子里。”

“您不在那儿，生意上的事他照料得过来吗？”

“还行吧，先生。上午本来就没多少生意。”

“那就这样吧，威尔逊先生。我会在一两天内给您一个关于这个问题的意见。今天是星期六，我想下星期一应该会有结论了。”

“唔，华生，”我们的访客走了以后，福尔摩斯问道，“你对这件事情怎么看？”

“我什么头绪都没看出来，”我坦率地回答。“这件事太神秘莫测了。”

“通常，”福尔摩斯说，“一件事看上去越是古怪，结果就越不神秘。平淡无奇、毫无特色的罪案往往最难侦破，就跟一张普通的脸最难识别一样。不过这件事我还是得抓紧处理。”

“你打算怎么着手？”我问。

“抽烟，”他回答。“这个问题非得抽足三斗烟才能解决，还得请你在五十分钟内别跟我说话。”他蜷缩在椅子上，瘦削的膝盖几乎顶到了他那鹰嘴形的鼻子底下，眼睛闭着坐在那儿，嘴里叼着的黑色陶质烟斗戳在外面，酷似怪鸟的嘴。我瞧着瞧着，心想他大概是睡着了，自己不由得也打起瞌睡来。突然间，他从椅子上一跃而起，做了个拿定主意的手势，把烟斗往壁炉台上一放。

“今天下午萨拉萨蒂在圣詹姆斯厅有场演奏会，”他说，“我们一起去怎么样，华生？你的病人能给你几小时空闲时间吧？”

“今天我没什么事。我的工作从来不是那么脱不开身的。”

“那就戴上帽子走吧。先穿过市中心，可以顺路吃个午餐。我看到节目单上德国音乐不少，这比意大利或法国音乐更加合我的口味。德国音乐趋于内省，我正想要内省一番呢。走吧！”

我们乘坐地铁前往奥尔德斯盖特，然后走了一小段路，来到萨克森–科堡广场，上午听到的离奇故事就发生在这里。这个地方街巷狭小，环境破败。四排昏暗肮脏的两层砖房周围有一圈围栏，围栏里面杂草丛生，几簇凋谢了的月桂树丛，在烟雾笼罩下的极不适宜生存的环境里勉强生存。街角处一幢房子上方立着一块棕色招牌和三个镀金圆球，招牌上刻着白色大字“杰贝兹·威尔逊”，这就是我们的红发委托人典当行的所在地。歇洛克·福尔摩斯在房子前面停下脚步，头歪向一边，从上到下看了一遍，两眼在眯起的眼睑间炯炯发光。然后他缓步走到街上，随即又返回街角，目光仍然紧紧盯着那些房子。他回到那家典当行，用手杖在人行道上重击几下，走到门口敲门。一个相貌机灵、脸刮得很干净的年轻人随即出来开门，招呼他入内。

“谢谢，”福尔摩斯说，“我只是想请问一下，从这儿到斯特兰德街怎么走。”

“第三个路口右转，第四个路口左转，”伙计迅即回答，随后关上了门。

“这是个精明的家伙，”我们离开时，福尔摩斯说，“依我看，他的精明强干在全伦敦排第四，而在胆略上我不敢肯定他是否可以列第三。我以前对他有所了解。”

“显然，”我说，“威尔逊先生的伙计在这个红发会神秘事件中起了很大作用。我相信，你刚才问路就是为了看看他这个人。”

“不是看他。”

“那看什么？”

“他的裤子膝盖。”

“你看到什么了？”

“我想看到的东西。”

“你刚才为什么用手杖敲打人行道？”

“我亲爱的华生，眼下我们要做的是观察，而不是说话。我们是在对手的地盘上侦察。我们已经掌握了一些萨克森-科堡广场的情况，现在去察看一下广场背面的那些地方吧。”

我们转过僻静的萨克森-科堡广场，来到一条大马路上，这里的景象跟前面看到的截然相反，犹如一张照片的正反两面。这条通衢大道是连接市中心和西北两个城区的交通大动脉。进城和出城的两股车流交汇成商贸巨流，把车道都堵塞了。人行道上黑压压的，到处是匆忙赶路的行人。望着这一长排精美华贵的商铺和富丽堂皇的楼宇，想起跟它们毗邻的、我们才离开没多久的广场另一边，竟是那样破败和不景气，真是感到难以理解。

“让我看看，”福尔摩斯说着，站在街角处，沿街边望去，“我就是想要记住这一带建筑物的排列顺序。对伦敦有个准确的了解，这是我的爱好。这是莫迪默烟草行，这是家小书报摊，再过去是城郊银行科堡分行、素食餐馆和麦克法兰马车修造厂。再过去就是另一个街区了。好了，医生，工作已经完成，该去散散心了。先来一份三明治，外加一杯咖啡，然后去小提琴的世界，那里一切都是美妙、精致、和谐的，不会有红头发委托人出难题来让我们伤脑筋。”

我的朋友是狂热的音乐爱好者，他不仅擅长演奏，作曲本领也非同一般。整个下午，他坐在正厅前排，细长的手指随着音乐节拍轻轻地挥动。此刻的他，整个身心沉浸在愉悦中，那舒展的笑脸和耽于梦境的眼神，跟那个猎犬般的福尔摩斯，那个坚韧、机智、出手敏捷的刑侦高手福尔摩斯，神态迥异，判若两人。在他独特的个性中，这种双重性格交替起着作用。正如我经常所想的，他那非同寻常的严谨缜密和机敏狡黠，与偶尔在他身上占主导地位的诗意随兴和沉思默想，形成了鲜明对照。这种个性上的突变，令他从一个极端走到另一个极端，时而倦怠憔悴，时而精力充沛。而且我知道，当他接连数日懒洋洋地坐在扶手椅里，被围在他即兴创作的乐谱和收藏的珍本书籍中间时，那正是他最令人望而生畏的时候。往往在这种时候，他会突然滋生出强烈的追逐欲望，他那出色的推理能力会跃升到直觉力的程度，以至于那些不熟悉他这套破案方法的人会用怀疑的眼光看他，以为他有特异功能呢。那天下午在圣詹姆斯厅，看到他如此陶醉在音乐中，我感到他已做好准备，那些他正穷追不舍的人厄运即将临头。

“看来你是打算回家了，华生，”走出音乐厅时他说。

“对啊，是该回家了。”

“我还有点事要办，估计要花些时间。科堡广场发生的这件事令人担心。”

“为什么？”

“有人正在筹划一桩重大罪案。我有充分理由相信，我们还来得及阻止。不过今天是星期六，情况有点复杂。今天晚上我需要你的帮助。”

“什么时候？”

“十点吧。”

“那我十点到贝克街。”

“很好。听着，华生！可能会有一点儿危险，所以请你把左轮手枪带上。”他挥了挥手，转过身，一眨眼工夫就消失在了人群中。

我自信并不比旁人愚笨，但是跟福尔摩斯在一起时，我总感觉自己头脑迟钝并为此而苦恼。就拿眼前这件事来说，他听到的我也听到了，他看到的我也看到了，但从他的话里我明显感觉到，他不仅对已经发生的事情了如指掌，还对将要发生的事情有先见之明，而我对整个事件的感觉仍然是云里雾里，莫名其妙。在坐车回我在肯辛顿的家的一路上，我把整件事情回想了一遍，从抄写《大英百科全书》的红发人的离奇故事，到我们对萨克森-科堡广场的探访，还有他跟我分手时说的那句类似警告的话。这次夜间行动是怎么回事？为什么要我带枪？我们要去哪里？要去干什么？福尔摩斯有过暗示，说这个表面上温文尔雅的典当行伙计不太好对付——没准就是他在暗地里搞鬼。我试图琢磨出这些话的真实含义，但最终还是绝望地放弃了，把这个悬念搁在一边，到了晚上一切自然会见分晓。

我九点一刻从家里出发，穿过公园，走牛津街转到贝克街。门口停着两辆双轮双座马车，走进门廊时听到楼上传来说话声。刚进房间就看到福尔摩斯正和两个人你来我往地谈着什么，我认出其中一个是警方探员彼得·琼斯，另外那人又高又瘦，苦着个脸，头戴一顶亮闪闪的礼帽，身穿一件做工考究的厚大衣。

“哈！人都到齐了，”福尔摩斯一边说，一边扣上粗呢上装的纽扣，从架子上取下那根又粗又重的猎鞭。“华生，苏格兰场的琼斯先生你应该认识吧？我来介绍一下，这位是梅里韦瑟先生，他今晚跟我们一起行动。”

“您瞧，医生，我们又联手行动啦，”琼斯摆出他惯有的那副趾高气扬的架势说道，“我们这位朋友可是个捕猎高手，他想要的就是找一条老狗来帮他把猎物逮到手。”

“但愿不要折腾半天，结果白忙乎一场，”梅里韦瑟先生脸色阴沉地说。

“先生，您尽可以对福尔摩斯先生抱有信心，”琼斯警探傲慢地说，“他有自己的一套方法，只是这套方法，恕我直言，稍多了几分理论色彩，有时不太现实。不过他完全具有做侦探的素质。说句公道话，有过一两次，比如在肖尔托谋杀案和阿格拉珠宝失窃案中，他的判断比警方还略胜一筹哩。”

“哦，既然您这么说，琼斯先生，我就没什么好担心的了！”那陌生人顺应着他的话说，“不过说实话，今晚我错过了一场牌局。我这还是二十七年来第一次星期六晚上没去玩牌呢。”

“我想您会发现，”歇洛克·福尔摩斯说，“您今晚下的赌注比您以前下的都要大，赌局也会更加刺激。对您来说，梅里韦瑟先生，赌注高达三万英镑；而对您来说，琼斯，赌注就是您一直想要把他抓到手的那个人。”

“约翰·克莱，杀人犯、撬窃犯、假币制造和使用犯。他年纪不大，梅里韦瑟先生，但在他那个团伙里可是个头面人物，伦敦所有罪犯中，他是我最想抓的。这小子可不能小觑。他祖父是王室成员、公爵，他本人上过伊顿公学和牛津大学。他的大脑像他的手指一样灵巧，尽管我们每次都发现了他的踪迹，却始终不知道去哪里找他这个人。他这星期在苏格兰撬门行窃，下星期却跑到康沃尔筹钱建孤儿院。这几年我一直在追踪他，却始终没有见到他的人影。”

“希望今天晚上我可以有幸介绍您认识他。我和约翰·克莱先生曾经交过一两次手，我赞同您的观点，他在那帮人里是领头的。现在已经十点过了，我们可以开始行动了。你们两位坐第一辆马车，华生和我坐第二辆跟在你们后面。”

在漫长的路途中，歇洛克·福尔摩斯不怎么说话，靠在椅背上，哼着下午听的那些曲子。马车行驶在迷宫般的、点着煤气路灯的街道上，仿佛永无尽头，走了很久才驶进法灵顿街。

“我们快到了，”我的朋友说，“梅里韦瑟是个银行董事，他本人对这件事十分关注。我想过，让琼斯跟我们一起去也有好处。虽然他在这一行里是个十足的蠢货，但人不坏。他有个长处，一旦缠住对手，他就跟斗牛犬一样勇猛，像龙螯虾一样紧咬不放。我们到了，他们正等着呢。”

我们来到上午去过的那条拥挤的大街。马车被打发走了，在梅里韦瑟带领下，我们沿着一条狭窄的通道鱼贯而入，穿过他为我们打开的侧门，进门是一个小走廊，尽头有一扇巨大的铁门。门打开后，是一段蜿蜒往下的石阶，走到底又是一扇令人望而生畏的大门。梅里韦瑟先生停下脚步，点亮一盏提灯，然后引导我们走下充满泥土气的幽暗通道。就这样，随着第三扇门被打开，我们进入一个巨大的地窖模样的地下室，里面四处堆放着大木箱和大铁箱。

"这儿从上面突破不太容易，"福尔摩斯举起提灯，环顾四周说。

"从下面突破也不容易，"梅里韦瑟先生用手杖敲着地下铺着的石板说，"哎，怎么回事，听上去下面是空的！"他惊愕地抬起头说。

"请您务必保持安静！"福尔摩斯口气严厉地说，"您已经危及到我们这次行动的成功。请您坐到那边的箱子上，不要妨碍我们，行吗？"

一本正经的梅里韦瑟先生，满脸备受委屈的表情，走过去坐到板条箱上。福尔摩斯跪在地上，手里拿着提灯和放大镜，开始仔细检查石板间的缝隙。几秒钟后他露出满意的神情，霍地站起身来，把放大镜放入口袋。

"我们至少还得等一个小时，"他说，"在这位开典当行的老兄睡安稳之前，他们不会贸然行动。一旦开始行动，他们就会争分夺秒，因为动作越快，留给他们逃跑的时间也就越多。此刻我们是在——华生，你肯定已经猜到了——伦敦一家大银行市中心分行的地下室里。梅里韦瑟先生是这家银行的董事会主席，现在他会向你解释，为什么这帮伦敦最胆大包天的罪犯对这个地下室这么感兴趣。"

"这是冲着我们的法国金币，"银行董事低声说，"我们多次接到警告，说有人在打它们的主意。"

"你们的法国金币？"

"是的。几个月前，我们因加强资金储备需要，专门从法兰西银行拆借了三万拿破仑[1]。各位现在知道了，我们一直没有机会开箱启用这批

1　拿破仑：旧时法国金币，一枚拿破仑合20法郎。

钱，这些金币仍然存放在银行地下室里。我坐着的这个板条箱里有两千枚拿破仑，用铅箔一层层隔开叠放。目前我们的黄金储备量远大于一家分行平时的储备量，董事们对这个情况一直忧心忡忡。”

“他们的担心是有道理的。”福尔摩斯说，“现在该部署一下行动计划了。我预计不出一小时事情就会见分晓。在这段时间里，梅里韦瑟先生，我们必须把提灯遮光板翻下来。”

“在黑暗中坐等？”

“恐怕只能这样。我口袋里带着一副牌，原想既然我们是四个人，您照样可以玩牌。但我发现对手准备工作做得非常充分，所以我们就不能冒险亮着灯玩牌了。我们首先必须各自找好位置隐蔽。这些人都是亡命之徒，尽管我们会攻其不备，打他们个措手不及，但只要稍有不慎，就也有可能被他们伤到。我就站在这个板条箱后面，你们分别隐蔽在那些箱子后面。看到我用灯照住他们，你们就迅速冲上去。如果他们开枪，华生，别手软，开枪把他们撂倒。”

我把扣下扳机的左轮手枪放在木箱上，在箱子后面蹲下。福尔摩斯翻下提灯遮光板，我们陷入黑暗中——我还从来没有在这么漆黑一片的地方待过呢。金属灯罩受热发出的气味让人确信灯还亮着，随时都能重放光明。在漫长的等待过程中，我的神经紧张到了极点。置身于突如其来的黑暗中，而且是在阴冷潮湿的地下室里，令人感觉非常郁闷和压抑。

“他们只有一条退路，”福尔摩斯小声说，“就是退回屋内，再从那里进入萨克森-科堡广场。我想您已经按我的要求部署好了，是吗，琼斯？”

“有一名警官和两名警员守在前门。”

“这下就万无一失了。现在我们要做的事，就是静静地等待。”

时间过得真慢！经事后核对，其实当时只等了一小时十五分钟，但给我的感觉就像整整等了一个晚上。由于不敢随便乱动，我两腿都站得发麻了。然而我的神经却高度紧张，听觉也异常灵敏，不仅能听到伙伴们轻柔的呼吸声，还可以从中辨别出高大肥胖的琼斯深沉的吸气声和银行董事微弱的叹息声。从我所在的位置，可以看到箱子前方的石板地。忽然，我眼前隐约闪现出光亮。

起初，只是从石板地面缝隙中透出一丝血红色光亮。接着，光亮延伸开来，变成一缕黄色光条。然后，没有任何预兆或响动，地面仿佛裂开一条缝，从里面探出一只手来，这只白净的、近乎女性的手，在光亮四周摸索着。过了一分来钟，那只手扭动着伸出地面，随即又像刚才突然出现时那样，迅速缩了回去。四周重归黑暗，只剩下石板缝隙中透出的一小点光亮。

但那只手只消失了一小会儿。随着一阵刺耳的断裂声，一块宽阔的白石板翻倒在一边，露出一个方形大洞，从下面透出提灯的光亮。一张清秀而略显孩子气的脸从洞里探了出来，目光锐利地朝四下观望，随后双手撑住洞口两边，先是露出肩膀，继而腰部，最后一只膝盖抵住洞沿。一眨眼工夫，他已经站在洞口旁边的地上，往上拽他的同伙，那人像他一样，瘦小轻盈，面色白净，有一头浓密的红发。

"一切顺利，"他轻声说，"凿子和袋子呢？啊，出事了！快跳，阿奇，跳下去，我来对付他们！"

歇洛克·福尔摩斯早已一跃而起，冲上去揪住了他的衣领。另外那个迅速退回洞里，琼斯抓住了他的衣服下摆，我听见衣服撕破发出的声音。灯光下，一支左轮手枪的枪管闪着光，但福尔摩斯的猎鞭击中了此人的手腕，手枪当的一声掉落在石板地上。

"没用了，约翰·克莱，"福尔摩斯不动声色地说，"你一点机会都没有。"

"看来是这样，"此人极其冷静地回答说，"好在我朋友没事，你们只抓住了他衣服的下摆。"

"门口有三个人在等着他。"福尔摩斯说。

“哦，是吗？看来你们考虑得很周到。我真该恭贺你们。”

“彼此彼此，”福尔摩斯回答，“你那个红发会的创意也很新颖，令人印象深刻。”

“你马上又可以见到你的朋友了，”琼斯说，“他钻起洞来比我还快。把手伸出来，让我铐上。”

“请不要用你那双脏手碰我，”罪犯被铐上手铐时说，“你们要知道，我有王室血统。还有，请在称呼我时用‘先生’和‘请’。”

“可以，”琼斯盯着他，忍住笑说，“好吧，先生，请您挪步上楼，我们再用马车送阁下去警局，如何？”

“这样好些，”约翰·克莱平静地说。他向我们三人鞠了一躬，在琼斯探长的押送下坦然地走了出去。

“真的，福尔摩斯先生，”当我们跟随那两人走出地下室时，梅里韦瑟先生说，“真不知道我们银行该怎么感激您、酬谢您呢。毫无疑问，您无懈可击地发现并挫败了一起精心策划的银行抢劫案，这种事我还是第一次遇到。”

“我自己就有一两笔小账要跟约翰·克莱先生算，”福尔摩斯说。“我在这件案子上有些花费，我想贵行会补偿我这笔费用的。不过，除此之外，我还从这件案子中得到了丰厚回报，从中获得的经验在许多方面都很难得，还听到了红发会这么个很不寻常的故事。”

“你看，华生，”当我们大清早坐在贝克街寓所里喝着掺苏打水的威士忌时，福尔摩斯对我说，“从一开始就很明显，之所以刊登这个相当荒诞的红发会员招聘启事，还让他抄写《大英百科全书》，唯一的目的，就是要把这位脑子不太机灵的典当行老板每天支开几个小时，免得他碍事。这种安排方式有点匪夷所思，但确实也想不出更好的办法了。那个帮凶的头发颜色很可能给了克莱灵感，使他别出心裁地想出这么个办法。一星期四英镑的诱惑足以让典当行老板上钩，而他们为得到那笔巨款，花这点小钱算得了什么？他们登了招聘启事，一个骗子租了一间临时办公室，另一个则鼓动老板去应聘，然后两人一起设法确保他每天上午不在铺子里。那天一听说那个伙计愿意拿半薪，我就觉得事情明摆着，此人有强烈的动机想要得到这份工作。”

“那你是怎么猜到他的动机的呢？”

“如果典当行里有成年女性，我会怀疑这纯粹是件俗不可耐的男女私情案。但事实不是这么回事。这个人做的是小生意，铺子里没什么东西值得他们像现在这样大费周折，既要挖空心思准备，又要花费这么多钱。所以可以肯定，这不是铺子里的东西。那是什么呢？我想起那个伙计喜欢拍照，还三天两头往地下室跑。地下室！这团乱麻的线头就在这儿。我对那个神秘的伙计作了调查，结果发现我是在跟伦敦头脑最冷静、最胆大妄为的罪犯打交道。他正在地下室里忙什么事情——这件事竟然要一连几个月每天花几个小时才能忙完。我再次问自己，那是什么呢？我想只有一种可能，那就是他在挖一条通往另一栋建筑的地道。

“这些推理结果是在我们踏勘犯罪现场之前得出的。当时我用手杖敲击人行道路面，你感到很惊奇。其实我是想确定一下地下室是向前还是向后延伸的。它不是向前延伸的。我去按门铃，如我所愿，是那个伙计来开的门。我跟他较量过几次，但从来没有面对面打过交道。我几乎没看他的脸，我要看的是他的膝盖。你应该也注意到了，两条裤腿磨损、褪色、起皱得厉害，这表明他们在挖掘地道上花费了不少时间。唯一剩下的问题是他们挖地道要干什么用。我拐过街角，看到城郊银行紧挨着那位仁兄的典当行，便感到整个问题迎刃而解了。音乐会结束后你坐车回家，我去了一趟苏格兰场，又去拜访了那个银行董事会主席，后面的事你都知道了。”

“你怎么知道他们会在今天晚上动手呢？”我问。

“这个嘛，他们关闭红发会办公室，说明他们已经不在乎杰贝兹·威尔逊先生是否在场——也就是说，他们已经挖通了地道。但是他们必须尽快利用这条地道，因为它随时可能会被发现，那些金币也可能会被转移走。星期六动手比其他日子更合适，因为这会留给他们两天的逃跑时间。出于所有这些理由，我认为他们今天晚上会来。”

“你的这些分析推理堪称完美，”我由衷地赞叹说，“这么一长串分析推理，每个环节都无懈可击。”

“分析推理帮我摆脱无聊，”他打了个呵欠回答说，“唉！我已经感觉到生活中充满了无聊。我一直在努力，不让自己陷入平庸的生活无法自拔，这些小小的案子帮我做到了这一点。”

“你这是在造福人类呢，”我说。

“哦，也许吧，它们毕竟还会有点用处，”他耸耸肩膀说，“就像古斯塔夫·福楼拜给乔治·桑的信中所写的：‘L’homme c’est rien—l’oeuvre c’est tout.’[1]”

---

1 L’homme c’est rien—l’oeuvre c’est tout：法文，意为“人是渺小的——作品才是一切”。

蓝宝石案

圣诞节的第二天早上，我去看老朋友歇洛克·福尔摩斯，想和他道一声节日问候。

只见他穿一件紫色睡袍，懒洋洋地斜靠在长榻上，右边伸手可及的地方，搁着一个烟斗架，手边放着一叠折皱的晨报，显然他刚看过。长榻旁边是张木头椅子，椅背上挂着一顶模样寒碜的硬呢帽。帽子简直旧得不能戴了，有几处都脱了线脚。一个放大镜和一把镊子放在椅子上，可见帽子是为了便于检查，才挂在椅子背上的。

“你在忙，”我说，“我恐怕打搅你了。”

“一点没有。我很高兴有个朋友来，可以讨论一下我的研究结果。别看它其貌不扬，”他横过大拇指朝旧呢帽的方向指了指，“它关联的事情还挺有趣，甚至很值得玩味一番呢。”

我坐在他的扶手椅里，伸手向着木柴哔啵作响的壁炉取暖，霜冻时节特别冷，窗上结着厚厚的一层冰晶。“我猜想，”我说，“这顶帽子虽说不起眼，但还是很有点故事的——它是你掌握的一个线索，你会循着这个线索侦破一起棘手的案件，使罪犯受到应有的惩处。”

“不，不是这样。跟犯罪不相干，”歇洛克·福尔摩斯笑着说，“只是一桩有点离奇的小事而已。一座这么大的城市，四百万人挤在区区几平方英里的地方里，出点诸如此类的小事，实在并不稀奇。在密集的人群里你来我往，什么样的事情都可能发生，好些小问题虽说跟犯罪不相干，可照样引人注目，照样离奇曲折。这类问题，我们已经碰到过。”

“碰到过不少呢，”我说，“我记录下来的最近六件案子里，有三件跟司法意义上的犯罪毫不相干。”

“可不是。我想你说的几件案子，一件是我受托找回艾琳·阿德勒身边的照片，还有两件是玛丽·萨瑟兰小姐案和歪唇男子案。嗯，不用说，眼前这桩小事，也可以归入这类无伤大雅的案子。你知道那个门警彼得森吗？”

“知道。”

“这是他的战利品。”

“帽子是他的？”

“不是，是他捡到的。帽子的主人还不知道是谁。请你别把它仅仅当作一顶旧帽子，而要当作一个智力测试题。好吧，先说说它的来历。它是圣诞节早晨，连同一只大肥鹅一起送来的，那只大肥鹅，我相信此刻正在彼得森家的炉子上烤着呢。事情是这样的。彼得森，你知道，他是个很正派的人，圣诞节凌晨四点左右，他参加完一个小型聚会，沿僻静的托特纳姆法院街走回家。在煤气路灯的灯光下，他瞧见前面有个高个子的男人，肩上背着一只白鹅，脚步晃晃悠悠地往前走。他走到古契街转角时，看见这个陌生人跟一帮流氓在争吵。一个流氓把他的帽子打落在地，他抡起手杖自卫，用力一挥竟把身后的商店橱窗给砸碎了。彼得森疾步上前，想去帮陌生人解围，不料那人敲碎了橱窗，先自吃了一惊，又见一个警官模样、穿制服的人朝自己冲过来，吓得扔下白鹅拔脚就跑，一会儿就在托特纳姆法院街后面曲里拐弯的小巷中不见了踪影。那几个流氓一见彼得森出现，也都逃之夭夭。结果就剩他一个人留下打扫战场，捡到了这顶旧帽子和一只又大又肥的圣诞白鹅。”

“他肯定是打算物归原主的喽？”

“老兄，问题就在这儿。没错，白鹅左脚上系了一张小卡片，上面写着‘给亨利·贝克太太’，帽子的衬里上也有‘H.B.’的缩写字母；可是在这座城市里，姓贝克的人起码有好几千，叫亨利·贝克的少说也有好几百，要在这么多人中间找到失主，真是谈何容易。”

“那么，彼得森怎么办呢？”

“他在圣诞节早晨把帽子和鹅都拿到我这儿来了，因为他知道，问题再小，我也会感兴趣的。至于那只鹅，尽管天气挺冷，放到今天早晨还是有迹象表明，最好趁早吃掉，不能再耽搁了。所以，捡到它的人把它带了回去，帮它完成一只鹅的最后使命，而那位少了一道圣诞大餐的不知名绅士，他的帽子仍然由我保管。”

“他没有在报上登寻物启事？”

“没有。”

“那么关于他，你能有哪些线索呢？”

“也就是尽可能作些推断吧。”

“从这顶帽子？”

“正是。”

“你在开玩笑。从这么顶又旧又破的帽子，你能看出些什么东西来呢？”

“给你，我的放大镜。你了解我的工作方法。对戴这玩意儿的人的个性特征，看看你自己能作出哪些推断。”

我拿起这顶旧帽子，随手翻过来看了看。这是顶很普通的、常见的圆顶黑呢帽，硬硬的，破旧得差不多不能戴了。红色缎子的衬里早就褪了色。没有帽商的名字；不过，正如福尔摩斯所说，在一侧有缩写字母“H.B.”的字样。帽檐上有系带子的小孔，但是松紧带已经不在了。另外，有些地方虽然看得出用墨水涂过，但呢料斑驳脱落的痕迹清晰可见。

“我看不出什么东西，”我说着，把帽子交还福尔摩斯。

“其实不然，华生，该看的你都看见了。可是你没有根据你看见的东西去进行推理。你没有足够的自信去作出推断。”

“那我倒要请教，你能从这顶帽子作出哪些推断呢？”

他拿起帽子，以他特有的审视方式凝神看着它，这种专注的神情很能表明他的性格特点。“从中可以看出的内容，也许不如你我所预想的那么多，”他说，“不过有几个推论，是显而易见的，另外几个，至少是可能性很大吧。从帽子的外观来看，此人显然脑子很发达，而且前两年家境相当不错，不过现在倒了运，日子过得非常拮据。他以前心思缜密，但现在已大不如前；精神状态的颓唐，家道的中落，似乎都表明他沾染上了某种恶习，很可能是酗酒。这个原因，也足以说明妻子不再爱他这个明显的事实。”

“哦，福尔摩斯！”

“不过，他还是保留了一定程度的自尊，”福尔摩斯对我的不以为然毫不在意，自顾自往下说。“他长期习惯于伏案工作，从来不锻炼，人到中年，头发灰白，最近几天刚理过发，抹的是柠檬发胶。这些都是可以从他的帽子推断出来的显而易见的情况。哦，顺便说一句，他家里还没装煤气灯。”

“你一定是在开玩笑，福尔摩斯。”

“一点不开玩笑。难道说我把这些结论都告诉了你，你居然还看不出这些结论是怎么得出来的吗？”

“我知道自己非常笨，但我不得不说，我实在不明白你是怎么想的。比如说，你凭什么推断说这个人脑子很发达呢？”

福尔摩斯先不回答，拿起帽子往自己头上一扣。帽子盖住了整个额头，几乎架到了鼻梁上。“这是一个容积的问题，”他说，“一个人有这么大的脑袋，里面不会是空的吧。”

“那么家道中落呢？”

“这顶帽子是三年前买的。这种平檐、卷边的款式那时候很流行。帽子用料很讲究。瞧瞧这棱纹缎子的衬边，还有这衬里。既然这个人三年前能买一顶挺贵的帽子，而在那以后却再也没有买过新帽子，那他的经济状况不是每况愈下，还能是怎么样呢？”

“好吧，这确实很显而易见。可是心思缜密和精神颓唐，又是怎么回事呢？”

歇洛克·福尔摩斯笑了起来。“这就是心思缜密，”他指着系松紧带用的小孔和扣环说，“在店里销售的帽子是不会有这玩意儿的。这个人定做这样一顶帽子，说明心思颇有几分缜密，他考虑到了外出时帽子可能会被风吹走。不过既然我们看到松紧带掉了，他却没有去配一根，那么事情就很明显，他的心思不如以前缜密了，这是意志消沉的一个佐证。另一方面，他用墨水涂抹斑渍，来掩饰帽子的破旧模样，这表明他还没有完全丧失自尊心。”

“你的推理，听上去还真是那么回事。”

“其他那些情况，人到中年啊，头发灰白啊，最近理过发啊，抹柠檬发胶啊，只要仔细观察衬里下缘，都可以推断出来。在放大镜下可以看见许多头发屑，那是理发师用剪子剪下来的。头发屑看上去有点黏，而且有股柠檬发胶的味儿。这些灰尘，你注意看，不是街上的灰色扬尘，而是屋子里松软的棕色粉尘，可见平时大多数时间它是挂在室内不戴的；帽子里面的汗迹，清楚地表明帽子的主人很容易出汗，因此不可能是经常锻炼的。”

“可是他的妻子——你说她不再爱他了。”

“这顶帽子有几个星期没有掸过灰了。如果我看到你，亲爱的华生，帽子上积了一个星期的灰，你太太居然还让你戴着它出门，我也会担心你走了背时运，你太太对你已经没有感情了。”

“说不定人家是单身呢。”

“不可能，他这不是想把鹅带回家去，向妻子献个殷勤吗。别忘了鹅脚上的那张卡片。”

“每件事你都能给出解释。可是他家没装煤气灯，你到底是怎么推断出来的呢？”

“一滴，甚至两滴蜡烛油，也许可以说是偶然滴上去的；但当我看到帽子上至少有五滴蜡烛油的时候，我就没法不认为帽子的主人常常接触蜡烛了——他夜里上楼时，很可能一手拿着帽子，一手拿着点好的蜡烛。无论如何，蜡烛油总不会是煤气灯滴上去的吧。这么说，你觉得怎么样？”

“哦，太棒了，”我笑着说，“不过你刚才说过，这些事情跟犯罪无关，也没让谁遭受损失，大不了就损失了一只鹅，既然如此，所有这些推理岂不是白费劲吗？”

歇洛克·福尔摩斯刚要开口回答，房门一下子被推开，那个门警彼得森跑进屋来，他双颊通红，满脸惊愕失措的神情。

“鹅，鹅，福尔摩斯先生！那只鹅，先生！”他上气不接下气地说。

“喔？鹅怎么啦？它又活过来，从厨房窗子里飞走了？”福尔摩斯在长榻上转了一下身子，好让自己把门警激动的脸看得更清楚些。

“您瞧瞧，先生！瞧瞧我妻子在它的嗉子里找到了什么！”他伸手给我们看掌心上一颗闪闪发亮的蓝宝石，宝石比一颗豆子略小一些，但晶莹剔透，光亮夺目，在黑黝黝的手掌心里熠熠生辉。

歇洛克·福尔摩斯吹声口哨，腾地坐起身来。“啊，彼得森！”他说，“这的确是件宝贝。我想你应该知道这是什么东西吧？”

“宝石，先生！一颗宝石！用它划玻璃，就像切油灰一样。”

“它可不止是一颗宝石，而是那颗大名鼎鼎的宝石哟。”

“莫非是那颗莫卡伯爵夫人蓝宝石！”我失声喊道。

“正是。近来我每天都看《泰晤士报》上的寻物启事，所以很清楚它的大小和形状。它是一件稀世珍宝，价值难以估量，悬赏的一千镑酬金，肯定不到市场价格的二十分之一。”

“一千镑！我的天哪！”门警跌坐在椅子上，瞪大眼睛从福尔摩斯看到我脸上，又从我看到福尔摩斯脸上。

“这只是赏金，我有理由相信，考虑到某些私人感情的因素，伯爵夫人只要能取回这颗宝石，甚至愿意拿出她的一半财产。”

“如果我没记错的话，它是在环球大酒店失窃的，”我说。

“一点没错，就在五天前，十二月的二十二日。管子工约翰·霍纳被控从夫人的首饰匣里偷走了它。由于证据确凿，案件被提交巡回审判庭审理。我想这儿就有一篇有关案情的报道。”他在报纸堆里按日期翻找，找出一张报纸，捋平，对折，然后念了起来：

> 环球大酒店珠宝失窃案。约翰·霍纳，二十六岁，管子工，被指控于二十二日窃取莫卡伯爵夫人首饰匣内珍贵宝石。酒店领班詹姆斯·赖德提供的证词称，他在失窃当天曾领霍纳去莫卡伯爵夫人梳妆间，由后者焊接壁炉上松动的第二根炉栅。他和霍纳在一起的时间很短，随即有事离开。回来时发现霍纳已不见，梳妆台被撬开，桌面上有一精致的摩洛哥皮首饰匣，里面空无一物，事后据悉此即伯爵夫人平日放置珠宝的首饰匣。赖德当即报警，霍纳于当晚被捕；但在他身上和房间里均未发现宝石下落。伯爵夫人的侍女凯瑟琳·丘萨克作证说，她听到赖德发现失窃的惊叫，马上冲进房间，发现情况正如上述证人所说。B区布拉斯特里特警官作证说逮捕霍纳时，后者曾竭力拒捕，一再声称自己清白无罪。鉴于案犯曾有偷窃前科，地方法官没有草率结案，提请巡回审判庭复审此案。霍纳于受审过程中情绪异常激动，庭审临结束时，因昏厥被带离法庭。

“唔！治安法庭的情况就这么些，”福尔摩斯把报纸一扔，边思索边说，“我们现在所要解决的一系列问题，介于一条链子的两端中间，一端是一桩珠宝失窃案，另一端是托特纳姆法院街那只鹅的嗉囊。你看，华生，我们小小的推理过程，一下子变得相当重要，不再那么可有可无了。

这儿是宝石；这颗宝石来自白鹅，而白鹅来自亨利·贝克先生，也就是这顶旧帽子的主人，关于他的种种细节特征，我已有幸告诉过你。我们的当务之急是找到这顶帽子的主人，弄清楚他在这个小小的迷阵中到底扮演什么角色。为此，我们首先应该采用最简单的办法，也就是在所有的晚报上刊登招领启事。如果这一招没用，我还会有其他办法。”

“怎么写呢？”

“给我一支铅笔，还有那张纸。就这样写：

在古契街转角拾到鹅一只、黑呢帽一顶。亨利·贝克先生可于今晚6：30前来贝克街221号B座认领上述物件。

这样写简明扼要。”

“是的。可是他会看到吗？”

“哦，他一定会留心看报的，对一个手头很紧的人来说，这样的损失非同小可。当时他心里害怕，因为自己不小心敲碎了橱窗，所以看见彼得森过去，就只顾逃跑了；但过后他肯定非常懊悔，责怪自己情急之下扔掉了那只鹅。再说，启事上写了他的姓名，即使他没看见，认识他的人看见了，也会提醒他去看报的。彼得森，这就交给你去办了。你到广告代理社去跑一趟，让他们把这个启事登在晚报上。”

“哪些晚报，先生？”

“哦，《环球报》《星报》《俱乐部街报》《圣雅各报》《新闻晚报》《旗帜报》《回声报》，你还能想到什么报，都算上。”

“好的，先生。那么这颗宝石？”

“噢，对了，这颗宝石由我保管。谢谢你了。还有，彼得森，回来的路上，记得给我买只鹅来，另外那只这会儿正在你家的餐桌上，我们总得备一只还给那位先生吧。”

门警走了以后，福尔摩斯把宝石举起对着光线。“真漂亮，”他说，

“这闪烁发光的模样多迷人。它自然也就成了罪恶的起因和根源。但凡漂亮的宝石，莫不如此。它们是魔鬼得意的诱饵。那些比这更大、更古老的宝石，每个晶莹的切面都代表了一段血腥的历史。这颗宝石才问世二十年。它是在中国南方的厦门河[1]畔发现的，它之所以名贵，是因为它具有红宝石的一切特征，却不是红色，而是蓝色的。它虽然问世不久，但已经负案累累。两宗谋杀案，一宗硫酸毁容案，一宗自杀案，还有几起偷窃案，都是由这颗四十格令[2]的碳晶体而起。谁想得到一个这么漂亮的玩意儿，竟会把人送上绞刑架、送进监狱呢？现在我要把它锁进保险箱，再写封信告诉伯爵夫人，宝石在我这儿。”

“你认为那个霍纳是清白的吗？”

“现在还不好说。”

“好吧，那么你是否认为那位亨利·贝克跟此事有关呢？”

“我想，亨利·贝克很可能是完全无辜的，他全然没有想到他肩上背的那只鹅，竟然会比一只纯金打造的鹅贵重不知多少倍。不过我还是要等他对我们的启事有个回应以后，做个简单的测试才能确定。”

“在那以前，你没什么事要做是吗？”

“是的。”

“那好，我就先回去处理一下手头的业务。到了傍晚你说的时间我会回来的，我挺想看看这件颇为夹缠的事情是怎么解决的。”

“很高兴你到时能来。我七点用晚餐。好像有道山鹬吧。顺便说一句，鉴于目前的情况，也许我应该提醒赫德森太太检查一下山鹬的嗉囊。”

有个病例耽搁了我一点时间，我回到贝克街时，六点半已稍过了一

1 厦门河：此处原文为the Amoy River，想来当指流经厦门的一条主要河流，也就是说，有可能是指西溪。但译者觉得福尔摩斯不大会知道得这么具体，所以只是泛泛地译作“厦门河”。前面提到的“中国南方”，也没有译成更专业的说法“华南”。是耶非耶，姑且存疑。

2 格令：珠宝重量单位，一格令合四分之一克拉。金刚钻是碳的同素异形体，多为正八面体、菱形十二面体晶体，故而福尔摩斯称这颗蓝宝石为碳晶体。

小会儿。我走近寓所，看见一个戴苏格兰便帽、上衣纽扣一直扣到头颈的高个子男人，正站在屋外，置身于半圆形窗子里透出的光影里。我到门口，门正好打开，我和他一起被引进福尔摩斯的房间。

"我想是亨利·贝克先生吧，"福尔摩斯说着，从扶手椅里立起身来，以一种亲切随和的态度迎接来客，这种态度他是说有就有的。"请坐在炉火旁的这张椅子上，贝克先生。今晚真的很冷，我看您大概是喜欢夏天，不喜欢冬天的吧。哦，华生，你来得正是时候。这是您的帽子吗，贝克先生？"

"是的，先生，这是我的帽子，错不了。"

他长得很高大，肩圆体阔，脑袋很大，宽宽的脸庞透出聪颖的气质，下巴蓄着一簇棕色略显灰白的胡子。鼻子和双颊微微发红，伸出的手有点颤动，都让我想起福尔摩斯对他生活习惯的推测。褪色的黑色中长大衣纽扣扣得整整齐齐，衣领竖着，细长的手腕露在大衣袖子外面，看得见衬衫袖口。他嗓音低沉，语句不连贯，字斟句酌，给人的总体印象是有学识有教养，但时运不济，很不得志。

"这两样东西我们已经放了几天，"福尔摩斯说，"我们以为您会登寻物启事，把地址见报的。我到现在也不明白，您为什么不登个启事呢？"

来客羞涩地笑了笑。"手头一紧，就不比当年喽，"他说，"我以为那伙拦路抢劫的流氓把我的帽子和鹅都抢走了，心想就不必再花那个冤枉钱了。"

"很在理。顺便说一句，那只鹅，我们实在没办法，只好把它吃了。"

"吃了！"来客激动得差点儿从椅子上立起身来。

"没错，要不那么做，它就彻底报废了。不过您看，餐柜上另外有只鹅，分量大概差不多，而且很新鲜，拿它换您的那只鹅，我想也许您不会觉得有问题吧。"

"哦，那当然，那当然！"贝克先生应声说道，松了一口气。

“对了，您那只鹅身上的鹅毛、鹅脚、嗉囊之类的东西，我们都还留着，如果您想要的话……”

来人放声大笑。“我也许可以留下来当作纪念品，好让自己不忘记这次遭遇，”他说，“除此之外，我实在看不出我那只鹅的disjecta membra[1]还能对我有什么用。不，先生，我想既然承蒙您的好意，我可以把餐柜上这只上好的鹅带回家，那我就不想再要别的任何东西了。”

歇洛克·福尔摩斯朝我瞥了一眼，微微耸了耸肩膀。

“那好吧，请拿好您的帽子，还有您的鹅，”他说，“顺便问一句，可以麻烦您告诉我，另外那只鹅是在什么地方买的吗？我对饲养家禽很有兴趣，长得那么好的鹅，真是难得一见。”

“当然可以，先生，”贝克说，他刚立起身来把换到的白鹅夹在腋下。“我们当中有几位常去阿尔法酒店，就在博物馆旁边——白天我们就在博物馆碰头，您知道。今年那位可爱的酒店老板温迪凯特，成立了一个鹅俱乐部，我们每星期去花费几个便士，圣诞节就可以领到一只鹅。我每星期都去，后来的事情您也知道了。我对您非常感激，先生，因为苏格兰便帽无论对我的年龄，还是对我的身份来说，都并不合适。”他一本正经地对我俩鞠了一躬，神情自负得有些让人发笑，然后大踏步走了出去。

“亨利·贝克先生这一头就这样了，”福尔摩斯走去关上房门说，“事情很清楚，他对此事一无所知。您饿吗，华生？”

“还可以。”

“那么我建议我们把晚餐改成夜宵，尽快把刚到手的线索排查一下。”

“好呀。”

那是个寒风凛冽的夜晚，我俩都穿上厚大衣，围上围巾。屋外，无

1 disjecta membra：拉丁文，意为“零星物件；杂碎”。

云的夜空上，星星闪着寒光，路上行人呼出的气凝成一团团气雾，仿佛有许多手枪在射击似的。我们的脚步声清脆而响亮，一路从医学院区到温波尔街和哈利街，再穿过威格莫尔街，直到牛津街。一刻钟后，我们到了布鲁姆斯伯里区的阿尔法酒店跟前，这家小酒店坐落在一条通往霍尔本区的街道的转角上。福尔摩斯推开店门，向红光满面、系着白围裙的老板要了两杯啤酒。

“您的啤酒要是能像您的鹅一样出色，那就棒极了，”福尔摩斯说。

“我的鹅！”老板看上去挺惊愕。

“是啊。我半小时前刚和亨利先生聊天来着，他是您的鹅俱乐部的会员。”

“噢！我明白是怎么回事了。可是您要知道，先生，那不是我们的鹅。”

“是吗！那么是谁的？”

“哦，我是从科文特花园一个摊贩那儿进的货，买了二十四只。”

“是吗！有好几个摊贩我都认识。这是哪一个呢？”

“他名叫布雷肯里奇。”

“噢！这人我不认识。好吧，老板，祝您身体健康，生意兴隆。晚安。”

“现在该布雷肯里奇先生了，”我们走上外面雾气弥漫的街巷时，福尔摩斯扣紧衣领说，“你记住，华生，虽然我们这根链子的这一头，只是一只再平常不过的鹅，那一头可是一个要是无法被判定无辜，就得服七年劳役的人。而很可能我们调查的结果又恰恰是证明他有罪；反正不管结果如何，我们有着警方没有掌握的破案线索，机缘凑巧，它落在了我们手里。我们要把它穷追到底。好，方向往南，快速前进！”

我俩穿过霍尔本区，折进恩德尔街，沿着曲里拐弯的穷街小巷来到科文特花园菜市场。一个挺大的棚店上写着布雷肯里奇的名字，摊主长着张瘦长的马脸，颊须修得很整齐，此刻他正在帮小伙计收摊打烊。

“晚上好。可真冷哪，”福尔摩斯说。

摊主点点头，朝我这位伙伴投去探询的目光。

“看来鹅都卖完了，”福尔摩斯指指光秃秃的大理石台板说。

“明儿早上要五百只也有。”

“那可太晚喽。”

“得，煤气灯亮着的那个货摊上，还剩几只呢。”

“噢，可人家向我推荐的是你。”

“谁推荐的？”

“阿尔法的老板。”

“喔，我给他送过两打货。”

“那些鹅可真不错。你是从哪儿进的货呢？”

使我吃惊的是，这么一个问题居然会惹得摊主大光其火。

“嗨，先生，”他扬起脸，双手叉腰说，“你到底想要怎么样？有什么话，咱就直说。”

“我不是直说了吗。我想知道，你给阿尔法的那些鹅，是从谁手里买的。”

“嗨，我就不告诉你。怎么着！”

“噢，这本来就是小事一桩；不过我不明白，你干吗为一丁点儿的事情这么光火。”

“光火！要是你像我一样，也让人家纠缠个没完，没准你自己就会光火啦。我付了钱，拿了货，买卖不就两清了吗。可人家偏要问：‘这些鹅哪儿去了？’‘你把这些鹅卖给谁了？’‘这些鹅你给个价好吗？’不就几只鹅吗，弄得这么大惊小怪，好像满世界再也找不着别的鹅似的。”

“哦，我跟这些问个没完没了的人毫不相干，”福尔摩斯大大咧咧地说，“要是你不想告诉我们，打赌我只好认输，就这么回事。不过我这人，只要事关家禽饲养，我可是认准一个理儿就不回头的，我下了五镑的注，赌我吃的那只鹅是乡下散养的。”

“嗨，那你这五镑钱输定喽，它就是在城里养的，”摊主没好气地说。

“它不会是在城里养的。”

“我就说它是城里养的。”

“我不信。”

“你以为养鹅这档子事，你还能比我内行不成？我可是从做学徒那会儿，就开始跟它们打交道了。我告诉你，送到阿尔法去的鹅，全都是在城里养大的。”

“你甭想让我相信你这话。”

“咱俩打个赌怎么样？”

“这不明摆着是要拿你钱吗，因为我知道自己错不了。不过也好，为了让你受点教训，以后别再这么死磕不转弯，我就押一个沙弗林吧。”

摊主冷笑一声说：“比尔，去把账本给我拿来。”

小伙计拿来一本薄薄的小本子和一本背面油腻的大账簿，把它们摊在吊灯下面。

“嗨，常有理先生，”摊主说，“我以为鹅都卖完了，没想到还有一只可以卖一个英镑的呢。你看见这个小本本了吧？”

“怎么样？”

“这上面记着我进货的卖主名字。瞧见了吧？嗨，这一页上是乡下的卖主，他们名字后头那个数，就是大账簿分类账里的页码。嗨！红墨水写的这页你看见了？得，这就是城里的供货商名册。看第三个名字。把它念给我听听。”

“奥克肖特太太，布里克斯顿路117号——249，”福尔摩斯念道。

“一点不错。现在你把分类账翻到这一页。”

福尔摩斯翻到了这一页。“有了，‘奥克肖特太太，布里克斯顿路117号，蛋禽供货商。’”

“嗨，最后一栏写了什么？”

“‘十二月二十二日。鹅二十四只，进价七先令六便士。’”

“一点不错。你看到了吧。下面呢？”

“‘售阿尔法温迪凯特先生，单价十二先令。’”

"现在你还有什么可说的？"

歇洛克·福尔摩斯看上去沮丧至极。他从衣袋里掏出一枚金币，扔在案板上，转身就走，满脸无以言表的愤懑之色。走出几码开外，他立定在一盏路灯下面，情不自禁地笑了起来，这种开怀却又无声的笑，是他所特有的。

"你要是瞧见一个留着这种络腮胡子，口袋里又露出一本赛马杂志的家伙，那么打赌准能撬开他的嘴巴，错不了，"他说，"我可以肯定地说，即使我把一百镑钱放在他面前，他告诉我的情况也不会像现在这么详细，因为他满脑子想的是怎么打赢那个赌。嗯，华生，我想我们的调查已近尾声，只有一件事我还没拿定主意，就是我们到底该今晚就去会会这个奥克肖特太太呢，还是留到明天再说。这个傲慢的摊主说得很清楚，除了我们，还有别人也对这件事挺上心呢，我想我们该——"

说没说完，突然就被一阵很响的吵闹声打断了，声音是从我们刚离开的那个摊点传来的。我俩回过身去，只见一个獐头鼠目的小个子男人，站在摇曳的吊灯射下的黄色光晕中央，而那个摊主布雷肯里奇堵在棚店门口，凶巴巴地冲着相貌猥琐的小个子挥舞拳头。

"你和你的那些鹅，简直让我受不了，"他大声吼道，"我巴不得你们全都见鬼去。要是你再来纠缠我，尽说这些蠢话，我就要放狗来咬你了。你去把奥克肖特太太叫来，我自会回答她的问题，可你跟这事儿有什么相干哪？那些鹅，我难道是从你那儿买的吗？"

"不是；但其中有一只确实是我的，"小个子男人可怜兮兮地低声说。

"嗨，那你就找奥克肖特太太去要呀。"

"她要我来找您。"

"你去找普鲁士国王也不关我的事！我真是烦透了。你给我滚出去！"他气势汹汹地冲上前去，小个子男人拔腿就跑，溜进黑乎乎的街巷里。

"哈，这下我们就省得去布里克斯顿路了，"福尔摩斯低声对我说，

“跟我来，我要看看从这家伙身上能问出些什么情况。”我们穿过三五成群在亮着灯的摊位前转悠的路人，福尔摩斯快步追上小个子，在他肩上轻轻地拍了一下。小个子陡然转过身来，在煤气灯下，可以看见他惨白的脸上没有一点血色。

“你是谁？你想干什么？”他声音发抖地问道。

“对不起，”福尔摩斯语气温和地说，“刚才我无意间听见了你问那个摊主的话。我想我也许能帮助你。”

“你？你是谁？你怎么会知道这件事的？”

“我叫歇洛克·福尔摩斯。知道别人不知道的事，是我的本行。”

“这件事你是不可能知道的呀！”

“实不相瞒，这件事我知道得一清二楚。你费尽心思在找的东西，是一只鹅，布里克斯顿路的奥克肖特太太把这只鹅卖给了一个名叫布雷肯里奇的摊主，他又转手卖给阿尔法酒店的温迪凯特先生，这位酒店老板把它给了自己俱乐部的亨利·贝克先生。”

“哦，先生，你就是我一心要找的人哪，”小个子大声说道，哆哆嗦嗦地伸出双手。“我简直没法向你说明，我对这件事有多关切喔。”

歇洛克·福尔摩斯喊住一辆驶过身旁的四轮马车。“既然如此，我们换个暖和舒适的地方说话吧，这个寒风凛冽的菜市场，实在不宜讨论这个问题，”他说，“不过在上车前，请你告诉我，我有幸为之效劳的究竟是谁。”

这人犹豫了一会儿。“我叫约翰·罗宾逊，”他答话时，往旁边瞟了一眼。

“不，不；说真名，”福尔摩斯语气亲切地说，“用假名办事儿多不方便啊。”

陌生人苍白的脸顿时涨红了。“那好吧，”他说，“我的真名是詹姆斯·赖德。”

“这就对了。环球大酒店的领班。请上车，你想要知道的事情，我很快就会详详细细全都告诉你。”

小个子立定不动，惊恐而期待的目光轮流注视着我俩。一个人捉摸不定自己究竟是交了好运还是灾祸临头的时候，目光中都会有这种既惊恐又期待的神情。他上了马车，半小时后我们回到了贝克街的寓所。一路上三人都没说话，但这位老兄尖细而微弱的呼吸声，以及时而紧握时而松开的双手，透露了他的神经有多么紧张。

“请进！”福尔摩斯笑容可掬地说，一行三人依次走进屋里。“在这种天气里，看到这样的炉火真是再舒服不过了。您看上去有点冷，赖德先生。请坐到这张藤椅上。我换双拖鞋，马上就来解决您的这桩小事儿。现在好了！您是想知道那些鹅的下落？”

“是的，先生。”

“我猜，您感兴趣的是其中的某一只鹅——我想，那是一只白鹅，尾巴上有一道黑毛。”

赖德激动得浑身哆嗦起来。“喔，先生，”他大声说，“您能告诉我它到哪儿去了，是吗？”

“它到这儿来了。”

“这儿？”

“没错，它可真是只非同凡响的鹅。难怪您会对它这么感兴趣。它生前留下了一个蛋—— 一个世人见所未见的美丽无比、光彩夺目的蓝色小蛋。它现在由我收藏着。”

来客摇摇晃晃地立起身，右手抓住壁炉架不放。福尔摩斯打开保险箱，拿出蓝宝石高高举起，宝石犹如闪烁的星星，寒光四射，光亮耀眼。赖德眼睛直勾勾地望着它，紧张得脸都扭歪了。他拿不定主意，不知道是该认领它呢，还是该默不作声。

“戏该收场了，赖德，”福尔摩斯平静地说，“站稳了，小子，你要栽进炉膛里去了。扶他坐到椅子上去，华生。要犯了事儿还能心安理得，他没那胆子。给他喝点白兰地。行！现在好点了。瞧他那小样儿，真是个怂包！”

方才他摇摇晃晃的差点儿跌倒，喝了白兰地，脸颊才有了点血色，他坐在椅子上，眼神惊恐地看着指控他的人。

“整个案子的几乎每个环节，我都了解得很清楚，破案所可能需要的所有证据，也都在我的掌握之中，所以还需要你来告诉我的事情，实在是少之又少的。不过为了让案子有个圆满的结局，我们还是把这点少之又少的事情也弄弄清楚吧。赖德，你是从哪儿听说莫卡伯爵夫人有这颗蓝宝石的？”

“是凯瑟琳·丘萨克告诉我的，”他急促地轻声说。

“明白了——伯爵夫人的侍女。是啊，一大笔财富突然之间变得触手可及，这样的诱惑别说你经不住，在你之前好些比你强的人也没抵御得住。不过你这人可真称得上是不择手段。赖德，我看你天生就是个无赖胚子。你知道那个叫霍纳的管子工有过类似的前科，很容易成为被怀疑的对象。于是，你干了什么？你——和你的同伙丘萨克一起——在夫人的房间里做了手脚，而且设法安排霍纳去检修。然后，等他离开以后，你从首饰匣里偷走宝石，报了警，这个倒霉的霍纳被抓了起来。你呢——”

赖德扑通一声跪在地上，抱紧福尔摩斯的双膝不放。“看在上帝的分上，饶了我吧！”他尖声叫道，“想想我的父亲！我的母亲！他们知道了会心碎的。我以前从没做过坏事！以后也不敢了。我发誓。我可以手按《圣经》发誓。哦，别把我送上法庭！看在基督的分上，请别这样做！”

“给我回去坐好！”福尔摩斯神情严厉地说，“你现在知道卑躬屈膝，知道要求饶了，可是你想过吗，那可怜的霍纳此刻正为一桩他全然不知情的案子，站在法庭被告席上呢。”

“我不会待在这儿的，福尔摩斯先生。我会离开这个国家，先生。到那时，对他的指控会撤诉的。”

“哼！这事待会儿再说。现在你先把后来发生的事情，原原本本地告诉我们。宝石是怎么跑进鹅的嗉囊里去的，那只鹅又是怎么到了菜市场的？你得给我们说实话，这可是你唯一的一线生机了。”

赖德用舌头舔了舔干燥的嘴唇。“我一定照实说，先生，”他说，“霍纳被抓起来以后，我心想最好还是马上把宝石转移走，因为说不定哪天警察会突然想到，要来搜查我的身上和房间。酒店里没有一个地方是安全的。我装作有事外出，离开酒店往我姐姐家而去。她和丈夫奥克肖特住在布里克斯顿路，她在家饲养供应菜市场的家禽。一路上，遇到的每个人，在我眼里都像是警察或侦探，尽管是在寒冷的夜晚，我来到布里克斯顿路时，仍是汗流满面。姐姐问我是怎么回事，为什么我脸色这么白；我对她说，我是被酒店里的珠宝失窃案弄得心绪不宁的。然后我走到后院，抽着烟斗盘算该怎么做才好。

“我以前有个叫莫兹利的朋友，他出事以后，在邦冬维尔的监狱服刑，前不久刚刑满释放。有一天我遇到他，他告诉了我一些偷窃和销赃的门道。我知道他不会出卖我，因为他有些把柄在我手里。于是我拿定主意到基尔本他住的地方去找他，把事情都说给他听。他会有办法帮我把宝石出手变现的。可是怎么才能安全到达那儿呢？我想起了从酒店出来一路上失魂落魄的样子。他们随时有可能逮捕我搜查我，可那颗宝石这会儿还在我的背心口袋里呢。当时我背靠在后院的墙上，瞧着在我脚跟前摇摇摆摆走来走去的鹅群，突然想到一个绝妙的主意，任凭侦探的本领再高强，他们也绝对不可能想到我会使这一招的。

“几星期前我姐姐告诉我，她会让我在她养的鹅里挑一只，作为给我的圣诞礼物，我知道她向来都是说话算话的。我何不现在就挑一只，把宝石藏在它身上带到基尔本去呢。院里有个小棚子，我看准一只养得很肥的白鹅，把它从棚子后面赶了出来，这只白鹅的尾巴上有圈黑色的羽毛。我抓起这只白鹅，撬开它的嘴，用手指把宝石顺着它的喉管使劲往下塞。白鹅吞了一下，我感觉得到宝石沿着食管进入了嗉囊。这只鹅拍打着翅膀拼命挣扎，我姐姐听到声音跑出来问我是怎么回事。就在我转过身去和姐姐说话的当口，这只鹅从我手里挣脱出去，扑棱着翅膀奔回鹅群中去了。

"'杰姆，你抓住那只鹅干什么？'姐姐问。

"'喔，'我说，'你说过圣诞节要给我一只鹅的，我想摸摸看哪只最肥。'

"'噢，'她说，'你那只我们给你留着呢。我们管它叫杰姆的鹅。就是尽里头那只肥肥的白鹅呗。一共是二十六只，一只给你，一只留给我们自己，还有二十四只卖到菜市场去。'

"'谢谢你，麦琪，'我说，'可要是你觉着反正都一样的话，我倒还是想要刚才抓到的这只。'

"'那只足足要重三磅呢，'她说，'我们可是特地为你喂养的。'

"'没关系。我就要这只，现在带走，'我说。

"'那就随你的便，'她有些不高兴地说，'你看中的是哪一只？'

"'那只白鹅，尾巴上有圈黑毛的，就在这群鹅的中间。'

"'噢，好吧。你杀好了带走吧。'

"就这样，我照她说的做了，福尔摩斯先生。我一路背着这只鹅到了基尔本。我把事情原原本本告诉了我的伙伴，他是个让你觉得可以把这种事情讲给他听的人。他笑得差点儿岔了气，我们拿刀把鹅剖开。不料宝石根本连影子也没有，我的心一下子变凉了，我明白一定有哪儿出了问题，我肯定犯了致命的错误。我丢下这只鹅，朝姐姐家奔去。一到她家，我急忙冲进后院。院子里空荡荡的，不见鹅群的踪影。

"'它们到哪儿去了，麦琪？'我喊道。

"'到供货商那儿去了。'

"'哪个供货商？'

"'布雷肯里奇，科文特花园的那个。'

"'是不是还有一只白鹅尾巴上也长着黑毛，'我问，'就像我挑的那只一样？'

"'没错，杰姆，有两只白鹅尾巴上都有一圈黑毛，我一直分不清它们。'

"这时候，当然，我什么都明白了，我一路狂奔，来到这个布雷肯里奇跟前；可是那批货他刚拿到就转手卖出去了，卖给了谁他却怎么也不肯告诉我。今儿晚上您都亲耳听见了。这不，他跟我说话就是这么粗声粗气的。我姐姐以为我疯了。有时候我自己也觉得我是疯了。现在——现在我被打上了窃贼的烙印，可是我出卖人格去换的财宝，我并没有得到。老天爷可怜见，帮帮我吧！帮帮我吧！"他双手掩住脸，抽搐着哭了起来。

屋里一阵长时间的静默，只听见他粗重的呼吸声，以及歇洛克·福尔摩斯用指尖叩击桌边的有节奏的声响。而后，我的朋友立起身来，拉开房门。

"出去！"他说。

"什么，先生！喔，老天保佑您！"

"别废话。出去！"

什么都不必说了。他性急慌忙地冲下楼梯，随后只听得大门砰的一声关上，街上传来哒哒哒哒狂奔的脚步声。

"这么说吧，华生，"福尔摩斯伸手取过他的陶质烟斗说，"我毕竟没有受雇于警方，无须向他们提供案情的后续消息。如果霍纳仍有危险，那另当别论，不过这个家伙不会再出面指控他，案子自然会撤诉了结。我想，我虽说是在为一个罪犯开脱罪责，但是很有可能也是在拯救一个灵魂。现在把他送进监狱，他这辈子就注定是罪犯了。再说，眼下还是大赦期间。机缘凑巧，我们恰好碰上了这么一个离奇古怪的问题，解决问题本身就是我们得到的报酬。医生，劳驾你按一下铃，我们这就着手调查另一个案子，它的主角仍是禽类。"

银焰马

“华生，看来我真得去一次了。”一天早晨，福尔摩斯和我一起用早餐时，这么对我说。

“去一次！去哪儿呀？”

“去达特莫[1]——去王苑马场。”

我并不感到惊讶。说实话，先前我还在纳闷，这么一桩已经在全英国成为热门话题的非同寻常的案子，福尔摩斯居然迟迟没有参与其间。整整一天，我这位伙伴低垂着头，紧锁双眉，在房间里走来走去，不停地抽着烟斗，抽完一斗气味浓烈的烟草，就倒掉重新装上一斗，我向他提的问题，对他说的话，他一概充耳不闻。报刊商给我们送来的当天报纸，他都只是匆匆浏览一下，就扔到一个角落里。然而，我心里很明白，他尽管不作一声，脑子却在飞快地转动着。目前的舆论界只有一个问题，能够挑战他的分析推理能力，使他陷于这种冥思苦想的状态，那就是最有希望在韦塞克斯杯锦标赛中夺冠的赛马何以会离奇失踪，驯马师又何以会惨遭杀害。所以，他这么突然宣布打算去案发现场，其实正是我所期待、盼望的情况。

“如果不会妨碍你的话，我很想和你一起去，”我说。

1　达特莫：英格兰西南部地区，位于德文郡内。

“你要是能去，那真是太好了。我相信你会不虚此行的，这个案子有一些耐人寻味的东西，注定了它会非常与众不同。我想我们到帕丁顿车站刚好能赶上一班火车，案子的细节我在车上再跟你说吧。你方便的话，请把那架出色的双筒望远镜随身带上。”

于是，差不多一个小时以后，我和歇洛克·福尔摩斯已经坐在一节头等车厢里，往埃克塞特方向而去。他在帕丁顿车站买了好几份刚出的报纸；此刻，他那戴着护耳旅行帽的轮廓分明、神情专注的脸，很快就埋进了这堆报纸中间。直到驶出里丁[1]站很远，他才把最后一份报纸往座位下一塞，给我递上他的烟盒。

“火车开得很快，”他望着窗外，瞧了瞧怀表说，“现在的车速是每小时五十三里半[2]。”

“我没有注意四分之一里的路标，”我说。

“我也没有。不过这一路上电话线杆的间距是六十码，算一下很简单。约翰·斯特雷克遇害和银焰马失踪的情况，我想你已经有所了解吧？”

“我看了《电讯报》和《记事报》上的报道。”

“在这类案件中，推理方法的要点，在于筛选已有的线索，而不在于搜集新的线索。这起凶杀案显得这么不同寻常，做得这么干净利落，又跟这么多人有直接的利害关系，于是各色各样的推测、猜想、假设就铺天盖地而来。难就难在要从这些评论家和报社记者添油加醋的报道和评述里，把案情的真相——确凿无疑的真相——剥离出来，勾勒出一个清晰的轮廓。然后，有了这个扎实可靠的基础以后，我们的责任就是看看到底能作出哪些推断，能确定哪些线索是整个谋杀案的关键所在。星期二傍晚我收到两封电报，邀请我参与此案的侦破工作，一封是赛马的主人罗斯上校发来的，另一封是负责此案的格雷戈里警长发来的。”

1 里丁：英格兰南部城市，伯克郡首府。
2 里：指英里。一英里约合1.609公里。

“星期二傍晚！”我大声说，“这会儿已经是星期四早上了。昨天你为什么不去呢？”

“就因为我干了件蠢事呗，亲爱的华生——那些通过你的回忆录了解我的人，只怕是想不到我也常会干蠢事的。其实是这么回事，我以为一匹在英格兰名头这么大的赛马，不可能被人藏匿很久，尤其是在达特莫北部这样一个人口稀少的地方。昨儿一整天，我每时每刻都在等待听到消息，说它已经找到，而拐走它的家伙就是杀害约翰·斯特雷克的凶手。可是，直到今天早晨我才知道，除了逮捕了那个年轻人菲茨罗伊·辛普森以外，没有什么动静。我觉得我必须采取行动，不能再拖延了。不过从某种意义上说，昨天也还是有所收获的。”

“敢情你已经有了破案方案？”

“至少我掌握了案件的一些关键线索。我待会儿会详细告诉你，因为要理清一个案件的头绪，最好的办法莫过于把事情的来龙去脉讲给另一个人听。而我要得到你的帮助，也必须把我已经掌握的情况先告诉你。”

我往后靠在椅垫上，抽着雪茄，福尔摩斯身体前倾，右手细长的食指搁在左手掌心上，说到一处点按一下，把我们此行要去侦破的案子的基本情况，一五一十地告诉我。

“银焰马，”他说，“是一匹艾索诺米纯种名马，和它有名的祖先一样，在赛马场上战绩骄人。它才五岁，却已经在赛场上为他幸运的主人罗斯上校屡屡夺得奖杯。直到案发那时，它还是最有希望在韦塞克斯杯中夺冠的赛马，下注赔率是三比一。尽管赔率定得很低，但它依然是赛马看客的下注大热门。而至今为止，它也从没让它的粉丝们失望过，所以为数可观的赌注都押在了它身上。这样一来，当然就会有许多人出于切身利害关系的考虑，想阻止它参加下星期二的赛事，不让它出现在赛场的发令旗下。

“关于这个情况，王苑马场，也就是上校驯马场的所在地的人自然是心知肚明的。对这匹夺冠在望的赛马，采取了严密的保护措施。驯马师约翰·斯特雷克是个退休骑师。他原先是罗斯上校雇用的赛马骑手，后因体重增加，才另换他人。他为上校当了五年骑师、七年驯马师，平时的表现堪称忠诚。有三个年轻伙计给他当下手，马场规模不大，总共才四匹马，所以有这几个伙计帮着照管打杂也就够了。其中一个伙计每晚都睡在马厩里，另外两个睡在储存干草的顶阁上。三个小伙子品行都很好。约翰·斯特雷克已有家室，住在离驯马场二百码开外的一幢独立的宅子里。他没有孩子，雇了个女佣，日子过得挺舒坦。这一带罕有人迹，但往北大约半里路，有几座建筑，那是达维斯托克镇的承包商建造的，有的供病人前来疗养，有的租给想在达特莫呼吸一下新鲜空气的游客。达维斯托克在这儿往西两里开外，而穿过旷野大约也是两里的路程，有一个规模更大的凯普尔顿驯马场，它归巴克沃特勋爵所有，由赛拉斯·布朗管理。其他方向上，放眼望去都是空旷的原野，只有流浪的吉卜赛人会在那儿落脚。直到惨案发生的上星期一晚上为止，大致的情况就是如此。

"那天晚上几匹赛马照常训练、饮水以后，驯马场九点钟锁门。两个小伙子去驯马师家的厨房里吃晚饭，另一个内德·亨特留下看守马厩。九点刚过不一会儿，那个年轻女仆伊迪丝·贝克斯特端着一盆咖喱羊肉，到驯马场给他送饭。她没带酒，驯马场有水龙头，按规定马夫在当班时只能喝水，别的什么都不能喝。姑娘提着一盏灯，夜色很浓，而且她得穿过开阔的原野。

"伊迪丝·贝克斯特走到离驯马场不到三十码的地方，突然有个男人从黑暗中现出身影，招呼她停下。他正好站在提灯投下的昏黄光圈中，她看清他衣着体面，穿灰色花呢套装，戴绒帽。他脚上套着鞋罩，手里拿一根看上去挺重的圆头手杖。而她印象最深的，是他那极其苍白的脸色和紧张不安的神态。他的年龄，她觉得像是有三十岁出头了。

"'请问这是什么地方？'他开口问道，'要不是瞧见了您的灯光，我

差点儿就打算在这旷野上过夜了。'

"'您快到王苑马场了,'她说。

"'哦,是吗?我真走运!'他大声说,'我听说有个小马夫每天晚上都睡在这儿。敢情您端着的就是他的晚饭。既然这么着,我相信您要是有机会挣一笔钱买件新衣服,总不见得不屑于拿吧?'他从背心口袋里掏出一张折叠好的白色纸片。'您让那小伙子今晚拿到这东西,您就能挣一笔足够买一件漂亮上衣的钱。'

"她被他那种急迫的神情吓着了,越过他往平时送饭的窗口奔去。窗口已经打开,亨特坐在屋里的小桌跟前。她刚把发生的事情告诉他,那个陌生人赶了上来。

"'晚上好,'他望着窗内说,'我想跟您说句话。'姑娘发誓说,他说这话时,她注意到他手里攥着那张露出一个角的小纸片。

"'你来这儿想干什么?'亨特问他。

"'干一桩能让您的口袋鼓起来的事,'陌生人说,'你们有两匹马要参加韦塞克斯杯比赛——银焰马和枣红马。您只要给我透露一点内部消息,就少不了您的好处。听说在五弗隆[1]赛程的比赛中,枣红马能领先银焰马一百码,你们自己都把赌注押在枣红马身上,真是这样吗?'

"'原来你是该死的赛马探子,'马场伙计喊道,'我让你看看王苑马场是怎么对待你们这些家伙的。'他跳起身来,奔到马厩那头把猎犬放出来。姑娘拔腿就逃,但她边跑边回头看了一眼,瞥见陌生人正往窗里探进身去。可是,一分钟后亨特带着猎犬冲出来时,他已经不在那儿了,小伙子绕着马厩转了一圈,没有发现他的任何行踪。"

"等一下!"我说,"这个马场伙计牵狗出来的时候,有没有随手把门锁上?"

"问得好,华生,问得好!"我的伙伴轻声说,"我当时就意识到这一

1 弗隆:长度单位,一弗隆相当于0.2公里。

点至关重要，非弄明白不可，所以我昨天发了一封加急电报查询此事。那个马场伙计离开马厩时，是把门锁上的。我还可以补充一句，窗口很小，整个人是没法钻进去的。

“亨特等两个同伴回来以后，让人给驯马师捎话，把驯马场发生的事情告诉他。斯特雷克听说情况以后，虽说似乎并不了解其中的含义，但还是显得很激动不安。总之，这个消息好像使他感到有些不对劲，斯特雷克太太凌晨一点醒来，看到他在穿衣服。她问他这是干嘛，他回答说那几匹马让他很担心，他睡不着，打算到驯马场去看看是否一切都好。她听见雨点敲打在窗上的声音，劝他不要出去，但尽管她苦苦相劝，他还是执意披上厚雨衣出门而去。

“斯特雷克太太早晨七点钟醒来，发现丈夫还没回来。她赶忙穿好衣服，唤醒女佣，一同赶往驯马场。马厩的门开着；只见亨特蜷缩在一张椅子上，完全处于失去知觉的状态，银焰马的栏位空着，驯马师则不知去向。

“睡在顶阁上的两个伙计很快被叫醒。他俩都是睡得特别沉的年轻人，夜里什么也没听见。亨特显然服下了药性很强的麻醉剂，怎么弄也弄不醒，于是两个小伙子和两个女人就由他再睡下去，四人跑出去寻找失踪的赛马和驯马师。他们还心存侥幸，希望驯马师是出于某种原因，把银焰马牵出去晨练了。他们登上宅子附近的一个土墩，从那儿可以一览无余地看清四周的旷野；不料非但没有找到银焰马的踪影，反而远远地看见一样东西，几人心中顿时生出不祥之感。

“在离驯马场大约四分之一里路的地方，约翰·斯特雷克的雨衣挂在一丛荆豆上。在那后面，旷野有一处圆形凹陷的洼坑，坑底躺着那个不幸的驯马师的尸体。他头部遭到重物猛击，颅骨碎裂，大腿上有一道很长的伤口，创痕很整齐，显然是被锋利的器物划出来的。有一点很明显，斯特雷克曾与攻击他的对手激烈搏斗过，他的右手握着一把小刀，连刀柄上都有凝血，而他的左手攥着一条红黑相间的丝领带，女佣认出，头天晚上那个陌生人到驯马场来时，就戴着这条领带。

“亨特恢复知觉以后，也很肯定地说这条领带是这家伙的。他还言之凿凿地说，这家伙站在窗口那会儿，往咖喱羊肉里下了药，这样一来驯马场就没人看守了。

“至于失踪的赛马，那个致命洼坑底部的杂乱蹄印足以证明，它当时就在搏斗现场。可是在那个早晨以后，它就失踪了；尽管悬赏了重奖，达特莫凡是有吉卜赛人的地方都做了排摸，但它仍然杳无信息。最后，对亨特吃剩的晚饭做了检验，其中含有大剂量的鸦片粉末，而当晚宅子里也吃咖喱羊肉的其他人都一点儿没事。

“此案的大致情况就是如此，我在叙述过程中排除了任何推测的成分，尽可能照原样把事情讲清楚。现在我再把警方已采取的措施扼要地归纳一下。

“负责此案的格雷戈里警长是个干练的警官，要是他的天分中能多一份想象力，他会是这个行当的一位佼佼者。警长一到现场，很快就发现并逮捕了疑点很自然会落到他身上的那个男子。要找到此人一点不难，他在那一带几乎是无人不晓的。他名叫菲茨罗伊·辛普森，出身世家，受过良好教育，因沉迷赛马挥霍无度，眼下他在伦敦体育俱乐部做赛马下注登记员，收入不高，但日子过得挺安生，也还算体面。警方检查他的投注记录册，发现他投注五千镑，押银焰马输。

“他被捕后，主动交代说，他去达特莫是想获取有关王苑马场那几匹赛马的内部消息，在凯普尔顿驯马场有一匹由赛拉斯·布朗调教的赛马，名叫德博罗，那是他第二看好的赛马，他去达特莫也想打探那匹马的情况。他并不否认警方说的前一天晚上他在驯马场的所作所为，但声称他并没有任何歹念，就只是想获取第一手情报而已。当把那条领带放在他面前时，他脸色变得很苍白，全然无法说明它何以会在被害人手里。他的湿衣服表明前一天晚上他曾在风雨天外出，而那根圆头灌铅的槟榔木手杖，则完全可以作为反复击打驯马师，使其伤重致死的凶器。

“另一方面，他身上没有一处伤痕，斯特雷克那把刀上的血痕却表明，至少有一个与他搏斗的对手被刀划伤过。情况大致就是这样，华生，非常希望你能对我有所启发。”

福尔摩斯的叙述一如既往地简洁明了，我听得入了神。虽然其中大部分情况我是知道的，但在这以前我并没有足够注意到它们各自的重要性，以及它们相互之间的联系。

“是否会有这种可能，”我提出自己的看法，“斯特雷克在激烈的搏斗中脑子受了伤，所以腿是自己用刀误伤的呢？”

“非常有可能；十有八九就是这样，”福尔摩斯说，“这样一来，一个对被告有利的关键证据就不存在了。”

“不过，”我说，“我还不明白警方的思路是怎样的。”

“恐怕我们的思路跟他们的全然不同，没有一个地方合得上辙，”我的伙伴回答说，“依我看，警方是这样推测的：那个菲茨罗伊·辛普森往亨特的饭里下了药，又事先刻模配制了一把钥匙，打开马厩门牵出银焰马，当然是想带着它逃之夭夭。手边没有缰绳，辛普森就用领带代替。出门以后，他没把门关上，牵着马来到旷野上，这时正好碰到了驯马师——也可能是驯马师发现他，追了上去。于是两人争吵起来，辛普森用那根沉重的手杖把驯马师的头打碎了，而斯特雷克用来自卫的小刀却没能伤到对方，然后，可能偷马贼把这匹马藏在了一个不为人知的地方，也可能在两人搏斗的过程中，这匹马挣脱缰绳逃开去，此刻说不定正在旷野上东奔西跑呢。看来这就是警方对案情的解释，整个案情虽说如此解释听上去有些牵强，但是别的解释似乎更没有可能。反正不管怎么说，只要我们到了现场，事情很快就会见分晓，在那以前，我看我们也就只能先这样了。”

我们来到达维斯托克小镇，已是傍晚时分。小镇位于广袤的达特莫原野上，有如盾牌中央的浮雕。有两位绅士在车站等候我们。其中一位身材高大，皮肤白皙，金色的头发和胡须都是卷曲的，浅蓝色眼睛射出的锐利目光，像是要把对方的想法探个明白似的。另一位是机灵的小个子，衣着整饬，动作利落。他身穿礼服上衣，长裤连着鞋罩，颊须修剪得很齐整，戴着单片眼镜。这一位就是著名的体育达人罗斯上校。前面一位是在英格兰刑侦界声誉鹊起的格雷戈里警长。

"很高兴您能来这儿，福尔摩斯先生，" 上校说，"所有能想到的事情，警长都已经做了；但我还是希望能尽最后的努力，争取为可怜的斯特雷克报仇，找回我的赛马。"

"有什么新的进展吗？" 福尔摩斯问。

"很遗憾，几乎没有进展，" 警长说，"外面有一辆马车等着我们，想必您不会反对趁天黑之前去看一下现场，详细情况我们可以上车再谈。"

一分钟后，我们坐在舒适的双排座四轮马车里，往那座古雅的德文郡小镇疾驰而去。格雷戈里警长满脑子装的都是这个案子，一路上滔滔不绝地讲着案情，福尔摩斯时不时提个问题或插句话。罗斯上校抱着双臂，仰身靠在坐垫上，帽子拉下来盖住了眼睛，我则很有兴趣地听着两位侦探的对话。格雷戈里讲述了他对此案的大致判断，整个思路完全跟福尔摩斯在火车上所作的预料一模一样。

"菲茨罗伊 · 辛普森已经落网，再无逃脱的可能，" 警长说，"我个人认为此人就是真凶。但与此同时，我也承认证据还不够直接，案情一旦有新的进展，有可能会推翻这些证据。"

"对斯特雷克的小刀作何解释？"

"我们倾向于这样一个结论，就是他在摔倒时划伤了自己。"

"我们来这儿的路上，我的朋友华生医生就这样推测过。真是这样的话，情况就不利于那个辛普森了。"

"确实如此。他手里既没有刀，身上又没有刀痕。情况显然对他非常不利。银焰马一旦失踪，他能从中获益很多；给看守马厩的小伙子下毒，他是怀疑对象；他肯定曾冒着暴风雨外出；他随身带着分量很重的手杖；在死者的手中发现了他的领带。我认为指控他的证据已经很充足了。”

福尔摩斯摇摇头。“一个经验老到的辩护律师，可以把这些推断一一驳倒，”他说，“他为什么要把马牵出马厩？假如他想弄伤它，他为什么不在马厩里动手呢？在他身上找到配制的钥匙了吗？有哪个药剂师把鸦片粉卖给他了？还有，像他这样一个在这儿人生地不熟的陌生人，能把一匹马藏到哪儿去呢，何况那还是一匹名头很大的赛马？关于那张他想让女佣捎给马场伙计的纸片，他自己是怎么解释的？”

“他说那是一张十镑的钞票。在他的钱包里找到了一张这样的纸币。您提出的其他质疑，并不那么难以解释清楚。他对这一带并不陌生。每年夏季他要到达维斯托克来两次，每次都会住上一阵子。鸦片可能是从伦敦带来的。那把钥匙，他作案后也许扔了。那匹马，说不定落进了旷野上的哪个深坑或废矿井。”

“那条领带，他是怎么说的？”

“他承认是他的领带，但声称是丢失的。不过在勘查中我们发现了新的情况，可以说明他为什么要把银焰马从马厩里牵出来。”

福尔摩斯警觉地竖起耳朵。

“我们从发现的足印推断，有一伙吉卜赛人星期一晚上曾在离案发现场不到一里的地方扎营。星期二他们就走了。假定在辛普森和这些吉卜赛人之间有过某种约定，那么当他发觉有人追踪时，他不是完全可以把那匹马交给他们，而现在，它不是仍然可能在他们那儿吗？”

“当然有这可能。”

“我们的人正在旷野上搜寻这些吉卜赛人。我还在方圆十里之内检查过达维斯托克的每个马厩和车库、谷仓。”

“听说近边还有一个驯马场，是吗？”

“是的，这一点当然不能忽视。他们的那匹德博罗是下注的第二大热门，所以银焰马失踪是让他们从中获益的。那儿的驯马师赛拉斯·布朗，据说打算在这场赛事中豪赌一把，他跟可怜的斯特雷克没有交情可言。不过，我们检查了那个驯马场，没有发现他跟这件事有任何关联。”

“那个辛普森，跟凯普尔顿驯马场有什么利害关系吗？”

“没有。”

福尔摩斯往后靠在马车座背上，谈话中断了。几分钟过后，马车停在路旁一幢整洁的红砖挑檐小宅院前面。相距不远，穿过驯马围场，有一座灰色瓦片的长形户外建筑。四下里的旷野，地势低缓开阔，枯蕨的古铜色一直延伸到远方的地平线，只有达维斯托克的几座尖顶教堂，以及西边的一组房屋，点缀在这片荒原上——那组房屋的所在地，就是凯普尔顿驯马场。我们几人跳下马车，唯有福尔摩斯仍然背靠车座，两眼凝望前方的天空，全然沉浸在自己的思绪之中。我过去碰了碰他的胳膊，他才猛然惊醒，跳起身走下车来。

“抱歉，”他转脸朝着神色略显惊讶的罗斯上校说，“我走神了。”他眼里闪着光，脸上有一种抑制不住的兴奋神情，我对他的行为举止早已熟稔，知道他一定是掌握了某个关键线索，尽管我想不出他究竟是在哪儿找到它的。

“也许您想马上就去案发现场，福尔摩斯先生？”格雷戈里问。

“我想在这儿再待一会儿，还有一两个问题的细节要弄弄清楚。斯特雷克的尸体应该抬回来了吧？”

“是的，在楼上。验尸工作明天开始。”

“他在您手下有好多年了，罗斯上校？”

“我始终认为他是个出色的下属。”

“警长，我想您已经检查过死者当时衣袋里的物品，列出清单了？”

“我把所有的东西都放在起居室里，您不妨去看一下。”

“我正有此意。”

我们鱼贯步入前厅，围坐在中央的一张桌子旁边，警长打开一只方形铁皮盒，把里面的物件一一取出，放在我们面前。有一盒火柴，一截两寸长的蜡烛，一只A.D.P.牌的烟斗，一个装有半盎司烟丝的海豹皮烟袋，一块带金表链的银怀表，五枚一镑金币，一个铝制铅笔盒，几张纸，还有一把象牙柄的小刀，坚钢制成的刀身非常精致，上面刻有“伦敦韦斯父子公司”的字样。

“这把刀很奇怪，”福尔摩斯拿起小刀细细端详着说，“我看见上面有血迹，我想，它应该就是在死者手中发现的那把刀吧。华生，这种小刀您一定很熟悉。”

“这就是我们所说的眼翳刀，”我说。

“我也这么想。精致的刀身，用于精细的手术。在下雨天带着它外出，可真是有些奇怪，它根本没法就这样放在衣袋里。”

“在尸体旁边找到了套在刀尖上的软木塞，”警长说，“他妻子告诉我们，这把刀在梳妆台上放了好几天，他临出门时把它带在身边。这可不是一件像样的武器，不过当时他也许已经别无选择了。”

“很有可能。这几张纸是怎么回事呢？”

“其中三张是给干草供货商的收据。一张是罗斯上校就一些具体事项对他作指示的便条。这另一张是女帽店三十七镑十五先令的发票，开票人是邦德街勒絮里埃夫人，抬头是威廉·达比希尔。斯特雷克太太告诉我们，达比希尔是她丈夫的一个朋友，给他的信件有时会寄到斯特雷克家。”

“达比希尔太太花钱还真有点大手大脚，”福尔摩斯看了一眼发票说，“二十几尼买一件衣服可不便宜。嗯，看来没什么再好问的了，现在我们可以到案发现场去了。”

我们走出起居室，看见有个女人等在过道里。她迎上前来，拉住警长的衣袖。她脸容瘦削而憔悴，神情很急迫；这些显然都是飞来横祸烙下的印记。

“您抓到他们了吗？有他们的下落了吗？”她气急地问道。

“还没有，斯特雷克太太；不过这位福尔摩斯先生从伦敦赶来协助我们，我们会尽全力破案的。”

“斯特雷克太太，”福尔摩斯说，“前不久在普利茅斯，我肯定在一次花园聚会上见过您。”

“不，先生，您弄错了。”

“嗨，不会的，我可以发誓。您穿一套浅灰色的薄纱女装，上面有鸵鸟毛的装饰。”

“我没有这样的衣服，先生，”这位女士回答说。

“噢，明白了，”福尔摩斯说；他道了一声歉，随警长走出屋去。我们在旷野上走了没多远，就看见了发现尸体的那个洼陷的大坑，那件雨衣就挂在坑边的荆豆丛上。

“据我所知，那天晚上没有起风，”福尔摩斯说。

“是的；但雨下得很大。”

“既然这样，雨衣就不是风刮上去，而是有人放在荆豆丛上的。”

“没错，是挂在那儿的。”

“很有意思。我注意到地上有很多足印。当然，星期一夜晚以后来过这儿的人一定不少。”

“我们在边上铺了一张席子，来这儿的人都站在那上面。”

“做得好！”

“这个袋子里有一只斯特雷克的靴子、一只菲茨罗伊·辛普森的鞋子，还有银焰马的一块蹄铁。”

“亲爱的警长，您真是好样的！”福尔摩斯接过拎袋，走下洼坑，把席子往洼坑中央推过去一些。然后他趴在席子上，双手托着下巴，仔细察看眼前被踩踏过的泥地。

“啊哈！”他突然说，“这是什么？”

原来是一根烧掉半截的火柴，它被淤泥裹着，乍一看很像一根细树枝。

“想不到我怎么会没看见它，”警长说，表情显得很懊丧。

“它埋在泥里，很难看见。我之所以能看见它，是因为我在找它。”

“怎么！您料到会找到它？”

“我想着并非没有可能。”他从拎袋里拿出靴子，跟泥地上的脚印一一比对，然后爬到洼坑边上，在蕨草和荆豆丛中搜索。

“恐怕不会有什么印记了，”警长说，“方圆一百码内的地面，我都已经仔细检查过了。”

“是吗！”福尔摩斯说着，直起了身子，“既然您这么说，我就不必再多此一举了。可我倒想趁天黑之前在旷野上走一走，这样明天可以对地形熟悉一些，这块马蹄铁我揣在口袋里，但愿它给我带来好运气。”

对我这位伙伴慢条斯理的做派，罗斯上校显出几分不耐烦的神色，他掏出怀表看了看时间。

“警长，我希望您能和我一起回去，”他说，“有些事情我想听听您的意见，比如说，我们要不要发表一个声明，宣布将银焰马从赛马名单上正式除名。”

“当然不要，”福尔摩斯态度坚决地大声说，“我一定让它照常参赛。”

上校欠了欠身子。“很高兴听到您这么说，先生，”他说，“您走一走以后，就到斯特雷克家去找我们吧，我们开车回达维斯托克。”

他和警长往回走，而福尔摩斯和我在旷野上缓步往前走。夕阳渐渐沉没在凯普尔顿驯马场背后，我们面前那片往下倾斜的开阔原野，先是染上一层金光，而后变成浓艳的红棕色，余晖兀自洒落在枯萎的蕨草和黑刺莓丛上。但我的伙伴陷入了沉思，对面前这瑰丽的景色全然无动于衷。

“就这样，华生，”他终于开口说，“我们暂时先把谁杀死约翰·斯特雷克这事放一放，集中精力寻找银焰马的下落。假设它在悲剧发生的当时或事后跑走了，那么它能跑到哪儿去呢？马的习性是爱群居的。一旦挣脱了羁绊，它的本能会让它不是跑回王苑马场，就是跑去凯普尔顿马场。凭什么说它会在旷野上四处乱跑呢？要那样的话，它早就被人发现了。又凭什么说吉卜赛人把它掳走了呢？吉卜赛人不爱多惹是非，遇事避之唯恐不及，就怕警察找他们麻烦。他们不可能存有把这样一匹马卖出去的念头。带走这匹马他们要冒很大的风险，而到头来却一点好处也捞不到。这都是明摆着的事情。”

“那么它在哪儿呢？”

“我刚才说了，它不是去王苑马场，就是去凯普尔顿。它不在王苑马场，所以它就在凯普尔顿。我们就从这个假设的前提出发，看看会有什么进展。旷野的这一区域，正如警长所说，地面很干硬。但是地势朝凯普尔顿方向渐渐低下去，从这儿可以看到远处有片狭长的洼地，星期一晚上那里一定积了不少雨水。如果我们的假设是准确的，那么银焰马必然要穿过那片洼地，我们也就应该在那儿找得到蹄印。”

我们一路说着话，已经兴冲冲地走了好些路，再往前走几分钟，就到了那片洼地跟前。福尔摩斯让我从右边走下洼地，他自己从左边往下走。我才走出五十来步，就听见他大喊一声，并看见他在朝我招手。他面前松软的泥地上，马蹄印清晰可见，而且和他从袋里掏出来的那块马蹄铁完全吻合。

“瞧瞧，想象力有多重要，”福尔摩斯说，“格雷戈里缺的就是这种能力。我们凭借想象力，设想可能发生的情况，然后按这个设想去采取行动，最后让事实来验证这个设想。我们往前走吧。”

我们穿过湿软的洼地，在一片干硬的草地上走了差不多四分之一里路。地势又低下去，足迹又出现了。接下去的半里路足迹消失，直到离凯普尔顿很近时才重又出现。是福尔摩斯先发现这些足印的，他停下脚步，满脸得意地指着它们。在马蹄印的旁边，有个男人的脚印清晰可见。

“先前都只有马蹄印哎，”我嚷道。

“可不是。先前是没有脚印的。啊哈，这是怎么回事？”两行印迹骤然掉头，往王苑马场方向而去。福尔摩斯吹了声口哨，我俩循着这两行印迹往前走。他目不旁视地盯着足印，我偶然往边上瞥了一眼，惊奇地看见同样的足印又折回了凯普尔顿的方向。

我马上叫福尔摩斯看那些足印。他对我说:“你太棒了,华生。要不然我们就要原路返回,多走不少冤枉路了。我们跟着这两行印迹走。”

没走多远,印迹到了一条沥青路面上就消失了。这条路通往凯普尔顿马场的门口。我们走近时,一个年轻仆役从大门里跑出来。

“闲人不许在此逗留,”他说。

“我只想问句话,”福尔摩斯说着,把食指和拇指伸进背心口袋里。“要是我明天早晨五点钟来拜访你家主人赛拉斯·布朗先生,会不会太早了些?”

“瞧您说的,先生,谁也早不过他,他总是最早起床的。这会儿他来了,先生,您还是问他自己吧。不行,先生,不行;要是让他看见我拿了您的钱,我的饭碗可就没了。待会儿再说吧,您别急。”

就在福尔摩斯把这枚半克朗银币放回衣袋的当口,一个相貌凶狠、上了年纪的男人从门里跨了出来,手里挥着一根猎鞭。

“怎么回事,道森?”此人大声说,“别在这儿多嘴!干你的活儿去!你们俩——你们到这儿想要干吗?”

“想和您谈十分钟话,先生,”福尔摩斯声音轻柔地说。

“我没时间跟游手好闲的人谈话。这儿不许陌生人进来。快走开,不然我要叫狗来咬你们了。”

福尔摩斯俯身过去,在驯马师耳边轻声说了几句话。驯马师猛地挺直身子,满脸涨得通红。

“瞎说!”他高声喊道,“一派胡言!”

“好嘞!那么我们是在这儿,当着大家的面争论呢,还是到您的客厅里去谈谈呢?”

“那好吧,就请进来吧。”

福尔摩斯微微一笑。“华生,请您在外面等一会儿,就几分钟工夫,”他说,“现在,布朗先生,您先请。”

过了足足二十分钟,红霞褪去、天色转暗之际,福尔摩斯和驯马师出门而来。赛拉斯·布朗的态度，跟先前判若两人。在短短一段时间里，一个人的神情举止居然会变化如此之大，我实在是见所未见。他脸色灰白，额头布满汗珠，双手颤抖，猎鞭有如风中的树枝那般摇个不停。先前那副专横霸道的模样了无痕迹，他卑躬屈膝地跟在福尔摩斯边上，就像一条狗跟随着主人。

“您的指示一定照办。一定照办。”他说。

“不许有一点差错，”福尔摩斯上下打量了他一番，说道。驯马师畏缩地低下头，仿佛从福尔摩斯的目光中领会了恫吓的意味。

“哦，不会的，绝不会有任何差错。它会出场的。我要不要先让它变一下模样？”

福尔摩斯想了想，哈哈大笑起来。“不，不用，”他说，“我会写信通知您的。别耍滑头，否则——”

“哦，不敢，不敢！”

“您要把它当自己的马一样，好好照料它。”

“您请放心。”

“嗯，这样就好。行，明天等我消息。”福尔摩斯说完，转过身去，对驯马师哆哆嗦嗦伸过来的手，看也不看一眼；我和他起身返回王苑马场。

一路上我俩都有些累，福尔摩斯对我说：“一个人竟能像赛拉斯·布朗这样，集蛮横、懦怯和鬼鬼祟祟于一身，还真是难得见到。”

“这么说，马在他那儿？”

“起先他大吵大嚷想赖，可是我绘声绘色地给他讲了那天早晨他做过哪些事情，他真以为当时我全都看见了。其实，你想必也注意到了，留在泥地上的方头鞋印，跟他脚上的那双靴子，正好是吻合的。而且，一个下人当然是不敢做这种事的。我给他描述了他怎么按平时的习惯最早起床，瞧见一匹陌生的马正在旷野上跑来跑去；他怎样跑出去截住那匹马，惊讶地从它白色的额头认出它就是有名的银焰马，知道机缘凑巧，唯一能把他砸了不少钱的赛马比下去的这匹银焰马，竟然落到了他的手中。然后我又向他描述，他脑子里闪过的第一个念头是把它送回王苑马场，但随即被魔鬼迷住了心窍，暗想何不把这匹马藏起来，等赛马结束了再说呢，于是他就把它牵回去，藏在了凯普尔顿。我把这些细节一五一十地讲给他听，他终于认输，只想尽量保全自己了。”

“可是警方搜查过他的马场呀。”

“噢，一个像他这样整天跟马打交道的老油子，要蒙混过关有的是办法。”

“现在还把马留在他手里，您放心得下吗？无论从哪个角度看，伤害这匹马都是对他有利的。”

“我的老伙计，他会像保护眼珠那样保护它的。他知道，保证这匹马的安全，是他得到宽恕的唯一希望。”

“罗斯上校给我的印象，决计不是一个肯宽恕别人的人。”

“这并不取决于罗斯上校。我按自己的准则行事，多说一点或少说一点，全由我自己决定。这正是做非官方侦探的好处。我不知道你有没有注意到，华生，罗斯上校对我的态度有点傲慢，这会儿我打算跟他开个玩笑逗逗他。你别告诉他这匹马的事情。”

“不经你的允许，我是不会说的。”

“再说，这件事跟找出杀害约翰·斯特雷克的真凶相比起来，当然只是小事一桩。”

“你这是要全力以赴寻找凶手了，是吗？”

“正相反，我们今天就乘夜班车回伦敦。”

我朋友的这句话，使我大吃一惊。我们来德文郡才几个小时，侦查工作一开始就干得这么漂亮，现在他却要半途而废，这简直让我无法理解。一路上我再没能从他嘴里问出一句话来；回到斯特雷克家里，只见上校和警长在客厅等我们。

“我和我朋友乘午夜的快车回伦敦，”福尔摩斯说，“达特莫清新的空气令我们心旷神怡。”

警长瞪着双眼，上校冷冷一笑。

“这么说，要逮住杀害可怜的斯特雷克的凶手，您是束手无策了，”上校说。

福尔摩斯耸耸肩膀。“这事确实困难重重，”他说，“不过我还是确信您的银焰马星期二准能参赛，请您的骑师务必做好准备。我可以要一张约翰·斯特雷克先生的照片吗？”

警长从衣袋里掏出一个信封，取出一张照片递给福尔摩斯。

“我亲爱的格雷戈里，我要什么东西您都预先想到了。劳驾各位在这儿稍等片刻，我有个问题要去问一下女佣。”

“我得承认，对我们这位从伦敦请来的顾问，我感到相当失望，”福尔摩斯刚走出房间，罗斯上校就毫不客气地说，“他来以后，我看我们并没有任何进展。”

“至少他向您承诺，您的马一定能参赛。”我说。

“是的，他作了承诺，”上校耸耸肩膀说，“可是有他这句话，不如真有这匹马。”

我正想为我的朋友辩护几句，只见他进屋来了。

“各位，”他说，“现在我们可以去达维斯托克了。”

我们登上马车时，有个马场伙计给我们开门。福尔摩斯好像突然心生一念，俯身拉了拉小伙子的袖子。

“你们围场里有几只羊是吗？”他问，“是谁在照料它们？”

“是我，先生。”

“你有没有注意到，最近它们有什么地方不对劲？”

“嗯，先生，没什么大事儿；就是有三只腿有点瘸，先生。”

我看得出福尔摩斯非常开心，因为他咯咯笑出声来，搓动着双手。

“果然如此，华生，居然被我猜中了！”他捏住我的手臂说，“格雷戈里，我劝您注意一下羊群中的这种流行病。走吧，车夫！”

罗斯上校的神态，依然表明他对我这位伙伴的破案能力评价很低，不过我从警长脸上的表情，看出他对福尔摩斯的话相当重视。

“您认为这很重要吗？”他问。

“非常重要。”

“还有没有别的问题，您认为我应当注意的呢？”

“注意一下当天夜里那条狗的反常之处。”

“当天夜里那条狗没有任何动静呀。”

“这正是反常之处，”歇洛克·福尔摩斯说。

四天之后，福尔摩斯和我又乘上去温切斯特的火车，去看韦塞克斯杯锦标赛。罗斯上校如约在车站外接我们，我们乘坐他的汽车前往城郊的赛马场。他板着脸，态度极其冷漠。

“我那匹马根本不见踪影，”他说。

“我想，您瞧见它了应该认得出来吧？”福尔摩斯问道。

上校非常生气。“我干这一行有二十年了，还从来没有人问过我这样的问题，”他说，“凭它白色的前额、右边那条有白色星斑的前腿，就是小孩也认得出银焰马。”

“赔率情况怎么样？”

“嘿，奇怪就奇怪在这儿。昨天还是十五比一，可是一路往下跌，现在勉强才到三比一。”

“哞！”福尔摩斯说，“显然是有人听到什么风声了！”

汽车驶抵赛场围墙外面，我看了一眼告示牌上的参赛名单。上面写着：

韦塞克斯金杯赛

参赛费为50沙弗林（撤赛返半），第一名除金杯外颁奖金1000沙弗林。赛马年龄限为四至五岁。

第二名奖金300镑，第三名200镑。

新赛程（一里五弗隆）。

1. 希思·纽顿先生，参赛马匹黑旋风（骑师戴红帽，穿浅棕色短上衣）
2. 沃德洛上校，拳击手（粉红帽，蓝黑相间短上衣）
3. 巴克沃特勋爵，德博罗（黄帽，黄套袖）
4. 罗斯上校，银焰马（黑帽，红上衣）
5. 巴莫拉尔公爵，彩虹马（黄黑条纹衫）
6. 辛格尔福德勋爵，锉刀（紫帽，黑套袖）

“我们撤掉了另一匹赛马，孤注一掷指望您的话能兑现，”上校说，“慢着，他在说什么？是银焰马！”

“银焰马押输五比四嘞！”下注区的工作人员在吆喝，“银焰马押输五比四！德博罗押输十五比五！全场五比四嘞！”

“赛马上场了，”我大声说，“一共六匹。”

“六匹都上场了！这么说我的银焰马也出场了，”上校异常激动地喊道，“可我怎么没看见它？我的骑师也没在跑道上。”

“只过去了五匹。那匹一定是它了。”

我说这话的当口，一匹矫健的枣红马从骑师称体重的围栏里冲出来，然后跑碎步经过我们面前，马背上的骑师，穿戴着上校家标志性的黑帽红衣。

“可这不是我的马，”上校嚷道。“它浑身上下没有一根白毛。您到底在搞什么名堂，福尔摩斯先生？”

“请先别着急，我们来看看它跑得怎么样，”我朋友镇静地说。他拿过我的双筒望远镜观看了几分钟，“太棒了！起跑漂亮！”他突然喊道。“它们过来了，过弯道了！”

我们在车上望出去，只见赛马径直朝我们奔来，场面颇为壮观。六匹马先是齐头并进，没有拉开距离，仿佛一块毯子能把它们全都盖住似的。跑到赛程一半左右，凯普尔顿马场的黄帽骑手冲到了前面。但没等赛马奔到我们面前，德博罗很明显就后劲不足，罗斯上校的马赶超上来，它越跑越快，最后一个冲刺，把德博罗甩开了六个马身之遥。巴莫拉尔的彩虹马好歹拿了个第三名。

“那是我的马，错不了，”上校手搭在眉际望去，气喘吁吁地说。“我承认我简直摸不着头脑了。您不觉得您的秘密已经保守得够长久了吗，福尔摩斯先生？”

“说得对，上校。您很快就会一切都明白的。我们这就一起过去看看这匹马吧。这就是它，”他说这话的时候，我们已经走进骑师称体重的围栏，这个围栏只有马匹的主人和他们的朋友才能入内。“您只要用白兰地给它擦洗一下脸和腿，就会看到它正是您的老伙计银焰马。”

“您太让我吃惊了！”

“我从给它涂颜料的家伙手里找到它，擅自做主让它就这样来参赛了。”

“我亲爱的先生，您这一招可真是绝了。这匹马状态极佳。刚才它跑得比以往任何一次都更出色。我先前对您的破案能力有所怀疑，实在是抱歉之至。您帮我找回了这匹马，对此我非常感激。如果您能抓到杀害约翰·斯特雷克的那个凶手，我更会感激不尽。”

“已经抓到了，”福尔摩斯平静地说。

上校和我惊愕地看着他。“您抓到他了！那他在哪儿呢？”

“就在这儿。”

“这儿！哪里？”

“就在我眼前。”

上校气得满脸通红。“我充分意识到我是欠了您情的，福尔摩斯先生，”他说，“可是您刚才说的话，我不得不认为，那不是一个拙劣的玩笑，就是一种侮辱。”

歇洛克·福尔摩斯笑了起来。“请放心，我绝无半点指认您是凶手的意思，上校，”他说，“真正的凶手站在您身后！”

他跨步向前，把手搭在艾索诺米纯种马光滑的脖颈上。

“这匹马！”上校和我同时喊出声来。

“是的，这匹马。但有一点我必须加以说明，来为它减轻罪责，那就是它是出于自卫才那么做的，而约翰·斯特雷克是个根本不值得您信任的人。铃声响了；下一场我很可能会赢一点，银焰马的事情，我们找个更合适的时间详谈吧。”

当晚我们乘坐普尔曼式火车[1]返回伦敦。我想罗斯上校一定和我一样，觉得这次旅程很短，因为福尔摩斯一路上给我们讲述星期一晚上达特莫驯马场发生了哪些事情，以及他是怎样弄清整个案情的，我们都听得入了神。

“我承认，”福尔摩斯说，“起先我依据新闻报道形成的设想，是完全错误的。然而其中有一些蛛丝马迹，倘若不是被其他细节掩蔽的话，还是相当重要的。我去德文郡的时候，确实认为菲茨罗伊·辛普森就是凶手，不过，当然我也知道，指控他的证据是不充分的。

“而就在我们抵达驯马师寓所，我还在马车上没下去的当口，我突然意识到，咖喱羊肉至关重要，是个不能放过的线索。你们可能还记得，当时我走了神，你们都下了车，我还愣坐在车上。我在心里感到惊异的是，我怎么居然把这么显而易见的一个线索给忽略了。”

“我承认，”上校说，“我到现在还是看不出，它对破案有什么帮助。”

“这是我的推理链的第一环。鸦片粉并不是没有气味的。气味不难闻，却是闻得出的。假如把它拌在一般的菜里，吃的人肯定能觉察出来，很可能就不吃了。咖喱恰恰是掩盖这种气味的最佳选择。无法设想这个陌生人菲茨罗伊·辛普森能做到让驯马师家里当晚用咖喱做菜，而要是假设他当晚碰巧随身带着鸦片粉，而驯马师家做的菜又碰巧能掩盖

1　普尔曼式火车：美国人乔治·普尔曼（1831—1897）设计的豪华卧铺火车。

粉末的气味，那就更是匪夷所思了。这种巧合是说不通的。因此辛普森的嫌疑被排除了，破案的方向集中到了斯特雷克和他妻子身上，只有他们两人有可能在那天晚上选咖喱羊肉当主菜。鸦片是加在另外盛给小伙计的那盘咖喱羊肉里的，所以其他人吃了这道菜没有任何反应。那么，他们两个人中间，究竟是谁在女佣没看见时做的手脚呢？

“在解决这个问题之前，我先注意到了狗没有叫这个极其重要的线索，而一个正确的推论，往往会引带出别的推论。调查辛普森的过程中，我了解到马厩里养着一条狗，而且有人进来牵走了一匹马，这条狗居然并没有叫醒阁楼上的两个小伙计。显然这位深夜来客对这条狗来说是个熟人。

“我已经可以断定，或者说几乎可以断定，那天深夜是约翰·斯特雷克去了马厩，牵走了银焰马。出于什么目的呢？显然是出于某个不可告人的目的，否则他干吗要给自己的伙计下药呢？可我还是不明白究竟是为什么。此前有过类似的案子，驯马师经人代理，把大笔赌注押在自己的马跑输上，然后做手脚不让自己的马获胜。有时候他是串通骑师，让骑师故意放慢速度跑输。有时候还会采用更隐蔽也更稳妥的办法。这次用的是什么办法呢？我希望他衣袋里的东西能帮我找到答案。

“结果果然如此。你们想必还记得死者攥在手里的那把奇特的刀吧，一个神志正常的人，是绝对不会挑这样一把刀来防身的。正如华生医生告诉我们的，这种刀是用来做最精密的外科手术的。那天晚上，它应该也是被用来做精密手术的。罗斯上校，凭您对赛马项目的丰富经验，您一定知道，在一匹马的后腿肌腱上轻轻划一个断口，而且是在皮下进行这个手术，是绝对不会留下痕迹的。动了这个手术以后，这匹马会变得有些瘸，但一般人会以为是训练过度，或者风湿引起的伤痛，决计想不到是有人在捣鬼。”

“混蛋！恶棍！”上校嚷道。

“这样，我们就明白约翰·斯特雷克为什么要把这匹马牵到旷野上去了。这么一匹烈马，觉着有刀子在扎它，势必会高声嘶鸣，把酣睡的伙计吵醒。所以，要这么做非得把它牵到旷野里去不可。”

“我真是瞎了眼！”上校大声说，“既然这样，他为什么要用蜡烛和火柴，当然也就不用解释了。”

“一点没错。而在检查他的东西时，我很幸运地不仅发现了他的作案手法，而且找到了他的作案动机。上校，以您的见多识广，您当然知道男人是不会把别人的账单放在自己的衣袋里的。我们自己的账单，往往已经让我们够呛的了。我当即断定，斯特雷克过着双重生活，另有一个外室。从账单来看，此事涉及一位挥霍成性的女人。即便您对您的手下人再怎么慷慨大方，他们总也不至于阔绰到那个地步，能给自己的女人买二十几尼一套的休闲装吧。我不露声色地问了斯特雷克太太这套休闲装的事，她果然对此一无所知。我记下了服装商的地址，知道只要拿着斯特雷克的照片去一次，就很容易让那个神秘的达比希尔现出原形。

“到这时，事情就都清楚了。斯特雷克把马牵到一个洼坑里，这样烛光就不会被人看见。辛普森逃跑时把领带弄丢了，斯特雷克捡起领带，或许是打算用它缚牢马腿。进了洼坑，他走在马的后面，擦了一根火柴，突如其来的亮光把马给惊着了。它凭着动物特异的本能，感觉到有什么东西要加害于它，于是猛地一尥蹶子，马蹄铁正好击中斯特雷克的前额。虽说在下雨，可是为了要干精细的活儿，他已经把雨衣脱了，结果他跌倒时，小刀划伤了自己的大腿。我说得够清楚吗？”

“太棒了！”上校大声说。“太棒了！简直就像您在现场一样。”

“我最后的一个猜测，说实话，有点搏一把的意思。我突然想到，以斯特雷克的精明老到，他在施行这个精细的断腱手术之前，是不会不练练手的。他能用什么来练手呢？我的目光落到了羊群身上，于是我提了一个问题，结果连我自己都不免有点惊奇，事情还真让我给猜中了。”

“您把破案经过叙述得非常清楚，福尔摩斯先生。”

“回到伦敦，我走访那位服装商，她看到斯特雷克的照片，马上认出他是一位出手大方的顾客，名叫达比希尔，他太太穿着时髦，专爱买价格昂贵的服饰。我毫不怀疑，正是这个女人害得他负债累累，铤而走险，干出这样伤天害理的事情。”

“整个案子的来龙去脉，您都说得一清二楚，就是漏了一件事，”上校大声说。“银焰马在哪儿？”

“噢，它跑掉以后，由您的一位邻居在照料。对这个问题，我想应当采取宽容的态度。如果我没弄错的话，我们已经到达克拉彭枢纽站，用不了十分钟就能到维多利亚站了。上校，如果您肯赏光去我们的住处抽支雪茄，我很乐意就您感兴趣的任何其他问题详细作答。”

马斯格雷夫礼典

我的朋友歇洛克·福尔摩斯，性格上有个常常使我感到很奇怪的特点。他的思维方式简洁明了、条理清晰，绝非常人可比，他的服饰也称得上洁净整饬，但在生活习惯上，他却是个既邋遢又马虎，简直让室友难以忍受的人。这倒不是说我本人在这方面有多么循规蹈矩。在阿富汗服役时那种乱糟糟的工作环境，使天性中不愿受拘束的倾向发展到了极致，我变得懒散马虎，已经不像个医生的样子了。然而我的马虎随便毕竟是有个限度的，所以当我看到他将雪茄搁在壁炉边的煤斗上，烟草塞在波斯拖鞋里，待回复的信件用一把大折刀钉在木制壁炉台正中时，我不禁觉得自己在生活中俨然成为道德楷模了。同样，我一向认为手枪射击练习理应是一项户外活动；而福尔摩斯兴之所至时，会坐在扶手椅里，拿着他那把速射手枪和一百发博克瑟子弹[1]对着墙壁射击，在墙面上用弹孔装饰出一个宣泄其爱国情怀的V.R.[2]字样，我强烈地感到，这既不能改变我们房间的氛围，也未必能改善房间的外观。

我们那个房间里，总是堆满了各种化学药剂和以往破案留下的物件，这些东西总被散乱摆放在令人意想不到的地方，你会在黄油碟里，甚至在一些它们更不应出现的地方发现这些物品。不过，我最大的问

1　博克瑟子弹：英国人博克瑟于1867年设计的一种专门用于练习打靶的标准子弹。

2　V.R.：Victoria Regina的缩写，意即“维多利亚女王”。

题还是福尔摩斯的那些文件。他极讨厌别人不小心丢弃或毁掉他的文件，尤其是涉及他以往办案经历的资料。尽管如此，每隔个一两年他还是会打起精神，对这些文件进行整理归类。正如我在这些断断续续写的回忆录中提到的那样，每次侦破一起使他名声大噪的大案过后，他那旺盛的精力迸发殆尽，继之而来的是激情过后的倦怠。每当此时，他会整天百无聊赖地拉拉琴、看看书，除了从沙发到桌子，很少动弹。就这样月复一月，他的文件堆积成山，房间里的每个角落都堆满了成捆的手稿。这些手稿绝对不允许被烧掉，也不可以随便归置，除非是他本人来处理。

一个冬日的晚上，我趁两人一起坐在壁炉边的当口，向他建议说，在将那些随手记下的摘录粘贴到本子里以后，不妨再花两个小时，把我们的房间整理得略微舒适一些。对我这个合乎情理的要求，他难以拒绝，于是愁眉苦脸地走进卧室，过没多久拖了一只大锡铁箱出来。他将箱子放在房间中央，拿个小凳子坐在旁边，打开箱盖。我看到里面堆放着一沓沓文件，全都用红色丝带捆扎，占去了箱子的三分之一空间。

"这里面有不少案例，华生，"他看着我说，眼里透着调皮的神情。"我想，等你知道我这箱子里装了些什么东西，你就不会要我把外面的那些东西放进去，而要让我从里面拿点东西出来了。"

"看来，这些都是你早年的工作记录？"我问。"我一直想着要把这些案例写进札记呢。"

"没错，我的朋友，这些都是我早年的案例，那时候我的传记作者还没开始为我树碑立传呢。"他小心翼翼、爱惜有加地拿起一捆捆的文件说，"这些不全是成功的案例，华生，可是当中颇有些值得玩味的东西。这是塔尔顿谋杀案的档案，这是葡萄酒商凡贝里的案情记录，还有俄国老妇人案，铝制拐杖案，以及跛足里克莱蒂和悍妻案的完整记录。还有这儿——噢！这可真是个难得一见的案子哩。"

他把手伸进箱子，从箱底取出一个带滑盖的、看上去有点像小孩放玩具用的小木盒，从里面拿出一张皱巴巴的小纸片、一把老式的黄铜钥匙、一个上面缠有线团的木制挂钩、三个锈蚀的金属圆盘。

“好吧，我的朋友，对这堆东西你有何高见？”他看着我那惊讶的表情，笑着问。

“一堆稀奇古怪的收藏品。”

“非常稀奇古怪，而且这些东西牵扯到的故事会让你觉得更加稀奇古怪。”

“这么说，这些纪念物有些来历啰？”

“岂止有些来历，它们本身就是历史。”

“此话怎讲？”

歇洛克·福尔摩斯将这些东西一件件拿起，沿着桌边摆放开来，然后重新坐到扶手椅上，仔细端详着它们，眼里透出一丝满足的神情。

“我留着这些东西，”他接着说，“让它们帮我唤起对马斯格雷夫家族礼典案的回忆。”

我曾不止一次听他提起过这件案子，可是一直不清楚详细的案情。“如果你愿意给我讲讲这件案子，”我说，“那我是再高兴不过了。”

“那这堆杂七杂八的东西就只好不去管它了？”他调皮地大声说，“你想要的整洁环境还是泡汤啰，华生。不过我很乐意你把这件案子加到你的记录中去，因为这件案子有一些很独特的地方，这类案子在国内，甚至——我相信——在国外的刑侦档案中当属绝无仅有。我的那点微不足道的成就在收集成册时，若不把这个奇特的案例放进去，肯定是不够完整的。

“你大概还记得格洛丽亚·斯科特三桅船案，还有我对你提起过的那个不幸的人吧。最初，正是那件案子，还有我跟他之间的交谈，使我萌动了对刑侦行业的兴趣，如今这已成了我的谋生之道。现在你看到的我，在行业内外都有了名气，在公众和警方眼里已经是公认的疑案终极破解者。即便在你我刚相识，我正在侦办那件你后来定名为‘血字的研究’的案子的那会儿，虽说钱赚得不多，但我也已经建立起了不少业务联系。你想必很难体会到，在刚起步时我的处境是何等艰难，而在跨出成功之步前我又等待了多久。

“我刚来伦敦时，在蒙塔格街租了一间房，就在大英博物馆的那个拐角处。我在那儿等待机会，把充裕的闲暇时间全都用来研习以后可能用得上的各门自然科学。偶尔我也会承接一些案子，大都是通过老同学介绍的，因为在大学的最后几年中，我本人和我的推理方法都已经小有名气。我接的第三个案子就是马斯格雷夫礼典案，这件案子中的一连串奇特事件，连同那些后经证实生死攸关的要害问题，引起了我的兴趣，促使我循着这第一步走向我在今天所拥有的行业地位。

“雷金纳德·马斯格雷夫和我是大学同学，但我跟他交往不深。他在同学中间人缘一般，不过在我看来，外人所看到的他的那种傲慢自负，其实是他用来掩饰极端缺乏自信的性格的表象。他在外貌上是个极具贵族气质的人：偏瘦，隆鼻，眼睛很大，神情倦怠，却不失优雅。他实际上是王国一支最古老家族的后裔，但他的祖上并非长房，在十六世纪从北方的马斯格雷夫家族中分离出去，迁徙到苏塞克斯西部定居了下来。那里的赫尔斯通庄园，也许是苏塞克斯郡还有人居住的最古老的建筑。出生地周边环境似乎对他有着不可磨灭的影响，我看到他那张苍白而敏感的脸和头部的姿势，就不由得联想起那些灰色拱道和直棂窗户，以及所有那些封建时代城堡令人肃然起敬的残存墙体。有时候我俩谈着谈着就谈到了我的兴趣所在，我记得他不止一次对我的观察和推理方法表现出浓烈的兴趣。

“我和他有四年时间没见过面，直到有一天早晨他走进我在蒙塔格街的那间房间。他变化不大，看上去就是个上流社会的年轻人——他向来颇为注意仪表——依旧保持着以前那种与众不同的儒雅风度。

“‘你这些年来过得好吗，马斯格雷夫？’我们热情地握手以后，我问道。

“‘大概你已经听说我可怜的父亲去世的事了，’他说，‘他走了差不多有两年了。自那时起，我接手了赫尔斯通产业的管理事务，还当了地区议员，所以我的生活一直忙得不可开交。可我听说，福尔摩斯，你把以前那些让我们叹为观止的本事用到实际生活中来了。’

“‘是的，’我回答，‘我已经在靠这些小聪明谋生了。’

“‘听到你这么说我很高兴，因为现在你的指教对我非常有用。我在赫尔斯通的家里遇到一些很奇怪的事，警方对此也束手无策。事情实在非常奇特，让人百思不得其解。’

“你可以想见，华生，听他说这些话时，我心里有多么急切。过去几个月里我一直闲着无事可干，没想到这么一个我期盼已久的大好机会眼看就要到手了。在内心深处我是相信自己能够做成别人做不成的事的，现在我有机会一展身手了。

“‘请把详细情况告诉我吧，’我大声说。

“雷金纳德·马斯格雷夫坐到我对面，点上我递给他的香烟。

“‘你想必知道，’他说，‘我虽然是单身，可还是得养一大帮子仆人，因为赫尔斯通是座年代久远、布局杂乱的庄园，有一大堆事务需要有人来料理，再加上我每年在猎雉季节都要举办家庭聚会，那段时间也少不了人手。现在家里总共雇了八个女仆、一个厨子、一个男管家、两个男佣，还有一个听差。花园和马厩自然还要另外雇人。

“‘仆人当中时间做得最长的是管家布伦顿。当初被我父亲雇用时，他是个不得其所的小学老师。这个人精力充沛、性格开朗，很快在家里得到重用。他健硕英俊，额头宽阔，四十岁不到，却已经在我们家做了二十年。他有着体貌优势和出众天赋——能说好几种语言，会玩各种乐器——却始终对自己这么个地位心满意足，这着实不简单。不过在我看来，他也就是安于现状，缺乏动力去做改变。凡是来过我家的人，都会记得赫尔斯通庄园有这么一个管家。

“‘这么个堪称完美的人物，却有一个毛病，那就是有点唐璜的风流习气。你可以想见，像他这么个人，在一个清静的乡下地方扮演这种角色，并不是什么难事。

“‘他结婚以后收敛了许多，但自从他妻子去世，重新做回光棍以后，他给我们带来一大堆麻烦，简直没完没了。几个月前，他跟我们家二等女仆蕾切尔·霍威尔斯订了婚，我们一心指望他可以收心安顿下来，可没过多久他就把她甩了，去跟猎场看守队头儿的女儿珍妮特·特雷杰利斯搞在一起。蕾切尔是个很不错的姑娘，但天生是威尔士人的暴脾气，就此得了个脑脊膜炎病，现在——也许就是昨天吧——总算可以在屋里走动了，但跟以前比，简直就像一个黑眼圈幽灵。这是赫尔斯通发生的第一件事，而紧接着发生的第二件事，又使得我们将前面那件事抛诸脑后了。事情的起因，是我因为管家布伦顿做了一件不光彩的事，把他解雇了。

“‘事情是这样的。我讲过这个管家是个聪明人，但聪明反被聪明误，他对那些跟他毫无关系的事情过分感兴趣。起先我没想到这种好奇心会让他陷得这么深，直到这次意外事件发生，我才引起重视。

“‘我刚才提到过，这座老宅格局凌乱，有点大而无当。上星期有一天——确切地讲是星期四晚上——大概是晚餐后糊里糊涂喝了一杯浓咖啡的缘故，我夜里一直睡不着。辗转反侧一直折腾到凌晨两点，思忖反正睡不成了，索性起床点亮蜡烛，打算把读到一半的一本小说接着读下去。那本小说落在了台球室，于是我穿上睡袍去那儿取书。

“‘从卧室到台球室，得先下一段楼梯，再穿过走廊。走廊尽头通往藏书室和猎具室。我从走廊里望过去，看见藏书室的门开着，透出一丝光亮，你可以想见当时我有多么吃惊。我在临睡前亲自灭了灯、关了门的。不用说，我的第一反应自然是有窃贼。赫尔斯通老宅的走廊墙上有不少古代兵器做装饰，它们都是当年的战利品。我顺手取下一把战斧，放下蜡烛，蹑手蹑脚沿着走廊过去，朝门里张望。

“‘原来，在藏书室里的是管家布伦顿。他衣着整齐地坐在扶手椅里，膝头摊着一张纸，看上去像是地图，一只手撑着额头陷入沉思。我目瞪口呆，站在暗地里观察他的动静。桌旁竖着一支细蜡烛，亮光很微弱，但足以让我看清他是衣着整齐的。忽然，他从椅子上站起来，走向一边的书桌，打开锁，拉开一隔抽屉，从里面拿出一张纸，回到座位上，将纸在桌边摊开，就着烛光全神贯注地研究起来。看见他如此泰然自若地察看我们家族的文件，我不禁怒从中来，一步跨上前去。布伦顿抬头见我站在门口，猛地站起身来，吓得脸色发青，连忙将正在察看的那张地图模样的纸塞进怀里。

"'"好哇！"我说，"你就这样来报答我们家对你的信任！你明天就给我走人。"

"'他像条落水狗一样，垂头丧气地向我鞠了一躬，一声不吭地从我身旁向门外走去。蜡烛还在桌上，我借着烛光瞥了一眼，想看看布伦顿从书桌里拿的是张什么纸。出乎我的意料，那根本不是什么重要物件，只是早年家族一种很特别的仪式上的问答词的抄件，这份文件被称为马斯格雷夫礼典。这是我们家族专有的仪式，过去几百年里，每个马斯格雷夫家的人成年时，都会举行这种仪式——它只跟家族成员有关，就像家族纹章上的说明和图记一样，对于考古学家或许还有点意义，但没有任何实用价值。'

"'关于这份文件本身，我们待会儿再说吧，'我说。

"'如果你认为，'他略显犹豫地回答说，'藏书室那件事真有必要往下说的话，我就再说下去。我用布伦顿留下的钥匙将书桌重新锁好，转身要走，却惊讶地发现管家又回来了，正站在我的面前。

"'"先生，马斯格雷夫先生，"他大声说，激动得嗓子都嘶哑了，"我丢不起这个脸，先生。我虽然身份低微，但极看重脸面，现在这样丢脸简直就是要我的命。您真要把我逼上绝路，那我只能死在您面前了——我说到做到。事情已经是这样了，如果您实在不肯宽容我，就请看在上帝的分上，让我一个月以后提交了辞呈再走，就当是我自愿离开的吧。

走人我能受得住，马斯格雷夫先生，但请您别当着那么多老熟人的面把我赶走。”

“‘“你不配得到这样的关照，布伦顿，”我回答他，“你的行为极其恶劣，绝对不可容忍。只是看在你在这家里待了这么多年的分上，我不想让你当众出丑。但一个月时间太长，一个星期以后你走人吧，随便找什么理由都行。”

“‘“只给一个星期，先生？”他绝望地大声说，“半个月——至少半个月吧！”

“‘“一个星期，”我重申道，“要知道，这样对你已经是够宽容的了。”

“‘他耷拉着脑袋，缓步走了出去。我吹灭蜡烛，回到自己房间。

“‘这以后两天，布伦顿做事异常勤勉专注。我没有再提那件事，心里有点好奇，想看看他要怎样保全自己的面子。可就在第三天早晨，他人不见了。照理，早餐后他应该来听我吩咐当天要做哪些事情。我从餐厅出来，正好碰见女仆蕾切尔·霍威尔斯。我刚才说过她病刚好，这时我看她还是很虚弱，脸色非常苍白，就叫她不要再干活了。

“‘“你应该卧床休息，”我说，“等身体养好了再干活吧。”

“‘她表情怪异地看着我，让我怀疑她是不是又犯病了。

“‘“我已经好了，马斯格雷夫先生。”她说。

“‘“我们还是得听听医生怎么说，”我回答说，“你必须现在就停止工作，下楼时传个话叫布伦顿来见我。”

“‘“管家走了。”她说。

“‘“走了？去哪儿啦？”

“‘“他走了，没人看见过他。他不在房间里。哦，是呀，他走啦——他走啦！”蕾切尔说着，身子靠在墙上，发出一阵阵尖利的狂笑。我被她突发的歇斯底里吓坏了，赶紧打铃叫人上来帮忙。扶她回房间的路上，她还是又哭又嚷，对我关于布伦顿情况的询问置之不理。看来，管家失踪已不用怀疑。他的床上没人睡过，昨夜他回房间之后没人再见过他；但也看不出来他是怎么离开这所房子的，早晨所有的门窗都关得好好的。他的衣服、怀表，甚至他的钱，都在房间里，只有他平日里穿的那套黑色西装不见了。拖鞋也不见了，可靴子还在。大晚上的，这个管家布伦顿会去哪儿呢？他到底怎么样了？

"'我们当然把整座宅子从地窖到阁楼都搜了一通，可连个影子也没找到。我刚才说过，这是一座迷宫般的老宅子，尤其是原先的裙楼，现在实际上空着不住人了；我们仍然一间不漏，彻底搜查，连顶楼也没漏，可还是连失踪者的蛛丝马迹也没发现。这让我难以置信，他居然会扔下自己所有的家当远走高飞，再说，他又能上哪儿去呢？我报了警，但警方也找不出什么头绪。头天夜里下过雨，我们检查了房子四周的草坪和小径，依然一无所获。事情发展到这一步，又出现了一个新情况，将我们的注意力从那个最初的谜团上引了过去。

"'两天来，蕾切尔·霍威尔斯病得厉害，一会儿极度亢奋、语无伦次，一会儿歇斯底里、精神错乱，只好请了个看护晚上陪着她。布伦顿失踪后的第三天夜里，那个看护见病人睡得很沉，自己也在扶手椅上打了个盹。她清晨醒来，发现床上空着，窗户开着，病人没了踪影。我马上被叫醒，立刻带了两个仆人寻找失踪的姑娘。她的行踪去向不难查到，因为从她的卧室窗前，我们很容易循着她的足迹，穿过草坪来到池塘边上。到了这里，足迹消失了，池塘近旁有条石子路通往大宅的庭园。池水有八英尺深，可想而知，当看到可怜的疯姑娘足迹消失在池边时，我们是怎样的心情。

"'当然，我们马上着手安排打捞尸体，结果没捞着，却捞出了一件十分出人意料的东西：一个亚麻布袋，里面有一堆陈旧得失去了光泽的锈金属、几块深色的小石头。昨天我们在池塘里就只找到了这些古怪东西。虽然后来又想方设法四处搜寻，仔细查问，但还是没找到蕾切尔·霍威尔斯和理查德·布伦顿的下落。警方也已束手无策，我实在没有办法，只好来求助于你了。'

“你可以想见，华生，我听着他讲述这一连串离奇的事情，心里是多么急不可耐，我竭力想把这一个个事件拼拢来，理出一根能把它们串联起来的主线。

“管家失踪了，女佣也失踪了，女佣爱着管家，可后来又对他因爱生恨；她属于威尔士人气质，脾气火暴、冲动易怒；管家一失踪，她就大受刺激；她把一只装有稀奇古怪的东西的口袋扔进了湖里。这些都是必须加以考虑的线索，但它们没有触及事件的核心。这一连串事件的起点到底在哪里？我们看到的只是一团乱麻露出的线尾。

“‘我得看一下那份文件，马斯格雷夫，’我说，‘你的管家为了看到这份东西，竟肯冒丢掉差事的风险，我要看看这是怎样的一份文件。’

“‘那份文件，实在一点意思都没有，’他回答说，‘但毕竟也算是一件文物，多少有些保存价值。我这里有那些问答词的一份抄件，你有兴趣的话可以拿去看。’

“于是他给了我这张纸，华生，就是我手里这张。这些奇怪的问答词，是每个马斯格雷夫家族成员行成年礼时都必须诵读的。我逐字逐句念给你听吧。

“它属于谁？

“属于逝者。

“将归于谁？

“归于来者。

“日悬何处？

“橡树之上。

“荫消何处？

“榆树之下。

“如何步测？

“北十步又十，东五步又五，南二步又二，西一步又一，其下即是。

“以何换取？

“倾我所有。

“所为何故？

“为守诚信。

“‘原件没有署明日期，但从文字拼法看，应该是十七世纪中叶的，’马斯格雷夫说，‘不过，我觉得这东西恐怕对解开我们的谜团没多大帮助。’

“‘至少，这件东西给我们又带来一个谜，’我说，‘而且这个谜比第一个要有意思得多。这个谜一旦解开，有可能另外那个谜也会迎刃而解。恕我直言，马斯格雷夫，在我看来，你的那位管家非但很聪明，还很有眼光，胜过他主人家的十代人呢。’

“‘你这话我不敢苟同，’马斯格雷夫说，‘这张纸在我看来毫无实际意义。’

“‘可对我来说绝对大有用处，我想布伦顿跟我所见略同。他那天夜里被你逮住之前，可能早已看过这份东西了。’

“‘这倒很有可能。我们从没想过要把它藏起来。’

“‘估计他那次不过是想确认一下脑子里的记忆。你刚才说，他在把那张地图拿来同手稿对照。你一进去，他就赶快把图塞进怀里了。是这样吗？’

“‘是这样。不过这种古老的家庭习俗跟他有什么关系？这些烦琐的问答又究竟是什么意思呢？’

“‘要搞清楚这个问题应该不难，’我说，‘你同意的话，我们可以赶头班车去一趟苏塞克斯，到现场做一些深入调查。’

“当天下午我们两人到了赫尔斯通。你大概已经看到过那幢著名古宅的图片和文字介绍了，我就不再赘述，只消说明那幢建筑物呈L形，长翼部分建筑样式比较近代，短翼部分建筑年代久远，是整幢宅屋的核心，其他建筑都是从这里延伸出去的。老宅正中间，低矮厚重的门楣上方，刻有1607这个年份。不过，专家们都认为那些桁梁和石材构件的实际年代比这个年份久远得多。短翼建筑的墙体特别厚，窗户特别小，所以在上个世纪，就新建了长翼部分，短翼部分被改作了库房和酒窖。宅子四周是古树林立、幽雅壮观的庭园。我的委托人提到的那个小湖紧挨着林荫道，距离房子大约两百码。

"我已经确信，华生，这三个表面上互不相干的谜，其实就是一个谜，如果能解读这份马斯格雷夫礼典，我手里就有了线索，然后就可以顺藤摸瓜，查明管家布伦顿和女佣霍威尔斯双双失踪的事情真相。于是，我把全部精力都投入到这份文件上。为什么管家那么急切地要熟记这份古老的文件？显然是因为他发现了其中的秘密，而这个乡绅世家历代主人对此却从来未曾关注。他指望能够从中牟利。那么，这到底是个什么秘密，又怎么影响了他的命运呢？

"我把礼典读了一遍后，便豁然开朗，里面提到的测量方法应该和文件中暗示的某个地点有关。如果能找到那个地点，就很有希望找到这个秘密所在，而这个秘密正是马斯格雷夫家族先人认为有必要以如此奇特的形式传给后世的。一开始，我们手里只有两个可以借以入手的方位标杆，一个是橡树，一个是榆树。那棵橡树没有问题，在宅子前那条车道左手边的橡树林中，耸立着一棵树龄最长的老橡树，那是我所见过的最巍峨壮丽的古树。

"'这棵树应该在你们家族礼典写出来之前就在那儿了。'当我们的马车驶过那里时我说。

"'多半在诺曼人征服英国[1]之前就有了，'他答道，'这棵树有二十三英尺粗呢。'

"我想要证实的几个疑点中，有一个被坐实了。

"'你们家有老榆树吗？'我问。

"'从前在那边有一棵很老的榆树，不过十年前遭了雷劈，我们就把

1　诺曼人征服英国：指1066年诺曼人征服英国。

树给锯了。'

"'你知道那棵树原来的方位吗?'

"'嗯,知道。'

"'院子里还有别的榆树吗?'

"'老榆树已经没了,新榆树很多。'

"'我想去看看那棵老榆树原先生长的地方。'

"轻便双轮马车已到了大宅前,我们没进屋,我的委托人直接把我带到草坪上一个低洼处,差不多就在橡树和宅子的中间位置,那棵榆树原来就生长在那里。看来我的调查有了进展。

"'恐怕没法知道这棵树原来有多高了吧?'我问。

"'我立马就可以告诉你,树高六十四英尺。'

"'你是怎么知道的?'我惊奇地问。

"'我以前的家庭教师在教我三角学时,经常让我做测高练习。我那时候就测过这庄园里所有的树和建筑。'

"想不到运气这么好,我想要的数据来得比我所希望的还要快。

"'请告诉我,'我问他,'你的管家向你问过榆树高度的事吗?'

"雷金纳德·马斯格雷夫惊讶地看着我,'你这么一问,我倒想起来了,'他回答说,'几个月以前,布伦顿跟马车夫有过一次小小的争论,当时他的确向我问过这棵树的高度。'

"这真是个极好的消息,华生,看来我的思路是对的。我抬头看看太阳,太阳已经开始下沉,我算出不用一个小时,太阳就要落到老橡树枝顶那个位置。到那时礼典中提到的一个条件就满足了。而榆树的影子一定是指树影的远端,不然将树干作为标杆岂不更好。我接下去要查明,当太阳偏过橡树顶的那个时刻,树影的远端落在哪个位置。"

"这可难啦,福尔摩斯,那棵榆树已经不在那儿了。"

"可是至少我知道,布伦顿能做到的,我也能做到。再说,真要做到也非难事。我跟马斯格雷夫去了他的书房,自己动手削了这个木桩,在木桩上缚上这根长绳，绳子每隔一码打一个结。我又把两根鱼竿接在一起，长度正好是六英尺。然后，我跟我的委托人一起回到那棵老榆树的位置。此时太阳刚好掠过橡树顶，我把竿子竖起固定，标出影子的方向并丈量两者之间的距离。距离是九英尺。

“这样，计算当然就很简单了，如果一根六英尺长的鱼竿的投影是九英尺，那么一棵六十四英尺高的树的投影就应该是九十六英尺，而且鱼竿的投影和榆树的投影当然应该是在一条直线上。我按这个距离往前丈量，结果几乎量到了宅子的外墙跟前，我在那个位置插了一根木桩。你可以想象当时我心里有多得意，华生，就在离插下的木桩不到两英寸的地方，我发现地上有个锥形洞孔。我意识到这是布伦顿测量时做的标记，我正在跟踪他的行迹。

“我用袖珍罗盘确定方位点，从这个起点开始步测。我沿着外墙向北跨了二十步，插一个木桩做标记，然后很小心地向东跨十步，再向南跨四步，结果发现自己走到了老宅的门口。再向西也就是沿石板甬道走两步，应该就是礼典上标示的地方了。

“突然我心里一阵发紧，感觉从来没有这么失望过，华生。那一刻，我好像觉得自己在计算方法上犯了一个致命错误。夕阳的余晖铺洒在甬道上，我看到的是那些水泥砌缝铺成的灰石板路面，历经长年累月的碾压，早已陈旧磨损，无疑很多年不曾有人翻动过了。看来布伦顿没在这里动过手脚。我敲击石板地面，听到的声音都一样，也没发现裂缝或豁口。所幸的是，马斯格雷夫已经领悟到我这么做的用意所在，也像我一样兴奋起来，拿出手稿核对我的计算结果。

“‘其下即是，’他喊道。‘你忽略了“其下即是”那几个字。’

“我原以为这是要我们往地下挖掘的意思，此刻我马上明白自己想错了。‘你是说这下面有个地窖？’我大声问。

“‘有啊，这老宅子原本就有地窖。就在这下面，走这扇门下去。’

“我们沿着石头旋梯往下走，我的同伴划了一根火柴点亮墙角木桶上的提灯。霎时间我们看清了这正是我们要找的地方，而且最近已经有人来过这里。

“这个地窖以前用来存放木料，很明显，那些四处乱放的短木材，现在被人堆到两边，中间腾出了一块空地。空地上横着一块又大又重的石板，石板中央有一个生锈的铁环，铁环上系着一条厚厚的黑白格子布围巾。

“‘天啊！’我的委托人大声说。‘那是布伦顿的围巾。我看到他戴过，错不了。这个混蛋在这里搞什么鬼啊？’

“在我的建议下，叫来了两名当地警察。我拽住围巾想把那块石板拉起来，但只挪动一点点，后来靠一个警察相帮才把石板移到了旁边。石板下露出一个漆黑的洞穴，我们都盯着下面，马斯格雷夫跪在一旁，将提灯往下探去。

“我们眼前是一个约四英尺见方、七英尺深的小小的地下室。靠边有一只木箱，又矮又宽，黄铜箍边。箱盖朝上翻开着，锁孔上插着这把形状古怪的老式钥匙。箱子上积了厚厚一层灰，木质箱体长期受潮湿和虫蛀侵蚀，里面长满青灰色的真菌。箱底散落着一些类似古旧钱币的金属圆片，就像我手里拿着的，此外几乎就没什么东西了。

“不过，当时我们没顾得上那只旧箱子，而是将目光落在箱子旁边蜷缩着的一堆东西上。那是一个人，身穿黑色衣装，蹲伏在地上，额头抵着箱子边缘，两条手臂垂挂在箱子两旁。这种姿势迫使血液充盈到面部，扭曲变形的猪肝色的脸已经无法辨认；但当我们把尸体拉起来后，身高、衣着和头发都足以让我的委托人认出，死者正是那个失踪了的管家。他死了已经有些天了，但身上既没有伤痕也未见青肿，让人无从解释他怎么会落到如此下场。当他的尸体被抬出地窖时，我们发现自己仍然面对一个问题，它几乎跟起初的那个问题一样棘手。

“我承认，华生，当时我对案情的进展感到非常失望。我原以为，只要找到礼典里提到的那个地方，案子就可以破了；但现在我身处此地，看来还是远未弄清楚这个家族如此费尽心机所要隐藏的到底是什么。虽说我发现了布伦顿的下落，可眼下我必须查明他遭此下场的原因，还要弄明白那个失踪的姑娘在这个事件中扮演了什么角色。我坐到角落里的一个小桶上，把整个事件细细想了一遍。

“你是了解我在这种情况下的处理方法的，华生。我将自己设身处地放在那个人的位置上，首先揣摩他的思维方式，试着想象在同样情形下我会怎么去做。这么一来事情就简单了，布伦顿智力水平颇高，所以对于不同个人在观察上的误差，按照天文学家的说法就是‘人为误差’，完全可以忽略不计。他知道有值钱之物被藏在某处，还找到了这个地方，发现那地方上面盖着很重的大石板，一个人无法搬开，接下去他该怎么做呢？即便他在外面有个把信得过的人，但求助于外人得冒着被发现的风险去开门让他进庄园。更稳妥的办法还是在庄园内部找个帮手——如果找得到的话。那么他能找谁呢？找那个曾经一心一意爱过他的姑娘。一个男人即使狠心地伤害过一个女人，也很难意识到自己最终会失去她的爱。想必他对霍威尔斯姑娘献了点殷勤，就跟她重归于好，让她来当帮手了。他们俩晚上去地窖，合力撬开了石板。以上这些情景，一幕一幕地浮现在我眼前，就像是我亲眼所见一样。

“但是就这两个人，而且其中一个是女的，要想把大石板提起来，还是很吃力的。我和一个高大壮实的苏塞克斯警员一齐用力，都觉得很费劲。他们应该会想办法借把力吧？换作我的话多半会这么做。我站起身，仔细察看地上四处散落的木料，一下子就发现了我想找的东西：一块长约三英尺的木板，一头有明显的凹痕，还有几块木板侧面都稍扁，似乎被相当重的物件挤压过。显而易见，他们一边撬起石板，一边把那几块木板塞进缝隙，直到最后，当撬开的口子大到人可以爬下去时，竖起一块木板撑住石板。石板的全部分量都吃在这根木头上面，它压在另一块木板上的那一头自然就有了凹痕。以上这些推理，应该也是顺理成章的。

“接下去我该怎么重现这幕午夜惨剧的情景呢？很显然，洞穴只容得下一个人，这个人是布伦顿。姑娘一定待在上面。布伦顿打开锁之后，想必将箱子里面的物件递给了上面——因为这些物件后来都不见了——然后——然后又发生了什么呢？

“此刻，当看到这个伤害过自己的男人——伤害程度或许远超我们的揣测——可以由她随意摆布的时候，这个性子刚烈的凯尔特女人心中压抑着的复仇之火骤然爆发成熊熊烈焰。究竟是那根木头碰巧滑脱，石板将布伦顿关在了变成他坟墓的地下室里，而她的罪过只是对他的惨死隐瞒不报呢？还是她突然抬手将那根木头撤掉，让石板落下封死洞口的呢？不管是哪一种可能，我似乎都看到了那个女人紧攥手里的珍宝，拼命跑上旋梯，充耳不闻身后传来的沉闷叫喊声和双手捶打石板的咚咚声，听任她那不忠的情人在下面绝望地窒息而死。

“难怪她第二天上午脸色苍白，浑身颤抖，发出歇斯底里的狂笑，原因就在于此。可是箱子里有些什么东西？那些东西又被她弄到哪里去了呢？当然，那些东西应该就是我的委托人从湖里打捞上来的旧金属和小石块。她一有机会就把这些东西扔进了湖里，干脆销赃灭迹。

“我一动不动坐了二十分钟，脑子里一直不停地思索这些问题。马斯格雷夫还站在那里，脸色苍白，晃着那盏提灯往洞里张望。

“‘这些是查理一世时期的硬币，’他拿出几枚原先散在木箱里的钱币说，‘你瞧，我们对礼典的年代估计得还是挺准的。’

“‘我们或许还能找到别的查理一世年代的东西，’我顿然明白了礼典开头两句问答词中的含义，大声说道，‘请让我看看你从湖里捞上来的袋子里装的东西。’

“我们回到书房，他将那堆破烂东西摊在我面前。看着那堆东西，我明白他为什么看轻它们了，那些金属物件早已锈得发黑，那些石头也都黯淡无光。我拿起一块石头在袖口上擦了擦，发现它在我手心里微微发光，就像黑暗中的火花。那件金属物品呈双环形，但已经扭曲变形了。

"'你应该记得,'我对他说,'查理一世死后,保皇党仍然在英格兰负隅顽抗,最后溃败时,他们很可能将很多最珍贵的财产就地掩埋,指望风头过去后回来挖取。'

"'我的祖先拉尔夫·马斯格雷夫爵士,不光是查理一世时期的保皇党成员,在查理二世流亡年代也是他的得力助手,'我的朋友说。

"'啊,这就对了!'我说。'好了,我看这应该就是我们要找的那个最后环节了。我得祝贺你得到这件价值连城的遗物,尽管整个过程颇有悲剧色彩,作为一件历史文物,它的意义更为重大。'

"'这到底是什么东西?'他惊讶得有点喘不过气来。

"'这就是古代英国的王冠。'

"'王冠!'

"'没错。想想礼典上怎么说来着:"它属于谁?""属于逝者。"这是指查理一世被处死。接着,"将归于谁?""归于来者。"这是预言查理二世的即位。依我看,这顶破旧得几乎不成形的王冠很可能是斯图亚特王朝历代国王戴过的。'

"'它怎么会在池塘里呢?'

"'哦,要回答这个问题得费点时间。'于是,我把我所作的推测和论证从头到尾给他讲述了一遍。等我讲完,屋外已是夜色深沉,皓月当空了。

"'那查理二世回来之后为什么不把王冠取走呢?'马斯格雷夫一边问,一边将遗物放回亚麻布袋子。

"'哈,你问到点子上了,这正是一个我们恐怕永远也弄不清楚的问题。有可能保有这个秘密的那位马斯格雷夫先人在这期间过世了,加上一时疏忽,只把这份寻宝指南留给了后代,却没来得及解释这里面的含义。从那时起,就这么一代代传下来,直到最后它落到某个人手里,他破解了这个秘密,也为它丢了性命。'

“这就是马斯格雷夫礼典的故事，华生。这顶王冠留在了赫尔斯通——不过，他们在法律程序上碰到一些麻烦，结果出了一大笔钱才将这顶王冠保留下来。我敢肯定，你只要提我的名字，他们会很乐意把它拿出来供你观赏。至于那个女人，她从此没了消息，想必已经离开英国，带着对自己罪恶的追忆，逃到海外去了。”

希腊译员

我与歇洛克·福尔摩斯相识已久，过从甚密，但我从未听他提起过他的家人，也很少听他谈及自己的早年生活。他这种在个人生活上寡言少语的习性，加深了他给我的近乎不近人情的印象，我有时候会不由自主地将他视作一个特立独行的另类，一个有脑无心、智力超群却缺少人情味的人。他对女性的反感，他不愿结交新朋友的脾气，都是这种缺乏感情色彩的个性的显著表现，然而这种个性最集中的表现还是对家人一切情况的讳莫如深。我心想他大概是孑然一身，亲人都已不在人世。然而有一天，他却出乎我意料地跟我聊起了他的哥哥。

那是一个夏日的向晚时分，我们俩刚喝过下午茶，正在随意闲聊，话题漫无边际，从高尔夫俱乐部聊到黄道倾角变化的原因，最后话题转到返祖现象和遗传习性问题，讨论的重点是，一个人的特异禀赋在多大程度上来自祖先，又在多大程度上来自自身的早期训练。

"就拿你来说吧，"我说，"从你告诉我的那些经历来看，很明显，你敏锐的观察能力和独特的推理能力似乎都得益于你自己的系统训练。"

"在某种程度上是这样，"他若有所思地回答。"我祖上都是乡绅，看上去似乎都过着一种跟他们的社会等级相称的、几乎一样的生活。不过我的这些性格特点毕竟还是来自遗传，很可能来自我的祖母，她是法国画家韦尔内[1]的妹妹。血液中的艺术细胞有时会以最为奇特的方式表现出来。”

“你怎么知道是遗传的呢？”

“因为我哥哥迈克罗夫特在这方面的天赋比我高出很多。”

这我倒是头一回听说。在英国居然还有一个人有着如此特异的禀赋，警方和公众怎么会没听说过他呢？我把问题提给我的伙伴，意思是说，他之所以把他兄长说得比他更为出色，只是出于谦逊而已。对于我的这种暗示，福尔摩斯付之一笑。

“我亲爱的华生，”他说，“我不能同意这种将谦逊归为美德的说法。对于一个有逻辑头脑的人而言，任何事物该是怎样就是怎样，过度低估自己的能力，跟过分夸大自己的能力，都是违背实际情况的。因此我说迈克罗夫特的观察能力在我之上时，你可以相信，我说的是不折不扣的事实。”

“你哥哥比你大几岁？”

“大七岁。”

“怎么会没有人知道他呢？”

“噢，他在自己的社交圈里可名气不小。”

“是吗，在哪里？”

“嗯，比如说第欧根尼俱乐部。”

我从未听说过这个俱乐部。看到我脸上的表情，福尔摩斯掏出怀表。

“第欧根尼俱乐部是伦敦最奇特的俱乐部，迈克罗夫特也是一个十分奇特的人。每天从下午四点三刻到夜里十二点他都会在那里。现在是六点，如果你愿意在这个美丽的傍晚出去散会步，我很高兴带你去见识一下这家奇特的俱乐部和这个奇特的人。”

1 奥拉斯·韦尔内(1789—1863)：法国画家，擅长战争、肖像和东方题材。

五分钟后，我们来到街上，往摄政广场方向走去。

“你会觉得奇怪，”我的伙伴说，“为什么迈克罗夫特不把这方面的特长用到做侦探上。他做不了。”

“可是你刚才说过——”

“我是说过他在观察和推理能力上比我强。如果侦探技能可以坐在扶手椅上从头至尾仅凭头脑演绎的话，那我哥哥就是有史以来最出色的刑事侦探了。问题在于，他既没有这个抱负，也没有这份精力。他甚至不愿意费神去验证自己的破案思路，哪怕人家说他是错的，他也懒得去证明自己是对的。我曾屡次三番遇到问题向他求助，每次他给出的答案，事后都证明是正确的。不过他实在无法胜任那些琐碎的事务性工作，而在案子呈交法官或陪审团之前，这类事情都是免不了的。”

“这么说，他不是职业侦探？”

“当然不是。我的谋生之道，在他不过是业余爱好而已。他具有非凡的数学才能，在政府部门做财政账目审计工作。他住在珀尔摩尔街[1]，每天早上步行拐过街角去白厅[2]上班，晚上回家。日复一日年复一年，他除了走路，不做任何运动，除了家对面的第欧根尼俱乐部，也从来不去别的地方。”

“这家俱乐部我还是第一次听说。”

“这很有可能。要知道，伦敦有不少人，要么出于天性羞怯，要么因为愤世嫉俗，都不愿意跟别人交往。不过这些人倒也不反对有个地方可以舒舒服服地坐着，翻翻新出的报刊杂志。第欧根尼俱乐部就是为了方便这些人而创办的。如今伦敦城里那些最不喜欢也最不善于交际的人都聚集在那里。俱乐部里不允许成员间随便搭话。除了会客室，在其他任何地方都不准相互交谈，一旦有人违规达到三次，经提请管理委员会批准，这个人就会被俱乐部除名。我哥哥是这家俱乐部的创办人之一，

1　珀尔摩尔街：boer，伦敦一街名，以俱乐部多出名。

2　白厅：英国政府所在地。

我觉得那里的氛围让人十分放松。”

我们边走边聊，不知不觉从圣雅各街拐到了珀尔摩尔街。歇洛克·福尔摩斯在卡尔顿俱乐部不远处的一扇大门前停住脚步，然后示意我不要出声，领我走进门厅。透过玻璃窗，我瞥见一间装饰豪华的大房间里，有很多男人散坐在各自的位子里看报。福尔摩斯把我领进一个看得见珀尔摩尔街的小房间里便离开了，但很快又带了一个人回来。我知道，那个人一定是他哥哥了。

迈克罗夫特·福尔摩斯比歇洛克高大壮实得多。他体态发福得厉害，脸颊肥硕，但那张脸上自有一种峻刻的表情，这种表情在他弟弟脸上是很明显的。那双淡灰色眼睛里，似乎总有一种出神的、内省的神情。这种神情，我只在歇洛克全神贯注思考问题时看到过。

“很高兴认识您，先生，”他伸出海豹掌一般肥大的手说，“自从您给歇洛克撰写案例记录以来，我到处都听人谈论他呢。顺便提一下，歇洛克，我原来以为你上星期会为那件庄园宅邸案来找我，我担心你可能应付不了。”

“不用了，我已经解决了，”我的朋友笑着说。

“是亚当斯干的吧？”

“没错，是亚当斯干的。”

“从一开始我就认定是他。”兄弟俩在俱乐部的拱形窗前落座。“要想观察研究人，这里是个极好的地方，”迈克罗夫特说，“瞧，朝我们这儿走来的这两个人，正是非常好的研究实例。”

“那个桌球记分员和旁边那个人？”

“一点不错。你觉得另外那人是干什么的？”

那两个人在窗户对面停下了脚步。我从其中一个人身上发现的唯一跟桌球有关的特征，是那件西装背心口袋上的粉笔印。另外那个人长得瘦小黝黑，帽子扣在后脑勺上，臂弯下挟着几件东西。

“我看，是个老兵，”歇洛克说。

“刚退伍不久，”哥哥说。

“看上去，在印度服过役。”

“是个军士。”

“我想是皇家炮兵，”歇洛克说。

“还是个鳏夫。”

“但有个孩子。”

“不止一个，我亲爱的老弟，不止一个呢。”

“嗨，”我笑着说，“这么说有点太玄乎了吧。”

“毫无疑问，”福尔摩斯答道，“从这个人一本正经的神态举止和晒得黝黑的肤色，不难看出他是一个军人，不是一般的小兵，而且刚从印度回来不久。”

“脚上还穿着那种所谓的‘士兵靴’，这表明他刚退役不久，”迈克罗夫特说道。

“走路姿势不像骑兵，平时帽子歪着戴，这点可以从他前额那一侧肤色较浅看出来。他的体重不适合当工兵，应该是在炮兵部队服役。”

“还有，从那身丧服当然可以看出，他失去了一个至亲。他自己上街购物，看来死者是他的妻子。发现没有，他是在给孩子们买东西。里面有一个铃鼓，这表明其中一个还是婴儿。由此推断，他妻子很可能死于难产。他胳臂下挟着一本图画书，这表明他还有一个孩子。”

我明白我的朋友为什么说他哥哥的观察能力比他更敏锐了。迈克罗夫特看了我一眼，淡淡一笑，从玳瑁盒中捏了一撮鼻烟，用一方大红丝帕掸去洒落在衣服前襟上的鼻烟末。

“顺便提一下，歇洛克，”他说，“我手头有件事，估计比较对你胃口。此事十分蹊跷，他们要我提供意见作出判断。我实在没有精力追查下去，即便接手这件事情，也无法真正善始善终。不过它倒确实为我提供了一个机会，让我作了一些很有意思的思考。如果你有兴趣听一下情况——”

“亲爱的迈克罗夫特，我当然有兴趣。”

迈克罗夫特在小笔记本上扯下一页纸，草草写了一张便笺，摇铃将便笺交给侍者。

“我请了梅拉斯先生过来一趟，”他说。“他住在我楼上，我和他多少也算是熟人，所以他遇到难处就来找我。据我所知，梅拉斯先生是希腊血统，通晓多国语言。他的经济来源，一半靠在法院做翻译，一半靠给在诺森伯兰大街旅馆下榻的有钱的东方游客当向导。我想，那段离奇经历还是等一会儿让他自己来讲吧。”

几分钟后，一个身材矮胖、体格壮实的男子走进房间。他说起话来像个受过教育的英国人，但那张橄榄色的脸和一头黑发，明白无误地表明他来自南欧国家。得知歇洛克·福尔摩斯等着要听他的离奇经历，他热切地握着这位大侦探的手，黑色的眼睛里闪烁着喜悦的光芒。

“我不指望警方会相信我——说实话，我不指望，”他叹息说，“只因为从来没有遇到过这种事，他们就以为这种事不可能发生。可我知道，除非那个脸上贴着胶布的可怜人有了下落，否则我是无法感到心安的。”

“请讲下去，我听着呢，”歇洛克·福尔摩斯说。

“现在是星期三晚上，”梅拉斯先生说，“那这件事应该是在星期一夜里发生的——您看，就在两天前。大概我的邻居已经告诉过您了，我是个译员。我能翻译所有语种——或者说几乎所有语种——但因为我出生在希腊，而且有个希腊名字，所以我平时主要还是跟希腊语打交道。多年以来我一直是伦敦首屈一指的希腊语译员，在各家旅馆也颇有名气。

“我平时经常会被叫去为遇到麻烦的外国人或误点的旅客做翻译，时间没有一个定规。因此星期一那天晚上，一个名叫拉蒂默的穿着很时髦的年轻人上门，请我跟他坐上等在大门外的马车时，我一点都没感觉意外。他说有个生意上的希腊朋友来找他，可他只会说英语，所以要请人做翻译。他说他住在肯辛顿，路程有点远。他看起来很匆忙，我们下楼走出大门，他就一个劲地催我上马车。

“上了车，我觉得有点不对劲，我发现自己上的不是一辆出租马车，这辆车子比那些寒酸的普通四轮马车宽敞得多，尽管饰件有点磨旧，质地却十分豪华。拉蒂默先生坐到我对面。马车出发了，先走查令十字街，然后上了沙福兹贝里大街。到了牛津街，我想提醒说，走这条路去肯辛顿有点绕远路。话刚出口，就被同车人的怪异举止吓了回去。

“他从衣袋里抽出一根令人生畏的灌铅大头短棍，来回挥舞了几下，仿佛在检验它的分量和威力。然后他一言不发地将棍子放在身旁的座位上，拉上两侧车窗。我惊讶地发现，车窗上都贴了纸，以防我看到外面。

“‘很抱歉这样做挡住了您的视线，梅拉斯先生，’他说。‘这是因为我并不想让您知道我们要去什么地方。要是让您认出走过的路，我可能会有麻烦。’

“您可以想象得到，我被这番话吓得不轻。我的同车人是一个身强力壮的年轻人，即便没有那根棍棒，我也肯定打不过他。

“‘您这样做太出格了吧，拉蒂默先生，’我结结巴巴地说。‘您应该明白，这么做是完全非法的。’

“‘这样做确实有点失礼，’他说，‘不过我们会补偿您的。但我得警告您，梅拉斯先生，今晚任何时候，您要是报警或者做出任何对我不利的事来，那您会发现后果是十分严重的。请务必记住，没人知道您在哪里，还有，无论在这辆马车里还是在我的房子里，您都在我的掌控之下。’

“他说得很平静，声音却很刺耳，充满恫吓的意味。我默默地坐着，不明白他究竟是出于什么原因，要用这种奇怪的方式绑架我。但无论怎样，我十分清楚，抵抗绝对是没有用的，我只能听天由命。

“马车行驶了将近两个小时，我对去往何处仍然没有一点线索。时而车子咯噔咯噔作响，表明走的是石板路，时而车子行驶平稳无声，表明走的是沥青路；然而，除了这些声音变化，实在难以找到什么线索，可以用来帮我推测当时究竟身处何地。两侧车窗上的贴纸不透光，前窗玻璃也拉着蓝色的窗帘。我们七点一刻离开珀尔摩尔街，等到马车最终停下时，表针指向九点缺十分。我的同车人拉下车窗，我向窗外瞅了一眼，望见一个低矮的拱形门廊，上方点着一盏灯。正当我匆匆下车时，大门打开了，我穿过通道走进屋子，在我的模糊印象中，一路上走进去时，看到一块草坪，两边有树木。但无法确定，这里到底是私家庭园，还是真正的乡间。

"大厅里点着一盏彩色灯罩的煤气灯，火头拧得很小，我只模模糊糊地看到房间相当大，墙上挂着画。在昏暗的灯光下，我辨认出刚才开门的是个身材矮小、相貌猥琐、溜肩膀的中年男子。当他转身迎向我们时，从脸上的闪光可以看出他戴着眼镜。

"'这位是梅拉斯先生吧，哈罗德？'他问道。

"'是的。'

"'干得好！干得好！我想我们并没有恶意，梅拉斯先生，不过有件事没您帮忙我们办不成。如果您肯合作，我们不会让您吃亏，可如果您想要花招，那您可得留神！'

"他说话有些结巴，样子急吼吼的，有点神经质，时不时还咯咯干笑几声。不知怎的，他比另外那个人更加令我感到害怕。

"'您想要我做什么？'我问。

"'只是请您帮忙向我们的一个希腊客人问几个问题，再把他的答复告诉我们。不过，让您说什么您就说什么，否则——'又是一阵神经质的干笑，'您还不如别生出来呢。'

"他一边说着，一边打开门，把我带进一个房间。房间里的陈设看上去十分奢华，但仍然只点了一盏半明半暗的灯。房间很大，踩在又厚又软的地毯上，那种陷进去一般的感觉，让我感受到这里的豪华程度。我看到几把丝绒面椅子，一座高高的白色大理石壁炉，旁边竖立的像是一副日本武士铠甲。在吊灯正下方，放着一张椅子，那个年长的示意我坐到那张椅子上。那个年轻的刚才离开了房间，这会儿突然领着一个身穿宽松睡袍的男人从另一扇门进来，此人缓慢地朝我们走来。等他走到昏暗的灯光底下，我看得更清楚时，他的样子让我恐惧万分。只见他脸色惨白，异常憔悴，那双凸出的、明亮的眼睛，表明他身体已经异常虚弱，全凭着意志力在支撑了。而比身体的虚弱更令我震惊的，是他脸上奇形怪状地贴满了胶布，有一大块还把他的嘴给封住了。

"'写字板拿来了吗，哈罗德？'当陌生人颓然倒在一张椅子里时，那个年长的人大声问道。'给他松绑了吗？那好，把铅笔给他。您来提问，梅拉斯先生，让他把回答写在板上。您先问他，是否准备在文件上签字？'

"那个人的眼睛里闪着怒火。

"'绝不！'他在板上用希腊文写道。

"'没有商量余地？'我照着那个暴君的吩咐问。

"'除非我亲眼看见她结婚，而且由我认识的希腊神甫证婚。'

"那个人恶狠狠地干笑了一声。

"'那你知道这样做的后果吗？'

"'我什么都不在乎。'

"上面那些问答，是用这种一个人说一个人写的奇怪对话方式进行的。我屡次问他是否打算让步签署那份文件，每次得到的都是怒不可遏的断然拒绝。但很快，我冒出一个很妙的想法。我试着在提问时加上自己的短句——先用一些无关紧要的话来试探那两个人是否察觉，发现他们毫无反应，我壮起胆子把问答引入正题了。我们之间的对话是这样的：

"'这么固执对你没好处。你是谁？'

"'我不在乎。我是外国人，刚来伦敦。'

"'你的命运全靠你自己决定。来伦敦多久了？'

“‘随你们的便。三个星期。’

“‘那些财产不可能归你。你怎么啦？’

“‘那帮坏蛋也休想得到。他们不给我吃的。’

“‘签了字就可以放了你。这是什么房子？’

“‘我绝不签字。我不清楚。’

“‘你这样做会害了她。你叫什么名字？’

“‘让她自己跟我说。克莱蒂迪斯。’

“‘只要签了字你就可以见到她。你从哪里来？’

“‘那我宁愿永远不见她。雅典。’

“只要再给我五分钟，福尔摩斯先生，我就能在他们眼皮底下打探出事情的原委了。再提一个问题就可以把这件事弄清楚。但就在这个当口，房门打开了，一个女人走进房间。我没能看清她的脸，只觉得她个子很高，举止优雅，一头黑发，身穿宽松的白色长袍。

“‘哈罗德，’她的英语听上去不很地道，‘我再也不想待下去了。这儿实在太寂寞了，只有——噢，天哪，这不是保罗吗！’

“她最后那句话是用希腊语说的，就在同一瞬间，那个男人拼命撕下嘴上的胶布，一边大声喊着‘索菲！索菲！’一边张开双臂向女子冲去。可是没等两人抱在一起，那个年轻人就拉住那个女子并把她推出门外，与此同时，那个年长的轻易地制服了虚弱不堪的受害者，拖着他从另一扇门出去了。一时间，房间里只剩下我一个人，我猛地站起身来，脑子里冒出一个模糊的念头，心想或许可以想办法找到一些线索，弄清楚自己身在何处。不过，幸好我还没有采取行动，因为我一抬头，看到那个老家伙站在门口，两眼正紧盯着我呢。

“‘行，梅拉斯先生，’他说。‘您应该看得出来，我们没把您当外人，让您参与了这么私密的事情。本来可以不麻烦您的，我们有一个说希腊语的朋友，起初那些谈判是他做翻译的，但是他有急事回东方去了。我们不得不找个人来接替他，而我们有幸听说了您是翻译高手。’

"我欠了欠身。

"'这里有五个沙弗林,'他朝我走来,说道,'我想,这些钱足以作为酬金了。但请记住,'他轻轻拍着我的胸脯,干笑着加了一句,'您要是把这件事讲出去——记住,无论讲给谁听——那么,愿上帝怜悯您的灵魂!'

"我无法向你们形容,这个其貌不扬的家伙让我感觉有多么厌恶和恐惧。当灯光照在他身上时,我总算可以看清楚他了。他容貌憔悴、面色枯黄,一撮小胡子稀稀拉拉的。他说话时脸往前探着,嘴唇和眼睛不停颤动,活像一个圣维特斯舞蹈病患者。我不禁想,他那奇怪而令人印象深刻的干笑,会不会也是某种神经疾病的症状呢。而他脸上最吓人的是那双眼睛,青灰色眼瞳深处射出的冷酷、邪恶、凶残的目光,令人不寒而栗。

"'您一说出去,我们就会知道,'他说。'我们有自己的消息来源。马车已经在外面等着,我的朋友会送您回去。'

"我急忙穿过前厅走上马车,再次匆匆瞥了一眼那些树木和花园。拉蒂默先生默不作声地紧跟在我身后上车,坐到我对面。我们一路无言,拉起车窗,重新走上那段漫长的路程,一直到午夜刚过时分,马车才停下。

"'您在这里下车,梅拉斯先生,'我的同车人说。'很抱歉把您扔在离家这么远的地方,但我只能这么做。如果您想要跟踪这辆马车,结果只会伤害您自己。'

"说完他打开车门,我刚跳下马车,车夫就扬鞭策马,马车疾驰而去。我惊愕地环顾四周,发现自己身处荒野,四下里都是一簇簇黑黝黝的灌木丛。远处有一排房子,楼上窗户中零星地透出灯光。在另一边,我看到了铁路上的红色信号灯。

"那辆载我过来的马车早已不见踪影。我站在那里四下张望,想知道自己究竟是在哪儿。这时我看见有个人在黑暗中朝我走来。等到走近，我才看清来人是个铁路搬运工。

"'您能告诉我这是什么地方吗？'我问。

"'旺兹沃思[1]公地[2]，'他说。

"'这儿能坐火车进城吗？'

"'您走约莫一英里路到克拉彭枢纽站，'他说，'正好可以赶上去维多利亚的末班车。'

"我的传奇历险的结局就是这样，福尔摩斯先生。我不知道自己在哪儿，也不知道跟谁在打交道，除了那些我告诉您的，什么都不知道。但我知道，有一件暴行正在发生，如果可能，我想帮助那个不幸的人。第二天一早，我把事情全部告诉了迈克罗夫特·福尔摩斯先生，随后向警方报了案。"

听了这番离奇的叙述，我们默默地坐了一会儿。然后歇洛克抬眼看着他哥哥。

"采取措施了吗？"他问。

迈克罗夫特从桌上拿起一份《每日新闻》，上面登着一则寻人启事：

> 兹有一位希腊绅士保罗·克莱蒂迪斯，从雅典来此，不通英语，现下落不明。另有一位希腊女士名索菲，亦同时失踪。有知情者请联系X 2473，定当重谢。

"这则启事在所有日报上都登了。还没有回音。"

"希腊公使馆那边呢？"

"问过了。他们也毫不知情。"

"那就发电报给雅典警察总部。"

"歇洛克是我们家精力最充沛的，"迈克罗夫特转向我说了一句。

1 旺兹沃思：英国英格兰东南部城市，位于大伦敦郡的西南部。

2 公地：指城镇附近的公共草地。

“那好，这件事交给你全权处理，有了进展告诉我。”

“当然，”我的朋友从椅子上站起来回答说。“我会告诉你，也会通知梅拉斯先生的。梅拉斯先生，我要是您，这段时间里肯定会小心防备，因为，他们自然已经看到了这则启事，知道您背叛了他们。”

我们一起走回家去，半路上福尔摩斯在一家电报局停下来发了几封电报。

“你看，华生，”他说，“今晚我们算是不虚此行，我那几件最有意思的案子都是这么从迈克罗夫特那儿接手过来的。我们刚才听到的这件案子，虽说只有一种可能的解释，却颇有一些跟其他案子很不相同的特点。”

“你觉得破案希望大吗？”

“喔，我们已经知道了这么多情况，如果还发现不了其余的线索，那就真有点奇怪了。想必你对刚才听到的那件事已经有自己的看法了吧。”

“大致有一点。”

“说说看，你是怎么想的？”

“依我看，很明显这个希腊姑娘是被那个叫哈罗德·拉蒂默的年轻英国人拐骗的。”

“从哪里拐骗的呢？”

“也许是从雅典。”

歇洛克·福尔摩斯摇头。“这个年轻人一句希腊语都不会说。那个女士英语已经说得不错。由此可以推断，她来英国有些日子了，而他从未去过希腊。”

“好吧，估计她是来英国旅游的，而这个哈罗德说服了她一起私奔。”

“这个可能性大些。”

“于是她的哥哥——我想他们俩一定是兄妹关系——从希腊赶来这里干预此事，结果不小心落入了那个年轻人和他那个年长的同伙手里。

他们扣押了他，还对他使用了暴力，目的是想逼迫他签署文件，将姑娘的财产——他可能是她的财产托管人——转到他们名下。他拒绝这么做。为了方便跟他谈判，他们得找个翻译，起先找了别人，后来选中了梅拉斯先生。他们没告诉那姑娘她哥哥也来了，她发现这点纯属偶然。”

“好极了，华生！”福尔摩斯大声说，“我相信你说得八九不离十。你看，我们已经胜券在握，现在就怕这些人可能会狗急跳墙。只要赶在他们前面，我们一定能逮住他们。”

“怎么去找到这所房子呢？”

“哦，假如我们的推测没有问题，姑娘的姓名应该是，或者曾经是索菲·克莱蒂迪斯，要追踪到她应该不难。找到她是我们的希望所在，因为这里显然没有人认识她哥哥。很清楚，哈罗德勾引这个姑娘有些日子了——至少有几个星期——因为她远在希腊的哥哥，先要听说这件事，再大老远地赶过来，得费不少时日。只要这段时间里他们没换住处，很可能会有人回应迈克罗夫特的那则寻人启事。”

我们一路说着，不知不觉回到了我们在贝克街的寓所。上楼时，福尔摩斯走在头里，他打开房门时突然吃了一惊。我从他的肩头望去，同样感到十分惊讶。房间里，他哥哥迈克罗夫特正坐在扶手椅里抽雪茄。

“请进，歇洛克！请进，先生，”看到我们惊讶的表情，他淡淡一笑，平静地说。“没想到我也会这么精力充沛，是吧，歇洛克？但不知怎么搞的，这件案子让我感兴趣起来了。”

“你怎么来的？”

“我坐马车，赶到了你们前面。”

“事情有新进展了？”

“我那则寻人启事有回音了。”

“哦！”

“是的，你们离开没几分钟就收到了。”

“上面怎么说？”

迈克罗夫特·福尔摩斯取出一张纸。

“在这儿，”他说，“信是用扁头钢笔写在淡黄色印刷纸上的，写信的是个体质虚弱的中年男人。我念一下吧。

“先生：

从报上看到您的寻人启事，我对您寻找的年轻女士的情况十分了解，若您不介意来我住处，我会将该女士的悲惨遭遇详细告知。目前她住在贝肯纳姆的默特尔斯公寓。

J·达文波特　敬启

“信是从下布里克斯顿寄出的，”迈克罗夫特·福尔摩斯说，“歇洛克，我们要不要现在就去找他，了解一下详细情况？”

“我亲爱的迈克罗夫特，哥哥的性命远比妹妹的境遇来得重要。我想我们应该去苏格兰场找格雷格森警长，然后一起直接去贝肯纳姆。要知道，有个人正危在旦夕，每小时都可能生死攸关。”

“最好顺道把梅拉斯先生也叫上，”我建议说，“我们可能需要翻译。”

“对极了，”歇洛克·福尔摩斯说，“让仆人出去叫一辆四轮出租马车，我们立刻动身。”他边说边打开书桌抽屉，我注意到他悄悄将左轮手枪放进口袋。“没错，”他见我看着他，便说，“我得说，从了解的情况看，我们在跟一个特别危险的犯罪团伙打交道。”

我们赶到珀尔摩尔街梅拉斯先生家时，天色已经擦黑。有位绅士刚刚来他家里把他接走了。

“请问他去哪儿了？”迈克罗夫特·福尔摩斯问道。

“我不知道，先生，”开门的女士回答说，“只知道他跟这位先生坐马车走了。”

“这位先生说了自己的姓名吗？”

“没有，先生。”

“是不是一个高大英俊、肤色黑黑的年轻人？”

“哦，不是的，先生。这位先生个子不高，脸瘦瘦的，戴副眼镜，看上去很和气，说话时一直在笑。”

“快走！”歇洛克·福尔摩斯猛地喊道，“事态严重了，”在赶往苏格兰场的路上他说道，“梅拉斯又落到这帮人手里了。他不是个真有胆量的人，这一点他们那天晚上跟他打过交道之后，就已经清楚了。那个坏蛋只要往他跟前一站，就能把他镇住。他们当然还是要他去做翻译；但用完他以后，他们很可能会为了惩戒他的所谓背叛行为而对他下毒手。”

我们原来打算乘火车，这样可以在马车之前或跟马车同时赶到贝肯纳姆。然而，到了苏格兰场，我们花了一个多小时才找到格雷格森警长并办妥获准进入私宅的相关手续。我们四个人九点三刻赶到伦敦桥车站，再坐火车赶到贝肯纳姆车站时，已经过十点半了。我们又乘马车赶了半英里路，总算到了默特尔斯公寓。这是一幢阴沉沉的大宅子，独门独院，背靠大路。我们打发走马车，一起沿着车道往前走去。

“窗户都没亮灯，”格雷格森警长说，“看来这所房子里没人居住。”

“鸟儿已飞走，只剩下空巢了，”福尔摩斯说。

“为什么这么说？”

“一辆满载行李的四轮马车离开这里还不到一个小时。”

格雷格森警长笑了起来。“我在门口的灯光下看到了那些车辙，可那些行李又是从何说起呢？”

“您注意到的可能是同一辆车方向朝里的车辙。但往外的那两道车辙非常深——根据车辙的深度，我们可以肯定地说，这辆四轮马车的载重绝对不轻。”

“这点细节，您比我看得仔细，”格雷格森警长耸耸肩说，“这扇大门不太容易撞开，不过如果实在敲不开门，我们只好试一下了。”

格雷格森警长大声拍打门环，拉门铃，都没人应答。福尔摩斯刚才走开了一会，这时回来了。

“我把一扇窗打开了，”他说道。

“幸好您是我们自己人，而不是警方的对手，福尔摩斯先生，”格雷格森警长注意到我的朋友挑开窗钩的手法非常巧妙，不由得说了这么一句。“好吧，既然如此，我们可以不请而入了。”

我们从窗户鱼贯而入，进了一个大房间。显而易见，这正是梅拉斯先生来过的那间房间。格雷格森警长点亮提灯，就着提灯的光亮，我们看到那两扇房门、窗帘、吊灯和那副日本武士铠甲，都跟梅拉斯描述的一模一样。桌上放着两个玻璃杯，一个空白兰地酒瓶，还有一些残羹剩菜。

“那是什么声音？”突然，福尔摩斯问道。

我们都停下脚步，侧耳静听。头顶上方传来一声低沉的呻吟。福尔摩斯冲出房门进入大厅。凄切的声音是从楼上传来的。他快步跑上楼梯，警长和我紧随其后，他哥哥迈克罗夫特也挺着庞大的身躯勉力跟在后面。

我们跑上三楼，迎面看到三扇房门，声音是从中间那扇门里发出来的，时而低沉含混，时而变成尖厉的哀叫。房门是锁上的，但钥匙插在外面的门把手上。福尔摩斯迅速打开门冲进房间，但旋即用手按着喉咙，退出门外。

“里面在烧炭！”他大声说，“等一下。我去把炭盆拿掉。”

我们凝神往里看去，只见昏暗的房间中央，一只三脚黄铜炭盆里闪烁出暗淡的蓝色火焰，在地板上投下一圈铁青色的诡异光影。在光影外的暗处，两个模糊不清的人影蜷伏在墙边。从开着的门里散发出一股难闻的有毒烟雾，呛得我们剧烈咳嗽，透不过气来。福尔摩斯冲上楼顶，吸了一口新鲜空气，然后冲回房间里打开窗户，用力把黄铜炭盆扔进楼下的花园。

“一会儿就可以进去了，”他喘着气说，再次奔出房间。“哪里有蜡烛？房间里空气这么缺，估计火柴也划不着。迈克罗夫特，你拿着灯站在门口，我们进去把他们弄出来。快！”

我们一拥而入，冲向那两个中毒倒地的人，把他们拖出房间，放倒在点着灯的大厅里。两个人都嘴唇发紫，毫无知觉，面部肿胀，双眼凸出。这两个人的容貌失真得如此厉害，要不是那黑色的胡须和壮实的身型，我们还真认不出其中一个人就是几小时前才跟我们在第欧根尼俱乐部分手的希腊译员。他的手脚都被紧紧绑着，一只眼睛上有遭到重击的痕迹。另外那个人个子较高，瘦得不成样子，也被绑得结结实实，脸上横七竖八地贴满胶布。我们把他放下时，他已经没了声息，我一眼看出，他已经没救了。但梅拉斯先生总算还活着，不到一个小时，借助于阿摩尼亚和白兰地酒，我总算欣慰地看到他睁开眼睛，得知我刚把他从死亡的深渊中拉了回来。

梅拉斯只能简短地讲述事情的经过，他所讲的证实了我们的推断。他的访客一进他房间，就从袖子里抽出棍子，威胁他说，如若不从，立刻打死他，就这样第二次绑架了他。那个咯咯干笑的恶棍的淫威，对这个不幸的译员产生的影响，确实是难以摆脱的，在叙述过程中一提到此人，他就会双手颤抖，脸色发白。他很快被带到贝肯纳姆，再次担任谈判翻译。比第一次更加出人意料的是，这次两个英国人威胁那个被他们羁押的人说，如果他再不按他们的要求做，就立刻处死他。最终，眼看他宁死不肯就范，他们只好把他扔回囚室。他们对梅拉斯大加叱责，斥骂他在报上登载寻人启事出卖他们，随后一棍子把他打得昏死过去。后来我们救醒了他。

这就是希腊译员的奇案，这件案子里至今仍有未解之谜。我们联系了回应寻人启事的绅士，从他那里得知，那个不幸的年轻女子出生于一个富裕的希腊家庭，来英国访友时邂逅一个名叫哈罗德·拉蒂默的年轻男子，落入他的圈套，结果被他诱骗私奔。她那些朋友觉得事关重大，便通知了她远在雅典的哥哥，然后摆脱了干系，不再过问此事。她哥哥也太不谨慎，一到英国就落入拉蒂默和他的同伙之手。那个名叫威尔逊·肯普的同伙,是一个劣迹斑斑的恶棍。这两个人发现他语言不通,在这里举目无亲,就肆无忌惮地将他羁押起来,试图通过虐待和饥饿胁迫他签署文件,放弃自己和妹妹的财产。他们居然在姑娘眼皮底下把他关在那所房子里,为了防备万一被她撞见时认出来,他们在他脸上贴满胶布。但凭着女性特有的敏感,她在梅拉斯在场的那天第一次跟她的哥哥不期而遇,就识破伪装,把她哥哥认了出来。结果,可怜的姑娘自己也成了囚犯。那所大宅里除了那个充当车夫的男人和他的妻子以外空无一人,那两个人都是罪犯的帮凶。当察觉到阴谋败露,而囚犯始终不肯屈从时,这两个恶棍就在他们租住的带全套家具的房子租期届满前几个小时,带着姑娘逃走了。临走前他们对那两个人,一个在他们看来是蔑视他们,另一个在他们眼里是出卖他们的男人,实施了报复。

几个月后,我们收到一则来自布达佩斯的剪报,内容很离奇,说两个英国人携一女子同行,结果酿成悲剧。两人似均被刺身亡,匈牙利警方认为两人系争吵引起搏斗致死。不过我想福尔摩斯对此持有不同看法。直到今天他仍然认为,假如有谁能够找到那个希腊姑娘,他可能就会知道她是怎样为自己和哥哥报仇雪恨的。

海军协定

我结婚没多久，正赶上那个令人难忘的七月。我有幸在那个月里，和歇洛克·福尔摩斯一起参与三起重要案件的侦破工作，并进一步了解他的破案方法。我记录这几个案子的笔记，标题分别是“第二块血迹”、“海军协定”和“疲倦的船长”。其中的第一个案件事关重大，并涉及王国多个最显贵的家族，因此在若干年内是不能公之于众的。然而在福尔摩斯经手的所有案件中，这一案件再清楚不过地显示了他的分析方法的精妙绝伦，并给与他共事的人留下深刻难忘的印象。我至今保存着一份手稿，上面几乎逐字逐句地记录了他向巴黎警署的杜比克先生和但泽著名的刑侦专家弗里茨·冯·沃尔德鲍姆分析整个案情的谈话内容。那两位曾为此案花费不少精力，但事后看来，那些力气都没用在刀口上。好在新世纪即将来临，到那时，讲述这个破案故事当属安全无虞。暂且我还是先来讲第二个案件，这个案件在某一段时间里也曾事关国家利益，其中有几处案情很有特色，使整个案件显得颇为不同寻常。

在学校读书时，我和一个名叫珀西·菲尔普斯的同学交往很密切，他和我年纪相仿，但比我高两级。他是个很优秀的孩子，获得过学校颁发的每一个奖项，并在毕业时以优异成绩赢得奖学金，进入剑桥大学继续深造。我记得他的亲戚很有权势，我们还都是些在一起玩的小男孩时，就知道他的舅舅是保守党的政要霍德赫斯特勋爵。但这种在大人眼里很显赫的亲戚关系，在学校里没让他得到什么好处；我们好像反而更喜欢在操场上追逐他，拿板球门柱[1]敲击他的小腿。但是进入社会以后，情况就不一样了。我曾经从旁听说过他的一些情况，得知他凭自己的能力和家庭的背景，在外交部得到了一个很好的位置，但后来我就差不多完全把他忘了，直到有一天收到下面这封信，才重又想起了他：

沃金，布莱尔布雷

亲爱的华生：

我想您一定还能记起那个“蝌蚪”菲尔普斯，您读三年级时，我在五年级。或许您还听说过，我靠舅舅的关系在外交部谋了个很不错的差事，上司对我非常器重、褒掖有加。但不幸的是，有一天厄运突然降临，毁了我的前程。

这种倒霉事，在信里也不必多写。如果您能答应我的请求，到时我当向您面陈详情。我得脑炎病了九个星期，现在病刚好，人还非常虚弱。不知您是否可以带您的福尔摩斯先生一起来看我？我想听听他对这件事的看法——虽然当局已明确告诉我此案无从措手。请带他过来吧，越快越好。这么提心吊胆地过日子，每一分钟在我看来都像是一个小时。请代我告诉他，我之所以没有更早向他请教，并不是因为我对他的卓异才能有所怀疑，而是由于我受此打击以后，脑子一直处于迷迷糊糊的状态。现在我神志恢复了清醒，但只怕一不小心又会再次犯病。我过于虚弱，还无法执笔，所以您看，这封信是我口述的。务望费心把他带来为盼。

您的老同学　珀西·菲尔普斯

1　板球门柱：板球当时在英国是很风行的运动项目。球门由三根立柱和两根横木构成，其中每根立柱称为wicket。此处的原文即为with a wicket。

读这封信时，其中有一种语调，一种反复恳求我把福尔摩斯带去的、其情可悯的语调，打动了我。感动之余，我暗自心想，即使这是一件很困难的事情，我也要尽力而为；不过当然，我很清楚福尔摩斯深爱自己从事的工作，但凡有人慕名找到他，求助于他，他总是随时准备施以援手的。我妻子同意我的看法，就是一刻也不能耽误，必须马上去把事情告诉福尔摩斯。于是，我赶在往日我们用早餐的时间，回到了当年贝克街的住处。

福尔摩斯穿着晨衣坐在靠墙的小桌跟前，专心地在做一项化学实验。一只大号的曲颈瓶正在本生灯蓝荧荧的火焰上烧着，里面的液体沸腾冒汽，蒸馏出来滴入一个两升大小的容器里。我走进房间时，他连头也没抬一下，我明白他的实验一定很重要，就找了一张扶手椅坐下等他。他看看这个瓶子，又看看那个瓶子，用玻璃吸管从每个瓶子里吸出几滴液体，最后用左手捏住装着溶液的试管。他的右手拿着一条石蕊试纸。

“你来得正好，华生，”他说。“如果试纸仍然是蓝色，那就没事。如果变红，那就是人命攸关。”他把试纸浸入试管，顷刻间试纸变成混浊的暗红色。“嗬！果然不出我的所料！”他大声说，“请稍等片刻，华生，我马上就来。烟丝在波斯拖鞋里，你自己拿。”他转身在写字台前坐下，匆匆拟了几封电报稿，交给跑腿的年轻男仆。然后他坐到我对面，曲起双膝，双手指尖搭住，搂紧瘦长的小腿。

“一起普普通通的凶杀案，”他说，“你带来的案子想必会有意思些。你是在暴风雨中掠过凶案之海的海燕，华生。是怎么回事？”

我把那封信递给他，他聚精会神地看了一遍。

“信上没提供多少信息，是吗？”他说着，把信交还给我。

“是，几乎没什么信息。”

“笔迹倒很有意思。”

“那不是他自己写的。”

“没错。那是一个女人写的。”

“怎么会！是男人的笔迹嘛。”我大声说。

“不，是女人的；而且是个性很不一般的女人。你看，对案子的调查刚开始，我们就了解到你的委托人跟某人关系很密切，而此人——不管这是好是坏——个性与众不同。这个案子已经让我感兴趣了。你如果可以出发的话，我们马上去沃金会会处境糟糕的外交官，还有那位为他代笔的女士。”

我们运气不错，在滑铁卢车站刚好赶上一趟早班火车。不到一小时，我们就置身于沃金的冷杉树林和开着欧石楠花的灌木丛中了。所谓布莱尔布雷，原来是一座大宅子，孤零零地坐落在一片开阔的坡地上，离车站只有几分钟的步行路程。我们递交名片后，被引进一间布置得很雅致的客厅，几分钟过后，一个矮矮胖胖的男子出来，很客气地接待我们。他看上去有三十好几近四十岁了，但双颊还是那么红润，目光中还是透着兴高采烈的劲儿，所以给人的印象仍然是一个长得圆滚滚的淘气的大男孩。

“很高兴你们能来，”他说着，热情地和我俩一一握手。“珀西早晨一个劲地在问你们什么时候能到。哎，我可怜的小老弟，他现在是有一线希望也要抓住呵。他的父母要我来迎候你们，一提起这件事他们就伤心不已。”

“我们还不了解详情，”福尔摩斯说，“我看您不是这个家庭的成员吧。”

我们的新相识露出惊讶的神色，然后低头瞧了一眼，放声笑了起来。

“可不是，您瞧见项链坠盒上的花体字母 J.H.了，”他说，“刚才我还真以为您聪明过人呢。约瑟夫·哈里森是我的名字，珀西很快就要娶我的妹妹做妻子，所以我至少算得上是姻亲。我妹妹在珀西的房间里，你们一会儿能见到她，这两个星期来，她一直在无微不至地照料珀西的饮食起居。也许，我们不如这就过去吧，我知道珀西早就等得心焦了。”

我们被领进去的那个房间，和客厅同在底楼。里面的布置，介于起居室和卧室之间，随处可见摆放得很雅致的鲜花。一个年轻男子，脸色苍白，神情疲惫，躺在靠窗的长沙发上，从打开的窗户里传来花园浓郁的花香和夏日清新的空气。一个女子坐在他身旁，我们进去时，她立起身来。

“我要出去吗，珀西？”她问道。

他抓住她的手，把她留下。“你好吗，华生？”他亲切地说，“你留了小胡子，我真要认不出你了，我敢说你多半也认不出我了。这位，我想就是你大名鼎鼎的朋友歇洛克·福尔摩斯先生咯？”

我简单介绍了一下他，两人一起坐下。那个胖胖的年轻男子离开了，但他的妹妹仍留在那儿，手握在病人的手里。她是个让人看上一眼就不会忘记的女人，身材略显矮胖，不够匀称，但有着美丽的橄榄色的皮肤、意大利人深黑的眼睛，一头秀发又密又黑。她那同伴苍白的脸，在她的容光焕发相形之下，越发显得疲惫憔悴。

“我不想浪费二位的时间，”珀西在沙发上坐起身来说，“就不说开场白，直接说事了。我曾经是个幸福、成功的男人，福尔摩斯先生，没多久我就要结婚了，可是这场飞来横祸毁了我的一切。

“华生可能已经告诉过您，我在外交部里，凭借我舅舅霍德赫斯特勋爵的影响，很快升迁到了一个要职。舅舅出任本届政府的外交大臣以后，曾交由我执行几项机密使命，我每次都出色完成了任务，从此他认为我干练机敏，对我备加信任。

“大约十个星期前——确切地说，是在五月二十三日——他把我叫到他的私人办公室，对我前期的工作表现称赞几句以后，正色告诉我，有一项新的重要使命要我去执行。

“‘这个，’他从书桌里拿出一个灰色纸卷说，‘是英国和意大利的一个秘密协定的原件，关于这个协定，我不得不遗憾地说，报界已有一些传闻。杜绝进一步的消息泄露至关重要。法国和俄国的大使馆都不惜重金想获悉文件的内容。要不是眼下必须备一份副本，我是绝不会把它

拿出来的。您办公室的桌子是可以上锁的吗？’

“‘是的，先生。’

“‘那您就把这份协定放进办公桌里锁上。我的意思是，您可以在同事们下班后，留在办公室里抄写文件，这样就不用担心文件的内容被人看见了。抄完以后，把原件和副本都锁进办公桌，然后在明天早晨当面交给我。’

“我接过文件，然后——”

“对不起，打断一下，”福尔摩斯说，“谈话是单独和您进行的吗？”

“一点没错。”

“在一个大房间里？”

“三十英尺见方吧。”

“在房间中央？”

“是的，大致是中央。”

“说话声音很轻？”

“我舅舅的声音向来很低沉。我几乎没说什么话。”

“谢谢，”福尔摩斯说着，闭上了眼睛，“请往下说。”

“我严格按照他的指示，要先等别的同事都离开办公室。有个叫夏尔·戈洛的同事的工作没做完，我只好让他留在办公室，自己先出去吃晚饭。我回到办公室，他已经走了。我急于把活儿干完，因为我知道约瑟夫——就是你们刚才见到的哈里森先生——此刻在城里，要乘十一点的火车回沃金，我想尽可能赶上这班火车。

“我拿出这份协定一看，立时明白它确实极其重要，我舅舅所说没有丝毫的夸大其词。撇下条款的细节不说，我可以告诉你们的是，这份协定阐明了大不列颠王国对待三国同盟的原则立场，并确定了一旦法国舰队在地中海对意大利舰队占有绝对优势时，王国将会采取的对策。其中涉及的问题，纯属海军方面。末尾有高层决策人士的签名。我匆匆看了一遍，就开始动手抄写文件。

“文件很长，是用法语写的，一共有二十六项条款。我尽力抄得快些，但到九点钟还只抄了九个条款，看来要想赶上那趟火车是没有希望了。白天工作时间很长，晚饭又吃得很饱，我渐渐感觉到倦意袭来，人变得昏昏沉沉的。我想，喝杯咖啡会让头脑清醒一些。有个看门人在楼梯下面的小门房里通宵值班，平时有谁加班要喝咖啡，就让他在酒精灯上给煮一杯。于是，我拉铃招呼他上来。

“让我感到惊讶的是，上来的是个女人，她长得高头大马，容貌粗鲁，上了年岁，系着一条围裙。她解释说，她是看门人的老婆，在这儿干杂活。我就吩咐她送杯咖啡上来。

“我又抄了两个条款，觉得倦意越发浓了，就起身在房间里来回走动，舒展一下腿脚。咖啡还没送来，我挺纳闷这到底是什么原因。我打开门，顺走廊走去，想看看是怎么回事。从我的办公室出来，是一条笔直的过道，灯光昏暗。这条过道是办公室的唯一出口，它通往一座拐弯的楼梯，再往前又有一条过道，尽头就是看门人的小房间。楼梯半腰处，有个小小的平台，另有一条与楼梯垂直的过道，从平台通往另一座小楼梯，然后直达供仆役进出的边门，我和同事从查尔斯街进办公室，也可以走这条近路。这就是大楼的示意图。”

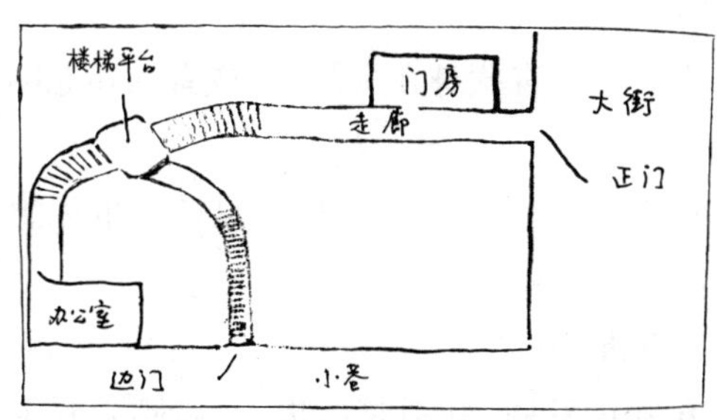

“谢谢。您画得很清楚，”歇洛克·福尔摩斯说。

“请您注意，这一点非常重要。我走下楼梯，来到过道尽头，只见看门人正在门房里呼呼大睡，酒精灯上的水壶突突冒汽，沸水流到了地板上。我伸手想去推醒打鼾的看门人，正在这时，他头顶上方突然铃声大作，他猛地惊醒过来。

"'菲尔普斯先生！'他迷惑地看着我说。

"'我下来看看咖啡有没有煮好。'

"'我正煮水来着，不想就睡着了，先生。'他看看我，又看看仍在晃动的铃，脸上惊愕的表情愈来愈明显。

"'既然您在这儿，先生，那么谁在拉铃呢？'他问。

"'拉铃！'我说，'这是什么铃？'

"'是您办公室的铃。'

"就像有只冰冷的手揪住了我的心。这么说，此刻有人正在办公室里，而那份珍贵的协定就摊在我的桌子上。我发狂似的冲上楼梯，沿过道往前奔。走廊里空无一人，福尔摩斯先生。房间里也没人。所有的东西都跟我离开前一模一样，惟独那份交给我保管的文件，被人从办公桌上拿走了。副本还在，可原件不见了。"

福尔摩斯在椅子上坐直身子，搓着双手。我看得出，这桩案子很对他的胃口。"请往下说，您接下去怎么做呢？"他低声说。

"我立刻意识到，窃贼一定是从边门上楼的。倘若他从正门上楼，我肯定会碰上他。"

"您确信他不会是一直藏身在房间里，或者躲在您刚才说过的灯光昏暗的走廊里吗？"

"这绝对不可能。房间，走廊，都连一只耗子也休想藏身。根本没有地方好躲。"

"谢谢。请往下讲。"

"看门人见我脸色发白，知道是出事了，就跟着我上了楼。我俩沿走廊往前奔，冲下通查尔斯街的陡梯。边门是关上的，但没有上锁。我们推开门冲了出去。我清楚地记得，在这当口邻近的教堂敲了三下钟。是九点三刻。"

“这一点非常重要，”福尔摩斯边说，边记在衬衫袖口上。

“夜色很浓，下着暖暖的细雨。查尔斯街上空无一人，街尽头的白厅街却像往常一样，车辆行人络绎不绝。我俩连帽子也没戴，就那么沿着人行道往前奔，在远处的拐角上看到一个警察站在那儿。

“‘发生盗窃案了，’我气喘吁吁地说，‘一份极其重要的文件，被人从外交部偷走了。刚才有人经过这儿吗？’

“‘我在这儿站了一刻钟，先生，’他说，‘这段时间里只有一个人经过——是个高个子老妇人，围着条佩斯特花呢披巾。’

“‘噢，那是我妻子呗，’看门人大声说，‘没有别人经过？’

“‘没有。’

“‘那么窃贼一定是从另一条路逃走了，’这位老兄拽住我的袖子大声说。

“但我不信他的话，他这么一个劲地要把我拉走，让我起了疑心。

“‘那个女人走的是哪条路？’我大声问。

“‘我不知道，先生。我注意到她经过，可总不能盯着她看吧。她看上去挺匆忙的。’

“‘她走了有多久了？’

“‘哦，就几分钟。’

“‘五分钟？’

“‘嗯，最多五分钟吧。’

“‘您这是在浪费时间，先生，现在的每分钟都很宝贵，’看门人大声说，‘相信我，我那老婆子跟这事没关系，咱们快到街的另一头去看看吧。好吧，要是您不愿意去，我一个人去，’说完他往另一方向奔去。

“我立刻追上去，拉住他的衣袖。

“‘你住哪儿？’我问。

“‘布里克斯顿街艾维巷16号，’他回答说，‘不过请您别再让不相干的事给迷住眼睛了，菲尔普斯先生。咱们快到街的那头去，看看能不

能打听到点什么情况。'

“照他说的做反正也没坏处。我和警察两人就往那头奔去，只见大街上车水马龙，人来人往，但在这么个细雨绵绵的夜晚，人人都行色匆匆，只想早点回家。没人愿意停下脚步，也没人能告诉我们见过有谁经过。

“我们又回到办公室，搜了一通楼梯和过道，但一无所获。房间外的走廊上铺着一种米色的地毡，有脚印的话很容易发现。我们仔仔细细查看了一遍，没有找到脚印。”

“整个晚上都在下雨吗？”

“从七点开始就一直下。”

“那个女人是九点左右到办公室来的，她沾着泥水的鞋子怎么会不留下印迹呢？”

“我很高兴您问到这一点。当时我就想到了。这个打杂女工平时有个习惯，先把鞋子脱在看门人的小屋里，然后换上布拖鞋干活。”

“明白了。这么说，虽然当天晚上下着雨，却没有发现任何脚印？这些情况确实非常有意思。你们接下去怎么做呢？”

“我们又检查了一遍办公室。不可能有暗门，窗户离地足足有三十英尺高。两扇窗都从里面插上了插销。地毯下面不可能有暗道，天花板是常见的白色涂料刷的。我敢用性命担保，偷我文件的家伙一定是从门里进来的。”

“壁炉情况如何？”

“屋里没有壁炉，只有一个暖炉。铃绳系在我办公桌右首的金属丝上。任何人要拉铃，都得先走到办公桌边上。可是要偷文件的人，干吗要拉铃呢？真让人百思不得其解。”

“这事确实有点不同寻常。你们下一步是做什么呢？我想，你们检查了整个房间，看看那位不速之客有没有留下什么蛛丝马迹——烟蒂啦，落下的手套啦，发夹啦，或者别的什么小东西，是吗？”

“什么都没发现。”

“没有烟味？”

“喔，这我们倒没想到。”

“破这类案子时，哪怕只有一丝烟味，也是极有价值的。”

“我自己从不抽烟，所以我想，如果有烟草气味，我应当会注意到的。当时我一点也没闻到。唯一可以确定的事情是，看门人的妻子，那位坦盖太太，出门时非常匆忙。看门人对此无法作出解释，只是说他妻子都是在这个时间回家的。我和那个警察都认为，赶在这个女人把文件出手之前——假定文件真是她偷的——先把她抓起来才是上策。

“这时苏格兰场已接到报警，警探福布斯先生立即赶来，接手这个案子，全力投入侦破工作。我们雇了一辆双座马车，半小时后就找到了看门人给我们的地址。一个年轻女子来开门，问了以后知道她是坦盖太太的大女儿。她母亲还没回来，她让我们等在外面的那个房间。

“大约十分钟后有人敲门，这时我们犯了个严重的错误，为此我一直很自责。我们没有跑上去开门，而是让那姑娘去了。我们听见她说：‘妈妈，有两位先生在屋里等你。’接着马上听见过道里传来奔跑的脚步声。福布斯猛地推开门，我俩冲进后屋，也就是厨房，老妇人已经比我们早到一步。她犟着脖子望着我们，然后突然认出了我，脸上显出无比惊讶的神情。

“‘哎，这不是办公室的菲尔普斯先生吗？’她大声说。

“‘嗨，嗨，你躲得这么快，以为我们是谁了？’我的同伴问道。

“‘我还以为是旧货商呢，’她说，‘我们和一个旧货商有点麻烦。’

“‘你编也没编圆吧，’福布斯说，‘我们有理由相信，你从外交部拿走了一份机密文件，跑到这儿来处理它。你得跟我们去苏格兰场接受检查。’

“她声辩、反抗，都毫无用处。我们叫来一辆四轮马车，三人坐上车，一起去苏格兰场。在这以前，我们检查了厨房，尤其是炉灶，看看她有没有趁刚才独自一人的时候，把文件处理掉。不过，没发现一点纸灰或碎屑。我们到了苏格兰场，马上把她交给女警员去搜身。我悬着一颗心，焦急地等待结果。结果是，没有找到文件。

“这时，我第一次整个身心都感受到了处境的可怕。在这以前我一直在行动，行动麻痹了思想。我毫不怀疑协定很快就能找到，根本没时间去想一下，万一找不到会有怎样的后果。但现在再没什么事要做了，我反而有空来考虑自己的处境了。处境可怕极了！华生也许告诉过您，我在念书的时候是个容易激动的、很敏感的孩子。我的性格就是这样。我想到的是我的舅舅和他在内阁的同僚，是我给他、给我自己和每个亲友带来的耻辱。我个人成为一桩离奇的意外事件的牺牲品，那算得了什么？可是外交利益事关重大，不允许有半点差池。我不知道自己做了些什么。我想我一定是当众大闹了一场。我模模糊糊地记得，当时有一群同事围着我，让我平静下来。有个同事雇车陪我到滑铁卢车站，把我送上去沃金的火车。我相信要不是在车站遇见我的邻居费里尔医生，得知他也乘这班车，那位同事会一直把我送到家里。医生一路上对我照顾很周到，也多亏他这么照顾我，要不然，在火车站就昏厥过一次的我，还没到家就会是个满嘴胡话的疯子了。

“你们可以想象，当医生拉铃把大家唤醒，他们看见我那副模样的时候，这儿是怎样的景象。可怜的安妮和我母亲心都碎了。费里尔医生把他在火车站听说的情况，给大家讲了一遍，但这并不能缓解我家人的忧虑。在他们眼里，我的病显然不是一时半会好得了的，于是约瑟夫被要求搬出这间温馨的卧室，这儿变成了我的病房。福尔摩斯先生，我在这儿昏昏沉沉地躺了九个星期，生了脑炎，老说胡话。要不是有哈里森小姐在这儿，要不是有医生给我治疗，我现在是不可能和你们说话的。白天由哈里森小姐陪伴我，夜里雇了个护士照看我，因为在我疯病发作的时候，我什么事都做得出来。我的理智慢慢地清醒起来，但记忆直到三天前才完全恢复。有时我真希望它永远别恢复。我做的第一件事就是给福布斯先生发电报，这个案子是他在经办。他明确地告诉我说，虽然该做的事都做了，可是没有发现任何线索。对看门人和他的妻子，又仔仔细细进行了检查，结果仍是一无所获。警方的怀疑对象转到了年轻的戈洛身上，你们想必还记得，当天晚上他下班后还在办公室待了一段时间。诚然，他的可疑之处无非就是两点，一是他下班后没马上离开，二是他有个法国人的姓；但事实上，我是等他走了以后才开始抄文件的，而他虽然有祖上胡格诺教徒的血统，但就情感取向和传统观念而言，却是和你我一样不折不扣的英国人。对他的调查没有发现任何问题，这个案子就此搁浅了。福尔摩斯先生，我把最后的希望都放在您身上了。如果您也帮不了我，那么我不仅要失去我的职位，而且会名誉扫地，再也抬不起头来。”

这番长长的叙述，使病人精疲力竭，他往后靠在软垫上，护士倒了一杯镇静剂让他服下。福尔摩斯静静地坐着，头往后仰，双眼闭上，这在陌生人看来似乎是倦态，但我知道这表明他正在专心致志地紧张思考。

“您的讲述非常清楚，”他终于开口说，“我已经没有多少问题要问了。不过，有一个问题还是非常重要的，那就是您要执行特殊任务这件事，您有没有告诉过别人？”

“没有。”

“比如说，连哈里森小姐也没有？”

“没有。在接受指令到执行任务的这段时间里，我没有回过沃金。”

“您身边的人当中，有谁碰巧去看过您吗？”

“没有。”

“其中有人知道怎么去您办公室吗？”

“噢，是的；我都告诉过他们。”

“好吧，既然您对谁也没提起过这份协定的事，那么问这些问题当然就是多余的了。”

“我对谁也没提起过。”

“您对那个看门人有所了解吗？”

"几乎完全不了解，只知道他是个老兵。"

"哪支部队的？"

"噢，听说是——科尔斯特里姆近卫团。"

"谢谢。有些细节，我可以问福布斯。警方在搜集信息方面，是非常出色的，只不过他们不太善于利用这些信息。哦，瞧这蔷薇多可爱！"

他在长沙发旁边走过，从开着的窗户探手摘下一朵茎秆下垂的百叶蔷薇，欣赏着红花绿叶精巧的搭配。对我而言，这是他性格中的一个新的侧面，我以前从没见过他对自然界的事物表现出如此浓烈的兴趣。

"再也没有比宗教信仰更需要用到演绎法的领域了，"他背靠着百叶窗说，"借助于推理的手段，宗教可以成为一门精确的科学。我们相信上帝至善至美、无所不能，这种根深蒂固的信念，在我看来可以归结到这些花儿身上。所有其他的东西，我们的体能和才智，我们的欲念，我们的食物，都是生存所不可或缺的。但是这朵蔷薇是个附加的东西。它不是生活的必需品，但是它的色泽和芳香使生活变得更精致。而附加的精致只能来自至善至美的源头，所以我重申一遍，这些花儿给了我们无尽的希望。"

在福尔摩斯发表这通宏论的当口，珀西·菲尔普斯和哈里森小姐都望着他，脸上流露出惊奇和极度失望的表情。福尔摩斯手拈蔷薇，沉浸在一种遐想的状态之中。这样过了好几分钟，年轻女士的提问才把他从这种状态中唤了回来。

"依您看，这个疑案有望破解吗，福尔摩斯先生？"她问道，声音中带有一丝愠意。

"喔，这个疑案！"他愣了一下才回到了现实生活中，回答说，"呣，要说这个案子既不复杂也不难破，那未免有些矫情；不过我可以向您承诺，我会深入调查案情，事情一有眉目就告诉您。"

"您有线索了吗？"

"你们已经给我提供了七条线索，不过当然，它们是否有价值还有待检验。”

“您有怀疑的对象了？”

“我怀疑我自己——”

“怀疑什么？”

“结论下得太快。”

“那就请回伦敦去检验您的结论吧。”

“您这个提议非常棒，哈里森小姐，”福尔摩斯立起身来说，“我看，华生，这确实是最好的办法。请不要抱有不切实际的希望，菲尔普斯先生。事情还有不少缠结的地方。”

“我焦急万分地等待再次见到您，”外交官大声说。

“好吧，明天我还是乘这班火车过来，虽然未必能带来什么新消息。”

“您答应来，真是太好了，”我们的委托人大声说，“让我知道事情正在进展，我的生命才能有新的活力。噢，对了，我收到霍德赫斯特勋爵的一封信。”

“哈！他怎么说？”

“他的语气有些冷淡，但并不严厉。我想这是因为我病得很重，所以他才不忍心那么做。他重申这份文件事关重大，还说目前已无办法保住我的前程——他的意思当然是说我会被免职——只有等我恢复健康以后，再找机会弥补我的过失了。”

“呣，他说得很在理，也很得体，”福尔摩斯说，“我们走吧，华生，城里还有一整天的活儿等着我们干呢。”

约瑟夫·哈里森先生用马车把我们送到火车站，不一会儿，我俩就坐上了一辆从朴茨茅斯开来的列车。福尔摩斯陷入了沉思，一路上缄默无语，直到车过克拉彭枢纽站时，才开口说：

“从一条加高的轨道驶进伦敦，让你可以俯瞰这样的一些房屋，可真是一件赏心乐事。”

我还以为他在开玩笑，因为下方的景观实在又脏又乱、不堪入目，但他接下去解释说：

“瞧这一簇簇矗立在板岩之上、大而分散的建筑群，它们就像一片铅灰色大海中的红砖之岛。”

“那是些寄宿学校。”

“那是灯塔，老弟！是照亮未来的航标！是蓄满成百上千颗闪光的种子的孢囊，有一天这些小小的种子会绽芽开花，为未来的英国结出更睿智、更强壮的果实。我想这个菲尔普斯没有喝酒吧？”

“我想没有。”

“我也这么想。不过我们必须把每种可能都考虑在内。这个可怜的家伙真是落在水里快要没顶了，现在的问题是我们能不能把他救上岸。您对哈里森小姐印象如何？”

“一个个性很强的姑娘。”

“没错，不过要是我没看走眼的话，她是个好人。她和她哥哥是诺森伯兰附近一个铁器制造商的孩子，就兄妹俩。菲尔普斯在去年冬天的旅行途中，和她订了婚，她由哥哥陪同，前来拜访菲尔普斯的家人，正好碰上了这么件大事，就留下来照顾她的爱人，那位哥哥约瑟夫呢，觉得在这儿挺舒服的，也就待了下来。你看，我私下里已经作了一些调查。而今天的正式调查，少不得也得花上一整天。”

“我的诊所——”我开口说。

“噢，要是你觉得你的事情比我的更有趣——”福尔摩斯截住我的话头说，颇有点声色俱厉的意味。

“我是想说，我的诊所停个一两天没关系，反正现在是一年当中的淡季。”

“太好了！”他恢复了好心情，大声说道。“那我们就一起来看看接下去怎么做吧。我想我们应该去找一下福布斯。他也许能把我们想了解的细节都告诉我们，那样我们就知道破案该从哪个方向着手了。”

“您说过已经有线索了。”

“嗯，是有几个线索，但必须通过进一步调查，才能检验它们有没有价值。没有犯罪动机的案件，是最难侦破的。这个案子的作案人，并不是没有犯罪动机的。有哪些人可能从中得益呢？有法国大使馆，有俄国大使馆，有可能将文件卖给这两个大使馆的任何人，还有霍德赫斯特勋爵。”

“霍德赫斯特勋爵！”

“唔，我们不难想象，当一个政客处于某种尴尬的境地时，他是会不惜让这样一份文件毁于一旦的。”

“声誉卓著的霍德赫斯特勋爵不是这样的政客。”

“这只是一种设想，不能排除这种可能性。我们今天就要去见这位尊贵的勋爵，看看他能否提供一些新的情况。与此同时，我已经启动了案件调查的程序。”

“已经启动？”

“是的，我在沃金车站给伦敦的各家晚报发了一则启事，今晚就会见报。”

他递过来一张从记事本上撕下的纸。上面用铅笔写着：

赏金十镑。——查询出租马车车号，该车曾于五月二十三日晚九时三刻载送一名乘客至查尔斯街外交部门口或附近。知情者请与贝克街221号B座联系。

“你能肯定窃贼是乘出租马车来的？”

“即便不是，也没关系。但如果情况确实像菲尔普斯先生说的那样，在房间和走廊里都没有藏身的地方，那么此人必定是从外面进来的。他在一个下雨的夜晚从外面进来，而他们在他刚走几分钟后就检查了走廊的地毯，却并没有发现任何潮湿的鞋印，这就说明他极有可能是乘出租马车来的。是的，我想我们可以很有把握地推断说，他是乘出租马车来的。”

“倒也言之有理。”

“这就是我所说的线索之一。顺着这个线索可以继续往前走。另外，当然，还有那个铃——这是此案最不寻常之处。铃声为什么会响？是窃贼虚张声势有意拉的铃？还是有人和窃贼在一起，为了阻止窃贼作案拉的铃？或者只是出于偶然？或者——”他又陷入适才那种专心致志、缄默不语的沉思状态。作为一个熟悉他的脾性的朋友，我感觉到他脑海中正冒出某个新的想法。

到站时已经三点二十分，我们在车站餐室匆匆吃了午饭，立刻赶往苏格兰场。福尔摩斯发过电报给福布斯，此刻只见他在那儿等着我们：他是个面相狡黠的小个子，神情机警而不友好。他对我们抱一种很明显的冷淡态度，听说我们的来意后表情越发显得严峻。

“我此前听说过您的破案方法，福尔摩斯先生，”他尖刻地说。“您先等警方提供足够的信息为您所用，然后出手一举破案，让警方脸上无光。”

“恰恰相反，”福尔摩斯说，“我最近侦破的五十三起案件中，只有四起提及我的名字，警方把另外四十九起的功劳都记在他们名下。我并不怪您不了解这个情况，您还年轻，阅历不够；但您倘若想在新接手的案子中有所长进的话，就该跟我携手合作，而不是跟我对着干。”

“如蒙赐教，略加指点，我不胜荣幸之至，”这位警探说，态度完全变了。“我侦办此案以来，确实进展乏善可陈。”

“您采取了哪些措施？”

“坦盖，那个看门人，始终处于监控之中。他离开近卫团时，评语上写得很不错，我们没有在他身上发现任何问题。不过他的妻子不是个善茬儿。我想她应该知道更多内情，只是装作不知道而已。”

“对她也布控了？”

“我派了一名女警员跟踪她。坦盖太太爱喝酒，有两次这个女警员趁她喝得兴起，陪着她一起喝，可还是没从她嘴里套出一句话来。”

“我听说有时旧货商会去他们家催债？”

“没错，可是他们已经把欠债还了。”

“钱是从哪儿来的？”

“来路没有问题。看门人领了年金；他们家没有任何突然有钱的迹象。”

“菲尔普斯先生拉铃要咖啡，结果是她上去的，对此她作何解释？”

“她说她丈夫很累，她想让他歇会儿。”

“唔，这跟稍后菲尔普斯先生看见他在椅子里睡着的情况，倒是吻合的。这么说来，除了那女的品行有亏以外，在他俩身上没有任何问题。您问过她那天晚上为什么走得那么匆忙吗？那副急匆匆的模样，引起过警察的注意。”

“她走得比平时晚了些，想快点赶回家。”

“那您有没有提醒她，您和菲尔普斯先生至少比她晚动身二十分钟，却比她先到她家。”

“她解释说，她乘的是公共马车，我们乘的是双座马车。”

“她有没有说清楚，为什么她一进屋子，就直奔后面的厨房？”

“因为要还旧货商的钱放在那儿。”

“她倒都能有个说法。您有没有问她，从大楼出来，碰到过，或者说见到过有人在查尔斯街上转悠吗？”

“她说，除了那个警察，她谁也没看见。”

“好吧，看来您对她的盘问相当仔细。您还做了些什么工作？”

“那个办事员戈洛，这九个星期来我们一直在对他监控，可是没有任何结果。从他身上没能发现任何问题。”

“还有吗？”

“嗯，没有什么别的事可做了——一点可用作证据的线索都没有。”

“铃为什么会响这个问题，您认真考虑过吗？”

"嗯,我得承认,这个问题把我难住了。不管这人是谁,他可真够冷血的,作案还要这么发警告。"

"对,这事做得很奇怪。非常感谢您告诉了我这些情况。哪天我可以把此人交到您手里了,您会接到我的电报的。我们走吧,华生!"

"我们这是去哪儿?"走出办公室后,我问道。

"我们现在去拜会霍德赫斯特勋爵,内阁大臣,未来的英国首相。"

我们运气不错,霍德赫斯特勋爵还在唐宁街的官邸里,福尔摩斯递进名片后,他即刻接见我们。这位政坛人物以他素来为人称道的老派礼貌迎候我们,请我俩在壁炉两旁考究而舒适的椅子上落座。他站在我俩中间的小地毯上,身材修长,脸部轮廓分明,显得很有决断,卷曲的头发过早地有了白发。他整个人看上去气度不凡,是那种真正显贵的大人物。

"久闻您的大名,福尔摩斯先生,"他笑着说,"所以,当然我不能说对您的来意一无所知。外交部能引起您的注意,只有一种情况,那就是这里出了事。能否问一下,您是受谁的委托前来办案的?"

"受珀西·菲尔普斯先生委托,"福尔摩斯答道。

"噢,我那不幸的外甥!您想必能理解,正因为有亲戚关系,我就更不能对他有丝毫的包庇。我担心这件事会无可挽回地对他的前程有不利的影响。"

"那要是文件找回来了呢?"

"哦,那当然情况不同了。"

"我有一两个问题要请问,霍德赫斯特勋爵。"

"我很乐于在我所能回答的范围内,为您提供任何信息。"

"您是在这个房间里下达抄写文件的指令的?"

"是的。"

"这就是说,几乎没有被人偷听的可能?"

"绝无可能。"

“您有没有对任何人提起过，您要把这份协定抄录一个副本？”

“没有。”

“这一点您能确定？”

“确定。”

“那好，既然您没有对人说过，菲尔普斯先生也没有对人说过，此外没人知道这件事，那么窃贼进办公室就纯属偶然了。他见到有机可乘，就拿走了文件。”

内阁大臣笑了笑说：“这就不是我能回答的问题了。”

福尔摩斯想了一下。“另外还有一个很重要的问题，我想提出来和您商讨，”他说。“据我看，您担心这份协定的内容一旦泄露，会造成非常严重的后果，是这样吗？”

勋爵富有表情的脸上掠过一丝阴影。“是这样，非常严重。”

“后果已经造成了吗？”

“还没有。”

“假如这份协定已经落到，比如说，法国或俄国外交部的手里，您会得到消息吗？”

“当然会，”霍德赫斯特勋爵愀然作色回答说。

“既然已经过去将近十个星期，而至今毫无动静，那么我们就有理由假设，由于某种原因，协定文件目前还没有落到他们手里。”

霍德赫斯特勋爵耸耸肩膀。

“我们总不见得假设，福尔摩斯先生，窃贼偷走协定是为了装个框挂在墙上吧。”

“也许他是等着卖个好价钱。”

“再等下去，他就根本卖不出价钱了。不出几星期，协定内容就不再是秘密了。”

“这一点至关重要，”福尔摩斯说，“当然，有一种可能是窃贼突然得病——”

“比如说脑炎？”勋爵接口说，迅疾地扫了福尔摩斯一眼。

“我并没有这么说，”福尔摩斯冷静地说。“霍德赫斯特勋爵，我已经占用了您很多宝贵的时间，就此告辞，祝您愉快。”

“祝您早日破案，无论那罪犯是什么人，”这位政坛人物回答着，送我们到门口，欠身作别。

“他很有风度，”我们出门走上白厅街时，福尔摩斯说道，“但为了保住自己的地位，他还要奋斗一番。他谈不上有钱，开销却很大。你也注意到他的鞋底换过了吧？现在，华生，我想不能再耽误你的正常工作了。要是那份关于出租马车的启事再没有回音，我今天就无事可干了。不过要是你明天能陪我乘今天同一班车去沃金，那我不胜感激。”

第二天早晨我们碰面，一起乘火车去沃金。他告诉我，启事还没有回音，案情进展不见起色。也许由于事情未能如愿，他的脸紧绷得像红种印第安人，没有一丝表情。从他的神态我无法判断，他对案子目前的状况究竟是满意还是不满意。我只记得他谈起过贝蒂荣[1]的体征测定法，对这位法国刑侦专家赞赏不已。

只见我们的委托人仍由他忠诚的看护人在照料，但气色看上去比先前好多了。我们进门时，他轻松自如地从沙发上立起身来，迎接我们。

“有消息吗？”他急切地问。

“我是不幸而言中了，今天我没能带来新消息，”福尔摩斯说，“我去见了福布斯，也去见了您舅舅，问了一些问题，但调查能否见效还有待观察。”

“那您没有失去信心吧？”

“绝对没有。”

“谢谢您这么说，愿上帝保佑您！”哈里森小姐大声说，“只要我们始

1 贝蒂荣（1853—1914）：法国刑事侦探学家。他创立的“贝蒂荣体征测定法”是一种根据年龄、骨骼，结合摄影和指纹学等鉴别人身的方法。

终有勇气和耐心，真相一定会水落石出的。”

“我们要告诉您的情况，比您对我们说的要多些，”菲尔普斯说着，重又在长沙发上坐下。

“看来你们这儿有了新情况。”

“是的，昨天夜里这儿出事了，情况可能还很严重。”菲尔普斯说这话时，脸色变得很凝重，目光中露出一种近乎恐惧的眼神。“我想对您说，”他说，“我开始相信，我已经成了某个巨大阴谋的中心，不仅我的名誉，而且我的生命，都是这个阴谋的目标。”

“哦！”福尔摩斯大声说。

“这么说真有些让人难以置信，因为，至少就我所知，我在这个世界上没有任何仇人。可是昨天夜里的经历，使我不得不得出另一个结论。”

“愿闻其详。”

“您想必知道，昨晚是我没有人看护，独自一人睡在房间里的第一晚。我已经恢复得很好，觉得可以不用有人陪了。但屋里通宵有盏夜灯亮着。嗯，大概凌晨两点光景，我正迷迷糊糊要睡着，突然被一阵轻微的响声惊醒。听上去好像是耗子啃木板的声音，我躺着不动，听了一会儿，心想可能就是这么回事。但接着，声音越来越响，突然从窗口的方向传来一下刺耳的金属摩擦声。我惊慌地坐起身来。这时我明白了那是什么声音。前面很轻的声音，是有人用细棒在撬窗台的缝隙，后面那下，是锁扣被扳开的声响。

“然后停顿了大约十分钟，仿佛来人等在那儿，看声音有没有把我弄醒。接下去我听见一阵轻轻的吱嘎声，好像窗子被人缓缓地打开了。我没法再忍住不动，我的神经已经不如从前那么坚强了。我跳下床，冲上前去拉开百叶窗。一个男子蹲伏在窗前。我没能看清他的容貌，因为一眨眼工夫，他就逃走了。他裹着件披风模样的衣服，把脸的下半部分遮住了。只有一件事是我可以确定的，那就是他手里拿着凶器。我觉得那像是一把长刀。他转身逃跑时，我清楚地看见刀光闪了一下。”

“这非常有意思，”福尔摩斯说，“请说下去，您接着怎么做呢？”

“我要是身体能行的话，一定会翻出窗去追他。可是当时我能做的，只是拉铃唤醒屋里的人。这花了我一点时间，因为铃装在厨房里，而仆人都睡在楼上。还好约瑟夫听到了我的喊声，他先下楼来，然后又把其他人都叫了起来。约瑟夫和马夫在窗外的花坛上发现了脚印，不过近来天气很干燥，过了草坪就跟踪不到脚印了。但他们告诉我，小路边上的木栅栏有些异样，好像是有人翻越过去时，把顶端的木条折断了。我还没把这个情况告诉本地警察，我想最好先听听您的意见。”

委托人的这番叙述，看来对歇洛克·福尔摩斯产生了非同小可的显著影响。他抑制不住内心的激动，从椅子上立起身来，在房间里来回踱步。

“这真是祸不单行，”菲尔普斯笑着说，但很明显地可以看出，昨晚的经历使他受惊不小。

“您还真该为自己捏把汗呢，”福尔摩斯说，“您看您能和我一起出去走走吗？”

“哦，好呀，我是该晒点太阳。约瑟夫一起去吧。”

“我也去，”哈里森小姐说。

“不必，”福尔摩斯摇了摇头说，“我想我得请您留下，就坐在自己的位子上。”

年轻女士怏怏不乐地坐回自己的椅子。她的哥哥则和我们三人一起来到屋外，从草坪边上走到年轻外交官卧室的窗户外面。正如他所说，花坛上有一些脚印，但痕迹模糊，已经无法辨认。福尔摩斯俯身看了一会，然后立起身来，耸了耸肩膀。

“我想从这上面是看不出任何东西来的，”他说，“我们还是绕屋子走一圈，看看夜贼为什么单单选中这个房间。按说客厅和餐厅的那些大窗，应该对他更有吸引力吧。”

“那些窗户路上能看见，”约瑟夫·哈里森提醒说。

“噢，对，可不是么。但这儿有扇门，他完全可以试试从这儿进去嘛。这门是派什么用场的？”

“这是给供货商进出的边门。当然，夜里是锁上的。”

“您以前受过类似的惊吓吗？”

“从来没有，”我们的委托人说。

“这座宅子里有金银餐具，或者能引得夜贼光顾的别的什么东西吗？”

“没有什么贵重的东西。”

福尔摩斯双手插在裤袋里，悠闲地绕着屋子散步，这种漫不经心的神情，在他身上是很难见到的。

“噢，对了，”他对约瑟夫·哈里森说，“听说您发现木栅栏让那家伙给弄断了。我们上那儿去看看。”

年轻人把我们带到一个地方，只见木栅栏顶端折断了，一小段木片兀自悬在那儿。福尔摩斯把它拽下来，仔细地查看。

“您认为这是昨晚折断的吗？看上去倒像是早就折断的，您说呢？”

“嗯，可能是吧。”

“也没发现有人从这儿跳到外边去的脚印。嗯，我想我们在这里不会有什么收获，还是回卧室去商量商量吧。”

珀西·菲尔普斯走得很慢，他未来的大舅子在一旁扶着他。福尔摩斯快步穿过草坪，我俩来到卧室那些开着的窗子跟前时，他俩还在远处慢慢走着。

“哈里森小姐，”福尔摩斯神情非常严肃地说，“今天您要一直待在您现在的这个地方。无论发生什么事情，您都必须整天待在这儿不离半步。此事关系重大，不能有丝毫闪失。”

“我一定照办，既然您要我这么做，福尔摩斯先生，”姑娘惊奇地说。

“您去睡觉的时候，请从外面把房门锁上，保管好钥匙。请您答应按我说的做。”

“那么珀西呢？”

“他和我们一起去伦敦。”

“就我一个人留在这儿？”

“这是为了他。您是在帮他！快！快答应！”

她点头答应，而就在这时，那两人走了进来。

“你干吗愁眉苦脸地坐在那儿，安妮？”她哥哥大声说，“出去晒晒太阳！”

“不，谢谢，约瑟夫。我有点头痛，房间里挺凉爽，待在这儿舒服些。”

“现在您有何打算，福尔摩斯先生？”我们的委托人问道。

“唔，在调查这个小小的插曲的同时，我们不能置主要的侦破方向于不顾。要是您能和我们一起去伦敦，那对我真是莫大的帮助。”

“立刻就去？”

“噢，您方便的话，越快越好。比如说一小时以后。”

“我觉得身体已经康复了，希望真的能帮上点忙。”

“大有可能。”

“也许您认为今晚我留在那儿为好？”

“我正是此意。”

“那夜里这位不速之客再次来访，就会发现人去室空了。我们所有人都听您的调遣，福尔摩斯先生，您一定要把您的打算明确地告诉我们。或许您愿意让约瑟夫和我们一起去，好对我有个照顾？”

“哦，不用；您知道，我的朋友华生是位医生，他会照顾您的。如果您同意的话，我们在这儿吃午饭，然后三个人一起出发去伦敦。”

午餐按他所说的那样安排了，不过哈里森小姐遵照他的嘱咐，找了个借口没有离开卧室。我的朋友到底要做什么，我想不出个所以然，似乎他就是要把姑娘和菲尔普斯分开。菲尔普斯正和我们一起在餐厅吃饭，他身体状况好转，又知道自己马上就能有所行动，所以心情很好。令人想不到的是，福尔摩斯还有更让我们吃惊的事情等着我们，在陪我们到火车站，看我们进入车厢以后，他竟不慌不忙地宣布说，他不打算离开沃金。

“有一两件小事，我想最好在离开沃金前先弄清楚，”他说，“您不在这儿，菲尔普斯先生，我反而更方便一些。华生，你们到了伦敦，请你立刻雇辆车，把我们这位朋友送到贝克街，然后你和他就等在那儿，我会在那儿和你们见面。好在你们是老同学，可以说的话题很多。菲尔普斯先生今晚可以睡在我的卧室，我明天乘早班火车，八点到滑铁卢车站，正好可以和你们一起用早餐。”

“在伦敦的调查怎么办呢？”菲尔普斯可怜兮兮地问。

“那可以放在明天再说。眼下我在这儿要做的事，我想是可以立马见效的。”

“您回布莱尔布雷可以告诉他们，我明晚回家，”火车驶离站台的当口，菲尔普斯大声说。

“我不一定回布莱尔布雷，”福尔摩斯回答说，笑吟吟地朝我们挥手，目送我们的火车疾驰而去。

菲尔普斯和我一路上都在谈论这件事，可是我俩谁也没法给出一个让人满意的理由，说明事态何以会如此逆转。

“我想他是要，倘若这的确是一起盗窃案的话，他是要找出一点线索来。就我而言，我并不相信那人是个普通的窃贼。”

“那你的看法怎样？”

“说实话，不管你是不是会觉得我神经过于脆弱，反正我相信有一个巨大的政治阴谋，把我包围在中间，而且出于某种我无从理解的原因，我的生命成了那些阴谋家的目标。这听上去很夸张，很离奇，可是你想想已经发生的那些事情！一个窃贼为什么要撬窗进入一个明明没有东西可偷的卧室，又为什么要拿着一把长刀呢？”

“你能确定那不是一根撬棍吗？”

“哦，不是撬棍；是一把刀。刀背的闪光我看得清清楚楚。”

“可是谁会对你有这样的深仇大恨，非要追杀你不可呢？”

“哎！这正是问题所在。”

“好吧，如果福尔摩斯也持同样的观点，那么他的行动就有解释了，对吗？假定你的看法是对的，如果他能抓住昨晚威胁你的那个人，海军协定失窃的侦破工作就有了重大进展。如果硬要说你有两个不同的仇人，一个要偷你东西，另一个要取你性命，那岂不是太荒唐了。”

“可是福尔摩斯先生说过他不回布莱尔布雷。”

“我认识他也不是一天两天了，”我说，“我从没见他做过一桩理由不够充足的事情，”说到这里，我们的谈话转到别的话题上去了。

对我来说，这真是很难熬的一天。菲尔普斯久病初愈，还很虚弱，不幸的遭遇使他变得爱抱怨、容易激动。我给他讲我在阿富汗和印度的经历，讲社会问题，讲种种能帮他摆脱抑郁心情的话题，可是都不见效。他总是念念不忘那份丢失的文件，疑惑、揣测、猜想福尔摩斯这会儿在做什么，霍德赫斯特勋爵会采取什么措施，明天早晨我们会听到什么消息。夜色渐浓，他的激动变成了深深的痛苦。

“你对福尔摩斯毫无保留地绝对信任吗？”他问。

“我见证过他令人叹服的办案本领。”

“可是像这样茫无头绪的案子，他没有办过吧？”

“哦，办过；我见过他侦破的有些案子，线索比这还要少呢。”

“可是那些案子不见得会牵涉如此重要的利害关系吧？”

“这我说不上来。我只知道他曾经为三个欧洲王室效力，处理过一些名誉攸关的重要事务。”

“你是了解他的，华生。他这人像个谜似的，我总觉得不知道该怎么看待他。你认为这个案子他有破案的把握吗？你认为成功破案是在他意料之中的吗？”

“他什么也没说过。”

“这不是个好兆头。”

“正相反，据我以往的观察，他在毫无线索的时候，常常会这么直说。而一旦有了线索，却又不是很有把握线索是否管用的时候，他往往最沉默寡言。好了，老同学，我们别想得太多了，把自己弄得心神不宁于事无补啊，我劝你还是上床去睡觉，明天无论情况如何，好有精神去应对。”

我好说歹说总算把他说服了，不过我从他激动的神情看出，他今晚是无望入眠的。实际上，他的情绪也影响了我，整个前半夜我在床上辗转反侧，翻来覆去想着这桩匪夷所思的案子，作出无数的假设，一个比一个更不靠谱。福尔摩斯为什么要留在沃金？他为什么要哈里森小姐整天守在病房里？他为什么如此谨慎地不让布莱尔布雷那边知道他要留在他们附近？我绞尽脑汁，想寻找一个可以解释所有这些情况的理由，想着想着终于睡了过去。

我醒来时已是七点钟，立刻到菲尔普斯的房间，只见一夜未眠的他形容憔悴、疲乏不堪。他的第一句话就是问福尔摩斯到了没有。

“他说好什么时候来，就会什么时候来，”我说，“不会早也不会晚，准时得很。”

我的话很快应验了，八点刚过，一辆双座马车停在大门口，我们的朋友从车上下来。我们站在窗前，看见他的左手缠着绷带，脸容苍白，神情凝重。他进了屋子，但稍过一会儿才上楼。

“他看上去像只斗败的公鸡，”菲尔普斯大声说。

我不得不承认他说得没错。“弄来弄去，”我说，“破案的线索十有八九还是在这儿。”

菲尔普斯长叹一声。

“我也不明白这是怎么回事，”他说，“可我就是满心指望他能给我们带来好消息。但是他的手昨天肯定没有这样缠着绷带吧？到底出什么事了？”

“你没受伤吧，福尔摩斯？”我的朋友一进屋，我就问他。

“啧，自己不小心擦破了点皮，”他回答说，点头向我们道早安，“您的这个案子，菲尔普斯先生，的确是我经手过最扑朔迷离的一个。”

“恐怕您有点力不从心了吧。”

“这绝对是一次非比寻常的经历。”

“从绷带就看得出，是一次惊险的经历，”我说，“你不想给我们讲讲事情的经过吗？”

“先吃早饭吧，亲爱的华生。别忘了早晨我刚在萨里[1]赶了三十英里路。我那则寻找出租马车的启事，只怕是还没回音。行，没事，总不能指望样样事情都那么完满吧。”

餐桌已经摆放好了，我刚要拉铃，赫德森太太端着茶和咖啡进来了。几分钟过后，她又端上了几个加盖的餐盘，我们在餐桌前就座，福尔摩斯一副胃口极佳的样子，我心里揣着好奇，菲尔普斯则是满脸愁云、神情郁闷。

“赫德森太太真是有办法，”福尔摩斯掀开一盘咖喱鸡的盖子说，“她的菜式不算丰富，但是她的早餐创意，堪比苏格兰女人。你那盘是什么，华生？”

“火腿蛋，”我回答说。

“太好了！菲尔普斯先生，您想吃什么，咖喱鸡，火腿蛋，还是您的那份？”

“谢谢，我什么也不想吃，”菲尔普斯说。

“哦，吃点吧！尝尝您面前的那盘东西。”

“谢谢，我真的吃不下。”

“那好吧，”福尔摩斯调皮地眨眨眼睛说，“劳驾您为我掀下盖子，您总不会拒绝吧？”

菲尔普斯掀开盖子，同时发出一声尖叫；他瞪着眼睛坐在那儿，脸

1　萨里：英格兰的一个郡，位于伦敦东南。沃金地处萨里郡内。

色白得像他注视的盘子。盘子正中央放着一个蓝灰色的小纸卷。他一把抓起纸卷，贪婪地看着它，接着把它紧贴在胸前，兴奋地尖声喊叫，发疯似的在房间里蹦来蹦去。然后他瘫坐在一张扶手椅上，过分的激动使他筋疲力尽、虚弱不堪，我们连忙给他灌了点白兰地，他才算没有昏厥过去。

“好啦！好啦！”福尔摩斯轻轻拍着他的肩膀，安慰他说，“让它这样突然出现在您眼前，实在有点不像话；不过华生会告诉您，我总忍不住想把事情做得带点戏剧性。”

菲尔普斯抓住他的手吻着。“愿上帝保佑您！”他大声说，“您挽救了我的名誉。”

“喔，您要知道，这也关乎我的名誉，”福尔摩斯说，“请您相信，我要是没能侦破一桩案子，就好比您没能完成一项使命，那是令人无法忍受的奇耻大辱。”

菲尔普斯把这份珍贵的文件，藏进外衣里面的口袋。

“我真的不想再打扰您用餐，但我实在忍不住想要知道，您是怎么找到它的，它又到底在哪儿。”

歇洛克·福尔摩斯喝完一杯咖啡，又把那盘火腿蛋也拿来吃了。然后他从餐桌旁起身，点上烟斗，舒舒服服地坐在自己的椅子上。

“我先告诉您我做了些什么，然后再告诉您我怎么会想到那么做的，”他说，“在火车站和你们分手以后，我欣然迈步，一路欣赏萨里优美的风景，来到一个叫里普利的小村子，在一家小客店用了茶点，然后做了些准备，给水壶灌满水，用纸包了块三明治放在衣袋里。我在那儿待到傍晚才出发回沃金，天色擦黑时分，到达了布莱尔布雷外面的大路上。

“喁，我一直等到大路上没有了人影——我看，这条路上平时人就很少吧——然后翻过栅栏进入宅院。”

“大门不是一直开着吗？”菲尔普斯忍不住插了一句。

“没错；可我就是喜欢这么闹着玩。我选了长着三棵枞树的那个地方，在大树的掩蔽下往前挪动，屋子里的人绝对不会发现我。我先藏身在一旁的灌木丛中，然后从一个灌木丛匍匐前进到另一个灌木丛——裤子膝盖脏成这样，就是爬出来的——一直爬到正对您卧室窗口的那个杜鹃花丛。我蹲在那儿，静等事态的进展。

"卧室里的百叶窗没有放下，我可以看见哈里森小姐坐在桌旁看书。十点一刻的时候，她合上书，放下百叶窗，离开您的卧室。我听见她关门的声音，还看清楚她用钥匙锁上了门。"

"钥匙？"菲尔普斯惊呼道。

"是的，我嘱咐过哈里森小姐，临睡出门前要从外面把门锁上，随身带上钥匙。我关照她做的事，她都不折不扣地做了，而要是没有她的配合，这份文件现在就不会在您的上衣口袋里了。接下去她走开了，灯也灭了，只剩下我蹲守在杜鹃花丛里。

"夜晚很温馨，但守夜毕竟很熬人。当然，其中也自有一种令人兴奋的意味，那正是游泳选手屈身候在水道前，等着跃进泳池一决高下那会儿的感觉。不过，等得可真够长的——华生，几乎就像我俩为解决'斑点带子案'那个小问题，在那间死气沉沉的屋子里等的时间一样长。沃金有个小镇的教堂每一刻钟敲一次钟，可我不止一次觉得它仿佛停在那儿不敲了。终于，凌晨两点光景，我骤然听见传来拨开插销、钥匙转动的轻微响声，不一会儿，供货商进出的那扇边门打开了，约瑟夫·哈里森先生走到了屋外的月光中。"

"约瑟夫！"菲尔普斯惊叫起来。

"他没戴帽子，但是肩上搭着一件黑色的披风，一有动静他就可以马上遮住自己的脸。他在墙影里蹑手蹑脚地往前走，到了窗前，他用一把刃身很长的刀伸进窗缝，挑开锁扣。然后他拉开窗子，把刀插进百叶窗的罅隙，撬起横档，推开百叶窗。

"从我蹲伏的地方，可以清楚地看见屋里的情况和他的一举一动。他点亮壁炉台上的两支蜡烛，动手掀起门旁那块地毯的一角。他弯下身去，拿起一块方方的木板，通常地板上都会留这么一块活动的木板，便于水管工检查煤气管道的接头。房间里的这块木板，下面就是三通接头，给下面厨房供气的管道由此接出。他从这个藏物处取出那个小纸卷，盖上木板，铺平地毯，吹灭蜡烛，然后径直对着窗子走来。我正在窗外等着，准备和他短兵相接。

“唔，没想到这位老兄竟然如此凶悍，我原来还有点低估他了。他举刀朝我扑来，我两次把他撂倒在地，自己指关节也给划了一刀，才终于制服了他。搏斗结束后，他只剩一只眼睛能看东西，那副模样确实像个事情败露的凶手，不过他还算听话，把文件交了出来。拿到文件以后，我就放他走了，但今天早晨我给福布斯发电报，把详情都告诉了他。要是他动作够快，能逮住他的这只鸟，那当然好！不过我看十有八九，还没等他赶到，鸟窝就空了，嗨，那样一来政府当局倒也省事。依我看，首先霍德赫斯特勋爵，其次珀西·菲尔普斯先生，都巴不得这个案子别弄到开庭审判的地步。”

“我的天哪！”我们的委托人喘着气说，“您的意思是说，在我极度痛苦的整整十个星期时间里，失窃的文件始终和我在同一个房间里？”

“正是如此。”

“还有约瑟夫！约瑟夫居然是个无赖，是个贼！”

“唔！恐怕约瑟夫的性格，要比从他的外表所能看出的阴险得多，也危险得多。从他今天早晨供认的情况看，他涉足股票市场亏了血本，所以要不择手段地捞一笔钱。他是个极端自私的人，看到有机可乘，妹妹的幸福和您的名誉，他都可以置之不顾。”

珀西·菲尔普斯重重地落坐在椅子里。“我头晕得厉害，”他说，“听了您这番话，我脑子里乱成了一团。”

“您这个案子最大的难点，”福尔摩斯说话的腔调，又有点像在讲课了，“在于线索太多。不相干的线索遮蔽、掩盖了最关键的线索。从摆在我们面前的所有的事实中，必须挑出我们认为真正重要的那些事实，然后把它们按次序拼合在一起，从而构建起这个值得注意的事件链。我一开始就对约瑟夫有所怀疑，原因是那天晚上您曾打算和他一起乘车回家，因而他很有可能会顺道去找您——他对外交部原本就熟门熟路。当我听说有人急不可耐地要潜入您的卧室，我马上想到，会在这个房间里藏东西的，除了约瑟夫没有别人——您在叙述案情时，对我们说过您和医生一起回到家里以后，你们是怎样让约瑟夫搬出这个房间的——于是我的怀疑变成了确认，尤其在知道事情发生在没人看护您的第一晚时，我更确信无疑了，因为这说明那个不速之客对家里的情况了如指掌。”

“我真是瞎了眼！”

“整个案情，就我排摸出来的情况看，是这样的：这个约瑟夫·哈里森从查尔斯街的边门进入大楼，熟门熟路地走进您的办公室，这时您刚好离开。看到屋里没人，他当即拉了铃，而就在他拉铃的那一刻，他瞥见了桌子上的那份文件。虽然只是扫了一眼，但他已经意识到机会来了，就在眼前的是一份价值极高的政府文件，他迅速把它塞进衣袋，出门而去。正如您回忆的那样，从您跑到门房，到熟睡的看门人让您注意到铃在响，这中间隔了几分钟，这正好给了窃贼足够的逃跑时间。

“他乘头班火车回到沃金，仔细检查到手的文件，确认它价值极高以后，把它藏在一个他认为非常安全的地方，打算过一两天取出来，去卖给法国大使馆，或者别的什么他认为卖得出大价钱的地方。没想到您突然回来了。他没有一点预先准备的时间，就被迫搬出了房间，而且从那以后，房间里你们至少有两个人待在那儿，他根本不可能来拿他的宝贝。他的这种处境，肯定让他非常恼怒。最后他想到了撬窗入室这一招，可是由于您的警觉，他没能得手。您想必还记得，那天晚上您没有按平时的剂量服药。”

“我记得。”

“我想，他一定在药里做过手脚，因此原以为您会睡得很沉。当然，我知道只要他觉得时机合适，他一定会再试一次的。您不在卧室，给了他想要的机会。我让哈里森小姐白天待在屋里，这样他就没法趁我们不在时先下手了。然后，我一边让他觉得自己安全无虞，一边如我刚才所说，暗地里监视着他。我已经知道文件很可能就在这个房间里，但我不想为了找它，把地板、踢脚板全都撬开来。所以我让他自己从藏的地方把它拿出来，这样就省了我不少麻烦。还有什么别的问题，要我解释的吗？”

“他第一回为什么要爬窗呢，”我问，“他不可以从门口进去吗？”

“要走到门口，他得经过七间卧室。再说，窗外就是草坪，他逃脱也比较方便。还有别的问题吗？”

“您是否认为，”菲尔普斯问，“他有行凶的准备呢？那把刀也许只是个工具而已。”

“也许是吧，”福尔摩斯耸耸肩膀回答说，“但有一点是我可以肯定的，那就是这位约瑟夫·哈里森先生，我说什么也不会相信他是个心慈手软的主儿。”

跳舞的小人

一连几个小时，福尔摩斯不作一声，屈着又长又瘦的后背坐在桌前，摆弄一个化学器皿，里面散发出奇臭难闻的气味。他的头垂到胸前，从我的位置看过去，活像一只瘦骨伶仃的怪鸟，长着暗灰色的羽毛，头顶有一簇黑毛。

"这么说，华生，"他突然开口说，"你是不打算投资南非证券了？"

我猛然一惊。我已经对他种种异常的禀赋颇为熟悉，但我内心深处最隐秘的想法，居然被他一语道破，还是让我觉得匪夷所思、惊诧莫名。

"这你怎么会知道的？"我问。

他坐在高脚凳上转过身来，手里拿着一只冒着汽雾的试管，凹陷的眼睛里闪着得意的光芒。

"怎么样，华生，你承认你是吃了一惊吧，"他说。

"是吃了一惊。"

"我该让你把这句话写下来。"

"为什么？"

"因为过不了五分钟，你又会说这一切都太简单，一点不稀奇了。"

"我想我一定不会这么说。"

"那好，亲爱的华生，"他把试管插回实验架，像教授在课堂上讲课那样讲了起来，"你知道，作出一系列的推论，其实并不困难，其中每个推论都从前一个推演而来，它们本身都相当简单。但如果在这一系列的推论中间，抽掉中间的那些环节，仅仅告诉听众问题的起始点和最终的结论，那就可以制造一种——虽说难免有哗众取宠之嫌——令人感到大为惊奇的效果。回过来说你吧，只要看一下你左手的虎口，就不难得出你不打算把你那笔小钱投资金矿的结论。”

“我看不出它们有什么联系。”

“乍一看是没什么联系，但是我很快就可以让您看到，它们之间有着密切的联系。这个很简单的关系链，中间被抽掉的是以下几个环节：一、你昨晚从俱乐部回来时，左手虎口有白粉痕迹。二、你在那儿打台球时，往虎口擦了些粉，为的是把球杆捏得更稳些。三、除了瑟斯顿，你从不和别人一起打台球。四、你两星期前对我说过，瑟斯顿拥有购买南非某产业证券的期权，这份期权有效期是一个月，他希望你和他一起投资。五、你的支票簿锁在我的抽屉里，而你不曾问我要过钥匙。六、你不打算把钱用在这项投资上。”

“真是太简单了！”我大声说。

“可不是！”他说，略微有些着恼。“每个问题只要跟你一解释，你就会觉得那是小菜一碟。这里有个还没解释的问题，华生老弟，试试你能看出些什么名堂来吧。”他把一张纸往桌上一扔，转过身去继续做他的化学实验。

我迷惑地看着纸上那些奇形怪状的符号。

“嗨，福尔摩斯，这是孩子画的画吧，”我大声说。

“噢，你这么认为！”

“要不还能是什么呢？”

“这正是诺福克郡马场屯庄园的希尔顿·丘比特先生迫不及待想要知道的事情。这张纸条是清晨头班邮车送来的，他本人乘下一班火车过来。有人在拉门铃，华生。如果是他来了，我一点不会感到奇怪。”

楼梯上响起沉重的脚步声，不一会儿，一位高大健壮、胡须刮得很干净的绅士走进屋来，他清澈的目光和红润的脸色，再清楚不过地告诉我们，他来自一个远离贝克街浓雾的地方。他进门时，仿佛带来了一股东海岸清新怡人的凉爽空气。他和我俩握过手，正要落座，一眼瞅见了那张画着奇怪符号的纸条，那是我刚才看过以后，顺手放在桌上的。

“哦，福尔摩斯先生，请问您对此有何高见？”他大声说，“我听人说，您喜欢解决各种离奇古怪的问题，而在我看来，再没有比这更离奇古怪的事情了。我预先把这张纸条寄来，就是让您能在我到达之前，有时间先研究一下。”

“这张纸条确实有些不同寻常，”福尔摩斯说，“初看上去，像是小孩随手乱涂的画儿。画的尽是些奇怪的跳舞小人。一张乱涂乱画的纸条，何以会让您如此重视呢？”

“我起先没重视，福尔摩斯先生。可是我妻子非常重视。这张纸条把她吓得要死。她什么也没说，可我看得出她的目光中满是恐惧。这就是我要把事情弄个明白的缘故。”

福尔摩斯把纸条举到阳光中。这是一条从记事本上撕下的纸片。上面的符号是用铅笔画的，形状如下：

福尔摩斯很仔细地看了一会儿，然后把纸条小心折好，放进袖珍笔记本里。

“看来这是一件很有趣的、非同寻常的案子，”他说，“您在信上告诉了我一些细节，希尔顿·丘比特先生，不知是否可以请您把整个事情的经过，给我的朋友华生医生再讲一遍？”

“我不大会讲故事，”来客说道，神经质地捏紧、放开两只强壮的大手。“有说得不清楚的地方，请随时问我。我就从去年我结婚那时候说起吧，首先我想说一下，虽然我并不是有钱人，但我的家族在马场屯生活了将近五个世纪，是诺福克郡最有声望的家族。去年我来伦敦参加维多利亚女王即位六十周年纪念活动，下榻在罗素广场的一座公寓，因为我们教区的帕克牧师也住这儿。公寓里还住着一位来自美国的年轻小姐，她姓帕特里克，全名是埃尔茜·帕特里克。一来二去，我们成了朋友，我快住满一个月的时候，我对她的爱已经到了无以复加的地步。我们悄悄地在一个登记处结了婚，然后我携着新婚妻子返回诺福克。福尔摩斯先生，您也许会觉得，一个出身于古老门第的男子，居然以这种方式娶一位太太，对她以往的经历和家庭的背景一无所知，这简直是疯了。但要是您见到她、了解她，您就会明白我为什么这样做了。

“埃尔茜在这一点上表现得光明磊落，她是个坦率的女人。我得说，她给了我不止一次机会，让我知难而退——如果我愿意那么做的话。‘我以往的生活中，有过一些很不愉快的经历，’她说，‘我想忘掉这一切。我不愿意再提到过去，那会使我感到很痛苦。倘若你娶了我，希尔顿，你娶的会是一个无须为任何事情感到愧疚的女人；可是你得相信我的话，答应让我对结婚以前发生过的所有事情保持沉默。如果你觉得这些条件太苛刻，那你就回诺福克去，让我继续像你刚认识我时那样，独自留在这儿过我的日子。’她是在我俩结婚的前一天，对我说上面这番话的。我对她说，我答应她的条件，我愿意娶她。我是这么说的，也是这么做的。

“我们结婚到现在，已经有一年了。我们生活得很幸福。可是一个月以前，是六月底那会儿吧，我第一次发现好像遇上麻烦了。有一天我妻子收到一封从美国寄来的信。我看到贴着美国的邮票。她脸色煞白，看完信后把它扔进壁炉烧了。事后她没有提起过这封信，我也不提，因为我作过许诺，要说话算数。可是从那以后，她就不曾有过哪怕一会儿的安宁。她的脸上始终有一种恐惧的神色——看上去她似乎是在等待着什么事情发生。她要是愿意信赖我就好了。她会看到，我是她最好的朋友。可是既然她不开口，我就什么也不能说。请您相信，福尔摩斯先生，她是个绝对可以信任的女人，无论在以往的生活中遇到过怎样的麻烦，那都不会是她的错。我只是诺福克一个普通的乡绅，可是整个英格兰都不会有人比我把家族荣誉看得更高。她知道这一点，而且在嫁给我之前就知道得很清楚。她绝不会让它沾上任何污点——对此我深信不疑。

“好，现在我要说到故事中最离奇的内容了。大约一个星期以前——就是上星期二吧——我发现一个窗台上画着好些奇形怪状的跳舞的小人，就跟这张纸上的小人儿一样。是用粉笔画上去的。我心想，这大概是那个小马倌画的。可是那小家伙发誓说他根本不知道有这回事。反正不管是谁，他总是夜里画上去的。我让人把它们擦了，趁便跟妻子提了一下这件事。使我惊讶的是，她把这事看得很严重，说如果再出现类似的情况，一定要让她看一看。整整一个星期，什么事也没发生，可是昨天早上，我发现这张纸条搁在花园的日晷上。我拿给埃尔茜看，不想她当场昏厥了过去。从那以后她整天恍恍惚惚，神情茫然迷乱，目光中始终有着恐惧的影子。于是我就给您写信，把那张纸条寄给了您，福尔摩斯先生。这件事我不能去跟警方说，他们会笑话我，而您不一样，您会告诉我该怎么做。我不是个有钱人，但倘若有危险在威胁我心爱的妻子，我会倾我所有去保护她。”

这个在古老的英格兰土地上长大的男人，让人看着很舒服——纯朴，坦率，文雅，宽宽的脸膛，五官端正，蓝色的大眼睛里透出诚恳的神情。他对妻子的爱和对她的忠诚，洋溢在他眉眼之间。福尔摩斯极其专注地听完他的叙述后，静静地坐着思考了一会儿，然后说：

“丘比特先生，您不觉得最好的办法是直接跟您妻子把话挑明，请她把自己的秘密告诉您吗？”

希尔顿·丘比特摇了摇他的大脑袋。

“许诺过的事要说到做到，福尔摩斯先生。如果埃尔茜想告诉我，她会对我说的。如果她不想说，我何必硬要让她说呢。不过我不会坐视不管——我要做我该做的事。”

“既然这样，我愿意倾力相助。首先，您有没有听说邻近有陌生人来过？”

“没有。”

“想来那里是个僻静的地方，陌生面孔一定会很引人注意，是这样吗？”

“近旁的确如此。不过稍远些，有个牲口饮水的地点，村民常在那儿让外来的人留宿。”

“这些奇形怪状的小人显然有其含义。假如这完全是随意画的，我们很可能无法明白它们的含义。不过，倘若这是有规律可循的，我相信我们一定能把事情弄个水落石出。这张纸内容太少，派不上什么用场，您叙述的情况又太过模糊，无法作为我分析研究的依据。我的建议是，您回诺福克去，严密监视周围的情况，一旦再有跳舞的小人出现，就把它们照样画下来。您没有把窗台上用粉笔画的那些小人描画下来，实在是太可惜了。您还要很谨慎地调查一下，邻近是否来过陌生人。等您搜集到一些新的线索以后，您再来我这儿。我能给您的建议就是这些了，希尔顿·丘比特先生。万一出现紧急情况，我随时可以赶到诺福克，去您家里看您。”

丘比特先生的这次来访，使歇洛克·福尔摩斯变得心事重重，接连几天，我好几次看见他从记事本里取出那张纸片，长时间全神贯注地看着上面画的奇怪小人。但他闭口不提此事，直到两个多星期以后，才终于打破沉默。一天下午，我正要出门，他把我唤住。

“您最好留在这儿，华生。”

“为什么？”

“因为早上我收到希尔顿·丘比特的一封电报。您还记得希尔顿·丘比特和那些跳舞的小人吧？他一点二十分抵达利物浦街，然后随时可能上这儿来。我从他的电报里发现了一些很重要的新线索。”

我们没等多久，那位诺福克乡绅下了火车，就心急火燎地乘马车直接过来了。他看上去忧心忡忡、情绪低落，眼神透着疲乏，额头满是皱纹。

“这件事，福尔摩斯先生，真让我心烦意乱，”他说着，像个筋疲力尽的人那样，一屁股坐进扶手椅。“整天感到周围是一些看不见的人，他们在算计你，你却不知道他们是谁，这种感觉真是糟透了，更何况你明明知道他们在折磨自己的妻子，要把她慢慢地折磨到死，这种难熬难挨的痛苦，是常人无法忍受的。她被折磨得落了形——我眼睁睁地看着她被折磨得落了形。”

“她说过什么了吗？”

“没有，福尔摩斯先生，她什么也没说。有过几次，这可怜的人儿已经想要开口说了，最终却没能鼓足勇气说出来。我试着想帮她，可是我大概有点弄巧成拙，反而把她吓着了。她说起我古老的家族，说起我们在郡里的声望和足以引为自豪的清白名声，我总以为她马上就要说到这件事了，可是不知怎么的，话头总在这时岔开了。”

“那您自己的调查有收获吗？”

“收获多多，福尔摩斯先生。我带来几张新的跳舞小人供您研究，还有，更为重要的是，我看见了那个家伙。”

“什么，您看见画这些小人的家伙了？”

“是的，我看见了他在画。还是让我从头说起吧。拜访过您回去以后，发生的第一件事，是第二天早晨发现了新的跳舞小人，这些小人用粉笔画在工具间的黑色木门上，这个工具间挨着草坪，正对主楼的前窗。我照原样描画给您带来了。”

他把一张纸打开，放在桌上。那些跳舞小人的模样大致如下：

“好极了！”福尔摩斯说，“好极了！请接着说。”

“我画下来以后，就把粉笔痕迹擦掉了，可是两天后的早晨，门上又画了一排小人。我也描了下来。”

福尔摩斯搓着双手，高兴得笑出声来。

“材料积累进展很快，”他说。

“三天过后，日晷上有一张纸条，上面压着一块小石子，纸上潦草地画了一排跳舞的小人。就是这张。这些跳舞的小人，您看，完全跟上次的一模一样。从这以后，我决定彻夜守候，于是我拿着左轮手枪，坐在书房里守夜，书房的窗对着草坪和花园。凌晨两点左右，我正坐在窗前，除了屋外的月光，周围一片黑暗，只听得身后传来脚步声，我妻子穿着睡衣走了过来。她央求我去睡觉。我坦率地告诉她，我要看看究竟是谁在玩弄这种莫名其妙的把戏。她回答说，这想必是个无聊的恶作剧，我不必把它放在心上。

“‘如果你真的为此感到很恼火，希尔顿，我们可以出门去旅行一次，就我们俩，落个清静。’

“‘什么，让一个恶作剧的家伙把我们从自己家里撵出去？’我说，‘那样，我们岂不成了全郡的笑柄？’

“‘好了，快去睡吧，’她说，‘有事早晨再说。’

“她正说着，我看见她的脸在月光下突然变得更加苍白了，她的一只手紧紧抓住我的肩膀。工具间的阴影里，有样东西在动。我看见一个黑影在缓缓移动，绕过墙角，悄悄挪到工具间的门前。我握住手枪要往外冲，我妻子使劲拽住我，不让我走。我想甩脱她，可是她死命抱住我不肯放手。最后我总算挣脱出来，但等开门奔到工具间跟前，那个家伙已经走了。不过他留下了他来过的痕迹，门上画着那些已经出现过两次的同样的跳舞小人，我把它们描画了下来。四处都找遍了，没有发现这个家伙的踪影。事情怪就怪在他此时一定仍然在那儿，因为我早晨再去检查工具间时，只见门上又画了一行小人，就画在昨晚的那些小人下面。”

“这些小人您画下来了？”

他又拿出一张纸来。新的跳舞小人是这样的：

“请告诉我，”福尔摩斯说——从他的目光中，我可以看出他相当兴奋——“这是画在前面那些小人后面，还是分开另外画的？”

“是画在另一个门扇上的。”

“好极了！这是我们的调查工作最为重要的进展。事情大有起色。现在，希尔顿·丘比特先生，请继续您精彩的讲述。”

“我没有什么再要说的了，福尔摩斯先生，只是那天夜里我本来可以抓住那个鬼鬼祟祟的无赖，却被我妻子硬生生地拉住了，想到这儿我就很生气。她说她是怕我会受伤害。有一瞬间我脑子里闪过一个念头，也许她真正害怕的是他会受伤害，因为我心里明白，她其实已经知道那个男人是谁，也知道那些奇怪的符号代表什么意思。但是，福尔摩斯先生，在她的语音和目光中有一种东西不容我置疑，我相信她担心的确实是我的安危。整个事情的经过就是这样，现在我希望得到您的指点，请您告诉我应该怎么做。我自己的想法是安排我庄园里的五六个小伙子埋伏在树丛里，等那个家伙再来时狠狠揍他一顿，让他以后不敢再来找我们麻烦。”

“只怕问题要棘手得多，不是这么简单就能解决的，”福尔摩斯说，“您能在伦敦待几天？”

“我今天就得回去。我无论如何不能让我妻子夜里孤身一人。她很不安，求我一定要回去。”

"可能您是对的。不过要是您能留下来，也许过一两天我可以跟您一起回去。您先把这些纸条放在我这儿吧，可能不久我就会去拜访您，替您把问题理出个头绪来。"

来客告辞以前，歇洛克·福尔摩斯始终保持着他职业性的冷静态度，但我对他太了解了，很容易看出他内心处于一种亢奋状态。希尔顿·丘比特宽阔的背影刚消失在房门背后，福尔摩斯快步上前，把所有画有跳舞小人的纸片摊在桌上，聚精会神地思考如何破解眼前的难题。一连两个小时，只见他逐张逐张在那些纸上标注记号和字母，整个身心都沉浸在工作中，显然已经忘记了我的存在。有时候，进展非常顺利，他又吹口哨又哼歌；有时候他给难住了，于是久久地坐在那儿，眉头紧锁，眼神茫然。最后他终于得意地高喊一声，猛地从椅子上站起来，搓着双手在房间里走过去又走过来。然后他拿电报纸写了长长的一封电报。"如果回电和我预想的一样，你就可以在你的探案集里添加一个很漂亮的案例了，华生，"他说，"我希望我们明天可以去诺福克，给我们的朋友带去一些很确切的消息，帮他解开困扰他的谜团。"

说实话，我心里充满好奇，但是我知道，福尔摩斯但凡在案情上有所发现，总喜欢自己挑时间，用他自己的方式来讲给我听，所以我没有发问，等他在觉得合适的时间告诉我。

可是回电迟迟不来，我们耐着性子等了两天，在这两天里，只要门铃一响，福尔摩斯的耳朵就竖了起来。到了下一天傍晚，收到了希尔顿·丘比特的一封信。他那儿很平静，只是当天早上日晷座墩上画了一长串跳舞的小人。他把描下来的图形附在信里寄来了：

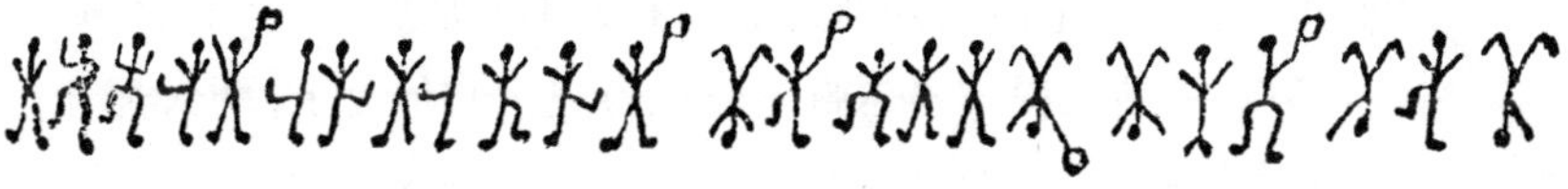

福尔摩斯俯身对这些怪诞的小人看了几分钟，然后惊叫一声，猛地立起身来。他脸上的表情，又是焦急又是沮丧。

“这件事再也耽搁不得了，”他说，“今晚有去北沃尔沙姆的火车吗？”

我翻开火车时刻表。最末一班车刚开走。

“那么我们明天提前吃早饭，去赶头一班火车。”福尔摩斯说，“我们必须尽快赶到那儿。啊！我们等的电报总算来了。请稍等一下，赫德森太太，说不定要回电。哦，不用了，情况正如我预料的一样。从这封电报来看，我们一刻也不能耽搁，必须尽快让希尔顿·丘比特了解事态的严重性，咱们这位诺福克乡绅的处境微妙而凶险。”

后来的情况确实如此。现在我要为这个当时看来既幼稚又奇怪的故事，写下令人惋惜的结局的时候，我再一次体验到了那种惊愕、恐怖的感觉。我真想为读者提供一个色彩明亮一点的结局，可是这本书既然是案情实录，我就必须把这一系列出人意料的案情，连同最后令人扼腕的结局，都原原本本记录下来，我只能这么做。而整个案情的进展，一度使马场屯庄园成了一个全英国家喻户晓的地名。

我们在北沃尔沙姆下车，刚一提到马场屯的名字，站长就急匆匆地走了过来。“想必二位是伦敦来的侦探吧？”他说。

福尔摩斯脸上掠过一丝愠色。

“您怎么会这么想？”

“因为诺福克的马丁警长刚打这儿过。要不敢情您二位是外科医生？她没死——至少刚才的消息还这么说。你们说不定还来得及救她——好让她上绞刑架呗。”

福尔摩斯焦虑不安地沉着脸。

“我们正要去马场屯庄园，”他说，“可是并不清楚那儿出了什么事。”

“出大事喽，”站长说，“希尔顿·丘比特先生和他妻子，两人都开枪喽。她先朝他开枪，然后朝自己开枪——那女佣是这么说的。他死了，她眼看也要不行了。嗨呀，那可是诺福克郡一个最古老、最受人尊敬的家族哪。”

福尔摩斯什么也没说，赶紧上了一辆马车，长达七英里的路途中，他始终一言不发。这种沮丧失落的表情，我在他身上是极少见到的。我们从伦敦来的一路上，他一直心神不宁，翻看早报时看上去情绪很焦虑，而现在，他最怕出现的情况骤然间成了现实，他一下子变得茫然若失、心绪黯淡。他靠在座椅背上，陷入了阴郁的沉思。但此时，沿途的景色还是很迷人的，我们正穿过一片风景在全英国堪称独一无二的乡野，零落散布的农舍表明如今这一带已人烟稀少，而道路两侧林木苍翠的平野上，随处可见方塔高耸的教堂，让人想起昔日东盎格利亚[1]的显赫和繁荣。最后马车来到了诺福克郁郁葱葱的海岸线，再往前就是紫霭迷濛的北海了。马车夫举起马鞭指着掩映在绿树丛中的两堵老式砖木结构山墙说："那就是马场屯庄园。"

马车停在有柱廊的正门跟前。我注意到正门前面，在打网球的草坪边上，就是这桩离奇案件中出现过的带座墩的日晷和那间黑色的工具房。一个动作敏捷的小个子刚从一辆高高的双轮马车上下来，他衣着整饬，小胡子上涂着蜡。他自我介绍是诺福克警署的马丁警长。一听说歇洛克·福尔摩斯的名字，他马上露出极其惊讶的表情。

"哎，福尔摩斯先生，案发时间是今天凌晨三点，您怎么会在伦敦这么快就听到风声，和我同时赶到现场呢？"

"我是预料到了，想来阻止它发生的。"

"这么说，您手头一定有我们所没掌握的重要线索啰。我们可是听说他们是一对很和睦的夫妻哎。"

"我手头仅有的线索是一些跳舞的小人，"福尔摩斯说，"稍后我会向您解释的。既然没来得及阻止悲剧的发生，我觉得眼前最迫切要做的事，就是尽我所能来保证伸张正义。您是愿意让我和您一同调查此案，还是希望我单独行动？"

1 东盎格利亚：中世纪早期小国，位于英格兰东部，包括诺福克和萨福克两郡。

“能和您一同调查此案，我感到不胜荣幸，福尔摩斯先生，”警长热切地说。

“既然如此，我希望一刻也不耽误，马上去勘查现场。”

马丁警长是个明白人，听凭我的朋友按自己的方式进行勘查，他本人只在一旁详细地做现场记录。当地的外科医生，一位头发灰白的老人，刚从楼上希尔顿·丘比特太太的房间下来，他报告说丘比特太太伤势很严重，但不一定会致命。子弹从她的头颅前部穿过，她可能还要过一段时间才能恢复知觉。至于她是被人开枪击中还是自己开的枪，这个问题他不好说，不敢贸然下结论。有一点可以肯定的是，子弹是从距离非常近的地方射出的。房间里只找到一把枪，弹膛里少了两发子弹。希尔顿·丘比特先生被射中心脏。由于手枪位于地板上两人的中间，可以设想有两种可能性，或者是他先向她开枪，然后再向自己开枪，或者是她一人开的枪。

“他的位置挪动过吗？”福尔摩斯问。

“只有丘比特太太挪动过。她伤得很重，不能让她就那么躺在地板上。”

“您在这儿多长时间了，医生？”

“我是四点来的。”

“还有别人吗？”

“有，本地的警官。”

“您什么都没碰？”

“没碰。”

“您做事非常谨慎。是谁去请您来的？”

“女仆桑德斯让人来叫我的。”

“是她报的警？”

“是她和厨娘金太太。”

“现在她俩在哪儿？”

“在厨房里吧，我想。”

“我看我们最好马上听她们讲一讲事情的经过。”

这间有橡木嵌板、窗户很高的老宅大厅，转眼成了一个刑事调查庭。福尔摩斯坐在一把高大的老式座椅上，脸容有些憔悴，但眼睛里闪出坚毅决绝的亮光。我在这目光中看到的，是誓将案件弄个水落石出、为他未能及时救下的委托人报仇雪恨的坚定不移的决心。衣着整饬的马丁警长，头发灰白的乡村医生，还有我和一个呆头呆脑的乡警，则是这个奇怪的合议庭的其余成员。

两个女人把事情的经过叙述得相当清楚。她们在睡梦里被一声巨响惊醒，一分钟后又听见了第二下响声。她俩的房间紧挨着，金太太冲进桑德斯的房间，两人一起下楼。书房的门开着，桌子上点着一支蜡烛。男主人脸朝下躺在房间中央。他已经死了。女主人蜷坐在窗子旁边，头靠在墙上。她伤得很厉害，半边脸都被血染红了。她大口大口喘着气，可是说不出话来。过道上和房间里，到处都是浓烟和火药味儿。窗子是关好并从里面插上插销的。关于这一点，她们俩都说得很肯定。她们马上叫人去找医生和警官。然后，由年轻男仆和小马倌相帮，她们把受伤的女主人抬到楼上的卧室。夫妻俩都上床睡过。出事时她穿着连衣裙；他在睡衣外面罩着晨衣。书房里的东西都没有动过。就她俩所知，男女主人从没吵过架。在她俩眼里，男女主人是一对很和睦的夫妻。

两个女仆提供的情况，大致就是这些。在回答马丁警长提问时，她们肯定地说，所有的门都是从里面锁上的，没人能从屋里逃出去。回答福尔摩斯提问时，她俩都说记得刚从顶楼房间奔下来那会儿，就闻到了火药味儿。“我提请您注意这个情况，”福尔摩斯对他的同行说，“现在，我想我们可以仔细查看一下这个房间了。”

这间书房并不大，三面墙都是书橱，写字桌面朝一扇普通的窗户，窗外就是花园。我们首先注意的是那位不幸乡绅的尸体，他阔大的身躯四肢摊开，躺在房间中央。衣着凌乱，说明他是从床上起来，仓促下楼的。枪弹从正面射入，击中他的心脏，留在了体内。他肯定是即刻死去的，死得并不痛苦。他的晨衣和手上都没有火药痕迹。而据乡村医生说，女主人的脸上有火药痕迹，但手上没有。

“手上若有，当然事情就很清楚了，不过，没有火药痕迹却并不说明任何问题，”福尔摩斯说，“只有在子弹质量很差的情况下，火药才会往后喷射，否则即使击发多次，也不会留下痕迹。依我看，丘比特先生的尸体现在可以移出去了。我想，医生，您还没有找到击伤女主人的那颗子弹吧？”

“需要做一次复杂的手术，才能把子弹取出来。不过，既然枪膛里还有四颗子弹，而另外两颗已经射出，造成两处伤口，那就是说六发子弹都有了下落。”

“看起来是这样，”福尔摩斯说，“或许，那颗显而易见打在窗框上的子弹，您也能说说它的下落吧？”

他骤然转过身来，瘦长的手指指着离窗框下缘约一英寸处的一个弹孔。

“真的哦！”警长大声说，“您这是怎么看见的？”

“因为我在找它。”

“太棒了！”乡村医生说，“您肯定是对的，先生。这就是说还开过第三枪，所以现场一定还有第三个人。可那能是谁呢，他又怎么逃得出去呢？”

“这正是我现在要解答的问题，”歇洛克·福尔摩斯说，“马丁警长，您还记得那两个女仆说她们刚从房间里跑出来，就闻到火药味儿的时候，我说过这一细节非常重要，是吗？”

“是的，先生；可是说实话，我没太明白您的意思。”

“这个细节提示我们，开枪的时候书房的门窗都是开着的。否则火药的烟雾不会这么快就蹿到楼上去。书房里一定要有对流的空气，烟雾才会弥漫到整幢屋子。不过,门窗打开的时间都很短。”

“何以见得?”

“因为蜡烛没有淌蜡。”

“妙啊!”警长大声说,“太妙了!”

“意识到案发时窗户是开着的这一点,我就设想当场还有第三个人,他站在打开的窗户外面,往屋内开枪。而朝这个人开枪,子弹就很可能打在窗框上。我在窗框上找,果然找到了弹孔!”

“那么窗子怎么会关上、销住的呢?”

“女人的本能反应是关上并销紧窗户。且慢,啊哈!这是什么?”

书房的桌子上,放着一只女用的手袋——一只鳄鱼皮镶银边、小巧精致的手袋。福尔摩斯打开手袋,把里面的东西倒在桌上。一卷英格兰银行五十镑票面的钞票,一共二十张,用橡皮筋箍着——别的就什么也没有了。

“这东西得保管好,在庭审中还要派用场呢,”福尔摩斯说,把手袋和钞票一齐交给警长。“现在我们得弄弄清楚,这第三发子弹究竟是怎么回事。从窗户木框碎裂的情况看,这发子弹显然是从屋内射出的。我想再向厨娘金太太提几个问题。金太太,您刚才说您是被一声巨响惊醒的。您的意思是不是说,您觉得这下响声要比第二下响声更响?”

“喔,先生,我是从睡梦中惊醒的,是不是更响我还真说不准。不过好像是挺响的。”

“您不觉得,那有可能是几乎同时响起的两下枪声吗?”

“我还真说不上来,先生。”

“我相信情况确实就是如此。马丁警长,我看这间书房里已经没有什么新的情况了。如果您愿意的话,我们不妨到花园去看看,有没有什么新的线索。”

外面有座花坛,一直延伸到书房窗前。走到花坛跟前,我们不约而同地惊呼起来。花被踩倒,潮湿的泥土上布满脚印。那是一个男人宽宽的脚印，脚趾部分特别细长。福尔摩斯在草丛和落叶中间四处搜寻，活像一只猎犬在搜寻被击伤的鸟儿。而后，他得意地叫了一声，俯下身去捡起一枚小小的铜壳。

“不出我的所料，”他说，“那支左轮手枪有弹壳推出装置，这就是那第三发子弹。我真心觉得，马丁警长，我们这个案子差不多可以结案了。”

从乡村警长的脸上可以看出，福尔摩斯的勘查进展如此神速，着实让他吃了一惊。一开始时他还总想说一下他的看法，而此刻已是对福尔摩斯佩服至极，对他言听计从了。

“您怀疑谁？”警长问。

“暂时还是先不说吧。关于这个问题，有几个疑点我还不能对您解释，既然已经到了这一步，我想最好还是按自己的思路继续进行下去，然后再回过头来，把事情的前前后后都对您说清楚。”

“您想怎么做就怎么做，福尔摩斯先生，只要能抓住那个人就行。”

“我并不是要故弄玄虚，但我们的当务之急是采取行动，眼下确实不是进行冗长、复杂的解释工作的时机。我手上已经掌握了案情的所有线索。即使女主人一直不恢复知觉，我们仍然可以还原昨夜的案发情景，确保正义得到伸张。首先我想知道，附近是否有个小旅店叫‘埃尔里奇之家’？”

所有的仆人问下来，都说没听说过有这么个地方。只有小马倌提到，他记得有个叫这名字的农场主，住在往东罗斯顿方向几英里开外的地方。

“那地方很冷僻吗？”

“冷僻极了，先生。”

“这儿昨夜发生了什么事情，也许那儿还不会听说？”

“大概不会吧，先生。”

福尔摩斯思索片刻过后，脸上漾起一丝奇特的笑意。

“备好一匹马，小伙子，”他说，“我要让你到埃尔里奇农场去送封信。”

他从袋里取出那些画有形形色色跳舞小人的纸条，放在写字台上，边看这些纸条，边在一张纸上画着。最后他把一封信交给小马倌，关照他要交到信封上写的这个人手里，还特地嘱咐他，不管对方问他什么问题，都不要回答。我看到信封上的字迹歪歪斜斜的，跟福尔摩斯平时工整的字迹迥然不同。收信人是诺福克东罗斯顿埃尔里奇农场的艾贝·斯莱尼先生。

“警长，”福尔摩斯说，“我想您不妨发个电报要求派两个警员过来，因为，如果我的估计没有出错的话，您可能得把一个非常危险的案犯押送到郡监狱去。电报可以就让这小家伙去发。华生，要是下午有去伦敦的火车，我看我们就赶那趟车吧，我还有个挺有意思的化学试验没做完，而眼前的案情调查马上就要结束了。”

小马倌带着信离去的当口，歇洛克·福尔摩斯对仆人们交代注意事项。要是有人来看希尔顿·丘比特太太，直接把来人领进客厅，不要告诉他女主人的任何情况。他极其认真地向仆人们强调这一点。吩咐完以后，他一边走进客厅，一边对跟在后面的我们说，现在的事态发展只能听其自然，我们不妨找个消遣方式静观其变。医生去照料病人了，只有警长和我留了下来。

“我想我可以用一种有趣而且有益的方式，帮二位消磨一个小时，”福尔摩斯说着，把椅子拉近桌子，把那些画着奇形怪状跳舞小人的纸条摊放在桌上。“对你，华生老弟，我欠你一个情，一直没让你那很自然的好奇心得到满足。对您，警长，我很乐意和您就整个案情的来龙去脉进行一番相当专业的探讨。首先，有些事情我必须说一下，那就是先前希尔顿·丘比特先生去贝克街见我时，告诉我的种种引起我注意的情况。”他扼要地重述了一遍我前面已经记录下来的细节。“现在摆在我面前的这些怪异的纸条，要是不知道这是一次惨案的先兆，你很可能会对它们一笑置之。我对形形色色的密码暗号，还算是比较熟悉的，有一本拙著就是专门讨论这方面问题的。我在书中分析过一百六十种不同的密码，但是我承认，眼前的这种密码对我来说是全新的。发明这种密码，其目的显然是掩盖这些符号用于传递信息的事实，让人觉着它们只不过是孩子的涂鸦而已。

“不过，一旦弄明白这些符号分别代表的字母，再把破译密码的通用规则加以应用，破译工作就变得相当容易了。我拿到的第一张纸条上句子很短，我所能作出的唯一有一定把握的推测是：符号代表E。正如你们所知道的，E是英文字母表中最常用的字母，它的出现频率特别高，即便在一个短句中，也往往有可能看到它。在第一张纸条的十五个符号中，有四个是相同的，把这个符号设定为E是顺理成章的。没错，有时候小人扛着一面旗，有时候不扛，从旗子分布的情况看，它们很可能起着把句子分割成若干个词的作用。我把这一点作为假设的前提，在笔记本上记下：E代表。

“接下去才是破译密码的真正难点所在。除了E以外，英文字母的出现频率并没有确定的排序，随意拿一篇文章来，其中出现次数最多的那个字母，很可能在单独一个短句中根本不出现。粗略地说，T、A、O、I、N、S、H、R、D、L，依次是出现频率靠前的几个字母；而T、A、O和I的出现频率，几乎是不相上下。倘若要把每种可能的组合都试一遍，来让句子的含意显现出来，那会是一个无休无止、永无尽头的过程。所以我就坐等新的信息。希尔顿·丘比特先生第二次来访，果然带来了另外两个句子和一条只有单独一个词（看来是这样，因为中间没有旗子）的信息。这就是描画下来的符号。现在，这个一共有五个字母的单词里，我已经知道第二个、第四个字母都是E。这个词可以是sever（割断），也可以是lever（杠杆）或者never（决不）。毫无疑问，只有最后那个才最可能是对一个诉求的回答，种种迹象表明，这是女主人写的一个回答。假如这个判断正确，我们就能说、、这三个符号分别代表N、V和R了。

“即便如此，破译工作仍然困难重重。但就在这时，我灵机一动，掌握了别的几个字母。我心想，如果这些诉求如我所料，来自某个早年跟女主人很亲近的人，那么，首尾各有一个E、中间还有三个字母的组合，就很有可能代表ELSIE（埃尔茜）这个名字。我检查了一下，发现那则曾重复出现三次的信息，结尾都是这样一个组合。它肯定是对‘Elsie’的某种诉求。这样一来，我就又有了L、S和I。可是，那会是什么诉求呢？Elsie前面那个词只有四个字母，而且最后的字母是E。这个词除了是‘COME’，还能是什么呢？我把以E结尾的所有其他四个字母都试了一遍，没有一个是跟我们的情况合得上辙的。所以现在我又掌握了C、O和M，可以尝试破解第一张纸条了。把每个词分开，用黑点代替暂时还不认识的符号，这张纸条上的信息就是这样：

.M .ERE ..E SL.NE.

“其中第一个字母只能是A，这个发现意义重大，因为它在这个短短的句子里出现了三次。第二个词中的H，也是显而易见的。于是这条信息变成了这样：

AM HERE A.E SLANE.

“姓名里空缺的两个字母顺手就能填上：

AM HERE ABE SLANEY

（我已到达。艾贝·斯莱尼）

“既然已经掌握了这么多字母，我就可以信心满满地解读第二张纸条上的信息了。它是这样的：

A. ELRI.ES

“只有给空缺处填上T和G，它才能有意思，写这纸条的人想必就落脚在叫这个名字的某个宅子或者旅店里。”

马丁警长和我饶有兴趣地听着福尔摩斯详尽而清晰地讲述，他是如何一步步破译密码，使一个个困难迎刃而解的。

“那么您怎么做呢，先生？”警长问。

“我有充分的理由认定，这个艾贝·斯莱尼是美国人，因为艾贝是一个美国人名字的昵称，还因为整个案子正是由一封美国来信引发的。我也有充足的证据设想，这桩事情牵涉到某个罪恶的秘密。女主人语焉不详地提到她的过去，她执意不愿把详情告诉丈夫，这两点都是佐证。因此我发了封电报给纽约警察局一个叫威尔逊·哈格里夫的朋友，他不止一次向我咨询过伦敦方面的有关案情。我问他是否知道艾贝·斯莱尼这个名字。他的回电是：‘芝加哥最危险的歹徒。’就在我收到回电的当天晚上，希尔顿·丘比特给我寄来了斯莱尼的最后一条信息。用我们已经知道的字母写出来，就是这样：

ELSIE .RE.ARE TO MEET THY GO.

“加上两个P、一个D，意思就完整了[1]，表明那个家伙劝说不成，改用威胁的手段了。以我对芝加哥歹徒的了解，我判断他可能很快就会采取行动。我立即和我的朋友、同事华生医生前往诺福克，不幸的是，还没等我们赶到，最坏的情况已经发生了。”

“能和您一起破案，我感到不胜荣幸，”警长真诚地说，“不过请恕我直言，您只需对您自己负责，而我需要对我的上司负责。如果住在埃尔里奇的这个艾贝·斯莱尼真的是凶手，而就在我坐在这儿的当口他逃跑了，那我可担待不起这罪责。”

“您不用担心。他不会逃跑的。”

“您怎么知道？”

“逃走等于承认自己有罪。”

“那我们就该去逮捕他呀。”

“我想他马上就会来这儿。”

“他到这儿来干吗？”

1 Elsie prepare to meet thy God：意为“埃尔茜，准备见上帝吧”。

“是我写信叫他来的。”

“这真让人没法相信，福尔摩斯先生！您叫他来，他为什么就会来呢？叫他来不是反而会引起他疑心，促使他逃走吗？”

“这就要看信怎么写了，”歇洛克·福尔摩斯说，“要是我没猜错的话，走在小道上的那位先生就是他了。”

一个男子正在门外的小道上大步流星地走来。此人个子很高，相貌堂堂，肤色黝黑，身穿灰色法兰绒套装，头戴巴拿马草帽，蓄一部又浓又黑的络腮胡子，鼻子高大而鹰钩，似乎有股咄咄逼人的意味。他挥舞着一根手杖，昂首阔步地走来，仿佛这地方就属于他似的。不一会儿，响起了洪亮持久、听上去兴冲冲的门铃声。

“各位，”福尔摩斯静静地说，“我想我们最好站在房门背后。要对付这样一个家伙，必须做好一切防范。警长，请您准备好手铐。问话的事，您就交给我吧。”

我们在静默中等了一分钟——这可是那种让人终生难忘的一分钟。随后房门打开，那人踏了进来。说时迟那时快，福尔摩斯用枪柄朝他头上揍了一家伙，马丁把手铐铐上了他的手腕。两人的动作迅捷而娴熟，那家伙猝不及防，一下子竟没反应过来。他瞪着凶光毕露的黑眼睛，目光在我们的脸上一一扫过。随后他放声大笑，那是一种苦笑。

“好吧，先生们，这次我算是栽在你们手里了。我好像让什么硬东西给敲了一下。可我是接到希尔顿·丘比特太太的信才来的。这里面怎么会有她的事？她可不会帮你们给我下套吧？”

“希尔顿·丘比特太太受了重伤，随时有生命危险。”

男子发出一声凄厉的嚎叫，响彻整座屋子。

“你胡说！”他激动地嚷道，“受伤的是他，不是她。谁会去伤害小埃尔茜？我也许是威胁过她——上帝饶恕我！——可是她那么美，我决不会去碰她哪怕一根头发。收回你的话——快收回！告诉我她没有受伤！”

“仆人进屋时，发现她伤得很厉害，倒在死去的丈夫边上。”

他哀号一声，跌坐在长靠椅里，低头把脸埋在铐住的双手中间。足足五分钟，他不作一声。然后他仰起脸来，用冷静而绝望的语气说：

“我没有什么要对你们隐瞒的，先生们，”他说，“如果说我向那男人开了枪，那么既然他也向我开了枪，这就算不得什么谋杀。但如果你们认为我会去朝这个女人开枪，那么你们就是既不了解我，也不了解她。我告诉你们，这个世界上决不会有一个比我更爱她的男人。我有权娶她。几年前她对我有过盟誓。这个英国人凭什么来插足在我们中间？我对你们说，我是最有权娶她的人，我只是要求得到我应有的权利。”

“她看清你是怎么一个人以后，摆脱了你的影响，”福尔摩斯语气冷峻地说，“她逃离美国躲开你，她在英国嫁了一位高尚正直的绅士。你不肯放过她，一路跟踪到英国，把她的生活弄得痛苦不堪，为的就是要让她抛下她深爱着并且值得敬重的丈夫，和她既怕又恨的你一起逃之夭夭。最终你导致了一个高贵的男人的死亡，并把他的妻子逼上了自杀的绝路。这就是你在整个案件中所犯下的罪行，艾贝·斯莱尼先生，你理应受到法律的惩处。”

“如果埃尔茜死了，我就什么也不在乎了，”这个美国人说。他摊开一只手，望着手心里捏皱的纸团。“先生您往这儿瞧，”他大声说，目光中露出一丝怀疑的神色，“你们别是在吓唬我吧，啊？倘若她伤得真像你们说的那么严重，那这张纸条是谁写的呢？”他把纸团扔在桌子上。

“我写的，为了把你引到这儿来。”

“您写的？除了我们帮里的人，谁也不会知道这些跳舞小人的秘密。您怎么会写呢？”

“有人能发明密码，就有人能破译密码，”福尔摩斯说，“有一辆马车就要来把你带到诺维奇去，斯莱尼先生。不过，你还有时间把你曾造成的伤害作一些小小的弥补。希尔顿·丘比特太太已蒙受谋杀丈夫的重大嫌疑，幸亏我来了这儿，凭我碰巧掌握的一些证据为她开脱，才使她免于受到指控，这些你都知道吗？你至少应该为她向公众澄清一个事实，那就是她对丈夫的死于非命，不负有任何直接或间接的责任。”

“对此我求之不得，”美国人说，“我想我能为自己进行的最好的辩护陈述，就是把事情的真相全都说清楚。”

“我有责任提醒你，你所说的话，可能会呈堂作为你的罪证。”警长秉承不列颠刑法的公正原则，凛然说道。

斯莱尼耸耸肩膀。

“随它去吧，”他说，“首先我想告诉各位，我在这位夫人还是小女孩的时候，就认识她了。那时我们七个人在芝加哥结帮合伙，埃尔茜的父亲是帮里的老大。这个老帕特里克，人特聪明。他发明的这套暗号，别人看见只以为是小孩子的乱涂乱画，除非你正好知道密码的规则。后来，埃尔茜知道了一些我们的所作所为，她厌恶我们干的勾当。她自个儿积蓄了一点钱，就甩开我们来到了伦敦。她对我有过承诺，我相信，要是我洗手不干那种营生，她是会嫁给我的。但只要她认定我走的不是正道，她就不愿跟我了。我直到她跟这个英国人结婚之后，才打听到她住在哪儿。我给她写信，可是没有回音。于是我就自己来了，写信不管用，我就把要说的意思画在她看得见的地方。

“我来这儿已经有一个月了。我落脚在那个农场里，房间在底层，每天夜里进出都很方便，没人会来注意。我铆足了劲想劝埃尔茜出逃。我知道她看到了那些信息，有一回她在我画的小人下面回答了一句话。那句话把我惹火了，我开始威胁她。她于是给我寄了一封信，恳求我离开，并说任何侮辱她丈夫的言行，都只会使她心碎。她说，如果我答应就此离开，让她能安安生生地过日子，她可以在凌晨三点钟，等她丈夫睡熟的时候下楼来，隔着最后面的那扇窗跟我说几句话。她带着钱下来了，给我钱要让我走。这下子我简直气疯了，我拉住她的胳膊把她往窗外拽。正在这时，她丈夫握着枪闯进屋来。埃尔茜瘫倒在地板上，我和他就面对面站着了。我身上也有枪，我掏出枪想把他吓跑，然后自己逃走。他开了枪，没打中我。我几乎同时也开了枪，他应声倒了下去。我从花园往外跑，离开时还听见身后有关窗的声音。先生们，我说的没有半句假话，句句是实情；在那以后我没有听到任何风声，直到那小子骑马送来那张纸条，我看了纸条，就像个傻瓜似的自己给你们送上门来了。"

这个美国人说这番话的时候，一辆马车已经驶抵门外。车里坐着两个身穿制服的警员。马丁警长立起身来，轻轻拍了拍案犯的肩膀。

"咱们该走了。"

"我可以先看看她吗？"

"不行，她还没恢复知觉。歇洛克·福尔摩斯先生，我只希望下次万一再碰上重要的案子，能有幸在您身边一起工作。"

我们站在窗前，目送马车渐渐驶远。我转过身来，正好看见案犯扔在桌上的那个小纸团。这就是福尔摩斯把他骗到这儿来的那封信。

"看看你能不能念出来，华生。"他笑吟吟地说。

上面没有写字，只画了这样一行跳舞的小人：

"用我解释过的规则，"福尔摩斯说，"你就可以明白它的意思很简单，就是'Come here at once.（马上来这儿。）'我确信这是一个他不会拒绝的邀请，他绝对想不到写这信的不是那位夫人，而是另外一个人。你瞧，我亲爱的华生，我们终于让作恶多端的跳舞小人弃恶从善了。我先前答应过给你的笔记本添加一些非比寻常的内容，我想，这个承诺现在已经兑现了。三点四十有一班火车，我们回到贝克街还赶得上吃晚饭。"

故事的尾声就两句话。美国人艾贝·斯莱尼被诺维奇冬季巡回审判庭判处死刑，但考虑到一些可减轻罪责的情况，并鉴于是希尔顿·丘比特先开的枪，最后改判劳役刑。至于希尔顿·丘比特太太，我所知不多，她完全康复后，一直没有再嫁，尽其余生致力于照顾穷人和管理丈夫的产业。

第二块血迹

我原本打算将《格兰其庄园》作为我向公众介绍歇洛克·福尔摩斯先生辉煌职业生涯的收官之作。我的这个决定，并非出于写作素材匮乏，因为我积累的尚未引用的案例笔记已经有一大堆；也不是由于读者对这位非凡人物的奇异个性和独特方法的兴趣日渐消退。真正的原因在于福尔摩斯先生自己对继续整理发表他的探案经历表明了反对态度。只要他的职业生涯还在继续，那些成功记录对他就有一定的实用价值；可既然他已打定主意离开伦敦，退隐到苏塞克斯的丘陵地带去专心研究学问和养殖蜜蜂，名声在外令他感觉不胜其烦，以至于他断然要求在这件事上必须绝对尊重他本人的意愿。直到我对他解释说，我已答应过在时机成熟时发表《第二块血迹》，并且向他点明说，把这个他受托处理过的最重大的国际案件作为他探案经历系列的压轴戏，绝对是恰当的选择，我才总算取得他的同意，得以将经过仔细斟酌记载下来的这起事件公之于众。在故事讲述过程中，可能在某些细节上有些含糊，谅必读者可以理解，我的有所保留是情有可原的。

事情发生在某年秋天——具体年份在此恕不言明——一个星期二的上午，两位在欧洲声名显赫的人物造访了我们位于贝克街的陋室。其中一位相貌威严，鼻梁高挺，目光锐利，有点盛气凌人，此人正是著名的贝林格勋爵，两任英国首相。另一位肤色偏黑，轮廓鲜明，举止文雅，刚到中年，外貌和心智两方面都极为出众，此人是特里劳尼·霍普阁下，欧洲事务大臣，英国政坛新星。两位要人并排坐在报纸狼藉的长沙发上，从疲惫而焦虑的面容不难看出，他们这次来访应该是有要事相求。首相那双瘦骨嶙峋、青筋暴突的手紧紧握着雨伞的象牙手柄，那张清癯的、苦行僧般的脸，忧郁地看看福尔摩斯又看看我。欧洲事务大臣则神经质地一会儿捋着髭须，一会儿摆弄表链上的吊坠。

“今天上午八点钟，福尔摩斯先生，我发现文件丢失，立刻禀报了首相大人。在他的建议下，我们一起过来找您。”

“通知警方了吗？”

“没有，先生，”首相用他出了名的斩钉截铁的口吻说道，“我们没有这样做，也不可能这样做。归根到底，通知警方就等于通知公众，而这正是我们极力想要避免的。”

“为什么呢，先生？”

“因为我们所提到的这份文件至关重要，一旦被泄露出去，很容易——不如说非常可能——在这个关键时刻导致欧洲局势的复杂化，说欧洲的和平与战争尽系于此，也并不为过。我们必须在极端保密的情况下把这份文件找回来，否则即使找到也于事无补，因为对手窃取这份文件的最终目的，就是要将信件内容公之于众。”

“明白了。现在，特里劳尼·霍普先生，可否请您确切地告诉我，这份文件是在什么情况下丢失的？”

“这件事几句话就可以讲清楚，福尔摩斯先生。这封信——实际上这是一封外国君主的来信——是六天前收到的。由于内容非常重要，我没有将它存放在我的保险箱里，而是每天晚上带回我在怀特霍尔街的家，放进卧室里的一个带锁的文件箱里。昨天晚上信还在箱子里。这一点我可以确信，因为昨天我在晚餐前换衣时还曾打开过箱子。今天早晨信却不见了。整个晚上，文件箱都放在梳妆台上的镜子旁边。我和妻子平时睡觉都很警醒。我们两个人都可以作证，夜里没有外人进入过房间。但我再说一遍，文件不见了。”

“你们是什么时候用晚餐的？”

“七点半。”

“睡觉是什么时候？”

“我妻子外出看戏。我等她回家。我们过了十一点半才回屋睡觉。”

“那么在这四个小时里，文件箱就这么放着没人看管？”

“只有打扫房间的女佣可以在早晨进卧室；其余时间里，除了我的贴身男仆和我妻子的女仆之外，任何人都不允许进那个房间。这两个仆人跟了我们多年，都很可靠。再说他们也不可能知道文件箱里放有比一般公文更重要的东西。”

“有谁知道有这样一封信？”

“家里没人知道。”

“您妻子肯定知道吧？”

“不，先生；直到今天早晨发现信不见了，我才跟她说的。”

首相赞许地点了点头。

“我早就知道您有很强的社会责任感，先生，”他说，“我相信，这么重要的机密，您对最亲密的家人也不会透露的。”

欧洲事务大臣欠了欠身。

“多谢阁下对我的公正评价。今天早晨之前，我对妻子只字未提这封信。”

“她会不会猜到什么？”

“不会，福尔摩斯先生，她不可能猜到——没人能够猜得出来。”

“您以前丢失过文件吗？”

“没有，先生。”

“国内有谁知道有这封信吗？”

“内阁全体成员昨天都已被告知；每次内阁会议都强调保密，昨天首相还专门对此作了郑重提醒。可是天哪，才过了几个小时，我就把这封信给弄丢了！”他双手抓扯着头发，那英俊的脸庞因绝望而扭曲。一瞬间，我们看到了作为一个普通人的他：情绪激动到近乎失控，而且极其敏感。但很快他的脸上又显出那种贵族气度，语气也回归平缓。“除了内阁成员，还有两三个政府部门官员知道有这封信，此外整个英国没人知道，我可以向您保证，福尔摩斯先生。”

“那么国外呢？”

“我相信除了写这封信的人，国外也没有人见过它。而且我确信连他的大臣们都不知道这件事，因为这封信不是由正常官方渠道递送过来的。”

福尔摩斯考虑了一会儿。

“噢，先生，我想更具体地问一下，这是怎样的一份文件，为什么它的丢失会产生这么重大的影响？”

两位政界要人迅速交换了一下眼色，首相的两道浓眉紧锁了起来。

“福尔摩斯先生，信封呈细长形，是淡蓝色的，上面有红色火漆封蜡，还加盖了蹲伏狮子图案的印鉴。信封上的字迹大而醒目——”

“对不起，先生，”福尔摩斯打断他说，“您说的这些细节挺有意思，也确实很重要，但我想打听的不仅于此，我想弄清楚事情的来龙去脉。这究竟是怎样的一封信？”

“这关系到国家最高机密，恐怕我不能告诉您，而且我认为没有这个必要。如果您能施展您那颇负盛名的才智，找到我所描述的那只信封和里面的信件，您将当之无愧地得到国家的嘉奖，同时获取我们在权力范围内所能给予的任何报酬。”

歇洛克·福尔摩斯微笑着站起身来。

“二位是这个国家最忙碌的人，”他说，“可我这个小小的侦探也很忙。非常抱歉，在这件事情上我没办法帮你们，而且这场交谈继续下去也是浪费时间。”

首相猛地站起，深陷的眼睛里射出凌厉的凶光，这种眼光足以震慑全体内阁。“先生，从来没有人敢这么——”但话还没往下说，他就克制住了恼怒，重新坐下。有一两分钟光景，所有的人都一言不发地坐着。随后，年迈的政治家耸了耸肩。

“我们只能接受您的要求，福尔摩斯先生。无疑您是对的，我们想要您提供帮助，却又不肯对您推诚相见，这是说不过去的。”

“我同意阁下的看法，”年轻的政治家说。

“凭着对您和您的同事华生医生的充分信赖，我把事情真相告诉你们。但愿我能够仰仗两位的爱国之心，我无法想象，这件事一旦曝光，将给我们的国家带来多大的灾难。”

“对我们您尽管放心。”

“这封信是一位外国君主写的，他被英国近来在某些地区殖民拓展过快所激怒，所以写了这封信。信写得很仓促，而且完全是他个人的看法。据我们掌握的情报，他的大臣们对此事一无所知。不仅如此，信写得很不成体统，有些言辞带有挑衅意味，一旦公开发表，势必会激怒我国民众，引起一场轩然大波。这场骚乱已迫在眉睫，先生，我可以坦率地说，这封信一旦发表，一个星期之内英国就将卷入一场大战。”

福尔摩斯在一张纸条上写下一个人名，递给首相。

“一点不错，正是他。恰恰这样一封信——这封信很可能意味着损失十亿英镑财富、牺牲十万条生命——竟然就这样莫名其妙地丢失了。”

“通知发信人了吗？”

“通知了，先生，加密电报已经发出了。”

“说不定他正想让这封信公之于众。”

“不，先生，我们有足够的理由相信，他已经意识到自己的行为很不明智，或者说非常鲁莽。信件一旦外传，对于他和他的国家的打击，比对我们的打击更为沉重。”

“既然是这样，那么信件外传会对什么人有利呢？为什么有人要偷窃或公布这封信呢？”

“您瞧，福尔摩斯先生，这里面牵涉到复杂的国际政治关系。如果考虑一下目前的欧洲形势，您就不难发现这里面的动机所在。眼下整个欧洲大陆就像一个武装起来的堡垒，形成了两大势均力敌的国际军事同盟。大不列颠保持中立，维持着这两大同盟之间的平衡。一旦英国被拖入战争，对某个同盟开战，那么另外那个同盟无论是否参战都将奠定优势。您明白了吗？”

“非常明白。看来是这位君主的敌对方想要窃取并公布这封信，以造成他的国家与我国之间的关系破裂，是吗？”

“是的，先生。”

“如果这封信落入对方手里，他们会把它交给谁呢？”

“给欧洲随便哪个国家的大臣官署。很可能，此时此刻这封信正全速往那儿赶呢。”

特里劳尼·霍普先生垂下头去，长叹一声。首相宽容地将手搭在他的肩膀上。

“这是造化弄人，我亲爱的朋友。谁也不能责备您。您已经采取了所有必要的防范措施。现在，福尔摩斯先生，事情您全都了解了，您看该怎么办？”

福尔摩斯表情沉重地摇了摇头，问道：“您是认为，先生，除非我们能找回这封信，否则战争就会爆发。是这样吗？”

“我认为很有可能是这样。”

“那么，先生们，准备打仗吧。”

“您说这话实在令人难以接受，福尔摩斯先生。”

“请考虑现实情况，先生们。信不可能在夜里十一点半之后被窃，因为据我所知，从那时起一直到发现信件丢失的那段时间里，霍普先生和夫人都一直在房间里。因此，信是在昨天晚上七点半到十一点半之间被窃的，很可能是在七点半过后不久，偷信的人显然知道信在文件箱里，自然想尽快把它拿到手。那么，先生们，这么重要的文件，如果那么早就已经被偷走，现在它会在哪儿呢？没人有任何理由要把这封信压在手里。它应该已经被迅速传给需要得到它的人了。我们还有机会拿回这封信，或者查到它在哪儿吗？恐怕是鞭长莫及了。”

首相从沙发上立起身来。

“您说的完全合乎逻辑，福尔摩斯先生。我觉得在这件事上我们确实是束手无策了。”

“为便于讨论起见，我们不妨假定，这份文件是被女仆或者贴身男仆所窃——”

“这两人都是可以信得过的老用人。”

“我听您提起过，您的卧室在三楼，从楼外无法直接进入，而外人从楼内走上去，想要不被人发现也是不可能的。因此，信一定是这所房子里的人偷的。窃贼会把信交给谁呢？交给一个国际间谍或秘密特工，我对这些人的名字颇为熟悉，其中有三个人可以算此道中的翘楚。我的调查先从这三个人入手，看其中是否有人下落不明。如果有人下落不明——尤其是从昨晚就开始失踪——我们就可以对信件的去向找出些蛛丝马迹来。”

“为什么下落不明呢？”欧洲事务大臣问，“他只要把信交给某国驻伦敦的大使馆就行了，这很有可能呀。”

“我想不会。这些特工都喜欢单枪匹马行动，而且他们和大使馆的关系通常都有些紧张。”

首相点头表示同意。

“我相信您是对的，福尔摩斯先生。这么有价值的一件战利品，他会宁愿亲手交给总部。我觉得您的行动方针非常切实可行。在此期间，霍普，我们不能因为这起不幸事件而忽略其他职责。今天如果有任何新的情况，我们会联系您，也请您务必让我们了解您的调查进展情况。”

两位政界显贵欠身作别，神情凝重地走出房间。

客人离去之后，福尔摩斯一言不发地点燃烟斗，坐在那里陷入了沉思。我摊开晨报，全神贯注地阅读一起伦敦昨夜发生的凶杀案。这时，我的朋友突然长叹一声，站起身来，将烟斗往壁炉台上一搁。

"是的，"他说，"没有更好的解决办法了。情况十分危急，但不是完全没有希望。即便是现在，如果我们能够确定他们当中谁拿走了信，还是很有可能在信被出手之前找回来。对这些人来说，无非就是个钱的问题，好在我身后有英国财政部撑腰呢。如果他肯出价，我就去买下它——不管花多少钱。没准那个家伙把信攒在手里，正准备货比三家卖个好价钱呢。敢玩这么冒险的游戏的，只有奥贝斯坦、拉罗蒂埃和爱德华多·卢卡斯。这三个人我都要去拜访一下。"

我瞥了一眼手里的晨报。

"是那个住戈多尔芬街的爱德华多·卢卡斯吗？"

"是的。"

"你见不着他了。"

"为什么？"

"昨晚他在家里被人杀死了。"

我的朋友经常在办案过程中做出让我吃惊的事，所以当我发现这次我让他着实大吃一惊时，不禁非常得意。他怔怔地看着我，然后从我手里一把抢过报纸。下面这段文字，就是他从椅子上站起身来时我正在读的：

威斯敏斯特区谋杀案

昨晚在位于戈多尔芬街16号的一栋住宅内发生了一起神秘惨案。这条街位于泰晤士河与威斯敏斯特大教堂之间，紧靠议会大厦主塔。街道两边都是十八世纪的老式建筑，十分僻静。爱德华多·卢卡斯先生在这栋小巧精致的宅子里已居住多年，他在伦敦社交圈里颇为知名，他不但有着迷人的个性，还是国内顶尖的业余男高音歌手。卢卡斯先生现年三十四岁，未婚，家中雇有年老的管家普林格尔太太和贴身男仆米顿。管家习惯早睡，卧室位于顶楼。男仆当晚外出，去哈默史密斯探访朋友。当晚十点以后，只有卢卡斯先生一人在家。没人知道那段时间里到底发生了什么，但在十一点三刻，警员巴雷特经过戈多尔芬街时，发现16号大门半开着。他上前敲门，却无人应答。见客厅里有灯光，他便走进门廊再次敲门，但仍无回应。于是他推门进屋。屋内一片狼藉，家具均翻倒在一边，一把椅子翻倒在房间中央，椅旁躺着已死于非命的屋主，手里还攥着椅腿。他被锐器刺中心脏，想必已当场死亡。作案工具是一把弯形的印度短剑，原本当作装饰品与其他东方兵器一起挂在一面墙上。作案动机不像是抢劫，因为室内贵重物品均未见丢失。爱德华多·卢卡斯先生名声在外，人缘颇佳，此次惨遭神秘杀害，必将在其广大朋友圈中引发强烈关注和深切同情。

“唔，华生，你对这件事有何见解？”福尔摩斯看后沉默许久，然后问道。

“纯属惊人的巧合。”

“巧合！这个人正是我们刚才提到的有可能在这部戏里出演的那三个人之一，而他恰好就在戏上演的这段时间里惨遭横祸。巧合的可能性是极小的，尽管无法说出它到底小到多少。不，我亲爱的华生，这两个事件之间有关联——必定有关联。我们要找到其中的关联。”

“警方现在想必知道全部案情了。”

“绝非如此。他们知道戈多尔芬街发生的事，但他们还不知道——而且以后也不会知道——怀特霍尔街发生的事。只有我们这两件事都知道，而且能够追溯这两者之间的关系。不管怎样，有个明显的疑点使我对卢卡斯产生了怀疑。从怀特霍尔街到戈多尔芬街和威斯敏斯特，走路都只有几分钟的路程。而我刚才提到的其他两个秘密特工都住在西区那头。因此卢卡斯比另外那两个人更容易和欧洲事务大臣家发生联系或者从那里获取情报——看起来这是件小事，但考虑到短短几小时里就接连发生两件案子，它就很可能至关重要了。啊！谁来啦？”

赫德森太太走进房间，手上的托盘中放着一位女士的名片。福尔摩斯瞅了一眼，扬起双眉，将名片递给我。

“有请希尔达·特里劳尼夫人，”他说。

不一会儿，我们这个因上午接待过尊贵人物而显得与众不同的简朴寓所，又因为一位伦敦最可爱的女士的光临而蓬荜增辉。我常听人说起贝尔敏斯特公爵的这位幼女的美貌，但无论是众人口口相传还是本人单色相片，都不曾使我料到眼前的这位佳人竟然有如此清雅的面容和明艳的肤色。然而，我们在这个秋日上午见到她时的最初印象，却不是她那惊人的美丽。可爱的双颊，因情绪激动而显得苍白；明亮的双眸，闪烁着焦躁不安的目光；敏感的双唇紧紧抿着，为了克制自己而显得苍白。惊恐——而非美丽——这就是在房门开启的一瞬间，这位美貌访客最先映入我们眼帘的印象。

“我丈夫来过这儿是吗，福尔摩斯先生？”

“是的，夫人，他来过。”

“福尔摩斯先生，我求您不要告诉他我来这儿。”福尔摩斯冷冷地点了点头，指着一张椅子，请这位女士坐下。

“夫人，您这样让我很为难。请您先坐下，告诉我您想要我做什么；但我恐怕不能随便答应您的要求。”

她走向房间另一头，背对着窗户坐下。那真是女王般的仪态——身材修长，姿态优雅，女人味十足。

“福尔摩斯先生，”她说话时，两只戴着白手套的手时而紧扣，时而松开。“我愿意对您直言不讳，希望这样做能促使您对我也坦诚相待。我和我丈夫之间在所有事情上都相互信任、没有任何秘密，只有一件事除外，那就是政治问题。他在这方面向来守口如瓶，不对我透露半点消息。现在我知道，昨天晚上我们家里发生了一件很不幸的事，丢失了一份文件。因为这件事涉及政治，我丈夫不肯对我吐露实情。现在我有必要——我是说非常有必要——详细了解这件事。除了那几位政府要员，您是唯一了解事情真相的人。所以我恳求您，福尔摩斯先生，告诉我到底出了什么事，它会导致什么样的后果。请把一切都告诉我，福尔摩斯先生。不要因为顾及我丈夫的利益而对我保持沉默。我向您保证，只有完全信任我，他的利益才能得到充分保障。但愿他能够明白这一点。请告诉我，失窃的是份什么文件？"

"夫人，您的问题恕我无法回答。"

她发出一声呻吟，用双手蒙住脸。

"您得明白，我只能这样做，夫人。既然您的丈夫认为不应当让您知道这件事，而我则由于职业关系作出保密承诺后才得知真相，我怎么可以把他拒绝向您透露的事情告诉您呢？您提出这种要求很不公平，您应该去问他才对。"

"我问过他了。我来找您也是出于无奈。不过您不必明确告诉我整个事情，福尔摩斯先生，您只要在一个问题上点拨我一下，就是帮我大忙了。"

"什么问题，夫人？"

"我丈夫的政治生涯有可能会因为这件事而受影响吗？"

"喔，夫人，除非事情顺利解决，否则必定会受到严重影响。"

"啊！"她猛吸了一口气，仿佛她的疑虑得到了印证。

"还有一个问题，福尔摩斯先生。这个不幸事件发生时，我丈夫由于极度震惊说过一句什么话，按我的理解他的意思是说，这份文件的丢失将会引发可怕的后果。请问是这样吗？"

"如果他是这么说的，我当然不能否认。"

"那会是怎样的后果呢？"

"哦，夫人，您又提了一个我无法回答的问题。"

"那我就不再耽搁您的时间了。福尔摩斯先生，我不能因为您拒绝对我实言相告而责怪您，相信从您的角度，您也不会把我想得太糟糕，我只是想要分担我丈夫的焦虑，尽管这有点违背他的意愿。我再次请求您不要告诉他我来过。”

她走到门口，回头望了我们一眼就离开了。美丽而忧伤的脸，受惊吓的眼神和没有血色的嘴唇，这些就是她给我留下的最后印象。

“哎，华生，你对女性比较了解，”当裙裾的沙沙声渐渐远去，大门砰的一声关上后，福尔摩斯笑了笑说。“这位美丽的女士到底在玩什么花样？她究竟想干吗？”

“毫无疑问，她已经把意图表达得很清楚了，她的焦虑也很自然。”

“嗯，请想一下她的表情，华生——她的举止，她那难以抑制的激动，坐立不安的样子，问起问题来没完没了的那股子执拗劲。请别忘记，她出身于一个不轻易表露情感的社会阶层。”

“她当时的确有点过于激动。”

“还请记住，她那么急切地向我们保证说，她之所以想要了解事情真相是为她丈夫着想。她这样说是什么意思？另外你应该注意到，华生，她总是设法背对着光。她不想让我们看清楚她的表情。”

“没错，她挑了那把背光处的椅子坐下。”

“女人的心思总是那么难以捉摸。你应该还记得，正是出于同样理由，我怀疑过马盖特的那个女人。她鼻子上没搽粉——事后证明这个破案思路是正确的。你怎么可以这么轻易地下结论呢？有时候她们的一个细微举动蕴含着非常重要的信息，她们的最反常行为也可能会在发卡或者卷发钳这类小物件上显露出来。回见，华生。”

“你要出去？”

“是；我打算去戈多尔芬街跟苏格兰场的同行们一起消磨上午的时光。爱德华多·卢卡斯是破解此案的关键，尽管我必须承认，我对以什么方式来解决这个问题还一无所知。还没有掌握事实之前就先做推理，这是大错特错的。你就留在家里吧，华生，有人来访就接待一下。我尽可能赶回来吃午饭。”

在接下来的三天里，福尔摩斯一直寡言少语，做朋友的知道他是在沉思默想，外人则会以为他有点郁郁寡欢。他出出进进，烟抽个不停；拉会儿小提琴又放下，陷入冥想；不按时吃饭，饿了就狼吞虎咽地吃些三明治；对我的随口提问也爱理不理，答非所问。我心里清楚，案情调查进展得不顺利。他不会主动谈及这个案子，我是从报纸上看到案件调查的详细情况的。死者的贴身男仆约翰·米顿遭到逮捕，随即又被释放。验尸陪审团明确将案件性质裁定为“蓄意谋杀”，但究竟何人作案还是个谜，作案动机也不清楚。房间里有很多贵重物品，一件也未被拿走。死者的文件也未见翻动。在对其文稿和书信仔细检查后发现，死者对国际政治很感兴趣，热衷于八卦新闻，熟悉多国语言，且往来信件频繁。他与多国政要交往密切。但在装满抽屉的文件中未发现任何引人注目的东西。他与女性的关系方面，似乎都是交往杂乱但关系平平。泛泛之交有不少，知心朋友却不多，而且没一个是他所爱。他生活很有规律，举止也不讨人嫌。他的死绝对是个谜，而且这个谜有可能永远难以破解。

而警方逮捕贴身男仆约翰·米顿，也是个不得已而为之的措施，以免被人议论当局无所作为。然而没有任何证据可以支持对他的指控。他那天晚上去他在哈默史密斯的朋友家里，有不在案发现场的充足证据。他确实在案发前一个小时就动身回家，照理案发时他应已回到威斯敏斯特的家。但他对此解释说，当晚夜色很美，所以他走了一段路，这似乎也是很说得通的。事实上他回到家已经十二点，猝然看到这样的惨状，让他茫然不知所措。他和他的主人一直相处得很好。有几件死者的物品——特别是一小盒剃须刀——被发现藏在贴身男仆的箱子里，但他解释说这是他的主人送给他的，这种说法得到了女管家的证实。米顿受雇于卢卡斯已有三年。值得注意的是卢卡斯没带米顿去过欧洲大陆。有时候他去巴黎，一待就是三个月，却把米顿留下来照看戈多尔芬街的家。至于那个女管家，案发当晚她什么都没有听见。如果主人有客人来，他自己会去开门。

所以这三天里，我每天上午从报纸上看到的消息都表明案情仍然扑朔迷离。如果福尔摩斯知道得比我多，那就是他藏在心里没说出来。不过他告诉我，莱斯特雷德警探在这件案子上对他毫无保留，所以我知道他一直在密切关注案情的进展。到了第四天，从巴黎发来一封很长的电报，似乎解决了全部问题。电文如下：

据《每日电讯报》消息，巴黎警方近日的一项发现，揭开了笼罩在上星期一晚间威斯敏斯特区戈多尔芬街惨案上的神秘面纱。读者想必记得，当时死者爱德华多·卢卡斯先生在房间里被刺身亡，他的贴身男仆曾遭警方怀疑，但该项指控因有不在场证明而被撤销。昨天，住在奥斯特利茨街一栋小别墅中的一位女士亨利·弗内耶，被其仆人向警察当局举报，称其精神失常。经检查，她确实罹患躁狂症并已发展到无法治愈的危险程度。警方调查发现，亨利·弗内耶夫人上星期二刚从伦敦返家，有证据表明她与威斯敏斯特的那起罪案有关。相片对比也证实，亨利·弗内耶先生与爱德华多·卢卡斯实为同一人，死者因某种不明原因，一直在伦敦和巴黎两地过着双重身份的生活。弗内耶太太有着克里奥尔人血统，天性极易激动，由于长期饱受妒忌折磨而发展到癫狂。据推测，此起轰动整个伦敦的惨案实为其极度妒忌或癫狂所致。她在星期一晚间的活动轨迹目前尚未查明，但可以确定的是，星期二早晨在查令十字街车站，有一位与她相貌描述相符的女士因其外貌疯癫、举止狂暴而引起广泛关注。因此，很有可能或是这个不幸的女人因精神失常而导致这起罪案的发生，或是这起罪案造成的后果直接影响了她疯癫发作。目前她对以往发生之事尚无法作出连贯的叙述，医生对其恢复理智也不抱希望。有人证实，有一位女士星期一晚间在戈多尔芬街一栋房子外滞留观望达数小时之久，此人可能就是弗内耶太太。

“福尔摩斯，你对此有何看法？”我大声读完这篇报道时，他刚好吃完早餐。

“亲爱的华生，”他从餐桌边站起身，在房间里一边来回踱步一边说，“你可真沉得住气，不过这三天里我什么都没对你说，是因为确实没什么可说的。现在从巴黎来的这篇报道，也帮不了我们多少。”

“有一点是不容置疑的，那就是这件事跟卢卡斯的死有关。”

“这个人的死纯属意外，它跟我们真正的目标——找到这份文件，使欧洲避免一场灾难——相比，只是个微不足道的小插曲。最近三天里唯一的重要消息，就是什么事都没有发生。这些天我几乎每小时都会收到政府方面的报告，可以确信的是，整个欧洲都没有任何发生动乱的迹象。现在，如果这封信遗失——不，它不可能遗失——但如果没有遗失，它能在哪儿呢？它在谁手里？为什么藏着不出手？这些问题就像锤子一样敲击着我的脑袋。卢卡斯正好就在信丢失的那天夜间丧命，这真是巧合吗？信是不是到了他手里？如果是，为什么在他的文件堆里找不到这封信？会不会是他那个发疯的妻子把它拿走了？如果是，信会不会在她巴黎的家里？我怎样才能在不引起法国警方怀疑的情况下找到这封信？我亲爱的华生，在这个案子里，我们所面临的触犯法律的危险，并不亚于来自罪犯的危险。所有人都防着我们一手，而这当中又牵涉到巨大的利害关系。若能成功破掉这个案子，那无疑将是我职业生涯的无上荣耀。噢，前方来新消息了！”他匆匆看了一眼递来的便条。“嗬！看来莱斯特雷德发现什么令人感兴趣的东西了。戴上帽子，华生，我们一起去威斯敏斯特走一趟。”

这是我第一次去那个犯罪现场——一栋外形高耸、颜色灰暗、门面狭窄的房子，样式古板，布局严谨又坚固耐用，保留着它诞生的那个年代的风貌。透过临街的窗户，可以看到莱斯特雷德那张斗牛犬似的脸，他正在屋里盯着我们呢。一个大个子警员开门引我们入内，他便热情地迎上来。我们被领进的那间房间正是案发现场，但除了地毯上留下的一块难看而形状不规则的血迹外，现在已痕迹全无了。这是一块小小的粗毛方地毯，铺在房间中央，四周古色古香的地板用方形木块拼成，打磨得光可鉴人。壁炉上方墙面上装饰着各种华丽壮观的武器，其中一件在那个悲惨的夜晚被用作了杀人凶器。靠窗摆着一张豪华写字桌，房间里的每个细节，从画像、壁炉毯一直到挂饰，无不透出一种近乎纤巧的奢华之气。

“看到巴黎的新闻了？”莱斯特雷德问。

福尔摩斯点点头。

“看来我们的法国朋友这回干得漂亮。毫无疑问事情正如他们所说的那样。她上前敲门——不速之客，我猜也是，因为他平时过着与世隔绝的生活。他开门让她进去——总不见得让她待在街上吧。她告诉他自己是怎么跟踪他的，然后对他大加斥责，事情越闹越大，正好那把短剑近在手边，于是很快导致了惨剧的发生。当然这场惨剧不是在瞬间完成，那些椅子都翻倒在一边，他手里还攥着一把，似乎想用椅子去挡她。这一切都十分清楚，就像我们亲眼所见。”

福尔摩斯扬了扬眉毛。

“那您为什么还叫我过来？”

“噢，是这样，那是另外一件事——没什么大不了的事，但却是您感兴趣的那类——有点奇怪，您知道，或者您要说是反常也行。但这跟本案主要事实无关——至少从表面上看不出什么关系。”

“那反常之处在哪儿呢？”

“哦，您知道，这类案件发生之后，我们会非常小心地保护好现场。这次也一样，东西都没有动过，还派了警员日夜看守现场。今天上午，死者已经下葬，调查也已告一段落——当然是就现场而言——我们就想打扫整理一下。这块地毯，您瞧，没有固定在地板上，只是铺在上面。我们无意中掀开地毯，结果发现——”

“怎么？你们发现什么了？”

福尔摩斯的表情因焦虑而显得有些紧张。

“喔，我相信您一辈子都猜不到我们发现了什么。您看到地毯上那块血迹了吗？嗯，照理会有很多浸透到了地毯下面，应该是这样吧？”

“毫无疑问，应该是这样。”

“那好，您听了肯定会大吃一惊，这下面的白色地板上没有一点血迹。”

“没有血迹！可是应该——”

“是的，我知道您会说应该有的。可事实上没有。”

他伸手拎起地毯一角，将它掀开，表明事实确实如此。

“既然地毯的反面和正面都有血迹，地板上应该留有血迹啊。”

看到大名鼎鼎的刑侦专家居然也被弄得大惑不解，莱斯特雷德得意地轻轻笑出声来。

“好吧，我来给您解释一下。确实有第二块血迹，但它跟第一块不在同一个位置。您自己看吧。”他边说边掀开地毯的另一角，果然，在正方形白色木块铺成的老式地板上，有一大块深红色血迹。“您对这个怎么看，福尔摩斯先生？”

“哦，这很简单。两块血迹形状相符，说明地毯被转动过。地毯是正方形的，而且没有固定，所以很容易造成这个结果。”

“福尔摩斯先生，警方不需要您来告诉我们地毯被转动过了。这是明摆着的，因为这两块血迹正好互相覆盖——如果这么盖上去的话。我想要知道的是，谁挪动了这张地毯？为什么要这么做？”

我从福尔摩斯凝滞的表情看出，他内心正激动得发颤。

“听着，莱斯特雷德，”他说，“站在过道里的那个警员一直负责看守这里吗？”

“是的。”

“那好，我来告诉您怎么做。您仔细盘问他。不要当着我们的面。我们等在这儿。您把他带到里间，这样他更容易对您说实话。您问他，为什么擅自放外人进来，还让外人单独待在这个房间里。别问他有没有这样做过。要先认定有这么回事。告诉他您知道有人来过这里。对他施加点压力。告诉他只有彻底坦白才能得到宽恕。照我说的做！”

“瞧我的，如果他真的知道些什么，我一定会让他从实招来！”莱斯特雷德大声说着，快步走向门厅，不一会儿从里间传来他的恐吓声。

“来，华生，快来！”福尔摩斯心急火燎地喊道。刚才那副无精打采的神情一扫而空，整个人像着了魔似的，转瞬之间精神焕发。他拉开地毯，嗖地一下趴在地上，用手指去抠地板缝。当他的指甲抠到一块地板边缘时，那块地板松动了，像带铰链的盒盖一样翘了起来，下面露出一个幽暗的小洞。福尔摩斯急切地把手伸进去，又抽了回来，发出一声痛苦的低吼，露出恼怒和失望的表情。里面空无一物。

“快，华生，快！赶紧恢复原状！”刚把木头盖板翻下，把地毯拉平整，就听见莱斯特雷德的说话声从过道那里传来。他进来后发现福尔摩斯正懒洋洋地倚靠在壁炉台边，一副百无聊赖的神情，而且似乎在竭力掩饰那些忍不住的呵欠。

“抱歉让您久等了，福尔摩斯先生。看得出来，您对这件事情厌烦透了。好吧，他已经招了，错不了。到这边来，麦克弗森，让两位先生也听听你干了哪些不可饶恕的事情。”

那个大个子警察满面羞惭，怯生生地走进房间。

“我不是存心的，先生，我敢保证。昨天晚上那个年轻女士走到门口——当时她走错门了。于是我们聊了起来。整天在这儿守着，难免会觉得闷得慌。”

“嗯，然后怎么样了呢？”

“她想瞧一眼凶案现场——她说是从报纸上看到的消息。这么一位长相体面又谈吐文雅的年轻女士，先生，我觉得让她瞧上一眼应该没什么大碍。当时她看到地毯上那摊血迹，一下子晕倒在地，好像死了一般。我跑到后面拿来一点水，也没能让她恢复知觉。于是我就去街角那家小店买了一点白兰地，等我带着酒回来，那个年轻女士已经苏醒过来离开了——她大概觉得难为情，觉得不好意思见我了。”

“地毯怎么会移动过呢？”

“是这样，先生，我回来后发现地毯有点不平整。您知道，她昏倒在地毯上，而地毯铺在光滑的地板上，又没有固定。后来我把它捋平整了。”

“这次给你一个教训，让你再也不敢蒙骗我，麦克弗森警员，”莱斯特雷德正颜厉色地说，“你以为你的玩忽职守一辈子都不会被发现，可我只看了地毯一眼，就断定有人进过房间。这次算你走运，老弟，没丢什么东西，要不然有你的苦头吃。真抱歉为这么点小事把您叫来，福尔摩斯先生，不过我觉着，第二块血迹和第一块不相符，这个疑点是会让您感兴趣的。”

“当然，它非常令人感兴趣。警士，这位女士只来过一次吗？”

“是的，先生，只来过一次。”

“她是什么人？”

“我不知道她的名字，先生。她是看了广告来应聘打字员的，结果找错了门牌号码——非常可爱、有教养的年轻女士，先生。”

“个子高吗？长得漂亮吗？”

“是的，先生。她是一位长得很好的年轻女士。我猜您会说她挺漂亮。也许有人还会说她非常漂亮。‘哦，警官，就让我看一眼吧！’她这么说。也许您会说她挺机灵，会哄人。我当时想，就让她往门里看一眼，没什么大不了的。”

“她的衣着打扮怎么样？”

“很朴素，先生——一件长披风一直拖到脚背。”

“什么时候来的？”

“天色刚刚擦黑。我买白兰地回来时，家家都在点灯。”

“很好，”福尔摩斯说，“走吧，华生，我们在别处还有更重要的工作呢。”

我们离开那栋房子时，莱斯特雷德还留在客厅里。当那个充满悔意的警员送我们出门时，福尔摩斯在台阶上转过身，手里举着一件东西。警员专注地看着。

“天啊，先生！”他叫了起来，一脸的惊讶。福尔摩斯将食指贴在唇边，把手放回胸前口袋里。我们走到街上时，他突然大笑起来。“好极了！”他说，“看着，华生，最后一幕戏就要开演了。你可以放心，战争不会爆发，特里劳尼·霍普阁下的辉煌职业生涯不会受挫，那个鲁莽的君主不会因为他的轻率言行而受到惩罚，首相也不用去处理什么欧洲乱局了。只要我们这边略施小计，处置妥当，就不会有人会因为这场有惊无险的危机而受到影响了。”

对这样一个能力超群的人，我心中充满钦佩之情。

“问题你都解决了！”我叫了起来。

“还没呢，华生。还有几个疑点有待澄清。但我们已经有了很大进展，如果剩下的问题还解决不了，那就只能怪我们自己了。现在我们就去怀特霍尔街，让事情有个了结。”

我们赶到欧洲事务大臣居所，歇洛克·福尔摩斯求见的却是希尔达·特里劳尼·霍普夫人。我们被领进起居室。

“福尔摩斯先生！”夫人说道，由于气愤而脸涨得通红，“您这么做太不公平，也太不厚道了。我请求过您对我的登门拜访保守秘密，正如我已经解释过的，以免让我丈夫以为我在干预他的事务。可是您却还来我家里，让别人以为我们之间有什么瓜葛，您这是在损害我的声誉。”

“很遗憾，夫人，我别无选择。我受人之托，要找回这份极其重要的文件，所以我只好来找您，夫人，想请您把它交给我。”

夫人猛地立起身来，美丽的脸庞骤然失色。看到她两眼呆滞，摇摇晃晃,我以为她马上会昏厥过去。然而她竭力控制住自己,从震惊中恢复过来,脸上只剩下极度惊愕和愤怒的表情。

“您——您侮辱我,福尔摩斯先生。”

“行了,行了,夫人,您这样做没用。请把信交出来吧。”

她跑过去打算摇铃。

“管家会带你们出去。”

“别摇铃,希尔达女士。如果您摇铃,我为避免丑闻所做的所有努力都将前功尽弃。把信交出来就什么事都没有了。如果您照我说的做,我会妥善处理所有的事情。如果您不肯配合,那我只好揭发您了。”

她毫不退缩地站在那里,就像女王一般,两眼紧盯着他的眼睛,仿佛想看透他的内心。她把手按在铃上,但克制住自己没去摇铃。

“您想吓唬我。您来这里恫吓一个女人,福尔摩斯先生,这可不像男子汉所为。您说您知道一些事情,您到底知道些什么呢?”

“请您坐下,夫人。您如果摔倒会伤着自己。您坐下我才会说。谢谢您了。”

“我给您五分钟,福尔摩斯先生。”

“一分钟就够了,希尔达女士。我知道您去找过爱德华多·卢卡斯,您给了他这份文件,我也知道您昨天晚上巧妙地重返那个房间,我还知道您用了什么方法从地毯下的隐蔽处拿走了信。”

她盯着福尔摩斯,面色惨白,两次想开口都噎了回去。

“您疯了,福尔摩斯先生——您简直是疯了!”她终于喊出声来。

福尔摩斯从口袋里拿出一张小纸片。那是一帧从半身照上剪下来的女人头像。

“我把这个带在身边,我想也许会有用,”他说,“那个警员已经认出来了。”

她喘了口气,一头倒在椅子里。

“好啦,希尔达女士,信在您的手里,事情还有回旋余地。我不想给您添麻烦，我的职责就是把这封信交还给您的丈夫。听我的劝告，对我说实话，这是您唯一的机会。”

她的勇气实在令人惊叹。到了这种地步，她仍然不肯认输。

“我再跟您说一遍，福尔摩斯先生，您这是异想天开的无稽之谈。”

福尔摩斯从椅子上站起来。

“我为您感到遗憾，希尔达女士。我已经为您尽力了，看来这一切都是白费口舌。”

他摇了铃。管家走进房间。

“特里劳尼·霍普先生在家吗？”

“他十二点三刻回家，先生。”

福尔摩斯看了一眼怀表。

“还有一刻钟，”他说，“很好，我等他。”

管家刚走出房间关上房门，希尔达女士就跪倒在福尔摩斯的脚下，伸出双手，仰起美丽的脸，泪流满面。

“噢，饶恕我，福尔摩斯先生！饶恕我吧！”她发疯似的哀求道，“看在上帝的分上，别告诉他！我是这么爱他！我不愿意给他的生活蒙上阴影，我知道这件事会刺伤他那颗高贵的心的。”

福尔摩斯将她扶起。“夫人，幸好您总算清醒过来了，要不然真要来不及了！时间紧迫，快告诉我信在哪儿？”

她冲向书桌，用钥匙打开抽屉，取出一个长方形蓝色信封。

“信在这儿，福尔摩斯先生。真希望我从来没有见过它！”

“我们怎么把它还回去呢？”福尔摩斯轻声低语，“快，快，我们得赶紧想个办法！文件箱在哪儿？”

“还在他卧室里。”

“真是幸运！快，夫人，去把它拿来！”

过了一会儿她手里拿着一个红色的扁平箱子回来了。

“您以前是怎么打开它的？有备用钥匙吗？没错，您当然有。把它打开！”

希尔达女士从怀里掏出一把小钥匙。箱子被打开了，里面塞满文件。福尔摩斯把蓝色信封塞到靠下面的一份文件里，夹在两页纸中间。箱子关好、锁上，送回卧室。

“现在一切就绪，我们等他回来。”福尔摩斯说，“还有十分钟。我用了全力来保护您，希尔达女士。作为回报，希望您能抓紧这十分钟时间，如实地告诉我这件奇事的真相。”

“福尔摩斯先生，我把一切都告诉您，”夫人大声说，“哦，福尔摩斯先生，我宁愿砍下我的右手，也不愿意他有一丝悲伤！整个伦敦没有一个女人像我这么爱自己的丈夫，可如果他知道了我所做的事——我被迫做的事——他永远不会原谅我的。他把自己的荣誉看得很重，对身边人的过失，他是不会忘记，也不可能原谅的。帮帮我，福尔摩斯先生！我的幸福、他的幸福、我们两个人的性命都危在旦夕！”

“快说，夫人，时间不多了！”

“问题出在我的一封信上，福尔摩斯先生，是我婚前写的一封有失检点的信——一封愚蠢的信，一封恋爱中的女孩一时冲动写下的信。我无意伤害我的丈夫，可他会认为这样做不道德。他看了这封信，就再也不会对我推心置腹了。这封信是几年前写的，我以为这事就这样过去了。没想到信落到了卢卡斯手里，他打算把它交给我的丈夫。我恳求他手下留情。他说只要我把我丈夫文件箱里的一份文件交给他，他就把信还给我。他在政府部门的间谍同伙告诉他有这么一封信。他向我保证说，我丈夫不会因此受到伤害。请您设身处地想一想，福尔摩斯先生，我该怎么办？”

“把所有这一切都告诉您丈夫。”

“我不能，福尔摩斯先生，我不能！要么毁掉我的家庭幸福，要么去做偷盗我丈夫信件的卑劣之事，我面临两难的选择。我对政治上的后果不太清楚，但在爱情和信任问题上却想得很清楚。我拿了文件，福尔摩斯先生！我拿我丈夫的钥匙去压了模，那个卢卡斯就去配了一把。我打开文件箱，取出文件，带着它去了戈多尔芬街。”

“在那儿发生了什么事，夫人？”

“我依照约定的方式敲门。卢卡斯来开的门。我跟随他进屋，让大门半掩着，因为我害怕单独跟这个男人在一起。我记得进门时外面还有一个女人。我跟他之间的交易完成得很快。他把我的信放在桌上，我把文件交给他，他把信还给了我。就在这当口，大门那里响了一下。过道里有脚步声。卢卡斯赶忙掀起地毯，把文件塞进地板下面一个好像用来藏东西的地方，然后把地毯盖上。

“后来发生的事就像一场噩梦。我看到一张女人的脸，肤色黝黑，神态疯狂；我听到她尖声喊叫，说的是法语，‘我没有白等，总算让我发现你和她在一起啦！’接着就是一场激烈的打斗。我看到他手里攥着一把椅子，而她手里拿着一把明晃晃的刀。我赶紧跑出那所房子，离开了那个可怕的地方。直到第二天早晨，我才从报上得知那个可怕的消息。那天晚上我很开心，我总算把信拿回来了，我当时没想到后来会发生这样的事。

“第二天一早我才意识到，自己只是在用一个烦恼去换取另一个烦恼。我丈夫发现文件丢失时那种痛苦神情直刺进我的心。我差点控制不住自己，想立即跪倒在他脚下，告诉他全部真相。但那样做势必要把过去那些事全都说出来。我那天上午去找您，就是想弄清楚我捅的娄子到底有多大。从意识到事情严重性的那一刻起，我心里就只有一个念头，那就是把我丈夫的信拿回来。它一定还在卢卡斯藏匿的那个地方，因为在那个可怕的女人进房间前它就被藏在了那里。要不是她来，我还不可能知道他会把它藏在哪儿呢。我怎么进那间房间呢？我连着两天观察那个地方，可是大门一直关着。昨天晚上我作了最后一次努力。我用了什么手段，怎么拿到这封信的，这些您都已经知道了。我把信带回家，本想把它销毁的，因为我无法做到把它还给我丈夫却又不用向他忏悔自己的罪过。天哪，我听到他上楼来了！”

欧洲事务大臣神情激动地冲进房间。

“有什么新消息吗，福尔摩斯先生？”他大声问道。

“有点希望了。”

“啊，谢天谢地！”他的脸变得容光焕发了，“首相要和我一起用午餐。能否让他也来分享一下您的希望？他有着钢铁般的意志，但我知道自从这个可怕事件发生以来，他几乎没有睡过一个好觉。雅各布斯，你去把首相大人请上来好吗？还有你，亲爱的，你得回避一下，这件事牵扯到政治。待会儿我们在餐厅碰头吧。”

首相的举止还是那么克制得体，但从他的眼睛和那双微微颤抖的瘦骨嶙峋的手看得出来，他的心情和他的年轻同僚一样急切。

“听说您有消息要告诉我们，福尔摩斯先生？”

“到目前为止，没什么突破性进展，”我的朋友回答说，“所有的疑点都查过了，可以确信的是，不必担心有什么危险。”

“但这还不够，福尔摩斯先生。我们不能就这么一直坐在火山口上过日子。必须有一个明确结果才行。”

“我也希望能够找到它，所以我才会来这儿。我越想这件事就越确信，这封信从未离开过这所房子。”

“福尔摩斯先生！”

“要不然，这封信现在肯定已经公之于众了。”

“可是，既然想让信留在房子里，为什么还要把它拿走呢？”

“我不相信真有人拿走了它。”

“那信怎么会不在文件箱里了呢？”

“我不相信它真的离开过文件箱。”

“福尔摩斯先生，这个玩笑开得太不合时宜了吧。我向您保证过信不在箱子里。”

“星期二早晨以后，您仔细检查过箱子吗？”

“没有；没有这个必要。”

“有可能您寻找时不够仔细，没注意到它。”

“这不可能，我告诉您。”

“但我还是不太相信。我知道曾经发生过这样的事。我估计箱子里还有其他文件。这样的话，信有可能跟文件混在一起。”

“信放在最上面。”

“可能有人晃动过箱子，结果把信混到文件里了。”

“不，不会的，我把所有文件都拿出来过。”

“这件事很好解决，霍普，”首相说，“去把文件箱拿来就是了。”

大臣摇了下铃。

“雅各布斯，去把我的文件箱拿下来。这太荒唐了，简直是浪费时间，但既然只有这样才能让您满意，那就按您说的做吧。谢谢，雅各布斯；把它放这儿。我一直都把钥匙挂在表链上。您看吧，文件都在这里。这是梅罗勋爵的来信，查尔斯·哈代爵士的报告，来自贝尔格莱德[1]的备忘录，有关俄德粮食税问题的照会，马德里[2]的来信，弗劳尔斯勋爵的便笺——天哪！这是怎么回事？贝林格勋爵！贝林格勋爵！”

首相从他手里一把夺过那只蓝色信封。

“是的，就是这个信封——信也完好无损。霍普，祝贺您。”

“谢谢您！谢谢您！我心里一块大石头落地了。但这真是不可思议——简直匪夷所思。福尔摩斯先生，您真是一个了不起的天才，一个魔术师！您怎么知道信在箱子里呢？”

“因为我知道它没在别的地方。”

“我真不敢相信自己的眼睛！”他欣喜若狂地冲向门口，“我妻子在哪里？我得告诉她没事了。希尔达！希尔达！”可以听到他的声音从楼梯上传来。

1　贝尔格莱德：塞尔维亚首都。

2　马德里：西班牙首都。

首相狡黠地注视着福尔摩斯。

“得啦，先生，”他说，“看来这里面必有奥妙。信怎么会回到箱子里去了呢？”

福尔摩斯笑着避开了从那双能洞察一切的敏锐的眼睛里投来的审视目光。

“我们也有自己的外交秘密，”说完，他拿起帽子向门口走去。

巴斯克维尔猎犬

第一章 歇洛克·福尔摩斯先生

除了偶尔熬通宵，歇洛克·福尔摩斯通常早晨起得很晚。但是今天一早，他已经坐在了餐桌旁。我站在壁炉前的地毯上，捡起昨晚来访者遗留下来的手杖。这根手杖实木材质，做工考究，球形把手的样子有点像所谓的“山槟榔木手杖”。头部下端有一块约莫一英寸宽的银白色铭牌，上刻“赠与皇家外科学会会员詹姆斯·莫蒂默，C.C.H.的朋友们”字样，落款年份是“1884”。这正是老派家庭医生常用的那种手杖——庄重，结实，令人安心。

“嗯，华生，这根手杖你怎么看？”

福尔摩斯背对着我坐着，照理不会看见我在做什么。

“你怎么知道我在做什么？总不见得你后脑勺上长了眼睛吧？”

“至少，我眼前放着一把擦得铮亮的镀银咖啡壶吧，”他说，“不过我还是想知道，华生，你对这位访客的手杖有何见解？既然很不凑巧昨晚和他错过，又不清楚他来访所为何事，这件无意间留下的纪念品就显得颇为重要。你仔细观察一下手杖，说来听听，你觉得这位访客大致是个什么样的人。”

“我认为，”我尽可能效仿我朋友的推理方法说道，“既然朋友们送他这份礼物表示感谢和敬意，莫蒂默医生应该是一位年长的、成功的、受人尊敬的医生。”

“说得好！”福尔摩斯说，“非常好！”

“还有，他很可能是一位徒步巡诊、走路很多的乡村医生。”

“何以见得？”

“这根手杖原本非常漂亮，现在却已经用得刮痕累累，难以想象这会是一个城里医生用的。下端的厚铁包头磨损得相当厉害，很明显，他已经用它走了不少路。”

“完全正确！”福尔摩斯说。

“还有，那上面刻着‘C.C.H.[1]的朋友们’，我猜那是指当地某个狩猎协会，很可能他为协会成员做过外科手术，于是协会赠送他一件小礼物作为酬谢。”

“说真的，华生，你今天特别棒，”福尔摩斯推开椅子，点燃一支烟，说道。“我不得不说，在所有那些你费心为我记述的微不足道的成功案例中，你往往低估了自己的能力。可能连你自己都没有意识到，你其实就像一个光导体[2]。有些人禀赋一般，但他们具有激发别人身上的禀赋的特异能力。说实话，老伙计，我从你身上获益匪浅。”

以前他从未对我这么说过，必须承认，他的这番话让我感到非常快乐。我对他的满心钦佩以及我在宣传他的破案方法方面所付出的努力，他以前一向不怎么在意，这多少有点伤我的自尊心。想到如今能够掌握他的破案方法，将它应用到实践中，并得到他的认可，我颇感自豪。这时，他从我手里拿过手杖，端详了一会儿，然后显出很感兴趣的神情，搁下手里的雪茄，拿着手杖走到窗前，用放大镜再次仔细观察。

“没什么奥妙，不过挺有趣，”他说着，重新坐回到他最喜欢的那个沙发角落里。“这根手杖确实有一两个值得注意的地方，它为我们的几

1 “狩猎者”（Hunter）一词的首字母是H，故华生推测C.C.H.是某个狩猎者组织名称的缩写。

2 光导体：一种本身不发光，但可以传播光的导体。

点推论提供了依据。"

"还有什么我没看出来的吗？"我略显自负地问道，"我想所有的重要推论我都没有忽略吧？"

"亲爱的华生，恐怕你那些推论大多是错的。坦率地讲，我刚才说你能激发我的某些禀赋，是因为有时候你的错误推论会引起我的关注，启发我找到真相。当然你在这件事情上所做的推论也不全是错的。这个人确实是个乡村医生，而且他平时路走得不少。"

"那我说对了。"

"仅此而已。"

"可是没别的了呀。"

"不，不对，亲爱的华生，不止这些——绝对不止这些。举个例子，我认为送给医生的赠品更有可能是来自一家医院而非一帮猎人，而且C.C.两个首字母放在Hospital[1]前面，自然就很容易让人联想到Charing Cross[2]这个词了。"

"可能你是对的。"

"这种可能性相当大。如果将它作为合理假设，就能找到新的依据来勾勒出这位陌生访客的大致面貌。"

"那好吧，就算C.C.H.是Charing Cross Hospital的缩写，还能得出什么进一步的推论呢？"

"这还不够清楚吗？你熟悉我的推理方法，用用看！"

"我只想到一个显而易见的推论，那就是这个人去乡村之前在城里做过医生。"

"我们不妨做些更为大胆的推测。通常在什么场合下最有可能赠送这样一件礼物？什么时候朋友们会凑在一起送他一件表达心意的礼物呢？很显然，是当莫蒂默医生从医院离职，自己出去独立开业的时候。

1 hospital：英文，意为"医院"。

2 Charing Cross：英文，意为"查令十字"。此处指查令十字医院。

我们知道有这么一件礼物。我们还知道他离开城市医院，去当了乡村医生。那么，断定这件礼物是在职业生涯发生改变之际赠送的，这个推论应该不算太离谱吧？”

“看来确实很有可能。”

“那么你就不难发现，他不大可能是医院里的主治医生，因为只有在伦敦有多年从业资历的医生，才有资格获得这样的职位，而这种人通常是不会离开伦敦去乡村行医的。那他是什么人呢？既然他在医院工作而又不是主治医生，他只能是一位外科或者内科住院医生——地位跟一个医学院高年级生差不多。他在五年前就离开了医院——年份在手杖上刻着呢。所以，亲爱的华生，您那位一脸严肃的中年家庭医生纯属子虚乌有，我们的这位来客，是一位三十岁不到的年轻人，和蔼可亲，胸无大志，做事漫不经心，还养了一条宠物狗，依我看，那条狗比小猎犬大，比獒犬小。”

我不以为然地笑了起来。歇洛克·福尔摩斯往沙发背上一靠，嘴里吐出的一串小烟圈朝天花板飘去。

“对于后面那部分推论，我无法确证你说的是否正确，”我说，“不过，要找到有关这个人年龄和职业生涯历史的资料并不难。”我从书架上放我的医学书的那一格取下《医生名录》，翻到莫蒂默的那一页。有好几个叫莫蒂默的，但其中只有一个符合那位访客的特征。我朗声读出这一条目的内容。

“詹姆斯·莫蒂默，1882年起为皇家外科医生学会会员，现居德文郡[1]达特莫的格林彭。1882—1884年在查令十字医院任外科住院医生。论文《疾病是一种返祖现象吗？》获杰克逊比较病理学奖。瑞典病理学会通信会员。著有《返祖现象的一些畸形变异》

1　德文郡：英国英格兰西南部的大郡。

（1882年《柳叶刀》[1]）、《人类在进化吗？》（1883年3月《心理学杂志》）。现任格林彭、索斯利和巴罗高地教区专职医生。”

“那里面没提到什么当地狩猎协会，华生，”福尔摩斯带着揶揄的语气笑着说，“正如你非常敏锐地观察到的，他只是一个乡村医生。我认为我的推断还是合乎情理的。如果我没记错的话，我刚才说过他是个和蔼可亲，胸无大志，做事漫不经心的人。据我的人生经验，这世上只有和蔼可亲的人才会收到纪念赠品，只有胸无大志的人才会放弃伦敦的事业去乡村，也只有做事漫不经心的人，才会在你的房间里等了个把小时后，留下了手杖而不是名片。”

“那条狗呢？”

“那条狗习惯于咬着手杖跟在主人身后。这根手杖不轻，小狗紧紧咬住它的中间部位，所以牙印清晰可见。从牙印间距来看，这条狗的下巴比小猎犬的宽，比獒犬的窄。它可能是——啊，对了，它应该是一条卷毛西班牙猎犬。”

他边说边站起身来，在房间里来回踱步。说最后那句话时，他在凸窗[2]前停住脚步。他的语气听起来那么自信，我不禁抬头惊讶地看着他。

“老伙计，你怎么能这么肯定呢？”

“理由很简单，我看到那条狗就在大门外的台阶上，它的主人正在按门铃。请你别走，华生。他是你的同行，你在场也许会对我有帮助。现在是命运中极富戏剧性的时刻，华生，你听到楼梯上的脚步声正在走进你的生活，但你还不知道它是好事还是坏事。詹姆斯·莫蒂默医生，一个医学界人士，究竟是为了什么事来找歇洛克·福尔摩斯，一个刑侦

---

1 《柳叶刀》：英国医学杂志，1823年由英国外科医生汤姆·魏克莱创刊，他以外科手术刀“柳叶刀”的名称来为这份刊物命名。

2 凸窗：凸出于建筑外墙面的窗户。

专家呢？请进！”

来访者的外表出乎我的意料，我原以为会看到一位典型的乡村医生，来者却是又高又瘦，长长的鼻子酷似鹰钩，朝外突出，两只靠得很近的灰色眼睛，在金丝边眼镜后面敏锐地闪闪发光。他的穿着符合职业规范，却又有点不修边幅。双排扣礼服大衣已经褪色，长裤也已磨旧。年纪不大，瘦长的后背却已有点驼了，走路时头往前探着，给人一种和蔼可亲的感觉。他一进房间，目光就落在福尔摩斯手里的那根手杖上，欣喜地叫了一声，朝它跑去。“太好了，”他说，“我记不清昨晚把它留在这儿还是船运事务所了。说什么我也不想失去这根手杖。”

“我理解，一件礼物，”福尔摩斯说。

“是的，先生。”

“是查令十字医院送的吧？”

“是我结婚时几个朋友送的。”

“哎呀，糟糕透了！”福尔摩斯摇着头说。

莫蒂默医生有点吃惊地在镜片后面眨了眨眼睛。

“为什么糟糕？”

“只是因为您把我们的小小推理给打乱了。您说您结婚了？”

“是的，先生。我结婚了，所以就离开了医院，成为一个顾问医师[1]的全部希望也随之而去。为了给自己一个家，我不得不这么做。”

“哦，还好，我们总算没有错得太离谱，”福尔摩斯说，“那么，詹姆斯·莫蒂默医生——”

“您还是称先生吧——我只是个没什么名气的皇家外科学会会员。”

“很显然，还是一个思维缜密的人。”

“一个对科学有所涉猎的人，福尔摩斯先生，一个在未知世界的大海边上捡拾贝壳的人。您就是歇洛克·福尔摩斯先生吧？”

1　顾问医师：执业医生中级别最高者，专门协助诊断治疗一般医师难以诊治的疑难病症。

“是的，这位是我的朋友华生医生。”

“很高兴认识您，先生。我常听见您的大名和您朋友的并提。您使我很感兴趣，福尔摩斯先生。我从没见过这么长的头颅骨和这么棱角分明的上眼眶。我想用手指沿着您的顶骨裂隙摸一下，您不会反对吧？在得到您的头颅骨实物之前，先生，先铸一个石膏模型，放在人类学博物馆里，一定会使展品增色不少。我不想讨人嫌，但说实话，您的头颅骨真让我钦羡不已。”

歇洛克·福尔摩斯抬手示意这位陌生的访客在椅子上坐下。“看得出来，先生，您跟我一样，都热衷于对自己的本行问题盘根究底，”他说，“从您的食指看得出来，您平时自己卷纸烟抽。请随意，抽一支吧。”

莫蒂默医生掏出卷烟纸和烟丝，用另一只手异常敏捷地卷了一支烟。他的手指细长而灵活，就像昆虫的触须那样微微颤动着。

福尔摩斯没有说话，但从他迅速扫视的目光可以看出，他对这位不寻常的来客很感兴趣。

“我想，先生，”最后他开口说，“您昨晚和今天两次光临舍下，恐怕不单单是想来考察我的头颅骨吧？”

“不，先生，不是的；尽管我很想能有机会这么做。我来找您，福尔摩斯先生，是因为我知道自己是个缺乏实际经验的人，还因为我突然遇到一个极严重、极不寻常的问题。我还知道，您是公认的欧洲排名第二的顶尖刑侦专家——”

“是吗，先生？可否请教一下有幸排名第一的是哪一位呢？”福尔摩斯颇为不耐烦地打断他。

“对那些有着严谨科学头脑的人，贝蒂荣先生的办案手法一直具有很强的吸引力。”

“那您去请教他不是更好吗？”

“我刚才说了，先生，对于有着严谨科学头脑的人确实如此。但在办事务实的人眼里，您被公认为是首屈一指的。我想，先生，我并没有在无意间——"

"有一点吧，"福尔摩斯说。"我想，莫蒂默医生，您不如干脆一点，一五一十地告诉我，您需要得到我帮助的到底是个什么样的问题吧。"

第二章　巴斯克维尔的魔咒

"我口袋里有一份手稿，"詹姆斯·莫蒂默医生说。

"您一进房间我就注意到了，"福尔摩斯说。

"这是一份古老的手稿。"

"是十八世纪初叶的，要不就是伪造的。"

"您怎么知道的，先生？"

"您刚才说话时，我对那份从您口袋露出来一两英寸的手稿做了一番观察。一个专家在确定文稿年代时，误差只允许在十年左右，否则就不够称职了。您可能读过我这方面的专著。我估计年代在1730年左右。"

"确切年份是1742年。"莫蒂默医生从胸前口袋里掏出手稿说，"这份家族手稿是查尔斯·巴斯克维尔爵士托付给我保管的。他在三个多月前突然惨死，这件事在德文郡引起很大的轰动。我可以算是他私交颇深的朋友，还是他的私人保健医生。他是一个意志坚强的人，先生。人很精明，也很务实，跟我一样不信虚妄之说。不过他把这份手稿很当一回事，而且对于最终降临在他身上的这种结局，他似乎早有心理准备。"

福尔摩斯伸手接过手稿，平放在膝盖上。

"你有没有注意到，华生，S的写法有长有短，交替使用。根据这一类特征，我就能够确定年代。"

我越过他肩头，看着那张黄色的纸和褪色的字迹。页首写着："巴斯克维尔庄园"，下面是草草写就的四个大号数字："1742"。

“看上去像是一份陈述之类的东西。”

“是的，这份陈述记载了巴斯克维尔家族中流传已久的一个传说。”

“不过我知道，您来找我是为一件更切近、更实在的事，对吧？”

“非常切近，非常实在，非常急迫，必须在二十四小时之内决定怎么办。这份手稿不长，而且跟这件事密切相关。请允许我现在就读给您听。”

福尔摩斯仰身靠在沙发上，两手指尖对着指尖，闭上眼睛，摆出一副悉听尊便的神情。莫蒂默医生展开手稿，就着光线，用高亢、沙哑的嗓音读了下面这个离奇的故事：

“关于巴斯克维尔猎犬的由来已有不少记述。因为我是雨果·巴斯克维尔的直系后裔，还因为我是从我父亲那里听来，而他又是从他父亲那里听来的，所以我把这个故事记下来，并坚信当时发生之事与此处的记述完全一致。我还要让我的子孙们相信，正义女神惩罚罪恶，也无比仁慈地宽恕罪恶；无论犯下何等深重的罪行，只要愿意真诚忏悔，就可免遭惩罚。要从这件事中汲取教训，不必害怕过去种下的恶果，但今后一定要谨慎做人；只有这样，那些曾让我们家族遭受如此巨大痛苦的疯狂邪念才不会卷土重来，毁灭我们的家族。

“你们要知道，在内战[1]那个年代（有关那段历史我郑重推荐你们读一读博学的克拉伦登勋爵所写的著作），这座巴斯克维尔庄园归雨果名下所有。无需否认，他是个最无法无天、亵渎神明、不信奉上帝的人。对于这一点，说实在的，乡邻们还能够容忍，因为这种地方本来也没什么圣人。但他身上有一种肆无忌惮、冷酷残暴的习性，这使得他在英格兰西部地区声名狼藉。恰巧这个雨果爱上了

1 内战：指1642—1651年的英国议会派和保皇派之间发生的战争，此战对英国和整个欧洲都产生了巨大影响。

（倘若确实可以用这个纯洁的字眼来形容他那邪恶的情欲的话）一个农家女，她家的土地就在巴斯克维尔庄园附近。而这个有着良好名声，做事也谨言慎行的年轻姑娘，因为惧怕他的恶名，对他唯恐避之不及。于是就在米迦勒节[1]那天，这个雨果纠集了五六个游手好闲、无恶不作的同伙，悄悄跑去农庄抢走了姑娘。当时她的父亲和兄弟都不在家，这是他事先都打听好的。他们把她掳到庄园里，关在楼上一个房间里，然后就跟以往每晚一样，坐下来喝酒狂欢。可怜的姑娘听到从下面传来的唱歌声、喊叫声和可怕的咒骂声，差点吓得魂飞魄散。听说，雨果·巴斯克维尔喝醉后从嘴里吐出来的那些淫秽之词简直不堪入耳，该遭天谴的。最后，她实在害怕得不行，作出了一件连最胆大最敏捷的男人都不敢做的事，借助一根生长在南墙外的常春藤，她从屋檐下爬了下去，然后穿过旷野往三里格[2]外的家里跑去。

"碰巧没过多久，雨果撇下同伙上楼去给被他囚禁的姑娘送些吃食和饮料——也许他还有更卑鄙的企图——结果发现已笼空鸟飞。于是，他就像魔鬼附身一样，冲下楼梯跑进餐厅，跳上餐桌，一脚踢飞酒瓶餐盘，对着那些同伙大声叫嚷说，只要能够追上那个姑娘，他宁愿在那天晚上把自己的肉体和灵魂都交给恶魔支配。那些正在喝酒狂欢的同伙目瞪口呆地看着他大发雷霆，其中有个家伙心眼更坏，也可能是醉得比别人都厉害，喊着说应该放猎犬去追她。雨果随即跑出屋外，叫来马夫给他备马，还把猎犬放出来，给它们闻了闻姑娘落下的头巾，然后把狗拴在绳子上，一路狂吼着冲进月光下的旷野。

"由于事发突然，那帮狐朋狗友一时不知所措，张口结舌地站在那里。但他们很快回过神来，弄明白该去旷野里干什么。于是，到

1 米迦勒节：基督教节日，定在每年9月29日。
2 里格：长度单位，1里格约等于3英里。

处乱哄哄地一片闹腾，有人要去拿枪，有人要去牵马，还有人要再开一瓶酒。最后他们发热的脑子总算冷静下来，十三个人全部上马追了出去。明亮的月光洒在头顶上，他们齐头并进，沿着那条姑娘回家必经之路飞快追去。

“追出一两英里地，他们碰到一个晚上在旷野上行走的牧羊人，喊着问他有没有看到那个追击者。据说那个牧人起先怕得要死，连话都讲不出来，后来总算开口说他确实看到过那个不幸的姑娘，还看到一群狗追在她后面。‘我还不止看到这些呢，’他说，‘雨果·巴斯克维尔骑着他那匹黑马从我身边过去，一条吓人的恶狗不声不响地跟在他身后，但愿上帝千万别让它跟在我身后。’那帮醉鬼咒骂了牧人一通，继续往前追去。没走多久，他们就感觉一阵发冷，远处旷野上，一匹黑马正口吐白沫疾驰而去，缰绳拖曳着，鞍子上空无一人。于是那帮人克制着深深的恐惧，紧紧靠拢在一起，继续向旷野深处追去，要不是一大帮人在一块，每个人心里都巴不得立刻掉转马头往回跑呢。就这样慢吞吞地跑了一段路，他们总算追赶上那群猎狗。可是这些素以勇猛剽悍、品种优异而闻名的猎狗，这会儿却缩成一堆，趴在旷野上一个当地人叫洼坎的深坑前呜咽哀号。其中有些正偷偷往后溜，有些颈毛耸立，眼睛发直，紧盯着脚下的狭窄的山谷。

“那帮人勒住缰绳，可以猜想得到，现在他们的头脑总算比刚出发时清醒多了。大多数人都不敢往前走了，可是其中有三个胆子最大的，或许是醉得最厉害的，策马朝那个深坑走去。前面出现一片开阔地，中间立着两块巨石，那是过去已被遗忘了的先人立在那里的，如今依然还在。明亮的月光照射在空地上，那个不幸的姑娘躺在空地中央，已因惊恐和筋疲力尽而丧命。不远处躺着雨果·巴斯克维尔的尸体。但令那三个胆大妄为的冒失鬼头发直竖的，不是那两个死去的人，而是那个扑在雨果身上正撕扯他的喉咙的可怕东西。这是一只又大又黑的畜生，形似猎犬，体形却比人们所见过的任何猎犬都大。当他们看着那个东西撕扯雨果·巴斯克维尔的喉咙时，它正好转过头来，那双闪着火焰般光芒的眼睛和血淋淋的大嘴对着他们，三个人发出恐惧的尖叫，拼命策马狂奔，落荒而逃。据说其中一个当晚就被吓死了，另外那两个则摔成了终身残废。

“孩子们，这就是关于那条猎犬来历的传说，从那时直到现在，这条猎犬不断给整个家族带来极大痛苦。我之所以把它记下来是为了让后人清楚地知道这件事，这样做给他们带来的恐惧感，比仅凭道听途说和盲目猜测会少许多。不可否认，家族中已有多人不得善终，死得突然、血腥而又神秘。但愿我们能得到上帝无限慈爱的庇护，让我们无辜的第三、第四代以后的子孙们永不再受《圣经》中预示的惩戒。我在这儿把你们——我的子孙们——交托给上帝，并告诫你们，要谨慎从事，千万不要在黑夜降临、恶魔嚣张之时穿越旷野。

“[雨果·巴斯克维尔[1]将以上家族手稿留给两个儿子罗杰和约翰，并嘱咐不得将此事告知他们的妹妹伊丽莎白。]”

莫蒂默医生读完这篇奇特的故事，把眼镜推到额头上，盯着坐在对面的福尔摩斯。后者打了个呵欠，把烟头扔进炉火里。

“念完了？”他说。

“您不觉得它很有意思吗？”

“对收集传奇故事的人有点意思。”

莫蒂默医生从口袋里抽出一张折叠起来的报纸。

“那好吧，福尔摩斯先生，我再给您看一些时间更近一点的东西。这是今年五月十四日的《德文郡纪事》，上面有一篇关于前几天发生的

1　雨果·巴斯克维尔：应为前文提到的雨果·巴斯克维尔的同名后代。

查尔斯·巴斯克维尔爵士死亡事件的简短报道。”

我的朋友往前靠了靠，表情变得专注许多。我们的访客重新戴上眼镜，读了起来：

“最近，有望在下届中部德文郡选举中获得提名的自由党候选人查尔斯·巴斯克维尔爵士突然死亡的事件，给全郡笼罩上一层忧伤气氛。查尔斯爵士在巴斯克维尔庄园居住时间不长，但他和蔼可亲的性格，以及他的慷慨大度，赢得了所有曾与他接触过的人的爱戴和敬重。在当今这个暴发户时代，一个世家子弟，其家族曾屡遭厄运，仅凭一己之力发家致富并回报乡里，重振家族辉煌，这样的事例令人耳目一新。众所周知，查尔斯爵士在南美经商后致富。与那些一心只顾发财，不懂得见好就收的人不同，他明智地将收益全部变现，带着钱财回到英格兰。他在巴斯克维尔庄园定居至今不过两年，他那庞大的重建改造计划成为乡里共同的话题，如今却因他的突然辞世而被迫中断。查尔斯爵士本人并无子嗣，他曾公开表示，希望在他的有生之年用自己所赚得的大量财富资助乡里，故许多人出于个人情感原因，对他的猝然辞世表示了哀悼。对于他为当地和本郡慈善事业所做的多次慷慨捐献，本报曾屡有报道。

“至于查尔斯爵士的死因尚不能说已有定论，但至少目前的调查结果已消除了当地充满迷信色彩的传言。目前尚无理由怀疑死者系被谋杀，也很难想象爵士死于任何非自然原因。查尔斯爵士是个鳏夫，据说他在某些方面性情有点古怪。尽管拥有的财富相当可观，他的个人生活却十分简朴。他的巴斯克维尔老宅只雇了两个仆人，即一对名叫巴里莫尔的夫妻，丈夫是管家，妻子做些杂务。这对夫妻的证词已由爵士的几位朋友证实，表明查尔斯爵士的健康情况恶化已有时日，主要是心脏疾病，症状表现为肤色变差，喘不上气，并伴有严重的神经衰弱。詹姆斯·莫蒂默医生作为死者的朋友和私人保健医生，也提供了同样的证据。

“本案事实并不复杂。查尔斯·巴斯克维尔爵士喜欢在每晚就寝前去巴斯克维尔庄园著名的紫杉小路散步。巴里莫尔的证词表明这是他主人历来的习惯。五月四日那天，查尔斯爵士说他打算第二天去伦敦，并要巴里莫尔为他准备行装。当晚他跟往常一样出门散步，他在散步时有抽雪茄的习惯。结果他一直没有回来。到了十二点钟，巴里莫尔发现前门仍然开着，有点担心起来，于是点起灯笼出去寻找主人。那天天气非常潮湿，他很容易地跟着查尔斯爵士的脚印一路来到小路。小路半道处有一扇栅门，通向庄园外面的旷野。有迹象表明查尔斯爵士在这儿站了一小会儿，然后沿着小路继续走了下去，结果在小路尽头发现了他的尸体。一个尚未得到解释的事实是，巴里莫尔在证词中提到，他主人的脚印从经过栅门的那一刻起发生了改变，看上去他从那以后就一直踮着脚尖走路。有个叫墨菲的吉卜赛马贩子当时正好经过旷野，离那儿不远。但他后来承认自己当时醉得一塌糊涂。他说当时听到叫喊声，但说不清声音来自何方。在查尔斯爵士身上未发现遭遇暴力的痕迹，而且尽管医生在证词中指出死者面部有严重的扭曲变形——变形如此严重，以至于莫蒂默医生最初不相信倒在身边的那个人的确就是他的朋友和病人——按照医生的解释，这种症状在因呼吸障碍和心脏衰竭致死的病例中十分普遍。尸检结果发现死者患有心脏器质性疾病已有多年，这也证实了这种解释，验尸官给出的结论也与此相符。这样的结果也不坏，因为很显然，当下最要紧的事情，是让查尔斯爵士的继承人在庄园里安顿下来，并把那些不幸中断的善举继续下去。与这件事情有关的荒诞故事私下里已经到处传开，要不是验尸官如实报告的陈词最终消弭了这些流言，巴斯克维尔庄园恐怕就没人敢住了。据了解，与查尔斯爵士血缘关系最近的亲属是亨利·巴斯克维尔先生——如果他还活着——他是查尔斯·巴斯克维尔爵士弟弟的儿子。上次听说这个年轻人的消息，还是他在美洲时。目前正在着手查找他的下落，以便通知他回来继承巨额遗产。”

莫蒂默医生读完，将报纸重新摺好放进口袋。

“福尔摩斯先生，有关查尔斯·巴斯克维尔爵士死讯公开报道的情况就是这些。”

“我得好好谢谢您，”歇洛克·福尔摩斯说，“引起我对这起非常有趣的案子的关注。我曾读过一些报纸上的评论，只是当时注意力过度集中在梵蒂冈那件多彩浮雕宝石案上，急于想帮教皇一个忙，反倒将几件颇有意思的本国案子给忽略了。您说这篇报道披露的是些已经公开的情况，是吗？”

“是的。”

“那就请把没公开的情况透露给我吧。”他往沙发背上一靠，将双手的指尖对在一起，脸上毫无表情，像个法官似的。

“这样一来，就得把那些从没向别人吐露过的事都说出来了。”莫蒂默医生说着，神情变得有些激动，“我之所以当时没把这些事情告诉验尸官，是因为作为一个有科学素养的人，我不想让自己置身于公众场合，被人质疑，好像我也相信民众中流传的迷信说法似的。更深一层的原因是为巴斯克维尔庄园着想，就像报纸上说的那样，如今它的名声已经相当阴森可怖，再有任何雪上加霜的事，肯定没人会愿意住那儿了。出于这两点考虑，我觉得还是少说为妙，因为说了其实也没什么好处。不过对您，我没有理由有所保留。

“旷野中因为人烟非常稀少，所以那些相互之间住得近的住户经常聚在一起。正是由于这个原因，我和查尔斯·巴斯克维尔爵士经常见面。这一带方圆数十英里内，除了家住莱夫特庄园的弗兰克兰先生和博物学家斯泰普顿先生，没几个受过教育的人。查尔斯爵士不爱交际，只是由于他的身体疾病原因，我才开始和他交往，而对科学的共同爱好加深了我们之间的关系。他从南美带回许多科学资料，我们经常讨论布须曼人[1]和霍屯督人[2]的比较解剖学，一起度过了不少令人陶醉的夜晚。

“最近几个月来，我越来越明显地察觉到，查尔斯爵士的神经高度紧张，简直到了快要绷断的程度。他对我刚才读给您听的这个传说极为在意，无时无刻不在想着它，以至于他尽管会在庄园里散步，却说什么也不敢在晚上走出庄园到旷野上去。您听了可能觉得难以置信，福尔摩斯先生，他竟然真的相信他的家族已厄运临头。话说回来，他家老祖宗做过的好事也实在乏善可陈。他总是被某种可怕幽灵的怪念头所折磨，成天忧心忡忡，不止一次地问我晚上出诊时是否看见过什么奇怪的动物，或者听到猎犬的吠声。后面那个问题，他曾问了我多次，每次都激动得声音发颤。

“我清晰地记得，三个星期前的一天晚上，就在那场致命惨案发生前不久，我驾车去他家，碰巧他站在大门口。我从轻便双轮马车上下来，站到他面前时，发现他两眼直瞪瞪的，露出极度恐惧的表情，紧紧盯着我的身后。我赶紧转过身去，刚好瞥见有个东西从车道尽头那儿蹿了过去，我当时还以为那是一只黑色的小牛犊呢。看到他那么紧张惊慌，我只好走到那个动物出现过的地方，四下里寻找它的踪迹，但它已经跑走了。看来这件事在他内心造成了非常严重的影响。整个晚上我都陪着他。就在那天晚上，他向我吐露了这个秘密，解释他这么激动的原因，并嘱托我保管我一开始读的那份家族手稿。我提到这个小插曲，是因为不久之后就发生了那个惨剧，所以现在看来这件事相当重要。不过当时我认为这件事无关紧要，他那么惊慌失措实在毫无道理。

“查尔斯爵士听从了我的劝告，打算去伦敦待些日子。我心里清楚，他的心脏出了问题，加上一直生活在焦虑之中，无论引起焦虑的原因是多么荒诞不经，显然还是对他的健康产生了严重影响。我想，去城里消

1　布须曼人：非洲西南部，尤指卡拉哈里沙漠地区的土著民族。

2　霍屯督人：自称科伊科伊人，主要分布在南部非洲的纳米比亚、博茨瓦纳和南非。

遣几个月，分散一下注意力，有助于他消除焦虑，恢复健康。我们共同的朋友斯泰普顿先生也很关心他的健康状况，跟我持相同意见。没料到就在他临走之前发生了这样可怕的惨剧。

“查尔斯爵士死亡当晚，管家巴里莫尔发现后派马夫珀金斯骑马来找我，当时我还没就寝，所以在事发后一小时内就赶到了巴斯克维尔庄园。我对现场作了勘查，结果与调查报告中提到的所有事实相符。我循着足迹走到紫杉小路，查看了栅门那块地方，注意到死者似乎在那儿逗留过，过了那个位置后脚印形状发生了变化。我还留意到，软砾石小路上的那些脚印都是巴里莫尔一个人的，没有其他人的脚印。最后我对尸体仔细作了检查，尸体在我到达之前没有人触碰过。查尔斯爵士扑地而卧，两臂张开，手指抠进泥里，脸部因受到某种强烈刺激而变形得厉害，以至于我一开始没能认出他来。体表确实没有任何外伤。但在回答我的问话时，巴里莫尔有个说法是错误的，他说尸体周围地面上没有值得注意的痕迹。他没有仔细观察，而我仔细观察了——就在不远处，痕迹很新，而且很清晰。”

“是脚印吗？”

“是脚印。”

“男人的还是女人的？”

莫蒂默医生神情怪异地看了我们一会儿，回答时的嗓音轻得简直像耳语：

“福尔摩斯先生，那些都是一只体形很大的猎犬留下的脚印！”

第三章　疑　点

说实话，我听到这些话时，浑身一阵战栗。医生说话时声音里充满恐惧，表明他也被自己刚才说的这些话所深深触动。福尔摩斯兴奋起来，身子前倾，眼里闪出锐利、专注的光，当他对某件事极度感兴趣时，便会这样目光灼灼。

“您看清楚了？”

“就像现在看您一样清楚。”

“您没对别人说过？”

“说了有什么用呢？”

“怎么会没有别人看见呢？”

“那些痕迹在尸体二十码开外，没人会往这方面想。要不是知道这个传说，我也不会想到这上面去。”

“旷野里有不少牧羊犬吧？”

“肯定有，但这条狗不是牧羊犬。”

“您是说它体形很大？”

“可以说是庞大。”

“但它没靠近尸体？”

“没有。”

“那天晚上天气怎么样？”

“潮湿阴冷。”

“没有下雨？”

“没有。”

“那条小路是什么样子？”

“两边各有一排长了很多年的紫杉树篱，高十二英尺，枝桠繁密，无法穿越。中间的步道宽约八英尺。”

“树篱和步道之间有什么东西吗？”

“有，两边各有一块约六英尺宽的草地。”

“听说紫杉树篱当中有个缺口可以出入？”

“是的，那是通往旷野的栅门。”

“还有别的缺口可以出入吗？”

“没有。”

“这么说来，要去紫杉小路只能从房子里走出来，或者从那扇通往旷野的栅门进来?”

“另一头走到底有座凉亭,那里有一个出口。”

“查尔斯爵士走到那里去过吗?”

“没有;他倒在距离那儿大约五十码的地方。”

“现在请告诉我,莫蒂默医生——这很重要——您看到的那些足迹都在小路上而不是在草地上,对吗?”

“草地上没看到有痕迹。”

“是在通往旷野的栅门的那侧吗?”

“是的,就在通往旷野的栅门那侧的小路边上。”

“您说的情况,我太感兴趣了。还有一个问题,那扇栅门是关上的吗?”

“是关上的,还上了锁。”

“门有多高?”

“大约四英尺高。”

“那谁都可以爬过去了?”

“是的。”

“您在栅门附近有什么发现吗?”

“没什么特别的。”

“怪了!怎么就没有人仔细检查一下呢?”

“有啊,我检查得很仔细。”

“什么也没发现?”

“现场很乱。很明显查尔斯爵士曾在那儿站了五到十分钟的样子。”

“您怎么知道的?”

“因为他的雪茄烟灰掉落过两次。”

“好极了!这儿有位我们的同行呢,华生,他和我们考虑问题的方式一模一样。那么有什么发现吗?”

“他在那一小片沙砾地上的脚印很清晰,但别的脚印就难以辨认了。”

歇洛克·福尔摩斯不耐烦地拍了下膝盖。

“那时我要是在就好了！”他高声说，“这毫无疑问是一件极有意思的案子，给破案高手提供了非常好的机会。我本来可以在那片沙砾地上找到不少线索，可现在那儿早已被雨水冲刷得一片模糊，被那些看热闹的农夫的木底鞋踩踏得面目全非了。唉，莫蒂默医生，莫蒂默医生，您当时居然没想到来叫我！说实在的，这件事您得负很大责任。”

“我不能来请您，福尔摩斯先生，那样一来这件事就会搞得人人皆知了。我不想这么做的理由，刚才已经说过了。况且，况且——”

“干吗吞吞吐吐呢？”

“有些方面的事情，即便是嗅觉最灵敏、经验最丰富的侦探，也是无能为力的。”

“您是说有一种超自然的力量在起作用？”

“我没说得这么肯定。”

“但您显然是这么想的。”

“自从这场悲剧发生以来，福尔摩斯先生，我听说过好几桩事情，都是难以用自然现象解释得通的。”

“比如说呢？”

“比如说在这起可怕事件发生之前，有几个人在旷野里看到过一个怪物，跟传说中的巴斯克维尔巨犬很像，而且不可能是目前科学界所知的任何一种动物。看到的人都说这个怪物体形庞大，两眼放光，仿佛幽灵似的，看上去十分恐怖。我仔细询问过这些人，其中一个是头脑冷静的乡下人，另外一个是兽医，还有一个是住在旷野上的农庄主。他们对这个可怕幽灵的描述全都一致，跟传说中的那条巨犬相符。我可以明确地告诉您，这个地区笼罩着一片恐怖气氛，只有胆子最大的人才敢在夜晚一个人穿越旷野。”

“那您呢，一个受过科学训练的人，也相信这是超自然现象？”

“我不知道该相信什么才对。”

福尔摩斯耸了耸肩膀。

“一直以来，我的调查研究仅限于人世间的范围，”他说，“我只是在和人间的邪恶势力搏斗，至于说要跟邪恶之源决一胜负，那恐怕非我力所能及。不过您总得承认，那些脚印是实实在在的吧。”

“本来它是一条实实在在的狗，一条实在到可以一口咬断人喉咙的猎犬，可现在它已经被恶魔附体了。”

“看得出来，您已经很相信超自然现象的存在了。现在请告诉我，莫蒂默医生，既然您持有这种观点，为什么还要跑来找我呢？您告诉我说，调查查尔斯爵士的死因实在没有必要，可同时又说希望我去做调查。”

“我没说希望您去做调查。”

“那我能帮您什么呢？”

“我只是想请您指教，我对亨利·巴斯克维尔爵士该怎么办？”莫蒂默医生看了看怀表说，“再过一小时一刻钟，他就到滑铁卢站了。”

“就是那个继承人？”

“是的。查尔斯爵士死后，我们查找这位年轻绅士的行踪，才知道他一直在加拿大经营农场。从目前了解的情况看，他是一个各方面都很优秀的小伙子。我不是作为一个医生，而是作为查尔斯爵士遗嘱受托人和执行人才这么说的。”

“我想，没有其他继承人了吧？”

“没有了。查找得到的亲属中，除了亨利，还有就是罗杰·巴斯克维尔，他是查尔斯爵士三兄弟中最小的弟弟，可怜的查尔斯爵士是老大。老二，也就是亨利的父亲，年纪轻轻就死了。这个老三罗杰是家族中的败类。他继承了巴斯克维尔家族祖先的专横禀性，而且据说长相也跟家族肖像画中的那个老雨果简直一模一样。他在英国惹是生非，闹得实在待不下去，逃到了中美洲，1876年患黄热病死在那里。亨利是巴斯克维尔家族唯一的后代。再过一小时零五分我要去滑铁卢站接他。今天上午接到的电报说，他已经到南安普敦[1]了。现在，福尔摩斯先生，您说我该怎么办呢？”

“为什么不让他去自己的老家呢？”

“可不是，照理说这才合乎常情。但是问题在于，巴斯克维尔家的后人只要去了那儿，最终都难逃厄运。我觉得，要是查尔斯爵士去世前我在那儿，他一定会警告我，不要把这个古老家族的独苗和巨额财产的继承人带去那个要命的地方。但不容否认的是，整个贫穷、荒凉的乡间都指望着他来重振旗鼓。偌大一个庄园，要是没了主人，那查尔斯爵士生前所做的那些善举就都前功尽弃了。由于我本人在这件事情上牵扯到明显的利害关系，我很担心自己的判断力会因此受到过多影响，这就是我要把这件事全盘告诉您并向您求教的原因。”

福尔摩斯思忖了片刻。

“简单地说，事情就是这样，”他说。“在您看来，有一种邪恶的力量把达特莫地区搅得鸡犬不宁，让巴斯克维尔家的后人在那里不得安生——这就是您的想法，对吗？”

“至少我可以说，有证据表明有这可能性。”

“言之有理。但有一点可以断定，如果您的那套超自然现象的理论成立的话，那么这个年轻人在伦敦和在德文郡一样难逃厄运。要说邪恶力量的势力范围仅限于本地区，就像教区的权限那样，这也让人太难以置信了吧。”

“您要是亲身接触过这些东西，福尔摩斯先生，您就不会像现在这样不把它当一回事了。按我的理解，您的意思是这个年轻人在德文郡会像在伦敦一样安全。他再过五十分钟就要到了，您说我该怎么办呢？”

“您可以这么办，先生，叫辆出租马车，把您那条正在抓挠我们家前门的西班牙猎狗带上，到滑铁卢车站去接亨利·巴斯克维尔爵士。”

1 南安普敦：英国英格兰南部港口城市。

“然后呢？”

“然后什么都不要对他说，等我对这件事拿定主意以后再说。”

“您还要多久才能拿定主意？”

“二十四小时。明天上午十点，莫蒂默医生，要是您能来这里，我将不胜感激。最好能把亨利·巴斯克维尔爵士一起带来，这将有助于我制订后续计划。”

“我会带他来的，福尔摩斯先生。”莫蒂默在衬衫袖口上草草记下约定的时间，然后带着他那目光凝滞、心不在焉的奇怪神态匆匆告辞离去。福尔摩斯在楼梯口叫住了他。

“还有一个问题，莫蒂默医生。您说在查尔斯·巴斯克维尔爵士去世之前，有几个人在旷野上看见过这个幽灵？”

“有三个人见过。”

“后来有人见过吗？”

“没听说有人见过。”

“谢谢您，再见。”

福尔摩斯带着心满意足的平静神态回身坐下，这表明即将上手的这件案子很对他胃口。

“要出去吗，华生？”

“是啊，要是你没什么事要我帮忙的话。”

“去吧，老伙计，到了该行动时我会叫你帮忙的。从某些角度看，这件案子堪称独特，让人着迷。你路过布拉德利商店时，让他们送一磅烟味最浓的粗烟丝过来好吗？谢谢。你最好再行个方便，别在黄昏前回家。我想利用这段时间，对上午接手的这个极为有趣的案件的种种印象作一番比较。”

我知道，对于我的朋友来说，在需要精神高度集中的时候，有个独处的清静环境非常有必要，这样他才能够对每一件证据反复斟酌，形成多种可能的推测，然后进行权衡比较，确定哪些至关重要，而哪些无关紧要。于是我就到平时常去的俱乐部泡了一天，直到傍晚时分才回贝克街。我走进起居室时，已快九点了。

打开房门，第一个感觉是哪儿着火了，房间里烟雾弥漫，连桌上的灯光也变得模糊不清。进了房间后，悬着的心放了下来，烈性粗烟草的刺鼻气味呛得我喉咙发毛，咳嗽起来。透过烟雾，隐约看到福尔摩斯穿着晨衣蜷缩在扶手椅上，嘴里衔着他那只黑陶烟斗，身边摆放着几个纸卷。

“着凉了吗，华生？”他说。

“没有，是被这种有毒的空气呛的。”

“你不说我还没感觉出来呢，气味是浓了点儿。”

“浓了点儿？简直让人受不了。”

“那就把窗打开吧！看得出来，你今天在俱乐部待了一天。”

“哦，福尔摩斯！”

“我没说错吧？”

“当然，可你是怎么知道的？”

看着我困惑的表情，他笑了起来。

“你身上有股子松快的鲜活劲儿，华生，不妨拿你做个样本，小试一把我的推理能力，这倒也不失为一种乐趣。一个绅士在泥泞的下雨天出门，傍晚回到家，衣着依旧整洁，鞋帽光亮如新，他准是一整天待着没挪窝。他没什么亲朋好友，那他还能去哪儿呢？这不都是明摆着的吗？”

“嗯，这确实显而易见。”

“这世上显而易见的东西到处都是，却很少有人注意到。你说说看，我去过哪儿啦？”

“也没挪窝。”

“正好相反，我去了一趟德文郡。”

“是神游吧？”

“一点不错。我遗憾地发现，我在神游时，身子一直待在这把扶手椅里，却消耗掉两大壶咖啡和数量惊人的烟草。你出门后我就差人去斯坦福德警局取来这片旷野的地形测绘图，在这上面神游了一天。我自认为对那个地区的路径已经了如指掌。”

“是一幅大比例尺的地图？”

“很大。”他展开地图的一部分，摊在膝盖上。“这就是我们感兴趣的那个地区。中间那一片就是巴斯克维尔庄园。”

“周围有树林的？”

“正是。我估计那条紫杉小路尽管没在地图上标明，应该是沿着这条线延伸过去的。而那片旷野，你可以看得出来，就在它的右边。这一小群建筑物想必就是格林彭村，我们那位朋友莫蒂默医生的诊所就在这里。你看到没有，方圆五英里之内只有稀稀拉拉几处民居。这儿是莱夫特庄园，那篇记事里提到过它。这儿有一幢带标记的房子，可能是那个博物学家的寓所——我没记错的话，他姓斯泰普顿。这儿是两处位于旷野上的农舍，名字叫高突和淤潭。再过去十四英里地就是王子镇监狱。这些零散分布的点之间和周边都是荒无人烟的旷野。这里就是曾经上演过悲剧的那个舞台，也许我们还能在这个舞台上帮忙再演一台好戏呢。”

“那儿一定很荒凉。”

“是的，舞台的背景确实有一种悲剧色彩。如果那个恶魔真想要插手人类事务——”

“这么说，你自己也倾向于超自然的说法了。”

“恶魔的代理人也可以是血肉之躯，不是吗？从一开始我们就面临两个问题。一个是究竟有没有发生过罪行；第二个是这是什么罪行，它是怎么发生的？当然，假设莫蒂默医生的推测是正确的，我们是在跟不受自然法则约束的邪恶势力打交道，那么，调查就此可以结束。只是在最终接受这个假设之前，需要先排除掉所有其他假设。你不介意的话，我们还是把窗户重新关上吧。说来也奇怪，我发现空气里的烟味有助于集中思想。目前我还没有发展到得钻进烟盒里去思考问题的地步，但照这样发展下去，迟早会到这一步的。这件案子你有没有琢磨过？”

“有啊，这一天里我想了很多。”

“有什么想法？”

“这件案子非常令人困惑。”

“当然，这件案子有它自身的特点，其中有几处很特别，比如脚印发生变化。对此你怎么看？”

“莫蒂默说那个人是踮着脚尖走完小路后半段的。”

“他只是重复某个傻瓜在警方调查时的说法。为什么一个人要踮着脚尖在小路上行走呢？”

“那怎么解释呢？”

“他在跑，华生——拼命奔跑，为了逃命而奔跑，一直跑到他心脏病发作，倒地而死。”

“他为什么要跑呢？”

“问题就在这里。有迹象表明这个人在奔跑之前就因恐惧而神经错乱了。”

“你这样说有什么根据？”

“按我的假设，他恐惧的原因应该来自旷野那个方向。如果这个假设成立——看来极有可能——那么只有失去理智的人才会非但不朝房子方向跑，反而朝相反方向跑。如果那个吉卜赛人的证词属实，那他就是朝着最不可能得救的方向边跑边呼救。于是，问题又来了，他那天夜里在等谁呢？他为什么不在自己的屋子里，而是在紫杉小路上等人呢？”

“你说他是在等人？”

“一个年老体弱之人，平时傍晚出去散个步，这可以理解。可是那天晚上阴冷潮湿，他却在外面站了五到十分钟，这正常吗？莫蒂默医生根据雪茄烟灰推断出了这一点，我没想到他能有这样的判断力。”

“可他每天晚上都会出去。”

“我想他未必会每天晚上都等在栅门那里。反倒有证据表明他平时都避开旷野。而那天晚上他却偏偏等在那里，还正好是在他即将出发去伦敦的前晚。事情已经有点眉目了，华生，一些细节变得连贯起来了。劳驾把小提琴递给我，我们暂且把这件事搁下，等明天上午见了莫蒂默医生和亨利·巴斯克维尔爵士以后，再作进一步的考虑吧。”

第四章　亨利·巴斯克维尔爵士

我们早餐刚一吃完，桌子就被收拾得干干净净，福尔摩斯穿着晨衣，等待着约好的会面。我们的委托人很准时，时钟刚敲十点，莫蒂默医生就被领进房间，身后跟着那位年轻的准男爵。后者短小精干，眼睛很黑，年龄在三十岁上下，身体很结实，眉毛浓黑，脸部肌肉发达，给人一种好斗的感觉。他身穿暗红色粗花呢套装，外貌看上去饱经风霜，像个大部分时间都在户外活动的人，但从沉着坚毅的眼神和从容自信的举止，可以感受到他的绅士风度。

“这位就是亨利·巴斯克维尔爵士，”莫蒂默医生说。

“嗨，是这样，”巴斯克维尔爵士说，“说来也怪，福尔摩斯先生，要是我这位朋友没提出今天上午去拜访您，我多半也会自己来的。听说您很会破解一些小谜团，正好我今天早晨碰到一件事儿，想了半天也没想明白是怎么回事。”

“请坐，亨利爵士。您是说，您刚到伦敦就遇上了一件异乎寻常的事？”

“也不算什么大不了的事情，福尔摩斯先生。多半是个玩笑。就是这封信，其实也算不上是信，今天一早收到的。”

他把一封信放到桌上，我们都探过身去看。浅灰色的信封纸质一般，收信人信息“诺森伯兰旅馆，亨利·巴斯克维尔爵士收”是用粗糙的仿印刷体写的；盖有“查令十字街”邮戳，发信日期是前一天晚上。

“有谁知道您要入住诺森伯兰旅馆吗？”福尔摩斯两眼紧盯着我们

的访客问道。

“没有人会知道呀。我是在见到莫蒂默医生之后，才跟他一起决定的。”

“那莫蒂默医生肯定已经去过那儿了吧？”

“没有，我之前一直跟朋友在一起，”医生说。“而且我从未表示过打算去这家旅馆。”

“嗯！看来有人对你们的行踪很感兴趣。”福尔摩斯从信封里抽出一张折成四折的信纸，打开后平铺在桌上。信纸正中只有一行字，是用剪下来的铅印字拼贴而成的。上面写道：

若您珍惜您的生命价值或还未丧失理性，请远离旷野。

其中“旷野”两个字是用墨水写上去的。

“现在，”亨利·巴斯克维尔爵士说，“也许您会告诉我，福尔摩斯先生，这究竟是怎么回事，是谁对我的事这么感兴趣？”

“莫蒂默医生，您对这件事怎么看？至少您得承认这封信里没有什么超自然的东西吧？”

“没有，先生，不过这很可能是某个相信这件事跟超自然现象有关系的人写的。”

“哪件事？”亨利爵士急匆匆地问，“看来你们几位对我的事情知道得比我自己还多。”

“在您离开这个房间之前，会把事情都告诉您的，亨利爵士。我向您保证，”歇洛克·福尔摩斯说，“眼下，请允许我们把注意力集中到这封非常有趣的信上吧。这封信应该是昨天晚上拼贴出来的。有昨天的《泰晤士报》吗，华生？”

“就在那个角落里。”

“麻烦你拿过来好吗？请翻到内页，有社评的那个版面，”他俯身飞快地逐栏上下扫视。“就是这篇关于自由贸易的专评。我给各位读一下其中的一段。

“您可能会被花言巧语所哄骗，盲目相信保护性关税会对您的特殊行业或产业产生激励作用，然而稍作理性分析就会明白，从长远来看，这种立法必将驱使财富远离这个国家，缩减进口商品的价值，并降低这个岛国的总体生活水平。

“你对这段文字作何想法，华生？”福尔摩斯读完，很得意地搓着双手，大声问道，“你不认为这种观点很值得赞赏吗？”

莫蒂默医生带着充满职业兴趣的神情看着福尔摩斯，而亨利·巴斯克维尔爵士那双黑眼睛茫然地转向我。

“我对关税之类的事情不太了解，”他说，“不过在我看来，这件事跟那张纸条毫无关系，我们现在的讨论有点离题了。”

“恰恰相反，我认为，我们快要找到问题所在了，亨利爵士。这位华生比您更了解我的破案方法，但恐怕连他也没有完全理解这句话的意思。”

“说实话，我确实没看出有什么联系。”

“但是，我亲爱的华生，这之间有着十分紧密的联系，短信中的单词是从报纸上那段长句中抽取出来的。‘您’‘您的’‘生命[1]’‘理性’‘价值’‘远离’，你还没看出来这些词是从什么地方摘出来的吗？”

“您别说，还真是这样！哎呀，简直神了！”亨利爵士大声说。

“如果还有所怀疑的话，就凭‘价值’和‘远离’这两个词是一块剪下来的这个事实，也可以打消了。”

“是吗，我看一下——真是这样！”

1 生命：此处原文是英语单词life，既可作“生命”解，也可作“生活”解。

"真的，福尔摩斯先生，这我怎么都不会想到，"莫蒂默医生惊讶地盯着我的朋友说道，"要说这些字是从报纸上摘出来的，这可以理解，但您居然能说出是哪张报纸，而且还能说出这些文字出自社论文章，这可真是我所知道的最不可思议的事情了。您是怎么知道的？"

"我想，医生，您能分辨黑人和爱斯基摩人的头骨吧？"

"当然。"

"怎么分辨呢？"

"因为那是我的特殊爱好。两者差异十分明显：眉骨隆起度，下颌平面角，上颌骨弧度，还有——"

"我也有自己的特殊爱好，而且差异同样十分明显。在我眼里，《泰晤士报》的铅字印刷字体和那些半便士一份的晚报所用的劣质印刷字体，两者之间有着很大不同，这跟您那个黑人和爱斯基摩人头骨之间的不同是一回事。对刑事犯罪专家而言，字体鉴别是一个非常重要的知识门类。说实话，我在年轻时也曾经错把《利兹信使报》和《西部新闻晨报》搞混过。不过《泰晤士报》社评专栏的字体完全是该报特有的，这些字不可能出自其他报纸版面。这封信是昨天粘贴寄出的，所以在昨天的报纸上找到这些字的可能性也最大。"

"听您这么一番解释，我总算弄明白了，福尔摩斯先生，"亨利·巴斯克维尔爵士说，"这段文字是有人用剪刀——"

"指甲剪，"福尔摩斯说。"可以看出，这是一把短刃的指甲剪，'远离'这个词剪了两下才剪下来。"

"可也是。就是说有人用一把短刃指甲剪剪出这段文字，用糨糊——"

"胶水，"福尔摩斯说。

"用胶水粘贴到信纸上。不过我想知道，为什么'旷野'这个词是手写的呢？"

"因为他在报纸上找不到这个词。其他那些词都比较普通，容易找到，‘旷野’却很少见。”

“哎，真是这样，说得有道理。从这封信里您还看出些什么呢，福尔摩斯先生？”

“还有一两个细节，不过，写信人煞费苦心，竭力不留下蛛丝马迹。您看，这个地址是用仿印刷体写的，字迹很粗糙。而《泰晤士报》除了受过高等教育的人，一般很少有人看。由此可以推测，这封信是一个受过教育的人写的，而他却试图伪装成未受过教育的人。他这样刻意隐藏自己的笔迹，就是怕被您辨认或查证出来。还有，您发现没有，这些词粘贴得不整齐，有高有低。比如‘生命’这个词就粘贴得不是地方。这可能是因为做事草率，也可能是因为焦虑不安或太过匆忙，才粘贴成这个样子的。大体上我倾向于后面这种情况，因为这件事分明十分重要，写信人不可能把它当儿戏。如果他是在赶时间，那就引出一个有趣的问题：他为什么这么匆忙，因为只要信在早上寄出，就能在亨利爵士离开旅馆之前送到他手里。写信人是怕被人撞见吗？他怕被谁撞见呢？”

“我们现在有点像是在猜谜语，”莫蒂默医生说。

“不如说是在对多种可能性进行比较权衡，从中选出最有可能的结果。这是对想象力的科学运用，我们总是以某种事实为依据进行推测的。另外，您想必又会把它看作一种猜测，但我几乎可以断定，这个地址是在一家旅馆里写的。”

“这您又是怎么知道的呢？”

“仔细检查一下就会发现，笔和墨水都给写信人制造了麻烦。写一个字，笔尖就溅了两次墨水；写短短一行字，就蘸了三次墨水，这表明瓶子里的墨水快用完了。私人用的笔或墨水瓶很少会用成这个样子，两者兼有就更加少见了。可是您知道，旅馆里的墨水和笔多半都是这样的。是的，我可以很有把握地说，只要检查一下查令十字街周边旅馆里的废纸篓，找到那篇被剪过的《泰晤士报》社评，就能逮住发这封怪信的人。嗬，这是什么？”

他拿起那张粘着剪下的字的信纸，凑到离眼睛一两英寸的地方仔细检查起来。

“怎么样？”

“没什么，”他说，把信纸扔到一旁。“这是半张白纸，上面连个水印都没有。我想，从这封奇怪的信里能找到的线索也就这些了。嗯，亨利爵士，你们到伦敦以后还发生过其他什么有趣的事吗？”

“哦，没有，福尔摩斯先生。我想没有。”

“您有没有发现有人跟踪或监视你们？”

“看来我已经身陷廉价通俗小说的场景了，”我们的访客说，“到底为什么会有人要跟踪或监视我呢？”

“我们马上就要谈到这件事。在讨论这件事之前，您还有什么要告诉我们的吗？”

“嗯，这就看是否值得一提了。”

“我认为任何有悖于生活常规的事都很值得一提。”

亨利爵士笑了笑。

“我对英国人的生活不太了解，因为这些年来我大部分时间都居住在美国和加拿大。不过，丢失一只靴子在这儿应该不算生活常规吧。”

“您丢了一只靴子？”

“我亲爱的爵士，”莫蒂默医生大声说，“您只不过是忘了放哪儿了。您回到旅馆就会找着它了。这点小事犯不着来打扰福尔摩斯先生吧？”

“哦，是他在问我有没有发生过不合常规的事。”

“一点不错，”福尔摩斯说，“即便这事看上去很可笑。您说您丢了一只靴子？”

“反正是找不到了。昨天夜里我把一双靴子放在房门外，今天早晨只剩一只了。从给我擦鞋的伙计那里，也没问出个所以然来。最气人的是，这双靴子是昨天晚上在斯特兰德街刚买的，还没穿过呢。”

“您还没穿过，为什么要把它们放到门口让人去擦呢？”

“那是一双棕色长统靴，还没上过油。这就是放到门口的原因。”

“明白了，您昨天一到伦敦就立刻出去买了一双靴子，对吗？”

“买了好多东西呢。这位莫蒂默医生陪我去的。您看，既然要回老家去做个乡绅，总得穿得像个样子吧。可能是我在西方国家待的时间长了，生活中有点大大咧咧。不算别的东西，我买这双棕色靴子就花了六加元呢，还没穿上脚就少了一只。”

“偷这么一件没什么用的东西确实有点奇怪，”歇洛克·福尔摩斯说，“我同意莫蒂默医生的说法，这只失踪的靴子过不了多久就会找到的。”

“好啦，各位，”准男爵断然说道，“看来我把我知道的那点事儿说得已经够多了。现在该你们兑现承诺，把我们说好要讲的那件事原原本本地告诉我了。”

“您的要求合乎情理，”福尔摩斯答道，“莫蒂默医生，要不还是请您把昨天给我们讲的那个故事再讲一遍吧。”

经福尔摩斯这么一说，我们的医生朋友就从口袋里掏出手稿，像昨天上午那样，把整件事从头到尾又讲了一遍。亨利·巴斯克维尔爵士全神贯注地听着，不时发出几声惊叹。

“好吧，看来我出乎意料地被卷入一桩遗产继承案里了，”听完这个冗长的故事后，他开口说，“没错，从儿时起我就听说过这条猎犬。家里人经常把它挂在嘴边，不过我以前从来没把它当回事。而说到我伯父的去世——那些场景一直在我脑海中翻腾，可我还是没想明白到底是怎么回事。看来这件案子该归警方管还是归牧师管，你们都还没打定主意呢。”

“的确是这样。”

“现在又有了给我旅馆寄信这件事。我想它跟这案子也有关系。”

“看来有人对旷野上发生的事比我们知道得多，”莫蒂默医生说。

“还有，”福尔摩斯说，“有人警告您有危险，说明他们对您并无恶意。”

“也可能是他们出于某种目的想把我吓跑。”

“嗯，这自然也有可能。我真得好好感谢您，莫蒂默医生，让我遇到这样一个很有趣的问题，对这个问题的解释存在着多种可能性。但现在我们必须作出决断的现实问题是，亨利爵士，您现在去巴斯克维尔庄园是否明智。”

“我为什么不去？”

“可能会有危险。”

“您指的危险，来自我们家族的恶魔，还是来自人？”

“嗯，这正是我们要弄清楚的事。”

“不管是什么，我的答复是确定的。地狱里没有恶魔，福尔摩斯先生，而这世上也没有人能阻止我回自己的家，您可以把这当作我最终的答复。”他说话时，两道浓眉皱在一起，脸涨得通红。显然，巴斯克维尔家的火爆性子在这个硕果仅存的后代身上还没有失传。“同时，”他说，“刚才你们告诉我的那些事，我还没有时间去仔细考虑。这么大一件事情，不是一时半会能想清楚并作出决定的。我想独自静静地待上一小时再做最终决定。要不这样吧，福尔摩斯先生，现在是十一点半，我们马上回旅馆去。两点钟请您和您的朋友华生医生过来跟我们一起吃午饭，那时我就可以明确告诉您我对这件事的想法了。”

“你方便吗，华生？”

“没问题。”

“那我们到时候过去。要不要帮您叫一辆马车？”

“我还是走回去吧，这件事搞得我有点心烦意乱。”

“我很愿意陪您一块走走，”他的同伴说。

“那我们两点再碰头。Au revoir[1]，再见！”

---

1 Au revoir：法语，意为“再见”。

我们听到两位访客的脚步声下了楼梯，大门砰地关上。顷刻之间，福尔摩斯一改刚才那副无精打采的疏懒神态，变得生龙活虎起来。

“戴好帽子穿好鞋，华生，赶快！时间不等人！”他穿着晨衣冲进自己房间，没过一会儿就穿着风衣出来。我们一起冲下楼梯，跑到街上。可以看到，莫蒂默医生和巴斯克维尔就在我们前面二百码开外，正往牛津街方向走去。

“我追上去叫住他们吧？”

“千万不要，亲爱的华生。蒙你不弃陪我出来，我已经很满足了。我们的朋友很有雅兴，上午天气这么好，的确很适宜散步。”

他加快步伐，把我们和那两个人之间的距离缩短到原先一半时方才慢下来。然后，我们仍保持着一百码的距离，跟在他们后面走到牛津街，又转到摄政街。当我们的两位朋友驻足观望商店橱窗时，福尔摩斯也照着做了。过了一会儿，他得意地轻轻喊了一声，顺着他那急切的目光，我看见街对面有一辆双轮出租马车，里面坐着一个男人，原先停着，此刻正重新缓缓往前驶去。

“就是这个人，华生，快点！无论如何我们得看清楚他的脸。”

就在这时，我透过马车侧窗看到一张长着浓密黑须的脸，那双犀利的眼睛正转向我们。顷刻间，车顶的活动天窗被拉开，有人对车夫喊了些什么，马车沿着摄政街疾驶而去。福尔摩斯焦急地四下张望，想找一辆出租马车，却见不到一辆空车。于是他冲入车流之中，拼命地追赶那辆马车。但两者相距太远，马车已经从视线中消失了。

“眼睁睁看着他跑了！”福尔摩斯从车流中钻出来时，脸色发白，万分懊恼地喘息着说，“运气怎么会这么差，事情怎么会办得这么糟糕？华生，如果你是个诚实的人，就把这件事也记下来，让读者知道我并不是完人！”

“那个人是谁？”

“我不知道。”

“是个盯梢的？”

“嗯，从我们听到的情况来看，很明显，巴斯克维尔刚到城里就被人紧紧盯上了。否则怎么会那么快就有人知道他住诺森伯兰旅馆呢？既然他们第一天跟踪他，我就有理由认为他们第二天还会跟踪他。你可能注意到了，在莫蒂默医生读他那个传说时，我曾经两次走到窗口那儿。”

“对，我记得。”

“我在观察街上有没有闲逛的人，可我一个都没看到。我们要对付的是个聪明人，华生。这件事非常错综复杂。虽然我还不能最终确定我们所面对的究竟是不是一种邪恶的力量，但我始终意识到它既强有力，又进退有据。在我们的朋友离开后，我随即跟在后面，就是想要发现那个不露面的跟踪者。此人真是老谋深算，连徒步跟踪都觉得不可靠，雇了一辆马车，这样就可以跟在后面走走停停，或者快速超越跟踪对象而不被发现。他这一招还有个好处，那就是他们一旦乘坐马车，他就已经准备好跟在他们后面了。不过这样也有一个明显的缺点。”

“他多了个马车夫的牵制。”

“一点不错。”

“可惜我们没记下车牌号。”

“亲爱的华生，虽然我刚才做得有点缓，可是你不会真以为我会疏忽到没记下车牌号吧？车牌号是2704。不过眼下这没什么用处。”

“我可想不出你刚才还能有什么更好的做法。”

“看到那辆马车时，我本来应该马上转身往回走的，那样我就有时间雇到一辆马车，远远地跟在前面那辆马车的后面，或者索性直接去诺森伯兰旅馆等他们。等到那个陌生人跟踪巴斯克维尔他们到了旅馆，我们就有机会反过来盯他的梢，看他往哪儿去了。可惜当时我太急于求成，反而被对手以异乎寻常的迅捷和干练占了上风，结果暴露了自己，放跑了对手。”

我们一边交谈，一边沿着摄政街缓步而行，莫蒂默医生和他的同伴早已在前面不见了踪影。

“这么跟下去也没有什么用了，”福尔摩斯说，“那个跟踪者已经离去，不会再回来了。我们得看一下手里还有什么牌，然后果断出牌。车里那个人的脸你还记得起来吗？”

“我只记得他有一脸大胡子。”

“我也只记得这些——而且我估计这胡子十有八九是假的。一个聪明人做这种不想被人识破的事，按说是不会留大胡子的，戴假胡子无非是不想让人看到他的容貌。进来吧，华生！”

他转进一家区电报投递所，一进门就受到经理的热情迎接。

“啊，威尔逊，看来您还没忘记我有幸帮助过您的那件小案子啊？”

“没有，先生，我当然没忘记。您救了我的名声，兴许还救了我的命呢。”

“老兄，您过奖了。我记得您手下那帮人里有个叫卡特赖特的小家伙，那次案件调查，他表现得相当能干。”

“是的，先生，他还在我们这儿。”

“能把他叫来吗？——谢谢！还要麻烦您帮我把这张五英镑的钞票换成零钱。”

一个十四岁上下，长相聪明伶俐的少年，被经理叫了过来。他站在那里，毕恭毕敬地盯着这位大名鼎鼎的侦探。

“请给我一本《旅馆指南》，”福尔摩斯说，“谢谢！听着，卡特赖特，这上面列出的这二十三家旅馆都在查令十字街这一带。看到了吗？”

“看到了，先生。”

“你挨家去这些旅馆跑一趟。”

“遵命，先生。”

“每去一家，先给门卫一个先令。给你二十三先令。”

“好的，先生。”

“告诉他，你想查看一下昨天的废纸。就说有一封重要电报送错了，你想把它找回来。明白了吗？”

“明白了，先生。”

“而你真正要找的是《泰晤士报》里面的一个版面，上面有一些剪刀剪出来的洞。这是一份昨天的《泰晤士报》。就是这一页。很容易能认出来，你能吗？”

“能，先生。”

“每次你说了来意以后，门卫会去把大堂服务生叫来，你也给他一个先令。再给你二十三先令。在这二十三家里，可能有二十家已经把昨天的废纸烧掉或处理掉了。在剩下的这三家里，你会看到一堆废纸，你就从那里面找这页《泰晤士报》。但找到的可能性不大。另外再给你十个先令以备急用。黄昏前发电报到贝克街我的寓所报告查找结果。好了，华生，现在剩下要做的事情，就是发电报去找那个车牌号是2704的马车夫了。然后，在两点钟到旅馆之前，我们顺便去邦德街找一家画廊，消磨一下时间吧。”

第五章　三条中断的线索

歇洛克·福尔摩斯调节自己心情的能力之强，简直到了惊人的地步。整整两个小时里，那件把我们卷进去的奇案似乎已被遗忘，他完全沉浸在那些近代比利时艺术大师的画作中。从离开画廊一直到走进诺森伯兰旅馆的一路上，他只聊艺术，不谈其他，尽管他对艺术只是略知皮毛。

“亨利·巴斯克维尔爵士正在楼上等您，”旅馆大堂服务生说，“他让我等您到了就领您上去。”

“我可以看一眼你们的住客登记簿吗？”福尔摩斯问。

“当然可以。”

登记簿上显示，在巴斯克维尔之后还有两拨人登记过。一拨是来自纽卡斯尔的西奥菲勒斯·约翰逊和家人；另一拨是住在奥尔顿海基洛的欧德莫尔太太和她的女用人。

“这一定是我认识的那个约翰逊，”福尔摩斯对服务生说，“是个律师，灰白头发，走路有点瘸，是吧？”

“不是的，先生；这位约翰逊先生是个煤矿主，是一位手脚灵便的绅士，年纪不比您大。”

“您一定是把他的职业搞错了吧？”

“没有，先生！他好多年都一直住我们旅馆，我们对他很熟悉。”

“喔，好吧。欧德莫尔太太，这个名字我好像也挺熟的。请原谅我的好奇心，不过在拜访一位朋友时却碰到另一位，这也是常有的事。”

“这位太太是残疾人，先生。她丈夫以前是格洛斯特市的市长。她每次来伦敦都住我们这儿。”

“谢谢您；她恐怕不是我认识的那个人。华生，从这几个问题，我们已经搞清楚一个非常重要的事实，”当我们一起上楼时，他压低嗓子说，“现在我们已经知道，那伙对我们的朋友极感兴趣的人并没有入住这家旅馆。也就是说，正如我们看到的，他们很想监视他，却又不想被他发现。喏，这一点很说明问题。”

“这能说明什么呢？”

“这说明——嗬，老兄，这是怎么回事？”

我们走上楼梯口时，正好撞见亨利·巴斯克维尔爵士，一脸怒容，手里提着一只又旧又脏的靴子。他气得连话都说不出来，好不容易开出口来，话语中浓重的美国西部方言口音比我们上午听到的还要明显。

“我说，他们这家旅馆里的人尽把我当傻瓜蛋了，”他嚷道，“他们再这么毛手毛脚的，不仔细着点，早晚会把我给惹毛了。简直岂有此理，要是那个混账东西不把我那只丢了的靴子找回来，那他就有苦头吃了。我这个人一向经得起别人开我玩笑，福尔摩斯先生，可这回他们做得太不像话了。”

"还在找您的靴子吗？"

"是的，我一定要找到它。"

"您不是说过那是一只棕色的新靴子吗？"

"本来是的，可现在成了黑色的旧靴子了。"

"什么？您该不是想说——？"

"那正是我想说的。我总共只有三双靴子——一双新的棕色皮靴，一双旧的黑色皮靴，还有脚上穿着的这双漆皮靴。昨天晚上他们拿走了一只棕色皮靴，今天又偷了一只黑色的。喂，你找到了没有？说呀，伙计，别光站在那儿发愣！"

跑上楼来的是一个惊恐不安的德国侍应生。

"没有，先生；里里外外全问过了，都说没有看到。"

"听好了，日落前必须把那只靴子找回来，不然我就去找经理，告诉他我立马离开这家旅馆。"

"会找到的，先生——我向您保证，只要您再耐心等等，肯定能找到。"

"记住你说的话，我可不想在这个贼窝里再丢东西啦。嗨，福尔摩斯先生，请原谅我为了这种鸡毛蒜皮的事打搅您——"

"我觉得这事很值得打搅我。"

"哦，您好像把这事看得很严重。"

"您对这事怎么解释呢？"

"我都懒得解释。这是我遇到过的最气人、最奇怪的事情。"

"最奇怪，也许是吧——"福尔摩斯若有所思地说。

"您对这事怎么看？"

"嗯，我还不能说已经把这事想明白了。这件案子很复杂，亨利爵士。把这件事跟您伯父的死联系起来看，保不定在我办过的五百来件重大罪案中，还没有遇到过这么扑朔迷离的案例呢。不过，我们手里已经掌握了几条线索，很可能其中某一条会启发我们找出真相。可能会走些弯路，浪费一点时间，但迟早会发现那条正确的线索的。”

我们一起吃了顿愉快的午餐，席间几乎不谈把我们四个人聚拢来的那桩案子。餐毕一起去客厅时，福尔摩斯问巴斯克维尔下一步有什么打算。

“去巴斯克维尔庄园呀。”

“什么时候？”

“这个周末。”

“总体来说，”福尔摩斯说，“我认为您的决定是明智的。有充足证据说明您在伦敦已经被人盯上了，在这个几百万人口的大城市里，很难查明这是些什么人，他们到底想干什么。他们若有不良意图，就可能对您下手，而我们却无力制止。您不知道吧，莫蒂默医生，你们今天上午刚离开我家就被人跟踪了。”

莫蒂默医生猛地一惊。

“跟踪！谁？”

“很遗憾，这个我还无法告诉您。您在达特莫的邻居或熟人中，有没有长一脸黑色大胡子的？”

“没有——等等，让我想想——喔，对了。巴里莫尔，查尔斯爵士的管家，他有一脸黑色的络腮胡子。”

“哈！这个巴里莫尔人在哪儿？”

“他在照管庄园。”

“最好能确认一下他是否真的在那儿，没准儿他正在伦敦呢。”

“怎么确认呢？”

“给我一张电报纸，‘是否已为亨利爵士准备妥当？’这样就行了。发到巴斯克维尔庄园，交巴里莫尔先生收。离庄园最近的邮电局在哪儿？格林彭？很好。我们再发一封电报给格林彭邮政局长：‘发给巴里莫尔先生的电报须本人亲收。若无法送达，请回电通知诺森伯兰旅馆亨利·巴斯克维尔爵士。’这样我们就可以在傍晚前知道巴里莫尔是不是在德文郡照管庄园了。”

“有道理，”巴斯克维尔说，“对了，莫蒂默医生，这个巴里莫尔人怎么样？”

“他是已故老管家的儿子。他们家的人一直负责照看这所庄园，至今已经是第四代了。据我所知，他和他妻子人都很正派。”

“话是这么说，”巴斯克维尔说，“但事情明摆着，只要我们家没人住在庄园里，这些人就会把那儿当自己家一样，什么事都不用做。”

“那倒也是。”

“查尔斯爵士的遗嘱里，有这个巴里莫尔的份吗？”福尔摩斯问。

“他和他妻子各得五百英镑。”

“哈！他们知道自己将得到这笔钱吗？”

“知道，查尔斯爵士很喜欢跟人谈论他的遗嘱条款。”

“这倒很有意思。”

“我希望，”莫蒂默医生说，“您不要用怀疑的眼光看那些获得查尔斯爵士遗赠的人，要知道我本人也得了一千英镑呢。”

“是吗！还有谁？”

“给个人的遗赠有不少，但数额上都微不足道，有一大笔遗赠给了公共慈善机构。剩余的都归亨利爵士。”

“这笔剩余遗产有多少？”

“七十四万英镑。”

福尔摩斯惊讶地抬了抬眉毛。“没想到有这么大一笔钱，”他说。

“查尔斯爵士是个有名的大财主，不过在查验他的证券之前，我们并不知道他到底有多富有。他名下的财产总值将近一百万。”

“嗬！这可是一大笔钱啊，就冲这一点，也会有人不惜一切，铤而走险。还有一个问题，莫蒂默医生。假如我们这位年轻朋友遭遇不测——请原谅我提出这么一个令人不快的假设！——谁将继承这笔财产？”

“查尔斯爵士的弟弟罗杰·巴斯克维尔直到去世时都是单身，所以这笔财产会归他的远房表亲德斯蒙德家。詹姆斯·德斯蒙德是一位上了年纪的牧师，住在威斯特摩兰郡。”

“谢谢您。这些细节都很令人感兴趣。您见过詹姆斯·德斯蒙德先生吗？”

“见过。他曾经来拜访过查尔斯爵士。他是个可敬的长者，生活很简朴。我记得查尔斯爵士曾坚持要给他财产馈赠，可他拒绝了。”

“这么个清心寡欲的人居然会是查尔斯爵士巨额家产的继承人。”

“他将成为产业的继承人，那是法律规定的。他还将成为现金资产的继承人，除非现有的财产所有人另立遗嘱——他当然有权利自行处置这些财产。”

“您立遗嘱了吗，亨利爵士？”

“没有，福尔摩斯先生，我还没立呢。我没有时间，因为直到昨天我才了解真实情况。但不管怎样，我认为现金资产不应该跟爵位和产业分割开来。这也是我那可怜的伯父的想法。财产所有人没有足够的钱财来维持家业，那他怎么去重振巴斯克维尔家族的辉煌呢？房产、地产和钱财三者密切相关，都不可或缺。”

“言之有理。亨利爵士，我跟您想法一样，您一刻也不能耽搁，必须立刻回德文郡去。但我有一个条件，您绝对不能一个人回去。”

“莫蒂默医生陪我回去。”

“莫蒂默医生得照看他的诊所，而且他家离您家有好几英里远呢。尽管他真心实意想要帮您，可未必能帮得上。所以不行，亨利爵士，必须有个人陪您一起去，他不仅要让您信得过，而且必须始终不离您左右。”

“您能不能亲自去呢，福尔摩斯先生？”

“事情一旦紧急，我会亲自赶过去；但您可以理解，我现在手里有一大堆咨询业务，还经常有来自各方面的种种诉求，所以我不可能长时间离开伦敦。眼下有人正在诋毁一位英格兰极受敬重的人物的名誉，试图借此敲诈他，只有我能够制止这场灾难性的丑闻。所以您看，我现在根本不可能去达特莫。”

“那您打算让谁陪我去呢？”

福尔摩斯把手放在我的胳膊上。

“如果我的朋友愿意承担这份工作，一旦您面临险境，他肯定是陪伴在您身边的最佳人选。没人比我更有把握说这句话。”

他的提议让我完全不知所措，还没等我回答，巴斯克维尔就抓住我的手使劲摇起来。

“哎呀，那真是太好了，华生医生，”他说，“您了解我的处境，对这件事知道得也不比我少。如果您愿意去巴斯克维尔庄园帮我度过这段艰难时日，我会一辈子感谢您的。”

对冒险的憧憬，一直让我十分着迷，更何况福尔摩斯这么称赞我，准男爵又热切地把我当作伙伴，我欣然决定接受提议。

“我很乐意去，”我说，“把时间用在这上面绝对值得。”

“你要非常详细地向我汇报，”福尔摩斯对我说，“到了紧要关头——那是早晚的事——我会指示你如何行动。我想你们星期六可以动身了吧？”

“华生医生可以吗？”

“完全可以。”

“那就星期六吧，如果情况没有变化，我们准定在车站碰头，坐从帕丁顿开来的十点半那趟车。”

我们站起身来正打算告辞，巴斯克维尔却惊奇地大叫一声，扑向房间角落，从柜子下面拖出一只棕色靴子。

“我丢的那只靴子！”他叫道。

“但愿我们所有的问题都能像这样迎刃而解！”歇洛克·福尔摩斯说。

“可是这件事情非常奇怪，”莫蒂默医生说，“我在午餐前仔细搜寻过这个房间。”

“我也是，”巴斯克维尔说，“所有地方都找过。”

“那时房间里肯定没有靴子。”

“这样的话，一定是服务生在我们吃午饭时把它放那儿了。”

那个德国佬再次被唤来，但他声称对此一无所知，一番查问下来仍然没有一点头绪。看似毫无意义的怪事一桩紧接着一桩发生，如今又多了一桩。撇开查尔斯爵士猝死的可怕故事不说，在这短短两天里，一连串莫名其妙的事件接踵而至：那封铅字拼凑的信，双轮马车里蓄黑胡子的跟踪者，丢失新买的棕色靴子后又丢失旧的黑皮靴，还有现在那只新的棕色靴子失而复得。在回贝克街的路上，福尔摩斯沉默不语地坐在马车里，从他紧锁的双眉和严峻的面容看得出来，他跟我一样，正忙于努力构思一些推想，能够将这些奇怪而又显然彼此毫无关联的事件解释通。整个下午，他都坐在房间里一边抽烟一边思索，直至夜色降临。

晚饭前来了两封电报。第一封写着：

刚获悉巴里莫尔确在庄园。

巴斯克维尔

第二封写着：

按您吩咐探访二十三家旅馆，未能找到剪过的《泰晤士报》。

卡特赖特

“这两条线索都断了，华生。没有比这种什么事都和你对着干的案件更刺激的了。我们得想办法另找其他线索。”

“我们还可以去找那个载过跟踪者的马车夫。”

“完全正确。我已经发电报去执照登记处索要他的姓名和住址了。如果现在来的是对我提问的回复，我不会感觉意外。”

门铃声带来的结果，却比我们期望的回复更加令人满意，只见房门打开，一个长相粗鲁的家伙走了进来，一眼可以看出，此人就是那个马车夫。

“我从总行那儿听说，有位住这儿的先生在打听2704号车的事，”他说，“我赶了七年出租马车，还从来没有被人抱怨过呢。我从车行直接来这儿，就是想当面问您，我哪儿让您不满意了？”

“我对你没有丝毫不满意的地方，我的朋友，”福尔摩斯说，“恰恰相反，我这儿有半个沙弗林要给你，只要你能明确回答我的问题。”

“嗬，我今天赚得还真不少，”车夫咧开嘴笑着说，“您想要问我啥事儿呢，先生？”

“先告诉我你的姓名和住址，以后有事我好去找你。”

“约翰·克莱顿，住市镇区特尔佩街3号。我的出租马车是希普利车行的，就在滑铁卢车站附近。”

歇洛克·福尔摩斯用笔把这些都记了下来。

“好吧，克莱顿，请告诉我那个乘客的所有情况，他今天上午十点钟来这儿监视这所房子，后来又尾随两位绅士去了摄政街。”

那人显得很吃惊，继而又有点尴尬。“嗨，这事儿也不用我告诉您啦，您知道得好像不比我少嘛，”他说，“实情是这样的，那个先生告诉我说他是个侦探，还要我别跟人提他的事儿。”

“老兄，这件事情很严重，你要是想对我隐瞒什么的话，那你就会发现自己的处境很糟糕。你说那个乘客告诉你说他是个侦探？”

“是啊，他这么说来着。”

“什么时候说的？”

“下车离开时。”

“他还说些什么？”

“他提到他的名字。”

福尔摩斯向我递了个得意的眼色。“哦，他提到他自己的名字，是吗？这未免太轻率了。他说他叫什么？”

“他的名字，”车夫说，“叫歇洛克·福尔摩斯。”

我从未见过我的朋友听到一个回答竟然会这么吃惊。他愣了一会儿，随即放声大笑起来。

“妙，华生——真是妙极了！”他说，“我看这家伙随机应变的能力跟我都有得一比了。上午他甩掉我的手段也非常漂亮。这么说，他名叫歇洛克·福尔摩斯，是吗？”

“是的，先生，这就是那位先生的名字。”

“好极了！请告诉我，你是在哪儿让他上车的，那以后发生了些什么事情。”

“他九点半在特拉法加广场扬招上了我的车。他说他是个侦探，如果我整天都照他说的做，啥也不问，就给我两个几尼。我很高兴地答应了。我们先去了诺森伯兰旅馆，等在那里，直到两位先生出来。他们在出租马车候客处搭上一辆马车，我们跟在他们的车后面，一直来到这儿附近。”

“就在这个门口，”福尔摩斯说。

“嗯，这我说不准，不过我敢说我的乘客啥都知道。我们半中间在这条街上停下，等了一个半钟头。后来那两个先生从我们旁边走过去，我们就跟在后面，先沿着贝克街，再走——”

“我知道了。”福尔摩斯说。

“我们走了大半条摄政街，后来我车上那位先生拉开顶窗大声喊着，要我赶快去滑铁卢车站，越快越好。我甩鞭催马，不到十分钟就赶到了那儿。他挺守信用，付了我两个几尼，就进站去了。没走几步他又转过身说：‘没准你知道了会感兴趣，搭你车的乘客名叫歇洛克·福尔摩斯。’所以我知道了他的名字，就是这么回事。”

“明白了。后来你再也没见过他？”

“他进车站后就再也没见过。”

“说说看，这个歇洛克·福尔摩斯长什么样？”

车夫搔了搔头。“哎呀，要说清楚这位先生长什么样，这可不太容易。我估计他四十岁上下，中等身材，比您矮两三英寸，先生。他穿得像个上等人，一脸黑胡子，鬓角修剪得很整齐，脸白白的。我能说的也就是这些。”

“眼睛的颜色呢？”

“这我可说不上来。”

“还记得别的什么吗？”

“没了，先生，就这些了。”

“那好吧，这半个沙弗林归你了。如果你能提供更多情况，我再给你一枚。晚安！”

“晚安，先生，谢谢您啦！”

约翰·克莱顿笑着走了。福尔摩斯转向我，耸了耸肩，挤出一丝苦笑。

“第三条线索又断了，我们又回到了起点，”他说，“这个狡猾的家伙！他对我们了如指掌，知道亨利·巴斯克维尔爵士来找我咨询，他在摄政街认出了我，猜到我会记下出租马车的号码并找到那个车夫，于是胆大妄为地回敬了我这个口信。我告诉你，华生，这回我们遇到势均力敌的对手了。我已经在伦敦输了一局，但愿你在德文郡运气能好一点。不过我心里对这件事还是有些不放心。”

“不放心什么？”

“不放心让你去。那里是个险恶之地，华生，充满危险，我越想心里越担心。是的，老伙计，你可能会笑话我，但是我实话告诉你，只要能够看到你平平安安地回到贝克街，我就很高兴了。”

第六章　巴斯克维尔庄园

到了约定的日子，亨利·巴斯克维尔爵士和莫蒂默医生都已准备停当，我们按计划出发前往德文郡。歇洛克·福尔摩斯送我坐马车去车站，在我临行前再把有些事最后叮嘱、提醒一番。

“我不想用空洞的理论或无端的猜疑来影响你的判断力，华生，”他说，“我只希望你尽可能详尽地向我汇报情况，分析推理方面的事交给我来做就行。”

“哪些方面的情况？”我问。

“无论什么情况，哪怕看上去并不直接与案情相关的，我都需要，尤其是年轻的巴斯克维尔和邻居之间的关系，或与查尔斯爵士死因有关的最新细节。这几天我做了一些调查，但结果恐怕不容乐观。只有一件事似乎是肯定的，那就是下一位继承人詹姆斯·德斯蒙德是个上了年纪、性情随和的正派人，这种残害行径不会是他干的。我认为完全可以把他从怀疑对象名单中排除。剩下来的无非是旷野里跟亨利·巴斯克维尔爵士有交往的人了。”

“先把巴里莫尔夫妇辞了，这样做不好吗？”

“绝对不行。这绝对是个馊主意。如果他们是清白的，这样做就冤枉了他们；如果他们确实有罪，这样做就等于放弃了将他们绳之以法的机会。不，不行，要把他们夫妻俩保留在嫌疑人的名单里。另外，如果我没记错，庄园里有一个马夫。有两个住在旷野里的农夫。还有我们的朋友莫蒂默医生，我相信他绝对是个正人君子，而对他的妻子，我们一无所知。还有博物学家斯泰普顿和他的妹妹，据说这位年轻女士颇有魅力。莱夫特庄园的弗兰克兰先生也是一个未知人物，另外还有其他几个邻居。对这些人，你都必须重点关注。”

“我会尽力。”

“我想，你会带上武器吧？”

“是的，我觉得还是带着比较好。”

“绝对有必要。把你的左轮手枪带上，日夜都别离身，一时一刻都不能大意。”

我们的两位朋友已经在头等车厢安顿好座位，正在站台上等我们。

“没有，什么消息都没有，”在回答我朋友的提问时，莫蒂默医生说，“有一件事我可以肯定，过去两天里没有人盯我们的梢。我们每次出门都一直密切观察周围，没人能逃得过我们的眼睛。”

“我想，你们二位这几天一直都在一起吧？”

“昨天下午除外。我每次进城通常都留出一天时间出去散散心，昨天我去了外科医学院博物馆。”

“我去公园逛了逛，看看热闹，”巴斯克维尔说，“我们没遇到任何麻烦。”

“不管怎样，你们还是太轻率了，”福尔摩斯说着，表情严肃地摇了摇头，“我请求您，亨利爵士，不要单独外出，否则您会大祸临头。另外那只靴子找到了？”

“没有，就这么一去不复返了。”

“这件事真挺有意思的。好吧，再见了，”当火车徐徐驶离站台时，他说，“亨利爵士，切记莫蒂默医生读过的那个古老传说中的那句话，别在黑夜降临、恶魔嚣张的时候穿越旷野。”

站台已被我们远远抛在身后，我回首望去，只见福尔摩斯目送我们远去，高瘦挺拔的身影，一动不动地站在月台上。

这趟旅行时间不长，也很愉快，一路上我把时间大都花在与两位同伴加深了解和逗弄莫蒂默医生的小狗身上。没过几个小时，棕色的大地变成了暗红色，砖房也换成了花岗岩建筑，赭红色的牛群在树篱围起来的牧场里吃草，葱翠的牧草和繁茂的植被表明这儿的气候更加丰富多变，也更加湿润。年轻的巴斯克维尔热切地望着车窗外的景色，每当认出熟悉的德文郡故乡景物，他便开心地叫出声来。

“自从离开家乡以后，我去过世界上不少地方，华生医生，”他说，“可我还没见过一个地方能够跟这儿媲美。”

“我见过的每一个德文郡人都对自己的家乡赞不绝口，”我感慨地说。

“这里不光是地方好，人也特别出色，”莫蒂默医生说，“您瞧我们这位朋友，典型的凯尔特人[1]圆润头型，里面装满了凯尔特人的宗教狂热和信念力量。可怜的查尔斯爵士的头颅非常罕见，兼有盖尔人[2]和原始爱尔兰人的特征。您离开巴斯克维尔庄园时年纪还很小吧？”

“我父亲去世那年，我才十几岁，他当时住在南部海岸一栋小村舍里，所以我从来没见过庄园。父亲去世后我直接去了美洲，投靠一位朋友。告诉您吧，我和华生医生一样，对这个庄园完全陌生，我巴不得早点看到旷野呢。”

“是吗？您的愿望很容易满足，现在已经可以看到旷野了，”莫蒂默医生指着车窗外说。

越过一片葱绿色的田野和一排矮矮的树林，可以看到远方隆起一片灰蒙蒙的、荒芜凄凉的山丘，山顶呈奇怪的锯齿状，从远处望去，显得晦暗朦胧，宛如梦境中的荒诞景观。巴斯克维尔端坐良久，两眼盯着远山，从他脸上热切的神情看得出来，第一次看到这片陌生之地，对他的触动有多么大。他的祖先长年治理这片土地，他们留下的印迹是如此之深。他坐在乏味的火车车厢的角落里，身穿粗花呢西服，说话带美洲口音。然而，望着这张肤色黝黑、表情丰富的脸，我愈发真切地感受到，他确实是这个血统纯正，性情暴躁，作风强势的家族的后人。浓密的双眉、敏锐的鼻翼和淡褐色的大眼睛，无一不显露出他的自负、勇气和意志力。在这片令人生畏的旷野上，一旦面临困难和险境，至少他是个可

1 凯尔特人：公元前一千年左右居住在中欧、西欧的部族，其后裔散布于爱尔兰、威尔士、苏格兰等地。

2 盖尔人：苏格兰、爱尔兰或马恩岛的凯尔特人，尤指苏格兰高地的凯尔特人。属凯尔特部落群，于公元5—6世纪从爱尔兰进入苏格兰，在9世纪与皮克特人共同建成苏格兰王国。

以信赖的伙伴，是个敢于赴汤蹈火，勇于分担风险的战友。

火车停靠在一个小站上，我们都下了车。低矮的白色篱笆外，一辆由两匹矮脚马拉的四轮轻便马车正等在那里。我们的到来显然是件大事，车站站长和脚夫们都围上前来帮忙拿行李。这里是个宁静安逸、民风淳朴的地方，但我惊讶地发现车站门口站着两个穿深色制服的士兵模样的人，手执撑在地上的短步枪，我们走过去时，他们警惕地看着我们。马车夫是个小个子，长相粗俗，神情僵硬，迎上前来，向亨利·巴斯克维尔爵士行了个礼。几分钟后，我们坐上马车，沿着宽阔的灰白色车道疾驰而去。道路两边，起伏不平的牧场向上倾斜，一栋栋古老的带山墙的房屋在浓密的绿荫丛中时隐时现。沐浴在阳光下的宁静村舍的后方，隆起大片旷野，中间耸起几座高低错落的险峻山丘，在黄昏的天色映衬下，显得有些阴暗。

马车拐入一条岔路，沿着历经几个世纪的车轮碾压而深深下陷的车道蜿蜒向上行驶。道路两侧隆起的土坡上长满了湿漉漉的苔藓和枝叶肥厚的羊齿蕨。古铜色的凤尾草和色彩斑斓的黑莓灌木丛在夕阳的余晖下熠熠发光。马车仍在平缓地上坡，爬过一座窄石桥，傍着一条小溪行驶。湍急的溪流奔涌而下，在灰白色的鹅卵石间泛起白沫，水声潺潺，不绝于耳。小路和溪流迂回穿过长着茂密的矮栎和冷杉的溪谷蜿蜒向上。每拐一个弯，巴斯克维尔都会高兴地叫起来，急切地环顾四周，不停地问这问那。在他眼里，这里的一切似乎都那么美，而我却感觉有一股肃杀之气笼罩着这片乡间，使这个地方清晰地带有深秋季节的印记。落叶铺撒在车道上，也飘落在我们的身上。当我们驱车驶过一堆堆腐败的枯叶时，车轮声消失了——在我看来，这仿佛是上天抛撒在这位巴斯克维尔家族继承人还乡之路上的不祥之礼。

“你们看！”莫蒂默医生喊道，“那是什么？”

一大片欧石楠丛生的陡坡横亘在我们面前，这是位于旷野边缘的一个突出部。山顶上有一个士兵骑在马上，轮廓分明，仿佛一尊矗立在基座上的骑士雕像，显得神秘而又严峻。他把步枪搁在前臂上，作出随时准备射击的姿势，正监视着我们所走的这条路。

“这是怎么回事，珀金斯？”莫蒂默医生问。

马车夫在车座上侧转身来。

“王子镇有个犯人越狱了，先生。他逃出来已经三天了，狱警在每个路口和每个车站蹲守，直到现在连个人影儿也没见着。这儿的农户都觉得糟心透了，先生，真的。”

“哦，听说报信人能领到五英镑赏金。”

“是的，先生，不过比起割断喉管的危险来，五英镑的赏金实在少得可怜。您要知道，这家伙可不是一般犯人，他什么事都干得出来。”

“他究竟是谁？”

“他是塞尔登，那个诺丁山杀人犯。”

我对这个案子记忆犹新，这起凶杀案的恶性程度和凶手肆无忌惮的暴行曾引起过福尔摩斯的兴趣。凶犯的犯罪过程极其残忍，致使法庭对他的精神是否健全产生怀疑，最终蠲免了他的死罪。这时，马车已经爬上了坡顶，展眼望去，广袤的旷野展现在我们面前，怪石嶙峋，奇岩突起，一派斑驳陆离的景象。一阵寒风从旷野方向吹过来，冻得我们直打哆嗦。就在这片旷野中，藏匿着一个恶魔般的人，像野兽一样躲在洞穴里，对摒弃他的整个人类内心充满恶念。光秃秃的荒野、刺骨的寒风、渐渐昏暗的天空，再加上这个逃犯，不禁让人产生可怕的联想。连巴斯克维尔也变得沉默起来，把大衣裹得更紧了。

此刻，我们已经把这片乡间沃土留在了身后的脚下。回头望去，在落日的夕照下，溪流闪烁着金色的波纹，新近翻耕过的红土和此起彼伏的树林泛着光。前方的道路巨石林立，在红褐色和橄榄色的山坡的映衬下，愈发显得荒凉。我们时而经过一些旷野上的小屋，墙和屋顶都用石头砌成，光秃秃的，没有藤蔓来掩饰粗拙的轮廓。突然，前方出现一片杯状洼地，里面长着一簇簇低矮的橡树和冷杉，这些树被长年累月的风雨肆虐，变得扭曲畸形。两座又高又窄的塔楼从树丛上方冒出头来。车夫用马鞭指了指那里。

“巴斯克维尔庄园。”他说。

庄园的主人站起身来，双颊泛红，目光炯炯地望着那个方向。几分钟后，马车已经到了庄园门口。两扇大铁门上的铁条纵横交错，镶接成迷宫般精美的花饰图案，两侧门柱历经长年风雨侵蚀，长满了地衣，门柱顶端各饰有一个巴斯克维尔家族的野猪头纹徽。庄园的门房是一栋黑色花岗岩砌成的小屋，椽条外露，已经成了废墟。残垣断壁的对面，有一座簇新的建筑物，刚建成一半，这是查尔斯爵士在南美赚到的黄金的第一项成果。

穿过大门，马车驶进一条林荫道，车轮再次悄然无声地在落叶上面碾过，老树的枝丫在头顶上汇聚形成一条幽暗的林中夹道。望着长长的、昏暗的车道尽头那幢发着幽灵般微光的大宅，巴斯克维尔不由得打了个冷噤。

“就是这儿？”他压低声音问道。

“不，不是这儿，紫杉小路在另一边。”

年轻的继承人脸色阴郁地四下张望。

“在这么个地方，难怪我伯父会有大祸临头的感觉，”他说，“这个地方足以把任何人都吓跑。半年之内，我要在这儿拉一排电灯，在大门前面安上一千烛光的天鹅牌和爱迪生牌灯泡，到那时候你们就会认不出这儿了。”

林荫道通向一片开阔的草坪，大宅出现在我们的面前。在暮色的映衬下，可以看到居中有一幢厚实的建筑物，一条门廊向外伸出。正面外墙上爬满常春藤，只在窗户和饰有家族盾形纹章的部位做了修剪，看上去像在黑色面罩上打了些补丁。楼宇正中耸起一对塔楼，年代久远的垛堞状围墙上开了很多瞭望孔。塔楼的左右两翼，各有一座样式较新的黑色花岗岩翼楼。从厚重的直棂窗里透出昏暗的灯光。高耸在陡峭房顶上的烟囱里冒出一缕黑烟。

“欢迎，亨利爵士！欢迎来到巴斯克维尔庄园！”

一个高个男子从门廊的阴影中走上前来，打开马车门。门厅处的黄色灯光衬出一个女人的身影。她走到马车跟前，帮着那个男人往下拿行李。

“我想直接坐车回家，您不会介意吧，亨利爵士？”莫蒂默医生说，“我太太在等我。”

“您不留下来吃晚饭吗？”

“不了，我得回家了。说不定家里有事等着我去做呢。我本该留下来陪您一起参观一下这所房子，但巴里莫尔做向导比我更合适。再见，如果有事需要我效劳，请随时派人去叫我。”

车轮声渐渐远去，亨利爵士和我转身走进大厅，大门咣的一声在我们身后关上。这是一间很精致的大房间，房顶很高，椽子上方那一根根粗大的橡木梁柱因年代久远而显得有些发黑。高高的铸铁炉架后面，柴火在巨大的老式壁炉里烧得噼啪作响。亨利爵士和我都伸出手来烤火取暖。经过长时间的乘车旅行，我俩都快冻僵了。环顾四周，镶嵌着古老彩色玻璃的狭长窗户、房间四周的橡木镶板、墙上挂着的雄鹿头和家族盾形纹章，在大厅中央大吊灯的柔和光照下，都显得有些阴暗。

“跟我想象中的一样，”亨利爵士说，“这不正是那种古老家族的景象吗？想到我的祖辈们曾经在这个大厅里生活了五百年，一种令我肃然起敬的沧桑感会油然而生。”

我注意到，他朝四下里张望时，黝黑的脸上浮现出孩子般的激情。灯光照在他身上，长长的投影顺着墙面拖下来，仿佛有一个黑色的华盖罩在他的头顶上方。巴里莫尔把我们的行李送去各自的房间后回到大厅，此刻正站在我们面前，俨然一副受过良好训练的仆人所特有的随时听候吩咐的神态。他长得高大英俊，黑色胡须修剪得十分平整，面色白皙，相貌堂堂。

“您现在就用晚餐吗，先生？”

“已经准备好了？”

“马上就好，先生。卧房里已经备好了热水。在您作出新的安排之前，我妻子和我都很愿意留在您这儿干活，亨利爵士。不过请您理解，在新环境下这幢大宅需要相当多的仆人。”

“什么新环境？”

“我只是想说，先生，查尔斯爵士过的是一种与世隔绝的生活，我们这些人可以照料得过来。而您当然是希望家里人多热闹，所以需要在家庭事务上做些改变。”

“您是说，您和您妻子打算离开这儿？”

“这得等您觉得方便的时候才行，先生。”

“可是你们家几代人都一直跟着我们家，是这样吧？刚开始在这儿当家就打破这种古老的家族联系，我心里会觉得不好受。”

我似乎看到管家白皙的脸上掠过一丝感动。

“我心里也不好受，先生，我妻子也是。可是不瞒您说，先生，我们夫妻俩和查尔斯爵士相处了这么久，他的死对我们打击很大，周围的环境，处处都让我们感到伤心。在巴斯克维尔庄园待下去，恐怕我们的心情再也没法安生。”

“那你打算怎么办？”

“我相信，先生，靠做些小生意我们应该能够自立。查尔斯爵士对我们很慷慨，他留给我们的钱足以让我们自给自足。现在，我还是带两位先生去看一下你们的房间吧。”

这个古老大厅的上层有一个带栏杆的四方形回廊，两侧各有上下的楼梯。从宅邸的这个中心位置延伸出两条长长的过道，贯通整幢楼宇，可以通往所有的卧房。我的卧房和巴斯克维尔的在同一侧，差不多紧邻着。这些房间的装饰看上去比宅邸的中央部位样式新得多，鲜亮的墙纸和大量的蜡烛，把我刚到这里时留在脑际的阴郁印象冲淡了许多。

然而，大厅一侧的餐厅却是个昏暗阴沉的所在。这个长条形的房间被台阶分成两个部分，主人家坐在高台上用餐，较低部分给仆人们用。房间尽头是一个供演奏音乐用的室内小眺台，可以俯视整个餐厅。乌黑的梁木横亘在我们的头顶上方，再上面是被油烟熏黑的天花板。如果点上一排排火把，将整个房间照得灯火通明，在丰富多彩、狂放不羁的盛宴中尽情欢乐，这里的阴郁气氛也许能够稍许得到缓解。然而此刻，两个身穿黑衣的绅士坐在带罩子的吊灯投射下来的一小圈光束里，说话变得低声细语，心情也变得压抑。昏暗中，穿着不同服饰的家族祖先，从伊丽莎白时代的骑士到摄政时期的纨绔子弟，在一长溜挂在墙上的画框中，用默默的俯视陪伴着我们，着实把我们吓得不轻。我们两个人很少说话，我很庆幸，这顿晚餐总算吃完，我们可以回到样式时新的桌球室去抽烟了。

“哎，这个地方不太招人喜欢，”亨利爵士说，“我想我会慢慢适应这种环境，但眼下我总感觉有些不对劲。我伯父独自一人生活在这么一所房子里，难怪他总有点神经兮兮的。如果你不反对的话，我们今晚还是早点回房休息吧。也许明天一早，这里的一切看上去会让人心情舒畅一些。”

临睡前，我拉开窗帘向外望去。窗户正对着大门前的大草坪。更远处，两丛灌木在风中摇摆呻吟。从竞相追逐的云朵后面露出半个月亮。在清冷的月光下，越过树丛，可以看到断断续续、高低不平的岩石带和绵长低缓、凄凉沉郁的旷野。我拉上窗帘，感觉自己此刻的印象并不比先前的好些。

而且这种印象仍在延续。尽管我感觉十分疲乏，却一直睡不着，躺在床上辗转反侧，寻找那迟迟不愿降临的睡意。远处传来自鸣钟每过一刻钟敲一次的报时钟声。但除了钟声，整幢老宅死一般的寂静。突然，在这死寂般的深夜里，有个声音传入我的耳中，清晰而响亮，绝不会听错。这是一个女人的啜泣声，像是被难以抑制的痛苦折磨着而强压哽咽发出的抽噎。我坐起身来仔细聆听，声音从不远处传来，可以肯定就在这所房子里。我的每根神经都绷紧了，凝神静气地等了半个小时，可是除了钟声和屋外墙上常春藤在微风中发出的沙沙声，再也没有别的声音传来。

第七章　梅利皮特宅舍的斯泰普顿兄妹

第二天早晨，清新的空气和美丽的景色，几乎把我们昨晚刚到巴斯克维尔庄园时郁结在心里的阴沉灰暗的印象一扫而光。亨利爵士和我坐在餐桌旁吃早餐时，阳光已经照进高高的直棂窗，透过镶嵌在窗户上方的家族盾形纹章玻璃，投下淡淡的阴影。深色的护墙板在金黄色的光照下泛着青铜般的光，实在难以相信，这儿就是昨晚让我们深陷阴郁之中的那个房间。

"我觉得问题不在这幢房子，而是出在我们自己身上！"准男爵说，"我们昨天一整天长途奔波，又冷又累，所以才会带着阴郁的眼光看这个地方。现在我们精力充沛，神清气爽，心情自然就好起来了。"

"但这不完全是主观想象造成的问题，"我回答说，"比方说吧，您有没有听见有个人，我想是个女人，在半夜里哭泣？"

"怪了，我昨晚睡得模模糊糊时，确实听见好像有人在哭。我等了好一会儿，那声音没再出现，所以我还以为自己是在做梦。"

"我听得很清楚，我相信确实是个女人在哭。"

"我们必须马上问一问这件事。"他打铃叫来巴里莫尔，问他能不能告诉我们昨夜有人哭泣是怎么回事。我发现，听完主人的问话，管家原本就略显苍白的脸变得更白了。

"这所房子里只有两个女人，亨利爵士，"他回答说，"一个是后厨的女佣，她睡在宅子的另一边。还有一个是我妻子，我可以保证，哭声绝对不是她发出来的。"

后来发现，他在这件事上撒了谎。早餐过后，我在长廊上碰到巴里莫尔太太，当时阳光正照在她的脸上。她是个身材高大、粗眉大眼的女人，嘴角紧抿，表情有点冷漠。可是当她抬眼看我时，两只红肿的眼睛泄了密，看来昨天夜里哭泣的人就是她了。如果是她在哭，她丈夫应该知道。但是他却冒着被戳穿的风险一口咬定不是她。他为什么要这样做？她又为什么哭得这么伤心？那个面色苍白、相貌英俊的黑胡子男人身上，似乎笼罩着一种既神秘又阴郁的气氛。最先发现查尔斯爵士尸体的人是他，我们了解到的导致老人死亡的所有情况，也都是从他口中得知的。那天在摄政街上看到的出租马车里的人，会不会就是巴里莫尔？胡子看上去是一样的。车夫所描述的那个人长得稍矮，但这种印象很可能是错的。我怎样做才能够查明这件事？显而易见，首先要做的，是去找格林彭邮政局长，查明那封试探电报是否已经送到巴里莫尔本人手中。无论答案如何，我总得有点东西可以向歇洛克·福尔摩斯报告才行。

早餐后，亨利爵士有大量文件要看，趁这段时间我正好可以出去走一趟。我沿着旷野边缘走了四英里，一路上感觉心旷神怡，不知不觉走到一个灰暗的小村庄，村里有两幢较大的房屋，比周围的房子都要高出一截。后来才知道，其中一幢是客栈，另外一幢是莫蒂默医生的住宅。邮政局长在村里还经营着一家小杂货铺，他对电报的事记得很清楚。

“当然啦，先生，”他说，“我已经按照要求把电报送给巴里莫尔先生了。”

“是谁送过去的？”

“我儿子，就是他。詹姆斯，你上星期把电报送到庄园里交给巴里莫尔先生了，对吗？”

“是的，父亲，我送过去了。”

“交到他本人手里了吗？”

“是这样，当时他在阁楼上，所以我没法交给他本人，不过我把它交给了巴里莫尔太太，她答应马上送上去。”

“你见到巴里莫尔先生了吗？”

“没有，先生；我跟您说了，他在阁楼上。”

“你没见到他，怎么知道他在阁楼上呢？”

“嗨，他自己的太太总该知道他在哪儿吧，”邮政局长不耐烦地说道。“他没收到这封电报？如果出了什么差错，也应该是巴里莫尔先生本人来投诉才对呀。”

看来，这么问下去也不会得出什么结果来。但有一点很明显，福尔摩斯耍的这个小计谋未能证实巴里莫尔这段时间里没去过伦敦。假设他确实去过——假设最后看到查尔斯爵士活着的人和最先跟踪刚刚回到英格兰的新继承人的是同一个人，这又能说明什么呢？他是受人指派，还是自己在搞阴谋？谋害巴斯克维尔家族的人对他有什么好处呢？我想起从《泰晤士报》社评文章中剪字拼贴的那条奇怪的警告。这件事是他干的，还是别人为了挫败他的阴谋干的呢？唯一可以想到的动机，是亨利爵士曾经提到过的，只要把这家的主人吓跑，巴里莫尔夫妇就可以把这儿当成自己舒适而永久的家了。可是明摆着，这种解释并不足以说明，为什么有人要蓄谋很久、煞费苦心地针对年轻的准男爵编织一张无形的阴谋之网。福尔摩斯本人说过，在他经手过的耸人听闻的案件中，还从未遇到过比这更复杂的案子。我沿着灰暗而幽静的村路往回走，心中默默祈祷，但愿我的朋友能够尽快摆脱繁忙的事务，来这里帮我分担压在我肩上的这份沉重责任。

突然，我的思绪被身后传来的急促脚步声打断，有人在喊我的名字。我以为是莫蒂默医生，便转过身去，不料追来的是个身材瘦小、胡子刮得很干净、面容整洁的陌生男人，他长着亚麻色头发，下巴瘦削，三四十岁年纪，身穿灰色西装，头戴草帽，肩上挎着一只装植物标本的铁盒子，手里拿着一个绿色的捕蝶网兜。

“恕我冒昧，华生医生，”他气喘吁吁地跑到我跟前说，“这片旷野上大家都像一家人，从来都不用等人正式介绍。您可能已经从我们共同的朋友莫蒂默那儿听说过我的名字了。我叫斯泰普顿，住在梅利皮特。”

“看到您的网兜和标本盒，我就知道您是谁了，”我说，“我早就听说过，斯泰普顿先生是位植物学家。可是您怎么会知道我的呢？”

“我刚才去拜访莫蒂默，您路过那儿时，他从诊所窗口指给我看了。正好我和您同路，所以我就想，干吗不追上去做个自我介绍呢？想必亨利爵士一路上都还顺利吧？”

“他很好，谢谢您。”

“查尔斯爵士不幸辞世之后，我们都很担心新来的准男爵可能不愿意住这儿。让一个有钱人来这种地方隐居，消磨余生，这要求确实有点过分。但我不说您也能明白，这么做对这儿的乡邻们可是意义非同一般呢。我想亨利爵士在这件事上不会有什么迷信的恐惧心理吧？”

“我想应该不会。”

“想必您也知道闹得这个家族不得安宁的恶狗的传说吧？”

“我听说了。”

“真奇怪，这儿的村民竟然都这么容易上当受骗！好些人随时都会发誓说自己确实在旷野里看到过这样一条大狗呢。”他说这话时脸带笑容，但从他的眼神看得出来，他似乎把这件事看得很认真。“这个传说对查尔斯爵士的心理产生了很大影响，我相信这就是导致他悲惨结局的原因。”

“何以见得？”

“他变得神经高度紧张，只要有狗出现就可能对他患病的心脏产生致命影响。我猜想，那天夜里他确实在紫杉小路上看到了这么个东西。我一直担心他会出什么事，因为我很喜欢这位老先生，而且我知道他心脏衰弱受不得刺激。”

“您是怎么知道的？”

“我朋友莫蒂默告诉我的。”

“这么说，您认为查尔斯爵士确实是被一条追逐他的狗吓死的？”

“您还有什么更合理的解释吗？”

“我还没有得出任何结论。”

“歇洛克·福尔摩斯先生有结论了吗？”

我听到这句话大吃一惊，愣了片刻，但看到对方平静的面容和沉稳的眼神，觉得他不像是存心想让我受惊。

“我们没必要装作不知道您，华生医生，”他说，“您写的探案纪实已经传到我们这儿了，您不可能只颂扬他的丰功伟绩，自己却不为人所知吧。莫蒂默把您的名字告诉我时，他不可能隐瞒您的身份。既然您来到这里，可见歇洛克·福尔摩斯先生本人对这件事也很感兴趣，我自然会产生好奇心，想知道他对这件事的看法。”

“这个问题恐怕我回答不了。”

“那么我冒昧地请问一下，他是否会屈尊亲自来一趟呢？”

“眼下他脱不开身。他手上有几件案子急需处理。”

“太遗憾了！他来这里说不定能给我们指点迷津，让我们不至于这么一头雾水。说到您本人的调查工作，但凡有什么地方我可以效劳的，您请尽管吩咐。如果您对某些疑点或对此案的调查方略能够透露一二，我现在就可以给您提供一些帮助或建议。”

“请您相信，我来这儿只是拜访我的朋友亨利爵士，我不需要任何帮助。”

“好极了！”斯泰普顿说，“您这么小心谨慎完全是有道理的。我刚才纯属多管闲事，惹得您不快，这是我自找的。我向您保证，以后我再也不会提这事了。”

我们边走边聊，来到一个岔路口，那儿有一条窄窄的长满青草的小路从大路上分叉出去，蜿蜒穿过旷野。右侧是一座陡峭的、巨石林立的山丘，早年曾被开辟成采石场。面朝我们的山体是个黑森森的悬崖，崖壁岩隙间长满刺藤和蕨类植物。远处天空中升起一缕灰色的烟雾。

“顺着这条小路再走一小会儿，就到梅利皮特了，”他说，“也许您能抽出个把钟头时间，我很高兴可以介绍您认识舍妹。”

我首先想到的是，我应该陪伴在亨利爵士身边。转念一想，他的书桌上文件和账册堆得满满的，而他那些事我又插不上手。况且福尔摩斯特意嘱咐过，要我详细了解旷野这一带的邻里情况。于是我接受了斯泰普顿的邀请，跟他一起拐进了小路。

“这片旷野真是个神奇的地方，”他环顾着四周说。起伏的山峦像一道长长的绿色巨浪，山顶上怪石嶙峋，如浪涛汹涌奔腾。“对这片旷野，您永远也不会感觉厌烦。您想不到这里究竟蕴藏着哪些奇妙的秘密。它是那么广袤，那么贫瘠，又是那么神秘莫测。”

“看来您很熟悉这个地方？”

“我来这儿定居刚两年，相对于本地住户来说，我是个新住户。我们来时，查尔斯爵士也刚在这儿安顿下来不久。由于兴趣爱好的缘故，我走遍了这里的每一个角落，这儿没人比我更熟悉这片旷野。”

“想要熟悉这片旷野不容易吧？”

“很不容易。比如您瞧，从这儿往北，在一大片平原上隆起几座奇形怪状的山丘。注意到那儿有什么特别的地方吗？”

“那里是个纵马驰骋的好地方。”

“您这么想很自然，可是为这种想法付出了好几条生命的代价呢。您注意到那些密密麻麻散落着的亮绿色斑点吗？”

“看到了，那里看上去比别的地方更肥沃。”

斯泰普顿笑了起来。

“那里就是格林彭泥潭，”他说，“这个地方，无论人畜，只要一步走错就会送命。就在昨天，我看到一匹本地的矮种马跑进去，再也没能跑出来。我看着它探着脖子，在淤泥坑里挣扎了好一会儿，最后还是被泥潭吞没了。即便在旱季，想要穿越泥潭也是很危险的，而这场秋雨过后，那里的情况就更糟糕了。不过我还是能够找到一条路，抵达中心地带后再活着回来。天哪，又有一匹马陷进去了，真惨！”

在绿色的莎草间，有个棕褐色的东西正上下翻腾。只见它拼命扭动长长的脖子，猛地往上一蹿，一声可怕的嘶叫在旷野上回荡。我吓得浑身发冷，但我的同伴的神经似乎比我坚强。

“它没命了！”他说，“被泥潭吞没了。两天里就陷进去了两匹马，以后还会有呢，它们在旱季里养成了去那里的习惯，不知道雨季里情况不同了。等到被泥潭吸住，想逃也来不及了。这个格林彭泥潭，真是个不祥之地。”

“您不是说您能够穿越过去吗？”

“是啊，有一两条小路，身手非常敏捷的人能走得过去。这两条路我都找到了。”

“可您怎么会想到要去这么可怕的地方呢？”

“哦，您看到远处那些山丘了吗？其实那都是泥潭中的孤岛，经过长年的侵蚀，泥潭把它们团团围住，几乎无路可走。可正是在那里，可以找到各种珍奇的植物和蝴蝶，只要您有本事能够进得去。”

“哪天我也去碰碰运气。”

他看着我，表情有些怪异。

“看在上帝的分上，赶紧打消这种念头吧，”他说，“免得让别人说我害了您。我敢说，您只要进去就别指望能够活着出来。我是靠着记住一些复杂的地标才做到进去了能出得来的。”

“哎！”我叫了起来，“那是什么声音？”

一声长长的、低低的呜咽，透着难以形容的悲伤，掠过旷野。声音在天空中回荡，说不清是从哪个方向传过来的。渐渐地，喃喃的呻吟增强成深沉的嘶吼，随后又渐渐减弱，回到凄凉而有节奏的喃喃声。斯泰普顿看着我，脸上流露出奇怪的表情。

“这片旷野真是个奇怪的地方！”他说。

“这是怎么回事？”

“农户们都说这是巴斯克维尔的猎犬在召唤猎物。我以前听到过一两次，但声音没有今天这么大。”

我内心充满恐惧，朝绿色灯芯草斑驳丛生的莽莽旷野望去，广袤无垠的旷野上寂然无声，只有两只渡鸦在我们身后的山岩上发出呱呱的叫声。

“您是个受过教育的人，不会相信这些无稽之谈吧？”我问斯泰普顿，“您觉得这种奇怪的声音是从哪儿来的？”

“有时候，淤泥沉降或地下水上升，或者其他原因，都会引起沼泽发出奇怪的声音。”

“不，不像，这是一种有生命的东西发出来的声音。”

“嗯，也许是。您听到过麻鳽[1]叫吗？”

“没有，我从来没有听到过。”

“这是英格兰一种非常稀有的鸟，几乎已经绝迹，不过这片旷野上什么事都有可能发生。我觉得这没什么可奇怪的，我们听到的是一只仅存的麻鳽的叫声。”

“这是我这辈子听到过的最荒诞、最离奇的事情。”

“没错，这儿完全是一个不可思议的地方。您看那边的山坡，发现什么没有？”

陡峭的山坡上有一些灰色石头围成的圆环，至少有二十来个。

“那是什么，羊圈吗？”

“不是，那是我们可敬的祖先居住过的家园。史前人类在这片旷野上曾经大量繁衍，后来那里就再也没住过人，所以现在还能看到一些原始人类的生活场景，就跟当时一模一样。这些是他们当时建造的小屋，只是屋顶没有了。如果您有兴趣去里面看看，甚至还可以看到他们用过的灶台和睡觉的地方。”

“这个地方规模还不小呢。这里有人居住是在什么时候？”

1　麻鳽：一种沼泽鸟，鸣声响亮。

“新石器时代——具体年代不清楚。”

“那时他们都干些什么呢？”

“在这些山坡上放牛，当青铜剑开始取代石斧时，还学会了挖锡矿。看见对面山上那条深沟了吗，那就是他们留下的遗迹。是的，你会发现这片旷野有一些独特之处，华生医生。噢，对不起，请稍等一会儿！这肯定是一只草弄蝶。”

一只飞蝶在我们前面的小路上飞过，一转眼工夫，斯泰普顿就以惊人的活力和速度向它扑去。让我吃惊的是，那只昆虫径直向大泥潭飞去，我的新朋友一刻不停地在一簇簇草丛上跳跃奔跑，紧追不舍。绿色的网兜在空中飘舞。那身灰色的衣服，那忽动忽停、跌跌撞撞、不合常规的奔跑姿势，使他本人看上去就像一只大飞蝶。我站在那里看着他蹦跳追逐，对他敏捷的身手钦佩不已，同时又很担心他万一不慎会在泥潭中失足丧生。这时我听到一阵脚步声，转身发现一个女人正在小路上向我走来。在她走来的方向有一缕烟，可见那里就是梅利皮特宅舍了，只是因为那里是个洼地，所以直到她走近我才发现。

毫无疑问，来人就是之前听说过的斯泰普顿小姐了，沼泽地带女人本来就不多，况且我还记得曾听人说起她是个大美人。走到我跟前的这个女人确实长得很美，而且还不是一般的美。兄妹俩的长相差异极大。斯泰普顿肤色适中，长着一头浅色头发和灰色的眼睛，而她身材修长，举止优雅，肤色比我见过的深褐色头发的英国女性更深。她长着一张端庄秀丽的脸，五官极其端正，若不是有着情感丰富的双唇和美丽动人的深色眼眸，看上去简直会显得很冷漠。完美的身材，配上优雅的衣着，出现在荒凉的旷野小路上，使她看上去简直就像一个奇异的幻影。我转过头去时，她正盯着她的哥哥，随即她加快脚步向我走来。我脱帽向她致意，正打算做自我介绍，她却抢先开口，说出来的话让我完全摸不着头脑。

“快回去！”她说，“直接回伦敦去，马上！”

我目瞪口呆地看着她。她目光炯炯地看着我，不耐烦地用脚跺着地。

“我为什么要回去？”我问。

“我不想解释，”她压低声音急切地说。奇怪的是，她说话口齿有些不清。“但看在上帝的分上，照我说的做。赶快回去，别再踏上这片旷野。”

“可是我刚到这儿。”

“唉呀，您这个人！”她叫了起来，“您难道不知道我这么提醒您是为您好吗？回伦敦去！今晚就走！无论如何一定要离开这个地方！嘘，我哥哥过来了！刚才我说的话，一个字也别提。请把那丛杉叶藻中的兰花摘给我好吗？这片旷野上兰花很多，不过您来晚了，没赶上看到这儿的美景。”

斯泰普顿已经放弃了追逐，累得满脸通红，气喘吁吁。

“嗨，贝丽尔！”他说，听起来他和她打招呼时的语气并不怎么亲热。

“哦，杰克，你看上去很热。”

“是的，我在追捕一只草弄蝶。这种蝶非常稀少，在深秋时节很少见到。真可惜，我竟然没捕到它！”他漫不经心地说着，但两只明亮的小眼睛朝我和姑娘扫个不停。

“你们已经自我介绍过了，我看得出来。”

“是的。我告诉亨利爵士，他来得有点晚，看不到旷野上真正的美景了。”

“嗨，你把这位先生当成谁了？”

“我想他一定就是亨利·巴斯克维尔爵士。”

“不，不，”我说。“不敢当，我是他的朋友华生医生。”

她表情丰富的脸上因懊恼而泛起一抹红晕。“我们刚才人都没搞清楚就交谈起来了，”她说。

“你们谈了没多久吧，”她的哥哥一边说，一边仍然用疑惑的眼光看着我们。

“我刚才和华生医生说话时，没把他当作游客，而是把他当成本地人了，”她说，“兰花早谢晚谢，其实跟他没多大关系。不过，华生医生，既然您已经到了这儿，就请去我们家看看吧，请吧。”

我们走了一小段路就到了他们家，一幢孤零零坐落在旷野上的宅子。在昔日的繁荣时代，这里曾经是牧场，现在已改造成住宅。宅子周围是一个果园，但是这里的果树跟旷野上常见的一样，饱受风霜摧残，生长不良，整体环境显得破败凄凉。一个身穿褪色外套的干瘪小个子老年男仆把我们迎入屋内，看上去这座宅子是他在照管。里面房间都很大，家具和陈设也很高雅，从中可以领略到这位女士的品位。我眺望窗外，花岗岩石遍布的旷野连绵起伏，一直延伸到地平线。我不禁感到奇怪，究竟是什么原因使这个受过高等教育的男人和这个美丽的女人住到这种地方来呢？

“怎么找了这么个奇怪的地方，对吗？”他似乎在回答我的疑问，“可是我们会想方设法让自己过得快乐，我说的对吗，贝丽尔？”

“是很快乐，”她回答说，但听起来有点底气不足。

“我曾经在北部办过一所学校，”斯泰普顿对我说道，“对我这种性格的人，这份工作过于枯燥乏味，不过可以跟孩子们一起生活，帮助陶冶他们年幼的心灵，用自己的人格力量和理念来影响他们的人生观，对我是一种非常宝贵的体验。只是时运不济，学校里爆发了严重的流行病，死了三个孩子，从此事业一蹶不振，我投下去的资金全赔光了。不过话说回来，要不是因为失去那些可爱的孩子的陪伴，我可能还会为自己摊上这么件倒霉事而感到庆幸呢，因为出于对植物学和动物学的浓厚兴趣，我在这里找到了无限广阔的施展空间，舍妹也和我一样，全身心地热爱大自然。华生医生，从您刚才眺望窗外旷野的表情看，您心里想知道的正是这些事情吧。”

“我刚才确实闪过这个念头，觉得这里的生活可能有点乏味——或许对您而言，比对令妹少些。”

“不，不，我从没觉得乏味，”她立刻接口说。

“我们有书可以读，有我们感兴趣的研究，我们还有好些有趣的邻居。莫蒂默医生在他那个行当里是个很有学问的人，可怜的查尔斯爵士也是一个令人钦佩的伙伴。我们和他很熟，对他的怀念难以言表。我打算今天下午去拜访结识亨利爵士，不知您是否会觉得我这样做太过冒昧？”

“我相信他会很高兴见到您。”

“那就拜托您跟他打个招呼，说我准备过去拜访他。我们希望借此聊表心意，也许能有助于他尽快适应这儿的新环境。华生医生，您愿意上楼去看看我采集的鳞翅类昆虫标本吗？我敢说这些标本是英格兰西南部最完整的。等您看完标本，午饭也差不多准备好了。”

但是我急着要赶回去，毕竟我职责在身。阴沉沉的旷野，矮种马的不幸惨死，让人联想到巴斯克维尔家族可怕传说的奇怪声音，这一切都给我的思绪抹上了忧伤的色彩。但是跟这些多少有些模糊不清的感想比起来，斯泰普顿小姐的警告既明确又清楚，她说得这么急切而真挚，我毫不怀疑这背后一定有某种深层次的原因。我婉言谢绝了斯泰普顿一再提出的午餐邀请，匆匆告辞，沿着来时走过的长满野草的小路踏上归途。

不过，对于熟门熟路的人，看来总有捷径可走。我还没走上大路，就惊讶地发现斯泰普顿小姐正坐在小路边的石头上，因为跑得急，累得脸上泛起美丽的红晕，一只手叉在腰间。

“我一口气跑过来，就是想截住您，华生医生，”她说，“我都没来得及戴上帽子。我不能久留，不然我哥哥要来找我的。我想对您说，我为刚才把您当成亨利爵士而犯的愚蠢错误感到非常抱歉。请把我刚才的话忘掉吧，这些话跟您没有任何关系。”

“可我没法忘掉这些话，斯泰普顿小姐，”我说，“我是亨利爵士的朋友，他的生命安危是我最为关心的。请告诉我，您为什么这么急着要亨利爵士回伦敦去。”

“只不过是女人的突发之念，华生医生。等您对我有了更多了解，您就会理解，我对自己的言行并不总是说得出理由的。”

“不，不对。我记得您说话时声音颤抖，我还记得您当时的眼神。请您务必对我说实话，斯泰普顿小姐。自从来到这里，我就意识到周围都是各种阴影。生活也变得像格林彭泥潭一样，到处是长着绿草的小块湿地，一不小心就会陷进去，却没人来为你引路。请告诉我，您刚才说的话是什么意思，我答应您一定把您的警告转达给亨利爵士。”

她的脸上掠过一丝犹豫的表情，但当她回答我时，眼神又恢复了坚定。

“您想多了，华生医生，”她说，“我哥哥和我都对查尔斯爵士的去世感到非常震惊。我们和他很熟，他散步时总喜欢穿过旷野到我们家来。他对笼罩在他们家族头上的诅咒一直印象深刻，念念不忘。这场悲剧发生之后，我自然感到，他表现得这么恐惧，肯定是有原因的。所以当这个家族的另一个成员要来这里住下时，我感到很担心，我觉得应该提醒他提防面临的危险。这就是我想转达的。”

“是什么危险呢？”

“您知道猎犬的故事吧？”

“我不相信这种无稽之谈。”

“可是我相信。如果您对亨利爵士还有影响力的话，就带他离开这个尽给他的家族带来厄运的地方吧。世界很大，他为什么偏要来这种危险的地方生活呢？”

“正因为这个地方有危险，他才偏要来呢。亨利爵士就是这种性格。除非您能给我更加确切的理由，否则我恐怕没法说服他离开这里。”

“我没法说得更确切了，因为我并不了解确切的情况。”

“我还想问您一个问题，斯泰普顿小姐。您说您刚才对我讲的话没有特别的意思，那为什么您不愿意让您的哥哥听见这些话呢？这里面应该没有什么让他或别人反感的事情吧。”

“我哥哥巴不得有人住进这个庄园呢，他认为这对旷野上的贫苦农夫们有好处。要是让他知道因为我说了些什么而迫使亨利爵士离开这里，他会大发雷霆的。不过现在我已经尽了责任，也不想再说什么了。我得回去了，要不然他会发现我不在家，怀疑我跑来见您的。再见！”她转过身，没一会儿便消失在乱石堆中，而我则满腹狐疑，继续往巴斯克维尔庄园走去。

第八章　华生医生的报告

从现在开始，我将按事情发生的先后顺序抄录我写给歇洛克·福尔摩斯先生的信件，这些信件此刻都摊在我面前的书桌上。其中有一页遗失了，但这些信件还是详实地表述了我当时的感受和疑惑，比我仅凭记忆来写更为准确，尽管我对这些悲惨事件仍记忆犹新。

巴斯克维尔庄园，10月13日

亲爱的福尔摩斯：

我之前发给你的信件和电报，想必已让你及时了解了这个被上帝遗弃的尘世一隅所发生的种种情况。在这儿时间待得越久，这片旷野的精魂、它的广阔无垠，它令人畏惧的魔力，都会越发渗入你的心灵。一旦投入它的怀抱，你就把近代英国的所有痕迹都抛在了身后。但从另一个角度看，你会发现到处都有史前人类居住和活动的遗迹。一路走去，你会发现这些被遗忘的人的居所和坟茔，还会看到一些据说标明他们的神庙所在的粗大石柱。看着建在满目疮痍的山坡上的灰色小石屋，你会忘记自己身处的年代。当你看到一个身披兽皮、浑身长毛的原始人从低矮的门洞里爬出来，把一支带燧石箭头的箭搭在弓弦上时，你会感觉他出现在这儿比你自己更自然。令人感到奇怪的是，在这片自古至今极其贫瘠的土地上，这些人竟然居住得这么稠密。我不是研究古文物的，但我可以想象，他们是一个不好争战却屡受侵扰的种族，只能被迫接受这片他人不愿居住的土地，在这里生存繁衍。

所有这些，都和你托付给我的使命无关，而且对你这样极其务实的人来说，可能也过于乏味。我还记得，在究竟是太阳围绕地球还是地球围绕太阳转动这个问题上，你曾表现出完全无所谓的态度。所以，还是让我回到和亨利·巴斯克维尔爵士有关的正题上来吧。

你在过去几天里没有收到我的报告，是因为没有发生过值得报告的重大事件。但现在发生了一件非常出人意料的事情，下面我要向你详述这件事。但在这之前，我必须先让你对跟这件事有关的一些情况有一个大致的了解。

有一个情况，我前面没怎么提到，跟旷野里的逃犯有关系。现在有充分的理由可以相信，他确实已经逃走了，这个消息让这一带居住得比较分散的乡邻们大大地松了一口气。到今天，他越狱已有两个星期了，在这期间，没人见过他，也没人听到过他的消息。他居然能在旷野里撑这么多天，这实在让人难以置信。当然，对他来说，想要找个躲避的地方没什么困难。旷野上的石头小屋都可以成为藏身之所。问题是没有吃的，而捕杀旷野里的羊又并非易事。所以，我们认为他已经逃走了，住在偏僻地带的乡民们总算可以睡安稳觉了。

我们这个庄园里住着四个体格健壮的男人，自身安全应该没有问题。但我承认，每当想到斯泰普顿兄妹，我心里总会有一丝不安。他们的住所远离村落，孤立无援。家里只有一个女仆，一个老男仆，加上兄妹二人，哥哥的身体还不怎么强壮。一旦被这个犯过诺丁山命案的亡命之徒破门而入，落入他的手里，他们就只能束手待毙了。亨利爵士和我都很关心他们的境况，曾建议让我们的马夫珀金斯到他们那边去睡，但斯泰普顿坚决不肯。

事实上，我们的朋友亨利准男爵对我们的漂亮女邻居流露出了相当大的好感。这本来也在情理之中，他这么一个活泼好动的人，待在这种孤寂的地方，自然会感到很无聊。何况她又是一位十分美丽迷人的女性。她周身散发出的富有热带气息的异国情调，跟她从不感情用事的哥哥形成了奇特的对比，不过这位哥哥偶尔也会流露出内心深处的炽热情感。看得出他对她具有非常大的影响力，我发现，她说话时眼睛会不时地瞄向他，仿佛是在寻求他的认可。我能确信他对她很好。然而他眼里闪动着的冷冷的光，嘴唇线条僵硬的薄，又跟他独断专行甚至可能粗暴的性格很相称。你一定会发现他是一个有趣的研究对象。

斯泰普顿头天过来拜访了巴斯克维尔，第二天上午就带我们去了传说中邪恶的雨果的丧生之地。我们在旷野上走了好几英里才走到一处地方，那里看上去满目凄凉，让人不由自主地想到那个悲惨的传说。我们在崎岖的山岩间发现一条不长的山谷，通向长满荒草的开阔地，其间夹杂着白色的羊胡子草。草地中央矗立着两块巨石，顶端已被风蚀，尖尖的形状看上去就像怪兽嘴中一对磨损的大獠牙。从各方面看，这个地方都和那个古老悲剧中的场景相吻合。亨利爵士对这里十分感兴趣，屡次询问斯泰普顿是否真的相信存在超自然力干预人类事务的可能性。他说话时口气轻松，但很明显他内心对这件事看得很认真。斯泰普顿的回答出言谨慎，但一眼就可以看出他仍然有所保留，也许是顾及准男爵的感受，不愿把真实想法和盘托出。他告诉我们一些类似的情景，说有几家人家也曾遭受过巨犬的侵扰。他给我们留下的印象是他赞同公众对这件事的看法。

归途中，我们在梅利皮特宅舍吃了午饭，亨利爵士就是在那里结识了斯泰普顿小姐。似乎从见到她的第一刻起，他就被她深深吸引住了，而要说这种感觉不是相互的，那我就大错特错了。在我们走路回家的路上，他一再提起她。从那天起，我们几乎每天都和他们兄妹俩见面。他们今天晚上来这里吃饭，还说好下星期请我们去他们家。照理，这么般配的一对如果能够结合，斯泰普顿一定会非常欢迎，可是我却不止一次瞧见，只要亨利爵士对他的妹妹表示出关切之情，他的脸上就会流露出极其不悦的神色。看得出来，他对她十分依恋，如果失去她，他的生活会很孤单，但如果他因此就要阻扰她缔结如此美满的姻缘，那他未免又过于自私了。我想他是不希望他们俩的亲密关系进一步发展成为恋情，而且我还多次注意到他想方设法避免让他俩有私下交谈的机会。顺便提一下，你嘱咐过我别让亨利爵士单独外出，可一旦在我们面临的难题之外再加上这么个恋爱事件，要想做到这一点就变得难上加难了。如果我当真打算不折不扣地按照你的指令去做，我很快就会成为不受欢迎的人了。

几天前——确切地说是星期四——莫蒂默医生过来和我们一起吃了午饭。他在长冈那一带发掘了一座古墓，挖出一具史前人类头骨，这让他喜不自胜。像他这样专心致志，长期热衷于一项爱好的人，实在是很少见！后来斯泰普顿兄妹也来了。应亨利爵士之请，这位热心的医生带我们去了紫杉小路，让我们看看那个夜晚出事的现场到底是怎么个情况。紫杉小路是一条长长的、阴暗的散步小道，位于两排高高的修剪整齐的树篱之间，两边各有一条狭长的草坪。小路尽头是一个摇摇欲坠的旧凉亭。小路半道处有一扇通往旷野的栅门，老先生就是在这儿留下了雪茄烟灰。这是一扇带门闩的白色木门，出门就是空阔的旷野。我记起你对这件事所做的推理，试着想象当时的情形。那时老人就站在这儿，看见有个东西从旷野里向他直冲过来，吓得他魂飞魄散，拼命奔逃，最后因极度恐惧加上精疲力竭而丧命。他是沿这条又长又暗的林中小道奔逃的。究竟是什么东西把他吓成了这样？是一条旷野上的牧羊犬，还是一条黑黑的、不出声的、巨大的、幽灵般的猎犬？这里面是否有人在捣鬼？那个面色白皙、神情警觉的巴里莫尔是否还有什么事隐讳没说？这一切都显得扑朔迷离，但背后始终笼罩着罪恶的阴影。

给你写了上一封信之后，我又遇到一个新邻居，就是我们南面四英里开外莱夫特庄园的弗兰克兰先生，一个面色红润，满头白发，性情暴躁的老人。他酷爱研究英国法律，花了一大笔钱在打官司上。他把打官司纯粹当作一种乐趣，而对身为诉讼的哪一方全然无所谓，所以难怪他发现这是一种昂贵的娱乐活动。有时他阻拦道路通行，公然违抗教区让他恢复通行的要求。有时他又亲手拆掉别人家的院门，宣称那里自古以来就已有路，公然无视业主对他非法入侵的控告。他对古老的庄园和公共权利法都很精通，时而运用自己的知识替弗恩沃西的村民打官司，时而又反过来跟他们打官司，于是时不时地，根据不同的行为结果，他要么被人抬着沿村道凯旋而过，要么被人扎了个草人模拟像一把火烧掉。据说目前他手上大约有七起诉讼，没准这些诉讼会把他剩余的资产全都耗尽。到那时，他就会像被拔除了毒刺的黄蜂一样，再也没法蜇人了。但只要不涉及法律，他还算是个和蔼可亲、心地善良的人。我之所以提到他，是因为你特别关照过，要我在报告中对周围的人作一些描述。眼下他正忙得不亦乐乎。他是个天文爱好者，有一架很棒的望远镜，他趴在自己家的房顶上，整天对着旷野扫来扫去，一心指望能捕捉到那个逃犯的身影。如果他能把精力全放在这上面，那倒也不坏，可是有传闻说他打算起诉莫蒂默医生，因为医生在长冈的一座古墓中挖出一具新石器时代的人类头骨，所以他要起诉医生未经墓主亲属许可私掘坟墓。他帮助我们从单调乏味的生活中解脱出来，还给我们增添了些许轻松的气氛，眼下这个时候，这正是我们尤为需要的。

至此，我已经把那个逃犯、斯泰普顿兄妹、莫蒂默医生和莱夫特庄园的弗兰克兰的最新情况都告诉了你，最后，也是最要紧的，是我要给你讲讲巴里莫尔夫妇的事情，其中昨晚发生的事尤其出人意料。

先说一下那封试探电报的事吧，你当时从伦敦发电报是想核实巴里莫尔是否真的在这里。我已经解释过，邮政局长的话表明，这个试探没什么用，他人在或不在，都无法证实。我告诉了亨利爵士这件事的原委，他立刻就以他惯有的作风，直截了当地把巴里莫尔叫来，问他有没有亲自收到那封电报。巴里莫尔说他收到了。

“是那个孩子送到你手上的吗？”亨利爵士问。

巴里莫尔看上去有点惊讶，考虑了一会儿。

“没有，”他说，“当时我在阁楼的贮藏室里，我妻子送上来给我的。”

“是你自己回电的吗？”

“不是，我告诉我妻子怎么回复，她下楼写的回电。”

晚上，他又主动提起这件事。

“亨利爵士，您今天上午问我的事，我还是有点没想明白，”他说，“不会是我做错了什么事情，让您对我不放心了吧？”

亨利爵士只好向他保证不是这么回事，还送给他一大堆旧衣物以表安抚，反正在伦敦买的新衣服都已经送来了。

巴里莫尔太太让我颇感兴趣。她长得很壮实，见识不多，但人很正派，而且生性有点古板。像她这样喜怒不形于色的人真是很少见。我曾经告诉过你，刚到这儿的第一天夜里，我听见她哭得很伤心，而且从那以后，我不止一次看到她脸上有泪痕，好像有什么事令她哀痛欲绝。有时我会想，她是不是有什么罪恶的往事难以忘却；有时我又怀疑巴里莫尔是家庭暴君。我一直觉得巴里莫尔这个人性格有点古怪，举止令人生疑，而昨晚的意外遭遇让我的疑虑达到了顶点。

这事本身看上去算不上什么大事。你知道，我一向睡得不是很沉，加上在这所房子里不得不有所提防，所以我近来睡得比平时更加警醒。昨天夜里，约莫凌晨两点来钟，我被房外轻轻的脚步声惊醒。我起床悄悄打开房门向外张望，只见一个长长的黑影在走廊地板上拖曳而行。原来是一个男人手里拿一支蜡烛，正轻手轻脚地沿走廊往前走。他穿着衬衫和长裤，光着双脚。我只能看到他身体的轮廓，但从身高上可以判断出来，此人就是巴里莫尔。他走得很慢，小心翼翼地，整个看上去给人一种难以形容的鬼鬼祟祟、做贼心虚的感觉。

我告诉过你，这条环绕大厅的走廊在楼厅处中断，但在楼厅的另一头又接上了。我一直等到他消失不见，然后悄悄跟在后面。当我绕过楼厅时，他已经走到了走廊尽头。从一道敞开的门里透出一丝微光，估计他进了一间房间。这一区域的房间目前既无人居住也没有放家具，所以他的举动就显得更加神秘了。光线十分稳定，看来他正一动不动地站着。我尽量轻手轻脚地沿走廊走过去，从门边往里看。

巴里莫尔正蹲在窗前，手里举着的蜡烛凑近窗户玻璃。他侧着身子，我能看见他正盯着窗外漆黑的旷野，脸上显出期待的神情。他目不转睛地看了好一会儿，然后才深深叹了口气，不耐烦地熄灭了蜡烛。我随即回到自己的房间。没多久门外又传来轻轻的脚步声，这是他回来了。过了很久，我快要入睡的时候，听到钥匙在锁眼里转动的声音，但又听不清声音从何而来。我猜不透这一切意味着什么，但在这所阴森森的房子里肯定有着某种不可告人的秘密勾当，我们迟早会查个水落石出的。你要求我只对你提供事实，所以我就不拿自己的想法来打扰你了。今天上午我和亨利爵士谈了很久，根据我昨晚的观察，我们一起制订了一个行动计划。对此我现在不作详述，但它想必会使我的下一篇报告读起来更有兴味。

第九章　旷野上的灯光

［华生医生的第二份报告］

巴斯克维尔庄园，10月13日

亲爱的福尔摩斯：

执行此次使命以来，如果说在最初阶段并没有多少消息可以向你提供的话，那么现在各种事件接二连三地发生，情况越来越复杂，我正在全力弥补被耽搁掉的时间。我在上一份报告的结尾部分提及我曾看到巴里莫尔伏在窗口张望的事，现在我已经掌握了相当多的材料，而且我可以有把握地说，这些材料足以让你大吃一惊。事态急转直下，实在是让我始料不及。在过去的四十八小时里，某些方面变得更加清晰明了，另外一些方面却变得更加错综复杂。但我会把所有情况都告诉你，一切由你自行判断。

就在我那次夜半探险的第二天早晨，早餐前我查看了走廊另一头巴里莫尔前晚去过的房间。我注意到，他往外看的这扇朝西的窗户，有个不同于房间里其他窗户的地方——从这里可以就近俯瞰旷野。窗外的两棵大树之间有个缺口，从这扇窗看出去，正好可以从这个缺口看到邻近的旷野，而从其他窗口看出去，只能远眺旷野。由此可见，巴里莫尔一定是在寻找旷野上的某样东西或某个人，而只有从这扇窗看出去才能达到这个目的。当晚夜色很黑，我简直无法想象，在这种环境下他还指望能看到什么人。我突然想到，这里面莫非真有什么男女私情。这倒是可以解释他为何举动鬼鬼祟祟，而他妻子又为何总是惶惶不安。这个男人相貌出众，让一个农家少女对他一见倾心并非难事，所以这种推测似乎也能成立。我回到房间后之所以会听到开门声，也许就是因为他出去幽会了。整个上午我一直在分析这件事，现在我把归纳出来的疑点告诉你，尽管最后的结果可能表明这些猜疑都是站不住脚的。

总之，无论巴里莫尔的这些行为的真正原因是什么，我觉得在真相尚未大白之前，对这些事情隐匿不报，这个责任是我无法独自承担的。早餐后，我和准男爵在他的书房里谈了一次，把我看到的情况告诉了他。他并没有我预想的那么惊讶。

“我知道巴里莫尔夜里到处乱走，正想和他说这事呢，”他说，“我听到他在走廊里来回走动，有两三回了，差不多就在您说的那段时间。”

“他也许每晚都会去那扇窗口，”我推测说。

“有这可能。如果真是这样，我们倒是可以跟踪他，看他到底在找什么。我在想，如果您的朋友福尔摩斯在这儿，不知他会怎么做。”

“我相信他会按照您的想法去做。”我说，“他会跟在巴里莫尔后面，看他做些什么。”

“那我们就一起干吧。”

“可是这么做多半会被他听见。”

“这个人耳朵很背，再说，我们无论如何必须抓住这个机会。今天晚上我们就在我的房间里坐着，等他走过去。”亨利爵士高兴地搓着双手，显然他把这次冒险视为他在旷野上过于平静的生活的一种排遣方式了。

当初为查尔斯爵士制订修葺计划的建筑师以及伦敦的建筑承包商，准男爵已经和他们联系过了，因此很快这里将有望发生巨大改变。准男爵还从普利茅斯请来了装潢设计师和家具商。显然我们的朋友有许多宏大的设想，想要不遗余力、不惜代价地重振家族辉煌的伟业。等到这所房子经过整修翻新，重新装潢布置后，对他来说就万事俱备，只缺一位女主人了。我们私底下说说，有很明显的迹象表明，如果这位女士愿意的话，这个位置非她莫属，要知道我很少看到有男人像他这样，对我们美丽的女邻居斯泰普顿小姐这般迷恋。然而，真爱的历程往往并不像人们所期盼的那样一帆风顺。就拿今天来说，爱情的平静湖面上意外地泛起涟漪，给我们的朋友带来相当大的困惑和烦恼。

谈完我刚才提到的关于巴里莫尔的事之后，亨利爵士戴上帽子，准备出门。我理所当然地跟了上去。

“怎么，您也要去，华生？”他好奇地看着我问。

“这得看您是不是要去旷野，”我说。

“是啊，我是要去那里。”

“那好，您知道我得遵照指令行事。我很抱歉会打扰您，但当初您听到过福尔摩斯怎样再三嘱咐我不能离开您，尤其是不可以让您独自一人去旷野。”

亨利爵士笑吟吟地把手放在我的肩上。

“我亲爱的朋友，”他说，“福尔摩斯再聪明，也没有料到我来到这片旷野后发生的事情吧。您明白我的意思吧？我想您是绝不会做这种煞风景的事情的。我得一个人出去。”

他这么一说，弄得我很尴尬，我不知道说什么好，也不知道该怎么办。还没等我拿定主意，他就已经拿起手杖出门了。

但静下心来仔细一想，我感到十分自责，觉得没有任何理由让他脱离我的视线。我甚至想到万一我不得不回去，向你承认因为没有听从你的话而导致不幸发生时，我会有什么样的感受。说实话，一想到这里，我羞愧得双颊通红。我想也许现在去追他还不算晚，于是我立刻出门往梅利皮特宅舍方向追去。

我以最快速度沿大路匆匆而行，一直走到通往旷野的小路分岔处，还是没有看到亨利爵士。我担心自己走错了方向，于是就近爬上那座已被开凿成采石场的小山，从上面可以俯瞰旷野。这时我一眼看到了他。他正在四分之一英里开外的荒野小路上走着，身边有一位女士，不用说，准是斯泰普顿小姐了。显然他俩之间已经有了默契，开始私下约会了。两个人一边散步一边在聚精会神地交谈，只见她双手急促地做着手势，似乎对自己所说的话很认真，而他聚精会神地听着，偶尔摇头表示强烈反对。我站在岩石堆中远远望着他们，苦苦思索着下一步该怎么办。跟着他们并打断他们的私密交谈，这样做有点过分，可是我的职责是时时刻刻不让他离开我的视线。跟踪窥探一个朋友，实在是一件让人讨厌的差事。然而，我也找不到更好的办法，只能暂时先从小山上观察他的行动，事后再向他坦白以求心安了。当然，其实如果真有突发危险威胁到他的人身安全，我因为离得太远，也无法立刻上前施救，但我相信你会同意我的想法，当时的处境让人非常为难，我也只能做到这样了。

我们的朋友亨利爵士和那位女士在小路上停下脚步，沉浸在谈话之中。这时我突然发现，自己并不是这场谈话的唯一目击者。半空中飘动着的一抹绿色，吸引了我的目光，定睛一看才发现有个绿色的东西固定在一根杆子上，有个人正拿着杆子在崎岖不平的山路上走着。原来是斯泰普顿，手里拿着他的捕蝶网兜。他距离这对情侣比我近得多，看上去正朝着他们的方向走去。就在此刻，亨利爵士突然把斯泰普顿小姐拉近身边，把她拥入怀中，而她别过脸去，好像是在躲避他。他低头凑向她的脸，她则抬起一只手以示抗拒。随后我看见两个人猛地分开，慌忙转过身去。原来是斯泰普顿的出现惊扰了他们。他正一路狂奔向他们跑去，捕蝶网兜滑稽可笑地在他身后来回晃动。他跑到这对情侣跟前，使劲打着手势，激动得手舞足蹈。他这种举动是什么意思，我没想明白，但看上去斯泰普顿正在斥责亨利爵士，后者竭力解释，而且由于对方不听他的解释而越说越激动。女士站在一旁，傲然保持着沉默。最后，斯泰普顿转过身去，专横地向他妹妹示意离开，她犹豫不决地看了亨利爵士一眼后，就和哥哥一起离开了。博物学家那愤怒的肢体语言表明，他怒气的发泄对象也包括这位女士。准男爵站了一会儿，望着他们俩远去的背影，然后慢慢地沿来路往回走，头低着，看上去很沮丧的样子。

我不知道刚才发生的一幕究竟是怎么回事，但我为自己在朋友毫不知情的情况下目睹了如此亲密的一幕场景而深感羞愧。我跑下山去，在山脚下遇到了准男爵。他气得满脸通红，眉头紧皱，一副茫然失措的神态。

“嘿，华生！您是从哪儿冒出来的？”他说，“您该不会真的一直跟在我后面吧？”

我对他详细解释：我是怎样意识到不能丢下他不管，怎样跟踪他，又是怎样目睹刚才发生的一切的。起初他怒气冲冲地看着我，但是我的坦诚逐渐消除了他的愤怒，最后他爆发出一阵苦笑。

“原本以为，对一个想保护隐私的男人来说，这儿应该是个相当安全的地方。”他说，“可是说真的，好像这一带的人都跑出来看我求爱了——而且还是这样糟糕透顶的求爱！您刚才坐在哪儿看的这场戏啊？”

“就在那边小山坡上。”

“您的座位也太靠后了吧？她哥哥倒是抢了前排呢。刚才他向我们跑过来时您看到了吧？”

“是的，我看到了。”

“您有没有见过他发疯的样子——她这位哥哥？”

“我还真没见过。”

“我也没想到他竟然会这样。我一直以为他是个神志正常的人，现在不了。但是您可以相信我，不是他就是我，我们中总有一个应该穿上约束衣[1]。我到底是怎么了？您和我相处有些日子了，华生。您直说吧！我哪儿不够好，不能娶一个我倾心爱慕的女人，成为她的好丈夫？”

“我觉得没有。”

“对我的身家地位，他没什么好说的，所以他一定是对我这个人有偏见。我哪儿让他看不惯了？我这一生中，从来没有伤害过认识的人，无论是男是女。可他甚至连她的手指尖都不让我碰一下。”

“他这么说的？”

“就是这么说的，还不止说这些呢。您听我说，华生，我认识她才几个星期，但从一开始我就觉得她是为我而生的，而她也是这么想的——她和我在一起时显得很开心，这点我可以发誓。从女人的眼睛里表露出来的情感往往是比语言更动人的。可他从不让我们单独在一起，直到今天我才第一次找到和她私下里说几句话的机会。她很高兴见到我，但即便如此，她还是闭口不谈爱情，而且只要她阻止得了，也不愿意让我把话题引到这上面去。她总是反复提起，这儿是个危险的地方，只有我离开此地，她才能快乐起来。我告诉她，自从见到她以后，我就不再急着想离开这里了，如果她真想让我走，唯一的办法就是她跟我一起走。我还直截了当地对她说我想要娶她，可还没等她回答，她哥哥就像疯子一样朝我们跑过来。他气得脸色发白，两眼冒着怒火。我对这位女士做了什么了？我怎么敢违背她的意愿向她乱献殷勤呢？难道我因为自己是个准男爵就觉得可以对她为所欲为了吗？要不是因为他是她的哥哥，我本来可以更好地回敬他一番的。当时我告诉他，我对他妹妹的感情是真

1　约束衣：用于防止精神病人自残或危害他人的一种医用紧身衣。

挚的,没有什么见不得人的地方,我希望她能让我有幸娶她为妻。可我的这番解释似乎无济于事,所以我也忍不住发了火。当时我的语气可能重了些,毕竟她就站在旁边呢。于是,正如您看到的那样,他带着她走了,剩下我一个人莫名其妙地站在那儿。请您告诉我,这到底是怎么一回事好吗,华生,我会对您感激不尽的。"

我试着作了一些解释,可是说实话,我自己也是一头雾水。我们的朋友的贵族头衔、财产、年龄、性格乃至外貌,各方面条件都堪称优越,除了萦绕在他们家族头上的厄运以外,我觉得他实在无可挑剔。那个哥哥居然不顾女士本人意愿,粗暴地拒绝了他的求爱,而这位女士居然这么听天由命地接受了哥哥的安排,这些都令人感到大惑不解。然而,当天下午斯泰普顿就亲自登门拜访,打消了我们的疑惑。他是专程前来为自己上午的粗鲁行为道歉的,经过和亨利爵士在书房里的一番长谈,他们俩之间的裂痕完全愈合了,我们受邀下星期五去梅利皮特宅舍用餐,也算是和解的一种表示。

"我现在还不想说他不是个疯子,"亨利爵士说,"我忘不了他今天上午向我冲过来时的那种眼神,但我不得不承认,没人能像他这样,连道起歉来也那么潇洒大方。"

"他有没有对自己的行为作出解释?"

"他说他妹妹是他生活中的一切。这很正常,他对她这么珍视,我也很高兴。他们一直在一起生活,按照他的说法,他一直非常孤独,只有妹妹和他相依为命,所以,一想到将要失去她,他就感到十分绝望。他说他本来没想到我会喜欢上她,而眼看情况确实如此,她很有可能从他身边被带走时,他不由得非常震惊,一时间丧失了理智,说了错话做了错事。他为发生的事情感到非常抱歉,他已经意识到,把一个像他妹妹这样的美丽女人一生据为己有,这种想法是多么愚蠢和自私。如果她不得不离开他,他宁愿把她嫁给我这样的近邻,也不嫁给别人。但不管怎样,这毕竟对他是一个打击,他需要一些时间才能做好充分的准备去接受它。如果我承诺把这件事搁置三个月，在此期间只跟这位女士保持一般朋友关系，而不是企求她的爱情，他就不再提出任何反对意见。我答应了他，事情就这么解决了。”

所以，我们的那些小谜团中，总算有一个被解开了。这就好比我们在这片沼泽中苦苦挣扎时，触到可以立足的底部。我们把斯泰普顿看不上他妹妹的求婚者——即便求婚者完全符合条件，就像亨利爵士这样——的原因弄清楚了。现在，让我把话题转到另一条线索上来吧，我已经从这团盘根错节的乱麻中理出一条头绪，这里面涉及神秘的夜半啜泣，巴里莫尔太太泪痕斑斑的脸，还有管家夜半三更摸到西面那扇格子窗前的诡秘之行。祝贺我吧，亲爱的福尔摩斯，请告诉我，我没有让你失望——你不后悔当初委派我来时所赋予我的信任。经过一个晚上的努力，所有这些事情都已经彻底查清楚了。

我刚才说“经过一个晚上的努力”，但说实话，这件工作花了我们两个晚上的努力，因为实际上在头一个晚上我们一无所获。我和亨利爵士在他房间里坐到将近凌晨三点，可除了楼梯上传来的报时钟声，什么也没有听到。这样守夜实在太沉闷，结果我们两个人都在椅子上睡着了。还好，我们没有泄气，决定再试一次。第二天晚上，我们把灯光调暗，一声不吭地坐着抽烟。时间过得慢到令人难以置信，但我们还是凭着惊人的耐心和强烈的愿望熬了过来，这种感受，正是猎人盯着陷阱等待猎物自投罗网时所体验到的。时钟敲了一点，又敲了两点，我们感到很绝望，几乎又想放弃了，可一转眼，我们俩都从椅子里直起身来，疲惫的感官因为警觉而再次变得敏锐起来，我们听到了从过道里传来的脚步声。

鬼鬼祟祟的脚步声经过我们房门口，消失在了远处。准男爵轻轻地打开房门，我们一起追了出去。那人已经拐过了平台，走廊里一片漆黑。我们蹑手蹑脚地沿走廊走到楼宇另一翼，刚好瞧见他那高高的身影，正弓着身子，踮着脚尖，沿走廊往前走。不一会儿，他跟上次一样走进同一扇房门，烛光从门缝里透出来，在黑暗的走廊里投射出一束黄光。我们小心翼翼地朝那儿走过去，每走一步都试着先踩一下，生怕地板在身体的重量下发出声响。为了谨慎起见，我们把鞋子脱了，可是即使这样，老旧的木地板依然在我们的踩踏下咯吱作响。有几次声音甚至响到他不应该听不见我们正在走近。所幸的是，此人耳朵相当背，再加上当时他正全神贯注在干自己的事。当我们终于走到门口，往里面窥视时，发现他正蹲在窗前，手里拿着蜡烛，那张白皙的脸聚精会神地贴着窗玻璃，就像我两天前看到他时一模一样。

我们事先并未商定行动计划，而准男爵又是个直性子，做事喜欢直截了当，率性而为。他推门走进房间。看到他进来，巴里莫尔猛地从窗边站起，倒吸了一口气，随即站在那里，面色铁青，浑身颤抖。苍白得像面具似的脸上，两只深色眼睛里充满了惊恐。他瞥了一眼亨利爵士，又转眼看着我。

“你在这里干吗，巴里莫尔？”

“没干吗，先生。”他惊恐得几乎说不出话来，手里拿着的蜡烛不住地抖动，光影随之摇来晃去。“我在看窗户，先生。晚上我四处走走，看看窗户是不是都关严实了。”

“二楼的窗户吗？”

“是的，先生，所有的窗户。”

“听着，巴里莫尔，”亨利爵士厉声说道，“我们已经打定主意要让你说实话，晚说不如早说，这样你也可以省些麻烦。快说！别耍花招！你蹲在这扇窗前在干吗？”

这家伙无可奈何地望着我们，像一个身处极端迷茫和痛苦中的人那样使劲拧着双手。

“我没干坏事，先生。我只不过拿着一支蜡烛站在窗前。”

“你为什么要拿着蜡烛站在窗前？”

“别问我，亨利爵士——请别问我！我向您保证，先生，这不是我个人的事，所以我不能告诉您。如果这件事只跟我有关，我绝不会对您隐瞒的。”

我忽然灵机一动，一把从管家颤抖的手中夺过蜡烛。

“他一定是拿着它在打信号，”我说，“让我们也来试试，看有没有回应。”我照着管家刚才的样子举起蜡烛，睁大眼睛看着窗外漆黑的夜色。月亮被云遮住，只能依稀看到一排黑黝黝的树丛和颜色略浅的广袤旷野。随即我欣喜地叫了起来，正对着方形窗框中心的远处，突然出现一个极小的黄色亮点，在黑暗中闪着微光，刺破了漆黑的夜幕。

“就在那儿！”我喊道。

“不，不，先生，那儿没东西——什么都没有！”管家赶忙说，“我向您保证，先生——”

“把蜡烛举在窗前晃动，华生！”准男爵大声说，“看到了吧，那边灯光也在晃动！你这个无赖，这明摆着是打信号，你还想否认？来吧，说出来吧！躲在那边的同伙是谁？你们两个在搞什么阴谋？”

巴里莫尔的脸上显露出一种公然挑衅的神态。

“这是我自己的事，跟你们无关，我不说。”

“那我现在就解雇你。”

“很好，先生。随您的便。”

“你这样走很丢人。真的，你会为自己的行为感到羞耻的。你们家和我们家在一个屋檐下共同生活了一百多年，今天我才发现，你竟然背地里搞阴谋诡计想害我。”

“不，不，先生，我们没想害您！”一个女人的声音传来，巴里莫尔太太站在门口，脸色比她丈夫的更加苍白，神态也更加惊慌。若不是脸上流露出惊恐的表情，她穿着裙子、披着披肩的臃肿身材也许会显得很滑稽。

“我们必须离开，伊莱扎。事情也该结束了。你可以去收拾我们的东西了，”管家说。

“唉，约翰，是我把你给连累了。这是我的错，亨利爵士——全是我的错。他做这些事都是为了我，是我求他这么做的。”

“那就说出来吧！这到底是怎么回事？”

“我可怜的弟弟正在旷野上忍饥挨饿。我们不能眼睁睁看着他饿死。烛光是在给他发信号，告诉他食物已经为他准备好了，他那头的烛光是在告诉我们送饭的地点。”

“这么说，你弟弟就是——”

“就是那个逃犯，先生——塞尔登，那个罪犯。”

“这是实情，先生，”巴里莫尔说，“我说过这不是我个人的事，所以我不能告诉您。现在您都听到了，您就会明白，即使我们有阴谋，也不是针对您的。”

这就是夜半潜行和窗前烛光的全部原委。亨利爵士和我都惊讶地盯着这个女人。这个表情淡漠、举止端庄的女人和举国最臭名昭著的罪犯居然是一母所生，这可能吗？

“是的，先生，我娘家姓塞尔登，他是我弟弟。从他小时候起，我们就一直惯着他，养成了他为所欲为的坏习气，他以为这个世界是为了让他快活而创造的。长大以后，他交上了坏朋友，从此变得就像魔鬼附身。他伤透了我母亲的心，也败坏了我们家的名声。他不断犯罪，越陷越深，最后还是因为上帝的怜悯，才算没被送上断头台。但在我心里，先生，他始终是那个我照料过、一起嬉戏过的鬈发小男孩。这就是他越狱的原因，先生。他知道我在这儿，我们无法拒绝帮他。那天夜里，他硬撑着逃到这儿，又累又饿，身后还有狱警紧紧追赶，我们能怎么办？我们只好让他进屋，给他吃的，让他安顿下来。后来您回家来了，先生，我弟弟觉得待在旷野里比待在其他地方更安全，打算等到追捕风头过了再说。于是他就躲到那儿去了。每隔一天，到了夜里，我们在这扇窗前用蜡烛和他联络，确定他是不是还在那儿。看到有回应，我丈夫就把面包和肉给他送过去。每天我们都希望看到他已经离开了，可只要他还在那里，我们就不能抛弃他。这就是全部实情。我是一个虔诚的基督徒，您能看得出来，该承担责任的是我，不是我的丈夫，他做这些事都是为了我。"

这个女人的话说得十分恳切，让人听了没法不相信。

"是这样吗，巴里莫尔？"

"是的，亨利爵士。句句都是实话。"

"好吧，我不怪你，你这么做是为了你的妻子。忘了我刚才说的话吧。你们俩先回自己房间去，这件事我们明天早上再谈。"

他们走了之后，我们再次向窗外望去。亨利爵士打开窗子，夜晚的寒风向我们扑面吹来。在漆黑的远处，黄色的微小光点仍然亮着。

"想不到，他胆子居然这么大，"亨利爵士说。

"可能是因为烛光在那儿，只有这儿才能看见吧。"

"很有可能。你看它有多远？"

"我看是在裂岩山那一带。"

"至多一两英里。"

"恐怕还没那么远。"

"嗯，巴里莫尔可以带着食物走过去，应该不会太远。他还在蜡烛旁边等着呢，这个混蛋。见鬼，华生，我要出去逮住这小子！"

我心里也这么想。巴里莫尔夫妇似乎并不信任我们，他们吐露那个秘密实在是出于无奈。这个人是个十足的恶棍，对公众是个祸害，对他既无须同情也无可宽恕。趁此机会把他捉拿归案，让他无法再去作恶，这也算尽了我们的职责。他天性残暴，如果我们袖手旁观，别人就要遭殃。说不定哪天晚上，我们的邻居斯泰普顿兄妹就会遭到他的攻击。可能正是出于这种想法，亨利爵士才会如此热衷去冒这个险。

"我跟您一起去。"我说。

"那就带上您的左轮手枪，穿上靴子。我们越早去越好，这家伙很可能会熄灭蜡烛逃之夭夭。"

不到五分钟，我们已经出了门，开始了抓捕逃犯之旅。在呜咽的秋风和沙沙的落叶声中，我们匆匆穿过黑暗的灌木林。深夜的空气中弥漫着很重的潮湿和腐烂味。月亮时而从云层后面露出头来，但很快夜空中乌云密布，我们刚踏进旷野，就开始下起蒙蒙细雨。前方的烛光仍然隐隐绰绰地亮着。

“您带武器了吗？”我问。

“我带了根马鞭。”

“我们出手得快，听说他是个亡命之徒。我们必须出其不意，在他抵抗之前就把他制伏。”

“我说，华生，”准男爵说，“我们这么三更半夜、黑灯瞎火地跑到恶魔出没的地方去，福尔摩斯会怎么说呢？”

仿佛是在回答他的问话似的，广阔幽暗的旷野里突然响起一阵奇怪的叫声，跟我在格林彭泥潭边上听到过的声音一样。声音穿透夜晚的寂静，随风传过来，先是长长的、深沉的低鸣，然后是高昂的长嚎，继而转成悲戚的呻吟，最后渐渐消失。声音一次次地响起，既刺耳，又狂野，整个天空随之颤动，令人毛骨悚然。准男爵抓住我的衣袖，他的脸在黑暗中显得格外惨白。

“我的上帝，那是什么声音，华生？”

“我不知道。声音是从旷野里传过来的。我曾经听到过一次。”

声音消失了，四周死一般的寂静。我们站在那里侧耳倾听，但什么也没听见。

“华生，”准男爵说，“这是猎狗的叫声。”

我感觉浑身的血都冻住了，他说话时嗓音发抖，这表明他被突如其来的恐惧感给震慑住了。

“他们把这声音叫作什么？”他问。

“谁？”

“这一带的人。”

“哦，他们是些愚昧的人。您何必管他们叫它什么呢？”

“请告诉我，华生。他们是怎么说的？”

我犹豫了一下，但最终无法逃避这个问题。

“他们说这是巴斯克维尔猎犬的叫声。”

他发出一声呻吟，沉默了片刻。

“这是一条猎犬，”他最后说，“但声音好像是从很远的地方传过来的，我想是在那边。”

“很难说清楚它是从哪儿传过来的。”

“声音随风飘过来，忽高忽低的。那个方向不是格林彭泥潭吗？”

“是的，是那儿。”

“没错，就是那儿。好啦，华生，您还不认为这是猎犬的叫声吗？我又不是小孩子。您不用担心，尽管实话实说。”

“我上次听到这种声音时，正好是跟斯泰普顿在一块。他说这可能是一种怪鸟的叫声。”

“不，不是的，是猎犬。天哪，这些传说莫非真有那么回事？我难道真会因为这种匪夷所思的原因而遭遇危险？您不会相信的吧，是吗，华生？”

“是的，不相信。”

“这种事如果发生在伦敦，还可以当作笑料，此刻站在这漆黑一片的荒野中，又听到这般恐怖的叫声，那可就是另外一回事了。我伯父猝死倒地时，身边也有猎犬的足迹。所有这些事都对拢了。我不是个胆小鬼，华生，但这种声音简直让我浑身发冷，毛骨悚然。您摸摸我的手！”

他的手冰凉冰凉，像一块大理石。

“您明天就会没事了。”

“声音印在我的脑子里，怕是忘不掉了。您说我们现在应该怎么办？”

“我们还是回去吧？”

“不，决不行。我们出来抓这个家伙，要干就干下去。我们在追罪犯，说不定有条恶魔般的猎犬在追我们。来吧！我倒要看看地狱里的恶魔是不是都会跑到这片旷野上来。”

我们在黑暗中跌跌撞撞地慢慢往前走，黑黢黢的陡峭山岭在我们周围若隐若现，黄色的光点仍在前方隐隐亮着。在漆黑的夜晚，没有比光源的距离更具欺骗性的了，看上去，那一小点微光有时远在天边，有时又近在几码开外。最后，总算看清楚它的确切位置，这才知道我们已经离它很近了。一支火光摇曳的蜡烛嵌在岩石缝里，两边被岩石挡住，这样既可以防风，又可以防止人家从巴斯克维尔庄园以外的其他方向看到它。一块花岗岩巨石挡住了我们的去路，于是我们蹲在巨石后面，盯着那一小点用作信号的烛光。奇怪的是，我们只看到这支蜡烛在荒野中燃烧，周围却不见人影——只见到一小簇黄色的火苗和两侧岩石上的反光。

“现在该怎么办？”亨利爵士轻声问道。

“等在这儿。他一定就在烛光附近。让我们看看，能不能找到他。”

话音未落，我们俩就同时看到了他。从嵌着燃烧着的蜡烛的岩石后面，探出一张兽性十足、令人畏惧的脸，蜡黄的脸上尽是横肉，胡子拉碴，污秽不堪，配上乱蓬蓬的头发，乍看上去有点像远古时代居住在山坡洞穴中的野人。烛光映在两只充满奸诈的小眼睛里，眼珠忽左忽右、凶相毕露地朝黑暗中张望，仿佛狡猾的野兽听到了猎人的脚步声。

显然是有什么东西让他起了疑心。可能是巴里莫尔和他约定过某种我们不知道的暗号，也可能是这个家伙由于别的原因感觉到事情不妙，反正我看到那张面目狰狞的脸上掠过一丝恐惧的神色。他随时可能从光亮处逃开，消失在黑暗中。于是我一个箭步冲上前去，亨利爵士也紧跟着冲了上去。与此同时，罪犯一边大声咒骂，一边捡起一块石头向我们扔来，石头砸在我们借以藏身的那块巨石上，碎成了小块。他跳起来转身就跑，我只瞧见一眼他短小强健的身影。这时月光正好冲破云层照射下来。我们刚冲上山顶，就见他沿着另一面山坡飞快地往下跑，一路上跳过挡路的石头，如同山羊一般敏捷。我用左轮手枪远射，或许能打中他的腿，可是我带枪只是在遭到攻击时用来自卫，不是用来射击正在逃跑的不带武器的人的。

我们两个人的奔跑速度都不慢，平素也都受过良好训练，但我们很快发现，想要赶上他简直是徒劳。我们在月光下一直可以看得到他，眼见他变成远处山坡巨石间快速移动的一个小点。我们不停地奔跑，跑得气喘吁吁，精疲力竭，但和他之间的距离越拉越大。最后，我们停止了追赶，坐在岩石上大口喘气，眼睁睁看着他消失在远处。

就在这时，发生了一件非常奇怪的事情，完全出乎我们的意料。当时我们已经放弃了无望的追赶，从岩石上站起身来，返身打算回家。一轮明月低低地挂在右边的天际，银盘似的月亮的下缘衬托出一座花岗石突岩的嶙峋尖顶。只见一个人影伫立在突岩上，远远望去，被明亮的背景勾勒出来的轮廓就像一尊黑色的乌木雕像。你别以为这是幻觉，福尔摩斯。我敢说，我这辈子还从来没看得这样真切过。据我判断，这应该是一个又高又瘦的男人。他站在那儿，两腿分开，双臂交叉，低着头，仿佛正望着脚下泥沼和花岗石遍布的旷野凝神沉思。没准，他就是这片可怕之地的精灵。这个人不是那个罪犯。他所处位置远离后者消失的地点，而且他的个子也比那个罪犯高很多。我发出一声惊呼，想把他指给准男爵看，可就在我转过身抓住爵士手臂的当口，这个人就不见了。花岗石突岩尖顶的轮廓仍与月亮的下缘相切，但岩顶上那个静止不动的人影已不知去向。

我有心想朝那个方向追去，到突岩上看一眼，但那儿离这里毕竟有一段距离。准男爵听到旷野里传来的叫声以后，神经始终处于紧张状态，叫声勾起了他对家族神秘传说的回忆，他已无心再去冒险。他没有看到岩顶上孤独的人影，感受不到此人奇异的现身和居高临下的姿态给我带来的震撼。

“十有八九是个狱警，”他说，“自从这家伙越狱之后，旷野上尽是这些人。”

他的解释也许有道理，但我还是想进一步证实一下。今天我们打算给王子镇监狱发个电报，告诉他们应该去哪里找那个逃犯。真遗憾，我们没能亲手逮住他，把他当作俘虏带回来。这就是昨晚的冒险故事。你得承认，亲爱的福尔摩斯，在给你写报告这件事情上，我已经尽心尽力了。我提供的情况中有一大部分很可能与本案无关，但我仍然认为，最好还是把所有真实情况都告诉你，让你自己来甄选能帮助你得出结论的最有用的东西。我们确实取得了一些进展。就巴里莫尔夫妇而言，目前我们已经找到了他们的行为动机，消除了对他们的误解。然而，这片旷野上的神秘气氛和奇怪住户，依旧叫人难以捉摸。也许在下一份报告中我会提供一些新的线索，把这件案子梳理得更清楚。当然最好还是你能来我们这儿。不管怎样，几天之内你会再次收到我的信。

第十章　华生医生日记摘录

到目前为止，我所引述的内容都出自早些时候我发给歇洛克·福尔摩斯的那几个报告。不过现在，随着我的叙述发展到一定阶段，我不得不放弃这种叙述方式，再度依靠我的回忆，并借助我当时保存的日记。从日记中摘录出来的某些片段会把我带回那些场景，里面的每一个细节都深深地印刻在我的记忆中。我就紧接着我们那次追捕罪犯的失败行动以及在旷野上的其他奇怪经历，从第二天早上开始往下讲吧。

10月16日——阴沉，多雾，蒙蒙细雨。整幢房子淹没在滚滚乌云之中，云团时聚时散，沉闷的旷野时隐时现，银白色的涓涓细流顺着山坡流淌而下，远处巨石湿漉漉的表面在光线作用下隐隐闪着白光。屋内屋外都沉浸在忧郁的氛围中。经历了昨晚的兴奋之后，准男爵的情绪陷入低谷。我自己也感觉心里沉甸甸的，有一种危险即将发生的感觉——这种无处不在、无时不在的危险，由于无法确知其何处何时发生而显得更加可怕。

难道我的这种感觉是捕风捉影？仔细想想，一连串的事件全都指向某种在我们周围作祟的邪恶势力。庄园的前主人死了，分毫不差地应验了那个家族传说，农夫们接二连三地报告说旷野上出现奇怪的生物，我两次亲耳听到旷野深处传来类似猎犬吠叫的声音。要说这些都是超出一般自然法则的现象，这实在让人觉得不可思议、无法接受。一条幽灵猎犬，居然不仅留下了实实在在的足迹，而且嚎叫声响彻四野，这实在太荒谬了。斯泰普顿，还有莫蒂默，或许会接受这种迷信说法；可是我只要还具备最起码的常识，就说什么也不会相信这种事情。否则，我就把自己降低到和那些没文化的农夫一个水平了。这些人不满足于它只是一条恶狗，非要把它描述成一个口眼都会喷出地狱之火的幽灵。福尔摩斯绝不会理睬这种无稽之谈，我是他的代理人，自然也不应该理睬。但事实终究是事实，我确实两次听到从旷野里传来的嚎叫声。假如真有一条巨犬在旷野上游荡，那这一切倒也说得通。可是这样一条巨犬能藏在哪儿？它到哪里去弄吃的？它是从哪里来的？怎么白天没人看到它？必须承认，合乎自然法则的解释也好，超自然法则的解释也好，两者都难以说通。撇开这条猎犬不说，伦敦那辆双轮出租马车里的人，那封警告亨利爵士别去旷野的信，毕竟都是事实。这些事情明摆着都真实发生过，只是不清楚到底是朋友想要保护他，还是仇家想要谋害他。那个朋友或是仇家现在何处？他仍然在伦敦，还是跟随我们来了这里？他会不会就是我在突岩上看到的那个陌生人？

我确实只扫到他一眼，但有些情况我还是绝对有把握的。这个人不是这一带的，因为这儿所有的邻居我都碰到过了。他个子比斯泰普顿高出很多，身材比弗兰克兰瘦了不少。巴里莫尔倒是有可能，但当时我们已经把他留在了家里，而且我敢肯定他不可能跟踪我们。由此看来，一定是还有一个人仍在跟踪我们，正如有个人在伦敦跟踪我们一样。我们一直没能甩掉他。要是我能抓住这个人，一切问题都会迎刃而解。而要想逮住他，我现在非得全力以赴才行。

我的第一个念头是把我的全部计划都告诉亨利爵士。转而一想，觉得最明智的做法是继续自己干自己的，尽量不对别人提起。这段时间，亨利爵士一直沉默寡言，心神恍惚。旷野上传来的声音使他的神经受到了刺激。我最好什么都不说，免得他更加紧张。我要按自己的步骤行事来达到目的。

今天早饭后，发生了一个小插曲。巴里莫尔请求和亨利爵士单独面谈，于是他们俩去了亨利爵士的书房，关在里面谈了好一会儿。我坐在桌球室里，不止一次地听到提高嗓门的说话声，所以我心里清楚他们讨论的重点是什么。过了一会儿，准男爵打开房门，招呼我进去。

"巴里莫尔觉得很委屈，"他说，"他认为，他出于自愿把那个秘密告诉了我们之后，我们还去追捕他的内弟，这样做很不公平。"

管家站在我们面前，脸色苍白，但很镇定。

"我刚才的话可能有点过头，先生，"他说，"如果真是这样，我肯定要请您原谅。但我听说两位先生今天早上才回来，还得知你们昨晚是去追赶塞尔登了，我感到非常吃惊。这个可怜的家伙，他要对付的事情已经够多了，我却还在给他添乱。"

"如果您确实是出于自愿告诉我们的，自然又当别论，"准男爵说，"但问题是，因为实在被我们逼得没办法了，您——或者更确切地说是您太太——才说出了实情。"

"我没想到您竟然会利用这一点，亨利爵士，我真的没想到。"

"这个人对公众是一种危险。这片旷野上的住宅比较分散，他这种人什么事都干得出来。你只要瞧一眼他的脸就知道了。就拿斯泰普顿先生家来说吧，除了他自己，家里再也没人有自卫能力。这个人一天不关大牢，这儿的人就一天不得安宁。"

"他绝不会闯到任何人家里去的，先生，对这一点我可以郑重发誓。再说，他也不会再骚扰这里的人了。我向您保证，亨利爵士，过不了几天我们就可以做好必要的安排，他就要离开这儿去南美洲了。看在上帝的分上，先生，我求您不要让警察知道他还躲在旷野里。他们已经放弃了在那里的追捕，他可以乖乖地躲在那里，直到为他准备好船只为止。要是您去告发他，我妻子和我就会有麻烦了。我求您了，先生，不要去报警。”

“您说呢，华生？”

我耸了耸肩膀。“如果他平安地离开这个国家，倒是可以减轻纳税人的负担。”

“可是他会不会在离开之前去抢劫别人？”

“他不会做这种傻事的，先生。我们已经向他提供了他所能得到的一切。再去犯罪就会把他的藏身之处给暴露了。”

“这倒也是，”亨利爵士说，“好吧，巴里莫尔——”

“上帝保佑您，先生，我从心底里感激您！要是他再次被抓回去，就会要了我那可怜妻子的命了。”

“我怎么觉得我们是在纵容犯罪呢，华生？不过，听了您刚才那番话，我好像也狠不下心来把这个人交给警方了，所以这件事就到此为止吧。好了，巴里莫尔，您可以走了。”

管家结结巴巴地说了些感谢的话，转过身去，但犹豫了一下，又回转身来。

“您待我们真是太好了，先生，我想尽自己所能来报答您。我知道一件事情，亨利爵士，也许我早就应该说出来，但这件事是在查尔斯爵士死因调查过后很久我才弄清楚的。我没有向任何人吐露过。这件事跟可怜的查尔斯爵士的死有关系。”

准男爵和我都站了起来。“您知道他是怎么死的？”

“不，先生，这个我不知道。”

“那您知道什么？”

“我知道他那天夜里为什么要站在那个门口。他是为了见一个女人。”

“为了见一个女人！他？”

“是的，先生。”

“那个女人叫什么名字？”

“她的名字我没法告诉您，先生，但我可以告诉您，她名字的首字母是L.L.。”

“您是怎么知道的，巴里莫尔？”

“事情是这样的，亨利爵士，您的伯父那天早上收到一封信。他平时信件往来很多，因为他是个公众人物，以心地善良而知名，所以大家有了难处都会想到找他求助。那天早上碰巧只有一封信，所以我比平时多留意了一下。这封信是从特雷西峡谷寄来的，信封上的字看上去是女人的笔迹。”

“是吗？”

“是的，先生。当时我也没细想这件事，要不是为了我妻子，我也不会再想到这件事的。就在几周前，她在打扫查尔斯爵士的书房时——他去世后那里还没有打扫过——在壁炉格栅后面发现一封信的灰烬。信的大部分已被烧成了碎屑，但有一小片信纸，好像是信尾部分，还算完整，虽然烧成了黑底灰字，字迹仍然依稀可辨，内容看上去是附言，是这样写的：‘我知道您是一位绅士，请在十点前到大门口去，并务必烧掉此信。切盼。’下面是签名缩写L.L.。”

“那张纸片还在吗？”

“没了，先生，被我们动过以后，全都碎成屑了。”

“查尔斯爵士还收到过相同笔迹的信吗？”

“哦，先生，我没有特别留意看他的信。要不是那天碰巧只有一封信，我也不会注意到它的。”

“您不知道L.L.是谁？”

“不知道，先生。我知道的不比您多。不过我想，如果能找到这位女士，对查尔斯爵士的死，我们应该可以了解到更多情况。”

“我不明白，巴里莫尔，这么重要的事情，您怎么可以一直隐瞒不报？”

“哦，先生，这件事刚发生，我们自己就立刻遇上了麻烦。还有就是，先生，我们夫妻俩都非常喜欢查尔斯爵士，一直感念他的种种好处。这种事情说出来对我们可怜的主人没有好处，再说这件事还牵扯到一位女士，所以还是小心为好。凡人总难免——”

“您觉得这样做会损害他的名誉，对吗？”

“哦，先生，我觉得这样做没有好处。可是，既然您对我们这么好，我觉得不把我知道的情况全都告诉您，就太对不住您了。”

“很好，巴里莫尔，您可以走了。”管家离开后，亨利爵士向我转过身来。“嗯，华生，您对这条新线索有什么想法？”

“好像比以前更加错综复杂了。”

“我也这么想。但只要查到L.L.的线索，整个事情就都清楚了。我们已经掌握了不少情况。我们知道，有人手里掌握着事实真相，关键是要找到这位女士。您觉得我们该怎么做？”

“要马上让福尔摩斯知道这些情况。他可以从中找到他一直在寻找的线索。我就不信这还不能让他亲自出马来跑一趟。”

我立即回到房间，就上午的谈话起草给福尔摩斯的报告。显而易见，他最近一直很忙，因为从贝克街发来的短笺数量既少，内容又很简短，既未对我提供的消息作任何评论，也几乎没有提及我的任务。他肯定把全部精力都用在了那桩勒索案上。不过，这次的新情况应该会引起他的注意，并使他再次重视这件事。如果他此刻就在这里该有多好。

10月17日——整天大雨倾盆，雨水打得常春藤沙沙作响，从屋檐上滴落。我不禁想到那个躲藏在寒冷刺骨，无遮无盖的旷野中的逃犯。可怜的家伙！无论他犯了什么罪，他已经吃了不少苦头，这也算是赎罪吧。随即我又想到另外那个人——那张出租马车里的脸，那个月光下的身影。此时此刻，这个未曾谋面的、黑暗中的守望者，是否也置身于瓢泼大雨中？傍晚时分，我穿上雨衣，在泥泞的旷野上走了很远，满脑子胡思乱想。雨点打在脸上，狂风在耳边呼啸，连坚实的高地都变成了沼泽，愿上帝帮助那些在大泥潭中游荡的人们吧。我找到那座黑色的突岩，我就是在那上面看到那个孤独的守望者的。站在陡峭的山顶望出去，凄凉开阔的丘陵地一览无遗。狂风夹着暴雨，扫过赤褐色的大地，暗蓝灰色的厚厚云层低低地悬浮在丘陵地上方，灰色的云团缭绕在怪石嶙峋的山腰间。左侧远处的山谷中，巴斯克维尔庄园两座窄窄的塔楼从树丛上方露出头来，在薄雾中若隐若现。除了密布在山坡上的史前小屋，这两座塔楼是我所能看到的人类生活的唯一迹象。两天前的那个夜晚我在同一地点看见过的孤身人影早已没了踪迹。

我正往回走的时候，莫蒂默医生驾着他那辆双轮轻便马车追上了我，他走的是一条崎岖不平的荒野小道，通往淤潭一带的偏远农舍。他一直很关心我们，差不多每天都来庄园看看我们过得怎么样。他一定要我上他的马车，送我一程。我发现他正为他的西班牙小猎犬的失踪而心烦意乱。小狗跑去旷野里溜达，结果再也没有回家。我尽自己所能安慰了他几句。想到陷在格林彭泥潭里的小马，我对他找回小狗并不抱很大希望。

“顺便问一句，莫蒂默，”马车沿着崎岖不平的道路颠簸而行，我开口说，“这一带在马车车程范围内的住户中，很少有人是您不认识的吧？”

“几乎没有。”

“那您知道有哪个女人的名字缩写是L.L.吗？”

他想了几分钟。

“没有，”他说，“有几个吉卜赛人和做粗活的我说不上来，但本地农户或乡绅中，没有一个人名字缩写是这样的。等一下，”他停顿了一下，接着说，“有个劳拉·莱昂斯——她名字的首字母是L.L.——不过她住在特雷西峡谷。”

“她是什么人？”我问。

“她是弗兰克兰的女儿。”

“什么！就是那个古怪的老弗兰克兰？”

“正是。她嫁给了一个名叫莱昂斯的画家，那时他来旷野里写生。

后来才知道这人是个混蛋，他把她给遗弃了。不过我听说这恐怕也不全是他的错。她父亲拒绝过问她的事，因为她没有征得他的同意就结婚，或许还有一些其他方面的原因。所以，这个女孩夹在老家伙和小无赖中间，日子过得很苦。”

“她靠什么生活？”

“我想老弗兰克兰会接济她一些钱，但不会有多少，因为他自己有一大堆官司要打。无论她有多大的不是，也不能就这么看着她无助地沉沦下去吧。所以，她的事情传开后，有几个本地乡邻帮了她一把，让她可以正当谋生。这些人当中，有斯泰普顿，还有查尔斯爵士。我自己也帮了一点。大家这么做是想资助她承接打字业务，让她能够自食其力。”

他想知道我打听这件事的目的，我搪塞了几句，满足了他的好奇心，但并没有告诉他太多实质性的东西。我知道，我做的事要保密，不能随便告诉别人。明天上午我打算去一趟特雷西峡谷，倘若能见到这个可疑的劳拉·莱昂斯夫人，就可以厘清一连串神秘事件中一个重要的环节，把调查工作推进一大步。现在我也开始变得“狡猾”了，当被莫蒂默提出的问题弄得难以招架时，我就装着随意地问他弗兰克兰的头骨属于哪种类型，于是在剩下的路途中，就只听到他一个人大谈特谈颅骨学了。这些年在福尔摩斯身边耳濡目染，日子我可不是白过的。

在这风狂雨骤的郁闷的一天里，唯一值得记录的另一件事，就是刚才我和巴里莫尔的谈话，这让我手上又多了一张在适当的时候可以打出去的好牌。

莫蒂默留下来吃了晚饭。饭后他和准男爵玩埃卡泰[1]。管家把我的咖啡送到书房，我趁机问了他几个问题。

“噢，”我说，“您的宝贝亲戚已经走了，还是仍在那儿躲着呢？”

“不知道，先生。我真希望他已经走了，他待在这儿只会带来麻烦！

1 埃卡泰：一种两个人玩的32张纸牌游戏。

上次我给他留了食物以后，一直没有他的消息，这已经是三天前的事了。”

“当时您见到他了吗？”

“没有，先生，但是我后来再去时，食物已经不见了。”

“那他应该还在那里喽？”

“想必是这样，先生，除非另外那个人拿走了食物。”

我端坐着，咖啡杯还未举到嘴边，眼睛盯着巴里莫尔。

“这么说，您知道另外还有一个人？”

“是的，先生，旷野里还有一个人。”

“您看见过他吗？”

“没有，先生。”

“那您是怎么知道的？”

“塞尔登告诉我的，先生，就在一个星期前，也可能更早些。那个人也藏在那儿，但据我了解，他并不是罪犯。我不喜欢这样，华生医生——我跟您说实话，先生，我不喜欢这样。”他突然激动起来，语气急切地说。

“好了，听我说，巴里莫尔！我对这件事不感兴趣，我只对你主人的事感兴趣。我来这里就是为了帮助他，没有别的目的。请您坦白地告诉我，您到底不喜欢什么。”

巴里莫尔犹豫了一会儿，似乎在为自己突如其来的情绪失控感到后悔，也可能是一时难以找到合适的言辞来表达自己的内心感受。

“还不是这些见不得人的勾当，先生，”他终于喊了起来，抬手指向那扇雨水冲刷着的面向旷野的窗户。“我敢发誓，那儿正在酝酿一场谋杀，马上就要发生可怕的罪行！先生，我真希望看到亨利爵士回伦敦去！”

“到底是什么事情让你感到这么不安？”

“想想查尔斯爵士是怎么死的！验尸官说的那些话就已经表明事情够糟的了。想想夜里从旷野上传来的声音。日落以后，出多少钱也没人敢穿越这片旷野。再想想这个躲在旷野深处观望等待的陌生人！他在等什么？他到底要干什么？所有这些，对每个叫巴斯克维尔的人来说，都不是什么好兆头。我盼着亨利爵士新雇的仆人们来接管庄园的那一天，到那时我就可以摆脱所有这一切了。”

“关于这个陌生人，”我说，“你能不能说说他的情况？塞尔登说了些什么？他有没有发现他藏在哪里，或者在干什么？”

“他看到过他一两次，不过这个人行踪不定，莫测高深。起初他以为这人是警察，但不久他发现他有自己的藏身之地。在他看来，这个人模样像个绅士，可是他摸不透他究竟在那儿干什么。”

“他说过他住在哪里吗？”

“山坡上的老房子——我们祖先住过的石屋里。”

“那他吃什么呢？”

“塞尔登发现有个小伙子在为他做事，给他送去他需要的东西。我相信这些东西都是去特雷西峡谷弄来的。”

“很好，巴里莫尔。这件事我们改日再谈吧。”管家走了以后，我走到黑魆魆的窗前，透过一片模糊的窗玻璃向外张望，看着空中飞驰的乌云，看着随风摇曳的树木起伏不定的轮廓。这样一个狂风暴雨的夜晚，待在屋里就已经让人够受的了，待在旷野石屋中的感受就更不用说了。究竟是什么样的深仇大恨，才会使一个人在这种时候潜伏在这种地方？究竟是怎样深沉而急迫的动机，才能驱使他来经受这般磨难？看来让我困扰万分的问题的核心，就在旷野上的那间小屋里。我发誓，最晚在明天，我要尽一切可能把谜底揭开。

第十一章　突岩上的人

摘录日记内容写成的上一章，已经叙述到了10月18日。当时这些离奇事件正迅速向可怕的结局发展。随后几天里发生的事情已铭刻在我的记忆之中，无需参考当时的记录，就能把这些事件叙述出来。就从我确定两个非常重要的事实那天的次日讲起吧。其中一个事实是特雷西峡谷的劳拉·莱昂斯夫人确实曾写信给查尔斯·巴斯克维尔爵士，约他晚上见面，约定地点和时间正好就是他丧命的地点和时间；另一个事实是，山坡上的石头小屋应该就是那个旷野上的潜伏者的栖身之地。有了这两个事实，我觉得如果再不把这件疑案理出些头绪来，我要么就是才智欠佳，要么就是勇气不足了。

头天晚上，准男爵和莫蒂默医生玩牌玩到很晚，所以我一直没有找到机会把了解到的有关莱昂斯夫人的情况告诉他。在吃早餐时，我把我的发现告诉了他，并问他是否愿意一起去特雷西峡谷走一趟。起初他很想去，但我们俩再一想，都觉得我一个人去可能效果会更好一些。我们去拜访她，越是郑重其事，获得的信息可能就越少。于是我把亨利爵士一个人留在家里，虽说心里颇有几分不安，但还是坐上马车出发去开始新的调查了。

到了特雷西峡谷，我让帕金斯拴好马匹，然后我就去寻访所要拜访的那位女士。我没费多大周折就找到了她的寓所，位置居于中心地带，家居陈设也很讲究。一位女仆未经禀告就把我领了进去，我走进起居室时，一位坐在雷明顿打字机前的女士带着愉快的微笑站起身来迎客。然而，当看到是个陌生人时，她的脸立刻沉了下来，重新坐下，问我来访所为何事。

莱昂斯夫人给我的第一印象是长得很美。她的眼睛和头发都是深褐色的，脸颊上长了不少雀斑，但在一头秀美的褐发和浅黑色肤色的映衬下，显得红润而有光泽，就像隐现在黄绿色玫瑰中的粉红色花蕊。但在对她的美貌赞叹之余，我也发现了她的一些缺陷。她的脸部有一些不易察觉的瑕疵：面容略显粗俗，眼神似乎有些生硬，嘴唇也有点松弛。这些瑕疵破坏了脸部整体上的完美。当然这些都是事后的感想。当时我只意识到自己站在一个非常漂亮的女人面前，她正在询问我来访的原因。直到这一刻，我才明白此行的使命是多么棘手。

“我有幸认识您的父亲。”我开口说。从那位女士的反应上感觉得到，这样的自我介绍显得有点笨拙。

“我父亲和我之间没有任何关系，”她说，“我不欠他什么，他的朋友也不是我的朋友。要不是已故的查尔斯·巴斯克维尔爵士和其他好心人，我可能早饿死了，我父亲才不会在乎我是死是活呢。”

“我正是为了已故的查尔斯·巴斯克维尔爵士的事情来找您的。”

女士脸色骤变，雀斑也更加明显起来。

“他的事情我能告诉您什么呢？”她问道，手指神经质地抚弄着打字机上的标点符号按键。

“您认识他，对吗？”

“我已经说过了，我非常感谢他的好意。我能养活自己，很大程度上是由于他对我的不幸处境深表关心。”

“您给他写过信吗？”

这位女士迅速抬头看着我，她那褐色的眼睛里闪着愤怒的光芒。

“您提这些问题究竟是出于什么用意？”她厉声问道。

“为了避免丑闻被公开。我现在问清楚，总比让事情传出去，弄得不可收拾要好。”

她沉默了，脸色还是很苍白。最后她抬起头来，神情中有一种显得很不在乎的挑战意味。

“好吧，我可以回答，”她说，“您想问什么？”

“您给查尔斯爵士写过信吗？”

“我确实给他写过一两封信，感谢他对我的慷慨帮助。”

“您还记得发信日期吗？”

“不记得了。”

“您和他见过面吗？”

“见过，他来特雷西峡谷的时候，见过一两次。他是个很不善于交际的人，他更喜欢悄悄地做好事。”

“既然您很少见到他，也很少给他写信，他怎么会对您的事情知道那么多，以至于像您所说的那样来帮助您呢？”

她神态自若地回答了我的质疑。

“有几位先生知道我的那段伤心史，合力帮助我。一位是斯泰普顿先生，他是查尔斯爵士的邻居，也是爵士的亲密朋友。他人很善良，查尔斯爵士正是通过他了解到我的遭遇的。”

我知道查尔斯·巴斯克维尔爵士曾多次请斯泰普顿协助他做慈善，所以这个女士的说法应该是事实。

“您有没有写过信给查尔斯爵士，请他和您见面？”我接着问。

莱昂斯夫人再次气得满脸通红。

“先生，您这个问题实在太莫名其妙了。”

“我很抱歉，夫人，但我不得不问。”

“那么我回答您，当然没有。”

“在查尔斯爵士去世当天您没有写过信？”

一瞬间，红晕消失了，出现在我面前的是一张死一般苍白的脸。她那干燥的嘴唇说不出话来，那个“没有”，我与其说是听到，不如说是看出来的。

“一定是您的记忆出了问题，”我说，“我甚至可以引用您信里的一段话，是这么写的：‘我知道您是一位绅士，请在十点前到大门口去，并务必烧掉此信。切盼。’”

我以为她要晕过去了，但她努力使自己镇静了下来。

“他这么做还像个绅士吗？”她喘着气说。

“您冤枉查尔斯爵士了。他确实把那封信烧了。但有时候信件即使烧了仍然可以辨认。您现在承认，信是您写的了吧？”

“对，是我写的，”她大声说，一股脑儿地把心里的话倒了出来。“我确实写了。我干吗要否认？我没有必要为这件事感到羞愧。我指望他能帮助我。我相信，只要见到他，我就能得到他的帮助，所以我请他和我见面。”

“可是为什么要约在这样一个时间见面？”

“因为我刚刚得知他第二天要去伦敦，可能要离开几个月。由于别的原因，我没能早些到那里。”

“为什么要约在花园里见面，而不是去家里呢？”

“您觉得一个女人能在这种时候独自一人去单身汉的家吗？”

“好吧，您到那儿以后发生了什么事？”

“我根本没有去。”

“莱昂斯夫人！”

“我没去，我以我心目中最神圣的东西起誓。我根本就没去。当时出了点事，我没去成。”

“是什么事？”

“是一件私事，我不方便告诉您。”

“您刚才承认，您和查尔斯爵士约好了见面，时间和地点恰好就是他去世的那个时间和地点，而您却又说您结果没去赴约。”

“事实就是这样。”

我翻来覆去地盘问她，但问来问去她还是那几句话。

“莱昂斯夫人，”最后，我结束了这场漫长而没有结果的谈话，站起身来说，“您不愿意把您所知道的毫无保留地说出来，为此您要承担很大的责任，您把自己置于了一个非常尴尬的境地。如果我不得不求助于警察，您肯定脱不了干系。如果您确实是无辜的，您为什么要否认那天给查尔斯爵士写过信呢？”

“我担心您会得出错误的结论，我可能因此而卷入一桩丑闻。”

“您为什么这么急着要求查尔斯爵士毁掉您的信？”

“既然您读过这封信，您应该知道为什么。”

“我并没有说我看过信的全文。”

“您引用了其中的一部分。”

“我只引用了附言。我刚才说过，这封信已经被烧毁了，大部分内容无法辨认。我再问您一遍，为什么您这么急切地请求查尔斯爵士销毁这封他临死那天刚收到的信？”

“这纯粹是我的私事。”

“更主要的原因恐怕是想逃避公开调查吧？”

“那么我就告诉您吧。如果您听说过我的不幸往事，您应该知道我曾经草率地结过一次婚，事后为此很后悔。”

“这些我都听说了。”

“我一直受到我丈夫没完没了的迫害，我恨死他了。可是法律站在他那一边，我每天都面临被迫回去和他一起生活的可能。我当时给查尔斯爵士写这封信，是因为我了解到，如果能付给我丈夫一笔钱，我就有希望能够解除婚约，重获自由。对我来说，这意味着一切——身心安宁，重获幸福，找回自尊。我知道查尔斯爵士是个慷慨大方的人，我想只要他从我嘴里听到我的遭遇，他就会帮助我的。”

“那您怎么没去？”

“在这期间我从别人那里得到了帮助。”

“那您为什么不给查尔斯爵士写信解释一下呢？”

“我本来是打算写的，没想到第二天一早报纸上登载了他的死讯。”

面对我的所有问题，这个女人不慌不忙，从容应对。我只能去查证一下，她是否确实在悲剧发生前那段时间对她的丈夫提出过离婚诉讼。

如果她真的去过巴斯克维尔庄园，她应该不大敢说她没有去过，她从特雷西峡谷去庄园得坐马车，一去一回，到家就将近凌晨时分了。这样一次出行很难做到不为人知。因此，基本上可以肯定，她说的是实情，或者至少部分是实情。我垂头丧气地离开了那里。我再度碰壁，每当我试图达成自己的任务目标时，似乎总会碰到这样一堵墙。然而，我越想这位女士的面部表情和言行举止，就越觉得她有事瞒着我。为什么她的脸色变得如此苍白？为什么她一再否认去过庄园，直到被我戳穿才不得不承认？为什么她在悲剧发生时保持沉默？她对这一切的解释，听上去并非像她想让我相信的那么简单。眼下，这条路已经走不通了，我只能回到旷野上的石屋里去寻找另外那条线索。

然而，另外那条路希望依然十分渺茫。坐车回家的路上，当我注意到一山接着一山的先民遗迹时，意识到了这个问题。巴里莫尔只提到那个陌生人住在一间废弃的小屋里，而散布在旷野各处的这样的小屋有好几百个。好在我曾亲眼看到过那个站在黑色突岩上的人，不妨把那里作为我搜索的中心地带。我应当从那里开始，搜查旷野上的每一间小屋，直至发现我要找的那间小屋为止。如果这个人在小屋里面，我要让他亲口交代，他是谁，为什么一直跟踪我们，必要时拿出左轮手枪逼着他说。在摄政街拥挤的人流中，他可以从我们眼皮底下溜走，可是要在荒凉的旷野上溜走就没这么容易了。如果那人不在小屋里面，不管守到多晚，我都要留在那里，直到他回来。福尔摩斯在伦敦被他甩了，如果我最终能把他追捕归案，做到我朋友没能做到的事，对我来说，这的确算是一个非凡的成就。

在这次调查过程中，我们一直运气不佳，但屡屡受挫之后，终于时来运转。这次的好运使者不是别人，正是弗兰克兰先生，这位面色红润、胡须花白的老先生，此刻正站在他家的园门外，园门面朝大路，我的马车刚好从那儿路过。

"您好啊，华生医生，"他兴致勃勃地喊道，"您真得让您的马歇会儿啦，进来喝一杯，向我表示祝贺吧。"

自从听说他是怎样对待自己的女儿以后，我对他实在谈不上有什么好感，不过我正想打发帕金斯和马车早点回去，这倒是一个机会。我下车给亨利爵士写了张便条，告知他我会赶回去吃晚饭，然后随弗兰克兰进了他家的餐厅。

"今天对我来说可是个好日子，先生——我这一生中的喜庆日子，"他大声说着，还咯咯地笑个不停。"我了结了两件案子。我想教训一下这些人，让他们知道，法律就是法律，这儿有个不怕打官司的人。我赢了官司，确立了一条道路的通行权，它直接穿过老米德尔顿家的庭院正中，离他家前门不到一百码。您觉得怎么样？就得教训一下这帮政府大佬，让他们知道，他们无权骑在小百姓头上横行霸道，胡作非为！我还查封了一片林子，芬沃西家的人常去那儿野餐。这帮混蛋还真以为财产权不存在，他们可以随心所欲到处乱丢瓶子和废纸了呢。这两件案子的判决下来了，华生医生，都判我胜诉。我很久没这么开心过了，上一次还是我告赢约翰·莫兰爵士骚扰邻里那件案子，因为他在自家的猎物养殖场里开了枪。"

"那件案子您究竟是怎么赢的呢？"

"查阅一下庭审记录吧，先生，非常值得一读。弗兰克兰诉莫兰案，王座法院。这个官司花了我两百英镑，但是我胜诉了。"

"打赢官司对您有什么好处吗？"

"没有，没什么好处。不过我很自豪地说，本人对这事不感兴趣。我打官司完全是出于社会责任感。比如说，我确信今晚芬沃西家的人就会扎我的稻草人像焚烧泄愤。上次他们这么做时，我就要求过警方制止这些无赖行径。郡警察局也真丢人，竟然不为我提供应有的保护。弗兰克兰诉女王政府一案会让这件事在社会公众中引发广泛关注。我跟他们有话在先，他们这样对待我，总有一天要后悔的，我的话已经应验了。"

"怎么回事？"我问。

老头做出一个狡黠的表情。

"我本来可以告诉他们一些他们很想知道的事情；可现在我说什么也不会去帮助这帮混蛋。"

我本来一直想找个借口脱身，不再听他说三道四，大放厥词，而现在听他这么一说，我倒想再听一听了。但我已经摸透了这个老家伙的怪脾气，只要你表现出强烈的兴趣，他就会起疑心，结果反倒什么都不说了。

“大概又是什么偷猎案件吧？”我装出一副漫不经心的态度问。

“哈哈，老弟，比那种事可重要得多啦！您知道旷野上的那个罪犯怎么样了吗？”

我大吃一惊。“您是说您知道他在哪儿？”我问。

“我不知道他究竟在哪儿，但我敢肯定我能帮助警方抓住他。您有没有想过，要想抓住这个人，只要弄清楚他从哪里弄到食物，再顺着这条线索追查下去，不就行了吗？”

事情不妙，他好像真的快摸对路了。“那是当然，”我说，“可是您怎么知道他一定就在旷野里呢？”

“我当然知道，我亲眼看见有人给他送饭来着。”

我心一沉，想到了巴里莫尔。要是被这个好管闲事的老头抓住了把柄，事情可就麻烦了。但老头接下来说的话让我把心放下了。

“您听了会大吃一惊的，他的食物是一个孩子送去的。我每天从架在屋顶上的望远镜里都能看见他。他总是在同一时间走同一条路，除了那个逃犯，他还会给谁送去呢？”

这可真是运气！但我克制住内心的激动，尽力装作不感兴趣的样子。一个孩子！巴里莫尔说过那个陌生人吃穿用品都是一个孩子送去的。弗兰克兰发现并追踪的线索，应该就是这个人的，而不是那个逃犯的。如果能从他那儿得到一点消息，或许可以省得我去进行漫长而疲惫的追踪了。但我清楚，我的制胜绝招还是装作不相信和不感兴趣。

“要我说，多半是哪个旷野牧羊人的儿子去给他父亲送晚饭吧。”

这么一句表示异议的话，居然惹得这个倔老头火冒三丈。他凶巴巴地瞪着我，灰白胡子都竖了起来，像一只发怒的猫。

“怎么会呢，先生！”他指着绵延的旷野说，“您看到那边的黑突岩没有？还有，您看到远处那个长满荆棘的矮山丘了吗？那里是整个旷野中石头最多的地方。牧羊人怎么可能去这种地方放牧呢？您的想法简直太荒唐了，先生！”

我息事宁人地回答说，刚才是我不对，没了解清楚情况就胡乱发表意见。我的谦恭态度平息了他的怒气，也让他更加自以为是了。

“就是这么回事，先生，没有把握的事我不会乱说的。我不止一次看见那个挟着包裹的男孩。每天一次，有时一天两次，我还能——等一下，华生医生。难道是我眼花了？怎么我现在看到那边山坡上有个东西在动？”

他说的那个位置离这儿有几英里远，但在暗绿色和灰白色背景的衬托下，可以清楚地看到有个小黑点在移动。

“快，先生，快来！”弗兰克兰一边喊一边冲上楼去，“您上来亲眼看一下，然后您自己来判断。”

一架高倍望远镜装有三脚架，放置在平坦的铅皮房顶上。弗兰克兰迅速把眼睛凑向望远镜，得意地叫了起来。

“快，华生医生，快看，他就要翻过那座山头了！”

果然，他就在那儿。只见一个男孩肩背小包袱，正吃力地往山上爬去。当他爬到山顶时，我看到他那衣衫褴褛、外表笨拙的身影，在蔚蓝色天空的映衬下显得格外醒目。他鬼鬼祟祟地向四周张望，生怕被人发现似的。然后他消失在了山那边。

“怎么样！我没说错吧？”

“没错，那儿是有个男孩，好像在干什么见不得人的勾当。”

“在干什么勾当，这连一个郡里的警察都能猜得出来。可是我一个字也不会透露给他们，我还要请您也保守秘密，华生医生。什么都别说！您明白吧！”

“遵命。”

“他们这样对待我太不像话——太不像话了。等到弗兰克兰诉女王政府案的案情一披露，我敢说，它足以激起民愤，轰动全国。我才不会去帮警方的忙呢。他们本该关心的是我，而不是被那帮无赖放火焚烧的我的模拟像。您可不能走啊！让我们先来预祝一下，您得帮我一起把这瓶酒喝光喽!”

我谢绝了他的再三挽留,还好不容易打消了他打算陪我一同走回家的念头。我沿着大路一直走,直到他看不见我为止,然后我穿过旷野,往方才男孩消失不见的那座岩石山方向走去。一切都对我有利,我决心已定,一定要全力以赴,绝不错过这个千载难逢的机会。

我爬上山顶,太阳已经落下去了。俯瞰脚下长长的山坡,一面全是明晃晃的金绿色,另一面则隐没在灰色的阴影中。远处的天际笼罩着一层暮霭,形状怪异的贝利弗和维克森突岩从暮霭中探出身来。广阔无垠的大地上万籁俱寂。一只灰色的大鸟,不知是海鸥还是杓鹬,在蓝天中翱翔。在茫茫天穹与苍凉荒漠之间,唯一有生命的东西看来就剩我和这只鸟了。荒芜的景象,孤寂的感觉,神秘而又紧迫的使命,所有这一切都让我不寒而栗。男孩早已不见了踪影。脚下,群山中间的一片低洼地里,有一些古老石屋围成一个圆环形,其中一间还保留着比较完整的屋顶,可以遮风挡雨。看到那间小屋,我的心怦怦直跳。这一定是那个陌生人的藏匿之地。我的脚终于踏在他藏身之所的门槛上了——他的秘密已经掌握在我的手中。

我小心翼翼地走近小屋,就像斯泰普顿举着网兜悄无声息地靠近栖息着的蝴蝶一样。不出我之所料,这个地方确实被人用作了栖身之处。乱石中间有一条隐约可见的小路,通向一处当作屋门用的残破缺口。里面静悄悄的。陌生人可能躲在屋内,也可能正在旷野上转悠。冒险的感觉使我兴奋不已,我扔掉香烟,紧握左轮手枪的枪柄,迅速走到小屋门口,往里看去。屋子里面空无一人。

然而有足够多的迹象表明,我并没有找错地方。这里肯定就是那个人的栖身之处。一块防雨布裹着几条毛毯,堆放在新石器时代的先人们曾经睡过的一块石板上。临时搭就的火炉架中有一堆灰烬,旁边放着一些炊具和半桶水。一堆空罐头盒表明,有人已经在这个地方住了些日子了。等到眼睛适应了明暗交错的光线后,我还在屋角找到一个金属小酒杯和半瓶酒。小屋中央摆放着一块扁平的石头充当桌子，上面放着一个小布包——毫无疑问，这就是我从望远镜里看到的男孩肩上的小包袱，里面有一块面包、一罐牛舌，还有两罐桃子酱。我查看完毕，正要把包袱放下，突然心头一惊，看见包袱下面有一张纸条，上面有字。我拿起纸条，上面用铅笔潦草地写着：

华生医生已去过特雷西峡谷。

我手里拿着纸条，在那儿站了足足一分钟，琢磨着这短短一行字的含义。看来，这个神秘男子跟踪的人不是亨利爵士，而是我。他并没有亲自跟踪我，而是派了一个人——也许就是那个男孩——跟踪我，这张纸条就是男孩写的报告。说不定我踏进旷野之后的一举一动，全都被他监视并报告上去了。我总是感觉周围有一股无形之力，就像一张精细的网，将我们围在里面，而且围得无比巧妙、无比轻柔，以至于只有到了最紧要的关头，我们才会意识到自己真的被它网住了。

既然有了一份报告，就可能还有其他报告，于是我在屋里四下寻找，但既没有发现任何类似的东西，也找不到任何迹象可以表明，栖身于这个奇怪地方的人，具有怎样的性格和意图，只有一点可以确定，那就是此人一定秉承了斯巴达人的生活习性，对生活是否舒适很不在意。看着残破的屋顶，想象着暴雨倾盆时的情景，我可以设想，需要有多么坚毅的意志力，他才能坚持在这么荒凉的环境中生存。他是对我们怀有恶意的对手，还是来保护我们的天使？我决定，不找到答案，绝不离开小屋。

外面的太阳已经沉得很低了，天边闪耀着火红色和金色的余晖，映照在格林彭泥潭中散布的水洼中，泛起片片红彩。远处，可以望见巴斯克维尔庄园的两座塔楼，更远处，朦胧的炊烟冉冉升起，标示出格林彭村的所在方位。在这两处地方中间，小山的后面，就是斯泰普顿家的房子。在金色的夕照下，一切都显得那么甜美、宜人和静谧。然而，望着这些景色，我却丝毫感受不到大自然的安宁，想到这场正在步步逼近的遭遇战，我的心因茫然和恐惧而颤抖起来。但我尽管神经极度紧张，意志却异常坚定，我怀着忐忑的心情，坐在小屋的昏暗角落里耐心等待屋主的来临。

最后，我总算听到了他的脚步声。远处传来靴钉撞击在石头上发出的尖锐叮当声。然后一声接着一声，声音越来越近。我退缩到最暗的屋角处，把手伸进口袋，扣下手枪扳机，决定先不暴露自己，等看清楚那个人之后再出手。声音停顿了很长一会儿，表明他停下了脚步。稍后脚步声再次传来，一个黑影落在了小屋的入口处。

"真是个美妙的黄昏，亲爱的华生，" 一个熟悉的声音传来。"我真的觉得，你到外面来会比待在里面舒服些。"

第十二章　荒野上的谋杀

我屏住气坐了一小会儿，几乎不能相信自己的耳朵。随后我的意识恢复过来，也能够说出话来了，而与此同时，一种沉重的责任感似乎一下子从我心头卸了下来。在这个世界上，这种冷冷的、犀利的、略带嘲讽的声音，只可能属于一个人。

"福尔摩斯！" 我喊出声来，"福尔摩斯！"

"出来吧，" 他说，"请小心枪走火。"

我弯腰从简陋的门梁下望出去，他坐在屋外一块石头上，看到我惊讶的神色，他灰色的眼睛里闪动着忍俊不禁的笑意。他看上去清瘦而疲惫，但依然保持着清醒和机警。那张机敏的脸被晒成了古铜色，也被寒风吹得变粗糙了。他身穿粗呢便装，头戴布帽，看上去和旷野上的游客没什么两样。但像猫那样嗜好保持自身清洁，这是他的一大特点，他甚至还能做到把下巴刮得光光的，连衬衣都像住在贝克街时一样整洁。

"我有生以来还从没因为看到一个人而这么高兴过，" 我紧握他的手说。

“或者说没有这么惊讶过，嗯？”

“好吧，我承认。”

“我向你保证，感到惊讶的不只是你。我没想到你会找到我的临时居所，更不用说守在里面了，我走到离门口二十步开外才发现。”

“是因为我的脚印吧？”

“不是的，华生，要看到脚印就认出是你的，这我恐怕还做不到。不过如果你真的想要骗过我，你得去换一家烟草店；我看到烟蒂上印着‘布拉德利，牛津街’的字样，知道我的朋友华生就在附近。你在小路边上还能找到这个烟蒂。想必是你在冲进空屋的当口把它扔那儿了。”

“正是这样。”

“我没想错——我知道你有一股子令人钦佩的韧劲，所以我确信你一定埋伏在暗处，手不离枪，等待屋主回来。你还真把我当成那个逃犯啦？”

“我不知道躲在小屋里的人是谁，但我决心要查个明白。”

“好样的，华生！你是怎么找到我的藏身之地的？也许就在你追捕逃犯的那天晚上看到我了吧？当时我大意了，站在刚升起的月亮前面。”

“是的，我就在那时看到你的。”

“你找到这儿之前，一定搜遍了所有的小屋吧？”

“这倒没有，你那个男孩被我发现了，这样一来，我的搜寻范围就确定了。”

“准是在那个有望远镜的老先生那儿看到的，没错。最初看到反光时，我还没弄明白那是什么东西呢。”他站起身来，朝小屋里张望。“哈，我看到卡特赖特带来了一些日常用品。这是张什么纸？原来你去过特雷西峡谷了，是吗？”

“是的。”

“去见劳拉·莱昂斯夫人？”

“没错。”

“干得好！显然我们两个人的调查是在齐头并进，等到我们把调查结果合并后，应该就会了解这个案子的全貌了。”

“嗯，你来这儿，我从心底里感到高兴。因为说实话，责任这么重大，案情又这么复杂，搞得我神经紧张，有点不堪重负了。可是你怎么突然就来了？来了以后又是做什么呢？我一直以为你还在贝克街忙着侦破那件勒索案呢。”

“我正是希望你这么想。”

“原来你是在利用我，你信不过我！”我愤愤不平地大声说，“我想我好歹也帮你做过些事情吧，福尔摩斯。”

“我的老伙计，无论在这个案子还是其他案子中，你对我的帮助都是极有价值的，如果我这么做看上去有点像要瞒过你，那也要请你原谅。其实我这么做，在一定程度上也是为你着想，我很清楚你在这里要冒多大的危险，所以才决定亲自过来调查此事。如果我跟你和亨利爵士在一起，我相信我看问题的角度会跟你们的没什么两样，而且一旦对手知道我在这儿，他一定会更加警觉。事实上，如果住在庄园里，我就不可能像现在这样放开手脚，随意行动了。目前我在这场博弈中还没有暴露，这样我就可以在关键时刻突然现身，全力出击。”

“可为什么要把我蒙在鼓里呢？”

“让你知道我在这儿，帮不了我们什么忙，还可能招致我被人发现。你势必会过来告诉我一些情况，或者出于好意，给我带些吃用物品，让我过得舒适一点。但这会给我们带来不必要的风险。我把卡特赖特带了过来——还记得电报投递所里的那个小家伙吧——我的生活必需品，面包啊，干净的衣领啊，都是他送来的。有了这些东西难道还不够吗？有了卡特赖特，我不但多了一对眼睛，还添了一双非常勤快的腿，这两样东西对我都是极为有用的。”

“那我的报告都白写了！”——回想写报告时的辛苦和自豪感，我

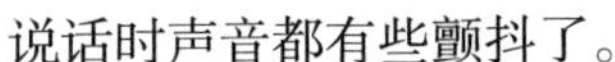

说话时声音都有些颤抖了。

福尔摩斯从衣袋里拿出一卷纸来。

“老伙计，你的这些报告，我向你保证，我都仔细看了。我早就安排好了，报告在路上只耽搁一天。我还要特别表扬你在异常困难的情况下所表现的热情和智慧。”

本来我还在因为朋友没有把实情告诉我而感到有些郁闷，但福尔摩斯这番诚挚的赞誉之言驱散了我内心的不快。我从心里觉得他的话是对的。的确，考虑到效果，最好的办法是不让我知道他在旷野上。

“这样好多了，”看到我脸色不再那么阴沉，他说道，“现在把你拜访劳拉·莱昂斯夫人的结果告诉我吧——我不难猜到，你去那里就是为了找她，因为我已经觉察到，在这件事情上，她是特雷西峡谷唯一能帮得上我们的人。其实，如果你今天不去，我明天极有可能会自己去一次。”

夕阳已经下山，旷野上暮霭沉沉，凉意四起，我们退到了小屋里避寒。在暮色中，两个人坐在一起，我把我和那位女士的谈话内容告诉了福尔摩斯。他听得非常入神，某些部分我不得不复述两遍，他才感到满意。

“这个情况至关重要，”听完我的讲述，他说，“它填补了我在这起极为复杂的案件中没能弥合的一个缺口。也许你已经知道，这位女士和斯泰普顿有着十分亲密的关系吧？”

“我不知道他们关系亲密。”

“这一点毋庸置疑。他们见面、通信，彼此之间十分了解。所以这就让我们手上多了一件有力的武器。要是能利用它去争取他的妻子——”

“他的妻子？”

“现在我给你透露一点信息，算是对你为我提供这么多信息的回报吧。在这儿被人称作斯泰普顿小姐的那位女士，实际上是他的妻子。”

“天哪，福尔摩斯！你能确定你说的是真的吗？那他又怎么可能允许亨利爵士爱上她呢？”

“亨利爵士坠入爱河，除了对亨利爵士自己，对任何人都不会有害处。他特别小心，不让亨利爵士有机会向她示爱，这一点你应该也注意到了。我再说一遍，这位女士不是他的妹妹，而是他的妻子。”

“可是他为什么要精心策划这么一个骗局呢？”

“因为他预见到，让她扮演一个未婚女子的角色，对他要有用得多。”

我内心所有朦胧的直觉和模糊的猜疑，突然间变得清晰起来，全部集中到了博物学家身上。在这个头戴草帽，手拿捕蝶网兜，神情冷漠、没有血色的人身上，我似乎发现了一些可怕的东西——极有耐心，极富心机，表面笑容可掬，内心却阴险歹毒。

“这么说来，我们的对手就是他？在伦敦跟踪我们的就是他吧？”

“我看这就是谜底。”

“还有那封警告信——肯定是她发的！”

“没错。”

一种极其邪恶的伪装，就这么靠我们半是分析半是猜测地从笼罩了我这么长时间的黑暗中现出了原形。

“这件事你能肯定吗，福尔摩斯？你怎么知道这个女人是他妻子呢？”

“因为他在第一次见到你时，一时忘乎所以，把他过去的一段真实经历告诉了你，我相信他事后一定为此追悔不已。他曾经在英格兰北部地区当过小学校长。如今要查找一个小学校长易如反掌，任何从事过这一职业的人都可以通过教育管理部门找到。我做了一个小小的调查，获悉一所学校由于办学环境恶劣、实在难以为继而关闭，学校的拥有人——登记时用的是另一个名字——和他的妻子一起失踪了。两人相貌特征的描述都和我们看到的这对所谓的夫妻相符。当我得知那个失踪的男人曾经热衷于昆虫学时，这项身份甄别工作即告完成。”

黑幕正被揭起，但仍然有许多真相隐藏在阴影之中。

“如果这个女人真是他的妻子，劳拉·莱昂斯夫人怎么会插进来呢？”我问。

“这是诸多问题中的一个问题，你的调查工作为解答这个问题提供了线索。你和那位女士的谈话使得情况明朗化了。我原来并不知道她打算和她丈夫离婚。如果情况真是这样，在她眼里斯泰普顿是个单身男人，她想成为他的妻子也顺理成章。”

“她一旦醒悟过来呢？”

“噢，那么我们可能会发现这位女士能派上用场了。明天我们首先要做的就是去见她——我们俩一起去。华生，你不觉得你脱离职守的时间太久了吗？你本该待在巴斯克维尔庄园里才对啊。”

最后一抹红霞消失在了天边，夜色已降临在旷野上，几点暗淡的星光在紫色的天空中闪烁。

“最后一个问题，福尔摩斯，”我站起身说，“我想你对我没有必要保密吧。这一切到底是怎么回事？他的目的究竟是什么？”

福尔摩斯回答时压低了声音：

“这是谋杀，华生——一场精心策划、冷酷无情、蓄意已久的谋杀。不要问我细节。我的网快要套住他了，正如他把网往亨利爵士身上套一样，在你的帮助下，他几乎已经成为我的囊中之物了。我们面临的危险只有一个，那就是他可能会赶在我们行动之前下手。再过一天——最多两天——我就可以准备好收网了，但在此之前，一定要照看好你的保护对象，就像慈母照看生病的孩子那样寸步不离。你今天这么做也有你的道理，但我还是宁愿你没有离开他的身边。你听！”

一声可怕的尖叫——恐怖而又痛苦的长长的叫喊声——打破了旷野上的寂静。令人毛骨悚然的凄厉叫声，使我血管里的血都快凝固了。

“哦，天哪！”我不禁倒抽一口凉气，“什么声音？这是怎么回事？”

福尔摩斯一跃而起，我在黑暗中看到他敏捷的身影出现在小屋门口，俯下身子，头往前倾，向黑暗中张望。

“嘘！”他低声说，“别出声！”

刚才传来的声嘶力竭的叫喊声听上去很清晰，但像是从昏暗的荒原上远远传过来的。此刻，叫喊声突然出现在耳畔，听上去比刚才更近、更响、更急迫。

“在哪儿？”福尔摩斯低声问，从他激动的嗓音感觉得出来，这个具有钢铁般意志的人，内心也受到了强烈震撼。“在什么地方，华生？”

“我想是在那儿。”我指着黑暗中说。

“不，在那儿！”

痛苦不堪的喊叫声再次扫过寂静的夜空，比刚才更响，也更近。叫声中还混杂着一种新的声音，是一种深沉的咕噜声，声音抑扬顿挫，却又充满威胁，一起一落，仿佛大海永不休止的低吟。

“是猎犬！”福尔摩斯喊了起来，“快，华生，快！天哪，已经太晚了！”

他飞快地在旷野上奔跑，我紧跟在他后面。就在此时，正前方一片崎岖不平的荒地中，传来一声凄绝的惨叫，紧接着又传来沉闷的砰然落地声。我们止步倾听，四周一片静谧，再也没有声音打破这无风之夜的静谧。

我看到福尔摩斯一脸懊恼地把手放在额头上，用力跺着脚。

“他抢在我们前面了，华生。我们来得太晚了。”

“不会，肯定不会！”

“我真是个傻瓜，竟然迟迟不出手。而你也该看到，华生，这就是你失职的后果！但是老天在上，如果最不幸的事发生，我们一定要为他报仇！”

我们摸着黑，在乱石堆中跌跌撞撞地奔跑，奋力穿越金雀花灌木丛，气喘吁吁地冲上山顶，又冲下山坡，朝着那可怕声音传来的方向跑去。每到高处，福尔摩斯都急切地向四周张望，但死气沉沉的旷野上一片昏暗，看不到有东西在移动。

“你能看见什么吗？”

“什么也没看见。”

“可是你听，那是什么声音？”

一声低沉的呻吟传到我们的耳畔。声音来自我们的左边！那里有一道山脊，尽头是一座陡峭的悬崖，俯瞰着岩石遍布的山坡。崎岖不平的坡地上，倒卧着一个黑乎乎的不规则形状的物体。我们向它跑去，模糊的轮廓渐渐清晰起来。那是一个人，脸朝下俯卧在地，头部以可怕的角度压在身下，肩膀紧缩着，身躯蜷缩在一起，仿佛在翻跟头似的。这个姿势非常奇怪，我一时竟没意识到刚才的呻吟声是他在灵魂逝去的那一刹那发出来的。我们俯身察看黑影，发现他已气息全无。福尔摩斯把手放在他身上，立刻叫了一声，把手缩了回来。他划着一根火柴，火光照见他凝着血渍的手指和地上正在慢慢扩大的一摊血迹，这是从受害者破碎的头颅中流出来的。火光还照见另一件东西，让我们伤心得几乎站立不稳——这是亨利·巴斯克维尔爵士的尸体！

我们俩谁也不可能忘记这身很特别的红色粗花呢套装——我们第一天上午在贝克街见到他时，他身上穿的就是这套衣服。我们只看了一眼便认了出来，紧接着火柴闪烁了一下熄灭了，就像希望之火在我们的心中熄灭了一样。福尔摩斯叹息着，他的脸在黑暗中闪着惨白的微光。

“畜生！这个畜生！”我紧攥双拳大声说，“喔，福尔摩斯，我永远也不能原谅自己丢下他一个人，使他惨遭不幸。”

“更应该自责的人是我，华生。为了使破案过程无懈可击，我竟然置委托人的安危于不顾。这是我在职业生涯中遭受过的最沉重的打击。可是我怎么会知道——我怎么会想到——他竟然不顾我的再三警告，只身一人冒着生命危险跑到旷野上去呢？”

“我们听到的应该就是他的喊叫声——天哪，那些惨叫！——我们却没能救下他！那个使他丧命的畜生，那条猎狗，在哪儿呢？现在这个时候它可能就躲在这些岩石后面呢。还有斯泰普顿，他在哪儿？他必须为这件事承担罪责。”

“他跑不了，我不会放过他。伯侄两人都遭了毒手——一个被他以为是超自然现象的猛兽吓死了，另一个为了躲避这只猛兽拼命奔逃，结果死于非命。但现在我们得设法证实这人兽之间的关系。要不是亲耳听到叫声，甚至连我们自己都不会相信这畜生确实存在，因为很明显，亨利爵士是从高处坠落摔死的。但是，老天在上，不管这家伙多么狡猾，不出明天，他就会落入我的手心！”

我们心情沉痛地站在血肉模糊的尸体两侧，面对这场突如其来却又无法挽回的劫难，想到长时间的奔波劳碌就此付诸东流，内心感到异常沉重。随后，当月亮升起时，我们爬上了岩石山顶，我们可怜的朋友就是从这里坠落下去的。从高处望下去，脚下朦胧的旷野部分沐浴在银色的月光下，部分隐匿在昏暗的阴影里。几英里开外的远处，面朝格林彭村那个方向，亮着一点黄色的亮光。这只能是从斯泰普顿家那所孤零零的房子里发出来的。我盯着远处的灯光，挥舞着拳头，发出愤怒的咒骂。

“我们为什么不马上去抓他呢？”

“破案时机还不成熟。这个家伙警惕性很高，狡猾到了极点。现在问题不在于我们掌握了多少情况，而在于我们能够证明些什么。只要我们走错一步，这个恶棍就有可能从我们手里逃脱。”

“那我们该怎么办？”

“明天我们会有很多事情要做。今晚只能为我们可怜的朋友尽最后的义务了。”

我们沿着陡峭的山坡朝遇难者走去，在被月光照亮的岩石的衬托下，黑色的尸体显得异常清晰。看着那扭曲的肢体，我悲不自胜，泪水模糊了双眼。

“我们必须叫人来帮忙，福尔摩斯！我们不可能抬着他一直走回庄园去。天哪，你疯了吗？”

只听得他惊呼一声，在尸体旁俯下身子。突然间他直起身来，又是跳又是笑，兴奋地抓住我的手。这还是我那位严肃而又善于自持的朋友吗？真想不到他也有手舞足蹈的时候！

“胡子！胡子！这个人有胡子！”

“胡子？”

“这人不是准男爵——这是——哎，这是我的邻居，那个逃犯！”

我们赶紧把尸体翻过身来，滴着血的胡须朝上翘着，直指寒冷、皎洁的月亮。只要一看那突出的前额和野兽般深陷的眼睛，就可以确定这个人不可能是别人，的确就是在烛光下从岩石后面怒视我的那张脸——逃犯塞尔登的脸。

我马上就全都明白了。我记起来，准男爵曾对我说过，他把自己的旧衣物送给了巴里莫尔。而为了帮助塞尔登逃跑，巴里莫尔又把这些衣物转送给了他。靴子、衬衫、帽子——这些原来都是亨利爵士的。这场悲剧真够凄惨的，不过按照国家法律，这个人至少也算罪有应得了。我把这件事的原委告诉福尔摩斯，心中洋溢着欣喜之情。

“看来是这身衣服让这个可怜的家伙送了命，”他说，“事情够清楚了，那条猎犬嗅过亨利爵士的衣物——极有可能是那只从旅馆里偷出来的靴子——于是对这个人穷追不舍。但是有一件事非常奇怪：塞尔登在黑暗中怎么会知道这条猎犬在跟踪他呢？”

“他听见声音了吧。”

“在旷野里听到猎犬叫，不至于会把这样一个铁石心肠的罪犯吓成这般魂不附体，以至于为了求救，他竟然不顾再次被抓的风险尖叫呼救。听他的叫喊声，他应该在发现被那只畜生跟踪以后奔跑了很长一段路。他是怎么知道的呢？”

“更让我觉得困惑的是，假设我们的推测全部正确，为什么这条猎犬——”

“我不想作任何假设。”

“那好吧，为什么这条猎犬今晚没被关在笼子里？我想它不会一直在旷野上随便乱跑的。斯泰普顿不会放它出来，除非他有把握知道亨利爵士在那里。”

“这两个疑问当中，我的疑问更难找到答案。你的疑问很快会得到解答，而我的疑问可能永远是个谜。现在的问题是，我们该怎么处置这个可怜虫的尸体？总不能把他留在这里喂狐狸和乌鸦吧。”

“要不先把他放进一间小屋里，等我们和警察联系上再处理。”

“好。我和你两个人也只能抬这么点路了。哎，华生，你瞧谁来了？这个人亲自出马了，这真是太好了，他胆子也真够大的！说话要小心，露出怀疑的话一句都别说，否则我的计划会全部落空。”

旷野上，一个人影正朝我们走来，我看见雪茄发出的暗红色光。月光照在他身上，我能辨认出博物学家那瘦小的身材和轻快的步态。看到我们，他停住了脚步，然后又走上前来。

“嗨，华生医生，是您吗？真没想到这么晚了还会在旷野上看到您。天啊，这是什么？有人受伤了？不对——该不会是我们的朋友亨利爵士吧！”他急忙走过我身边，俯身去看那个死人。我听见他猛吸了一口气，雪茄烟从他的手指间掉落下来。

“谁——这是谁？”他结结巴巴地问。

“这是塞尔登，从王子镇监狱逃出来的那个人。”

斯泰普顿把脸转向我们，脸色苍白得像个死人，但他竭力克制住自己的惊讶和失望，目光直勾勾地从福尔摩斯转向我。

“天哪！太让人震惊了！他是怎么死的？”

“看样子是从高处坠落下来摔断了脖子。我和我朋友在旷野上散步时，听到一声喊叫。”

“我也听到喊叫声，所以出来看看。我很担心亨利爵士。”

“您为什么格外担心亨利爵士呢？”我忍不住问道。

“因为我约了他来我家。结果他没来，我感到有点奇怪，听到旷野上的叫声，我自然会担心他的安全。对了，”——他的眼睛又飞快地从我的脸上转向福尔摩斯——“除了喊叫声，你们还听到别的声音没有？”

“没有，”福尔摩斯说，“您呢？”

“没有。”

“那您是什么意思呢？”

“噢，您知道农人们讲的关于幽灵猎犬之类的故事。据说晚上在旷野上可以听到那东西叫。当时我就在想，今晚听到的会不会真就是这种声音呢。”

“我们没有听到这种声音。”我说。

“您对这个可怜家伙的死有什么看法？”

“我确信，过度焦虑和风餐露宿导致他丧失了理智。他在旷野上疯狂地乱跑，最后跌落到这儿，摔断了脖子。”

“听上去这是最合理的说法，”斯泰普顿说着，叹了一口气，而我感觉到他似乎是松了一口气。“您对这件事怎么看，福尔摩斯先生？”

我的朋友欠身致意。

“您认人认得真够快的，”他说。

“自从华生医生来了之后，我们这儿的人都一直盼着您来。今天正好让您赶上，看到了这出惨剧。”

“是啊，确实如此。我相信我朋友的解释能够概括实际情况。明天我将带着不愉快的回忆返回伦敦。”

“哦，您明天就回去吗？”

“我是这样打算的。”

“我希望您的这次来访，能在一些让人困惑不解的事情上，为我们指点迷津。”

福尔摩斯耸了耸肩膀。

“一个人是无法永远称心如愿取得成功的。调查者需要的是事实，而不是传说或谣言。这件案子办得并不让人满意。”

我的朋友以极坦诚却又极漫不经心的态度说了这番话。斯泰普顿仍然一眼不眨地看着他，然后又转向我。

“我本想提议把这个可怜的家伙弄到我家里去，但这样会吓着我妹妹，所以我觉得还是不这么做为好。我想最好还是用什么东西盖住他的脸，这样会安全一些，明天早晨再想办法。”

我们照着他的意思做了。福尔摩斯和我谢绝了斯泰普顿去他家里的邀请，往巴斯克维尔庄园方向走去，留下博物学家独自返家。回头望去，只见他的身影在宽广的旷野上慢慢远去，在他身后，被月光照亮的山坡上，有一团黑乎乎的东西——那个人就躺在那里，以如此凄惨的方式走到了生命尽头。

第十三章　布　网

“终于和他正面交锋了，”我们一起穿过旷野时，福尔摩斯说，“这个家伙的神经真够坚强的！当他发现错杀了人，那个罪犯成了他阴谋的牺牲品时，面对这足以让人惊骇得不知所措的打击，他居然还能迅速控制住自己。我在伦敦时曾对你说过，华生，现在我还要说一遍，我们还从来没有遇到过这么一个值得我们与之奋力一搏的劲敌呢。”

“真遗憾，让他看见你了。”

“起初我也这么想。不过这也没法避免。”

“现在他已经知道你在这里了，你觉得这对他的计划实施会有影响吗？”

“这可能会使他变得更加谨慎，也可能逼迫他铤而走险。像大多数聪明的罪犯一样，他可能对自己的聪明过于自信，以为他已经完全把我们骗过去了。”

“为什么不马上逮捕他呢？”

“亲爱的华生，你天生就是个急性子，你的这种天性使你做起事来总是充满活力，急于求成。为了便于讨论，不妨假设我们今晚就去逮捕他，但是这样做究竟能给我们带来多大好处呢？我们手里没有任何证据可以指控他。这个老狐狸狡猾得很！如果他借用他人之手作恶，我们还能搜集到一些证据，可现在即便我们把这条大狗拉到光天化日之下，它也不会帮我们把绳子套在它主人的脖子上的。”

“事情真的很棘手。”

“我们没有一点真凭实据——有的只是些推测和猜想罢了。光凭这么一个故事和这点所谓的证据，我们会让人笑话，会被法庭拒之门外的。”

“查尔斯爵士的死可以算吧。”

“他死亡后身上没有发现任何伤痕。你我都知道，他完全是死于极度恐惧，我们也知道是什么让他吓成这样；但是我们怎么才能让十二个冷漠的陪审员也相信这一点呢？有哪些迹象表明致死原因是一条猎犬呢？它的牙印在哪儿呢？我们当然知道，猎犬不会去咬死尸，而查尔斯先生在被那畜生追赶上之前就已经毙命。但是我们必须证明这一切，而现在我们还做不到。”

“那今晚的事呢？”

“今晚的情况也没好多少。还是老问题，猎犬和这个人的死亡之间找不到直接关系。我们还没有亲眼见过这条猎犬。我们听到过它吼叫；但我们无法证明它当时正在追逐这个人。这里面完全找不到动机。不行，老伙计，我们必须承认一个事实，就是我们现在还没有足以定案的证据，但为了找到这个证据，我们值得去冒一下险。”

“你打算怎么做？”

“我对劳拉·莱昂斯夫人为我们提供帮助抱有很大希望，前提是我们要把事情的前因后果对她讲清楚。另外我还有个计划。这先不说了，明天的事就足够我们应付了；我希望在明天的较量中，我们最终能够占上风。”

从他嘴里能打探到的想法也就这些了，他陷入了沉思，我俩就这么一路走到巴斯克维尔庄园的大门口。

“你打算进去吗？”

“是的，我觉得没有必要再躲着了。最后叮嘱你一句，华生。别对亨利爵士提猎犬的事。让他以为塞尔登的死因就是斯泰普顿想让我们相信的那样。我没记错的话，你报告中提到他明天要应约去斯泰普顿家吃饭，他得有坚强的神经去迎接他明天所要经受的严峻考验。”

“说好我也去的。”

“那你得找个借口婉言谢绝，他必须一个人去。这事就不难安排。现在，如果已经过了晚饭时间，我们不妨就去吃夜宵吧。”

亨利爵士见到福尔摩斯，真是大喜过望，这些天来他一直在翘首期盼，希望近期发生的一系列事件能促使福尔摩斯离开伦敦来这里。但当发现我的朋友既没带行李，也没解释不带行李的原因时，他不由得有些惊讶。我和准男爵很快便为他凑齐了所需的生活用品，然后我和福尔摩斯一边吃着迟来的晚餐，一边给准男爵讲述我们今晚的遭遇，凡是可以让他知道的事情都讲了。不过首先我还有一件颇不情愿的事情要做，我得把那个不幸的消息告诉巴里莫尔和他的妻子。对他而言，这不失为一种彻底的解脱，而她用围裙掩住脸，哭得很伤心。在世人眼里，塞尔登是个半兽半魔的暴徒；但在她心目中，他仍然是那个在她少女时代紧紧拽着她手的任性的小男孩。塞尔登这个人也真够不幸的，临终都没有一个女人为他一掬伤心之泪。

“华生今天上午出门后，我在家里闷了一整天，”准男爵说，“我觉得我应该受到表扬，因为我恪守了诺言。要不是我发过誓绝不独自一人出门，本来今晚我可以过得更丰富更热闹的，我收到了斯泰普顿的便条，他请我去他们家。”

“我毫不怀疑，您如果去的话，一定会有一个更热闹的夜晚，”福尔摩斯不动声色地说。“对了，您绝对想不到，我们刚才还以为您摔断了脖子，为您伤心了好一阵子呢。”

亨利爵士瞪大眼睛，吃惊地问：“怎么回事？”

“那个可怜的逃犯穿了您的衣服。您的仆人把那些衣服给了逃犯，恐怕警察会来找他麻烦。”

“这不可能。我记得这些衣服上没有任何标记。”

“那算他走运——其实你们都很走运，因为在这件事情上你们都触犯了法律。我真有点吃不准，作为一个尽心尽责的侦探，我是不是首先应该把你们全家都抓起来。华生的报告就是足以说明你们涉案的材料。”

“那这个案子到底怎么样了？”准男爵问，“您从这些乱七八糟的事件里摸出什么头绪没有？华生和我来了这么多天，却还是一头雾水。”

“用不了多久，我就有把握让你们对局势有更清楚的了解。这桩案子非常复杂，极难破解。有几个疑点还需要花些时间去弄清楚——但这是早晚的事。”

“我们曾经碰到一件事，华生肯定告诉过您了。我们在旷野上听到猎犬的叫声，所以我敢发誓说，这绝不是毫无根据的迷信之说。我在西部时和狗打过交道，一听狗叫，我就知道是什么品种。要是您能给这条狗戴上口套，用链子拴住，我就发誓承认您是有史以来最伟大的侦探。”

“只要您愿意助我一臂之力，我就能给它戴上口套，拴上铁链。”

“无论您让我做什么，我都愿意去做。”

“很好；我还要请您只管照我说的去做，不要老是问我理由。”

“一定照办。”

“如果您愿意照办，我相信我们的小问题很快就能解决。我深信——”

他讲到一半突然停住了，凝神注视着我的头顶上方。灯光照在他脸上，他的面容显得那样专注，那样平静，仿佛一尊轮廓鲜明的、象征着机警和期待的古典雕像。

“怎么啦？”我和亨利爵士都大声问道。

当他目光落回我们身上时，可以看出他正努力克制内心的激动。他的面部表情仍显得十分平静，但眼神里透露出抑制不住的欣喜。

“请允许一个鉴赏者表示一下赞美之情，”他扬手指着对面墙上的一排画像说，“华生认为我对艺术一窍不通，而这不过是出于嫉妒，因为我们俩在这个话题上见解不同。嗯，这些肖像画都是非常精美的佳作。”

“是吗，您这么说我很高兴，”亨利爵士有点惊讶地看了一眼我的朋友说，“我不敢说自己对这些东西很了解，我评价一匹马或一头牛比评价一幅画在行。没想到您还有工夫研究这些东西。”

“真正的好作品，我是看得出来的，现在我就看到了一幅。我敢断定，这幅穿蓝色丝绸长裙的女士画像，应该出自戈弗雷·内勒[1]的手笔，而那幅戴假发的胖绅士应该是乔舒亚·雷诺兹[2]的作品。这些都是家族肖像吧？”

“全都是。”

“这些家人的名字您都知道吗？”

“巴里莫尔一直在教我记住这些祖先的名字，我想我可以背得出来。”

“那个拿着望远镜的绅士是谁？”

“那是巴斯克维尔海军少将，他曾在西印度群岛罗德尼上将手下任职。那个身穿蓝色外套，手里拿着纸卷的人是威廉·巴斯克维尔爵士，他曾在皮特首相任期内担任过下议院委员会的主席。”

“我对面的这位骑士——披着镶花边的黑天鹅绒披风的这位呢？”

“啊，这个人让您给问着了。他就是那个坏家伙雨果，家族一切不幸的根源，巴斯克维尔猎犬的传说就是从他开始的。这个人我们可忘不了。”

我饶有兴趣又略感惊讶地注视着那幅肖像。

“天啊！”福尔摩斯说，“他看上去挺像个文静谦和的人，但我看得出

1 戈弗雷·内勒（1646—1723）：英国肖像画家，他画的肖像画多为小于半身但包括双手的画像。

2 乔舒亚·雷诺兹（1723—1792）：英国18世纪后期历史肖像画家和艺术评论家，英国皇家美术学院的创办人。

来，他的眼睛里有一股邪气。在我的想象中，他的面相应该更粗鲁、更凶狠。”

“这幅肖像的真实性无可怀疑，人名和年份1647都在画布背面写着呢。”

福尔摩斯没再说什么，但这个纵酒无度的家族成员的肖像似乎对他很有吸引力，吃晚饭时他眼睛还老是盯着那幅画。直到亨利爵士回房间以后，他问的几个问题才让我明白了他的思路。他拿着他卧室里的蜡烛，带我回到宴会厅，举起蜡烛照着墙上那幅因年代久远而显得色彩暗淡的肖像。

“你在这幅画上看出点什么没有？”

我望着饰有羽毛的宽檐帽、额头上的鬈发、白色的蕾丝衣领，以及这一堆装饰物中间那张一本正经的脸。这张脸乍一看不像凶神恶煞，但表情僵硬，过于严肃，薄薄的嘴唇紧紧抿着，两只眼睛显得冷漠而偏执。

“是不是有点像你认识的某个人？”

“下巴有点像亨利爵士。”

“看上去是有点像。不过等一下！”他站到一把椅子上，左手举着蜡烛，弯起右臂遮住画中的宽檐帽和下垂的长鬈发。

“天哪！”我惊叫起来。

斯泰普顿的脸从画布上显现出来。

“哈，你总算看出来了。我的眼睛受过训练，观察人物时注重的是面部五官，而不是发型或饰物。一个刑事侦探的首要素养应该是能够透过伪装，看清本质。”

“这真是不可思议。这简直就是他的肖像。”

“是的，这是返祖现象的一个有趣的实例，而且在肉体和精神两方面都有所体现。研究家族肖像足以让人皈依灵魂轮回转世的学说。这家伙是巴斯克维尔家族的后代——这是显而易见的。”

“还图谋篡夺遗产继承权。”

“没错。这张肖像的偶然发现，为我们补上了一个最明显的缺失环节。他逃不了了，华生，他逃不出我们的手心，我敢肯定，不出明天晚上，他就会像他的蝴蝶一样，在我们的网里无助地扑来扑去了。只需要一枚别针，一块软木，再加一张卡片，就可以放进我们的贝克街陈列室了！”

他爆发出一阵罕见的大笑，转身从画像旁走开。我平时不常听到他朗声大笑，这种大笑往往预示着某个人的好日子就要到头了。

第二天我一大早就起床了，可是福尔摩斯起得更早，我穿衣时看到他正沿着车道走进来。

“噢，我们今天有一整天要忙，”他边说边搓着手，为即将开始行动而流露出由衷的喜悦。“网都已经张好，收网行动就要开始。究竟是我们抓住这条尖嘴大梭子鱼，还是鱼儿钻出网眼溜掉，今晚就见分晓了。”

“你到旷野上去了？”

“我去格林彭发了一封电报给王子镇监狱，通知他们塞尔登已经死了。我想我可以保证，你们谁也不会在这件事情上有麻烦了。我还跟我忠实的卡特赖特联系过了，要是不让他知道我现在安然无恙，他会像守在主人墓前的义犬，在我的小屋门前等到死也不走的。”

“下一步怎么行动？”

“去见亨利爵士。啊，他来了！”

“早上好，福尔摩斯，”准男爵说，“您看上去就像一个将军，正在和他的参谋长制订作战计划。”

“情况正是如此。华生正在要求我下命令呢。”

“我也听候调遣。”

“很好。我听说，您已应约今晚和我们的朋友斯泰普顿兄妹一起吃饭。”

“我希望您也一起去。他们非常好客，肯定会很高兴见到您的。”

“恐怕不行，华生和我都要回伦敦去。”

“回伦敦？”

“是的，我想在这个紧要关头，我们在那里应该会更加有用。”

准男爵的脸明显拉长了。

“我本来还指望你们能帮我渡过这个难关呢。孤身一人待在庄园里和旷野中，都不是一件很愉快的事。”

“亲爱的朋友，您必须毫无保留地相信我，并照我说的做。您可以告诉您的朋友，要不是有紧急事务需要回城处理，我们俩本来很愿意跟您一起去的。我们希望很快就能回德文郡。您会记得把这个口信带给他们吧？”

“既然您非要这么做，那好吧。”

“也只能这么做，请您相信我。”

从准男爵紧锁的眉头看得出来，他认为我们是扔下他一走了之，心里很不痛快。

“你们打算什么时候走？”他冷冷地问。

“吃过早饭就走。我们先坐车去特雷西峡谷，不过华生会把他的东西留在这里，作为他会回到您身边来的保证。华生，你写一张便条给斯泰普顿，告诉他你很抱歉无法赴约。”

“我很想跟你们一起去伦敦，”准男爵说，“为什么要让我一个人待在这里？”

“因为这是您的职责所在。您向我保证过会照我说的去做，而现在我要您留下来。”

“那好吧，我留下来。”

“还有一个要求！我希望您坐车去梅利皮特宅舍，然后打发您的马车先回来，让他们知道您打算步行回家。”

“徒步穿过旷野？”

“是的。”

“可是这正是您再三关照我不要做的事啊。”

“这次您可以这么做，不会有事的。如果我对您的胆量和勇气没有足够的信心，我是不会这么提要求的，但您现在必须这么做，这至关重要。”

“那我就这么做。”

“为保障生命安全起见，您不能从其他方向穿越荒野，必须走梅利皮特宅舍直通格林彭路的那条路，您回家走这条笔直的路线是很正常的。”

“我会照您说的去做。”

“很好。我想在早饭后尽快动身，这样下午就能赶到伦敦。”

我对他的这个安排感到很吃惊，尽管我记得福尔摩斯昨晚曾对斯泰普顿说过，他的此次来访将于次日结束。然而，我没有想到他会要我和他一起走，更不明白我们怎么能在他自己所谓的紧要关头离开这儿。但是这没什么好说的，只能无条件服从；于是，告别我们一脸沮丧的朋友几个小时过后，我们已经到达特雷西峡谷车站，打发双轮轻便马车回去了。一个男孩正在月台上等我们。

“有什么吩咐，先生？”

“你坐这趟火车进城，卡特赖特。到了以后立刻发一封电报给亨利·巴斯克维尔爵士，用我的名字，就说如果找到我落下的笔记本，请他用挂号寄到贝克街。”

“遵命，先生。”

“还有，去问一下车站邮局，有没有给我的信。”

男孩拿回一封电报，福尔摩斯看完递给我。上面写着：

电报已收到。即携空白拘捕令前去。五点四十分抵达。

莱斯特雷德

“这是我早晨发的那封电报的回电。我认为他在警探这个行当里是最优秀的，我们可能需要他的帮助。现在，华生，我们抓紧时间去拜访你认识的劳拉·莱昂斯夫人吧。”

他的行动计划开始变得清晰起来了。他是想利用准男爵去让斯泰普顿相信我们真的已经离去，而实际上我们会在需要时即刻返回。这封伦敦发来的电报，只要亨利爵士向斯泰普顿夫妇提起，必定会打消他们心里的最后一丝疑虑。我似乎已经看到，我们为这条尖嘴梭子鱼布下的网正在收紧。

劳拉·莱昂斯夫人正在屋里，歇洛克·福尔摩斯直截了当地说明了来意，这使她感到很惊讶。

"我正在调查已故的查尔斯·巴斯克维尔爵士的死亡案件，"他说，"我的这位朋友华生把您和他之间的谈话内容告诉了我，并说您在这件事情上还是有所隐瞒。"

"我隐瞒什么了？"她用带有挑衅意味的语气反问。

"您已经承认了，您请查尔斯爵士晚上十点到大门口去跟您会面。我们知道那也正是他死亡的时间和地点。您隐瞒了这两件事之间的联系。"

"这两件事之间没有任何联系。"

"如果没有联系，那这种巧合未免太蹊跷了吧。我想我们最终会把这两件事关联起来的。我就实话实说吧，莱昂斯夫人，我们认定这是一起谋杀案，而且有证据表明，涉及这件案子的不仅有您的朋友斯泰普顿先生，还有他的妻子。"

女士猛地从椅子上站起来。

"他的妻子！"她惊呼道。

"这件事已经不是秘密了。那个被当作他妹妹的人，其实是他的妻子。"

莱昂斯夫人跌坐在椅子里，两手紧紧抓着扶手，她抓得那么紧，我看到原本粉红色的指甲全都发白了。

"他的妻子！"她又说了一遍，"他的妻子！他没有结过婚啊。"

歇洛克·福尔摩斯耸了耸肩膀。

“拿出证据来！证明给我看！只要您能拿出证据来——”她那凌厉的目光比任何言辞都更咄咄逼人。

“我今天是有备而来，”福尔摩斯从口袋里掏出几份纸质材料说，“这是这对夫妇四年前在约克郡拍摄的照片。照片背面写着‘范德勒先生和夫人’，不过您应该不难认出他来，而她也一样，如果您见过她的话。这里还有三份可靠证人写的关于范德勒先生和夫人的证明材料，他们当时开办了一所名为圣奥利弗的私立学校。读一读吧，看看您还有没有什么怀疑。”

她匆匆看了一遍，然后抬起头看着我们，她神情呆滞，成了个绝望中的女人。

“福尔摩斯先生，”她说，“这个男人曾经提出，只要我跟我的丈夫离婚，他就跟我结婚。他对我撒了谎，这个无赖，他为了骗我，什么花招都想得出来。他从来没有对我说过一句真话。这是为什么——为什么？我一直以为他这么做是为了我。现在我才明白过来，我只不过是他手里的工具。他对我这么薄情，我为什么要对他守信？他这是咎由自取，我为什么还要袒护、包庇他呢？您想要问什么，就请尽管问吧，我没有什么可隐瞒的。但有一件事，我可以向您发誓，那就是我给查尔斯爵士写信时，根本没有想到这样做会对老先生造成伤害，他一直是我最好的朋友。”

“我完全相信您，夫人，”歇洛克·福尔摩斯说，“讲述这些事情您一定会感觉很痛苦，不如由我来把事情的原委说一遍，您来核实我所说的内容，看有没有什么地方跟事实不符吧。这样也许您会感觉好受一些。这封信是斯泰普顿建议您写的吗？”

“是他口授，我写的。”

“我想，他提出让您写信的理由是，您可以得到查尔斯爵士的资助，解决您的离婚诉讼费用，是这样吗？”

“是这样。”

“您把信发出去之后，他又劝阻您去赴约？”

“他对我说，为这种事找别人要钱，很伤他的自尊心。他还说，虽然他自己是个穷人，他愿意拿出最后一分钱来消除隔在我们俩之间的障碍。”

“看上去倒像挺讲情义呢。那么从那以后，直到您看到报纸上有关死亡案报道的这段时间里，您再没听到过什么吗？”

“没有。”

“他还让您发誓，绝不把约见查尔斯爵士的事情说出去，是这样吗？”

“是的。他说查尔斯爵士死得很蹊跷，事情一旦讲出去，我肯定会遭到怀疑。我被他吓得连一个字都不敢说。”

“可不是。不过您对他也产生过怀疑？”

她犹豫了一下，低下头去。

“我知道他的为人，”她说，“但是只要他真心待我，我也应该这么待他。”

“大体上，您可以说已经侥幸逃出险境了，”歇洛克·福尔摩斯说，“您掌握了他的底细，他对此心知肚明，而您居然还能活下来。您这几个月里可真是在悬崖边上行走啊。现在我们得向您道别了，莱昂斯夫人，您可能很快就会再次听到我们的消息。”

“我们这桩案子快要画上圆满的句号了，难题一个接着一个都被我们解决了，”我们站在那里等那趟城里开来的快车时，福尔摩斯这么说，“素材收集起来，可以写一部当代最离奇、最耸人听闻的犯罪小说了。研究犯罪学的人都会记得一八六六年发生在小俄罗斯[1]戈德诺的类似案件，当然还有发生在北卡罗来纳州的安德森谋杀案，但我们这个案件有一些完全与众不同的特点。即便是现在，我们还是没有掌握确凿的证据，可以将这个狡猾的家伙绳之以法。但我深信，在我们今晚上床睡觉

1　小俄罗斯：指乌克兰及其邻近地区。

之前，一切都会真相大白的。”

从伦敦来的快车呼啸着驶入车站，一个身材矮小、壮实得像斗牛犬的男人，从头等座车厢跳到站台上。三个人握手寒暄时，从莱斯特雷德毕恭毕敬望着我同伴的样子看得出来，自从他们一起合作办案以来，他从福尔摩斯身上学到了不少东西。我还清楚地记得，这个从理论到理论的警探当时轻蔑的眼神，是怎样激怒我这位讲究实干的朋友的。

“有好戏了？”莱斯特雷德问。

“一件多年未遇的大案，”福尔摩斯说，“在开始行动之前，我们还有两个小时的时间。我们正好可以先吃个晚饭，然后，莱斯特雷德，我们带您去达特莫呼吸一下夜晚的纯净空气，好让您把堵在喉咙里的伦敦的雾气驱赶出来。您还从来没去过那儿吧？好嘞，我想您一定忘不了您的首次出游。”

第十四章　巴斯克维尔猎犬

福尔摩斯有个缺点——倘若那确实可以称为缺点的话——那就是在计划全部实现之前，不愿透露全盘计划的细节。究其原因，部分无疑由于他生来喜欢独断专行，总是凌驾于身边的人之上，并让他们时时感到意外；部分则出于他小心谨慎的职业习惯，这种习惯迫使他从不轻易冒险。但是这样一来，他的助手和同伴的日子就不好过了。我曾不止一次有过这种无所适从的经历，但像今天这样，在漫长的行程中始终蒙在鼓里，经受这种难熬的体验，我还是第一回。严峻的考验摆在我们面前，我们终于要作最后一搏了，然而福尔摩斯依然一言不发，我只能猜测他的行动方针大概会是什么样子。终于，寒风吹拂到脸上，狭窄的车道两边漆黑一片，空无一物，我这才意识到我们又回到了旷野上，对即将发生的情况的期待，使我的神经兴奋不已。辕马每走一步，车轮每转一圈，我们就离这场终极冒险更近一步。

因为有雇来的马车夫在场，我们不便谈正事，只好谈论一些琐事，而实际上每个人都由于激动和期待而神经高度紧张。最后马车驶经弗兰克兰家的寓所，离事发现场巴斯克维尔庄园越来越近，我们的这种不自然的拘束状态才终于结束，我也总算松了口气。我们没让马车驶到大宅门口，而是在靠近林荫道的大门口下了车。付过车钱，让车夫马上赶回特雷西峡谷，我们便往梅利皮特宅舍方向走去。

"您带武器了吗，莱斯特雷德？"

小个子侦探微微一笑。

"我既然穿裤子，总会有个后裤兜，既然有后裤兜，里面总会搁点儿什么。"

"那就好！我的朋友和我也都做好了应急准备。"

"您在这件事情上口风可真紧，福尔摩斯先生。现在您打算怎么做？"

"等着，静观其变。"

"哦，这地方看上去可不怎么样，"警探说着，打了个寒战，扫了一眼周围阴暗的山坡和笼罩在格林彭泥潭上的大片雾霭。"我们正前方的一所房子里有灯光。"

"那是梅利皮特宅舍，也是我们这次行程的终点。请你们踮着脚走路，不要大声说话。"

我们小心翼翼地沿着小路走去，好像是要去那所房子，但福尔摩斯在离房子二百码左右的地方叫住了我们。

"就在这儿吧，"他说，"右边这些岩石正好可以作掩护。"

"我们就在这儿等着？"

"对，我们就在这儿设埋伏。莱斯特雷德，您就蹲在这边的洼地里吧。华生，你去过这所房子，是吗？你能说出各个房间的具体位置吗？这一头的几扇格子窗是哪个房间的？"

"我想应该是厨房窗户。"

"那边灯光很亮的房间呢？"

"那肯定是餐厅。"

“窗帘拉上了。你最熟悉这里的地形。你悄悄走过去，看看他们在做什么——不过千万别让他们发现有人在监视！”

我蹑手蹑脚地顺着小路走去，弯下身子躲在环绕着一片发育不良的果树林的矮墙后面。借着阴影的掩护，我匍匐到一个位置，从那里可以通过一扇窗帘没拉严实的窗户看到里面。

房间里只有亨利爵士和斯泰普顿两个人。他们坐在圆桌两边，侧身对着我。两个人都在抽雪茄，面前放着咖啡和葡萄酒。斯泰普顿正在兴致勃勃地谈论着什么，而准男爵看上去面色苍白，有些心不在焉的样子。也许他在为不得不独自一人穿过那片不祥的旷野回家而忧心忡忡吧。

正当我望着他们时，斯泰普顿站起身来，离开了房间，亨利爵士又斟满酒杯，向后靠在椅子上，嘴里衔着雪茄。耳畔传来开门的嘎吱声和靴子踩在碎石路面上的清脆响声。脚步声沿着我蹲着的矮墙里侧的小路过去。我探头看去，只见博物学家在果园角落的一间小屋门口停下了脚步，转动钥匙开锁，走了进去，从屋里传出奇怪的响动声。他在屋里只待了一分来钟，随后再次听到钥匙转动声，他从我身边经过，回到大房子里去了。见他重新回到客人身边，我悄悄地回到同伴们的隐蔽处，告诉他们我所看到的情况。

“这么说来，华生，那位女士没在那儿？”我报告完毕，福尔摩斯问道。

“没在。”

“那她会在哪里呢？除了厨房，其他房间都没亮灯啊。”

“我想不出她会在哪里。”

我刚才提到，格林彭泥潭上聚积着白色的浓雾。此时浓雾正朝我们的方向慢慢飘来，越积越厚，像一堵墙一样，朝着我们碾压过来，很低，很厚，轮廓分明。月亮照在上面，看上去像一片巨大的闪闪发光的冰原，远处那些突岩的顶部仿佛是压在冰原上的一块块岩石。福尔摩斯把脸转向那边，望着缓缓飘来的浓雾，不耐烦地轻声低语说：

“浓雾正朝我们这儿飘来，华生。”

“要紧吗？”

“很要紧，事实上这么一来，我的计划有可能被彻底打乱。这会儿他不能待太久，已经十点钟了。这次行动的成败，甚至他的生命安危，都取决于他是不是能赶在大雾漫过这条小路之前出来。”

夜色清朗，半个月亮高悬在空中，大地沐浴在柔和而明暗不定的月光里。正前方就是黑魆魆的大宅，在银白色天空的映衬下，那些锯齿形的屋顶和高耸的烟囱显得格外醒目。从底层窗户中射出几道宽宽的金黄色光束，蔓延穿过果园和旷野。其中一道光束突然熄灭了，仆人们离开了厨房。只剩下餐厅里那盏灯还亮着，两个男人，一个是暗藏杀机的主人，一个是浑然不知的客人，还在抽着雪茄聊天。

此刻，覆盖了一半旷野的白色羊毛般的大雾，正分分秒秒朝着大宅逼近。最先涌来的薄雾已经漫过了那扇透出金黄色光束的窗户。更远处，果园的矮墙已经看不见了，果树四周缭绕着白色的雾气。我们眼睁睁看着浓雾缓缓漫过大宅两边的墙角，徐徐汇成一堵厚厚的雾堤，大宅上部的楼层和屋顶看上去就像一艘奇形怪状的船，漂浮在朦胧的海面上。福尔摩斯情绪激动地用手拍打着面前的岩石，不耐烦地跺着脚。

“要是他一刻钟以后还不出来，这条小路就要被浓雾覆盖了。再过半个小时，我们连自己伸出来的手都看不见了。”

“要不要退到地势较高的地方去？”

“好吧，我想那样会好一点。”

于是，面对滚滚而来的浓雾，我们缓缓后退，一直退到离大宅半英里开外的高处。可是，上部边缘被月光镀成银白色的浓密的雾海，依然缓缓地、无情地扑面而来。

“我们退得太远了，”福尔摩斯说，“万一他还没走到我们这儿就被追上，那就惨了，我们可不能冒这个险。必须不惜一切代价坚守阵地。”

他跪了下去，把耳朵贴在地上。“谢天谢地，我好像听到他来了。”

一阵急速的脚步声打破了旷野的寂静。我们蹲伏在乱石堆中，目不转睛地盯着眼前覆盖着银白色月光的厚厚浓雾。脚步声越来越响，穿过帷幔似的浓雾走来的正是我们等待的人。他冲破浓雾，走进星光点点的清朗夜色中，惊恐地环顾四周，然后快速沿着小路走来，经过我们的隐蔽处，走上我们身后那条长长的斜坡，一边走，一边心神不宁地回头张望。

“嘘！”福尔摩斯嘘了一声，我听见枪机扳下时发出的清脆的咔嗒声。“当心！它来了！”

从缓缓前行的浓雾深处，持续不断地传来微弱、清脆的嗒嗒声。浓雾离我们隐蔽处不足五十码，我们三个人睁大眼睛盯着那里，不知道什么样的可怕东西会从浓雾中冲出来。我蹲在福尔摩斯身边，瞥了一眼他的脸。他脸色苍白，但神情兴奋，两只眼睛在月光下闪闪发光。突然间，他两眼直瞪瞪地盯着前面，惊讶地张开了嘴。与此同时，莱斯特雷德发出一声恐怖的大喊，匍匐在地。我一跃而起，僵硬的手紧紧抓着手枪，被从浓雾的阴影中突然向我们冲来的可怕身影吓得魂飞魄散。这是一条猎犬，一条浑身乌黑、体形庞大的猎犬，但又不是平时见过的那种猎犬。它那张开的大嘴往外喷着火光，两只眼睛也像是在发光，闪烁的火光勾勒出它的口鼻、颈毛和脖子上的垂肉。望着这个穿越浓雾之墙突然蹿到我们眼前的怪物的墨黑身躯和狰狞面目，即便是一个精神错乱的人做噩梦，也不可能梦见比它更凶残、更恐怖、更可憎的东西。

这个巨大的黑家伙，跨着大步蹿上小路，循着我们的朋友的足迹追去。我们都被这个幽灵般的畜生吓瘫了，没等我们缓过神来，它就已经从我们面前蹿了过去。这时，福尔摩斯和我赶紧同时举枪开火，怪兽发出一声可怕的嚎叫，这表明至少有一枪击中了它。然而它并没有止步，仍往前紧追不舍。在远处的小路上，可以看见亨利爵士正回头张望，在月光下，他面如土色，惊恐地举起双手，无助地看着这个可怕的怪兽向他扑去。

但猎犬痛苦的嚎叫声打消了我们所有的恐惧。既然它可以被击伤，说明它不过是条普通的狗；既然我们可以把它打伤，也就可以把它打死。我还没见过有谁能像福尔摩斯在那天夜里跑得那样快的。我向来腿脚很好，跑得很快，但那天他把我远远甩在身后，就像我把那个小个子警探远远甩在身后一样。我们冲上小路，听到前面传来亨利爵士的尖叫声和猎犬发出的低吼声。我眼睁睁看着那条恶狗扑向准男爵，把他扑倒在地，张开大口咬向他的喉咙。在这千钧一发之际，福尔摩斯把左轮手枪里的五发子弹全部射进了这个畜生的肚子。恶狗发出最后一声痛苦的嚎叫，向着空中狂咬一口，随即四脚朝天滚翻在地，拼命地抓挠了几下，侧身瘫倒在地。我气喘吁吁地俯下身去，用手枪顶着它那可怕的发着微光的脑袋，但已经没有必要扣动扳机了，这条巨犬已经断气了。

亨利爵士躺在地上，已经失去知觉。我们撕开他的衣领，发现他身上没有被撕咬的伤痕，我们的营救还算及时，福尔摩斯不禁低声祈祷感谢上帝。我们的朋友眼皮动了动，有气无力地想挪动身子。莱斯特雷德把装白兰地的金属小酒瓶塞到准男爵的嘴里，他抬起两只惊恐不已的眼睛看着我们。

“我的天哪！”他轻声说，“这是什么？这到底是什么东西？”

“别管它，它已经死了，”福尔摩斯说，“我们已经把这个家族幽灵永远清除掉了。”

单凭体形大小和强壮程度，躺在我们面前的这条恶狗就已经很可怕了。它不是纯种的大猎犬，也不是纯种的獒犬；它似乎是这两种犬杂交出来的混血犬——外貌丑陋而凶恶，体型庞大得像只小母狮。即使是现在，尽管早已气息全无，那张血盆大口似乎仍在向外喷出蓝盈盈的火焰，那双深陷的、凶光毕露的小眼睛周围也有一圈火光。我伸手摸了摸它那发光的嘴部，抬起手来，发现手指在黑暗中隐隐闪着蓝光。

“是磷，”我说。

“这是精心准备的，”福尔摩斯嗅了嗅已经毙命的猎犬说，“没有气味会干扰到它的嗅觉。亨利爵士，让您受到这么大的惊吓，我们感到万分抱歉。我本以为要对付的是一条普通的猎犬，没想到会碰上这样一个畜生。再加上大雾，我们差点儿被它弄得措手不及。”

“你们救了我的命。”

“可是也让您冒了一次险。您能站得起来吗？”

“再给我喝一口白兰地，我就可以和你们一起行动了。噢！请扶我一把。您现在打算怎么办？”

“您得留下。今晚您不适合再去冒险了。如果您愿意等的话，一会儿我们中会有人陪您回庄园。”

他摇摇晃晃地勉强站了起来；但他仍然面无血色，四肢发抖。我们把他扶到一块岩石旁边，他坐了下来，双手蒙着脸瑟瑟发抖。

“现在我们得走了，您留下，”福尔摩斯说，“还有事没干完，每一分钟都很重要。我们已经掌握足够的证据，现在就剩把那个人抓捕归案了。”

“他十有八九不会在那所房子里，”我们沿小路迅速往回走时，福尔摩斯说，“刚才的枪声告诉了他，游戏已经结束了。”

“刚才我们离他家有一段距离，雾这么大，枪声可能听不见。”

“他跟在猎犬后面好把它叫回去——这一点可以肯定。没错，这个时候他已经跑了！但我们还是要去搜查一下，确保万无一失。”

前门开着，我们一拥而入，急匆匆地逐个房间搜查。在走廊里撞见一个老态龙钟的男仆，把他惊得不轻。整栋宅子只有餐厅亮着灯，福尔摩斯拿起桌上的灯，把房子里里外外搜了个遍，我们要找的那个人还是杳无踪影。奇怪的是楼上有一间卧室的门是锁上的。

“里面有人，”莱斯特雷德大声说，“我听到里面有响动。把这扇门打开！”

从屋里传来微弱的呻吟声和窸窣声。福尔摩斯抬脚朝门锁上方踹去，房门被踹开了。我们三人持枪在手，冲进房间。

然而我们并没有在房间里发现那个孤注一掷、胆大妄为的恶棍。出乎意料，出现在我们面前的是一样非常奇怪的东西，我们一时愣在那里，惊愕地盯着它。

这间房间被布置得像一个小型博物馆。靠墙摆放着一排玻璃柜，里面陈列着各种蝴蝶和飞蛾标本。看来，摆弄这些小玩意儿，已经成为这个心态复杂、用心险恶的家伙的一种消遣了。房间中央竖着一根立柱，原本用来支撑那根横贯屋顶、已被虫蛀得陈旧不堪的主梁。柱子上绑着一个人，被捆得严严实实，一时看不清是男是女。一条毛巾绕过颈部，系在柱子背面。另一条毛巾遮住了下半部脸，毛巾上方露出两只黑眼睛——一双充满悲伤、羞愧和极度疑惑的眼睛——和我们对视着。一会儿的工夫，我们已经扯掉这人嘴里的填塞物，松了绑。只见斯泰普顿太太瘫倒在我们的脚下，她那美丽的头颅垂到胸前，我看到她脖子上有一道清晰的血红色鞭痕。

"这个畜生！"福尔摩斯喊道，"嗨，莱斯特雷德，把您的白兰地拿来！把她放在椅子上！她被折磨得筋疲力尽，已经昏过去了。"

她重新睁开了眼睛。

"他没事吧？"她问，"他逃走了吗？"

"他逃不出我们的手掌心，夫人。"

"不，不，我不是指我丈夫。亨利爵士呢？他没事吧？"

"他没事。"

"那条猎犬呢？"

"它死了。"

她欣慰地长吁一声。

"谢天谢地！谢天谢地！这个恶棍！你们看，他是怎么折磨我的！"她撩起袖子露出胳膊，我们惊骇地发现两条手臂上伤痕累累。"可是这还不算什么——不算什么！他折磨和践踏的，是我的心灵。他虐待我，冷落我，欺骗我，所有这一切我都能忍受，只要我对得到他的爱仍抱有希望。但现在我明白了，他一直利用这一点在愚弄我，把我当成他的工具。”她说着，伤心地痛哭起来。

“既然您已经看清楚了，夫人，”福尔摩斯说，“那就请告诉我们在哪儿能找到他。如果您曾经帮助过他作恶，现在就通过帮助我们来为自己赎罪吧。”

“他只有一个地方可逃，”她回答说，“泥潭中心有一个小岛，岛上有一座废弃的锡矿。他就在那里饲养猎犬，还在那里做了准备，一旦出事就去那里躲避。他一定是逃到那里去了。”

浓雾像雪白的羊毛堵在窗外。福尔摩斯端起灯朝窗户走去。

“看见没有，”他说，“今晚谁都不可能找到进格林彭泥潭的路。”

她拍手大笑，眼里和牙齿上都闪烁着狂喜的光芒。

“他也许能找到进去的路，可永远也别想出得来，”她大声说，“今晚他怎么看得见那些路标杆子呢？那些杆子是当初我和他两个人一起插下，用来标记穿过泥潭的小路的。哦，要是我今天能把这些杆子都拔掉有多好，那样他就只能任由你们摆布了！”

事情明摆着，在浓雾消散之前，所有的追捕努力都是徒劳的。于是我们让莱斯特雷德在房子里留守，福尔摩斯和我护送准男爵回巴斯克维尔庄园。斯泰普顿夫妇的那些事不能再瞒着他了。得知了他所爱的女人的真相后，他勇敢地承受了这个打击。不过，夜间那场冒险经历使他惊吓过度，神经遭到重创，天还没亮他就发起了高烧，躺在床上神志不清，亏得有莫蒂默医生看护，方才转危为安。看来，他们俩注定要一块出一次门，结伴环球世界，以便亨利爵士彻底恢复，重新成为一个身心都很健康的人，就像他在还没成为这个不吉利的庄园的主人时那样。

在讲述这个离奇故事的过程中，我一直想让读者分享我的那些神秘的恐惧感和模糊的猜测，这些猜测在很长一段时间内在我们的心里蒙上一层阴影，最后又以如此悲惨的方式告终。

现在就让我长话短说，说一下故事的结局吧。猎犬死后的第二天早晨，浓雾终于消散，斯泰普顿夫人带我们去找他们夫妇俩发现的穿越沼泽的那条小路。看着她领着我们去追捕她丈夫时那急切而又喜悦的神情，我们能够体会到，这个女人曾经生活在怎样的恐怖之中。我们把她留在一个土质比较坚实的半岛形地带，继续往前走。这块地逐渐收窄，直到没入大片的沼泽。从它的尽头开始，可以看到一些标志杆，东一根、西一根地插在一簇簇灯芯草丛中，在漂浮着绿藻的水洼和散发着恶臭的泥沼里，标识出一条弯弯曲曲的小路，让不认路的人可以循着路径穿越泥潭。过于茂盛的芦苇和葱翠黏滑的水草散发出的腐烂气味和浓烈沼气向我们扑面袭来。有好几次，因为一脚踩空，陷入没膝深的、污黑浑浊、微微颤动着的泥沼里，脚边激起平缓的水波，荡漾到数码开外。每走一步，黏着力很强的污泥就会抓住我们的脚后跟，仿佛有一双恶毒的手正紧紧拽着我们，想把我们拖入淤泥深处。只有一次，我们看到一点痕迹，表明有人在我们之前走过这条充满危险的小路。从淤泥中钻出来的一簇羊胡子草丛中，露着一个黑乎乎的东西。福尔摩斯走过去想抓住它，结果陷到齐腰深的淤泥里，要不是我们把他拉出来，他就再也不能重新踏足坚实的土地了。他手里高高举着一只黑色的旧靴子。靴子内里皮革上印着“迈尔斯，多伦多”。

“洗个泥水澡很值得，”他说，“这就是我们的朋友亨利爵士丢失的那只靴子。”

“斯泰普顿逃跑时把它扔那儿了。”

“一点不错。他给猎犬闻过靴子，让它去追踪之后，把靴子留在手边。当他阴谋败露后匆忙出逃时，手里还拿着它。逃到这儿就把它扔了。可见至少他跑到这儿时还没出什么事。”

更多的情况，尽管我们可以作出许多猜测，却注定永远也不可能知道了。在这片沼泽里不存在找到脚印的可能性，因为上升的淤泥迅速渗出地表，掩盖了所有的足迹。当终于走过这片泥沼，踏上坚实的地面时，我们都急切地寻找足迹，可是一丁点儿影子也没有看到。如果说大地是诚实无欺、应该相信的话，那么斯泰普顿昨夜挣扎着穿过浓雾后，最终没能踏上这座被他当作避难之地的小岛。在格林彭泥潭中心的某处，在漫无边际的沼泽中，散发着恶臭的淤泥把他吞没了，这个外表冷漠、内心残忍的人，就这样被永远地埋葬了。

被沼泽包围的小岛曾被他用来隐藏他的凶残盟友，我们在那里发现了不少他遗留下的痕迹。一个巨大的传动轮，一口已被垃圾填得半满的竖井，表明这是一个已被废弃的锡矿。附近是矿工们住的小屋，都已破损坍塌，只剩下断壁残垣，他们多半是被四周的沼泽发出的恶臭气味赶走的。在一间小屋里，有一些食物，一条铁链和一些啃过的骨头，表明那只畜生曾经被关在这里。在瓦砾堆中倒伏着一具骨架，上面还粘着一团棕色的毛发。

“是一条狗！”福尔摩斯说，“天哪，是一条西班牙卷毛狗。可怜的莫蒂默再也见不到他心爱的小狗了。嗯，我看这个地方已经没有什么秘密可言了。他可以把猎犬藏在这里，但他没法让它一直保持安静，所以狗叫声才会传出去，即使在白天听起来也很瘆人。到了紧要关头，他可以把猎犬关在梅利皮特宅舍的小屋里，可是这么做终究有风险，只有到了决定性的那一天，他认为他的所有努力即将见成效时，他才敢这样做。这只铁罐里的糊状物肯定就是涂抹在那只畜生头面部的发光混合物。他之所以采用这种手段，自然是受到家族怪兽故事的启发，一心想吓死老查尔斯爵士。难怪那个可怜的逃犯，见到这么个怪物从旷野的黑暗中蹿出来，跟在他后面紧追不舍，吓得一边奔跑，一边尖叫，正如我们的朋友方才那样，就连我们自己说不定也会吓成这样呢。他这一手十分狡猾，不仅可以有机会把所要谋害的人置于死地，还可以唬住那些农户。好多人在旷野中看到过它，可有谁敢去深究这样一个怪物呢？我在伦敦时这么说过，华生，现在我再说一遍，我们还从来没有协助追捕过比躺在那边的那个家伙更危险的人！”他举起瘦长的手臂，指向夹杂着斑驳绿色的沼泽地。沼泽一直向远处延伸，直到融入旷野上黄褐色的山峦之中。

第十五章　回　顾

十一月底的一个阴冷多雾的夜晚，在贝克街寓所的起居室里，福尔摩斯和我分坐在烧得很旺的炉火两边。自从我们那次结局悲惨的德文郡之行以来，他又经手侦办了两件极为重要的案子。在第一件案子里，他揭穿了阿普伍德上校在有名的无敌俱乐部纸牌作弊案中的卑劣行径；而在第二件案子里，他保护了可怜的蒙邦西埃夫人，为她洗刷掉了因其继女卡莱尔小姐死亡而蒙受的谋杀罪名，这位小姐——想必大家还记得——六个月后被发现仍然活着，并在纽约结了婚。刚办完一连串重大疑案并大获成功，我的朋友兴致颇高，所以我就有机会请他谈谈巴斯克维尔疑案的细节了。我一直在耐心地等待这个机会，因为我深知，他决不让案子重叠相互干扰，以免清晰的头脑耽于回忆过去而分散对目前工作的注意力。为了修复遭受创伤的神经，亨利爵士在莫蒂默医生的陪同下出门长途旅行，途中在伦敦逗留。这天下午，他们正好过来拜访我们，于是就很自然地谈起了这个话题。

"事件的整个过程，"福尔摩斯说，"从那个自称斯泰普顿的人的角度来看，既简单又明了，而对于我们，由于一开始无从了解他的行为动机，又只了解部分事实，所以一切都显得极其错综复杂。好在我已经和斯泰普顿夫人谈过两次，而案情现在也完全搞清楚了，所以我认为此案已经没有什么不解之谜了。我的案例索引列表中，在字母B标题下，你们可以找到有关这个案件的几段笔记。"

"还是麻烦你根据记忆给我们简述一下案情经过吧。"

"好的，不过我不能保证把所有的案情全记在脑子里了。脑力的高度集中会奇妙地抹除对往事的记忆。一个辩护律师对自己接手的案子了如指掌，还能就案件相关问题和专家辩论，但他会发现，经过一到两周的庭审之后，自己会把案情忘得一干二净。所以我每接手一个新案子，就把前面那个案子从脑海中驱赶出去，卡莱尔小姐的案子模糊了我对巴斯克维尔庄园一案的记忆。明天还会有其他的小疑案把我的注意力吸引过去，结果我又会把漂亮的法国女人和臭名昭著的阿普伍德给忘到脑后去。不过，就这件猎犬案而言，我会尽我所能把案情经过讲清楚，如果我有遗漏之处，你们可以提出来。

“我的调查结果无可置疑地证实了，那幅家族肖像并没有骗人，这个家伙确实是巴斯克维尔家族的后代。他是查尔斯爵士的弟弟罗杰·巴斯克维尔的儿子，此人名声极坏，后来逃到了南美洲，有传言说他在那里还没结婚就死了。而事实上他结过婚，还有一个孩子，就是现在这个家伙，他的真名和他父亲的一模一样。他娶了一位名叫贝里尔·加西亚的哥斯达黎加美女。在挪用了一大笔公款之后，他把自己的名字改成范德勒，逃回了英格兰。他在约克郡东部创办了一所学校。他之所以会选择这个行业，是因为他在返乡途中结识了一位教师，此人患有肺病，他想利用此人的教学特长办学，成就一番事业。没想到这个叫弗雷泽的教师没过多久就去世了，原本办得还不错的学校从此一蹶不振，声名狼藉。范德勒为了方便行骗，又改名叫斯泰普顿，带着剩余的财富和未来的计划，连同他对昆虫学的爱好一起，去了英格兰南部。我从大英博物馆了解到，他在这门学科上还是一个公认的权威，有一种飞蛾就因为是他在约克郡时最先发现，而以范德勒这个名字永久命名的。

“我们现在要谈到他一生中最令我们感兴趣的那一部分了。这个家伙显然做过调查，发现在他和一份价值可观的遗产之间，只隔着两个人。我相信，他刚到德文郡时，计划还远未成形，但从他让自己的妻子以妹妹的身份跟着他一起生活这一点可以明显看出，他从一开始就居心不良。把她当作诱饵的想法显然早已在他心里酝酿，尽管他可能对实施阴谋的具体细节还没有确定。他的最终目的是拥有这份遗产，为了达到这一目的，他不惜采用任何手段，也不惜冒任何风险。他的第一步行动，就是把家安置在尽可能邻近祖宅的地方，而第二步则是培育与查尔斯・巴斯克维尔爵士以及其他邻居的友谊。

“准男爵亲口告诉他关于家族猎犬的传说，因此也就为自己的死铺平了道路。斯泰普顿，我暂且还是这么叫他吧，知道老先生心脏不好，一场惊吓就可以结果他的性命。他从莫蒂默医生那里打听到不少情况。他还听说查尔斯爵士很迷信，对那个可怕的传说信以为真。他那机敏的脑瓜立刻想出一个主意，既可以把准男爵置于死地，又让人很难追查到杀人真凶。

“有了这个念头之后，他就相当巧妙地着手付诸行动。一般搞阴谋诡计的人往往满足于弄一条恶犬来达到目的。用化学涂料把一条狗装扮成恶魔，可以算是他的天才发挥。这条狗是他从伦敦福莱姆街贩狗的商人罗斯和曼格斯那里买来的，是店里所有货色中最强壮的，也是最凶猛的。他带着狗乘北德文线火车回家，还在荒野中走了一长段路，以免引起周围邻居的注意。他在捕捉昆虫时已经摸清了怎样进入格林彭泥潭，就在那里为这个畜生找了个安全的藏身之所。他把狗关进笼子，等待下手机会。

“不过机会也不是那么容易等得到的。要想在晚上把老先生骗去庭院外面并不容易。有好几次，斯泰普顿带着猎犬，潜伏在庄园附近伺机而动，全都无功而返。也就是在这一次次徒劳无功的行动中，他（更确切地说是他的帮凶）被几个农户看到了，恶魔之犬的传说得到了新的证实。他曾寄希望于他的妻子，想让她去诱使查尔斯爵士走向毁灭，但出乎他的意料，她在这件事情上拒绝配合。她不愿意让这位老先生对她产生眷恋之情，进而把他自己交由对手摆布。威胁恐吓甚至殴打，都没能迫使她就范。她心意已决，斯泰普顿一时也无计可施。

“最终他想出了一个摆脱困境的办法。突破口就在查尔斯爵士身上，后者已经和他建立起友谊，并委托他出面接济帮助那个不幸的女人劳拉・莱昂斯夫人。他把自己伪装成一个单身汉，并借此获得了她的强烈好感。他还让她相信，倘若她能够和她的丈夫离婚，他会娶她。这时出现了一个突发情况，他得知查尔斯爵士听从了莫蒂默医生的建议，打算离开庄园去伦敦。他假意表示自己的想法与医生的建议不谋而合，但他必须马上采取行动，否则受害人一旦离开，他就鞭长莫及了。于是他对莱昂斯夫人施加压力，让她写了那封信，请求老人在去伦敦的前一晚和她见面。然后他又编造了一套似是而非的理由阻止她赴约。就这样，他等待已久的机会终于来了。

"当天晚上，从特雷西峡谷驱车赶回家里，他立刻放出猎犬，给它涂上能发出地狱之光的磷光涂料，并把这只畜生带到庄园栅门附近，他心里有数，此刻老先生应该正等在那里。恶狗在主人的唆使下，跃过那扇边门，朝不幸的查尔斯爵士猛扑过去，他吓得惊叫了起来，沿紫杉小路奔逃。在那条阴暗的林中夹道里，看到这么一只体形庞大的黑色怪物，嘴里喷出熊熊火焰，双眼冒着炽热的火光，在后面紧紧追赶，这种景象确实非常可怕。结果他因惊吓过度引发心脏衰竭，在小路尽头处倒地而死。当查尔斯爵士沿小路奔逃时，猎犬一直跑在路边草坪上，所以小路上除去人的脚印，看不到其他踪迹。看到他躺在那里不动，那畜生可能走近他嗅了嗅，发现他已死，就转身走开了。所以，莫蒂默医生观察到的那些奇怪脚印其实是它留下的。猎犬被斯泰普顿叫住，并被匆匆带回它在格林彭泥潭中的藏身地，给当局留下了一个难解之谜，还使整个乡里惊恐不安，最后我们接手了这个案件。

"有关查尔斯·巴斯克维尔爵士的死因分析就说这些吧。你们会发现，他的手段实在狡猾至极，因为在这种情况下，想要起诉真正的凶手几乎没有可能。他唯一的帮凶，是一只永远不会出卖他的畜生，这种手段的不合常理和不可思议的特性只会使计划实施起来更加有效。这桩案子涉及的两位女性斯泰普顿太太和劳拉·莱昂斯夫人，都对斯泰普顿产生过强烈的怀疑。斯泰普顿太太知道他在算计陷害那个老人，也知道猎犬的存在。这两件事情莱昂斯夫人都不知道，但让她生疑的是死亡正好发生在她没有赴约的约会时间，而这场约会除当事者外只有斯泰普顿知道。但是，这两个女人都处于他的控制之中，所以他对她们俩没有什么好担心的。前半部分任务已经大功告成，但更多的难题还在后面。

“斯泰普顿很可能确实不知道在加拿大还有一个家族遗产继承人。但不管怎样，他很快就从他的朋友莫蒂默医生那儿得知了这一消息。医生还告诉了他有关亨利·巴斯克维尔返家行程的所有细节。斯泰普顿最早的想法是，也许可以乘这个年轻人从加拿大回国在伦敦逗留之机就把他干掉，根本不必等他回到德文郡后再动手。自从他妻子拒绝帮他设圈套引诱老人上钩之后，他就不再信任她，不敢让她长时间离开自己的视线，生怕会失去对她的控制力。正是由于这个原因，他带着她一起去了伦敦。我发现他们下榻在克雷文街上的梅克斯伯勒私家旅馆后，派人去这家旅馆收集过证据。到了那里，他把妻子囚禁在房间里，自己戴上假胡子，先尾随莫蒂默医生到贝克街，随后又跟踪他去了车站和诺森伯兰旅馆。他的妻子对他的计划略有所知，但她很怕她的丈夫——出于一种在残酷虐待下所产生的恐惧——所以不敢直接写信警告那个她知道处于危险之中的人，因为信一旦落入斯泰普顿手中，恐怕她连自己的性命都难以保全。最后，正如我们所知道的，她采取了权宜之计，用从报纸上剪下的字拼凑成那封短信，用伪装过的笔迹书写信封地址。信到了亨利准男爵手里，对他发出了第一次危险警告。

“设法弄到一些亨利爵士的衣物，对斯泰普顿来说十分重要，这样，他才能在需要出动那条狗时，手里有东西，可以让它嗅过以后循着气味追踪猎物。于是，以他惯有的敏捷和大胆，他立刻着手行动。可以肯定，旅馆里擦鞋和打扫客房的服务生都被他收买，帮他弄到了他想要的东西。但不巧的是，第一次给他弄来的是一只新靴子，对他没有什么用处。于是他把它还了回去，又去弄来一只——这是一件极具启发性的事情，它确凿地印证了我的想法，我们要对付的是一条真正的猎犬，因为否则就无法解释，为什么有人这么急切地想弄到一只旧靴子，却对一只新靴子丝毫不感兴趣。一件事越是夸张离奇、越是荒诞不经，就越值得花时间仔细推敲。一些看上去会使案子复杂化的疑点，只要考虑得当、应对审慎，往往会成为厘清案子脉络的突破点。

“然后，第二天早晨，我们的朋友登门拜访，斯泰普顿自始至终躲在出租马车里盯梢。从他对我们住所情况和我外貌的了解程度，以及他的总体行为方式来看，我觉得斯泰普顿的犯罪生涯绝不止于这次的巴斯克维尔一案。它让我联想起，在过去三年里英格兰西南部发生过四起入室盗窃大案，没有一起抓住罪犯。其中最新发生的那起案子，五月份发生在福克斯通法院，当时因为法院听差对单身蒙面窃贼产生怀疑而被窃贼冷酷无情地枪杀，这起案子尤为引人注目。我相信，斯泰普顿就是以这种方式使他日渐枯竭的钱包重新鼓起来的，而且我还可以肯定，这些年来他一直就是个危险的亡命之徒。

“那天上午他轻而易举地甩掉了我们，从这件事我们可以领略到他敏捷的才智，他居然还借马车夫之口用我的名字来回敬我，可见他是多么胆大妄为。从那时起，他就知道我已在伦敦接手这个案子，他在那里没有下手机会了，于是他回到达特莫，在这里等准男爵来。”

“等一下！”我说，“没错，你准确地描述了事情的来龙去脉，但有一点你没有解释。主人在伦敦时，那条狗怎么办？”

“这一点我也注意到了，这个问题无疑很重要。毫无疑问，斯泰普顿有一个亲信，尽管他未必会把自己的全盘计划都告诉这个人，以免受他牵制。在梅利皮特宅舍中有一个老男仆，名叫安东尼。他和斯泰普顿家的关系可以追溯到多年以前，早在斯泰普顿开办学校那时起他就跟随斯泰普顿了，所以他肯定清楚他的男主人和女主人实际上是夫妻关系。此人现已失踪，逃离了乡间。我不禁想到，‘安东尼’在英国不是个常用的名字，而在西班牙或通用西班牙语的美洲国家这是个很常用的名字，不过他们读成‘安东尼奥’。这个人，跟斯泰普顿太太一样，英语说得不错，但带着奇怪的大舌头口音。我曾亲眼看见这个老头走斯泰普顿标记出来的那条小路穿过格林彭泥潭。所以，很有可能当主人不在时，就是他在照料那条猎犬，尽管他可能永远也不知道养这条狗是做什么用的。

“随后，斯泰普顿夫妇俩前脚刚到德文郡，亨利爵士和你后脚也到了。这里我想提一下我当时的一些想法。你可能还能回想起来，当时在检查那张贴着印刷字的信纸时，我仔细查看了信纸上的水印。我把信纸凑到离眼睛几英寸的地方，闻到一股淡淡的香味，应该是白茉莉花香型。香水的种类多达七十五种，作为一个刑侦专家，必须能够分辨出每一种香水的味道。在我的办案经历中，曾经不止一次靠辨识香水味而一举破案。信纸上的香水味表明，案子涉及一位女士，当时我就想到了斯泰普顿夫妇。就这样，在我们去西部乡村之前，我已经大致确定了那条猎犬的存在，并猜到罪犯是谁了。

“我的行动策略就是监视斯泰普顿。但是，如果我和你待在一起，这件事可能就干不成了，因为他会加倍小心提防的。于是，我骗过了所有人，连你也包括在内。在所有人都以为我还在伦敦的时候，我偷偷来到了这里。我在这里吃的苦并没有你想象的那么多，不过我也绝不会让这种琐碎的小事来妨碍案件的调查。我大部分时间都待在特雷西峡谷，只有在必须接近作案现场的时候，才会去旷野上的小屋。卡特赖特随我一起过来，他假扮成乡下孩子，帮我做了很多事。多亏了他，我才有东西吃，有干净衣服穿。在我监视斯泰普顿的当口，卡特赖特多半是在盯着你们，这样我才能够应付得过来。

“我已经告诉过你，你的报告一到贝克街便马上被转发到特雷西峡谷，然后很快送交给我。这些报告对我帮助很大，尤其是斯泰普顿不经意间讲述他过去经历的那部分内容。由此我就能确认这对男女的身份，并且知道下一步该怎么走了。这件案子因为那个逃犯以及他与巴里莫尔之间的关系而曾经变得相当复杂。还好这件事情被你用非常有效的方法给澄清了，而且我也已经从我自己的观察中得出了同样的结论。

“你在旷野上发现我的时候，我对案件的全貌已经完全清楚了，但我手里没有可以提交给陪审团的确凿证据。甚至连斯泰普顿那天晚上企图谋害亨利爵士，结果却导致那个囚犯坠崖而死的这个事实，都无法帮助我们证明他就是谋杀犯。看来，除了在他动手时当场抓住他以外，别无他法，而要想这样做，我们必须利用亨利爵士来做诱饵，还得让他独自一人，表面上未受保护。我们这样做了，并以让我们的委托人受到严重惊吓为代价，成功地破了这个案子，逼得斯泰普顿狗急跳墙，结果自寻死路。我承认，让亨利爵士承受这么大的风险，这是我在这件案子处理上的一大缺憾。可是话说回来，当时我们无法预见到这条恶狗竟会以这么可怕的、足以把人吓瘫的面目出现，也不可能预测到当晚会有那么大的雾，以至于当那条恶狗突然从浓雾中蹿出时，我们都猝不及防。我们成功地达到了目的，同时也付出了相应的代价，不过医学专家和莫蒂默医生都向我保证说，这一代价的影响只是暂时的。一次长途旅行，不仅可以让我们的朋友深受打击的神经得到恢复，还可以治愈他情感上的创伤。他对那位女士的爱是真挚的，而在这场不幸事件中最让他伤心的是，他竟然被她欺骗了。

“现在只剩下一件事需要说明，那就是她在此案中所扮演的角色。毫无疑问，斯泰普顿对她是具有控制力的，而她之所以屈从，可能是出于爱，也可能是出于畏惧，更有可能是两者兼而有之，因为这两种感情绝不是互不相容的。至少在当时，这种控制力绝对是起作用的。在他的威逼下，她答应冒充他的妹妹，尽管当他试图让她做帮凶，直接参与谋杀时，他发现他对她的控制力仍然是有限的。只要不把她的丈夫牵连进去，她还是愿意去警告亨利爵士的，而且她确实也一再这样做了。看来斯泰普顿的嫉妒心还挺重的，当他看到准男爵向女士求爱时，明知这是自己计划的一部分，他还是按捺不住，怒不可遏地冲上前去打断他们，这样一来，原来掩饰得很好的暴躁的本性就原形毕露了。他以联络感情为借口，鼓励亨利爵士经常去梅利皮特宅舍，这样他迟早可以找到他所希望的机会。可是就在打算下手的那天，他妻子突然背叛了他。她对那个囚犯的死亡已略有所知，还知道亨利爵士要来吃饭的那天傍晚，那条猎犬就关在外面的小屋里。她指责丈夫预谋实施犯罪，于是引发了激烈的争吵，争吵中他第一次向她透露自己另有所爱。她对他的忠贞不移立刻转变成刻骨仇恨，而他看出她可能会背叛他，就把她绑到柱子上，让她没法去警告亨利爵士。而且他很可能还希望，等到整个乡里将准男爵的死因归于家族的诅咒时——他们肯定会这么做的——他就能让他妻子回心转意，接受既成事实，对她所知道的事保持沉默。在这一点上，我想他无论如何是失算了，而且即便我们没去那里，他的命运也同样是注定了的。一个有着西班牙血统的女人绝不会如此轻易地容忍这样的伤害。好了，亲爱的华生，在没有参考笔记的情况下，对于这桩离奇的案件，我只能讲这么多了。我不知道是否还有什么重要之处我没解释到。"

"他总不能指望用这么一条恶魔似的猎犬，就能像对那个老人一样，把亨利爵士吓死吧。"

"这条恶狗非常凶猛，又处于半饥饿状态。即便它的外貌没把受害者吓死，至少可以让他吓得半死，丧失抵抗能力。"

"可也是。还剩下一个问题。既然斯泰普顿想要出面继承这笔遗产，那他怎么解释这样一个问题呢，就是身为继承人，他为什么要一直隐姓埋名生活在离家产这么近的地方呢？他提出继承要求怎么可能不引发怀疑和调查呢？"

"这的确是一个很棘手的问题，你指望我来解答这个问题，恐怕是有点苛求了。已经发生过和正在发生的事都在我的调查范围之内，但是一个人未来可能会做什么，却是一个难以回答的问题。斯泰普顿太太曾多次听她丈夫谈论过这个问题。他有三条路可走：他可能会在南美提出财产所有权的继承要求，并在当地的英国驻外机构证明自己的身份，这样他根本不必回英格兰就可以获得这笔财富；或者，他可能需要去伦敦小住一段时间，并精心伪造一个身份；再或者，他可能会找一个同伙，提供证明文件，证明他是遗产继承人，然后跟他按比例分成。凭我们对他的了解，可以肯定，他会找到办法解决这个问题的。好了，亲爱的华生，我们已经连着苦干了几个星期，就腾出一个晚上调剂一下，让脑子松快一会儿吧。我订了一个包厢，演出剧目是《胡格诺教徒》[1]。你看过德雷兹克兄弟[2]演的歌剧吗？劳驾你在半小时内作好准备，我们可以先去马齐尼餐厅用个晚餐。”

1 《胡格诺教徒》：德国作曲家贾科莫·梅耶贝尔（1791—1864）在1836年创作的歌剧。

2 德雷兹克兄弟：波兰男高音让·德雷兹克（1850—1925）和男低音爱德华·德雷兹克（1853—1917）兄弟，都是歌剧演员。

经典译林

Yilin Classics

书名	单价	书名	单价
癌症楼	78.00 元	艾青诗集	35.00 元
爱的教育	39.00 元	爱丽丝漫游奇境	29.00 元
安娜·卡列尼娜	65.00 元	安徒生童话选集	42.00 元
傲慢与偏见	36.00 元	奥德赛	92.00 元
八十天环游地球	32.00 元	巴黎圣母院	42.00 元
白洋淀纪事	39.00 元	百万英镑	35.00 元
包法利夫人	38.00 元	悲惨世界（上、下）	98.00 元
背影	28.00 元	被侮辱与被损害的人	39.00 元
边城	36.00 元	变色龙：契诃夫中短篇小说集	39.00 元
变形记 城堡	38.00 元	草叶集：惠特曼诗选	39.00 元
茶馆	32.00 元	茶花女	35.00 元
查拉图斯特拉如是说	38.00 元	沉思录	29.00 元
城南旧事	29.00 元	大卫·科波菲尔（上、下）	79.00 元
当代英雄	45.00 元	稻草人	29.00 元
地心游记	32.00 元	飞鸟集·新月集：泰戈尔诗选	39.00 元
飞向太空港	39.00 元	福尔摩斯探案集	58.00 元
复活	42.00 元	傅雷家书	49.00 元
富兰克林自传	36.00 元	钢铁是怎样炼成的	39.00 元
高老头	39.00 元	格列佛游记	35.00 元
格林童话全集	49.00 元	给青年的十二封信	38.00 元

书名	单价	书名	单价
古希腊悲剧喜剧集（上、下）	118.00 元	海底两万里	38.00 元
红楼梦	69.00 元	红与黑	49.00 元
呼兰河传	35.00 元	呼啸山庄	39.00 元
基督山伯爵（上、下）	108.00 元	纪伯伦散文诗经典	42.00 元
寂静的春天	35.00 元	假如给我三天光明	32.00 元
简 · 爱	39.00 元	金银岛	35.00 元
经典常谈	29.00 元	荆棘鸟	45.00 元
静静的顿河	128.00 元	镜花缘	49.00 元
局外人 · 鼠疫	38.00 元	菊与刀	35.00 元
克雷洛夫寓言	32.00 元	宽容	32.00 元
昆虫记	39.00 元	老人与海	32.00 元
理想国	45.00 元	聊斋志异	55.00 元
了不起的盖茨比	38.00 元	列那狐的故事	39.00 元
猎人笔记	38.00 元	林肯传	39.00 元
鲁滨逊漂流记	39.00 元	鲁迅杂文选集	36.00 元
绿山墙的安妮	36.00 元	罗马神话	16.80 元
罗生门	39.00 元	骆驼祥子	32.00 元
美丽新世界	35.00 元	名人传	39.00 元
拿破仑传	49.00 元	呐喊	29.00 元
牛虻	38.00 元	欧 · 亨利短篇小说选	36.00 元
欧也妮 · 葛朗台	32.00 元	彷徨	32.00 元
培根随笔全集	38.00 元	飘（上、下）	88.00 元
普希金诗选	42.00 元	骑鹅旅行记	36.00 元
乞力马扎罗的雪	39.80 元	热爱生命 · 海狼	38.00 元

书名	单价	书名	单价
人间草木：汪曾祺散文精选	49.00 元	伊索寓言：555 则	36.00 元
人性的弱点	39.00 元	人类群星闪耀时	36.00 元
儒林外史	42.00 元	日瓦戈医生	68.00 元
三国演义	59.00 元	三个火枪手	59.00 元
莎士比亚喜剧悲剧集	49.00 元	沙乡年鉴	42.00 元
神秘岛	48.00 元	少年维特的烦恼	28.00 元
十日谈	68.00 元	神曲（共三册）	128.00 元
双城记	45.00 元	世说新语（上、下）	89.00 元
四世同堂（上、下）	78.00 元	水浒传	69.00 元
苔丝	39.00 元	宋词三百首	39.00 元
谈美书简	36.00 元	谈美	35.00 元
汤姆叔叔的小屋	45.00 元	汤姆·索亚历险记	32.00 元
堂吉诃德	78.00 元	唐诗三百首	39.00 元
童年	38.00 元	天方夜谭	42.00 元
瓦尔登湖	36.00 元	童年·在人间·我的大学	49.00 元
乌合之众	35.00 元	我是猫	39.00 元
雾都孤儿	44.00 元	物种起源	42.00 元
西游记	62.00 元	西顿野生动物故事集	38.00 元
悉达多	32.00 元	希腊古典神话	49.00 元
乡土中国	36.00 元	小妇人	45.00 元
小王子	29.00 元	星星离我们有多远	35.00 元
喧哗与骚动	58.00 元	雪国　古都	39.00 元
羊脂球	38.00 元	一九八四	36.00 元
一间自己的房间	36.00 元	伊利亚特	82.00 元

书名	单价	书名	单价
尤利西斯	58.00 元	月亮和六便士	45.00 元
约翰·克利斯朵夫（上、下）	98.00 元	朝花夕拾	22.00 元
战争与和平（上、下）	108.00 元	子夜	49.00 元
中国民间故事	39.00 元	罪与罚	66.00 元
最后一课	36.00 元